1924년부터 1940년까지 벤야민과 브레히트가 체류한 지역 (연대표)

		발터 벤야민		베르톨트 브레히트
1924년	여름	이탈리아 카프리 섬		이탈리아 포시타노
1926년	11월		독일 베를린	
		소비에트연방 모스크바		
1927년		베를린		
1929년			베를린	
1931년	여름		프랑스 르라방두	
1933년		프랑스 파리		체코 프라하
		스페인 이비사 섬		오스트리아 빈
				이탈리아 카로나
				프랑스 사나리쉬르메르
	10-11월		파리	
		파리		덴마크 스코우스보스트란
1934년	6-10월		스코우스보스트란	
		덴마크 드라괴르		
		파리		영국 런던
		이탈리아 산레모		
				스코우스보스트란
1935년				모스크바
				스코우스보스트란
	6월		파리	
		파리		미국 뉴욕
1936년				스코우스보스트란
				런던
	8-9월		스코우스보스트란	
		산레모		
		파리		
1937년	9-10월		파리	
		파리		스코우스보스트란
1938년	6-10월		스코우스보스트란	
		파리		
1939년				스웨덴 리딩괴
		프랑스 부르고뉴 퐁티니		
		프랑스 느베르 수용소		
1940년			파리	핀란드 헬싱키
		스페인 포르부		
	9월		사망	

(왼쪽부터) 에밀 헤세부리, 발터 벤야민, 베르톨트
브레히트, 빌헬름 슈파이어, 마리 슈파이어.
프랑스 르라방두, 1931년 6월 (BBA FA 6/110)

브레히트, 베르나르트 폰 브렌타노.
프랑스 르라방두 '프로방스' 호텔 앞, 1931년 6월,
사진 마르고트 폰 브렌타노 (BBA FA 1/120)

베르톨트 브레히트.
1931년 (BBA FA 1/123)

벤야민, 마르고트 폰 브렌다노, 기욜리 네히, 무명의 남자, 발렌티나 쿠렐라,
비앙카 미노티, 알프레트 쿠렐라, 엘리자베트 하우프트만.
베를린 베를리너슈트라세 거리 45번지, 1931년 크리스마스 (EHA 757)

상단 사진에서 알프레트 쿠렐라가 빠지고
베르나르트 폰 브렌타노(오른쪽에서 두번째)가 함께한 사진 (EHA 758)

베르톨트 브레히트, 아내 헬레네 바이겔, 브렌타노.
아이는 브레히트 부부의 아들 슈테판.
베를린, 1932년 (BBA FA 6/144)

헬레네 바이겔.
모스크바, 1933년 (BBA FA 17/36)

브레히트와 벤야민.
스코우스보스트란, 1934년 여름 (BBA FA 7/29)

브레히트 가족. 딸 바르바라, 아들 슈테판, 아내 바이겔.
스코우스보스트란, 1935년 8월 7일 (BBA FA 17/47.1)

(테오도어 W. 아도르노와 결혼하기 전의) 그레텔 카르플루스.
베를린, 1931년 3월, 사진 요엘하인젤만 (WBA 215)

테오도어 W. 아도르노.
로스앤젤레스, 1946년 5월 (테오도어 W. 아도르노 문서고)

마르가레테 슈테핀.
1940년, (BBA FA 7/164)

발터 벤야민.
스코우스보스트란 브레히트 집 앞, 1938년 여름,
사진 슈테판 브레히트 (WBA 215)

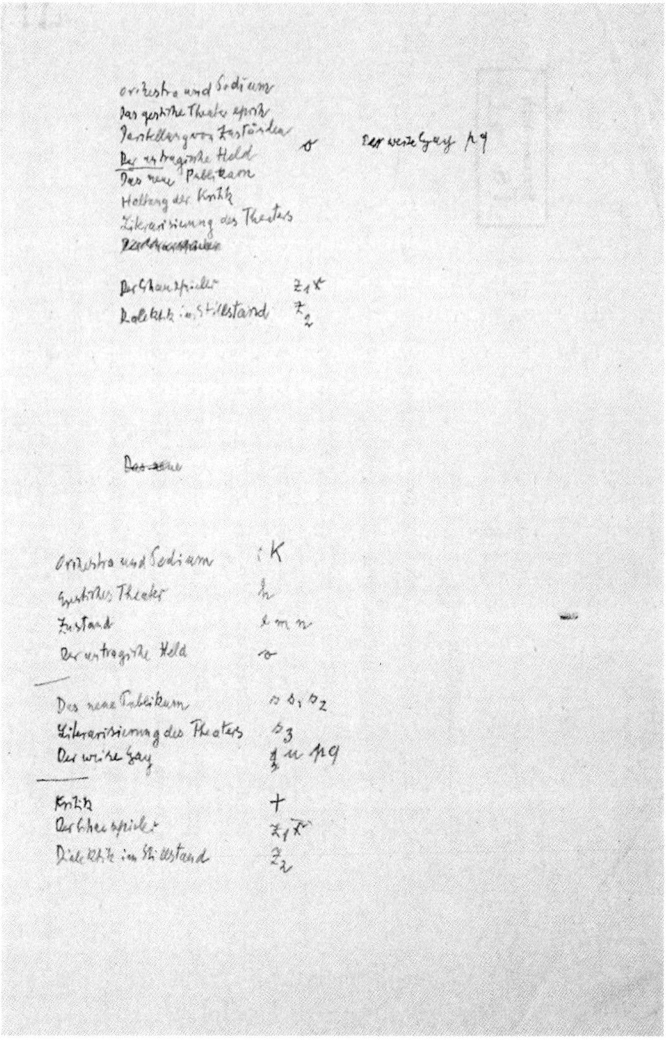
Orchestra und Podium
Der untragische Held
Das neue Publikum
Literarisierung des Theaters
Der Schauspieler
Dialektik im Stillstand
Orchestra und Podium
Zustand
Der untragische Held
Das neue Publikum
Literarisierung des Theaters
Kritik
Der Schauspieler
Dialektik im Stillstand

「서사극 이론에 대한 연구」를 위해 벤야민이 쓴 목차.
1931년 (WBA Ts 416)

zeigen. Er zeigt die Sache natürlich, indem er sich zeigt, und
er zeigt sich, indem er die Sache zeigt. Obwohl dies zusammen-
fällt, darf es doch nicht so zusammenfallen, dass der Gegen-
satz (Unterschied) zwischen diesen beiden Aufgaben verschwin-
det." "Gesten zitierbar zu machen" ist ~~seine~~ seine
Gebärden muss er sperren können wie ein Setzer die Worte. "Das
epische Stück ist ein Gebäude, das rationell betrachtet werden
muss, in dem Dinge erkannt werden müssen, seine Darstellung
muss also diesen Betrachten entgegenkommen." Oberste Aufgabe
einer epischen Regie ist das Verhältnis der aufgeführten Hand-
lung zu derjenigen, die in jeder Art von Aufführung gegeben
ist, zum Ausdruck zu bringen, so dass "der Zeigende gezeigt
werde." Mit solcher Formulierung fühlt manch mancher sich viel-
leicht an die alte Tieck'sche Dramaturgie der Reflexion erin-
nert. Nachzuweisen, warum das irrig wäre, das würde heissen,
auf einer Wendeltreppe den Schnürboden der Brecht'schen Theorie
erklettern. Hier mag der Hinweis auf ein einziges Moment ge-
nügen: mit all ihren reflektorischen ~~Künsten~~ Künsten ist die
Bühne der Romantik niemals im Stande gewesen, dem dialektischen
Urverhältnis, dem Verhältnis von Theorie und Praxis gerecht zu
werden, um das sie vielmehr auf ihre Weise sich eben so vergeb-
lich bemüht hat wie heute das Zeittheater es tut.

Wenn also der Schauspieler der alten Bühne als
"Komödiant" bisweilen in die Nachbarschaft des Pfarrers geriet,
so findet er sich im epischen Theater an der Seite des Philosop-
phen. Die Gesta demonstriert die soziale Bedeutung und Anwend-
Anwendbarkeit der Dialektik. Sie macht die Probe auf die Zu-
stände am Menschen. Die Schwierigkeiten, die sich dem Spiel-
leiter bei einer Einstudierung ergeben, sind ohne konkreten
Einblick in den Körper der Gesellschaft nicht zu lösen. Die
Dialektik, auf die das epische Theater angesehen ist,
aber nicht auf eine szenische Abfolge in der Zeit angewiesen,
sie bekundet sich vielmehr bereits in den gestischen Elemen-
ten, die jeder zeitlichen Abfolge zu Grunde liegen, und die
Elemente nur uneigentlich nennen kann, weil nicht einfacher

벤야민의 소장본 「서사극이란 무엇인가? I」에 적어놓은 삽입 문구.
1931년 (WBA Ts 409)

Ein Familiendrama auf dem epischen Theater

ZUR URAUFFÜHRUNG „DIE MUTTER" VON BRECHT

Vom Kommunismus hat Brecht gesagt, er sei das Mittlere. „Der Kommunismus ist nicht radikal. Radikal ist der Kapitalismus." Wie radikal er ist, wird an seinem Verhalten der Familie gegenüber wie an jedem anderen Punkt erkennbar. Er versteift sich auf sie, selbst unter Bedingungen, unter denen jede Intensivierung des Familienlebens die Qual menschenunwürdiger Zustände verschärft. Der Kommunismus ist nicht radikal. Daher fällt es ihm nicht ein, die Familienbindungen einfach beseitigen zu wollen. Er prüft sie nur auf ihre Eignung, abgeändert zu werden. Er fragt sich: Kann die Familie abmontiert werden, um in ihren Bestandstücken sozial umfunktioniert zu werden? Diese ihre Bestandstücke sind aber weniger deren Glieder, als ihre Beziehungen untereinander. Es ist klar, daß da keine wichtiger ist als die zwischen Mutter und Kind. Die Mutter ist zudem unter allen Mitgliedern der Familie gesellschaftlich am eindeutigsten bestimmt: sie produziert den Nachwuchs. Die Frage des Brechtschen Stücks ist: Kann diese soziale Funktion zu einer revolutionären werden und wie? Je unmittelbarer in der kapitalistischen Wirtschaftsordnung ein Mensch im Produktionszusammenhange steht, desto mehr ist er der Ausbeutung preisgegeben. Unter den heutigen Umständen ist die Familie eine Organisation zur Ausbeutung der Frau als Mutter. Pelagia Wlassowa „Witwe eines Arbeiters und Mutter eines Arbeiters" ist also eine zweifach Ausgebeutete: als Angehörige der Arbeiterklasse einmal, als Frau und Mutter ein zweites Mal. Die zweifach ausgebeutete Gebärerin repräsentiert die Ausgebeuteten in ihrer tiefsten Erniedrigung. Sind die Mütter ∤evolutioniert, so bleibt nichts mehr zu revolutionieren. Brechts Gegenstand ist ein soziologisches Experiment über die Revolutionierung der Mutter. Damit hängt eine Reihe von Vereinfachungen zusammen, die nicht agitatorischer sondern konstruktiver Art sind. „Witwe eines Arbeiters, Mutter eines Arbeiters" — darin steckt die erste Vereinfachung. Pelagia Wlassowa ist Mutter nur eines Arbeiters und steht damit in einem gewissen Widerspruch zu dem ursprünglichen Begriff der Proletarierfrau. (proles heißt Nachkommenschaft.) Sie hat nur einen Sohn, diese Mutter. Er genügt. Es stellt sich nämlich heraus, daß sie mit diesem einen Hebel schon das Schaltwerk bedienen kann, welches ihre mütterlichen Energien der ganzen Arbeiterklasse zuwendet. Von Haus aus ist es ihre Sache, zu kochen. Produzentin des Menschen wird sie Reproduzentin seiner Arbeitskraft. Nun langt es zu dieser Reproduktion nicht mehr. Für solches Essen hat der Sohn nur einen Blick der Verachtung. Wie leicht kann dieser Blick die Mutter streifen. Sie weiß sich nicht zu helfen, weil sie nicht weiß: „Ueber das Fleisch, das in der Küche fehlt, wird nicht in der Küche entschieden." So oder ähnlich muß es in den Flugblättern stehen, die sie verteilen geht. Nicht um dem Kommunismus zu helfen, sondern nur ihrem Sohn, auf den das Los, sie zu verteilen, gefallen ist. Das ist der Anfang ihrer Arbeit für die Partei. Und so verwandelt sie die Feindschaft, welche zwischen ihr und ihrem Sohn sich zu entwickeln drohte, in Feindschaft gegen ihrer beider Feind. Das — nämlich dies Verhalten einer Mutter — ist auch die einzig taugliche Gestalt der Hilfe, die hier bis in ihr eigentliches, ursprüngliches Gehäuse — die Falten eines Mutterrocks — verfolgt, zugleich — als Solidarität der Ausgebeuteten — gesellschaftlich die Bündigkeit gewinnt, die sie von Haus aus animalisch hat. Es ist der Weg vom ersten zu der letzten Hilfe: der Solidarität der Arbeiterklasse, den die Mutter geht. Ihre Rede an die Mütter vor der Kupferabgabe ist keine pazifistische, sie ist ein revolutionärer Appell an die Gebärenden, die mit der Sache der Schwachen auch die Sache ihrer Kinder, ihres „Wurfs" verraten. Vom Helfen also, erst in zweiter Linie von der Theorie her, kommt die Mutter an die Partei. Das ist die zweite konstruktive Vereinfachung. Diese Vereinfachungen haben die Aufgabe, die Einfachheit ihrer Lehren zu unterstreichen. Es entspricht nämlich der Natur des epischen Theaters, daß der undialek-

---

브레히트의 비평 모음집 일부.
1932년 (BBA 404/13-14)

tische Gegensatz zwischen Form und Inhalt des Bewußtseins (der dahin führte, daß die dramatische Person sich nur in Reflexionen auf ihr Handeln beziehen konnte) abgelöst wird durch den dialektischen, zwischen Theorie und Praxis (der dahin führt, daß das Handeln an seinen Einbruchsstellen den Ausblick auf die Theorie freigibt). Daher ist das epische Theater das Theater des geprügelten Helden. Der nicht geprügelte Held wird kein Denker — so ließe eine pädagogische Maxime der Alten sich für den epischen Dramatiker umschreiben. Mit den Lehren nun, mit denen die Mutter als mit den Erläuterungen ihres eigenen Verhaltens die Niederlagen oder die Wartezeiten (für das epische Theater ist da kein Unterschied) ausfüllt, hat es eine besondere Bewandtnis. Sie singt sie. Sie singt: Was spricht gegen den Kommunismus; sie singt: Lerne Sechzigjährige; sie singt: Lob der dritten Sache. Und das singt sie als Mutter. Es sind nämlich Wiegenlieder. Wiegenlieder des kleinen und schwachen, aber unaufhaltsam wachsenden Kommunismus. Diesen Kommunismus hat sie als Mutter an sich genommen; nun zeigt sich aber, daß der Kommunismus sie liebt wie man nur eine Mutter liebt; nämlich nicht wegen ihrer Schönheit oder ihres Ansehens oder ihrer Vorzüglichkeit, sondern als die unerschöpfliche Hilfsquelle; weil sie die Hilfe an der Quelle darstellt, wo sie noch rein fließt, wo sie noch praktisch ist und nicht verlogen und daher uneingeschränkt dem zugewandt werden kann, was uneingeschränkt der Hilfe bedarf, nämlich dem Kommunismus. Die Mutter ist die fleischgewordene Praxis. Es zeigt sich beim Teekochen, und es zeigt sich beim Einwickeln der Piroggen, und es zeigt sich beim Besuch des gefangenen Sohnes, daß jeder Handgriff der Mutter dem Kommunismus dient, und zeigt sich bei den Steinen, welche sie treffen, und bei den Kolbenstößen, welche sie von den Polizisten bekommt, daß alle Handgreiflichkeiten gegen sie zu nichts führen. Die Mutter ist die fleischgewordene Praxis. Das heißt, es ist bei ihr nur Zuverlässigkeit zu finden, kein Enthusiasmus. Und die Mutter wäre nicht zuverlässig, wenn sie nicht, anfangs, Einwände gegen den Kommunismus hätte. Aber — das ist das Entscheidende — ihre Einwände sind nicht die der Interessenten, sondern die des gesunden Menschenverstandes. „Es ist nötig, darum ist es nicht gefährlich" — mit solchen Sätzen kann man der Mutter nicht kommen. Mit Utopien kann man ihr ebensowenig kommen: „Gehört dem Herrn Suchlinow seine Fabrik oder nicht? Also?!" Aber daß sein Eigentum an ihr ein beschränktes ist, das kann man ihr klarmachen. Und so geht sie Schritt für Schritt den Weg des gesunden Menschenverstandes. — „Wenn ihr Streit mit Herrn Suchlinow habt, was geht das die Polizei an?" — und dieses Schritt-für-Schritt des gesunden Menschenverstandes, das das Gegenteil von Radikalismus ist, führt die Mutter an die Spitze der Maidemonstrationen, wo man sie niederschlägt. Soweit die Mutter. Nun ist es Zeit, den Tatbestand umzuwenden, zu fragen: Führt die Mutter, wie steht es da mit dem Sohn? Denn der Sohn ist es, der die Bücher liest und sich auf das Führertum vorbereitet. Da sind vier: Mutter und Sohn, Theorie und Praxis, die nehmen eine Umgruppierung vor; spielen „Verwechselt, verwechselt das Bäumelein". Ist der kritische Augenblick einmal eingetreten, daß der gesunde Menschenverstand sich der Führung bemächtigt, dann ist die Theorie gerade gut genug, um die Hauswirtschaft zu besorgen. Dann muß der Sohn Brot schneiden, während die Mutter, die nicht lesen kann, druckt; dann hat die Notdurft des Lebens aufgehört, die Menschen nach Geschlechtern zu kommandieren; dann steht in der Proletarierwohnung die Wandtafel und schafft Raum zwischen Küche und Bett. Wo auf der Suche nach der Kopeke der Staat von unten nach oben gekehrt wird, muß sich auch manches in der Familie ändern, und da ist es nicht zu vermeiden, daß an die Stelle der Braut, die die Ideale der Zukunft verkörpert, die Mutter tritt, die mit den Erfahrungen einer vierzigjährigen Vergangenheit Marx und Lenin bestätigt. Denn die Dialektik braucht keine Nebelfernen: sie ist in den vier Wänden der Praxis zu Hause, und stehend auf der Schwelle des Augenblicks spricht sie die Worte, mit denen die „Mutter" schließt: „Und aus niemals wird: heute noch!"

Walter BENJAMIN

브레히트와의 범죄소설 공동 프로젝트를 위해 벤야민이 쓴 목차.
1933년 (GS VII/2, 847쪽; WBA Ms620)

A PROPOS DE KURT WEIL

Il y a dans le désir de recontrer les hommes célèbres plus qu'une banale curiosité, l'inconscient besoin de sortir de l'isolement tragique qu'implique pour tous les hommes les limites de leur « condition humaine », l'espoir de cristalliser sous une forme objective le mystérieux contact établi de loin par une pensée sans corps. C'est dans cet esprit qu'ayant appris la présence à Paris de Kurt Weill, le musicien fameux de *l'Opéra de quat' sous*, nous avons eu hâte de le recontrer.

Kurt Weill arrive de Berlin. Il est de taille moyenne, sa carrure large, ses gestes précis donnent une impression de force directe, immédiate. Mais l'œil doux dément l'apparente solidité de cette silhouette d'homme moderne, bien rasé, bien vêtu, bien nourri. Il y a dans le regard un insaisissable rêve, une inquiétude imprécise qui nous révèlent le secret de ses rythmes et mélodies nostalgiques dont, pendant des jours entiers, nous n'avons pu chasser l'obsession après *l'Opéra de quat' sous*, et qui sont devenus populaires dans le sens le plus large du mot. Il a trente-trois ans, l'âge du siècle. Ce qui nous paraît un *lucky number*, disons-nous.

— C'est seulement commode, répond-il en français.

Elève de Busoni, il produit très jeune et abondamment sous l'influence de son maître et de Strauss. Son style se précise avec *Protagonist*, écrit sur un sujet de Georg Kaiser, qui fut en 1927, à Berlin, un énorme succès. L'année suivante, *Royal Palace* était un échec aussi remarquable. Dans *Protagonist* il cherche une formule de musique qui ne soit pas « d'opéra » et pourtant plus importante que ce que nous entendons par musique de scène, et qu'il réalise plus tard dans *Mahagonny*, grand opéra, écrit sur le même sujet que le *Songspiel*, *Mahagonny* qui fut donné à la Sérénade, à Paris, en décembre 1932.

— Ma musique est-elle populaire? dit-il, répondant à une question. Mais c'est absolument ce que je désire. (Il s'exprime dans un français un peu lent, mais absolument correct.)

쿠르트 바일은 벤야민에게 브레히트와 공동으로 집필한 작품들에 대해 이야기하며, (브레히트의 이름을 거론하지는 않았지만) "강한 자는 혼자 있을 때 가장 강하다"라고 말한 바 있다. 위의 글에서 벤야민은 이 당시의 대화를 「빌헬름 텔」에 견주며 브레히트의 편에서 해석한다.
1933년 (BBA 386/26)

103 _ MUSÉE DU LOUVRE
Chardin _ Le Château de cartes _

망명 시절 벤야민과 브레히트는 카드 성 쌓기 게임을 즐겼다.
"브레히트 씨, 여기에 성 쌓기 도안을 보내드립니다.
이 분야에 통달한 제가 당신이 실력을 쌓도록 도와드리고
싶어서요." 벤야민이 브레히트에게 보낸 그림엽서,
그림은 장바티스트시메옹 샤르댕의 〈카드로 쌓은 성〉.
1934년 1월 13일경 (BBA 478/19-20)

1) le roman (Kafka)

2) l'essay (Bloch)

3) théâtre (Brecht)

4) journalisme (Kraus)

5 mai 1934
Paris VI
1 Rue Du Four

Ihr
Walter Benjamin

벤야민이 브레히트에게 편지로 전한, 프랑스인 의사 장 달사스의
집에서 열려고 했던 연속강좌 계획 (이 책 255-256쪽 참조).
1934년 3월 5일 (BBA 478/16)

VOUS ÊTES PRIÉ DE BIEN VOULOIR ASSISTER

A L'EXPOSÉ QUE FERA

MONSIEUR WALTER BENJAMIN

SUR

LES COURANTS POLITIQUES

DANS LA

LITTÉRATURE ALLEMANDE ACTUELLE

LE VENDREDI 13 AVRIL 1934, A 21 H. PRÉCISES,

CHEZ LE DR JEAN DALSACE.

31, RUE SAINT-GUILLAUME

연속강좌 초대장.
1934년 4월 (WBA Do 0027)

BALTHASAR GRACIAN

HAND-ORAKEL UND KUNST

DER WELTKLUGHEIT

„denn für diefes Leben ift der Menfch nicht klug genug"

Nach der Übertragung von Arthur Schopenhauer

neu herausgegeben von Otto Freiherrn von Taube

IM INSEL-VERLAG ZU LEIPZIG

[1931]

"인간은 이승의 삶을 살기에 별로 영리하지 못하기 때문이다."
벤야민이 브레히트에게 쓴 헌사 (NBbb 0 01/028)

덴마크 게세르에서 독일 바르네뮌데로 향하는 배에서
그레텔 카르플루스가 벤야민에게 쓴 엽서.
1934년 10월 3일 (WBA 2)

문화수호를 위한 국제작가회의 참석차 파리에 머물며 쓴 브레히트의 주간계획표.
1935년 0월 (BBA 477/73)

Mark." Ein schönes Geschäft für die deutschen Kohlenmagnaten. Es wurde combiniert mit dem rücksichtslosen Kombinieren von ukrainischem Getreide. Man setze statt Getreide Erze und statt Kohlen Waffen, und dann weiss man, wie heute das entsprechende „Abkommen" zwischen Hitler und Franco aussieht. Es ist ein Diktat, das die fremden Mächte einer Strohpuppe, von ihnen „Regierung" genannt, aufzwingen. So telegraphierte beispielsweise die Heeresgruppe Eichhorn an Oberost: „Ob Skoropadski eine längere Zukunft haben wird..., das wird... in erster Linie von der Arbeitsfähigkeit der Regierung abhängen und davon, ob Skoropadski dem deutschen Einfluss unterworfen bleibt." Man kann getrost jede Wette darauf eingehen, dass heute in Rom und Berlin ähnlich lautende Telegramme liegen, nur dass die statt Skoropadskis nun Francos „Zukunft" betreffen. Nebenbei: der ukrainische Hetman sitzt heute in Berlin als einer der unmittelbaren Handlanger für weissgardistische Angelegenheiten. Selbstverständlich ist er ausersehen, „Führer der Ukraine" zu werden.

Diese Pläne bestanden zum Teil auch schon 1918. Es handelte sich damals, so verrät ein chiffriertes Telegramm an das Auswärtige Amt, um die „Gewinnung dauernden wirtschaftlichen Einflusses zugunsten deutscher Volkswirtschaft in der Ukraine", also um deren koloniale Unterjochung. Das war noch lange nicht alles. General Gröner meinte, gemäss der Information des damaligen österreichischen Botschafters in Kiew an sein Aussenministerium, dass „die Ukraine ohne das Don-Gebiet mit seinen Kohlen überhaupt nicht existieren könne". Weiter: in einem vertraulichen Bericht des österreichischen Generalstabschefs nach Wien wird mitgeteilt, dass die deutsche Regierung auch die Krim beanspruchte, und dass sie den Weg über Jekaterinoslaw-Sewastopol mit See-Anschluss nach Batum und Trape-

zunt als „den sichersten Weg nach Mesopotamien und Arabien, nach Baku und Persien für immer in der Hand haben will". (Wir zitieren aus den Dokumenten des in den Editions Prométhée kürzlich erschienenen Buchs »Die deutsche Okkupation der Ukraine«). Hitler hat diese Ziele noch erweitert.

Die Ukraine hat sich damals von den gewalttätigen Eindringlingen und ihrer „Regierung" befreit. Der deutsche Militärbevollmächtigte Bussche berichtete seinerzeit an die Oberste Heeresleitung : „...ihre Macht reicht aber nur so weit wie unsere Bajonette". Eine Feststellung, die gleichermassen heute für die Franco-Regierung zutrifft. Und wie die Kraft des Volkes am Ende doch über die fremden Bajonette triumphierte, verraten die damaligen geheimen Telegramme: „Trotz scharfer Repressivmassnahmen... dauert die Gärung unter der Bauernbevölkerung in einzelnen Gebieten immer noch an. Südlich von Kiew werden Unruhen grösseren Umfangs gemeldet" (Telegramm des deutschen Legationsrates Berchem an das Auswärtige Amt). „Die allgemeine Lage kann die Notwendigkeit ergeben, die derzeit in der Ukraine stehenden österreichisch-ungarischen und deutschen Truppen von dort zurückzuziehen. Diese Frage wird gegenwärtig von den beiden oberen Heeresleitungen geprüft." (Telegramm des österreichischen Aussenministers Burian). Das erste dieser beiden Telegramme dürfte seine Gegenstücke aus Spanien und Österreich bereits heute haben. Es liegt an den Friedensgewillten, den fascistischen Archiven in Berlin und Rom baldigst zu einem Geheimdokument auch der letzten Art zu verhelfen.   S

Brechts Einakter

Das Theater der Emigration kann nur ein politisches Drama zu seiner Sache machen. Von den Stücken, die vor zehn oder fünfzehn Jahren in Deutschland ein politisches Publikum versammelt hatten, sind die meisten durch die

825

벤야민이 교정한 『디 노이에 벨트뷔네』 1938년 6월 30일 신문 가제본 (WBA Dr 746)

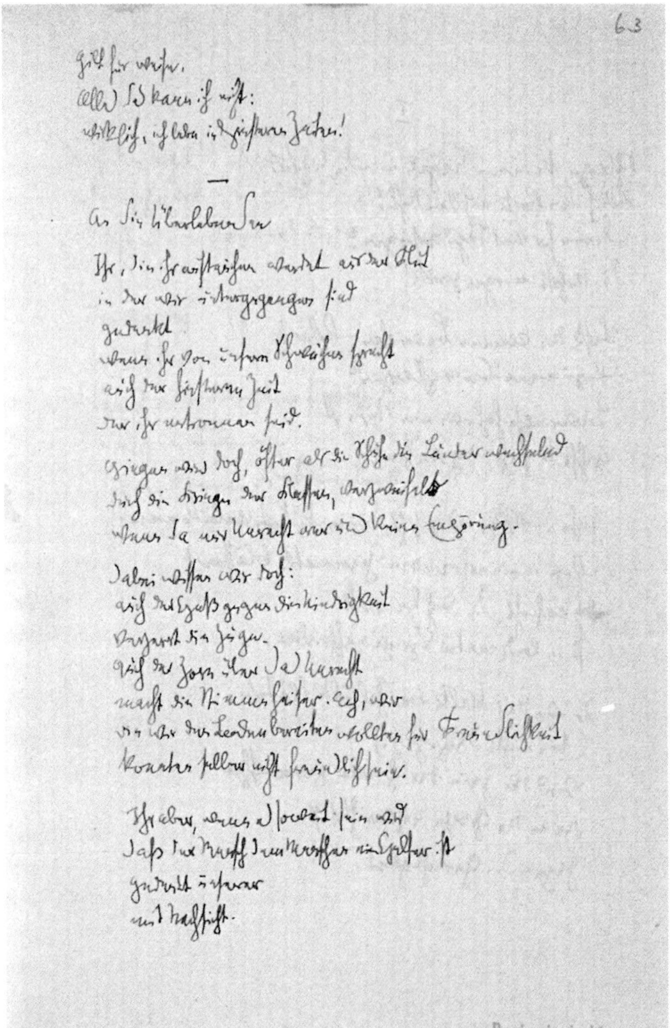

벤야민이 필사한 브레히트의 시 「후손들에게」.
1938년 (WBA Ms 674, 62-63)

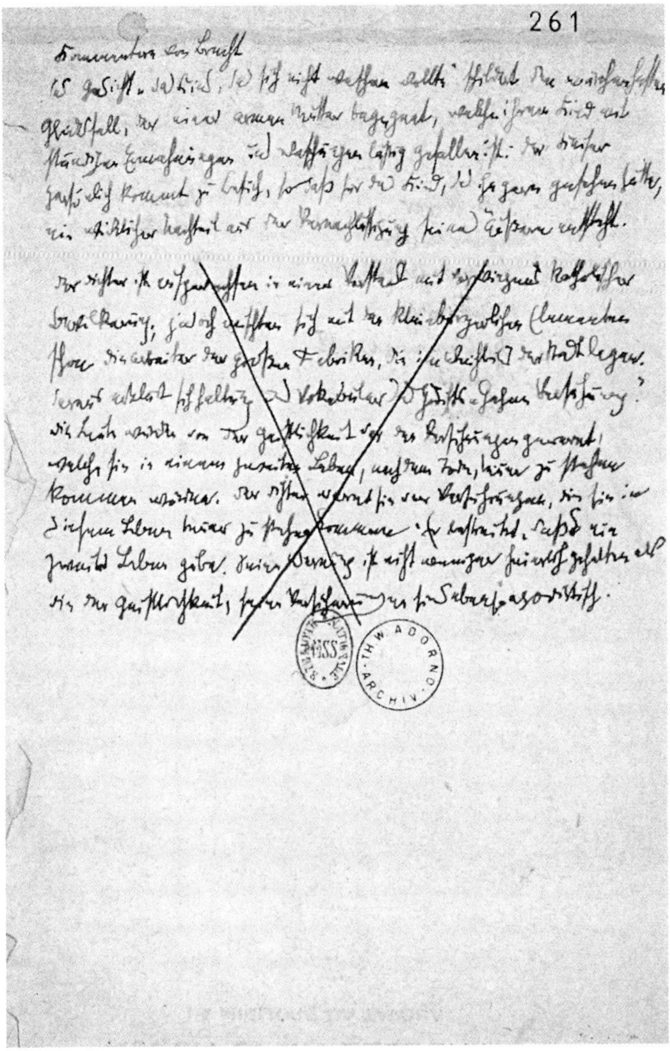

『브레히트 시 주해』 관련 메모.
1938/1939년 (WBA III/5)

「코이너 씨의 유래」에 대한 벤야민의 메모 (GS VII/2, 655쪽 참조).
1938/1939년 (WBA III/5)

「서사극이란 무엇인가? II」 관련 메모.
1939년 (WBA III/5)

AN WALTER BENJAMIN, DER SICH AUF DER FLUCHT VOR HITLER ENTLEIBTE

ermattungstaktik wars, was dir behagte
am schachtisch sitzend in des birnbaums schatten
der feind, der dich von deinen büchern jagte
lässt sich von unsereinem nicht ermatten.

벤야민에게 바친 브레히트의 비문 타자 원고.
1941년 (BBA 98/61)

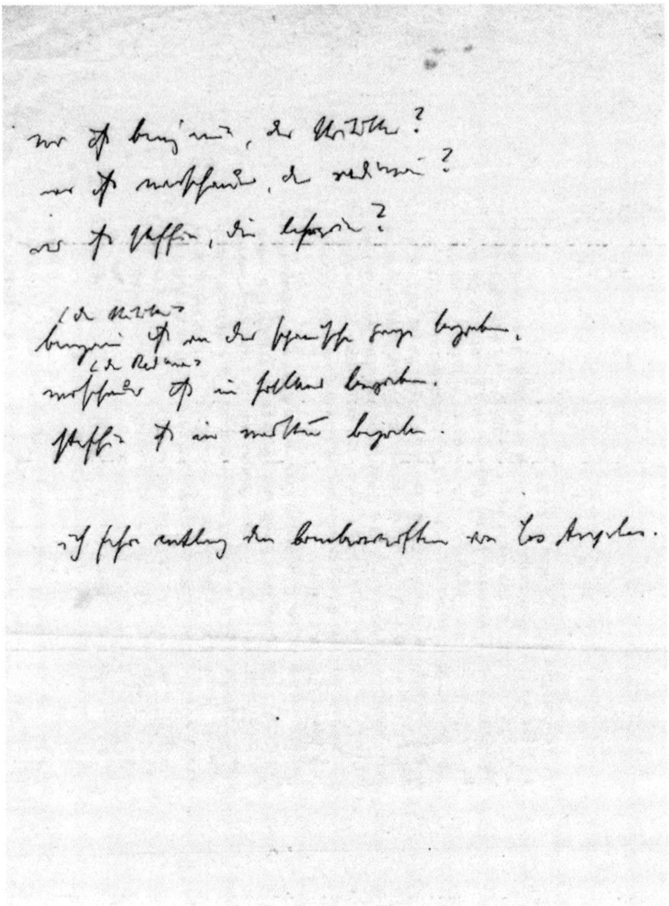

브레히트의 시 원고 일부 (이 책 393쪽 참조).
1941년 (BBA 9/73)

"벤야민이 수용소에서 프랑스 장교들에게 '노자에 대한 시'를 설명함."
한스 잘과의 대화에 대한 브레히트의 메모 (이 책 312쪽 참조).
1945년 (BBA 1157/68)

한나 아렌트와의 대화에 대한 브레히트의 메모.
1949년경 (BBA 825/70)

벤야민과 브레히트

예술과 정치의 실험실

Benjamin und Brecht. Die Geschichte einer Freundschaft
by Erdmut Wizisla

EX CULTURA 엑스쿨투라 07

벤야민과 브레히트

예술과 정치의 실험실

에르트무트 비치슬라 지음 | 윤미애 옮김

문학동네

일러두기

1. 이 책은 Erdmut Wizisla, *Benjamin und Brecht. Die Geschichte einer Freundschaft* (Suhrkamp, 2004) 를 옮긴 것이다.
2. 본문에 나오는 인용문 중 [ ]는 저자가 보충한 것이다.
3. 저자 주 중 내용을 부연하는 주와 옮긴이 주는 각주로 표기했으며, 이중 옮긴이 주는 문장 끝에 '―옮긴이'라고 덧붙였다.
4. 저자 주 중 인용한 문헌의 출처를 밝히거나 관련 자료를 소개하는 주는 미주로 처리했다.
5. 원서에서 이탤릭체로 강조한 부분과 느낌표(!)로 강조한 부분은 본문에서 **굵은 글씨**로 표시했다.
6. 단행본·잡지는 『 』로, 시·희곡·단편·논문은 「 」로, 공연·영화·방송·강연 등은 〈 〉로 구분했다.
7. 외래어 표기는 국립국어원 외래어 표기법을 따르되, 관습으로 굳어진 경우는 관례를 존중했다.

   (예: 발터 베냐민 → 발터 벤야민, 페터 주르캄프 → 페터 주어캄프 등)
8. 본문에서 자주 인용되는 문헌들의 경우, 아래와 같이 약어로 표기했다.

   • BBA: Bertolt-Brecht-Archiv.

   • BN Paris: Bibliorhèque Nationale, Paris.

   • DLA Marbach: Deutsches Literaturarchiv, Marbach am Neckar.

   • GB: Walter Benjamin, *Gesammelte Briefe*.

   • GBA: Bertolt Brecht, *Werke. Große kommentierte Berliner und Frankfurter Ausgabe*.

   • GS: Walter Benjamin, *Gesammelte Schriften*.

   • HWA: Helene-Weigel-Archiv.

   • IfZ München: Institut für Zeitgeschichte, München.

   • JNUL Jerusalem: Jewish National and University Library, Jerusalem.

   • Marbacher Magazin 55/1990: Eine Ausstellung "Walter Benjamin 1892-1940" des Theodor W. Adorno Archivs.

   • RGALI Moskau: Russisches Staatliches Archiv für Lireratur und Kunst, Moskau.

   • SAdK Bestand WB: Stiftung Archiv der Akademie dec Künste, Berlin.

   • SB München: Stadtbibliothek München, Handschriften-Sammlung.

   • WBA: Theodor W. Adorno Archiv, Frankfurt am Main, Walter Benjamin Archiv.

제 1 장 │ 의 미 있 는 성 좌

1
1929년 5월

1929년 6월 6일 베를린, 발터 벤야민은 예루살렘에 있는 친구 게르숌 숄렘에게 다음과 같은 편지를 썼다. "그동안 중요한 사람들을 만났다네. 한 사람은 브레히트고—브레히트라는 인물과 그를 만났던 일에 대해서 할말이 쌓여 있네만—또 한 사람은 헤셀과 절친한 폴가* 일세."[1] 이 말은 이후 그의 지인들과 친구들을 일제히 놀라게 할 새로운 교제의 시작을 알리는 첫 신호다. 두 주 반 뒤, 벤야민은 자신이 숄렘에게 말해주기로 했던 브레히트 이야기 중 일부만을 암시하는 데 그친다. 전에 보냈던 편지의 내용을 잊기라도 한 듯이 말이다.

● 프란츠 헤셀(1880-1941)은 독일 작가이자 번역가로, 프루스트의 작품을 벤야민과 공동으로 번역했다. 알프레트 폴가(1873-1955)는 오스트리아 작가이자 번역가로, 19세기 말 지식인들과 예술인들의 문화활동 공간으로 명성이 높았던 빈의 카페에서 활약한 인물이다. ─옮긴이

최근 돈독해진 브레히트와 나의 관계에 자네도 관심이 있을 걸세. 우리 사이는 브레히트가 이미 이룬 업적보다—어차피 나는 〈서푼짜리 오페라〉와 발라드* 정도밖에 모르지만—그가 현재 구상하고 있는 것들에 대해 당연히 가져야 할 관심에 기반을 두고 있다네.[2]

숄렘은 이 편지를 받고 자신이 벤야민을 위해 마련해둔 계획이 위태로워졌음을 눈치챘다. 그는 1915년부터 벤야민과 친구로 지냈고, 1923년 팔레스타인으로 이주한 뒤에도 줄곧 편지를 주고받았던 터였다. 1927년부터 벤야민은 예루살렘으로 떠나 시간을 들여 히브리어를 배우면서 히브리 대학교 문과대학에서 자리를 잡을 수 있을지 알아볼 생각이었다. 하지만 브레히트와 한층 가까워진 1929년 5월이 되어서야 숄렘의 도움으로 장학금을 받아 베를린에서 히브리어 수업을 듣기 시작했다. 그조차도 두 달 만에 그만두었다. 그는 예루살렘행을 미루기 위해 계속 새로운 변명을 찾아냈다. '파사주 프로젝트' 같은 중단할 수 없는 연구 계획, 부인 도라와 진행중인 심신 소모적인 이혼소송, 아샤 라치스와 함께하리라는 희망 등이 그가 떠나지 못하는 이유였다. 물론 라치스는 당시 벤야민을 선택할 처지가 아니었다. 1930년 1월 20일 편지에서 벤야민이 자신의 목표는 독일문단에서 가장 뛰어난 비평가가 되는 것이라고 전하자,■ 숄렘은 정신적·물리적으로 벤야민과 함께할 수 있으리라고 믿었던 자신의 기대가 허사

● 궁정이나 교회가 아닌 민중 사이에서 전승된 자유로운 형식의 소서사시. 주로 영웅전설이나 연애 비화를 다룬다. ―옮긴이

■ 이 편지에서 독일문학을 둘러싼 소망은 프랑스어로 적혀 있다.

　　　　　　　　　　　　　　　벤야민과 브레히트

로 돌아갔음을 직감했다.[3]● 브레히트와의 교제가 벤야민의 입장 표명에 어느 정도 영향을 미쳤다고 보아도 무리는 아니다. 작가 브레히트의 글과 강령적 발언 등 그의 창작 영역 전반은 비평가 벤야민에게 가장 강력한 도전을 의미했고, 벤야민 자신이 지금까지 천착해온 연구의 핵심에 철저히 파고들 기회를 열어주었기 때문이다. 물론 당시 정치 상황은 벤야민의 계획을 방해할 뿐이었다. 문화 연구의 새로운 영역을 열어젖힌 나치스의 정견은, 집권 직전 몇 년 동안 자기방어적인 수호자를 자처하며 편협해졌던 것이다. 벤야민은 1931년 2월 숄렘에게 "독일 상황에서 기대할 것이 거의 없다"라고 썼다. "이곳에서 관심있는 것은 브레히트를 중심으로 꾸려진 소모임의 운명뿐이라네."[4]

이 발언의 당사자인 벤야민은 당시 그의 지인들을 넘어서 많은이들에게 명성이 알려져 있던 비평가였다. 한나 아렌트는 벤야민이자기들끼리만 "은밀하게 나누는 심오한 화젯거리"였다는 숄렘의의견에 동의하지 않았다. 아렌트가 보기에 벤야민의 명성은 그보다자자했을 뿐만 아니라, "벤야민 자신으로부터 흘러나온, 비의적인성향에서 비롯된 후광보다 더 견고했다."[5] 숄렘이 말했듯이, 1933년부터 벤야민 전집 제1권이 출간된 1955년까지 벤야민은 "학계에서완전히 잊힌 이름"[6]이기는 했다. 하지만 적어도 1933년 이전에는 교양 있는 이들 사이에서 학자, 비평가, 에세이스트, 작가, 방송 작가로유명했다. 1925년 7월 교수자격 취득 계획이 좌절된 뒤 벤야민은 바이마르공화국의 유수한 로볼트 출판사, 피퍼 출판사, 키펜호이어 출

● 숄렘은 벤야민 전기를 쓰며 벤야민의 예루살렘 계획을 다룬 장章에 '좌절된 계획'이라는 제목을 붙였다. Gershom Scholem 1975, 179-195쪽 참조.

판사, 바이스바흐 출판사 등에서 저서와 번역서를 냈고, 언론 매체 『디 리터라리셰 벨트(문학세계)』,『프랑크푸르터 차이퉁(프랑크푸르트 신문)』,『베를리너 뵈르젠쿠리어(베를린 증권 소식)』,『디 노이에 룬트샤우(새로운 평론)』,『다스 타게부흐(일기)』,『디 게젤샤프트(사회)』,『데어 크베어슈니트(단면)』 등을 통해 독일문학·프랑스문학·문예학·철학 등 여러 분야에 대한 논문들과 서평들을 발표했다. 풍크슈툰데 베를린 방송국과 프랑크푸르트의 쥐트베스트도이첸 룬트풍크 방송국에서 강연과 라디오 특집방송을 진행하기도 했다. 작가로서 벤야민은 가장 중요한 독일문학 비평가로 인정받겠다는 포부를 상당히 실현한 셈이다. 1933년 당시 편집자들이—"유대인 편집자들에 한한 것이기는 했지만"—벤야민을 "독일어권 최고의 현역 작가"[7]라고 칭했다는 부인 도라의 증언도 있다.● 당시 편집자들의 반응은 벤야민의 비평이 높이 평가받았음을 증명한다.■ 헤르만 헤세

● 또한 도라는 어느 석상에 모인 사람들이 벤야민을 두고 "동시대인 중 가장 훌륭한 독일어를 구사하는 인물"이라고 입을 모았다고 전했다. 도라 조피 벤야민이 발터 벤야민에게 보낸 1933년 12월 7일 편지, Geret Luhr(Hg.) 2000, 37쪽 참조.

■ 이를 뒷받침해주는 사례로 세 가지 정도를 더 들 수 있을 것이다. 첫번째 사례는 번역가 리하르트 페터스의 발언이다. 그는 벤야민의 글들을 전체적으로 높이 평가했다. 1928년 5월 18일『디 리터라리셰 벨트』에서 벤야민은 페터스가 번역한 레오파르디의『팡시에리』를 두고 구스타프 글뤼크와 알로이스 트로스트의 최신 번역본을 언급하지 않았다고 비판한 적이 있는데, 이후『디 리터라리셰 벨트』에 벤야민의 답장과 함께 실린 페터스의 편지에는 벤야민의 비판에 대해 다음과 같은 소회가 담겨 있다. "개인적으로 선생의 문예비평뿐 아니라 선생 자체에 대해서도 최고의 존경심을 갖고 있는 만큼 더 가슴이 아픕니다."(GS III, 120쪽.) 두번째 사례는『디 리터라리셰 벨트』의 평가다. 이 잡지가 벤야민을 어떻게 평가했는지는『소비에트 대백과사전』에 기고한 벤야민의 괴테 논문 일부를 1928년 12월 7일에 실으면서 편집부가 덧붙인 다음과 같은 머리말로 미루어 짐작할 수 있다. "(여기에 실린)「괴테의 정치와 자연관」은 독일 정신사의 중요한 문제 영역에 대한 글 중 가장 기지 넘치고 철저한 분석을 보여주며, 가장 집약적인 형식으로 쓰인 글이라고 생각한다."(GS II/3, 1476쪽.) 세번째 사례는『노이에 슈바이처 룬트샤우(새 스위스 평론)』의 발행인 막스 리히너의 평이다. 그는 1931년 2월호에서 벤야민을 "고도의 정신적 수준에 가닿은 비평가"라고 칭했다.(GB IV, 20쪽.)

도 벤야민의 문체에 감동을 받은 독자 중 하나였다. 로볼트 출판사에서 출간된 벤야민의 『일방통행로』에 쏟아진 많은 찬사 중에는 신간 광고에 인용되었던 헤세의 논평도 있었다.●

> 우울함과 무지로 점철된 최근 우리 문단에서 발터 벤야민의 『일방통행로』처럼 그토록 치열하고 형식을 갖춘, 명석하고 통찰력 있는 글을 접하게 되다니 놀랍고 기쁘다.[8]■

그러나 벤야민의 글이 언제나 이런 식의 이해만 받았던 것은 아니다. 그것은 특히 1928년 같은 출판사에서 『일방통행로』와 함께 출간된 『독일 비애극의 원천』에 보인 평단의 반응을 보면 잘 드러난다.▲ 훗날 숄렘이 적절하게 평가한 것처럼, 벤야민은 이중적 의미에서 아웃사이더였다. "학계에서도 그랬고—오늘날에도 학계에서는 대체

● 1928년 로볼트 출판사에서 출간된 『일방통행로』는 시대와 역사에 대한 벤야민의 비평적 단상을 담은 단편 모음집이다. 같은 시기에 출판된 벤야민의 『독일 비애극의 원천』과 비교해보면 벤야민이 어떻게 비의적 철학에서 혁명적 글쓰기에 관심을 갖는 급진적 저술가로 변화를 도모했는지가 잘 드러난다. 내용의 급진성이라는 측면을 넘어 『일방통행로』는 텍스트의 독특한 구성과 형식의 측면에서 아방가르드적 실험의 성격을 지닌 책으로 평가된다. —옮긴이

■ 이 글에 대해 벤야민은 직설적으로 반응했다. "지금 우리가 우호적인 의견들에 대해 이야기하고 있는 것이라면, 헤르만 헤세도 『일방통행로』에 대해 매우 친절하고 정확한 의견을 자발적으로 피력했다는 사실을 말씀드리고 싶습니다. 우리에게는 한 마리 제비만 와도 이미 여름이지요."(발터 벤야민이 지크프리트 크라카우어에게 보낸 편지, GB III, 372쪽, 편지 번호 594.)

▲ 특히 동양학자 한스 하인리히 셰더와 『베를리너 아벤트블라트』에 서평을 기고하던 베르너 밀히의 험구가 인상적이다. 셰더는 벤야민의 두 책을 못마땅한 어조로 "아웃사이더 지식인에게 열광하는 모든 사람에게" 추천하며, 『독일 비애극의 원천』을 두고 "전적으로 개인적으로 개진되어 있어 이해가 거의 불가능한 스콜라철학"이라고 딱 잘랐다. 밀히 또한 두 저서를 "재치 있는 아웃사이더에 열광하는 이들에게 추천한다"라고 썼다.(Gershom Scholem 1975, 185쪽, 192쪽.) 흥미 있는 것은 동의와 거부가 비슷한 근거를 내세우고 있다는 점이다. 말하자면 대상의 지각은 일치하나 평가가 갈라졌다.

로 비슷한 대접을 받고 있고―문단에서도 그랬다.")[9] 자신의 삶이 전환점을 앞두고 있다는 벤야민의 느낌은 자신이 활동 영역 어디에도 뿌리를 내리지 못하고 있다는 생각에서 비롯된 것이었다. 팔레스타인에서의 미래를 매력적으로 생각하게 된 계기도 여기에 있었다. 이러한 의식과 함께 벤야민은 1928년 초 프랑크푸르트 대학측의 몰이해로 좌절을 겪었던 자신의 바로크 희곡 연구를 독일문학 연구 작업의 종지부로 보았다. 『일방통행로』는 「파리 파사주」를 포함한, 문학적 또는 시적이라고 할 수 있을 또다른 연구 작업의 종지부에 해당한다.[10]

한나 아렌트는 벤야민을 "대단한 열정과 극도의 꼼꼼한 태도로 장서들을 수집해 집을 도서관으로 만든 문필가"라고 불렀다.[11] 벤야민은 한동안 저술 활동으로 생계를 꾸릴 필요가 없었던 수집가였다. 학업, 박사 과정, 교수자격 취득 과정 내내 아버지와 심각한 갈등을 겪으면서도 그는 경매업자이자 베를린 서부의 골동품 회사 레프케의 사업 파트너로 성공을 거둔 아버지의 재정 지원을 받았다. 아버지 에밀 벤야민이 세상을 떠나자 벤야민은 유산을 현금화한다. 상속받은 재산은 1929년 5월이 되자 바닥이 났다. 그것은 무엇보다도 이혼소송 결과로 그가 떠안게 된 의무 때문이었다. 벤야민의 "위기와 전환" 시기에 대해 예루살렘에 있던 숄렘은 다음과 같은 판단을 내렸다.

전에 없던 극도의 흥분 상태, 근본적인 변화, 기대의 좌절로 점철된 그해에 쓴 편지들과 논문들에서 그가 보여준 집중력, 정신적인 것을 향한 개방성, 균형 집회 문제 등은 놀라울 따름이나, 벤야민의 내면에 축적되어 있는 심오한 평정은 스토아주의라는 단어로도 정확히 표현해

벤야민과 브레히트

낼 수 없다. 당시 그가 놓인 곤란한 처지, 그가 살아온 길 밖으로 그를 내몰았던 놀라운 사건들도 그러한 평정을 건드리지 못했다.[12]

청년운동과 학생운동에 참여하며 결정적인 추진력을 얻은 벤야민이 쓴 초기 저술은 이상주의적 교양 개념을 대변하는 글이었다. 반면 이 시기에 쓴 그의 글은 1920년대 전반에 선언했던 비의적이고 독자 적대적인 입장에서 벗어나 있다. 그는 1921년 「번역가의 과제」에 "어떠한 시도 독자를, 어떠한 그림도 관람객을, 어떠한 교향곡도 청중을 향한 것이 아니다"[13]라고 썼다. 또한 일 년 후에는 잡지 『앙겔루스 노부스(새로운 천사)』 광고란에 "비평은 역사적 서술을 통해 가르치거나 비교를 통해 교양을 쌓도록 하는 것이 아니라, 침잠을 통해 인식해야 한다"[14]라고 선언했다. 그러나 경구와 트락타트•로 구성한 『일방통행로』에서 벤야민은 "비평가는 문학투쟁의 전략가"이며, "어느 한쪽 편을 들 수 없는 자는 침묵해야 한다"[15]라고 선언한다. 이 책의 첫 단편인 「주유소」를 읽어보자.

이 시점에서 삶을 구성하는 힘은 확신보다는 사실에 훨씬 더 들어 있다. 그것도 단 한 번 어디에서도 확신의 토대가 된 적이 없었던 그러한 사실들에. 이러한 상황에서 진정한 문학적 활동은 문학의 테두리 안에 머무르는 것이어야 한다는 주장을 할 수 없다. 이는 오히려 문학적 활

• Traktat. 하나의 주제에 대한 논고를 뜻하는 산문 형식의 트락타트는 원래 중세에 통용되던 정치적·종교적 소논문을 일컫는다. 벤야민은 『독일 비애극의 원천』에서 주로 교훈적·교리적 목적으로 사용되던 트락타트를 체계 개념의 문제점을 극복할 수 있는 철학적 글쓰기 형식이라는 관점에서 새롭게 구제하고 있다. —옮긴이

동의 비생산성을 나타내는 일반적인 표현이다. 문학은 오직 행동과 글쓰기가 정확히 교체될 때 비로소 의미 있는 영향력을 발휘할 수 있다. 그러기 위해서는 보편적인 지식을 자처하는 까다로운 책보다 전단, 팸플릿, 잡지 기사, 포스터 따위처럼 현 공동체에 더 큰 영향력을 미치는 수수한 형식들을 계발해야 한다……[16]

　그보다 훨씬 이전에 벤야민은 정치에 이르는 길을 발견한다. 그것은 자신이 『일방통행로』를 헌정한 여성 감독 아샤 라치스의 격려 덕분이었다. 1924년 카프리에서 숄렘에게 보낸 편지에서 벤야민은 라트비아의 "리가 출신 여성 혁명가와의 만남은 급진적 공산주의의 현주소에 대한 철저한 통찰과 생명력 넘치는 해방을 가져다준 최적의 만남"[17]●이었다고 썼다. 이는 공산주의에 대한 벤야민의 접근이 정치와 삶의 결합을 특징으로 하고 있음을 보여주는 발언이다. 즉 벤야민이 관심을 보인 정치적 실천은 개개인의 행복 추구를 인식하고 이를 지지해주는 실천을 말한다. 벤야민이 혁명에 열광했던 것은, 초현실주의자들이 말한 것처럼 "모든 면에서의 해방"[18]을 약속했기 때문이다. 벤야민이 증언했듯 카프리에서 기원한 "공산주의의 신호들은…… 내 사상의 현실적·정치적 계기들을 과거처럼 고상하게 위장하지 않고 있는 그대로, 그것도 실험적이자 극단적으로 발전시키겠다는 의지가 내면에서 일어났다는 전환의 표시"[19]였다. 그후 몇 년간

● 귄터 하르퉁은 그동안 거듭 인용된 이 발언이 대체로 정치적 고백 차원에서만 주목받고 그에 앞선 개인사적인 고백의 차원에서는 도외시되어왔다고 지적했다. 그는 벤야민의 변화를 심층적으로 이해하려면 "'생명력 넘치는 해방'이라는 말의 외미를 충분히 고려해야 하고, 그것이 벤야민의 생산적인 작업에 가져온 영향력을 편견 없이 살펴보아야 한다"라고 주장한다. Günter Hartung 1992, 34쪽 참조.

의 발언들은 "정치적 사유로의 전환"[20]과 "순수한 이론의 영역을 떠나겠다는 결심"[21]이 벤야민의 인생에서 얼마나 중요했는지 확인시켜 준다. 이러한 생각의 실질적인 귀결로 그는 몇 달 동안 공산당 입당을 고민했다. 하지만 1927년 초 모스크바에 머무는 동안 그와 반대되는 논거에 도달했다. "프롤레타리아계급이 지배하는 국가에서 공산주의자가 된다는 것은 개인적인 독립을 완전히 포기하는 것을 의미한다."[22]

1929년 5월에 브레히트는 어떤 상황에 있었는가? 그의 어떤 계획들이 벤야민의 관심을 끌었는가? 1929년 5월 1일, 베를린에서 벌어졌던 이른바 '피의 5월'●은 브레히트의 정치적 삶에 획을 그은 사건이었다. 브레히트는 문학에 조예가 깊은 사회학자 프리츠 슈테른베르크가 진행하는 마르크스주의와 정신과학의 연관성에 대한 강연을 듣고 있었다. 훗날 슈테른베르크는 폴크스뷔네 극장 옆에 있던 공산당 본부 '카를 리브크네히트 하우스' 앞에서 일어난 일을 전해주었다. 당시 사회민주당 출신 경찰청장 카를 최르기벨은 각각 따로 5월 데모를 계획했던 사회민주주의자들과 공산주의자들의 충돌을 막기 위해 집회 금지령을 반포했고, 공산주의자들은 그에 반대하는 시위를 했다. 하지만 주로 소그룹으로 흩어져 시위하던 그들은 번번이 경찰의 제재를 받아 해산되곤 했다. 브레히트도 슈테른베르크의 집 창문 너머

● 1929년 5월 1일 메이데이에 일어난 독일공산당과 경찰 간의 충돌과 이어진 폭력적인 진압 사건을 가리킨다. 충돌이 일어나자 베를린 시 경찰청장 최르기벨은 노동자들이 모여 살던 지역에 비상사태를 선포하고 일만삼천 병력을 투입했다. 이 진압으로 서른세 명이 숨지고 이백여 명이 부상을 당했다. ─옮긴이

로 그 광경을 지켜봤다. 슈테른베르크는 다음과 같이 회고했다.

> 우리가 확인한바 당시 사람들은 무장을 하지 않았다. 경찰의 발사가
> 여러 차례 있었다. 처음에 우리는 공포탄일 거라고 생각했다. 그런데
> 시위자 여럿이 쓰러졌고 들것에 실려갔다. 내 기억으로는 당시 시위
> 도중 스무 명 정도가 사망했다. 총소리를 듣고, 사람들이 총에 맞는 것
> 을 본 브레히트는 얼굴이 창백해졌다. 나는 그렇게 창백한 얼굴을 한
> 번도 본 적이 없다. 브레히트를 점점 더 철저하게 공산주의자로 만든
> 계기는 바로 그때 그 체험이었다고 생각한다.[23]

벤야민과 마찬가지로 공산당에 대한 브레히트의 공감은 공산당
이 가장 급진적인 반反부르주아 정당이자 대중과 가장 가까운 정당
인 한에서였다. 브레히트에 대한 슈테른베르크의 생각은 다음과 같
다. "그는 [공산당을] 무비판적으로 받아들이지 않았다. 다만 그들의
실수는 바로잡을 수 있다고 생각했고…… 아래로부터의 독일 좌파
를 공산당에 기대했다."[24] 1931년 막스 리히너에게 "자만에 빠진 부
르주아적 학문"[25]과 일절 상관하지 않겠다고 밝힌 벤야민처럼, 부르
주아적 연극의 오만함을 바라보는 브레히트의 태도 역시 마찬가지
였다. 브레히트에게 충격을 안겼던 1929년 5월 1일 사건은 브레히트
의 경력이 절정에 달하던 시기에 일어났다. 물론 그가 쌓은 경력은 당
시 그가 의도했던 것과는 별 상관이 없었다. 어쨌든 브레히트는 당시
〈서푼짜리 오페라〉가 거둔 굉장한 성공이 침체되어 있던 연극계의 변
혁을 의미하는 것은 아니라는 사실을 분명히 했다. 브레히트는 "보는
법을 이해한 날카로운 감각을 갖춘 관객"[26]에게만 그 의미가 밝혀지

는 당대의 중요한 사건과 소재를 무대에 올리고자 했다. 그는 "냉정하고 탐구적이고 관심 있는 태도", 즉 "과학의 시대에 걸맞은 태도"[27]를 취할 줄 아는 관객을 기대했다. 이러한 포부를 실현하기 위해 그는 이미 삼 년 전부터 자본주의 사회의 메커니즘에 대한 통찰을 얻고자 노력했고, 유물변증법에 대한 책과 사회학·경제학 이론을 연구하며 자신의 작품에서 다루었던 문제들을 재발견했다. 1928년에는 다음과 같은 기록을 남겨놓기도 했다. "마르크스의 『자본』을 읽었을 때 나는 내 작품들을 이해하게 되었다. 마르크스는 내 작품에 걸맞은 유일한 관객이다."[28]

벤야민이 파악하기로, 1929년 5월 브레히트는 "교육적" 의도를 예술에 적합한 형태로 발전시키는 방안을 모색하고 있었다. 그것은 한편으로 거창한 기록서사극을, 다른 한편으로는 관객을 끌어들이고 참여시키는 집단적 형식을 지향하고 있었다. 1929년 3월 31일 『베를리너 뵈르젠쿠리어』가 희곡작가들과 무대감독들에게 보낸 설문에 브레히트는 "새로운 소재를 파악"한 뒤에는 "새로운 관계들을 형상화"해야 하는데, 그러한 관계들은 "형식을 통해서만 단순화될 수 있다"라고 답변하기도 했다.

> 이러한 형식은 예술의 목표 설정을 완전히 바꿀 때만이 얻을 수 있다. 새로운 목표만이 새로운 예술을 만든다. 새로운 목표란 다름아닌 교육학이다.[29]

그해 7월 〈린드버그의 비행〉과 (훗날 '동의에 대한 바덴 교육극'으로 불리는) 〈교육극〉 초연이 '1929 독일 실내악 축제' 프로그램으로

계획되었다. 브레히트는 교육극이 "집단적 예술 훈련"을 목표로 한다
고 설명했다. 말하자면 교육극이라는 것은 "작가들과 연극에 참여한
사람들의 자기 인식을 위해 만들어진 것이지 누구나 체험할 수 있는
식으로 만들어진 것이 아니다."[30] 〈린드버그의 비행〉에 달린 주석은
다음과 같은 점을 확실히 한다. 즉 작품은 "사람들을 교육하지 못하면
아무런 가치도 없으며, 교육을 목표로 하지 않는 공연을 정당화할 예
술적 가치라는 것은 없다. 요컨대 내가 말하는 공연은 '교재'다."[31] 공
연되기 전인 4월에 축약본으로 출간된 라디오방송 교육극 대본 「린
드버그의 비행」에는 라디오방송이라는 매체에 대한 브레히트의 관심
이 드러나 있다. 브레히트는 라디오방송을 단지 이용하는 것이 아니
라 방송의 성격 자체를 변화시키고자 했다. 그에게 중요한 것은 "청
중이 일으키는 일종의 **반란**, 청중의 활성화, 청중을 생산자로 재투입
하는 일"[32]이었던 것이다. 4월에는 또 브레히트와 바일이 오페라 〈마
하고니 시의 흥망성쇠〉의 두번째 버전을 완성했는데, 1930년 3월 9일
라이프치히 초연은 바이마르공화국 시기에 가장 큰 반응을 불러일으
킨 연극으로 기록되었다. 브레히트와 페터 주어캄프는 1930년에 발
표한 『시도들』*에 실린 「〈마하고니 시의 흥망성쇠〉에 대한 주석」에
서 연극의 서사 형식과 극 형식을 대립시키고 있다. 이 주석은 브레
히트 연극 이론의 기본서가 되었다.* 1930년 봄에서 가을까지 「조
치」를 집필하면서 브레히트는 레닌주의, 즉 프롤레타리아독재와 프
롤레타리아혁명을 지지하는 입장으로 완전히 전향한다. 이러한 방향
전환 덕분에 창작 활동의 중심 주제는 "세계 변혁"으로 옮겨졌다.[33]

---

* 브레히트가 간행한 프로그램적 잡지로, 1930년부터 1933년까지 총 일곱 권이 발행되었다. —옮
긴이

브레히트가 교육극 실험을 위해 필요한 재정을 확보할 수 있게 된 것은 1929년 5월 17일 펠릭스 블로흐 에르벤과 맺은 에이전시 계약 덕분이었다. 이 계약에 따라 브레히트는 매달 선불로 1000마르크를 받았다. 베를린의 쉬프바우어담 극장, 빈, 라이프치히, 슈투트가르트에서 장기공연중이던 〈서푼짜리 오페라〉수입은 포함되지 않은 액수였다.[34] 1929년 4월에는 브레히트와 헬레네 바이겔이 결혼했다. 한 가지 덧붙이면 2월 17일 발행된 『베를리너 뵈르젠쿠리어』에서 브레히트는 극작가 입장에서 바이겔을 "새로운 유형의 연극배우",[35] 다시 말해 서사극을 위한 연극배우라고 칭하기도 했다.

브레히트를 둘러싼 아우라는 논란의 여지가 많은 그의 인기에서 비롯된 것이었다. 동조하든 거부하든 그의 작업, 그의 작품은 언제나 주목을 받았다. 1922년 클라이스트 상 수상 이후 브레히트 작품의 공연에는 늘 세간의 이목이 집중되었고 특히 그가 직접 연출한 경우는 더했다. 1927년에 출판된 베르톨트 브레히트의 『가정 기도서』도 주목을 받았다. 1929년 5월 3일 이후에는 작가에 대해 적대적인 표절 시비가 공공연하게 일어났다. 이때 브레히트의 입장을 대변한 인물은 논박문 「브레히트의 저작권」의 저자 알프레트 케르다. 얼마 안가 벤야민도 브레히트에 대한 비난을 직접 나서서 반박한 소수에 속

■ 부르크하르트 린트너에 따르면 1928년과 1933년 사이는 "폭발적인 실험이 진행되었던 시기로, 『시도들』은 그러한 실험에 부합하는 문학적 형식을 선보였다." 또한 「서푼짜리 소송」에서 브레히트가 내세운 공식, 즉 현실을 재현하기 위해서는 "무언가 '인위적인 것'과 '조립된 것'이 필요하다"라는 표현을 문자 그대로 받아들여야 한다. 브레히트의 극작품에 "불합리한 것과 모순"이 보이는 이유는 브레히트가 바이마르공화국 시대의 위기 요소를 직접적으로 재현하는 것을 피하는 대신 "제스처 안에서 뚜렷하게 전시되는 근본적인 태도와 발언에 집중하기 때문이다." Burkhardt Lindner 1993, 43-47쪽 참조.

하게 된다.

〈서푼짜리 오페라〉 초연과 관련해서 소설가이자 극작가인 리온 포이히트방거는 서른 살의 이 작가를 가리켜 "독일 민족주의자들에게 심한 공격을 받는 독일 개신교 농부의 후손"이라고 표현했다.

> 그는 튀어나온 광대뼈, 기다랗고 좁은 머리통, 푹 꺼진 눈, 이마를 덮은 까만 머리의 소유자다. 또한 그의 외모는 매우 이국적이다. 그의 외모만 보면 사람들은 그를 스페인 사람이나 유대인, 아니면 둘 다에 해당한다고 생각할 수도 있다.[36]

그의 매너는 도발적으로 여겨졌고, 가끔 공식 석상에서 그가 내뱉는 발언은 신랄했다. 브레히트의 머리형에서 "역동적인 표정"을 본 연극연출가 베른하르트 라이히는 브레히트와의 대화에 배어 있는 "내적 드라마"를 다음과 같이 묘사했다.

> 그는 아주 차분하게 말했다. 그러나 주장을 내세울 때는 역설적으로 표현했다. 절대적이고 무조건적인 주장이었다. 그는 반대 주장들을 반박한 게 아니라 해치워버렸다. 자신은 모든 반박이 소용없다고 여기고 있으니 시간을 허비하지 말고 항복하라고 친절하게 충고하고 있음을 대화 상대자들이 알아차리도록 하는 식으로 말이다.[37]

1929년 5월 브레히트와 벤야민의 좀더 밀접한 관계는 벤야민이 브레히트에게 두번째 접근하면서 이뤄졌다. 첫번째 시도와 딜리 이번에 성과가 있었던 것은 벤야민이 자신에게 실존적으로 중요했던

벤야민과 브레히트

질문을 한 덕분이었다. 테오도어 비젠그룬트아도르노에게 1930년 11월에 쓴 편지에서 벤야민은 브레히트와 만나 나눈 "무수한 열띤 대화"[38]로 생긴 요란한 파도 소리에 주의를 환기했다. 브레히트와의 대화에서 다룬 주제는 새로운 연극, 영화, 라디오방송, 정치적 상황, 특히 파시즘에 대항하는 투쟁과 혁명의 필연성에 대한 인식, 지식인의 역할, 현실에 개입하는 사유에 대한 질문, 특히 창작미학과 미학적 테크닉의 시각에서 본 예술의 기능 등 다양했다.

벤야민은 1929년 2월 15일 예술사가 지크프리트 기디온에게 편지를 보내 『프랑스 건축』 집필에 고마워하는 마음을 전했는데 이 편지에 나오는 다음과 같은 문장은 벤야민과 브레히트의 관계에도 적용될 수 있다.

> 어떤 사물(이나 어떤 인물, 말하자면 글, 집, 사람 등)과 접촉하기 전부터 그것이 아주 중요한 의미로 다가오리라고 예감하게 되는 일은 드문데 당신의 책이 그런 드문 경우에 속합니다.[39]

동일한 경험이 브레히트와의 만남에서 이루어지게 된다. 브레히트와의 만남은 벤야민에게 영원히 반복하는 의미심장한 "성좌"[40]●라는 단어를 생각나게 했다. 성좌와 마찬가지로 브레히트와의 만남도 우연이 아닌 특수한—여기서는 호의적인—상황들의 조우로 이루어졌다. 또한 이 만남에는 유일무이함과 법칙이 결합되어 있어, 여기에서 비롯된 특별한 경험과 태도가 개인의 의도를 넘어서 있다는 예감을

● 자세한 내용은 이 책 제1장 제2절 참조.

수반한다. 이 점에서 벤야민과 브레히트의 만남은 단지 두 사람의 전기적 사실 이상을 의미한다.●

● 이 문장은 막스 코메렐의 논문 「바이마르의 장 파울」의 서두를 부연한 것으로, 이 자리에서 이 논문을 내게 환기해준 로렌츠 예거의 이름을 언급해두고자 한다. 장 파울의 바이마르 체류는 그야말로 "성좌"라는 단어로 설명할 수 있다. 그 성좌에서 우연적인 것과 법칙적인 것은 거의 구분되지 않는다. 이 개념은 "누가 어디에 있는지, 다른 모든 사람과 어떤 관계에 있는지, 모두가 모두와 어떤 관계에 있는지"를 나타낸다. "고도의 의식이 지배하고 현실이 매우 첨예하게 반영되는 이 시대에." Max Kommerell 1952, 53-55쪽 참조. (장 파울(1763-1825)은 문학사적으로 독일 고전주의와 낭만주의 사이에 속한 작가로 평가된다. 1795년에 발표한 소설 『헤스페루스』로 명성을 굳힌 장 파울은 1796년에 휴 원지 폰 칼프 부인의 초대로 바이마르에 가게 된다. 바이마르에서 장 파울은 문단의 환영을 받았지만 정작 고전주의를 대표하는 괴테와 실러는 장 파울에게 냉랭했다고 한다. ─옮긴이)

2
친구들과의 갈등

"당신은 형편없는 모임에 가담하고 있군요. 브레히트와 벤야민의 모임 말이오." 시인이자 비평가인 요하네스 R. 베허는 아샤 라치스에게 이렇게 경고했다고 한다.[41] 브레히트의 공산주의자 친구들 사이에서 이러한 경고는 예외적인 것이었을 터다. 말하자면 개인적인 관계를 맺을 때 주변 사람들의 판단에 거의 의존하지 않는 브레히트는 벤야민과의 친구 관계에 대해 결코 누구에게도 변명할 필요가 없었을 것이다. 벤야민은 달랐다. 벤야민의 주변에는 그와 브레히트의 관계에 대해, 여기서 연원한 공동 작업에 대해 납득하기 어려울 정도의 몰이해와 불신, 심지어 부분적으로는 악의를 품고 평가한 사람들이 있었다. 다른 누구도 아닌 벤야민의 친구들과 지인들, 즉 게르솜 숄렘, 미국행 이후 아도르노라고 자신의 이름을 간략하게 줄인 테오도어 비젠그룬트아도르노, 훗날 아도르노의 부인이 되는 그레텔 카르플루스, 에른스트 블로흐, 지크프리트 크라카우어가 그들이다.

　브레히트와의 관계에 대해 벤야민이 해명한 글 중 가장 중요한 것은 그레텔 카르플루스의 편지에 대한 답변이다. 그레텔 카르플루스의 어조와 구체적인 의견은 벤야민의 친구들이 제기한 이의를 전형적으로 보여준다. 1934년 5월 27일 그녀는 벤야민에게 다음과 같이 썼다.

　당신이 덴마크로 이사한 것을 보니 약간 불안한 심정입니다. 어쩔 수 없이 오늘은 가장 예민한 문제를 건드리지 않을 수 없군요. 이렇게 글로 전하기는 싫지만요. 어떻게 우리 사이에 놓인 경계를 넘어 당신의 아주 개인적인 문제에 참견하느냐고 따지면 할말은 없습니다. 당신은 제가 가지 않아 그를 곤란에 처하게 했을 때도 단 한 마디도 뭐라고 한 적이 없고, 저를 속박하고 있는 것들을 늘 이해해주었으며, 한 번도 저를 막은 적이 없으니까요. 분명 당신 입장에서 보면 지금의 선택이 옳겠지만, 저로서는 당신 안에 존재하는 객관적인 어떤 것을 수호해야 합니다. 할 수 있는 한 그렇게 할 생각입니다. 우리는 브레히트에 대해 거의 이야기를 나눠본 적이 없지요. 저는 그를 당신만큼 잘 알지는 못합니다. 하지만 그에게 아주 큰 의구심을 품고 있어요. 그중 한 가지만 이야기하고 싶어요. 물론 제가 할 수 있는 범위에서 이야기하게 되겠지만 저는 그에게서 자주 명확성의 결여를 느낍니다. 그에 대한 상세한 논의보다 지금 제게 더 심각한 것은, 당신이 어떤 식으로든 그의 영향권 아래 있고 그것이 당신에게 큰 위험으로 작용한다는 느낌이 때때로 든다는 사실입니다. 언젠가 프린첸알레 거리에서 언어의 발전에 대해 토론했던 저녁 모임이 생생히 기억납니다. 그때 저는 당신이 브레히트의 이론에 동의한다는 것을 알게 되었습니다. 저는 이 주제를 건드리지 않으려고 무척 애써왔어요. 왜냐하면 당신에게 그 관계는 매우 감정적인 것이고, 또 무언가 감정적 차원과는 다른 것을 대변하고 있다고 생각하기 때문입니다. 하지만 여기서 더이상의 말은 지나친 것이겠지요. 더군다나 그는 어려운 상황에 처한 당신을 가장 많이 지원해주는 유일한 친구이니까요. 현재 우리 모두에게 닥친 고립을 벗어나기 위해서 당신에게 그러한 교제가 필요하다는 점은 잘 이해합니다. 하지만 저는 당신의 집필 활동을 위해서 그러한 고립이 경우에 따라서는 그다지 해가 되지 않는다고 생각하는 편입니다. 이 편지 때문에 우리의 우정이 상당히, 어쩌면 우리의 우정 전체가 흔들릴 위험이 있음을 압니다. 오랫동안 떨어져 있지 않았다면 이런 말을 할 엄두도 나지 않았을 테지요.[42]●

그레텔 카르플루스의 편지에는 브레히트와의 관계를 비판하는 다른 친구들, 누구보다도 훗날 그녀의 남편이 될 아도르노의 반박이 녹아 있다. 브레히트와 벤야민의 교류를 불안해하는 친구들은 자신들의 정치적이고 개인적인 의구심을 숨기지 않았다. 그들은 친구를 위험한 영향으로부터 지켜야 한다고 생각했고, 친구가 감정적으로 브레히트에게 기대고 있다고 가정했다. 이들은 자신들의 경고를 감정적으로 표현했고, 자신들의 개입이 상당히 필요하다고도 생각했다. 그들은 브레히트로부터 벤야민을 "구해야" 한다는 인상을 내비쳤다. 그들의 입장에서 이러한 조치를 취하는 것은 보다 높은 관심사를 위

● 이 편지에는 인쇄본에는 실리지 않은 다음과 같은 문장이 덧붙어 있다. "당신에게 너무 지나치게 말했다면 용서하세요, 그럴 수 있다면요."(SAdK Bestand WB 2/12.)

해서이며, 객관적인 것을 옹호할 필요가 있기 때문이었다.

벤야민은 자신에게 들려온 그러한 비난들에 대해서 대체로 신앙고백과 같은 확신 있는 어조로 대응했다. "브레히트와의 결정적 만남"[43]에 대해 언급하고 그와의 연대 의식을 공표한 편지의 수신인들이 브레히트와 벤야민의 교제를 특별한 거리감을 갖고 지켜본 바로 그 친구들이라는 사실은 우연이 아니다. 그레텔 카르플루스에게 보낸 벤야민의 답장은 그녀의 편지와 비교되는 중요한 본보기다. 벤야민도 그녀의 편지에 대답하기 위해서 거리를 두어야 했다고 밝힌다. 즉 그녀의 편지로부터도, 또 현재 자기 자신의 작업과도 거리를 두어야 했다. 그는 그녀가 말한 게 전부 틀린 것은 아니지만, 브레히트로 가는 여정이 모든 점에서 다 잘못된 것도 아니라고 생각했다.

> 브레히트가 제게 미치는 영향에 대해 당신이 하신 말은 제 삶에서 항상 반복되는 의미심장한 성좌를 상기시킵니다……
> 사실 제 삶의 경제학에서는 몇몇 특별한 관계가 일정한 역할을, 원래의 제 모습과는 반대되는 극단을 주장하도록 만드는 역할을 맡고 있습니다. 이러한 관계들은 항상 저의 가장 가까운 사람들에게 다소 격렬한 반발을 불러일으킵니다. 근래에는 브레히트와의 관계가—굳이 말하자면—숄렘의 반발을 사고 있습니다. 이럴 때 제가 할 수 있는 일은, 위험이 분명해 보이더라도 이러한 결속 관계가 생산적인 결과를 낳게 된다는 믿음을 가져달라고 제 친구들에게 부탁하는 것 말고는 없습니다. 당신은 제 삶과 사유가 극단적 입장들 안에서 움직이고 있음을 결코 모르시지 않을 것입니다. 저의 사유가 움직이는 이런 식의 진폭, 또는 합치 불가능해 보이는 사물들과 사상들을 하나로 모으는 자유는 위험

이 닥칠 때 비로소 그 진정한 모습을 드러냅니다. 그러한 위험은 보통 친구들에게는 단지 '위험한 관계'라는 형태로만 비치겠지만요.[44]

벤야민은 브레히트와의 관계가 자신의 삶과 글에서 어떤 의미를 지니고 있는지 완전히 의식하고 있었기에,● 그의 친구들이 보내는 비판의 강도에도 놀라지 않았다. 친구들의 의심에 대해 응답하며 그는 브레히트가 자신에게 지닌 의미의 "한계"를 알고 있음을 강조했다. 1935년 '파사주 프로젝트'■에 대해 아도르노에게 쓴 편지에서도 브레히트가 자신의 작업에 가져다준 것은 "아포리아"이지 "지침"이 아니라고 전했다.[45] 그의 친구들은 이를 난제라고 보았지만 벤야민은 복잡한 연관 관계로 인지했다. 그에게 "내적 결합"의 "위험성"과 "생산성"은 이율배반적으로 작용했다. 벤야민은 자기 사유의 독창성에는 바로 이처럼 대립적 입장들을 연결하려는 시도가 포함되어 있다는 점을 분명히 했는데 그의 자기 성찰이 이보다 더 명확하게 표현된 적은 드물다.▲ 벤야민이 분명히 말하고 있지는 않지만, 명약관

● 롤프 티데만의 언급을 참조하라. "벤야민은 후고 폰 호프만슈탈, 앙드레 지드, 쥘리앵 그린에 대해서도 잘 알고 있었지만 그의 저술 전체에서 브레히트 연구는 남다른 의미를 지닌다. 이는 한 시기의 삶이 이론에 핵심적으로 작용했던 매우 드문 경우였다. 벤야민과 브레히트를 결속시킨 우정이 아니었다면 『브레히트 주해』는 지금과 같은 형태로 집필되지 못했을 것이다."(Rolf Tiedemann(Hg.) 1978, 178쪽 참조.)

■ '파사주 프로젝트'는 19세기 유럽의 대도시 파리에 대한 문헌 연구를 통한 인용문과 주석의 몽타주로 기획했지만 미완에 그치고 만 자료 모음집을 가리킨다. 1927년, 19세기 파리의 문화사를 중심으로 서구 모더니티 기원사의 여러 양상을 보여주고자 한 벤야민은 죽기 직전까지 책의 완성을 위해 애썼지만 결국 자료본을 남기는 데 그쳤다. 벤야민 전집의 편집자는 전체 분량의 3분의 1에 달하는 단편적 메모와 해설에 방대한 문헌 자료 발췌문을 되살려 '파사주 프로젝트'라는 제목을 붙였다. 그것은 19세기 문화사에서 파리의 파사주가 지니는 핵심적 위상 때문이다. 몇 개의 건물을 이어 만든 통로로서 유리와 철골로 된 지붕, 대리석 바닥으로 이루어진 건축물인 파리의 파사주는 19세기의 자본주의적 도시 경관을 구성하는 대표적 건축물이다. —옮긴이

화한 위험은 오히려 그러한 연결에 실패해 양 극단 중 어느 한 극단만 고수하는 경우에 닥치는 것이라고 생각했던 것 같다. 벤야민에게 그러한 관계가 생산적인 이유는 인물들을 탐색할 기회를 얻을 뿐 아니라 자신의 태도와 입장에 대한 대안을 그려볼 수 있고, 자신의 사유를 첨예하게 벼릴 태도와 입장을 탐색할 기회를 얻을 수 있기 때문이다. 벤야민이 브레히트에 대한 자신의 태도를 이러한 중요한 측면에서 설명했다는 사실을 고려한다면, 벤야민에게 브레히트가 지닌 의미를 벤야민 사후에 깎아내리려는 어떠한 시도도 허용되기 어렵다.

브레히트를 비판적으로 보고 있다고 생각하는 사람들에게 편지를 보낼 때 벤야민은 브레히트와 관련된 사소한 사실도 언급을 자제했는데 예외도 있다.● 그중 1938년 7월 '사회조사연구소'의 행정실장 프리드리히 폴로크에게 보낸 편지 초안이 특기할 만하다. 이 편지에서 벤야민은 "작업을 위한 최적의 시간이 되도록" 구성한 하루 일과를 묘사하면서, 온종일 브레히트 집에 머물며 식사를 하고, 매일 브레히트와 체스를 둔다고 썼다가 지웠다.[46] 이는 문체의 교정이 아니라 자신에게 돈을 주는 연구소 사람의 시각에서 행한 자기 검열이다. 이러한 전략적 선택은—아도르노는 일종의 격식을 차린 사교이자

▲ 1978년에 부르크하르트 린트너는 이 편지 구절이 보여주는 방향 제시적인 성격을 처음으로 지적했다. "이 구절은 그동안 갈구했던 설명으로 읽을 수 있다."(Burkhardt Lindner 1985, 7쪽.)

● 벤야민은 숄렘, 그레텔 카르플루스, 아도르노에게 독일 아방가르드에 대한 연속 강좌를 파리에서 열게 되었다고 알리면서도 강연 주제 중 하나인 브레히트의 이름은 언급하지 않았다. 발터 벤야민이 게르숌 숄렘에게 보낸 1934년 3월 3일 편지, GB IV, 357쪽, 편지 번호 836; 발터 벤야민이 그레텔 카르플루스에게 보낸 1934년 3월 9일 편지, GB IV, 367쪽, 편지 번호 840; 발터 벤야민이 테오도어 비젠그룬트아도르노에게 보낸 1934년 4월 9일 편지, GB IV, 391-392쪽, 편지 번호 850 참조.

벤야민과 브레히트

편지 수신인에 대한 적응이라고 설명했지만[47]— 벤야민의 자기 고백과 전혀 모순된 것이 아니었다. 양자 모두 상대편의 유보적인 태도와 적대감에 반응하는 두 가지 가능성이기 때문이다.

브레히트와 벤야민의 관계에 대한 토론에서 특별한 비중을 차지한 것은 숄렘과 아도르노의 판단이었다. 숄렘은 두 사람의 밀도 높은 교류에 대해 처음부터 냉담한 반응을 보였다. 브레히트에 대한 그의 관심은 보통 수준이었다. 벤야민은 숄렘에게 브레히트의 여러 작품을 읽어보라고 의례적으로 권하면서 판단을 기다렸지만 헛수고였다.● 훗날 발표한 회고록에서 숄렘은 브레히트와의 우정이 벤야민에게 지닌 의미를 인정하며 다음과 같이 언급했다.

브레히트는 여러 해 동안 벤야민을 지속적으로 사로잡았던 인물이고,

● 벤야민은 숄렘이 브레히트에 대한 의견을 털어놓지 않는다고 여러 차례 불만을 토로했다. 하지만 숄렘은 "편지에서 일절 침묵을 지킴으로써 벤야민이 내게 특히 높이 평가한 브레히트의 여러 작품에 대한 유보적인 입장"을 밝혔다. "예를 들면『서푼짜리 소설』은 전적으로 삼류 작품이다." (Gershom Scholem 1975, 258쪽.) 숄렘의 유보적인 태도는 벤야민과 키티 마르크스슈타인슈나이더가 주고받은 편지에도 나타난다. 1933년 베를린에서 벤야민은 이민 가기 직전의 그녀에게 브레히트의『어머니』인쇄본을 빌려주었다. Walter Benjamin/Gershom Scholem 1980, 편지 번호 14 참조. 그녀가 원고를 돌려주었을 때 벤야민은 다음과 같은 편지를 보냈다. "무엇보다도 브레히트의 원고와 무질 전집을 잘 돌려주셔서 감사드립니다. 원래는 당신이 제게 그 두 사람에 대한 의견을 말씀해주시기를 바랐습니다. 후자에 한해서라면 실망감을 잘 삭일 것입니다. 하지만 전자는 완전히 삭이기가 어렵습니다. 지금도 생생하게 기억나는 숄렘의 말에서 저는 숄렘 역시『어머니』를 읽기 시작했음을 알아챘기 때문입니다. 이 경우에 당신의 침묵은 대양의 거리를 뛰어넘어 들려오는 메아리를 담고 있습니다. 이렇게 불확실한 추측에 대해 제게 해명을 해주신다면 정말로 큰 도움이 될 것입니다."(발터 벤야민이 키티 마르크스슈타인슈나이더에게 보낸 1933년 8월 22일 편지, GB IV, 281쪽, 편지 번호 805.) 이 편지에 대한 답장은 키티 마르크스슈타인슈나이더가 발터 벤야민에게 보낸 1933년 9월 14일 편지, SAdK Bestand WB 91/5-6 참조. "그가『어머니』를 읽었으리라는 당신의 추측은 부분적으로만 맞습니다. 그에게 원고를 준 것은 사실이지만, 그가 읽기 시작하기는 했지만 끝까지 읽을 생각은 없다고 말해서 도로 가져왔거든요."

벤야민이 위대한 작가의 창조적 과정을 가까이에서 지켜볼 수 있었던 유일한 작가로, 원래부터 아나키즘적인 색채가 강한 그의 공산주의적 성향은 많은 점에서 벤야민과 통했다.[48]

그는 당시 벤야민의 삶에 브레히트를 통해 "전적으로 새로운 요소, 진정한 의미에서의 근원적 힘"[49]이 파고들어왔다고도 보았다. 그러나 "역사적 유물론을 사유와 작업 영역에서 받아들이거나 벤야민 자신의 사유와 작업을 유물론 방법론의 틀에 끼워맞추고자 한" 벤야민의 시도에 브레히트가 개입되어 있다며 다음과 같이 공격적인 어조로 반응했다.

> 브레히트는 보기보다 기질이 거세고, 운동선수 기질이라고는 전혀 없는 섬세한 벤야민에게 깊은 영향을 주었다. 그 영향이 발터 벤야민에게 좋은 방향으로 미쳤다고 말하기 어렵다. 오히려 나는 브레히트라는 인물이 1930년대에 벤야민의 생산적 작업에 미친 영향은 불운이었고, 여러 점에서 재앙이었다고 본다.[50]

브레히트에 대한 숄렘의 거부반응이 점점 날카로워지는 것은 숄렘의 대행자적인 입장에서 보아야 비로소 이해할 수 있다. 유대교도면서 신비주의 연구가인 숄렘의 브레히트 공격은 다름아닌 벤야민의—형이상학적·유대신학적 경향의 약화와 유물론적 경향의 강세로 나타난—정신적·정치적 발전을 겨냥한 것으로, 숄렘은 이러한 발전이 벤야민에게 해롭다고 생각해 그를 저지하고자 했다. 숄렘은 벤야민이 한쪽은 브레히트를 향하고, 다른 한쪽은 숄렘 자신을 향해 있

벤야민과 브레히트

는 "야누스의 얼굴"을 지녔다고 말했다.[51] 그러나 숄렘이 브레히트를 거부한 것은 벤야민의 사유를 자신이 지배하고 싶어한 까닭이다. 아도르노 역시—비유를 통해—그렇게 표현했다. 1938년 뉴욕에서 숄렘과 만난 후 아도르노는 벤야민에게 편지를 띄웠다. 숄렘은 "상상을 초월할 정도로 확고하게 당신에게 정서적으로 밀착되어 있으며 당신 주변에 얼씬거리는 사람들은 모두, 블로흐든 브레히트든 누구든 적의 범주로 묶어놓습니다."[52] 벤야민 작품의 바람직한 편집에 대한 격렬한 논쟁이 벌어졌던 1968년에 숄렘은 아도르노에게 보낸 편지에 당연하다는 투로 "벤야민에게 미친 브레히트의 영향을 공감하지 못하는 것"은 자신과 아도르노 모두의 공통점이라고 썼다.[53] 한나 아렌트는 "브레히트와 나눈 우정이 벤야민에게 나쁜 영향을 미치고 있다는 숄렘의 생각에 아도르노가 마지못해 동의한 셈"이라고 해석했다.[54] 숄렘은 친구 벤야민의 발전과 브레히트를 지켜보면서 마르크스주의자, 공산주의자, 안티시오니스트 등 친구로 하여금 자신을 등지게 만든 모든 노선의 사람들을 경원시했다. 벤야민이 팔레스타인으로 이주하는 것을 막았다고 자부하는 아샤 라치스도 숄렘의 반감을 불러일으킨 벤야민의 인맥에 속했다.● 1933년 이후 강화된 소

● 라치스의 책을 참조하라. "한번은 그가 히브리어 교재를 갖고 나타나 히브리어를 배울 것이라고 했다. 아마도 팔레스타인으로 가게 될 것이라고도 했다. 그의 친구 숄렘이 그에게 그곳에서 보장된 삶을 약속했다고도. 나는 할말을 잃었고 심한 언쟁을 벌였다. 보통의 진보적인 사람은 모스크바로 향하는 길을 가지 팔레스타인을 향하지 않는다고 쏘아붙이기도 했다. 이제는 차분히 말할 수 있다. 발터 벤야민은 팔레스타인으로 가지 않았다고. 내 뜻대로 된 것이다."(Asja Lacis 1971, 45쪽.) 한 번도 만난 적이 없던 아샤 라치스에 대한 숄렘의 반감은 다음의 편지 구절에서 노골적으로 드러난다. "벤야민이 어떻게 아샤[Asja] 라치스처럼 그렇게 기분 나쁜 '썩은 고기[Aas]'에 빠져들 수 있었는지는 그의 인생에서 해답을 찾지 못한 수수께끼에 속합니다. 당신이 시사하고 있듯이 아마도 가장 지루한 수수께끼에 속한다고 할 수 있습니다." 숄렘은 분노에 싸여 유치한 언어유희도 서슴지 않았다. "아샤=아스(썩은 고기)? 그렇습니다!"(게르숌 숄렘이 발터 뵐리히에게 보낸 1980년 10월 12일 편지, Gershom Scholem 1999, 215쪽, 편지 번호 198.)

련의 스탈린화는 숄렘의 "반마르크스주의적 천성"●을 부추겼고 그
것을 계기로 숄렘은 벤야민을 겨냥했다.

1931년 봄에 보낸 역사유물론에 대한 편지에서도 숄렘은 "변증법
적 유물론 정신 속에서 이루어진" 벤야민의 연구에 대해 "유례를 찾
기 어려운 자기기만의 집약"[55]이라고 비난했다. 숄렘은 이러한 혼
란을 부추긴 장본인이 브레히트라고 여겼다. 브레히트를 향한 벤
야민의 우정이 자신을 향한 관계와는 정반대편에 있음을 인지하고
있었던 것이다.

> 『작업일지』를 통해 이제는 우리 모두 알고 있는 사실, 즉 벤야민이 '신
> 비주의에 반대하는 태도에도 불구하고 간직하고 있는 신비주의'와 영
> 원한 유대 정신에 대해 브레히트가 불만스러워했다는 사실을 당시에
> 나는 그저 막연히 짐작할 뿐이었다. 벤야민의 사유에서 내 마음을 끌
> 고 나를 그와 결합시킨 바로 그것이 브레히트를 화나게 만들었고, 또
> 그럴 수밖에 없었던 요소였던 것이다.[56]

정치적 차원에서 숄렘은 브레히트가 스탈린에 반대하는 입장을
명백히 표명하지 않았다고 보았는데, 이러한 견해는 브레히트를 스
탈린주의자라고 단정하는 교묘한 비난으로 볼 법하다.● 숄렘이 벤야
민의 작업에 지속적으로 개입하는 과정에서 드러난 것은 그가 벤야
민과 브레히트의 관계를 전혀 이해하지 못한다는 사실이었다.[57]
벤야민은 브레히트에 대한 숄렘의 태도를 직시하고 있었다. 그레

● 베르너 크라프트가 1934년 9월 26일 예루살렘에서 숄렘과 "벤야민의 볼셰비즘"에 대해 대화를 나
눈 후 했던 표현이다. Geret Luhr(Hg.) 2000, 192-193쪽 참조.

벤야민과 브레히트

텔 카르플루스에게 쓴 편지에서 그는 친구의 지지를 받지 못한다는 점에 대해 불만을 토로했다. 자신의 막막한 상황을 보고할 때마다 숄렘이 보인 반응에는,

> (불성실이라는 단어를 피하자면) 애처로운 당혹감이 묻어나 있는데, 여기서 저는 그의 개인적인 천성뿐 아니라 지난 십 년간 그가 자신을 도와해온 그 나라의 도덕적인 분위기에 대해 아주 우울한 인식을 하게 되었습니다.[58]

벤야민의 참담함이 어느 정도로 깊은지는 이어지는 편지에 배어 있는, 숄렘의 반감에 울분을 터뜨리는 신랄한 어조에서 드러난다.

> 제가 하는 말이 지나친 말은 아닐 것입니다. 그는 덴마크 친구와의 우정에 진노한 지고한 신이 복수의 손길을 뻗어 제 상황이 그렇게 된 것이라며 신을 찬미하는 것 같습니다.[59]

아도르노와 브레히트 사이에는 브레히트를 대하는 숄렘의 태도에서 특징적으로 나타나는 개인적이고 정치적인 거리는 없었다. 아도르노가 제기한 이의들은 다른 이유에서 비롯된 것이었다. 하지만 그

■ 다음과 같은 숄렘의 회고와 편지를 참조하라. "뉴욕에서 나는 브레히트와 달리 연구소 집단 사람들, 특히 구성원의 대다수를 차지하고 있는 유대인들이 거의 전부 열렬한 반스탈린주의자들이라는 사실을 알고 적잖이 놀랐다."(Gershom Scholem 1975, 263-264쪽.) "게다가 그곳에서 알게 된 연구원들 모두가 열성적이고 매우 분명한 반스탈린주의자들이라는 사실을 알게 되었지. 지위 고하를 막론하고 말이네. 그 사람들에게서 브레히트에 대한 어떠한 호의적인 말도 들어보지 못했네."(게르숌 숄렘이 발터 벤야민에게 보낸 1938년 11월 6/8일 편지, Walter Benjamin/Gershom Scholem 1980, 편지 번호 115.)

내용이나 제스처는 전적으로 유사했다. 1920년대 말에 아도르노는 브레히트의 지인들과 폭넓게 교류하고 있었다.● 그는 〈서푼짜리 오페라〉의 "텅 빈 단순성"을 고풍스럽다고 표현하면서도 작품 자체는 "실용음악"으로 규정했다.[60] 1930년 4월에 아도르노는 『데어 샤인 베르퍼(스포트라이트)』라는 잡지에 기고한—벤야민이 무척 기뻐하기도 했던●—논문을 통해 평가가 분분한 브레히트와 바일의 오페라 〈마하고니 시의 흥망성쇠〉를 강력하게 지지하며 공식적으로 옹호했다.[61] 하지만 처음에는 드러나지 않았던 브레히트와 벤야민의 관계에 대한 그의 비판은 1930년대가 지나면서 점차로 날카로워졌다. 숄렘의 비난과 마찬가지로 그러한 비판은 벤야민의 지적 발전에 나타난 결정적 계기들에 대한 거부를 의미했다. 아도르노도 숄렘처럼 벤야민과의 관계에서 브레히트가 자신의 경쟁자가 될까봐 걱정했다. 그는 벤야민의 철학적 접근법을 근본적으로 긍정했지만, 자신에게 친숙한 유물론적 방법론이 벤야민의 논문에서 구체적으로 적용되면서 (특히 변증법적 이미지에 대한 이론에서) 비변증법적이고 "단순"하며 "순진"한 방법론이 되었다고 비난했다.[62]▲ 1938년에 아도르노는 벤야민의 보들레르 비평을 두고 다음과 같이 비판했다.

● 에른스트 블로흐의 기억을 참조할 만하다. "벤야민은 우리 소모임에서 최고의 명성을 누렸다. 이 서클에는 아도르노, 크라카우어, 바일, 브레히트, 나, 그리고 그 밖의 몇몇 사람이 속해 있었다." (Theodor W. Adorno 외 1968, 22쪽.)

■ 벤야민의 동의는 지크프리트 크라카우어의 편지로 입증되었다. "그저께 저는 벤야민과 함께 있었습니다. 그는 〈마하고니 시의 흥망성쇠〉에 대한 당신의 논문에 상당히 매료되어있습니다."(지크프리트 크라카우어가 테오도어 아도르노에게 보낸 1930년 4월 20일 편지, Hans Puttnies/Gary Smith(Hg.) 1991, 35쪽.)

벤야민과 브레히트

어느 누구보다 저는 당신과 연구소의 연대를 기뻐하고 있지만, 그 때문에 당신이 마르크스주의에 경의를 표하게 된 것은 마르크스주의 자체에도 당신에게도 그다지 도움이 되지 않습니다.[63]

훗날 아도르노는 벤야민이 변증법적 유물론에 끌린 것은 "그 이론적 내용" 때문이 아니라 "집단적 위임 아래 보증된 담론"에 대한 희망, "집단적으로 정당화된 권위에 대한, 벤야민에게 낯설지 않은 욕구"[64]에 기인한 것이라고 평했다. 정치적으로 개입하는 예술이라는 브레히트의 구상에 그가 보인 그후의 반감은 어느 정도는 그전에 이미 벤야민을 향하고 있었다.[65]

"신화와의 화해"●야말로 "벤야민 철학의 주제"[66]라고 생각했던 아도르노가 볼 때 벤야민의 **철학적** 해석 방식은—카프카 연구들만 보아도 알 수 있듯— "화해", "구제", "희망", "절망"처럼 그 핵심적 가치에서 논쟁의 여지가 없는 범주들을 기반으로 한 것이다. 이러한 범주들에 비해 벤야민 글의 정치적, 유물론적, 더 나아가 문학적 함축은 부차적인 요소라는 것이다. 아도르노는 벤야민의 중심축을 이와

▲ "가까이 있는 대상과 밀접한 관계를 맺으며 존재하는 것에 친화력을 느끼는 벤야민의 사유에는 이질적이고 명석한 모든 요소에도 불구하고, 언제나 특유의 무의식적 요소, 이를테면 순진한 요소가 덧붙는다. 그러한 순진함이 때때로 그로 하여금 권력 정치적 지향에 공감하도록 했다. 자신도 잘 알고 있듯이 그러한 지향이 자신의 고유한 본질, 어떠한 규제도 거부하는 정신적 경험을 말살시킬 수도 있는데 말이다."(Theodor W. Adorno 외 1968, 19쪽.)

● 신화 모티프를 직접 다룬 글 「폭력비판에 대하여」에서 벤야민은 신화에 대해 신학적 구원의 관점을 내세움으로써 신학과 신화의 대립이라는 추상적 도식에 머문다. 신화 개념을 유물론적으로 구체화시키고자 한 후기 비평에서도 벤야민은 여전히 신화 비판을 의도하지만, 신화 청산이나 신화 파괴와는 다른 양식의 신화 비판을 모색했다. 그러한 비판은 신화와의 정면 대립을 통해서가 아니라 신화적 상에 대한 기억과 재현을 통해 일어난다는 점에서 탈신화화라기보다 신화와의 화해라고 할 수 있다. 아도르노는 벤야민의 철학이 신화 구제 혹은 신화와의 화해를 추구한다고 보면서도 벤야민의 신화 개념이 충분히 변증법적이지 못하다고 지적했다. ─옮긴이

같이 설정하고 있었기 때문에 브레히트와의 결합이 남긴 흔적들을 그러한 중심과 좀처럼 통합해낼 수 없었다.

> 따라서 벤야민 철학의 중심은 죽은 자들의 구제라는 이념이며, 여기서 구제는 왜곡된 삶이 무기물의 차원에 이르기까지 사물화되는 고유한 전 과정을 거치면서 복구되는 것을 말한다.[67]

벤야민의 유물론에 대한 책임이 전적으로 브레히트에게 있다고 본 숄렘과 마찬가지로, 아도르노는 방법론적 원칙들의 조야하고 불충분한 적용을 브레히트의 영향 탓으로 돌렸다.●

그의 거리 두기는 주저하는 가운데서도 겉으로 드러났다. 아직 공격적인 태도를 취한 것은 아니라고 해도 이미 회의가 역력한 아도르노의 발언을 저널리스트 페터 폰 하젤베르크는 1932년 즈음에 다음과 같이 전했다. "벤야민은 브레히트의 영향을 받으면서 어리석은 일들만 벌이고 있다."[68] 공개적으로 대립각을 세우기 시작한 것은 1934년부터였다. 아도르노는―괄호 안에 넣어 더 눈에 띄는―두 사람의 공통적인 요소에 호소하는 동시에, 자신의 입장을 편지에 써서 벤야민이 직시하도록 했다. "당신이 발표한 몇몇 글에 대해 (우리가 교유한 이후 처음으로 내세우는) 아주 심각한 이견을 억누를 수가 없"다는 것이었다.

● 한나 아렌트는 다음과 같이 썼다. "이러한 전략[벤야민이 심오한 사상을 포기한 것]의 원인을 숄렘은 마르크스주의에서, 아도르노는 속류 마르크스주의에서 찾았다. 또 그것이―이 점에서 두 사람은 똑같이 침통한 심정으로 지적하는데―브레히트와의 우정이 그에게 미친 나쁜 영향력에 기인했다고 보았다."(Hannah Arendt 1971, 15-16쪽.)

벤야민과 브레히트

부당하게 개입하는 것이 아니길 바라지만, 솔직히 말하면 논란을 야기하는 사안 전체가 브레히트라는 인물, 당신이 브레히트에게 진 빚과 연관됩니다. 또한 그것은 유물론적 변증법의 원리 문제뿐 아니라 지금에 와서는 저 자신이 예전처럼 중심적 위치를 인정할 수가 없게 된 사용가치라는 개념과도 관련이 있습니다.[69]

아도르노는 벤야민이 '파사주 프로젝트'에 착수하게 되면서 "더이상 브레히트식의 무신론적 이의를 의식하지 않고" 무난하게 작업할 수 있으리라고 기대했지만 자신이 잘못 짚었음을 깨달았다.[70] 그후 아도르노는 지속적으로 (브레히트의 가명인) '베르타'와 그의 '집단' 개념에 대한 유보적인 입장을 분명히 했다.[71]

브레히트가 이 작업에 영향력을 행사한다면 불행한 일이 될 것이라고 보듯이(그렇다고 브레히트에 대한 어떤 편견이 있는 것은 아닙니다—하지만 이 문제에 대해서는 그러지 않을 수가 없군요), 연구소에 충성을 보여주는 것 역시 저는 불행이라고 생각합니다.[72]

호르크하이머의 다음과 같은 편지에 드러나 있듯이, 아도르노는 연구소 소장인 호르크하이머와 자신의 걱정을 나누기도 했다.

벤야민과 저는 이미 담판을 지었습니다. 벤야민은 자신의 논문 내용이 브레히트와 어떤 식으로든 연관된다는 사실을 강하게 부인했습니다. 그래서 저는 몇몇 부분을 들어 저와 당신[아도르노]의 이의가 정당하다는 것을 벤야민에게 분명히 밝혔습니다. 번역을 시작하기 전에 그는

다시 한번 그러한 이의에 대해 숙고할 것입니다.[73]

아도르노는 벤야민이 사망하고 나서야 비로소 거북해하는 입장을 노골적으로 드러냈다. 그것은 자신의 제자인 롤프 티데만에게 구두로 전한 정보를 통해 가장 먼저 드러났는데, 그 내용은 격렬한 논쟁이 될 만한 것이었다. 벤야민이 아도르노에게 "자신이 두려워하는 브레히트의 급진성을 능가하기 위해서"[74] 「기술복제시대의 예술작품」을 썼다고 말한 적이 있다는 이야기였다.• 1968년 3월 6일 발행된 『프랑크푸르터 룬트샤우』에서 아도르노는 티데만에게 이러한 말을 전했음을 시인했다. 하지만 그가 시인한 것은 한 가지 논점에 국한된다. "분명하게 기억나는 벤야민의 말은 다음과 같다. 그는 「기술복제시대의 예술작품」을 통해 브레히트의 급진성을 능가하고자 했다고 말했다."[75] 아도르노는 벤야민이 브레히트를 두려워했다고 말하지는 않았다.• 두 사람이 친분을 맺어온 역사의 세세한 사항은 오히려 그 반대를 명백히 증언한다. 브레히트와의 관계는 벤야민에게 그 어떤 두려움도 불러일으키지 않았다. 아도르노는 또, 상황이 알려진 것과는 다르다고 주장하기도 했다. 그것은 벤야민에 대한 다음과 같은 주장에서도 나타난다. "벤야민은 브레히트와 직접적으로 관련되지 않은 자신의 고유한 주제를 담은 글을 내게는 보여주었지만

• 롤프 티데만은 이어서 이렇게 주장했다. "벤야민과 브레히트의 관계는 아마도 개인적 전기와 심리학적 차원에서 설명되어야 할 것이다."(Rolf Tiedemann 1965/1973, 112쪽.)

■ 아렌트 역시 아도르노가 그러한 발언을 했으리라고는 믿을 수 없다고 생각했다. "벤야민이 브레히트가 두렵다고 말했다는 사실은 개연성이 없다. 아도르노가 그러한 주장을 한 것도 아니었다⋯⋯" (Hannah Arendt 1971, 16쪽.)

　　　　　　　　　　　　　　　　　벤야민과 브레히트

브레히트에게는 보여주지 않았다—그 이유는 아마 좋은 반응을 기대하지 않았기 때문일 것이다."[76]• 아도르노가 벤야민과 브레히트의 "우정"을 인정할 때조차 거리감은 여전히 드러난다.

> 성숙해진 벤야민에게서는 거만함도 지배욕도 드러나지 않았다. 그는 전적으로 우아하고 완벽한 정중함을 보여주었다…… 이 점에서 그는 브레히트와 닮았다. 이러한 속성이 없었다면 두 사람의 우정은 그렇게 오래 지속될 수 없었을 것이다.[77]

벤야민에게 브레히트가 지닌 의미에 대한 아도르노의 명백한 발언은 침묵이었다. 벤야민에게 바친 그의 긴 논문에서 브레히트의 이름은 거의 등장하지 않는다. 그 부재는 결코 우연이 아니다. 그것은 그의 벤야민 해석이 철학적으로 지향된 해석이라는 사실만으로는 해명되지 않는다. 아도르노는 벤야민 저서 출간에 공로가 크고 "그 저서들을 해석할 적임자"였지만, 숄렘과 마찬가지로 벤야민과 브레히트의 관계를 사실에 입각해서 독립적인 태도로 해석하는 데에는 이르지 못했던 것이다.[78]

지크프리트 크라카우어와 에른스트 블로흐는 좀더 멀리서 자신들의 의견을 표명했다. 그들의 악의 있고 슬쩍 비꼬는 발언들은 출간을

• 벤야민의 연구에 대한 브레히트의 평으로 미루어 볼 때, 벤야민은 집필 도중인 텍스트에 대해 브레히트에게도 알려주었음을 알 수 있다. 한편 벤야민에 대한 1968년의 기록에서 아도르노가 사용한 표현은 브레히트에게 느끼는 강력한 거리감을 증명한다. "그는 브레히트와 그 주변 사람들에게—시합에서 항상 이기는 것을 목표로 하는—자신의 마르크스주의가 지닌 고유의 실험적 성격에 대해 말하지 않았을지도 모른다."(Theodor W. Adorno 외 1968, 98쪽.)

염두에 두지 않은 사적인 편지들에 담겨 있다. 벤야민으로부터 벤야민과 브레히트의 관계에 대한 이야기를 들은 블로흐는 크라카우어에게 (1929년 여름 혹은 초가을쯤) 다음과 같이 전했다.

> 오늘 두 시간 동안 함께했던 벤야민의 모습은 예의 비정한 인간의 모습이었습니다. 하지만 악천후는 오래가지 않았습니다. 저는 그에게 브레히트의 마력을 정리해보라고 유도했습니다. 어쨌거나 그에게는 사적인, 아주 사적인 원인들이 전적으로 드리워져 있습니다. 그 마력은 저도 알고 있었던 예전의 다른 마력처럼 사라질 것입니다. 하지만 지금 발휘되고 있는 그 마력은 (예전에는 클레였다면) 브레히트인 것이지요.[79]•

자신도 참여한 『크리제 운트 크리티크(위기와 비평)』라는 잡지 기획과 관련해서 블로흐는 1930년경 "고전적인 천재 벤야민과 통속적인 천재 브레히트가 어울려 내는 화음이야말로 이루 말할 수 없이 기묘하다"라고 말했다.[80] 몇 년 뒤인 1934년 7월 5일에 크라카우어는 이와 같은 어조를 이어받아 블로흐에게 이렇게 전했다.

> 벤야민이 제게 당신과 나눈 편지에 대해 이야기했습니다. 그는 자신의

• 클레에 대한 언급은 벤야민과 클레의 개인적인 관계가 아니라 클레의 소묘 〈새로운 천사〉를 염두에 둔 것이다. Gershom Scholem 1983, 35-72쪽 참조. 이와 관련해서 에른스트 블로흐가 시인이자 편집자인 페터 후헬에게 보낸 1956년 6월 10일 편지를 참조하라. "벤야민이 제게 보낸 편지들은 유감스럽게도 삼십 년간 세계를 뒤흔들었던 전쟁의 소용돌이 속에서 모두 없어졌습니다. 그중에는 개인적으로 아주 흥미 있는 편지들도 있었지요. 벤야민이 무엇에 홀린 상태였을 때 만든—호프만슈탈에서 시작해서 브레히트로 이어진—아치 위에서 벌어진 논쟁을 담은 편지들 말입니다." (Ernst Bloch 1985, 878쪽.)

벤야민과 브레히트

신이 있는 덴마크로 떠났는데요, 햄릿이라면 두 사람에 대해 많은 소견을 발표할 수 있을 겁니다. 게다가 지금 코펜하겐에는 성 정치를 다루는 출판사도 있잖아요.[81]●

크라카우어는 1965년 숄렘에게 편지를 띄워 1933년 이전에 베를린에서 벤야민이 "브레히트를 비굴하고 피학적으로 대하는 태도" 때문에 벤야민과 격렬한 언쟁을 벌인 적이 있다고 전했다.[82] 이는 벤야민이 브레히트와 의존적 관계, 아니 종속적 관계—나아가 동성애적 특징을 지닌 관계—를 맺고 있다는 가설이며, 숄렘과 아도르노의 비판과 일맥상통하는 해석이다. 블로흐와 크라카우어의 심리학적 발언은 아도르노와 숄렘의 진술을 능가하는 것처럼 보인다. 그럼에도 그러한 발언은 친밀한 우정의 무대를 벗어나지 않은 것으로 간주되어야 한다. 1960년대 중반 이후 아도르노와 숄렘은 자신들의 견해를 공식화했고, 벤야민과 브레히트에 대한 논의는 바로 이들의 해석에 오랫동안 영향을 받아왔다. 아도르노와 숄렘 생전에 블로흐와 크라카우어가 그들의 해석에 대해 개인적으로 이의를 표명하기는 했지만, 이들의 의견이 미친 영향력은 상당히 미미했다. 더구나 크라카우어와 블로흐 사후에 편지를 통해 알려진 악의 있는 발언은 벤야민의 정신적·지적 의존성에 대해 아도르노, 숄렘과 같은 벤야민의 측근이 가한 공격보다는 무해하다고 할 수 있다. 아도르노와 숄렘은 자신의 친구를 방어하려다가 오히려 그의 명예를 뒤늦게 실추시켰기

● 성 정치에 대한 책을 출간하는 출판사는 빌헬름 라이히가 주도하고 있었다. 이 발언은 그다음 문장과 마찬가지로 벤야민과 관계되어 있다.

때문이다.

원래 성이 슈테른이었던 귄터 안더스는 벤야민의 친척 조카이자 한나 아렌트의 첫번째 남편으로, 벤야민을 알고 지낸 동시대 남자 중에서 벤야민과 브레히트의 관계를 섬세하고 개방적인 태도로 언급했던 소수에 속한다. 벤야민은 1920년대 말부터 브레히트를 알고 있던 안더스를—카를 코르슈, 프리츠 슈테른베르크, 알프레트 되블린과 더불어—"예술적 혹은 사상적으로 독립적인 자신의 친구"[83]로 손꼽았다. 안더스는 『베르트 브레히트』라는 회고록에서 브레히트를 "정중함의 표본"이라고 묘사하며 다음과 같이 회상한다.

> (벤야민과 나눈 것과 같은 식의) 대화가, 심지어 설전이 가끔 펼쳐졌다. 우연히 대화를 듣게 되는 문외한들이 있다면 분명 두 남자가 유교 의식을 행하고 있다는 인상을 받을 것이다.[84]

안더스는 이러한 의례적인 태도를 단지 정중함뿐 아니라 차이에 기반을 둔 거리감의 표현으로 여겼다. 다음의 글은 안더스가 두 사람의 친밀한 관계를 잘 이해하지 못했음을 보여준다.

> 1933년 이전 베를린에서 벤야민과 브레히트가 함께 있는 것을 본 일은 몇 번 되지 않습니다. 오십오 년이 넘은 지금은 대화의 주제들도 기억나지 않습니다. 하지만 **브레히트가 벤야민을 이해한 것보다 벤야민이 브레히트를 훨씬 더 잘 이해하고 있었다**는 점은 기억합니다. 벤야민은 문학을 해석하는 데 익숙했고, 브레히트는, 비록 좋은 착상들로 넘쳐나긴 했지만, 사색가 발터 벤야민의 복잡한 사유에 익숙하지 않았

습니다. 그들의 "**우정**"은 사실 **비대칭적**인 것으로 보였습니다. 아니, 그 우정은 좀 의아했습니다―거기다 **벤야민의** 관심은 십수 년 전부터 프랑스와 프랑스문학에 집중되어 있었습니다. 저는 그와 많은 대화를 나눴는데● 그는 다른 주제의 대화에서도 거의 언제나 '파리'라는 예의 그 주제로 넘어가곤 했거든요. 하지만 **브레히트**에게 프랑스와 프랑스 문화는―이 점에서 그는 독일 전후문학에서 예외적인 인물인데―아 주 작은 역할만 할 뿐이었습니다. (반대로 벤야민은 브레히트가 중요 시했던 영국문학을 본격적으로 다룬 적이 없었습니다.) 스타일도 사회 적인 면도 그토록 다르고, 사유의 연상 작업에서도 더없이 다른 방향 을 추구한 두 사람이 서로 긴밀한 관계를 맺고 있다는 사실을 몰랐고 이 사실을 단지 소문으로만 접했다면, 저는 믿지 못했을 것입니다.[85]

권터 안더스의 발언은 여러 면에서 시사적이다. 한편으로 이 증언 은 두 사람에게 호의적인 사람들조차 벤야민과 브레히트의 친밀한 교제를 당혹감과 놀라움이 섞인 시선으로 바라보았다는 사실을 보 여준다. 다른 한편, 안더스가 그 관계를 비대칭적이라고 여겼다는 것 은 두 사람의 교류에서 무게중심이 어디에 있는지, 즉 먼저 손을 내 미는 태도와 거기에 반응하는 태도를 구분하도록 촉구한다. 궁극적 으로 안더스는 어떠한 험담 없이 두 사람의 근본적인 차이를 지적하 고 있다. 그것은 공통점과 차이점을 분석할 때 고려해야 할 외형적 특징, 기질, 스타일, 문학적 지향의 차이다.

● 안더스는 이 대목에 "그는 내 오촌 아저씨였습니다"라고 각주를 달았다.

특기할 만한 것은 여성들은 두 사람 관계의 가치에 대해 이해심을 보여주었다는 사실이다. 그런 인물들로는 한나 아렌트, 아샤 라치스, 마르가레테 슈테핀, 헬레네 바이겔, 엘리자베트 하우프트만, 덴마크 배우이자 감독이었던 루트 베를라우, 네덜란드 화가 아나 마리아 블라우폿 턴 카터, 그리고 벤야민의 누이 도라 벤야민을 들 수 있다.● 이들 중 한나 아렌트와 블라우폿 턴 카터를 제외한 모두가 브레히트의 동료 혹은 연인이었다는 사실은 우연이 아니다. 이 여성들의 입장에서는 사상적 친밀감에서 비롯된 생산성에 동의하면서 "남자들의 우정"■을 시기심 없이 판단하는 것이 더 수월했다. 다른 사람들에 대한 질투 없이 브레히트와 가까웠던 남자들—카를 코르슈, 한스 아이슬러, 베르나르트 폰 브렌타노 등—은 벤야민과 브레히트를 동시에 알고 있었음에도 두 사람의 교류에 대한 증언을 거의 남기지 않았다.▲

● 크리술라 캄바스는 『발터 벤야민—문단 여성들의 수신인』을 통해 문학창작의 맥락에서 여성들이 중요한 중개자 역할을 했음을 지적한다. Chryssoula Kambas 1994 참조. 한편 발터 벤야민의 전 부인 도라 조피 벤야민은 벤야민이 브레히트와 맺은 관계에 대해 위에서 언급한 여성들이 공감한 바를 공유하지 않았다. 그녀는 벤야민에게 파리의 거처를 옮기라고 촉구하는 편지를 보내며 다음과 같이 전했다. "저 끔찍한 브레히트가 있는 곳까지 놀랄 만큼 비싼 여행을 하느니 그편이 훨씬 더 나아요. 하지만 당신이 원하는 대로 해야겠지요."(도라 벤야민이 발터 벤야민에게 보낸 1937년 12월 5일 편지, SAdK Bestand WB 18.)

■ 한나 아렌트와 헬무트 골비처는 이 개념을 차용하여 벤야민과 숄렘의 관계를 규정했다. Hannah Arendt 1971, 13쪽; 헬무트 골비처가 게르숌 숄렘에게 보낸 1975년 11월 18/25일 편지, Gershom Scholem 1999, 365쪽 참조.

▲ 특히 여름 몇 주간을 스벤보르에서 함께하며 강한 인상을 받았던 코르슈와 아이슬러가 증언을 남기지 않았다는 사실은 특히 유감스럽다. 아이슬러는 1925년에 벤야민이 『프랑크푸르터 차이퉁』에 서평을 기고하기도 했던 브레히트의 『프랑크푸르트 동요집』에 실린 두 편의 노래에 곡을 붙인 바 있다. GS IV/2, 792-796쪽; Eberhardt Klemm 1987, 385-386쪽 참조. 부언하면, 아이슬러는 『1900년경 베를린의 유년 시절』에 대한 메모에서 프롤레타리아계급이 반(反)부르주아적 히비투스에서 비롯된 거리감을 드러내기도 했다. "유년 시절에 대한 달콤한 회상에서 오는 감상성은 사회적으로 '의식 있고' '깨어 있는' 행동을 통해서만 버릴 수 있다…… 관찰의 천박함."(Hanns Eisler 1982, 270-271쪽.)

벤야민과 브레히트의 우정을 한나 아렌트만큼 긍정적이고 낙관적으로 평가한 사람도 없다. 벤야민과는 돈독한 관계를 맺어왔지만 브레히트는 이따금씩만 만났던 그녀는 벤야민에게 브레히트와 나눈 우정이 "행운"이었고, 브레히트야말로 "벤야민 생애의 마지막 시기에, 특히 파리 망명 시절 가장 중요했던 사람"이라고 말했다.

> 벤야민과 브레히트의 우정은 특별한 것이다. 그 시대의 가장 위대한 독일 작가와 가장 훌륭한 비평가가 맺은 관계이기 때문이다…… 벤야민과 브레히트가 세상을 떠난 지 한참 지난 지금도 여전히 그들의 오래된 친구들이 이 만남의 특별함에 눈을 뜨지 못했다는 사실은 희한하면서도 안타까운 일이다.[86]

한나 아렌트는 아도르노와 프랑크푸르트 연구소 동료들이 벤야민의 정신적·물질적 유품을 소홀히 하고 있다는 자신의 견해와 이에 대한 격분을 숨기지 않았다.[87] 아렌트는 벤야민과 브레히트의 관계를 중요시함으로써 아도르노에게 의식적으로 반기를 들었다. 물론 그녀 또한 아도르노와는 다른 맥락에서 마르크스주의에 대한 벤야민의 접근을 비판적으로 보았다. 한나 아렌트는 벤야민을 좌절한 자, 개별자로 보았고, 벤야민의 사유에 모든 형식의 이데올로기에 대한 반항을 결부시켰는데, 그것은 벤야민의 정치적 의도보다는 그녀 자신의 반反전체주의 구상에 부합하는 것이었다.[88] •

• 위르겐 하버마스는 1972년에 비슷한 판단을 내렸다. "아렌트는 암시에 빠지기 쉽고 상처받기 쉬운 미학자, 수집가, 재야학자 벤야민을 마르크스주의적이고 시오니즘적인 친구들의 이데올로기적 요청으로부터 보호하고 싶어했다."(Jürgen Habermas 1972, 175-176쪽.)

1924년 여름 카프리 섬에서 벤야민과 만나 연인으로 지내던 아샤 라치스는 〈에드워드 2세〉의 뮌헨 극장 공연을 위해 원저자인 브레히트와 함께 작업한 바 있다. 그녀는 자신이 주선한 두 사람의 만남에서 "생산적인 우정"[89]이 생겨났다고 썼다.

마르가레테 슈테핀이 벤야민과 나눈 편지에서 드러낸 가장 지배적인 관심은 브레히트의 작품 활동을 위해 두 사람이 우호적 관계를 유지하도록 하는 부분이었다. 그녀는 힘이 닿는 한 그러한 관계를 발전시켰다. 또한 누군가와 꾸준히 연락을 하지 못하는 브레히트를 위해 편지를 쓰면서 벤야민과의 연락을 유지했다. 그녀는 파리에서 함께 보낸 1933년 가을부터 가교 역할을 맡았고, 벤야민과 브레히트의 관계가 발전하는 데 결정적인 역할을 했다. 그녀의 편지들은 "위임받은 편지" 이상의 의미를 지닌다. 그녀는 브레히트의 동료이자 공저자일 뿐 아니라 작가이자 번역가로서 독립적인 위치에서 벤야민을 만났다. 브레히트는 벤야민이 슈테핀에게 쓴 편지를 통해 소식을 듣는 한편, 그녀를 거쳐 벤야민에게 부탁이나 정보를 전달했다.[90]●

엘리자베트 하우프트만과 벤야민의 대화에서 브레히트가 언급된 부분을 보면, 벤야민과 브레히트가 서로 자극을 주고받는 동등한 관

● 마르가레테 슈테핀이 발터 벤야민에게 보낸 편지들을 참조하라. "벤야민 박사에게. 당신이 제게 편지를 쓰셨다는 말을 브레히트에게 들었습니다. 아마도 그 편지를 받아보지는 못 하겠지만 그래도 기쁩니다. 그가 저에게 편지가 와 있다는 말이라도 하는 경우는, 그조차도 드물지만, 그래도 행운이라고 말해야 할 것입니다. 스코우스보스트란에 제게 온 흥미 있는 편지들이 서서히 산더미를 이루어가고 있어요. 하지만 이 산은 결코 저한테 다가올 수 없습니다. 게다가 브레히트는 신사적이라서 저는 결코 그 편지 안에 뭐라고 적혀 있는지를 알 수도 없습니다. 거의 비극적이라고 생각하지 않으세요?"(마르가레테 슈테핀이 발터 벤야민에게 보낸 1937년 4월 22일 편지, Margarete Steffin 1999, 237-238쪽, 편지 번호 96.) "한번 편지 주세요. 늘 그렇듯이 새로운 소식은 모두 브레히트에게 전달하고 있습니다."(슈테핀이 벤야민에게 보낸 1938년 1월 6일 편지, 같은 책, 266쪽, 편지 번호 111 참조.)

계임을 충분히 의식하며 관계를 발전시켜나갔다는 사실이 드러난다. 그녀는 벤야민에게 브레히트 연구를 위한 조언을 해주었고, 벤야민과 브레히트의 텍스트를 무사히 미국에 가지고 가고자 애썼다. 그녀는 자신과 브레히트의 관계가 악화되었을 때 벤야민에게 중재를 부탁하기도 했다. 벤야민에게 쓴 그녀의 편지는 신뢰로 가득차 있는데 여기에는 그녀와 브레히트의 각별한 사이를 벤야민이 잘 알고 있다는 사실도 한몫한다.[91] 물론 벤야민은 브레히트를 가교 삼아 맺게 된 관계 이상을 하우프트만에게 기대했다.• 하우프트만은 예루살렘에 있는 자신의 친구 오토 나탄에게 쓴 1934년 5월 22일 편지에서 벤야민과 맺은 관계의 특징을 전했다. 그녀는 편지 서두에 자신과 브레히트와 아이슬러를 복수 일인칭으로 표시하고 있다. "우리는 몇 년 전부터 (이곳 파리에서) 문학을 매개로 벤야민과 길고 끈끈한 우정을 나누고 있어."[92]

헬레네 바이겔과의 관계도 유사했다. 그녀는 베를린에서 나눈 교제와 스벤보르에서 여름 몇 달 동안 함께 보낸 것을 계기로 벤야민과 마음에서 우러나온 관계를 이어갔다. 벤야민은 배우로서 그녀를 인정했고, 그녀는 환대와 선물로 그를 지원해주었다. 그녀 역시 벤야민과 브레히트 사이에서 의사소통의 틈을 메우는 역할을 담당했다. 바이겔은 1966년 벤야민의 제수인 힐데 벤야민에게 쓴 편지에 벤야민에 대한 인상을 다음과 같이 적었다.

• 이 사실은 특히 르라방두에서 쓴 일기의 한 대목을 통해 입증되었다. GS VI, 432쪽; 이 책 제2장 제2절 참조. 또한 1932년에 쓴 유서에 벤야민은 하우프트만에게 은으로 된 러시아산 단도를 유산으로 남긴다고 적었다. GB IV, 122쪽 참조.

예전에 발터 벤야민에 대해 이야기한 적이 있지요, 그가 덴마크에서 우리와 함께 얼마간 지냈다는 이야기 말이에요. 우리가 1933년 이전에 베를린에서 그를 알게 되었고 그가 브레히트와 저의 좋은 친구라는 것도요.[93●]

루트 베를라우의 묘사는 벤야민이 브레히트를 두려워한다거나 그에게 의존적이라는 모든 비방을 분명하게 반박한다. 연극 평론가인 한스 붕게와의 대화에서 그녀는 다음과 같이 말했다.

● 위에서 인용한 편지와 또다른 편지에서 드러나듯 바이겔은 벤야민 유고의 소유권 관계를 정리하고 동독에서의 벤야민 저술 출판을 촉구하기 위해 여성 법무부 장관의 힘을 빌리고자 했다. 바이겔은 롤프 티데만의 저서 『발터 벤야민 철학 연구』에 나오는 벤야민 유고에 대한 언급을 참조하는 한편, "아도르노가 맡은 벤야민 저술 출판이 아주 더디게, 또한 내가 내내 염려해온 대로 불완전한 방식으로 이루어지고 있"다는 판단을 바탕으로 힐데 벤야민에게 연락을 취했다. "이곳에서는 벤야민의 전집을 출판하는 일에 관심이 큽니다. 그중에는 우리는 갖고 있지만 프랑크푸르트에는 없는 책들도 있습니다. 저작권이 누구에게 있습니까? 이곳 출판사에서 누구와 연락해야 합니까? 솔직히 털어놓자면 저는 이 일에 대한 검토가 이루어지기를 간절히 원하지만, 저로서는 그 일을 할 아무런 방도가 없습니다." 엘리자베트 하우프트만은 헬레네 바이겔이 검토를 부탁한 편지 초안에 동독에서의 벤야민 저술 출판에 대한 관심을 언급하는 구절을 보충해넣었다. 하우프트만은 1966년 5월 22일에 바이겔에게 다음과 같이 전했다. "언제나 그렇듯이, 아무리 아도르노가 브레히트를 싫어한다고 해도, 신뢰할 만하고 합법적인 정보가 주어져야 합니다. 그도 이를 거절하거나 막을 수 없습니다." 1966년 12월 29일에 바이겔은 힐데 벤야민에게 자신의 문의에 대한 답변을 재촉했다. "당신이 벤야민의 논문들을 어떻게 보시는지 정말로 궁금합니다. 그는 경탄할 만한 저자입니다. 만약 이곳에서 우리가 그의 어떠한 논문도 발행할 수 없다고 생각하면 화가 납니다."(HWA Ko 3528.) 법무부 장관이 힘을 실어주었는지는 지금까지 밝혀지지 않았다. 받아본 책에 대한 감사 인사 외에는 어떠한 반응도 전해지지 않는다. 특기할 만한 것은 헬레네 바이겔이 잡지 『알테르나티베(대안)』의 활동에 대해 보여준 반응이다. 두번째 벤야민 특집호를 위해 "벤야민과 브레히트의 생산적인 공동 작업을 입증해줄 증거자료"를 요청한 힐데가르트 브레너의 문의에 바이겔은 1967년 11월 6일에 다음과 같이 대답했다. "저도 전적으로 그 일을 지지합니다. 하지만 '브레히트 문서고'에서 당신을 위한 자료를 발견할 수 있는지는 저도 모르겠습니다 연구소, 특히 아도르노가 맞설 수 있다면 저로서는 정말 바람직한 일일 겁니다. 하지만 가능한 한 신중하시기를 당신에게 진심으로 부탁합니다. 그것은 반박할 수 없이 확고해야 하고, 전적으로 구체적으로 이루어져야 합니다."(SAdK, Berlin, Historisches und Verwaltungsarchiv, BBA-Registratur.)

벤야민과 브레히트

덴마크에서 벤야민과 브레히트가 만날 때면 언제나 친밀한 분위기가 만들어졌어요…… 브레히트는 벤야민을 아주 좋아했어요. 정말로 좋아했지요. 그들은 말을 나누지 않아도 서로 잘 통했다고 생각해요.[94]

벤야민이 1933년 이비사 섬에서 알게 된 아나 마리아 블라우폿 턴 카터는 1933년 가을 파리에서 브레히트와 마르가레테 슈테핀을 알게 되었다. 그녀의 묘사에도 의존적 관계에 대한 두려움이나 위험한 영향력에 대한 걱정은 담겨 있지 않다. 그녀는 벤야민과 브레히트가 파리에서 여러 주에 걸쳐 공동 작업을 했다는 사실을 알고 있었다.[95] 1934년 봄에 벤야민에게 다음과 같은 안부 편지를 보내기도 했다.

덴마크 여행에 대해 말씀하셨지요. 여행 날짜가 다가왔네요. 그곳에서 좋은 시간 보내시고 일도 잘 진행하시길 바랍니다. 어쨌든 브레히트와 가까이 있게 되면 당신도 편해지고 정신적으로 자극도 받을 것입니다. 슈테핀을 만나게 되어 기쁘시겠어요—그녀의 건강은 어떠한지요? 안부 전해주세요. 브레히트에게도요. 그래주실 수 있지요?[96]

도라 벤야민은 파리에서 생애 마지막 몇 년을 오빠인 벤야민과 함께 보냈다. 벤야민이 사망한 후 그녀는 역사학자 카를 티메에게 편지를 보냈다.

그사이에 공연 〈갈릴레이의 생애〉를 보았습니다…… 저를 사로잡고 감동시킨 것은 특히 대본의 표현 방식이었습니다. 거기서 오빠와 브레히트가 해온 공동 작업의 결과를 발견할 수 있다고 생각합니다. 아마

틀린 생각은 아닐 테지요. 당신도 아시겠지만 지난 몇 년 동안 두 사람은 공동 작업에 매우 몰두했잖아요. 오빠는 파리에 체재하는 몇 해 동안 여름이면 덴마크에 있는 브레히트의 집에서 보냈고요—1938년 여름이 마지막이었지요.[97]

브레히트는 벤야민과 아무런 교류도 없던 시기에 「갈릴레이의 생애」를 집필했기에 공동 작업의 직접적 결과를 입증할 수는 없다. 도라 벤야민도 그런 뜻으로 한 말은 아닐 것이다. 중요한 것은 내막을 잘 아는 그녀가 두 사람의 공동 작업과 친밀함을 언급하고 있다는 사실이다.

벤야민과 브레히트

3
벤야민 저술의 편집과 연구

벤야민의 『편지 선집』(1966)이 출판된 이후, 1967년에서 1968년에 걸쳐 벤야민 저술 편집을 둘러싸고 논쟁이 벌어졌다. 이 논쟁에서 핵심적인 사안으로 떠오른 것은 벤야민의 삶과 글에서 브레히트가 맡은 역할에 대한 해석이었다. 작가이자 비평가인 헬무트 하이센뷔텔과 잡지 『알테르나티베』의 편집진은 "벤야민의 유산을 조종하는 이들"에게 이의를 제기했고, 아도르노를 겨냥해 "편집인들과 계약 당사자의 사적 연합"을 문제 제기했다.[98] 『알테르나티베』측은 "벤야민상의 비판적 교정"을 추구하며, 연구와 자료 정리를 주도한 숄렘, 아도르노, 아도르노 제자들의 해석에 맞서 그동안 소홀히 다룬 후기 저술과 그 안에 집적된 유물론적·마르크스주의적 요소들을 선입견 없이 포괄적으로 다루어야 한다고 주장했다.[99]

1955년에 나온 두 권짜리 선집에서 브레히트의 이름은 (작가이자 번역가인 프리드리히 포추스의 이력을 담은 부분에서) 딱 한 번 슬쩍 언급되고 끝이다. 유물론적 방법론도 달랑 서문에서 일종의 막연한 [변증법적] 이미지 범주로 재해석하는 데 그치고, 경구와도 같은 무책임한 해석을 밀어붙이는가 하면, 후기의 역사-정치적 주제는 제대로 밝히지 않은 채 초기의 신학적 주제에 소급해서 해석하고 있다.[100]•

1968년 봄에 두번째 벤야민 특집호로 발행된 『알테르나티베』에는 아도르노와 티데만의 해석과 편집에 대한 반박이 요약되어 실렸다. 이러한 반박을 통해 잡지 편집진은 벤야민 전집 편집자들에게 벤야민 텍스트에 대한 가필, 삭제, 은폐, 해석 방식뿐 아니라, "벤야민의 중요한 마르크스주의적 연구서, 그중에서도 브레히트와 관련된 연구서 출간의 지연"에 대한 책임을 물었다.[101]

> 브레히트에 대한 한결같은 공격적 태도(1968년 3월 6일 『프랑크푸르트 룬트샤우』 참조)로 볼 때 아도르노는 **라치스**, 브레히트 등 벤야민의 친구들을 실용주의적 공산주의의 대리인으로 보고 있다는 결론이 나온다.[102]

아샤 라치스는 『알테르나티베』의 편집자 힐데가르트 브레너에게 편지를 보내 앞에서 인용한 티데만이 퍼뜨린 아도르노의 발언, 즉 벤

• 이 논박문은 사실 관계들을 무시하고 있다. 사실 브레히트의 이름은 1955년판 벤야민 전집(「서사극이란 무엇인가? II」, 『브레히트 시 주해』, 「기술복제시대의 예술작품」 등의 텍스트)에 여러 차례 등장한다.

벤야민과 브레히트

야민이 예술작품 논문을 쓴 것은 "자신이 두려워하는 브레히트의 급진성을 능가하기 위해서"라는 발언을 반박했다. "롤프 티데만의 주장은 말도 안 됩니다."[103] 하이센뷔텔은 「벤야민의 후기 저술에 대하여」라는 기고문을 통해 아도르노가 편견을 지니고 있다고 주장했다.

> 내가 보기에 아도르노는 '파사주 프로젝트'에 대한 대화를 처음 나누었던 1920년대 말의 벤야민에 대한 기억에 너무 사로잡혀 있다. 당연한 일이지만, 더구나 그는 자신의 고유한 철학적 구상에 갇혀 있다.[104]

하이센뷔텔은 벤야민에게 브레히트가 아도르노와의 논쟁에서 핵심적인 인물이었음을 지적했다. 벤야민에게 브레히트 작품은 "보들레르 작품에 대한 답변"이라는 것이다.

> 아도르노가 브레히트에 대한 벤야민 논평의 출판을 주저한 것은……브레히트라는 인물과 그의 작품이 벤야민과 자신 사이의 해소되기 어려운 차이를 드러내는 징후로 보였기 때문이다. 아도르노는 대수롭지 않은 듯 자신은 브레히트와 벤야민의 관계를 은폐할 생각이 없다고 단언한다. 하지만 두 사람의 관계가 어떤 징후를 드러내는 것인지에 대해서는 밝힌 적이 없다. 이 유산 관리자가 한 다음과 같은 언급—아도르노가 나에게 1967년 4월 14일 보낸 편지 내용—은 대체 무슨 뜻인가. "지금까지 제가 말하고 싶었던 것은, 브레히트-벤야민이라는 차원을 없애는 것이 제 의사와는 거리가 멀다는 점입니다. 만약 그럴 생각이 있었다면 이 차원에 자리잡고 있는 벤야민의 텍스트들을 아예 출판하지 않는 게 더 쉽지 않았겠습니까?"[105]

1967년과 1968년 사이 벤야민 수용에 일어난 변화의 배후에는 1960년대 말과 1970년대의 정신과학과 사회과학 분야에 일어난 패러다임 전환이 깔려 있다. 이념사에 치우친 시각―여기서는 철학적 내지 유대 신학적으로 정향된 아도르노와 숄렘의 해석―대신에 정치적·사회사적·매체미학적 연구들과 해석들이 등장했다. 물론 새로운 해석 모델의 발전은 또다른 편향성을 수반했다. 숄렘, 아도르노, 티데만, 주어캄프 출판사의 비판자들이 제기한 이의에 대한 대응도 물론 있었다.[106]

벤야민 편집본 중 성공적인 판본이라고 할 수 있는 것은 1970년에 라이프치히의 레클람 출판사에서 독일어권 문학에 대한 벤야민의 글들을 선별해서 '책갈피'라는 제목으로 펴낸 게르하르트 자이델의 편집본이다. 이미 1957년에 자이델은 좌파적 문학이론 전체를 동독을 위해 활용하기 위해서는 벤야민의 유물론적 접근에 대해서도 알아야 한다고 주장했다.[107] 『책갈피』를 통해 그는 편집과 해석을 둘러싼 논쟁에 개입했다. 자이델은 벤야민에게 브레히트가 얼마나 중요한지 짚어냈다.

> 벤야민은 1924년 여름 카프리에서 마르크스주의로 전향한 뒤 결코 되돌아가지 않았다. 마르크스주의 고전문학과 양서에 대한 확장된 연구, 그리고 1929년 이후 베르톨트 브레히트와의 우호적 교류는 벤야민의 사유를 유물론적 인식의 환한 대낮으로 완벽하게 이끌어주었다.[108]

그는 벤야민의 브레히트 연구 목록에 1930년의 방송 강연 원고

「베르트 브레히트」를 추가해 브레히트 연구에 결정적인 가치를 부여했다.

> 문학비평가 발터 벤야민의 의도는 브레히트 연구에서 가장 정확하게 표현되고 있다. 벤야민은 키티 마르크스슈타인슈나이더에게 1933년 10월 20일에 보낸 편지에 다음과 같이 썼다. "물론 저는 브레히트의 작품에 대한 동의가 저의 **총체적 입장**에서 가장 중요하고 견고한 지점 중 하나를 나타낸다는 사실을 감추지 않을 것입니다" 이와 같은 근본적인 동의는 벤야민이 죽을 때까지 변치 않았다. 그것은 변증법적이고 유물론적으로 사유하는 비평가의 노력이 동일한 세계관의 지반 위에서 수행된 작가의 노력과 내적으로 일치하고 있다는 점에 기인한다. 그것은 이미 오래전부터 그 정도를 측정하기 어려운 상호 영향과 협력 속에서 펼쳐진 동의였다.[109]

벤야민과 브레히트의 관계를 둘러싼 논쟁에서 자이델은 벤야민이 쓴 핵심적인 브레히트 연구의 비평판을 편집해 내놓고, 두 사람의 생산적인 공동 작업을 규명하기 위한 연구 지침을 간접적으로 제시하는 공을 세웠다.●

● 자이델은 "발터 벤야민 사유의 진보적 발전을 재해석하면서 오히려 그 의미를 약화시키고자 한"(Gerhard Seidel(Hg.) 1970, 427쪽) 초창기 학자들의 수용에 맞서고자 추의 진폭을 더 넓게 잡았다. 즉 그는 벤야민의 발전이 "생산적이면서 실천적인 진정한 예술 인식과 역사 인식으로의 급격한 상승"(같은 책, 423쪽)이라고 해석했다. 하지만 이런 시각에서는 벤야민이 혁명적 노동운동에—"**철학적으로나** 정치적으로"—어떻게 접근했는지, 혹은 "고전적인 마르크스주의 문학과 당대의 마르크스주의 문학에 대한 **확장된** 연구"(같은 책, 421–425쪽—인용자 강조)로 어떻게 나아갔는지를 다룰 수 없다. 벤야민을 위한 자이델의 개입은 전략적 고려에서 자유롭지 못했다. 예를 들면 스벤보르 대화록을 동독에서 출판하지 말자는 그의 제안은 문제가 다분했다. 1966년에 출판된

만약 벤야민의 지적 유산 관리인이자 편집자인 숄렘과 아도르노가―직접적으로 관련된 사람의 특권과―자신들의 거부감을 벤야민 저서를 편집하면서 표출하지 않았더라면, 브레히트와 벤야민의 관계가 벤야민의 가까운 친구들에게 불러일으킨 강한 반발은 관련된 사람들의 일에 그쳤을 것이다. 그러나 사실상 그들의 태도는 벤야민 전집 편집에 영향을 미쳤다. 그러한 영향력은 두 편집자 중 한 사람인 롤프 티데만을 통해 이어졌다.[*] 1966년에 티데만은 브레히트에 대한 벤야민의 핵심적 글들을 『브레히트에 대한 시도들』이라는 책에 실었다. 그 덕분에 「브레히트와 나눈 대화」와 강연 원고 「생산자로서의 작가」가 처음으로 세상에 알려졌다. 그는 「편집자 후기」에서 자신이 편집한 벤야민 텍스트의 사실적 내용뿐 아니라 벤야민의 삶과

선집 『브레히트에 대한 시도들』을 가져올지를 두고 자이델은 아우프바우 출판사에 다음과 같은 이유들 들어 거부했다. "이 대화들에서 화제로 등장하고 있는 문제들은 망명의 처음 몇 해 동안 진보적인 독일 작가들이 직면한 문제들입니다. 개인 숭배가 점차 커지면서 소련의 정치와 문화정치에 나타난 특정한 현상들을 생각해보십시오. 오늘날 이곳에서 그 문제들을 다루려면 아주 상세한 역사적·이데올로기적 주석을 달아야 하는데, 그것은 우리가 발행하는 책에서 다루기에는 너무 부담스러운 일입니다. 마르크스주의 문예학은 이러한 텍스트를 전혀 피할 이유가 없습니다. 하지만 아우프바우 출판사에서 그 완전판을 출판하는 것은 바람직하지 않은 일입니다."(Michael Opitz 1999, 1291쪽.) 스벤보르에서 브레히트와 나눈 대화가 담긴 벤야민의 일기는 두 사람의 관계에 대한 모든 해석의 기본이지만 동독에서는―특히 스탈린과 소비에트연방의 정치에 대한 발언 때문에―스캔들에 해당했고, 한 번도 출판된 적이 없다. 1971년에 「보들레르에 나타난 제2제정기의 파리」 필사본을 편집하면서 벤야민 편집에 대한 논쟁 한가운데 서게 되었던 로제마리 하이제는 브레히트와 벤야민의 공동 작업을 아무런 선입견 없이 관찰한 연구들 중 하나다. "벤야민은 자신의 세계관에 따른 입장과 자신의 연구에 브레히트와 그의 작품이 상당한 역할을 했다는 사실을 한 번도 부인한 적이 없다…… 논쟁이나 때때로 일어난 갈등도 이 관계를 진정으로 해칠 수 없었다. 두 사람은 자신들을 묶는 중요한 관심사에 대해 논쟁하며 의견 일치를 볼 수 없을 때에는 항상 정중한 자제의 태도를 취했다."(Rosemarie Heise 1971, 18쪽.) 자이델의 평가와 마찬가지로 이 글도 벤야민과 브레히트를 노동운동과 사회주의적 발전에 너무 근접시키는 평가를 개진하고 있다. "두 사람이 공유했던 것은 유럽 내 사회변혁의 역사적 필연성과 장차 그리한 변혁의 주체로서 프롤레타리아계급이 담당할 결정적 역할에 대한 확신이었다. 그들은 러시아 10월혁명의 역사적 의미에 대한 인식과 궁극적으로 자본주의와 사회주의의 거대한 시대적 대결 속에서 투쟁하는 프롤레타리아계급 편에 서야 할 의무에 대한 인식을 공유했다."(같은 책, 20쪽.)

작품의 역사에서 브레히트와의 만남이 갖는 의미를 상대화시킴으로써 아도르노의 비판적 태도를 이어가고 있다. 아도르노와 마찬가지로 티데만도 벤야민 저서들의 철학적이고 형이상학적 함의를 중시했다. 반면에 브레히트 연구를 포함한 정치적·교육학적·사회이론적 연구들은 철학적 구성의 방해 요소로 간주했다. 티데만은 이미 오래전에 지나간 사건을 다루는 듯한 제스처로, 역사적 맥락과 떼어놓을 수 없는 벤야민의 "예술 정치적 공동 작업"을 이미 "녹청"이 낀 철지난 논쟁이며 희망일 뿐이라는 확신을 담아 기술하고 있다. 티데만은 "그러한 공동 작업이 벤야민의 텍스트가 자처하는 것처럼 문제가 없는 것은 아니다"라고 주장한다.[110]

> 브레히트에 대한 벤야민의 저술들은…… 현학적인 해설로 보인다. 브레히트도 그렇게 생각했다. 그에게 벤야민은 자신의 가장 좋은 비평가 이상도 이하도 아니었던 것 같다. 다시 말해 가장 비판적이지 않은 비평가였다. 반면 브레히트는 자신이 토대로 삼을 만한 어떤 것도 벤야민에게서 발견하지 못했다. 벤야민의 브레히트 옹호론은 그것만 따로

• 벤야민 연구에 대한 입장과 자신의 스승에 대한 티데만의 충성심은 아도르노가 주도한 벤야민 연구 논문집 개정판에 붙인 편집자 노트에 특징적으로 드러나 있다. "아도르노는 자기 사유의 중심 개념이기도 한 충정을 발휘해, 친구를 위해 출판 영역에서는 편집자로 나섰고, 자신의 논문을 통해서는 벤야민 이론에 대한 논쟁의 지속적인 발전을 꾀했다. 이 책은 이러한 구제의 기록을 아우른다. 그러한 작업은 진정 레싱의 시도와 같은 것으로, 근래의 정신사에서 이에 버금갈 만한 작업은 그리 많지 않다. 그 이후에 "넘쳐난 벤야민 문헌학"(H. R. 야우스)은 대부분 다른 길을 걸어갔는데 그중 아주 적은 경우만 '로마로 가는 길'을 택했고, 대부분이 걸어간 곳은 말 그대로 골목길이었음이 드러났다. 그런 만큼 오늘날 아도르노의 벤야민 해석을 되돌아보는 것이 더욱 중요해졌다. 벤야민의 사상을 오해한 부분에서조차 아도르노의 해석은 유행하는 모든 포스트모던적 재구성과 해체와는 비교도 할 수 없이 벤야민의 사상에서 공정한 것이 되었다."(Theodor W. Adorno 외 1968, 183쪽.)

다룰 수 없다. 그의 모든 문장은 독자로 하여금 그가 쓴 다른 문장들을 함께 생각하도록 요구한다.[111]•

티데만은 벤야민의 브레히트 연구에 대해 다음과 같이 평가한다.

브레히트 연구에서 보여준 벤야민의 화법은 그것이 맞서 싸우려고 한 사회적 퇴행에 동참하고 있다. 브레히트식 화법을 두고 "영원히 사라져버린 낡은 사회적 상황의 반향"이라고 한 아도르노의 비판으로부터 벤야민의 화법 역시 자유롭지 못하다.[112]

『브레히트에 대한 시도들』은 1978년에 새로운 후기를 실은 개정 증보판으로 간행되었다. 이 판본에 새로 실린 편집자 해석을 보면 아도르노측과 그의 해석이 공식적인 격렬한 반발에 전혀 초연할 수 없었다는 사실이 드러난다.■ 여기서 티데만은 브레히트 연구에 나타난 벤야민의 화법을 폄하하는 등의 공격은 하지 않는다. '남의 머리로 생각하는 기술'이라는 제목의 편집자 후기는 벤야민에게 브레히트와의 우정이 갖는 의미를 자명한 것으로 해석하고 있다.▲

1968년 논쟁이 최고조에 달한 시점에 주어캄프 출판사는 벤야민

• 티데만은 그보다 일 년 전에 나온 자신의 박사학위 논문에서 다음과 같이 주장했다. "브레히트와의 관계만큼 벤야민이 비평가로서의 거리를 포기한 경우는 없었다. 그는 개인적인 관계보다 문학적인 관계에서 더 그러한 거리를 포기했다." 벤야민이 브레히트의 작업에 바쳤던 해석은 "마치 저자가 작가에게 위임받은 해석자로 자리매김하려고 애쓰는 것같이" 보였다고 쓰기도 했다.(Rolf Tiedemann 1973, 112쪽.)

■ 티데만 자신도 기존의 편집자 후기로는 해명되지 않은 부분들이 많아 개정판 후기를 새로 작성해 실었다는 사실을 시인했다. Theodor W. Adorno 외 1968, 204쪽 참조.

"완전 비평판"이라는 명분을 내걸고 벤야민 **전집**을 편집하면서 지금까지 편집 작업에 참여했던 비평가들을 둘러싼 논쟁을 불식하고자 했다. 1972년에서 1989년 사이에 출간된 (1999년 출간된 증보판을 포함한) 전집은 그 구상과 특히 장르 분류에서 볼 때 아도르노의 벤야민 상이 강하게 각인되어 있다. 말하자면 전집 편집은 편집에 대한 이론적 논의 수준에 미치지 못했다.[113] 벤야민의 브레히트 연구와 관련한 이러한 한계가 특히 드러난 부분은 논쟁의 여지가 있는 해석을 무책임하게 도입한 편집자 해설과 관련 텍스트다.[114] 벤야민의 브레히트 연구 대부분을 한꺼번에 묶어서 출판한다는 결정은 판본 편집의 원칙에도 어긋나는 결정이었다. 이러한 결정은 벤야민의 브레히트 연구가 편집상의 분류가 시사하는 것보다 훨씬 더 일찍 시작된 토론, 다시 말해 근 십 년이 넘는 기간 동안 지속적으로 이루어진 토론의 산물이라는 사실을 감추고 있다.● 비록 그럴 의도가 아니었다고 해도 벤야민의 브레히트 연구를 이런 방식으로 제시하는 것은 그 연구를 평이하게 보이게 만드는 효과를 낳는다. 브레히트에 대한 벤야민의 탐구가 실제로 얼마큼의 비중을 차지하는지는 발행본이 만들어진 역사를 잘 아는 독자에게만 드러나기 때문이다.■ 브레히트와

▲ 티데만은 벤야민의 논문에 대한 브레히트의 반응을 선별적으로 읽기 때문에 두 사람의 우정이 동등한 것임을 여전히 인식하지 못하고 있다. "객관적인 사항과 관련된 경우에 한해서 두 사람의 관계는 어쨌거나 일방적인 연대의 관계에 가까워진다."(Theodor W. Adorno 외 1968, 181쪽.)

● 전집 편집자들은 주제별로 분류한 선집 내지 전집을 꾸릴 때 텍스트들을 연대기 순으로 싣기로 했다. GS I/2, 770-771쪽 참조. 브레히트에 대한 연구 논문 전체는 GS II/2, 506-572쪽에 실려 있다.

■ 귄터 하르퉁은 연대기식 편집이라는 "어이없는 예외"에 항의했다. "가장 호의적인 독자조차도, 그러한 말도 안 되는 방법은 벤야민에게 '결정적으로 각인된' 브레히트와의 만남……을 감추려는 의도 때문이라고 생각할 수밖에 없을 것이다."(Günter Hartung 1990, 989쪽.) 또한 Detlev Schöttker 1997, 307쪽 참조.

의 만남이 벤야민의 "삶에서, 아니 그의 사유와 저술에서 신기원"을 이룬다는 사실만큼은 편집진도 인정하고 있다.[115] 하지만 작업과 관련된 영역에서 벤야민과 브레히트의 관계는 "일방적 유대 관계"[116]라는 한계에 부딪혔다는 티데만의 편견이 여전히 편집에 작용한다. 편집자 해설에서 이러한 편견과 다른 자료들은 고려 대상이 아니었다.• 브레히트에 대한 벤야민 텍스트의 고증 자료에는 오류가 많고, 편집자들이 추가한 부록도 가치중립적이지 못하다.▪

• 이 말은 무엇보다 브레히트에 대한 논문의 생성과 수용에 대한 증언을 염두에 둔 이야기지만, 부록에 실린 『크리제 운트 크리티크』 편집 회의록에도 해당한다.

▪ 가장 중요한 몇 가지 예를 드는 것으로 충분할 것이다. 개별적인 과정과 그 밖의 사례에 대해서는 이 책 제2장을 참조하라. (1) "아샤 라치스는 벤야민과 브레히트의 첫 만남을 1924년에서 1925년으로 넘어가는 겨울로 보고 있는데 이는 잘못된 기억이다."(GS II/3, 1363쪽.) 전집 편집자들은 두 사람이 처음 만난 해를 1929년으로 잘못 알고 있었다. 두 사람은 이미 1924년 늦가을에 소개받았다. (2) 보들레르 연구와 관련해서 전집 편집자들은 브레히트의 1938년 7월 25일 『작업일지』에 나오는 ("이 모든 것은 신비주의다. 신비주의에 반대하는 태도에도 불구하고"라는) 아우라 개념 비판을 아무런 근거 없이 벤야민의 「기술복제시대의 예술작품」과 연관시키고 있다. 그들은 이 논문의 출판이 성사되기는 했지만 지체된 일말의 책임이 브레히트에게 있다고 주장한다. GS I/2, 784쪽; GS I/3, 1027쪽, 1032쪽 참조. 벤야민의 「기술복제시대의 예술작품」에 대한 해설(GS I/3, 1027쪽 참조)에는 1936년 12월 초에 브레히트가 벤야민에게 보낸 중간 피드백(GBA 28, 568쪽, 편지 번호 740번)이 빠져 있는데, 이는 위에서 말한 편집자들의 주장이 명백히 불합리한 것이기 때문이다. Günter Hartung 1990, 981쪽 참조. (3) 전집 편집자들은 벤야민과 슈테핀의 편지 왕래를 상세히 인용하고 있지만, 이는 자의적인 기준에 따라 이루어진 것이다. 벤야민의 논문에 대한 브레히트의 판단처럼 중요한 정보들은 누락되어 있다. 『브레히트 시 주해』에 대한 부록에도 1939년 6월 초에 슈테핀이 벤야민에게 보낸 편지는 실리지 않았다. 이 편지는 「노자가 망명길에 『도덕경』을 쓰게 된 경위에 대한 전설」을 벤야민의 해설과 함께 발표하게 되어 기쁘다는 브레히트의 말을 전하는 편지다. 마르가레테 슈테핀이 발터 벤야민에게 보낸 1939년 5월 중순 편지, Margarete Steffin 1999, 300쪽, 편지 번호 127번 참조. (4) 전형적인 자료 처리 방식인 편지 축약은 벤야민이 그레텔 카르플루스에게 1933년 12월 30일에 보낸 편지에도 적용된다. 이는 벤야민이 "덴마크에서의 겨울"에 대해 드러낸 두려움을 브레히트에 대한 "의존 상태"로 환원하는 해석으로 이어진다. 사실 벤야민은 불쾌감의 다른 이유들을 동시에 들었다. GS II/3, 1368쪽 참조. "저는 덴마크의 겨울이 두렵고 또 그곳에서 한 사람에게만, [말하자면 브레히트에게] 의존하게 될까봐 두렵습니다. 거기서 아주 쉽게 또다른 형식의 고독이 생겨날 수 있기 때문입니다." 편집자들이 생략한 문장은 다음과 같다. "일과를 스스로 해결해야 하는 경우 기가 죽게 만드는 생판 모르는 언어도 두렵습니다."(GB IV, 324쪽, 편지 번호 823. 제멋대로 찍은 구두점은 논할 가치도 없다.) (5) 또다른 문제점은 『크리

벤야민의 편지 전집(1995-2000) 출간과 함께 벤야민 저술 편집도 새로운 수준에 도달하게 된다. 텍스트를 신중히 고려해 배치하고 사태의 진실을 지향하는 해설을 실은 편지 전집이 나오면서 기존 전집 (1972-1999)의 개정판이 한층 절실해졌다. 베를린/프랑크푸르트암마인판 브레히트의 작품집(1988-2000)에는 당시 구할 수 있던 모든 텍스트와 편지가 수록되었고, 처음으로 자세한 해설이 실렸다. 여기에 벤야민과 연관된 많은 텍스트들과 증언들이 처음으로 실리면서 그전의 판본들이 갖고 있던 근본적인 문제들이 해소되었다.● 남은 일은 브레히트가 벤야민에게 쓴 편지, 벤야민이 브레히트에게 쓴

제 운트 크리티크』의 특징을 설명한 벤야민의 편지 발언을 축약한 것이다. "이 잡지는 부르주아 지식인들이 자신들 고유의 문제로 인식해야 할 문제들에 **변증법적 유물론**을 적용함으로써 그 방법론을 **선전하는 데 기여하게 될 것입니다.**"(발터 벤야민이 베르톨트 브레히트에게 보낸 1931년 2월 5일 이후의 편지, GB IV, 15쪽, 편지 번호 705; GS I/3, 887쪽에는 강조 표기된 부분만 인용되어 있다.) (6) 이런 식의 누락과 오류가 발생한 것은 우연이 아니다. 1990년 벤야민의 오십 주기를 기념하는 〈마르바흐 전시회〉가 열렸을 때도 티데만과 그의 동료들의 오판은 여전했다. "반면 브레히트는 벤야민의 저서들에 대해 상당히 거리를 취했고 「수집가이자 역사가 에두아르트 푹스」와 「역사의 개념에 대하여」이외에 다른 저서는 거의 인정하지 않았다."(Marbacher Magazin 55/1990, 193쪽.) 이런 식의 누락은 또 있다. 아도르노의 단상 「벤야민의 해석에 대해」초판에는 꼭 생략해야 할 부분도 아니면서 빠뜨린 구절이 있는데, 이는 오판에 기인한다고 볼 수 없으며 우연에 책임을 돌리기도 어렵다. 같은 책, 337-339쪽 참조; 이 글에서 누락된 끝부분은 Theodor W. Adorno 외 1968, 99쪽에 실려 있다. "나는 브레히트를 1932년 이후 망명 시절 처음 만났는데 다시 만나게 된 1941년 가을에 그는 벤야민이 자신에게 최고의 비평가라고 말했다."

● 초기 판본에 있던 전거의 오류는 좀처럼 고쳐지지 않았는데, 두 가지는 현재 수정되었다. (1) 1967년 브레히트 전집에 '모스크바 재판에 대하여'라는 제목으로 수록된 메모들에는 브레히트가 벤야민에게 보낸 것이라는 편집자 주가 아무런 전거도 없이 달려 있다. Bertolt Brecht 1967, 111-116쪽, 8쪽 주 참조. 전집 서문과 제2부에서 인용한 그 편지는 사실은 프레드리크 마르트너에게 쓴 것이었다. 같은 책, 113-115쪽; BBA E, I/73-74 참조. (2) 1963년 편지 발췌문의 첫 발표 당시 브레히트가 보낸 것으로 잘못 알려진 1934년 2월 6일 편지는 베르나르트 폰 브렌타노가 보낸 편지로 밝혀졌다. Walter Oehme 1963, 181쪽 참조. 이러한 착각은 브렌타노가 서명에 자신의 성의 머리글자만 썼기 때문에 일어났다. SAdK Bestand 26/2 참조. 또한 그러한 오류가 벤야민 탄생 팔십 주년 기념 에세이집에까지 그대로 이어지면서 널리 퍼지게 되었다. Siegfried Unseld(Hg.) 1972, 34쪽, 편지 번호 5 참조.

편지, 그리고 작품의 생성 과정과 당대의 수용 및 전기 자료를 편집
하는 일이다.[•]

　이러한 작업을 위해서는 문서고에 있는 많은 미발표 자료를 이용
해야 한다. 프랑크푸르트암마인에 있는 아도르노 문서고, '베를린 예
술 아카데미 문서고 재단'의 브레히트 문서고에 있는 당사자들의 유
고들, 나아가 (예루살렘의 유대인 국립대학 도서관에 있는) 숄렘의
문서고, (마르바흐 암 네카어의 독일문학 문서고에 있는) 베르나르
트 폰 브렌타노, 크라카우어, 한스 잘의 문서고, (뮌헨 시립도서관에
있는) 클라우스 만의 문서고, (뮌헨 시대사 연구소에 있는) 카를 티
메의 문서고가 많은 도움이 되었다. 자료를 통해 알게 된 내용을 당
대 사람들의 기억 혹은 연구자들의 판단과 대비시키면 때때로 놀라
운 결과가 나타났다.[■]

● 이런 식의 기록물은 더이상 단행본 형태로 출간될 필요가 없다. 편지들과 벤야민에 대한 회고들
을 편찬하려고 한 게레트 루르의 어설픈 시도(Geret Luhr(Hg.) 2000, 참조)는 실제로 그러한 프
로젝트가 이미 시효가 지났음을 드러낸다. 더구나 그러한 시도에는 치명적인 결함이 있다. 다시 말
해 루르의 선택 기준은 전혀 근거가 없으며, 이루 말할 수 없이 판독이 어려운 상태의 텍스트에, 포
괄적인 증거들도 부족하고, 해설도 턱없이 빈약하다. 나 역시 이러한 부분에서 자유로울 수 없기에
이 책에서 전거들을 제시할 때에는 언제나 원본의 위치와 부호를 적어넣었다.

■ 지금까지 고려되지 못한 연구를 이 자리에서 개관하려면 경향에 집중할 필요가 있다. 1970년대
초 이후 숄렘과 아도르노의 종속 테제가 미친 영향은 벤야민 편집에 국한되었지만 부채를 청산하
고자 노력하는 연구에도 적지 않은 제약을 초래했다. 1972년에 하버마스는 이 문제에 관한 한 "성
좌"라는 개념을 사용한 벤야민의 기록을 찾을 수 없는데도 다음과 같이 동등한 비중을 지닌 경쟁
관계를 상정했다. "벤야민의 인생에서 숄렘, 아도르노, 브레히트로 이루어진 성좌는 결정적이었
다."(Jürgen Habermas 1972, 175쪽.) 하버마스의 정치적 독해 방식은 숄렘과 아도르노의 그것과
는 구분되지만 그럼에도 브레히트의 이름과 논쟁적으로 결부된 벤야민의 모티프들에 대해서는 거
리감을 드러낸다. "벤야민에게 일종의 현실 원칙을 의미했음에 틀림없는 브레히트는 벤야민으로
하여금 비의적 양식 및 사상과 단절하도록 만들었다."(같은 곳.) 또 하버마스는 벤야민이 사적 유
물론과 메시아주의적 경험 이론의 결합을 의도했지만 그러한 결합은 이루어지지 않았다고 단정한
다. 같은 책, 207쪽 참조. 그는 "예술의 정치적 도구화"에 대한 벤야민의 동의를 "당혹스러운 일"이
라고 보았다."(같은 책, 212쪽.) 브레히트와의 교류를 통해 힘을 얻은 벤야민이 "초기의 무정부주

　　　　　　　　　　　　　　　　　　　　　　　벤야민과 브레히트

의적 성향에서 벗어났고, 계급투쟁을 위한 조직화와 선전선동에 예술을 이용할 수 있다는 예술과 정치 실천의 관계를 탁월하게 인식하고 있었다"는 것.(같은 책, 215쪽.)

편집을 둘러싼 논쟁의 결과, 주로 예술정치와 매체이론적 접근을 의도한 연구들은 유물론적 입장에서 벤야민과 브레히트가 일치한다는 점에 주목했다. 전형적인 연구는 "반자본주의적 해방운동의 의식화 형식"에 관심을 가진 하인츠 브뤼게만의 책이다. Heinz Brüggemann 1973, 11쪽 참조. 그 밖에 Burkhardt Lindner 1972, 14-36쪽; Peter Mayer 1972, 5-13쪽; Stanley Mitchell 1973, VII-XIX쪽; Heinz Brüggemann 1974, 109-144쪽; Bernd Witte 1976, 9-36쪽; Manfred Voigts 1977; Peter Bürger 1978, 11-20쪽; Wolfgang Freese 1979, 220-245쪽 참조. 한편 이에 상응해서 포텐하우어의 연구처럼 벤야민의 「브레히트 주해」를 유물론적 문학 분석의 방법론적 사례로 평가하면서 보들레르 논쟁을 다룬 논문들도 등장했다. Helmut Pfotenhauer 1975; Dolf Oehler 1975, 569-584쪽; Willy R. Berger 1977, 47-64쪽 참조.

1960년대 말 학생운동의 여파로 벤야민과 브레히트의 매체이론적 성찰에 예기치 않게 현실성이 부여되었다. 저 유명한 『기차시간표 20』에 실린 한스 마그누스 엔첸스베르거의 「매체이론을 위한 집짓기 블록」은 브레히트의 라디오 이론을 벤야민의 「사진의 작은 역사」, 「기술복제시대의 예술작품」의 테제들과 접목한 글이다. 새로운 매체의 "평등주의적" 구조를 강조한 엔첸스베르거에 따르면, "위대한 예외적 인물, 즉 발터 벤야민(그리고 그의 뒤를 따라 브레히트)" 말고는 마르크스주의자 중 어느 누구도 새로운 매체가 지닌 "사회주의적 가능성"을 지각하지 못했다. 그는 "매체의 억압적 이용" 대신에 "해방적 이용"을 요구했다. "모든 수신자=잠재적 발신자", "대중 동원", "참여자들의 상호작용, 피드백", "정치적 학습 과정", "집단적 생산."(Hans Magnus Enzensberger 1970, 173-176쪽.) 2000년 초의 매체 논쟁은 이러한 희망들을 위한 공간이 더이상 남아 있지 않다는 점에서 의견 일치를 본 것처럼 보였다. 하지만 그러한 계획들이 미래의 비전으로서 갖는 힘은 전혀 바래지 않았다. 엔첸스베르거가 "매체의 억압적 이용"이라고 규정한 것은 인터넷과 다양한 방송국의 존재에도 불구하고 여전히 유효하다. 다양한 방송 채널이 프로그램의 다양성을 의미하지는 않기 때문이다. "고립된 개인들의 부동화", "수동적인 소비자 태도", "탈정치화 과정", "전문가를 통한 생산."(같은 글, 173쪽.) 계몽된 대중 관객에 대한 벤야민의 희망을 1986년의 시점에서 시장과 자본에 지배되는 복제예술 영화와 텔레비전의 현실에 비추어본 크리스토프 하인은, 이제 이러한 희망은 "이미 시대의 조짐 속에서 어떠한 근거도 발견하지 못한다"는 결론에 도달했다. 하지만 하인의 논의는 여기서 끝나지 않는다. "나는 그럼에도 벤야민의 희망에 공명한다. 그것은 경험을 무릅쓴 희망이고, 역사를 무릅쓴 역사에 대한 희망이다. 그러한 희망 외에 다른 인간적 대안은 존재하지 않기 때문이다."(Christoph Hein 1987, 188쪽, 193쪽.)

1980년대 이후에는 벤야민과 브레히트 관계에 대한 관심이 약해졌지만, 몇몇 꼼꼼한 세부 분석은 이러한 규준을 확고히 한다. 크리술라 캄바스는 1983년에 벤야민 후기 작품의 문학정치 맥락을 연구했는데, 여기서 그녀는 아도르노식 해석의 오류를 지적하면서 벤야민과 브레히트의 생산적 협력에 대한 시야를 열어주었다. Chryssoula Kambas 1983 참조. 자비네 실러레르크는 1984년에 라디오방송 작업의 이론과 실천 측면에서 벤야민과 브레히트의 관계를 연구함으로써 그동안 간과되어온 벤야민의 매체정치적이고 교육학적 프로그램과 브레히트의 유사한 시도 및 성찰과의 관계를 강조했다. Sabine Schiller-Lerg 1984, 88쪽 참조. 이후에는 보들레르 논쟁에 대한 관심에 이어 카프카 논쟁에 대한 관심이 뒤따랐다. Hans Mayer 1985, 45-70쪽; Peter Beicken 1983, 343-368쪽; Stéphane Mosès 1986, 237-256쪽 참조. 1980년대 말부터는 벤야민 연구와 브레히트 연구에 일어난 무게중심 이동에 따라서 예술 이론, 정치, 매체 교육학의 측면 대신에 태도, 문자, 제스처, 중지, "신체 공간 및 이미지 공간"과 같은 범주와 지각의 형식을 연구한 논문들이 발표되

우리가 주목할 것은 벤야민과 브레히트 중에 누가 먼저 사유를 발전시켰고 누가 그것을 이어받은 것인지에 대한 분석이 아니다. 개별적인 경우에는 그러한 분석이 가능할지 모른다. 하지만 그보다 중요한 것은 이 비범한 관계의 윤곽을 파악하고 유사성과 차이의 공존을 부각하는 일이다. 이 연구는 하나의 관계망을 재구성하는 작업이 될 것이다. 개인적·역사적 경험, 예술적·정치적 의도로 이루어진 이 관

었다. Lorenz Jäger 1990, 18-19쪽; Rainer Nägele 1991; Helmut Lethen 1992; Carrie Asman 1993; Lorenz Jäger 1993; Burkhardt Lindner 같은 책; Nikolaus Müller-Schöll 1995; Nikolaus Müller-Schöll 1995/1996; Patricia Anne Simpson 1996; Helmut Lethen/Erdmut Wizisla 1997 참조. 최근 나온 단행본 두 권은 또다시 매체 정치적 관점과 미학적 관점에 몰두한 결과물로, 그중 한 권은 방송극, 영화, 사진, 연극에서의 공동 작업과 이론적 논의를 다루고 있고, 다른 한 권은 벤야민의 브레히트 연구 배경을 다루고 있다. Inez Müller 1993; Mi-Ae Yun 2000 참조. 니콜라우스 뮐러쉴의 중요한 책『『구성적 비관주의』의 연극』은 유감스럽게도 참고문헌 목록으로만 확인할 수 있다.

마지막으로 주목할 것은 벤야민과 브레히트의 관계가 재차 작가들의 흥미를 일깨우고 있다는 사실이다. 그들을 매료시킨 것은 대부분 스벤보르 대화와 관련된 사항이다. 1970년에 에리히 프리트는 스탈린에 대한 브레히트의 태도를 둘러싼 논쟁에서 다음과 같은 의견을 피력했다. "브레히트의 시와 산문 및 브레히트에 대한 벤야민의 기록에 대해 자세히 알게 되면서 나는 브레히트가 결코 스탈린주의자가 아니었음을 알게 되었다."(Julian Exner 1970년 4월 30일.) 장 볼라크는 1968년에 파울 첼란이 벤야민의 코메렐 서평을 비판적으로 다루면서 쓴 시 「포르부-독일인의?」에서 브레히트의 〈동의하는 자와 동의하지 않는 자〉 중 한 구절인 "정통 변증법 기도서처럼"을 비꼬는 부분을 발견했다. 문제가 된 행은 "벤야민은 / 당신들을 거부한다, 언제나 / 그는 동의하는 사람이다"라고 쓴 행이다. 흥미 있는 지적이긴 하지만 "좌파 반유대주의"에 "벤야민이 휩쓸렸다"라는 볼라크의 서술은 문제가 있다. Jean Bollack 1998, 1-11쪽 참조. 알프레트 안더슈는 그의 시 「발터 벤야민에게」에서 두 사람이 일방적인 관계를 맺었다는 상투적인 도식을 받아들이고 있다. "브레히트는 그렇게 높은 곳에 / 당신의 애착이 향해 있는 그 높은 곳에 있지 않다 / 그는 당신을 단지 특별히 지적인 분석가로만 여겼다." 슈테펜 멘싱은 그의 시 「1938년 덴마크에서의 브레히트와 벤야민」에서 스벤보르 대화록과 다른 텍스트들에 나오는 발언들을 마치 카바레 공연에서처럼 첨예화시켰다. 의심의 여지 없이 벤야민과 브레히트 만남에 대한 가장 생산적인 대결은 하이너 뮐러에게서 나타난다. 그는 지칠 줄 모르고 벤야민과 브레히트의 대화에 나타난 미학적·정치적 입장(카프카, 스탈린, 광범위한 메타포, 우화의 보편성 등)을 현재화시켰다. 「불행한 천사」에서 뮐러는 벤야민의 「역사의 개념에 대하여」 중 아홉번째 테제와 브레히트의 단편 오페라 대본 「행운의 신이 띠난 여행」에서 모티프를 취해 엄청난 폭발력을 지닌 새로운 역사철학의 이미지를 만들어냈다. Heiner Müller 1992, 26쪽, 29쪽; Heiner Müller 1981, 14-21쪽; Michael Opitz/Erdmut Wizisla(Hg.) 1992, 348-362쪽 참조.

벤야민과 브레히트

계망은 두 사람의 모범적 만남 속에서 형성되고 전개된 텍스트의 상호 연관성도 아우른다. 1932년에 벤야민이 "진보적 문예학"[117]에 요구한 것, 즉 자료에 충실한 사실 연구로부터 비로소 광범위한 해석이 열릴 것이다. 역사적인 거리를 둔 회고를 통해, 벤야민의 말을 빌리자면 "사실, 자료, 이름들이 그 권리"를 찾게 되기를 소망해본다. "단지 문헌학적 권리일 필요는 없다. 그것은 인간적 권리를 의미할 것이다."[118]

제 2 장 | 교제의 역사

1
첫 만남, 문학재판, 트로츠키 논쟁
(1924-1929년)

제1장에서 살펴본 바와 같이, 벤야민이 숄렘에게 "브레히트와의 **친 밀한**" 관계를 언급했던 것은 1929년이다.[1] 하지만 벤야민과 브레히 트의 첫 만남은 그로부터 약 오 년 전으로 거슬러올라간다. 1924년 11월경, 아샤 라치스는 자신의 기숙사에서 벤야민과 브레히트의 만 남을 주선했다. 당시 마이어로토슈트라세 거리 1번지에 있던 그 예 술가 기숙사는 브레히트의 아틀리에가 있는 슈퍼혜른슈트라세 거리 와 가까웠다.● 회고록『직업 혁명가』에서 라치스는 이 만남을 다음 과 같이 묘사했다.

● 파리에 있던 아샤 라치스와 (라치스와 동거중이던 오스트리아 출신 연극 연출가) 베른하르트 라 이히는 1924년 10월 말 베를린으로 갔다. Asja Lacis 1971, 48쪽 참조. 포스 기숙사가 당시 마이어 로토슈트라세 거리에 있었다는 사실은 라치스가 베노 즐루피아네크와의 대담에서 밝힌 바 있다. Benno Slupianek 외 1963 참조.

[벤야민이] 여러 차례 나에게 브레히트를 소개해달라고 부탁하던 차에, 어느 날 브레히트와 만나 식당에 갔다. 브레히트는 파리의 신상품을 입은 나에게 아주 우아해 보인다고, 아무렇게나 차려입은 자신을 배려하지 않은 차림새라고 말했다. 그 자리에서 나는 벤야민이 당신을 만나고 싶어한다고 전했다. 이번에는 브레히트도 응했다. 두 사람은 당시 내가 살고 있던 (슈피헤른슈트라세 거리 맞은편에 있는) 포스 기숙사에서 만났다. 브레히트는 너무 소극적으로 굴었고, 그후에 그들이 만나는 일은 거의 없었다.[2]

1984년 라트비아의 리가에서 출간된 아샤 라치스의 러시아어판 회고록 『붉은 패랭이꽃』에는 당시의 장면과 대화 내용이 상세하게 묘사되어 있다.

베를린에서 우리[라치스와 라이히]는 브레히트를 만났다. 점심을 먹으면서 나는 벤야민이 얼마나 흥미로운 사람인지에 대해, 또 내가 받은 인상에 대해 이야기한 다음 서슴없이 말했다.
"이것 봐요, 베르트, 어떻게 벤야민 같은 사람을 거절할 수 있어요? 그건 결국 그 사람을 모욕하는 셈이에요!"
이번에는 브레히트가 받아들였다. 그러나 정작 다음날 두 사람이 만났을 때 별다른 대화는 오가지 않았다. 만남은 아주 형식적으로 흘러갔다. 나는 당황스러웠다. 어떻게 브레히트같이 영리한 사람이 발터처럼 그토록 왕성한 지식욕에 넓은 안목까지 지닌 사람과 공통점을 못 찾는단 말인가?
브레히트가 벤야민과 그의 저서들에 관심을 보인 것은 시간이 한참 흐

벤야민과 브레히트

른 뒤였다. 두 사람이 망명을 떠났던 파시즘 독재정권 시절, 덴마크에 거주하던 브레히트는 자신이 사는 곳으로 벤야민을 초대했다. 나중에 엘리자베트 하우프트만은 두 사람이 마침내 친한 사이가 되었다고 이야기해주었다. 하지만 그건 여러 해가 지난 후였다.[3]

벤야민과 브레히트의 첫번째 대화는 아무런 성과 없이 끝났다. 브레히트는 벤야민에게 호감을 느끼지 못했다. 아샤 라치스의 감탄은 그에게 전염되지 않았던 것이다. 두 사람은 다시 만나자고 약속하지도 않았다. 그들의 상이한 관심, 기질, 집필 태도, 주제 등에 비추어볼 때 놀라운 일은 아니다.

벤야민은 그해 여름 이탈리아 카프리 섬에 머물 때도 포시타노에 머물고 있던 브레히트와 만나고 싶어했다.[4] 라치스는 당시 상황을 이렇게 회상했다. "라이히는 가끔 카프리 섬에 있는 나를 만나러 왔다. 마리아네와 브레히트가 찾아올 때도 있었다. 그때 벤야민은 내게 브레히트를 만나게 해달라고 부탁했지만, 브레히트는 거절했다."[5] 아샤 라치스는 벤야민이 브레히트에게 호기심을 갖게 한 것이 자신이라고 주장해왔다. "나는 항상 벤야민에게 브레히트에 대해 이야기했다."[6] 벤야민과 브레히트가 입장 차이를 보인 그 무렵은 벤야민의 삶에서 각별히 중요한 시기였다. 이런 맥락에서 만남의 전말을 꼼꼼히 살펴보는 것도 의미가 있을 것이다. 브레히트에 대한 벤야민의 관심은 1924년과 1925년에 그를 압도했던 개인적·정치적 경험의 결과가 아니라, 오히려 그의 삶이 새로운 국면으로 접어들었음을 알린 신호였다. 물론 이때의 만남이 1929년 5월에서야 비로소 생산적인 만남으로 발전하게 되었다고 해도, 첫 만남, 그리고 이후 벤야민과 브

레히트가 자신들의 지인들과 함께 만났던 몇 번의 자리는 주목할 만하다.•

자료에는 1924년 늦가을과 1929년 5월 사이 벤야민과 브레히트가 소규모 토론 모임에서 만난 일이 기록되어 있다. 그 첫번째 자리는 1926년 11월 8일 **그룹 1925**의 회동이었다. 벤야민은 이 작가 모임의 회원은 아니었다. 에른스트 블로흐가 벤야민의 가입을 제안하는 추천서를 보내 1926년 2월 15일 모임에서 논의되기는 했지만, 수락 결정이 다음 기회로 연기되었던 것이다.[7] 그러나 벤야민은 1926년 11월 8일 모임에 초청받아 참석했으며, 11월 16일 크라카우어에게 그 총회에 대해 이야기했다.

• 1929년 5월 이전에 만났던 일은 그동안의 전기나 작품사 자료에 나와 있지 않은데, 그것은 연구자들이 대개 1929년 5월 이전에는 어떠한 기회도 없었다고 확신하기 때문이다. 『직업 혁명가』에서 라치스는 벤야민과 브레히트의 첫번째 대화를 1924년 10월 말이 막 지난 시점에 기록했다고 했지만, 브레히트와 가까운 사이가 되었다는 벤야민 자신의 1929년 6월 6일 언급을 참조해보면 라치스가 서술한 만남의 시기는 1929년 5월에 해당한다. 하지만 라치스가 중요하게 여긴 이 만남에 대해 그녀가 잘못 서술했다고 간주할 근거나 "기억의 오류"를 범하고 있다고 가정할 근거는 없다. GS II/3, 1363쪽 참조. 러시아어판 회고록 『붉은 패랭이꽃』은 독일어판 『직업 혁명가』보다 더 엄격한 연대기적 서술을 취하고 있고, 앞질러 이야기하는 것인지 지나간 일에 대한 회고인지를 대체로 정확히 밝히고 있다. 이 판본에서 라치스는 벤야민과 브레히트의 첫 만남이 자신과 라이히가 파리로 온 **이후**인 1924년 가을에 있었고, 1924년 10월 말 파리 체류를 정리하며 자신이 벤야민에게 베를린에 처음 가본다는 이야기를 하기 **이전**이라고 회상했다. Anna Lazis 1971, 91~92쪽; Bernhard Reich 1970, 279쪽 참조. 두 사람이 1924년에 이미 만났다는 주장의 또다른 전거는 1924년 당시 약속 장소가 브레히트가 살던 슈피헤른슈트라세 거리 근처였다고 강조하는 대목에서 찾을 수 있다. 1929년에 브레히트는 하르텐베르크슈트라세 거리에 살았던 것이다. 1926년부터 브레히트를 노와 일하고 있던 엘리자베트 하우프트만도 1929년 5월이라는 날짜에 회의를 품었다. 그녀는 클라우스 푈커가 펴낸 『브레히트 연대기』의 필사본 중 다음 문장에 물음표를 표시했다. "[1929] 5월: 브레히트는 **아샤 라치스**를 통해 벤야민을 알게 되었다."(Klaus Völker 1971, 47쪽.) 더구나 라치스는 벤야민과 브레히트가 포스 기숙사에서 만나고 나서 "그뒤에는 잘 만나지 않았다"(Asja Lacis 1971, 49쪽)라고 적었는데, 이는 1924년 늦가을을 가리킨 말이지 두 사람의 교류가 급속도로 또 생산적으로 펼쳐졌던 1929년 5월일 수 없다. 이 시기에 벤야민은 "브레히트와 자주"(같은 책, 59쪽) 만났고 숄렘에게도 "브레히트와 돈독한 사이"(발터 벤야민이 게르숌 숄렘에게 보낸 1929년 6월 24일 편지, GB III, 469쪽, 편지 번호 648)가 되었다고 알렸기 때문이다.

벤야민과 브레히트

얼마 전 작가 모임 1925에서 주최한 정말 희한한 비공식 행사에 참석했습니다. 되블린이 검사로, 키슈가 변호사로 나서서 베허의 신작 『(CHCI=CH)3=독가스 또는 유일하게 정의로운 전쟁』(빈, 1926)을 재판에 회부해 공방을 벌인 자리였어요.[8]

모임의 또다른 회원 브레히트는 그날 "재판"을 주재했고, 클라분트와 루돌프 레온하르트는 배심원을 맡았다. 그날 총회에는 피고인 요하네스 R. 베허와 레온하르트 프랑크, 알프레트 볼펜슈타인 등 모두 여덟 명의 회원이 참석했다.[9]

그날의 소송을 단지 기묘한 사건으로만 기록한다면 그 행사가 지닌 미학 및 문단정치 차원의 문제의식을 과소평가하는 셈이 된다. 참석자들은 베허의 반전反戰소설 『(CHCI=CH)3=독가스 또는 유일하게 정의로운 전쟁』에 쏟아진 정치적 비난에 반대한다는 점에서는 의견이 일치했다. 1926년 3월에 이 그룹은 이 작품의 압류를 "현 시점에서 중차대한 문제들을 다루는 토론의 싹을 당의 관점에서 잘라내려는 시도"[10]라고 강하게 반박하는 항의선언을 하기도 했다. 검열 반대 사안에서 단결했다는 이야기가 예술정치의 관점 내지 창작미학의 관점 차이가 없다는 말은 아니다. 물론 베허의 소설에 대한 그날의 "판결"은 궁극적으로 중재의 제스처를 취했다. 그날의 소송기록에 따르면, 되블린은 "베허가 소설 형식을 당략 팸플릿으로 오용하고 있으므로 자신의 기소는 정당하다"라고 주장했다고 한다.[11] 루돌프 레온하르트의 편지는 되블린의 논점을 다음과 같이 기록했다.

되블린은 탄핵 연설과 연이은 질의응답에서 특정한 소설 형식, 즉 운명 속에서 성장하는 인간을 묘사하는 소설을 지지했다. 되블린은 베허의 소설이 인간의 이러한 성장과 그 운명의 전개를 보여주지 않고, 아무런 가공 없이, 특히 미학적 형상화 없이, 소설의 자료를 단지 학문적이고 정치 선동적인 목적에 따라 책으로 묶었을 뿐이라고 비난했다.[12]

궁극적으로 법정은 베허에게 면죄부를 주었다. 베허는 소설 형식을 오용한 것이 아니라 단지 잘 다루지 못한 것일 뿐이라는 이유였다. 의장을 맡았던 브레히트의 입장은 전해지지 않는다. 그러나 "(예술적으로) 아무리 훌륭한 재료라도 낡은 소설 형식 때문에, 특히 연상기법 때문에 훼손될 수 있음"[13]을 보여준 소설을 쓴 작가에게 내려진 선고에 동의했으리라는 점은 의심의 여지가 없다. 이 논쟁에서 드러난 입장들은 훗날 벤야민과 브레히트의 대화에서 라이트모티프처럼 되풀이된다.

1926년 12월 6일, 막 모스크바에 도착한 벤야민은 아샤 라치스, 베른하르트 라이히와 이 소송에서 브레히트가 드러낸 입장을 두고 이야기를 나누었던 것 같다. 이러한 추측은 『모스크바 일기』 서두에 나오는 "나는 브레히트에 대해 이야기했다"[14]라는 문장에 근거한 것이다. 브레히트의 친구였던 라치스와 라이히가 브레히트라는 개인의 소식에 관심을 보인 것은 당연했지만, 당시만 해도 브레히트의 작품을 잘 알지 못했던 벤야민은 거의 할말이 없었을 것이다.•

벤야민과 브레히트는 1927년경 문학작품 낭송가 루트비히 하르트의 낭독회에서 다시 만났다. 그날 저녁식사 자리에는 하르트, 브레히트 이외에도 클라뷔트, 배우 카롤라 네허, 벤야민이 함께 왔고, 소마 모르겐슈테른도 참석했다. 모르겐슈테른은 1974년 게르숌 숄렘에게 쓴 편지에 그날 모임에 대해 묘사했다. 모르겐슈테른의 증언을 온전히 신뢰할 수 있는 것은 아니지만 그날 있었던 일을 전적으로 꾸며낸 것이라고 보기도 어렵다. 그날 논쟁은 스탈린과 트로츠키를 둘러싼 토론의 자료이자 정치적 입장―특히 브레히트 입장―변화의 기록이라는 점에서 시사적이다. 모르겐슈테른은 다음과 같이 전했다.

> 발터 벤야민과 언젠가 한번 더 만났다고 말씀드린 적이 있었지요. 벤야민을 다시 만난 것은 베를린에서 루트비히 하르트의 낭독회가 끝난 뒤였습니다. 당신도 긍정적으로 평가하신 낭독회였죠. 행사가 끝난 후 저는 벤야민과 뒤풀이를 하러 갔습니다. 그 자리에는 벌써 사람들이 몇 명 와 있었습니다. 브레히트, 클라분트와 그의 매력적인 부인도 있었고, 몇 년 뒤 모스크바에 매료되어 떠났지만 그곳에서 살해당한 카롤라 네허도 있었습니다. 그때 저는 이미 브레히트를 알고 있었습니다. 루트비히의 소개로요. 당시 그는 전혀 유명한 인물이 아니었습니다. 베를린에서 그를 만날 수 있는 곳은 부유한 몇몇 유대인 가정집 정도였고, 그런 곳에서 브레히트는 기타 반주를 곁들여 자신의 발라드를 낭송하곤 했지요. 한번은 비슷한 자리에서 그의 「죽은 병사의 발라드」를 들었습니다. 물론 그 발라드를 자주 낭송했던 루트비히 하르트만큼은 아니었지만 놀라울 정도로 훌륭하게 해냈지요. 그해가 언제였는지

● 벤야민 스스로 인정하고 있듯이 그로부터 이 년 반 뒤에도 그가 아는 작품은 「서푼짜리 오페라」와 발라드(분명 그중에서도 『가정 기도서』)뿐이었다. 모스크바 여행 당시만 해도 벤야민은 이 작품들을 전혀 알지 못했다. 발터 벤야민이 게르숌 숄렘에게 보낸 1929년 6월 24일 편지, GB III, 469쪽, 편지 번호 648번 참조. 한편 두 인물이 처음 만난 날짜를 『모스크바 일기』에서 추론해보려고 한 연구자는 페터 바이켄뿐이다. Peter Beicken 1983, 353쪽 참조. 게리 스미스도 마찬가지로 이 기록에 주목했지만 그는 여전히 1929년 5월이라는 날짜를 지지했다. Gary Smith 1986, 139쪽 참조.

는 정확히 기억나지 않습니다. 그래도 **트로츠키 사건***으로 여전히 세상이 떠들썩한 시기였다는 것은 생각납니다. 제가 알기로 당시 트로츠키는 이미 국외로 추방되어 터키에 있을 때지요.■

늘 그랬듯 더없이 유쾌했던 저녁 시간이 흐르면서 대화가 심각한 주제로 옮겨갔습니다. 트로츠키라는 이름이 발단이었습니다. 당신과 달리 저는 지금도 클라분트가 공산주의자였다고 확신합니다. 그날 온 사람들은 트로츠키 사건을 두고 의견이 분분했습니다. 브레히트와 클라분트, 그의 부인은 전적으로 스탈린 편이었습니다. 벤야민은 우리 의견에 동조했습니다. 토론이 벌어진 것은 제 주장 때문이어서 전부 다 기억합니다. 저는 트로츠키 사건이 오래된 러시아식 반유대주의가 러시아 정세에 일조하고 있음을 증명한다고 주장했지요. 그러자 브레히트가 강하게 반박했습니다. 저도 지지 않고 응수했기 때문에 논쟁은 더 치열해졌습니다. 기껏해야 하르트를 통해 브레히트의 「한밤중의 북소리」만 알고 있던 저보다는 브레히트를 경외하던 하르트가 상황을 누그러뜨리려고 더 애썼습니다. 하지만 그러한 분위기를 즐기고 있는 기색이 역력했습니다. 그에게 논쟁이란 치열한 게 당연하기 때문이지요. 벤야민도 약간 거들었습니다. 하지만 그는 사람들의 입씨름에 별 관심이 없는 것 같았습니다. 제 주장의 맹점은 근거를 대지도 못하면서 스탈린에게 반유대주의의 혐의를 씌우는 데 열심이었다는 점입니다. 브레히트는 바로 그 점을 놓치지 않았습니다. 그는 유대인 정치가 지노

● 1924년 1월 레닌 사망 이후 유대인인 트로츠키와 스탈린이 본격적으로 대립한 끝에 1927년 트로츠키가 당에서 제명된 사건을 말한다. ―옮긴이

■ 모르겐슈테른의 이 기억은 사실과 다르다. 트로츠기가 시베리아로 추방된 것은 1928년 1월 16일, 그러니까 클라분트가 사망하기 얼마 전이었다. 트로츠키는 1929년 2월 12일에서야 터키 콘스탄티노플(지금의 이스탄불)에 도착했다. Harry Wilde 1969, 178쪽 참조.

벤야민과 브레히트

비예프도 트로츠키를 반대했다는 사실을 입에 올렸습니다. 그건 익히 알려진 사실인 터라 인정할 수밖에 없었습니다. 그러나 그 사실이 스탈린의 승리에 결정적인 영향을 미친 것은 아닙니다. 레닌 생전에 스탈린은 기껏해야 삼류 인간이었습니다. 저는 당시 승리를 거둔 혁명의 영광스러운 인물이었던 트로츠키와 견주어지면서 스탈린이 트로츠키에 맞설 정도로 중요한 인물이 되었다는 사실, 나아가 그 신중한 인간이 트로츠키 추방을 감히 추진해 이루었다는 사실이, 당시 당이 스탈린 편을 들 수 있을 정도로 나라 분위기가 돌아가고 있었음을 입증한다는 반론을 폈습니다. 저는 벤야민과 하르트의 지지를 얻었지만, 토론에서 이긴 건 아니었습니다. 토론이 있을 때면 언제나 **베르톨트 브레히트**는―나중에 할리우드에서도 겪었습니다만―소리를 지르기 시작하면서 승기를 잡았기 때문입니다. 브레히트 마음에 들지 않는 일은 '논쟁을 벌여봐야 소용없었습니다.'[15]•

벤야민과 브레히트의 글이 1928년 7월 13일 『디 리터라리셰 벨트』 지면에 나란히 실린 일도 있다. 이 간접적인 만남에서는 나이 차만으로는 설명할 수 없는 태도의 차이가 드러난다. 슈테판 게오르게의 회갑을 맞아 편집진은 여러 작가에게 게오르게가 그 자신들의 내적 성장에 미친 영향을 주제로 원고를 청탁했다. 벤야민은

• 또다른 편지에서 모르겐슈테른은 그날 저녁의 시기에 대해 다음과 같이 전했다. "저와 브레히트의 논쟁이 있던 해는 1927년으로 기억합니다. 당시 뒤풀이에 벤야민과 함께 왔던 사람은 브레히트가 아니라 클라분트와 카롤라 네허였거든요."(조마 모르겐슈테른이 게르숌 숄렘에게 보낸 1974년 3월 25일 편지, JNUL Jerusalem, Sammlung Scholem, Arc 4° 1598/173, 135.) 이 자리가 있었던 때가 1930년이라고 생각했던 숄렘의 기억은 오류일 수밖에 없다. 클라분트는 1928년에 이미 사망했기 때문이다. Gershom Scholem 1975, 204쪽 참조.

"지금은 살아 있지 않은" 자신의 친구들과 함께했던 시절 "게오르게 작품에 상당한 감동을 받은 것은 사실이라고" 고백했다. 그를 친구들과 하나로 묶어주었던 바로 그 힘은 훗날 그가 게오르게의 작품과 단절을 선언하게 한 이유가 된다.[16] 브레히트는 편집진이 던진 질문에 건방진 태도로 반응했다. 자신은 "어떤 종류의 반동적인 축하 행사도 그냥 지나쳐서는 안 된다"[17]고 생각한다고, 또한 "이 작가가 젊은이들에게 미친 영향은 극히 미미하다"[18]는 사실을 편집자들이 확인하게 되기를 바란다고 답변했다. 이 지면에서 벤야민과 브레히트는 동일한 이미지를 사용했다. 벤야민은 게오르게의 시를 (청년 시절 자신의 친구였던 프리드리히 하인레의 시와 비교하며) "오래된 신전 기둥 숲"[19]에 비유했다. 반면 브레히트는 이 독특한 성인군자가 상당히 교활한 방식으로 신전 기둥을 찾아냈다고 조롱조로 말했다. "기둥은 사람들로 북적거리는 자리에 서서 지나치게 회화적인 광경을 연출하고 있다."[20]

벤야민과 브레히트는 1925년에 이미 만났을 수도 있고 그보다 나중에 '철학자 그룹'이라는 모임 활동을 하며 만났을 수도 있다. "문화적·정치적으로 활발했던 베를린에서 담론을 주도했던 모임 중 하나"[21]였던 '철학자 그룹'은 유대인 학자 오스카 골트베르크를 중심으로 발전한 그룹으로 에리히 웅거의 주도하에 일주일이나 이주일에 한 번 유동적으로 모임을 가졌다. 베르너 크라프트는 "숄렘, 벤야민, 브레히트, 되블린, 프란츠 블라이 등 독일인 지식인과 유대인 지식인 무두가 참석했다"라고 회고한 바 있고, 또다른 사람은 한스 라이헨바흐, 카를 코르슈, 아르투어 로젠베르크, 로베르트 무질도 참석했다고 말했다.[22] 크라프트의 기억에는 의혹의 여지가 있다. 그러나 여하튼 1920년대 베를린에서 활동했던 벤야민과 브레히트가 마주치는 일은 불가피했을 것이다. 1929년 5월 이전에 이미 그들의 지인과 친구가 겹친다. 벤야민은 1918년 이후, 브레히트는 1921년 이후 아샤 라치스, 베른하르트 라이히, 에른스트 블로호, 아도르노, 에른스트 쇤, 지크프리트 크라카우어, 베르나르트 폰 브렌타노, 페터 주어캄프, 구스타프 글뤼크, 에리히 웅거, 알프레트 되블린, 카롤라 네허, 클라분트, 루트비히 하르트, 쿠르트 바일 등과 알고 지냈던 것이다.

2
대화록, 잡지 기획, '마르크스주의자 클럽'
(1929-1933년)

1929년 5월에 이르면 벤야민과 브레히트의 관계는 급속도로 친밀해진다. 이들이 점점 더 많은 예술적·정치적 문제의식을 공유하게 되면서 벤야민은 비평가 자격으로 브레히트 작업의 동반자가 된다.●
두 사람의 관계는 바이마르공화국 말기에 예술가들과 지식인들이 직면한 문제인 행동반경의 제약에 저항하는 일련의 공동 프로젝트로 이어진다. 이 제약으로 브레히트보다 더 큰 타격을 입었던 벤야민은 1931년 5월과 6월의 일기에 "경제 일선에서 투쟁하는 일의 피로함"[23]을 고백하기도 했다.

나와 비슷한 처지에 있는 이들이 독일의 암담한 정신적 상황을 극복하

● 이 책 제4장 참조.

기 위해 선택한 방식은 믿음이 가지도 않고 거부감만 더해간다. 내가 고통스러운 것은 얼마 되지도 않는 가까운 이들이 분열하는 근거가 불분명하고 부정확하다는 점이다. 눈앞에서 벌어지는 의견 충돌의 격렬함에 비해—오래전부터 이미 그 자체가 문제인 것은 아닐 수도 있지만—실제 차이는 보통 아주 경미하다는 점도 온유함과 내면의 평화를 부서뜨린다.[24]

위기에서 벗어나고자 한 벤야민의 분투는 브레히트에 대한 직접적인 지지 선언으로 나타난다. 그것은 비생산적인 상황의 출구가 되어준 예술적 태도에 대한 지지이기도 하다. 숄렘이 「변증법적 유물론의 정신에 대해」를 두고 "더없이 맹렬한 자기기만"이라고 비난했을 때도, 벤야민은 투쟁적인 태도를 나타내는 용어로 신념을 내세운다. 그는 숄렘의 편지가 자신의 입장을 간파하고 있다고 응답했다.

자네의 편지는 현재 이곳에서 작지만 가장 중요한 아방가르드 집단의 위상을 적확히 꿰뚫고 있네. 내가 브레히트의 작업과 점점 더 긴밀히 연대하는 많은 이유가 바로 자네의 편지에서 거론되고 있지—하지만 그 이유들은 자네가 아직 잘 모르는 브레히트의 작업에 해당되는 것이라네.[25]●

● 이 편지에서 벤야민은 "브레히트의 오페라 희곡을 주제로 쓴, 『시도들』에 실린 아주 중요한 논문"을 몇 주 전에 보냈지만 숄렘이 아무런 논평도 하지 않는다고 불평하기도 했다.(발터 벤야민이 게르숌 숄렘에게 보낸 1931년 4월 17일 편지, GB IV, 23쪽, 편지 번호 710.) 이 편지에서 염두에 두는 글은 분명 『시도들』 제2집에 실린 「오페라 〈마하고니 시의 흥망성쇠〉에 대한 주석」일 것이다. 벤야민이 토론하고 싶어했던 것은 바로 이 주제에 담았던 근본적인 시학적 테제, 예컨대 연극의 희곡적 형식과 서사적 형식에 대한 도식이었다. 따라서 1932년 1월에 발간된 『시도들』 제3집에 나오

벤야민의 정치적·방법론적 목표를 구성하는 요소들은 브레히트가 대표하고 있다고 벤야민이 본 것과 맥이 닿아 있다. 이는 바로 얼마 뒤 숄렘에게 쓴 편지에서 확인할 수 있다. 벤야민은 "이데올로기 차원에서 자신의 잠정적인 증인으로" 브레히트의 창작을 끌어들이는 것이라고 썼다.[26] 브레히트의 작품은 벤야민 자신이 "비평가로서 아무런 (공식적인) 이의 없이 지지하는" 최초의 저술―"정확히는 시 또는 문학작품"―이라는 구절도 있다. 지난 몇 년 동안 자신이 성장했던 것은 일정 부분 브레히트 작품과 대결한 덕분이었고, "그의 작품이야말로 이 나라에서 나 같은 사람들의 작업이 어떠한 정신적 상황에서 수행되는지 가장 날카롭게 통찰하고 있다"[27]는 이유였다.

그에 반해 벤야민이라는 이름에 대한 브레히트의 첫 언급은 냉정한 어조를 띠고 있다. 1930년 10월 말 브레히트는 브렌타노에게 편지를 띄워 비평지 『크리제 운트 크리티크』 운영위원으로 예링, 브렌타노, 브레히트 자신, 그리고 "로볼트 출판사가 함께 일하기를 원하는, 또한 내가 아는 한 우리에게 절대적인 지지를 보내줄 벤야민"[28]을 염두에 두고 있다고 전했다. 이러한 상대적인―출판사가 그를 원하고, 벤야민도 **자신이 아는 한** 잡지 기획을 지지할 것이라는―수식은 벤야민에 대한 브레히트의 실리적인 태도를 잘 보여준다. 브렌타노를 배려하느라 편지에 이름들을 일일이 열거하고 선정 근거를 설명한 것이기는 하더라도 분명 그렇다. 브레히트는 벤야민을 영리하고 도움이 될 만한 대화 상대이자 가끔 함께 작업하고 조언을 아끼지

는 「〈서푼짜리 오페라〉에 대한 주석」(같은 책, 30쪽 참조)은 이 발언에 해당되지 않는다. Werner Hecht 1997, 318쪽 참조.

벤야민과 브레히트

않는 동료, 나아가 공식적으로 연대를 기대할 수 있는 명망 있는 비평가로 여겼다.

처음에야 호감의 정도가 서로 달랐지만 그렇다고 일방적인 것은 아니었다. 물론 벤야민은 실제로 브레히트보다 더 위태로운 상황에 있었고, 브레히트와의 관계는 그의 계획들과 직결되는 것이었다. 또 브레히트의 입장에서 벤야민과의 교제는 우연한 계기로 시작된 것에 불과했던 것이 사실이다. 그러나 망명 시절에 접어들면서 그런 태도는 결속력 있는 관심으로 변화하게 된다. 이러한 구도는 두 사람의 관계를 줄곧 어떤 한계로 몰아갔다. 그 한계는 두 사람의 서로 다른 기대뿐 아니라 기질과 성격 차이에 기인한 것이었다. 두 사람의 차이를 묘사하다보면 상투적인 표현이 나오기 마련인데, 이를테면 이런 것이다. 즉 여섯 살 아래인 브레히트는 벤야민보다 민첩하며 논쟁을 좋아하고 자의식이 강한 데 반해, 벤야민은 본성이 신중하고 사색적이며 가끔 우울해지는 편이었다.•

벤야민은 브레히트와 소통하며 겪은 문제를 여러 차례 언급했다. 그는 자신의 아들 슈테판 행세를 하며 브레히트가 낭송한 축음기판을 들은 소감을 유머러스하게 표현하기도 했다. "말투와 사고방식이 부담스러운 타입이에요." 벤야민은 슈테판의 이 말이 "그를 추켜

• 베르너 풀트는 벤야민에게 브레히트가 매력적이었던 이유를 브레히트의 감각적이고 순진한 기운과 벤야민 자신의 비신체적 기운이 상호 대립적으로 발산하고 있다는 점에서 찾고자 했는데 이는 상당히 적절하지 않은 해석이다. Werner Fuld 1979, 128쪽 참조. 한편 숄렘은 벤야민이 "전적으로 지적인 인간의 완벽한 전형"이었다는 장 젤츠의 성격 묘사를 반박했다. "벤야민을 개인적으로 아는 사람이라면 누구라도 그가 상당히 뜨거운 감정의 소유자라는 사실을 증언할 수 있을 것입니다. 그러한 뜨거움이 그의 저술이 보여주는 무한히 풍부한 측면의 기초가 되는 바, 그 감정을 깨닫는 지점에서 비로소 벤야민의 저서를 이해하는 열쇠가 주어집니다."(게르숌 숄렘이 루돌프 하르퉁에게 보낸 1967년 2월 14일 편지, Gershom Scholem 1995, 172쪽, 편지 번호 114.)

세운 것이나 다름없다"는 주석도 붙였다.[29] 하지만 이어서 당시 물망에 오른 잡지 프로젝트 구성원들의 공동 작업의 가능성에는 의문을 제기했다. "브레히트와의 합작에는 어떤 경우든 어려움이 따를 것이다. 물론 그러한 어려움을 헤쳐나갈 수 있는 사람은 나뿐이라고 생각한다."[30] 이 문제는 확실히 그에게 평생의 과제가 될 것이었다.

1931년 6월, 벤야민은 프랑스 코트다쥐르의 르라방두에서 브레히트를 만났다. 브레히트는 그곳에서 "자신의 참모들을 총동원해 새로운 프로젝트를 공모하고" 있었다. 그 자리에는 엘리자베트 하우프트만, 에밀 헤세부리, 카롤라 네허, 마리 그로스만, 마르고트 폰 브렌타노, 베르나르트 폰 브렌타노 이외에도 벤야민과 알고 지냈던 청소년 문학 작가 빌헬름 슈파이어가 함께했다. 프로젝트에는 희곡 「도살장의 성녀 요하나」를 구상하는 작업도 포함되어 있었다. "우리는 새로운 작품을 준비중이라네."[31] 벤야민도 그 작업에 참여했지만 어느 정도 깊이 관여했는지는 정확히 알 수 없다. 벤야민의 일기에는 당시 서로를 대하는 분위기를 보여주는 장면이 기록되어 있다. 벤야민은 걸작이라고 할 만한 한 자전적인 산문에 홀로 산보했던 경험에 대해 적었다. 그는 산책길에 가시들장미 한 송이와 작약나무의 작은 가지 하나를 꺾은 뒤 회상에 젖어 "약간 불안정한 심리 상태"에서 브레히트와 그의 친구들이 살고 있던 빌라 마르벨로에 도착했다.

나는…… 현관에 들어섰다. 사람들이 죄다 나를 쳐다보았고 브레히트가 식당 입구에서 나에게 다가왔다. 브레히트는 식탁에 앉고 싶다는 내 이야기는 아랑곳하지도 않은 채 나를 옆방으로 끌고 갔다. 이야기를 나눈 두 시간 동안 다른 사람이 합석하기도 했다. 주로 그로스만 부인이 합석했다. 이윽고 집에 갈 시간이 된 것 같아 가져왔던 책을 집어들자 책갈피에서 꽃잎들이 빠져나왔다. 꽃잎을 보고 놀리는 사람들의 반응이 꽤 당혹스러웠다. 그 집에 들어가기 전 대체 어쩌자고 꽃을 들고 왔을까, 차라리 꽃을 버리는 게 낫지 않을까라고 자문했던 만큼 당혹스러움은 더했다. 왜 그랬는지 모르지만 나는 꽃을 버리지 않았던 것이다. 아마 어떤 고집 같은 것이 작용했던 것 같다. 물론 하우프트만에게 작약을 선물할 기회가 없다는 것은 이미 눈치챘다. 그래서 적어도 꽃을 깃발처럼 들고 가려고 했는데, 이러한 계획도 여지없이 무너졌던 것이다. 그의 농담을 들으며 나 역시 빈정대듯 작약을 브레히트에게 선물했다. 가시들장미는 여전히 쥔 채. 당연히 브레히트는 작약을 받지 않았다. 나는 작약을 푸른 꽃들로 가득한, 내 곁의 커다란 병에 꽂아서 보이지 않게 했다. 한편 가시들장미를 꽃다발 사이로 꽂고나니 들장미는 푸른 꽃 줄기 옆으로 뻗은 희귀식물처럼 보이게 되었다. 그 안에서 가시들장미는 눈에 잘 띄었다. 결국은 그 꽃다발이 원래주려고 했던 이를 대신해 나의 깃발을 들어올린 셈이다.[32]

이 장면에는 모티프, 이미지, 태도, 동경, 성공, 실패 등 일의적으로 해석할 수 없는 요소들이 빽빽하게 얽혀 있다.● 빈정대는 투의 농담이나 발언 속에는 공감과 신뢰가 깃들어 있다. 이는 벤야민과 브레

● 라이너 네겔레는 이 일화에 대해 다음과 같이 설명한다. "농밀한 에로틱한 관계, 승리와 패배를 이야기하는 이 수수께끼 같은 일화 속에서 가시들장미와 작약은 길을 만들다가 다시 차단하는 유동적 기호로 기묘하게 작용한다. 이러한 수수께끼 같은 점 때문에 이 일화는 처음부터 (아마도) 끝까지 일화로 남을 수밖에 없다."(Rainer Nägele 1998, 102쪽.)

히트가 언제나 정중한 존칭을 사용했다는 사실과 모순되지 않는다.[•] 벤야민의 묘사는 두 사람이 모종의 비밀을 공유하고 있는 듯한 분위기를 암시한다. 적어도 벤야민은 브레히트의 복잡한 인간관계를 알고 있었다. 르라방두에서 브레히트는 베를린에 남아 있던 자신의 부인 헬레네 바이겔을 편지로 달래는 한편, 엘리자베트 하우프트만과 카롤라 네허를 차례로 연인으로 삼았는데, 이 모든 과정을 벤야민이 가까이에서 지켜보았던 것이다.[•] 또한 벤야민은 1933년 가을 파리에서 브레히트 부부와 마르가레테 슈테핀의 신뢰를 받게 되었다. 브레히트는 신중하면서도 호의적인 벤야민의 정중함을 높이 샀다. 1934년 5월 슈테핀이 벤야민에게 보낸 편지에는 이렇게 쓰여 있다. "이곳에는 사방팔방 '여자들(독일 여자들)'만 있어요. 브레히트는 커피를 마시는 자리에서 여자들에 둘러싸여 있곤 하지만, 그런 역할이 별로 달갑지 않은 모양이에요. 그이는 계속 당신이 이곳에 왔으면 하고 있어요. 이기적인 이유 때문**만은** 아니고요."[▲]

• 브레히트는 코르슈나 포이히트방거 등 많은 친구 및 동지와의 교제에서 늘 존칭을 사용했다. 또한 숄렘이 전한 바에 따르면, 망명 시절에 벤야민이 말을 트고 지낸 유일한 사람은 스위스의 슬라브어 연구자 프리츠 리프였다. Gershom Scholem 1975, 257쪽 참조. 이 말에 그레텔 카르플루스아도 르노, 아샤 라치스, 알프레트 콘, 프리츠 라트, 율라 콘라트 등 옛 친구들 혹은 가까운 지인들은 포함되지 않는다. 또한 벤야민이 그레텔 카르플루스에게 보낸 편지들에서 브레히트를 베르톨트라고 지칭했다는 것을 언급해두고자 한다. 이 표현은 신뢰감에서 비롯된 것이다.

• 브레히드의 연인이 바뀌었다는 사실은 벤야민의 일기를 통해 추적해볼 수 있다. "브레히트와 다른 여인들은" 빌라 마르벨로에서 지냈다.(GS VI, 431쪽.) 하지만 브레히트는 헬레네 바이겔에게 자신은 브렌타노와 프로방스 호텔에 머물고 있으며, 엘리자베트 하우프트만은 하숙을 하고 있다고 알렸다. "소문이 날 거라고는" 생각하지 않았던 것이다. 베르톨트 브레히트가 헬레네 바이겔에게 보낸 1931년 5월 중순 편지, GBA 28, 335쪽, 편지 번호 438 참조. 브렌타노의 딸력과 브렌타노 부인의 기록을 보면, 브렌타노, 브레히트, 하우프트만은 1931년 5월 15일에 르리방두에서 만나 그곳의 "한 아담한 빌라"에서 함께 지냈다. 5월 27일에 하우프트만은 그곳을 떠났고, "그다음에는 카롤라 네허가 와서 하우프트만의 방을 차지했다."(Margot von Brentano, BBA Z 8/43.)

벤야민과 브레히트

두 사람은 유머를 주고받을 정도로 사적으로 가까워지면서 성욕에 대한 대화도 했던 것 같다. 벤야민이 남긴 기록에 따르면 두 사람은 1931년 여름에 셰익스피어의「로미오와 줄리엣」을 화두로 의견을 나눈 적이 있다고 한다. 이 '서사의' 주제는 이 두 인물이 그야말로 신체적인 의미에서 맞지 않았다는 데 있다는 것이 브레히트의 의견이었다. "두 연인이 오직 성적인 목적에만 몰두하게 되면 '잘 알다시피' 성행위는 이루어지지 않는데, 로미오와 줄리엣은 너무 밝히고 너무 집착하는 바람에 일을 그르친 것입니다."[33] 이런 종류의 대화는 그후 몇 년 동안 자주 있었다. 벤야민이 "아마 1936년일 것"이라며 기록한 메모에는 전형적인 남성의 사고방식이 무심코 드러나 있다. 두 사람은 "사회적인 희망사항이 에로티시즘에 영향을 미친다"는 속설에 대해 이야기했다. 브레히트는 예를 들어 설명했다. "불감증 여성에게 사로잡히는 남자들이 있다. 접근 불가능한 여성을 유혹할 수 있다는 것을 보여주기 위해서다. 또 어떤 남자들은 직장 여성을 유혹하고 싶어한다."[34] 부르주아 사회에서의 성욕의 위기에 대해 나눈 1938년 여름의 대화는 두 사람 모두 기록해두었다.

벤야민은 프로이트가 성욕을 언젠가는 소멸하는 것으로 보았다고 주

▲ Margarete Steffin 1999, 123쪽, 편지 번호 35. 물론 벤야민은 브레히트의 혼란스러운 사생활을 옆에서 지켜보며 그 사실을 묵인하고 있는 동안 내적 갈등이 없었던 것은 아니다. 1934년 여름에 스코우스보스트란에서 그는 자신과 함께 파리에서 브레히트와 슈테핀을 만났던 아나 마리아 블라우폿 턴 카터에게 다음과 같이 전했다. "슈테핀의 존재가 브레히트 집의 분위기를 때때로 무겁게 짓누른다는 점은 당신도 충분히 상상하실 수 있을 것입니다. 게다가 그녀는 죽은 듯이 처신하고 있어서 그녀를 보지 못하는 날들도 자주 있습니다."(발터 벤야민이 아나 마리아 블라우폿 턴 카터에게 보낸 1934년 8월 19일 편지 초안, GB IV, 481쪽, 편지 번호 890.) 슈테핀은 벤야민에게 보낸 편지들에서 자신의 곤란한 처지에 대해 암시적으로 혹은 꿈 이야기를 빗대어 표현했다.

장한다. 우리 시대의 부르주아계급은 자신들이 인류라고 생각한다. 귀족의 머리가 떨어졌을 때도 꼬리●는 남아 있었건만 부르주아계급은 성욕까지 망가뜨렸다.[35]

이 대화에 대한 벤야민 나름의 해설은 '파사주 프로젝트'의 '성매매, 도박' 장에 실려 있다. 여기서 그는 부르주아계급의 지나친 요구를 부각시키고 있다.

> 성욕을 인간 존재'의' 소멸중인 기능이라고 예단한 프로이트에 대해 브레히트는 이렇게 말했다. 몰락하고 있는 부르주아계급은 만사에 자신을 인간 일반의 전형이라고 여기고 자신의 몰락을 인류의 종말과 동일한 것으로 본다는 점에서 봉건계급과 상당히 다르다는 것이다. (이러한 동일시는 부르주아계급의 명백한 특징인 성욕의 위기에 일정 부분 기여한다.) 봉건계급은 자신들이 특권을 누리는 차별적인 계급이라고 생각했고, 실제로도 그랬다. 바로 이런 연유로 그들은 몰락의 시기에도 어느 정도의 고상함과 무심함을 유지할 수 있었다.[36]■

다시 1931년 여름으로 되돌아가보자. 르라방두에서 쓴 벤야민의 일기에는 브레히트의 태도를 특징적으로 보여주는 기이한 토론이 담겨 있다. 시발점은 베를린에서 온 정치 뉴스로, 그 소식 덕분에 브레히트는 "아주 기분이 좋아졌다." 브레히트는 1918년 아우크스부

● 남성 성기의 은유적 표현이다. —옮긴이

■ 벤야민은 보들레르에 대한 시대별 목록에 다음 문장을 덧붙였다. "프로이트에 따르면 성욕은 소멸중인 허례(성 불능)다."(GS VII/2, 737쪽.)

　　　　　　　　　　　　　　　　　　벤야민과 브레히트

르크 위수병원에서 의무병으로 일할 때의 집단 경험을 예로 들어 대중에 대한 테제를 발전시켰다. 자본가들의 지성은 그들이 서로 떨어져 있을수록 발달하지만, 대중의 지성은 뭉칠수록 성장한다는 것이다. 브레히트는 독일의 위기 상황을 계기로 독일 프롤레타리아계급이 하나가 될 수 있기를 소망했다. 다음은 벤야민의 기록이다.

> 그는 독일 상황을 둘러싼 대화 도중 아주 독특한 근거를 내세워 집단적 조치를 건의했다. 자신이 만약 베를린의 공산당 집행부에 있다면 최소한 20만 명의 베를린 사람을 제거할 닷새 일정의 기획안을 만들겠다는 것이다. 순전히 "사람들을 말려들게 하기 위해서" 말이다. "그 계획이 실행된다면, 제 생각으로는, 적어도 5만 명의 프롤레타리아가 참여하게 될 겁니다."[37]

이런 섬뜩한 관념유희는 브레히트가 시집 『도시인을 위한 독본』이나 희곡 「동의하는 사람과 동의하지 않는 사람」, 「조치」 등의 작품에서 내보였던 소외, 삭제, 살해의 모티프를 떠올리게 한다. 『도시인을 위한 독본』에서는 역할극의 형태를 빌려 배반, 죽임, 책임지지 않기 등을 권유하고, 「동의하는 사람과 동의하지 않는 사람」에서는 희생자 소년이 오랜 관습에 따라 자신을 살인하는 것에 동의하며, 「조치」에서는 젊은 동지를 총살해 석회 갱도에 매몰하는 과정이 묘사되어 있다. 이러한 도착적인 발상은 '순전히 사람들을 말려들게 할 목적으로 20만 명의 베를린 사람을 제거한다'라는 제안에서 정점에 달한다.

이러한 도발은 어느 쪽이 먼저 시작한 것일까? 희곡 「발」의 등장

인물 발에 대해 브레히트가 한 말, 즉 "그는 반사회적이다, 하지만 반사회적 사회에서 반사회적인 것이다"[38]라는 말을 빌려 이렇게 설명할 수 있을 것이다. 브레히트의 도발적인 발언은 사회적 의사소통의 근간을 체계적으로 파괴시킨 사회에서 비롯된 것이라고. 말하자면 사회가 도발적이기 때문이라는 것이다. 벤야민에 따르면 브레히트는 또 "공산주의는 과격하지 않다. 과격한 것은 자본주의다"[39]라고 발언하기도 했다. 벤야민은 "독일에서 혁명 상황이 전개되려면 아직 수년을 기다려야 할 것이다"[40]라던 브레히트의 확신이 정치 뉴스 덕분에 흔들렸을 것이라고 적었다. 제국 수도의 이 정치적 위기를 바라보는 브레히트의 시선에는 초조함이 역력했다. 1931년 6월 5일 제국과 각 주, 각 지방의 재정건전화를 위한 긴급조치―제국 수상 브뤼닝 집권 일 년 삼 개월 만에 취해진 여섯번째 긴급조치―에 사람들은 봉기로 맞섰다. 임금 인하와 복지 지출의 중단은 사회 위기를 심화시켰다. 정부가 위기에 처하자 시위대와 경찰의 유혈 충돌이 뒤따랐고, 공산주의자들과 나치스가 패싸움을 벌였다. 브레히트의 그 발언이 있기 하루 전날인 1931년 6월 10일에는, 프로이센 주의회에서 공산당 원내교섭단체가 "긴급조치라는 가혹한 궁핍화 정책"에 대한 책임을 묻고 주정부 탄핵을 요구하는 자리에서 소속 의원이 연설 마지막에 "혁명 행동을 호소"[41]한 센세이셔널한 사건이 일어났다.

브레히트의 발언들은 어떤 태도들을 시험대에 올려보는 것이다. 이러한 방법은 교육극 이상에 부합하는 것이었다. 1937년에 발표한 「교육극 이론에 대하여」에서 그는 "배우들이 특정한 행동 양식의 수행, 특정한 태도의 수용, 특정한 담론의 재현 능을 통해서 사회의 영향을 받을 수 있다는 기대" 속에서 교육극을 구상했음을 밝혔다.

"……사회적으로 긍정적으로 평가되는 행동이나 태도의 재현만 중요하게 생각할 필요는 없다. 오히려 반사회적 행동이나 태도를 (가급적이면 본보기가 될 만한 형태로) 재현함으로써 교육 효과를 기대할 수도 있다."[42] 브레히트는 갈등의 증폭이 불러일으키는 "교육 효과"를 기대했다. 갈등은 사회의 주변부에 속하는 사람들 사이에서 벌어진다. 벤야민은 "반사회적인 자, 부랑자를 잠재적 혁명가로 그리는 것, 이것이 브레히트가 지속적으로 추구한 일이다"[43]•라고 썼다. 브레히트의 전략은, 프롤레타리아계급이 20만 베를린 사람의 제거 과정에 말려들어 체제의 잔혹함을 충격적으로 경험하면서 질서의 전복으로 나아가지 않을 수 없게 만드는 것을 목적으로 한다.▪ 브레히트가 불러내는 폭력은 대항의 폭력이다. 1931년 여름에 이 폭력은 긴급조치만을 유일한 지배도구로 삼았던 정부를 향한다. 힌덴부르크 대통령과의 합의하에 브뤼닝 내각은 공적 질서와 안전이 심각하게 훼손될 경우 시민의 기본권을 무효화하고 "필요하다면 강압적으로" 조치를 관철시키도록 한 바이마르공화국 헌법 제48조를 근거로 내세웠다. 비상사태가 정례화된 것이다.

브레히트가 세운 테러 비전은 아나키즘적인 특징을 띤다. 1929년

• 물론 벤야민은 이러한 노력에서 그가 직면하게 될 어려움들도 알고 있었다. 벤야민은 1934년 여름의 생각을 다시 떠올린다. "어디에도 구속받지 않는, 우연에 자신의 상황을 내맡기는, 사회에 등을 돌린 뜨내기를 프롤레타리아 투쟁가의 이상적인 모습으로 재현하는 것은 불가능한 일이다."(GS VI, 524쪽.)

▪ 살인 행위를 통한 학습은 「어머니」에 나오는 '한 동지의 죽음에 대한 보고'의 주제이기도 하다. "하지만 그가 총살을 당하러 벽으로 걸어갔을 때 / 그 벽은 그의 동료들이 만든 벽이었다 / 그리고 그의 가슴을 겨냥한 총과 총알 / 그것도 그의 동료들이 만든 것이었다…… 결코 / 그를 겨냥해 총을 쏘는 사람들은 그와 다른 사람들이 아닌바, 그들이 영영 학습의 기회를 놓치게 되지는 않을 것이다."(GBA 11, 236쪽.)

에 쓴 「서정시인 고트프리트 벤을 옹호하며」라는 논문에서 브레히트는 혁명에서 지식인이 맡는 역할을 설명하고자 했다. "프롤레타리아계급 속으로 침잠하는 것이 필요하다는 세간의 견해는 반혁명적이다"[44]라는 브레히트의 입장은 벤야민의 입장과 공명한다. "혁명적 지성"은 반동적 지성과 달리 "역동적인 지성, 정치적으로 표현하면 **해체하는** 지성"이다. "혁명 없는 상황에서 혁명적 지성은 급진주의로 나타난다. 그러한 지성은 모든 정당, 심지어 급진적 정당과도 대결하며 **아나키즘적**으로 활동한다. 이는 혁명적 정신이 자신의 고유한 정당을 만들지 못하는 한, 또는 자신이 속해 있는 정당의 해체를 강요받는 한 계속 그렇다."[45] 벤야민에게 급진적 노동조합주의와 아나키즘적 사유는 낯설지 않았다. 1921년에 발표한 「폭력 비판에 대하여」에서 벤야민은 조르주 소렐의 영향 아래 프롤레타리아계급 총파업을 "순수 폭력"의 정당한 수단으로 강조한 바 있다.[46] 1931년 브레히트의 성찰은 사상적으로 그보다 한걸음 더 나아간 것이다. 벤야민은 거리를 두고 주저하면서 브레히트의 생각을 기록하고 있지만 그러한 도발적인 생각에 개방적인 태도로 호응했다. 브레히트의 급진적 사유는 벤야민이 진지하게 다루어야 할 대상이 되었다.

이는 앞에서 인용한 베른하르트 라이히의 성격 묘사를 상기시킨다. 그에 따르면 브레히트는 역설적 표현을 사용해 단호히 말하고, 반대 의견을 반박하는 게 아니라 "밀어 없앤다."[47] 프리츠 슈테른베르크 역시 훗날 벤야민이 "도발적인 위장 공격"이라고 표현한 브레히트의 성향을 다음과 같이 묘사했다.

그러한 토론에서 브레히트는 탁월한 솜씨를 발휘했다. 아니, 토론을 통해 연극적인 소질을 길러냈다고 말하는 게 나을지 모르겠다. 예전에 되블린, 피스카토르, 포이히트방거, 게오르게 그로츠, 연극 연출가 엥겔 등과 토론할 때도 브레히트는 더없이 첨예한 의견들을 피력하면서 아주 날카롭고 공격적인 발언들을 쏟아냈다. 토론에서 그의 화법은 우리 두 사람의 대화 때와는 여러모로 달랐다. 한번은 브레히트에게 그 이유를 물었다. 브레히트는 네 명 혹은 열 명이 모여서 벌이는 토론에서 꼭 자신의 견해인 것만을 말할 필요는 없다고 말했다. 자신의 작품에서 작중인물의 입을 빌려 말하는 것과 마찬가지라고 했다. 대개 극단적인 표현을 사용하는 것은 사람들을 자극하고 유인해내고, 상황을 극적으로 만들기 위해서라고 했다. 사실상 그의 의도는 보통 성공적이었다. 그렇게 토론을 하고 나면 우리는 사람들을 전보다 더 잘 알게 되었다.[48]

브레히트 자신은 1930년경 그러한 "능력"을 "올바른 사유"라고 적어놓았다. "그는 다른 사람들의 머리로 생각했고, 다른 사람들은 그의 머리로 생각했다."[49]● 벤야민도 대화중 알게 된 이 표현을 쿠르트 힐러의 에세이 『빛으로의 도약』 서평에서 사용했다. 결정적인 것은 "사적 사유가 아니라, 브레히트가 언젠가 표현한 것처럼, 다른 사람의 머리로 생각하는 기술이다."[50]■

벤야민과 브레히트의 정신적 교류와 주제 발전 과정을 전형적으로

● 이 메모는 유고집이 출판되면서 비로소 공개되었다.

■ 티데만은 이 격언을 벤야민의 『브레히트에 대한 시도들』 개정판 후기 제목으로 삼았다. Walter Benjamin 1978, 175-208쪽 참조.

보여주는 사례 중 흥미를 끄는 분야가 또하나 있다. 그것은 1931년 6월 8일 대화의 주제이기도 했던 다양한 주거 방식이다. 이 시기에 이들은 직접 만나서 토론을 벌이는 한편, 텍스트를 우회한 간접적인 문답을 주고받으며 의견을 나누었다. 벤야민과 브레히트는 주거와 집이 사회적 관점뿐 아니라 미학적·형태학적 관점에서 일정한 역할을 담당한다고 보았다.[51] 이 대화에서 보여준 예술정치적 차원은 '신건축'의 문제, 진보적 건축 이론 및 실천과 연결되어 있다.• 벤야민은 1929년 헤셀의 책에 대한 서평에서 다음과 같이 선언한다.

> 안온함을 일차적으로 내세우는 낡은 의미의 주거는 막을 내렸다. 기디온, 멘델존, 르코르뷔지에는 인간이 머무는 장소를 빛과 공기에 담긴 모든 힘과 파장이 통과하는 공간으로 만들어낸다.[52]

벤야민은 자신의 관심 대상인 주거에 대한 연구[53]에서 『도시인을 위한 독본』의 한 구절인 "흔적을 지워라!"라는 말을 거듭 인용한다. 1931년 5월 일기장에 남긴 조각글에서 알 수 있듯, 에곤 비싱과의 대화에서도 벤야민은 이러한 입장을 견지한다.[54] 유사한 표현이 『사유 이미지』의 「짧은 그림자들 II」 중 '흔적 없이 거주하기'라는 단상[55]과 「경험과 빈곤」,[56]에 등장하며, '파사주 프로젝트'에 대한 개요인 「19세기의 수도 파리」 초안에도 "거주한다는 것은 흔적을 남긴다는 것이다"[57]라는 문장으로 변용되어 나타난다.

• 벤야민의 『1900년경 베를린의 유년 시절』에 대한 연구에서 하인츠 브뤼게만은 벤야민의 텍스트와 지크프리트 기디온의 논문, 특히 「해방된 주거」(1929) 사이에 연관성이 존재한다고 지적했다. Heinz Brüggemann 1989, 233-266쪽 참조. 벤야민의 '주거' 테마에 대해서는 Eckhardt Köhn 2000, 709-711쪽 참조.

벤야민과 브레히트는 경험과 생활 습관 및 지각 방식의 변화를 배경으로, 주거의 상호 보완적 행동 양식을 기술한 일종의 주거 유형론을 발전시키고자 했다. 벤야민은 이에 대한 논의와 범주화의 기준을 1931년 5월과 6월 일기로 남기면서, 관련된 모든 생각을 기록했다고 적어놓았다.[58] 다음의 도식은 브레히트의 유고에서 발견된 육필 수기다.

주거에 대한 두 가지 관념을 들 수 있다:
  1) 적응하는 주거 방식. 주변 환경이 그 안에 살고 있는 사람과 더불어 '형태를' 만들어가도록 촉구하는 주거 방식.
  (배우, 놀이 습관.)
제1영역
  2) 손님으로 거주하기. 앉은 자리에 대해서 어떤 책임도 지지 않는다. 자리는 앉는 데 '쓰인다.' 그것은 앉은 사람과 하나가 되지 않는다. 그것은 초대하고 초대를 취소한다.
두 가지 관념이 보통 한 사람 안에서 결합한다.

또다른 두 가지 관념의 결합:
  3) 거주자에게 생활 습관을 최대한 강요하는 주거 방식.
제2영역
  4) 거주자에게 습관을 최소한으로 요구하는 주거 방식.

두 영역의 경계 짓기: (순화)
  1) 특별한 소유 관계 없음.

3) 소유 관계의 강조. (가구를 갖춘 방 주인들의 생각.)

2) 손님으로 거주하기: 짧은 습관 갖기.

4) (파괴분자들의) 체류. 파괴적 거주. 그 위에 거주하기.[59]

브레히트가 "적응하는" 거주와 "손님으로 거주"하는 것을 구분하도록 제안했다면(제1영역), 벤야민은 "거주자에게 생활습관을 최대한 강요하는 주거 방식"과 "습관을 최소한으로 요구하는 주거 방식"을 구분(제2영역)한다. 벤야민은 제2영역에 속하는 분류법을 에곤 비싱과 나눈 대화에서 다음과 같이 밝힌 바 있다. "1880년대 부르주아계급의 방"은 그 안에 사는 사람에게 "최대한 생활 습관을 형성하도록" 한다. 브레히트의 『도시인을 위한 독본』 첫번째 시 중 "흔적을 지워라"라는 시구는 그와는 반대되는 것에 도달하는 태도를 권한다. 강제된 습관을 각인시키는 주거 방식(적응하는 주거 방식)에 폭넓은 유희 공간을 허용하는 주거 방식(습관을 최소한으로 요구하는 주거 방식)이 맞서는 것이다. 흔적들은 지워져야 한다. 그리고 여기에서 거주인에게 습관을 최소한으로 형성하도록 하는 주거 관념이 나타난다.•

특기할 만한 것은 대화 도중 유희적으로 생각이 형성된다는 점이다. 여기서 벤야민과 브레히트를 잇는 고리는 인간의 사회적이고 현실적인 습관과 행동 양식에 대한 관심이다. 다양한 주거 방식의 카탈로그는 제스처에 기반을 둔 연극 모델에 해당한다. 말하자면 사람들

• 『파사주 프로젝트』에 실려 있는 메모 I 4,4(GS V/1, 291-292쪽 참조)는 그후 벤야민이 일기에 기록한 대화의 요지와 일치한다. "브레히트의 주거 연구에 대한 추서와 주거에 대한 일반적 표상들: 호텔에서 거주하기."(GS VI, 441쪽.)

벤야민과 브레히트

의 특징과 태도를 그 심리적인 기원과 사회적 출신에 따라, 그 의사
소통 결과의 측면에서 연구할 수 있다는 것이다. 이 모델은 변증법적
성격을 띤다. 즉 범주에 따른 분류에서 경계는 고정되어 있지 않고,
오히려 태도들이 한 개인 속에서 결합되어 나타나 상호 개입하며 어
느 정도는 상호 규정한다.

　1933년까지 브레히트와 벤야민의 만남은 "상당히 활기를 띤 수많
은 대화"[60]와 새로운 계획들로 이루어졌다. 그러한 계획 중 가장 흥미
진진한 것은 잡지 『크리제 운트 크리티크』 기획이었다.* 벤야민은 자
신이 공동 작업에 관심을 갖는 이유는 브레히트 때문이라고 했다. 브
레히트의 작품 활동이 비판적인 좌파 지식인들의 문제 설정을 전형
적으로 보여준다는 것이다. 벤야민이 브레히트 작업의 중요성과 입장
에 대해 숄렘을 설득하고자 할수록, 점점 더 자신을 옹호한 셈이다.
　1929년부터 1932년까지 베를린에서 벤야민과 브레히트는 『크리
제 운트 크리티크』 창간을 준비하는 한편, 모임을 결성하기 위한 또
다른 모의들을 주도해나갔다. 다음에 열거한 작업들은 공적인 영향력
을 행사하기 위한 시도라는 점에서 일맥상통한다. 그것이 도상연습에
불과한 것인지 아닌지 항상 확실하게 드러나 있는 것은 아니다. 이들
의 모임 결성 시도에 주목하는 이유는 『크리제 운트 크리티크』 기획
을 사회사와 정신사의 차원에서 더 정확히 가늠해볼 수 있도록 해주
기 때문이다.

● 이 책 제3장 참조.

(1) 1930년의 계획, 즉 "브레히트와 나[벤야민]의 주도하에 아주 철저한 비판적 독회를 열어 하이데거를 박살내고자 한 여름"[61] 계획은 브레히트의 발병과 그후 이어진 르라방두 여행, 그리고 여름마다 바이에른으로 떠나는 습관 때문에 실현되지 못했다. 하이데거는 벤야민과 브레히트에게 하나의 화두였다. 그들은 『크리제 운트 크리티크』에서 하이데거를 "일종의 리더십 컬트"의 전형으로 보고 그와 대결하고자 했고, 그의 철학을 자신들이 선호하는 실천 지향적인 사유와 대립되는 구상으로 이해했다. 1992년 귄터 안더스의 회고대로, 이 계획은 "독회"의 범위를 넘어섰던 것 같다.

> 브레히트의 다양한 잡지 기획에 대해서도 당신에게 해줄 수 있는 이야기는 별로 없습니다. 브레히트가 제게—아마 1932년경—자신과 벤야민이 반反하이데거 잡지를 창간하려 한다고 했던 것은 기억납니다. 저는 그 말을 듣고 좀 놀라서 하이데거를 들어본 적도 읽은 적도 없다고 하지 않았느냐, 벤야민도 마찬가지라고 말하지 않았느냐고 대꾸했습니다. 그리고 그런 상황에서 그런 목적의 잡지를 창간하는 것은 불성실한 일이라고 말했습니다. 이 대화 이외의 다른 이야기는 기억나지 않습니다.[62]•

(2) 1931년 기록 중 눈여겨볼 법한 또다른 제안은 '헤겔 변증법을

• 귄터 안더스의 다음과 같은 진술도 참조하라. "브레히트와 함께 반하이데거 팸플릿을 작성하려 했던 그[벤야민]의 프로젝트가 실패한 이유는—이는 확신하게 말할 수 있는데—브레히트가 『존재와 시간』을 단 두 줄도 읽지 않았기 때문이다. 게다가 그는 그 책을 읽기 위해 필요한 모든 철학사적 전제를 갖추고 있지 않기 때문에 읽었다 해도 전혀 이해할 수 없었을 것이다."(Günther Anders 1979, 890쪽.)

지지하는 유물론자 동지들의 모임' 구상이다. 이 모임은 사상적으로나 조직적인 면에서 비평지 프로젝트와 상당히 유사하다. 이 일의 기폭제가 된 것은 모스크바에서 발행하던 잡지 『포트 즈나메넴 마르크시즈마(마르크스주의의 깃발 아래)』에 레닌이 보낸 1922년 3월 12일 편지였다. 편지에는 유물론자 모임의 결성을 독려하는 내용이 담겨 있었다.● 이 글은 1925년 잡지 독일어판인 『운터 뎀 바너 데스 마르크시스무스』에 재수록되었으며, 1931년 발행된 호에서도 재차 언급되었는데, 브레히트는 이러한 과정을 거쳐 레닌의 편지를 접하게 되었다.■ 한편 브레히트는 카를 코르슈가 『마르크스주의와 철학』(1923)에서, 죄르지 루카치가 『역사와 계급의식』(1923)에서 레닌이 내린 지침의 정당성을 언급했다는 것을 분명히 알고 있었다.▲ 코르슈와 루카치는 자신들의 연구에서 마르크스주의 이론의 **철학적** 권한을 주장했고, 공산주의 운동과 "속칭 마르크스레닌주의"에서 황폐화된 변증법의 처지를 유감스럽게 생각했다.[63] 코르슈와 루카치의 살아

● 편지의 독일어 번역본이 1922년 『디 코무니스티셰 인터나치오날레(공산주의 인터내셔널)』에 실렸고, 벤야민 역시 이를 알고 있었다. N. Lenin 1925, 8-13쪽 참조. 나에게 이 정보를 제공해준 이는 미셸 프라다.

■ 브레히트는—1928년부터 1930년까지 발행된 잡지뿐 아니라(GBA 21, 790쪽 참조),—레닌의 1922년 3월 12일 편지가 재수록된 1925년 발행호부터 1934년 발행호까지 전부 갖고 있었다. N. Lenin 1925, 9-20쪽 참조.

▲ 코르슈는 레닌의 편지에서 가져온 다음의 인용문을 연구서의 모토로 삼았다. "우리는 유물론적 관점에 따라 헤겔 변증법에 대한 체계적인 연구를 준비해야 한다."(Karl Korsch 1923, 49쪽.) 브레히트 전집에서 인용한 판본은 코르슈의 초판본이다. 루카치도 연구서 서문에 레닌을 인용했다. "이러한 측면에서 보건대 그는 오늘날 실천적 차원에서 중요한 것은 '독일의 노동운동'을 '독일 고전철학의 상속자'로 본" 엥겔스와 [러시아의 대표적인 멘셰비키] 플레하노프의 마르크스 해석 전통으로 되돌아가는 것이라고 생각한다. 또한 모든 마르크스주의자가—레닌을 따라—헤겔 변증법의 유물론자 동지들을 모아 일종의 동맹을 만들어야 한다고 생각한다."(Georg Lukács 1923/1970, 54쪽.) 이 정보 역시 미셸 프라다가 제공해주었다.

있는 마르크스주의는 "위조 불가능한 일종의 순수한 교리"로서의 마르크스주의에 반기를 들었던 것이다.[64]

이 **모임** 기획이 얼마나 성공했는지는 말하기 어렵다. 다만 브레히트는 벤야민, 브렌타노와 이 문제를 놓고 끊임없이 대화를 나누었다. 벤야민 역시 1931년 5월 말 내지 6월 초 르라방두에서 브레히트와의 대화 도중 거론되었던 '헤겔 변증법을 지지하는 유물론자 동지들의 국제 모임'이라는 이름을 기록해두었다.[65] 브레히트가 남긴 모임 기획안, 조직안, 비망록에는 '변증법자들의 조직'과 '변증법자들을 위한 (또는 변증법자들의) 모임'이라는 명칭이 기록되어 있는데, 이러한 기획은 여러 점에서 『크리제 운트 크리티크』 창간 시도에 비견될 수 있다.[66] '헤겔 변증법을 지지하는 유물론자 동지들의 국제 모임'은 프롤레타리아혁명의 필연성을 확신하고 변증법적 사유를 방법론으로 선호한 지식인과 예술가를 위한 조직 형태를 염두에 둔 것이다. 『크리제 운트 크리티크』 기획처럼 여기에서도 **개입하는 사유**를 훈련하고, **아무런 결과도 낳지 못하는 사유**는 배척되어야 했다. 조직안에 따르면 **모임**의 회원들은 특정한 이론적 과제의 해결을 맡아야 하고, 예술, 정치, 학문 등 모든 영역에 적용되는 통일된 작업 원칙에 합의해야 한다.[67] 목표는 더 과격했다. 『크리제 운트 크리티크』 기획 때는 계급투쟁에 기반을 둔다는 언급에 그쳤다. 당리당략 정치와 관련을 맺는 문제는 분명하게 제외되었다.[68] 이에 반해서 **모임**은 공공연하게 세계혁명을 목표로 했다. 실천적 변증법의 적용은 "곧장 그리고 직접적으로 실제 혁명적 행동과 조직화로 나아가야 한다"라고 적혀 있다. "공산주의 노동자정당"과의 "조직적 결합"이 곧 작업의 "완성"으로 간주되었다.[69] 변증법자들을 위한 지침은 당연히 모반의 성격을 띠었다. **모임**의 회원들은 조직의 허가 없이 시민계급에 속한 자신들의 직업이나 영향권을 포기해서도 위태롭게 해서도 안 된다. 『크리제 운트 크리티크』의 필자들을 전문가들로 한정했다면, **모임**이 취한 전술은 직업에 상관없이 각자 직업인으로서 지닌 실력과 영향력을 세계혁명을 위해서 행사하는, 말하자면 각자의 능력을 시민사회의 붕괴를 위한 교두보로 확보한다는 식이다.

(3) 브레히트의 유고에는 '마르크스주의자 클럽'이라는 표제를 붙인 문서가 있는데 아마 같은 시기인 1931년에 기록해둔 것인 듯하다.

> '마르크스주의자 클럽'(가칭) ……클럽은 모든 회원이 일주일에 한 번 제삼의 장소에서 회담, 약속, 대화를 할 수 있도록 자리를 마련한다.
> 클럽은 마르크스주의 연구를 심화 및 확대하여 전문 분야에서 실제로 적용할 수 있는 좌파 성향의 사람들을 결집시킨다.
> 클럽은 위와 같은 목적을 위해서 다음과 같은 정규 행사를 개최한다.
> a) 제기될 수 있는 모든 질문을 대비한 짧은 마르크스주의 강연.
> b) 모든 전문 분야의 부르주아 학자들을 상대로 한 토론.
> c) 소비에트사회주의공화국연방 학자들과의 접촉 시도.
> 각 전문 분야에서 올린 변증법적 유물론의 성과들은 회원들에게 전달되어야 한다.
> 클럽은 일단 공식적으로는 정체를 드러내지 않는다.[70]

마르크스주의자 클럽이 실제로 회동을 가진 적이 있는지는 알려져 있지 않다. 또한 그 준비 작업이 결실을 맺었는지, 종이에 적혀 있는 이름의 주인공들이 그 클럽에 어느 정도 관여했는지도 알려져 있지 않다. 다만 이 클럽이 1931년 10월 베를린 시의회가 내린 조치, 즉 마르크스주의자노동자학교^{MASCH}가 시립학교 공간을 사용하지 못하도록 한 조치에 대한 반작용으로 결성된 모임이라고 추측해볼 수 있다. 시의회의 조치가 내려지자 일련의 예술가들은 노동자학교의 강좌를 위해 자신의 집을 내주었는데, 브레히트, 브렌타노, 아이슬러, 포이히트방거, 하트필드, 헬레네 바이겔, 쿠르트 바일도 그들 중에 있었다.[71]● 진행된 회의 기록이 남아 있지 않은 이유는 공식적으로 모습을 드러내지 않는다는 규정 때문이었을 것이다. 이사회에는 비트포겔, 브레히트, 브렌타노, 베허, 루카치, 포이히트방거, 의학도 프리츠 바이스, 그리고 A. 하르나크의 부인—아마도 나중에 "붉은 군악대"라는 공산주의 저항그룹의 회원이 된 아르비트 하르나크라는 인물의 부인인 밀드레트 하르나크—을 초빙할 예정이었다.[72] 다음과 같은 주제 개요서가 남아 있다.

보고서

1) 한스 예거: 파시즘의 국가경제학.

2) 아이슬러—포겔—(셰르헨?): 음악에 대하여.

3) XY: 현대 부르주아 물리학의 세계상.

4) 행동주의 (심리학).[73]

● 클라우스 푈커에 따르면, 브레히트의 집에서 '마르크스주의에서 살아 있는 것과 죽은 것'에 대한 코르슈의 연속 강좌와 더불어 노동자 공동체 모임도 열렸다고 한다. 여기에는 브레히트, 코르슈 이외에 엘리자베트 하우프트만, 슬라탄 두도프, 한스 리히터, 힐나 고스디리츠, 파울 파르토스, 하인츠 랑거한스가 참석했던 것으로 보인다. Klaus Völker 1977, 181쪽 참조. 한편 하트필드와 바일을 제외한 나머지 사람들의 이름은 '마르크스주의자 클럽' 서류철에도 적혀 있다.

벤야민과 브레히트

'마르크스주의자 클럽'의 회원이거나 회원으로 초청할 예정이었던 인물들의 명단은 타이핑한 문서로 남아 있다.

포겔 / [한스] 아이슬러 / [하인츠] 폴 / [한스] 잘 / 힐러스 / [에른스트?] 부슈 / 아케르만 / [헬레네] 바이겔 / [페터] 로레 / [카스파르] 네허/ [헤르만] 셰르헨 / [에밀 율리우스] 굼벨 / [프리드리히] 부르셸 / [빌헬름] 볼프라트 / [에른스트] 오트발트 / [발터] 벤야민 / [하인리히] 만 / [구스타프] 키펜호이어 / [에른스트] 글레저 / [프란츠 카를] 바이스코프 / [테오도어] 플리피어 / [빌란트] 헤르츠펠데 / [에르빈] 피스카토어 / [엘리자베트] 하우프트만 / 파울 브라우어 / [E. A.] 라인하르트 / 한스 예거 / [쿠르트] 케르스텐 / 두루스 [=헝가리 저널리스트 알프레드 케메니] / [카를 폰] 오시치 / **[게오르게] 그로스** / [J.] 쉬프 / [마네스] 슈페르버 / [베른하르트(?)] 라이히 / [알프레트] 쿠렐라 / [발터] 두비슬라프 / [지크프리트] 크라카우어 / [슬라탄] 두도프 / 카를 레빈.[74]•

(4) 『지그날레』는 비슷한 시기에 기획했으며 마찬가지로 결실을 맺지 못한 잡지 프로젝트다. 그 기획의 흔적은 브레히트의 유고 중 세 쪽에 걸쳐 남아 있는데, 여기에 벤야민의 이름은 등장하지 않는

• 브렌타노와 다른 누군가가 명단과 조직안 일부를 수정한 수기본도 존재한다.(BBA 1508/01.) 성 앞의 이름 내지 이름 머리글자의 철자를 보충하기 위해서 그 수기본도 참조했다. 타이핑한 명단에는 [쿠르트?] 자우얼란트, [에른스트] 블로흐, T. H. 오토(?), [에른스트] 톨러, [프리츠] 코르트너, 아르민 케서, 총무 [펠릭스] 가스바라의 이름이 누락되어 있다. 한편 한스 잘은 1992년 10월 13일 나에게 말하기를, 그러한 모임이 있었는지는 기억나지 않았지만 그 모임의 구성원이나 정치적 목표 설정은 개연성이 있다고 생각한다고 전했다.

다. 예정된 동료들, 주제 설정, 작업 방식은 벤야민이 관여한 다른 계획들과 부분부분 겹친다. 편집진의 구성 제안, 연락할 인물들의 이름은 브레히트의 자필로 남아 있다. "비트포겔 / **루카치** / 귄터 슈테른 / 예링 / 브렌타노 / 베허 / 브레히트 / 가보르", 그리고—이어지는 명단은 아마 협력자들을 말하는 듯하다—"크라카우어 / 그로스만 / 슈테른베르크 / 슈말 박사 / 샥셀 / **폴** / 무질 / 호르크하이머."[75]● 사회 이론과 경제학에 중점을 둔 잡지 기획 중 다음과 같은 주제도 있었다. "사멸하는 자본주의 / 건설중인 사회주의 / 독일 이데올로기 / 마르크스주의의 문제들…… / "파시즘"과 "노동운동."[76]■

(5) 벤야민의 이름은 1931년 11월 9일부터 준비한 『차이트슈리

● 한편 샥셀이라는 이름은 율리우스 샥셀의 가명일 수 있다. 그는 1925년에 『운터 뎀 바너 데스 마르크시스무스』에 「현 생물학에서의 생기론生氣論에 대한 오류」라는 논문을 발표한 인물이다. Julius Schaxel 1925, 291-301쪽 참조.

■ 이 기록들은 붉은색 판지와 양피지로 만든 메모집에서 발견되었는데 브레히트는 이러한 메모집을 자주 사용했기 때문에 날짜를 파악하기 어렵다. 메모집 BBA 810은 여러 방향으로, 긴 기간에 걸쳐 기록된 것이다. 「어머니」 초안 및 메모 외에 무엇보다 「카라르 부인의 무기들」에 대한 메모들이 보인다. 또한 브레히트가 표지 안쪽에 "브레히트 / 스벤보르 / 스코우스보스트란"이라고 썼다고 해서 그것이 잡지 『지그날레』 프로젝트의 날짜를 추정할 근거가 되는 것은 아니다. 덧붙이면, 헤르타 람툰이 제안한 1937/1938년의 날짜는 고려의 여지가 없다. 브레히트가 직접 명단을 작성한 시기는 1933년 이후일 수가 없기 때문이다. Herta Ramthun, Bertolt-Brecht-Archiv, Band 3, 633쪽, 515쪽 참조. 한편 귄터 안더스는 『지그날레』 프로젝트에 대해 다음과 같이 답변해주었다. "편집위원으로 브레히트가 열거한 명단에 제 이름도 들어가 있다는 사실은—그것은 저로서는 몰랐던 일이지만—상당히 저를 아연실색하게 만듭니다. 왜냐하면 브레히트는 저에게 이중적 태도를 보였기 때문입니다. 그에게 저는 철학적으로 박식한 사람으로 보이면서 어딘지 기분 나쁜 사람이었습니다. 라다츠와의 인터뷰에서 설명한 것("브레히트는 나의 체취를 못견뎌했다")처럼 그는 저를 아주 싫어한 적도 있었습니다 이미 말했듯이, 제 이름이 브레히트이 가장 가까운 친구들 이름과 나란히 있다는 사실은 육십 년이 지난 지금 게재는 놀라움 그 자체입니다. 그 사실이 저를 기쁘게 하는지에 대해서는 뭐라고 말할 수가 없습니다."(귄터 안더스가 나에게 보낸 1992년 5월 27일[우체국 소인] 편지.)

프트 추어 클레룽 데어 파시스티셴 아르구멘테 운트 데어 게겐아르구멘테(파시즘의 주장과 반박의 해명을 위한 잡지)』 기획안에도 없다.[77]● 『크리제 운트 크리티크』와 『지그날레』에서는 부차적이었던 부분이 여기에서는 주요 동인으로 작용한다. 그룹별로 잡지 제목에서 내세운 목표를 체계화했는데, 이에 따라 독재 전前 단계에서 이루어진 반파시즘에 대한 연구 주제들—문화 정책, 여성 문제, 경제학, 지도자의 문제점, 인종 문제, 은폐의 이데올로기, 민족주의 등—이 다루어졌다. 혹은 다루어질 예정이었다. (예정된 혹은 실제의) 보고자 명단에 하로 슐체보이젠이라는 이름이 등장한다는 사실을 언급해두어야 할 듯하다. "나치즘의 국가와 민족"이라는 주제를 맡을 예정이었던 그는 역시 나중에 "붉은 군악대"의 조직원이 된 사람이다.

『크리제 운트 크리티크』, 하이데거 (독회 내지 잡지 기획단), '헤겔 변증법을 지지하는 유물론자 동지들의 국제 모임', '마르크스주의자 클럽', 『지그날레』, 『차이트슈리프트 추어 클레룽 데어 파시스티셴 아르구멘테 운트 데어 게겐아르구멘테』 등의 프로젝트는 관련된 사람, 정치적 상황, 목표 설정에 따라서 구분된다. 그룹 형성과 잡지 기획의 공통점이 있다면, 참여한 지식인들과 예술가들 모두 대항적 공중을 만들기 위해서는 그런 식의 조직화가 필연적이라고 생각했다는 것이다. 모든 행동은 참여자들의 소명 의식에 핵심적인 기반을 둔다. 유물론적 변증법이 점점 더 영향력 있는 방법론적 추진력이 되어가고 있었다.

● 그 프로젝트를 시작한 날짜가 1931년 11월 9일이라는 사실은 빌란트 헤르츠펠데가 브레히트에게 보낸 편지 뒷면(서류 번호 84)에 나와 있다.

3

망명, 범죄소설, 체스
(1933-1940년)

망명길에 오르면서 의사소통의 조건들이 달라졌다. 관계를 유지하려면 상당히 애를 써야 했고, 언어적 고립을 포함한 개인의 고립은 망명 시절 가장 큰 위험 요소 중 하나였다.• 벤야민과 브레히트는 대부분 각기 다른 나라에서 살았기에 두 사람이 만나려면 정확한 약속을 잡아야 했다. 이는 베를린 시절의 우연한 만남, 급히 소집한 회의나 전화 통화 등의 비공식적 교류가 끝났음을 의미했다. 이러한 변화 탓에 긴밀한 소통 기록은 파편적인 형태로만 남아 있다.•

• 벤야민은 자주 자신의 고독과 외톨이 신세에 대해 불평했다. 심지어 알프레트 쿠렐라처럼 그다지 친하지 않은 상대에게 자신에 대해 털어놓기까지 했다. "망명에 대해서는 별로 아는 바가 없습니다. 어떤 소식이라도 주시면 정말 감사하겠습니다. 제가 소식을 기다려 마지않는 사람들이 아주 간단한 형식의 교류까지 무시하는바, 그들의 무심함이 임의 조직 상황을 보여주는 징후가 아니길 바랄 뿐입니다."(발터 벤야민이 알프레트 쿠렐라에게 보낸 1933년 5월 2일 편지, GB IV, 199쪽, 편지 번호 781.)

벤야민과 브레히트

마르가레테 슈테핀은 벤야민과 계속 연락을 주고받았다. 생존 압박 속에서 망명자들은 망명지 국가에서 돈을 벌 수 있는 제한적인 기회에 맞추어 작업해야 했고, 생계비 혹은 괜찮은 작업 환경(도서관, 편집부, 출판사)에 따라 주거지를 선택해야 했다. 브레히트는 가족과 함께 육 년 동안 비교적 환경이 좋은 덴마크에 머물렀고, 벤야민은 연구에 필요한 자료들을 구할 수 있는 파리 국립도서관에서 멀어지는 것을 몹시 저어했다. 그래서 브레히트의 집이나 산레모에 있는 자신의 전처 집에는 잠깐씩만 머물렀다. 당시 사람들은 가능하다면 어떤 식으로든 독일에 남아 있는 소유물이나 자료를 구해내고자 했다. 따라서 1933년 가을 벤야민의 책들을 덴마크 스코우스보스트란에 있는 자신의 집에 맡겨놓으라고 한 브레히트의 제안은 벤야민의 입장에서는 아주 중요한 것이었다. 이런 식으로 벤야민은 1934년 봄 이후 자신의 책 중 적어도 절반가량을 무사히 보관할 수 있었다. 게다가 브레히트 집에 머무는 그해 여름 내내 그 책들을 이용할 수 있었다.[78]

망명지에 있다고 해서 안전한 것은 아니었다. 히틀러를 반대한 사람들은 정치적 포로가 되는 운명에 처하지 않으려면 독일에 병합되거나 침공을 받은 나라에서 도피해야 했다. 정치범의 운명에 대해서는 "흉흉한 소문들"이 떠돌고 있었다.[79] 그다지 위태롭지 않은 망명지에서도 적에게 협력하는 사람들 혹은 비밀경찰의 스파이들로 인

■ 1933년과 1938년 사이 몇 해 동안 남긴 기록이 유달리 많기는 하지만 편지를 주고받는 사람들의 표현은 극히 제한적이다. 그것은 무엇보다 독일의 검열과 관계가 있다. 사람들은 "경우에 따라 프랑스에서 덴마크로 발송되는 편지들이 독일을 거쳐서 갈 수도 있다는 점"을 걱정했다.(발터 벤야민이 게르숌 숄렘에게 보낸 1934년 6월 2일 편지, GB IV, 437쪽, 편지 번호 870.)

한 위험은 존재했다. 벤야민은 1933년 12월 7일 편지에서 숄렘에게 "베를린에서 브레히트와 나 모두와 아주 친하게 지냈던 사람 한 명이" 게슈타포에게 붙들려 구금되었다가 석방 후 파리로 왔는데, 아마 자신들 모두를 아는 파리의 어떤 남자가 그를 고발한 것 같다고 전했다. 엘리자베트 하우프트만은 베를린에서 도청을 당했다. 그녀를 배신한 사람이 누구인지는 영영 알 수 없을 것이다.[80]

망명의 어려운 조건 속에서 벤야민과 브레히트는 서로를 신뢰하게 되었다. 관계의 밀도는 파리와 스코우스보스트란에서 함께 보낸 시간, 그리고 공간적 밀접함 덕분이었다고 할 수 있다. 1929년과 1933년 사이의 공동 작업에는 정치 및 예술 기획의 결정적인 공통 관심사 이외에 실존의 문제들도 작용했다. 브레히트에 대한 벤야민의 태도는 변함이 없었다. 망명 첫해에 자신의 입장에 대해 쓴 글을 보면 그것은 오해의 여지가 없다. 예루살렘에 있는 키티 마르크스슈타인슈나이더에게 1933년 10월 20일 보낸, 군사용어를 섞어 써 내려간 편지가 이를 뒷받침해준다. "브레히트의 작품 활동에 동의하는 일은 제가 취하는 입장 중 가장 중요하고 중무장된 입장을 내보이는 것입니다. 이 점을 기밀에 부칠 이유는 없습니다."[81] 같은 시기 그는 첫번째 덴마크 여행을 두고 다음과 같이 고백하기도 했다. "브레히트와 가까워질수록 예상했던 대로 그에게 전적으로 의지하게 될 것이라는 점이 마음에 걸린다네."[82]● 하지만 벤야민은 이러한 걱

● 벤야민이 숄렘에게 보낸 1934년 1월 18일 편지(GB IV, 346쪽, 편지 번호 830)와 그레텔 카르플루스에게 보낸 1933년 12월 30일 편지(GB IV, 324쪽, 편지 번호 823)에서도 이와 어슷비슷한 표현이 발견된다. 또한 스코우스보스트란에 있던 시절 벤야민은 자신이 갑자기 곤란해질 수도 있는 심각한 재정 상태 때문에 "브레히트의 손님 대접에 전적으로 의존하고 있다"고 한탄했다.(발터 벤야민이 게르숌 숄렘에게 보낸 1934년 7월 20일 편지, GB IV, 461쪽, 편지 번호 881.)

정을 이겨냈다. 다른 대안이 없었던 것이다. 더구나 브레히트가 아니었다면 스코우스보스트란 체류는 정말 엄두를 내기 어려웠을 터다.● 1936년 여름에 휴식이 필요했던 벤야민은 덴마크 대신 이비사 섬으로 여행을 떠나려고도 했다. 알프레트 콘에게 벤야민은 "덴마크에서 기대하는 것은 원기 회복보다는 자극"이라고 적었다. 하지만 그는 "지금 상황에서 브레히트와의 결속을 해치는 일을 할 수는 없다"[83]라고도 했다.■

근거 없는 염려는 아니었다. 브레히트와 대화를 하면 "자극을 받는다"라는 벤야민의 말은 완곡한 표현일 것이다. 브레히트는 1934년 8월 벤야민의 카프카 연구에 대해 다른 이들은 상상도 하지 못할 정도로 "일시적이지만 격렬하게" 반기를 들었다.[84] 논쟁이 정점에 달했을 때 브레히트는 벤야민의 논문이 "유대 파시즘에 박차"를 가하고 있으며 카프카 주위의 어둠을 흩뜨리는 대신 오히려 더욱 짙게 하고 있다고 질책했다.[85] 그해 여름이 끝날 무렵 벤야민은 완전히 지친 상태에서 다음과 같이 기록했다. "브레히트 스스로 선동적인 태도라고 부른 특징이 전보다 훨씬 분명하게 대화에서 드러났다."[86] 1938년에는 보들레르를 둘러싸고 의견 차이가 있었다. 브레히트는 벤야민이 설명하는 아우라 개념에 대해 비꼬듯이 말했다. 물론 벤야민이 그의 신랄한 해설을 직접 접한 것은 아닌 것 같다. "유물론적 역사관이 그

● "브레히트가 사는 덴마크 외딴 구석에서 보낼 몇 달간의 겨울은 정말 견디기 어려울 것이네. 그 기간에 브레히트 자신은 러시아나 영국으로 여행을 떠나곤 하기 때문에 더욱 그렇다네."(발터 벤야민이 게르숌 숄렘에게 보낸 1935년 8월 9일 편지, GB V, 136쪽, 편지 번호 978.)

■ 문장은 다음과 같이 이어진다. "나 개인의 이해는 보편적 이해와 일치한다네." 이 표현은 편지 앞부분에서도 언급한 소망, 즉 브레히트를 통해 「기술복제시대의 예술작품」의 독일어판 출판 기회를 얻을 수도 있으리라는 소망을 암시한다.

런 형태로 수용되다니! 상당히 끔찍하다."[87] 브레히트는 벤야민 사후에 「역사의 개념에 대하여」가 "얽힌 문제를 명확하게 풀어낸다"라고 말하면서 "은유법과 유대 정신에도 불구하고"[88]라는 추기를 덧붙였다. 그러나 이러한 도발적 발언들은 생산적으로 작용하기도 했다. 브레히트가 1936년 여름에 벤야민의 논문 「기술복제시대의 예술작품」을 수용하는 과정에서 "저항, 아니 충돌"이 있기는 했다. 그런데도 텍스트를 4분의 1가량 더 늘리는 공동 작업을 두고 벤야민은 "아주 성과가 좋았다"라고 말했다. 공동 작업은 "논문의 핵심을 전혀 건드리지 않으면서 여러 점에서 특기할 만한 개선"을 이끌어냈기 때문이다.[89] 다사다난한 의견 대립 속에서 이해와 문제 해결도 따라왔던 것이다.•

　1933년 국가사회주의독일노동당(나치스)이 정권을 잡기 전 벤야민과 브레히트가 마지막으로 만난 시기는 알려져 있지 않다. 벤야민은 브레히트가 독일에서 도피한 시점과 상황을 알고 있었다.■ 이후 둘 사이의 관계 유지는 제삼자의 중개에 의지했던 것으로 보인다.▲ 프랑스 사나리쉬르메르에서 에바 보이, 브레히트, 아르놀트 츠바이

• 벤야민에 대한 브레히트의 판단에 대해서는 이 책 제5장 참조.

■ "물론 내가 떠나려는 순간에 그들[벤야민과 가깝게 지내던 사람들] 중 독일에 남아 있던 이는 그다지 많지 않았다네. 브레히트, 크라카우어, 에른스트 블로흐는 제때 떠났지. 브레히트는 체포된다고들 했던 날 바로 하루 전에 떠났다네."(발터 벤야민이 게르숌 숄렘에게 보낸 1933년 3월 20일 편지, GB IV, 170쪽, 편지 번호 771.)

▲ 브렌타노는 브레히트에게 벤야민의 안부를 전했다. 베르나르트 폰 브렌타노가 베르톨트 브레히트에게 보낸 1933년 4월 4일 편지, BBA 481/61-62 참조. 빌헬름 슈파이어는 벤야민에게 브레히트와 만났던 이야기를 전했다. 빌헬름 슈파이어가 발터 벤야민에게 보낸 1933년 5월 29일 편지, Geret Luhr(Hg.) 2000, 64쪽; SAdK Bestand WB 115/10 참조. 린다에 있던 에른스트 쇤은 벤야민에게 브레히트의 주소를 알려주었다. 에른스트 쇤이 발터 벤야민에게 보낸 1933년 7월 27일 편지, SAdK Bestand WB 105/7-11 참조.

크는 1933년 9월 말에 이비사 섬 산안토니오에 머물고 있는 벤야민에게 엽서를 보냈는데 여기서 브레히트는 "파리에 오시나요?"[90]•라고 물었다. 망명 후에 벤야민과 브레히트가 처음으로 다시 만난 것은 1933년 10월 말 혹은 11월 초였다.•

12월 19일 브레히트가 떠나기 전 여섯 주 동안 두 사람은 의욕적으로 의견을 나누었다. 그래서 브레히트가 떠났을 때 벤야민은 도시가 "황량"하다고 느꼈다.[91] 파리에서 벤야민, 브레히트, 마르가레테 슈테핀은 뤼 뒤 푸 거리에 있는 팔라스 호텔에 묵었다. 이들이 다른 망명객들인, 클라우스 만, 헤르만 케스텐, 지크프리트 크라카우어, 로테 레냐, 쿠르트 바일, (석방된) 엘리자베트 하우프트만과 만났다는 기록도 남아 있으며, 또한 『가곡·시·합창』 선집에 대한 조언을 구하기 위해 아이슬러를 만난 일도 있다.[92] 이비사 섬에서 말라리아에 걸려 돌아온 벤야민은 병에서 회복되자 "푼돈을 벌 수 있는 목록 작성 업무나 사서 보조 등의 일자리가 있는지" 알아보는 한편, 서평을 쓰면서 발타자르 그라시안에 대한 논문과 새로 관계를 맺게 된 에두아르트 푹스에 대한 중대한 연구를 기획했다.[93] 마르가레테 슈테핀은 벤야민을 도와 서한집 『독일인들』을 편찬했다.▲ 아도르노처럼 브

• 화가이자 작가 에바 보이 판 호보컨의 화실은 벤야민이 1930년부터 망명을 떠나기 전까지 살았던 프린츠레겐텐슈트라세 거리에 있었다. 그녀는 다음과 같이 전하기도 했다. "우정에서 우러나는 마음으로 우리는 당신을 그리워하고 있습니다. 겨울에 어디 계시는지요? 위에 쓴 주소로 브레히트에게 편지를 보내주세요. 우리는 이제 네덜란드와 독일을 들러 파리로 떠날 예정입니다."

■ 브레히트와 슈테핀은 1933년 10월 19일 파리로 돌아왔다. "Steffins Taschenkalender," BBA 2112/40 참조. 당시 벤야민은 그레텔 카르플루스에게 보낸 1933년 11월 8일 편지(GB IV, 309쪽, 편지 번호 817)에서 브레히트와 매일 만난다고 알렸다.

▲ "이 년 전에 그들이 팔라스 호텔에서 함께 원고 작업을 했던 것은 당신도 분명히 기억하실 것입니다."(발터 벤야민이 마르가레테 슈테핀에게 보낸 1936년 11월 4일 편지, GB V, 413쪽, 편지 번호 1098.)

레히트를 (성이 아닌 이름으로) 베르톨트라고 불렀던 그레텔 카르플루스에게 벤야민은 다음과 같이 전했다. "베르톨트는 매일, 자주 오랜 시간 저와 만나면서 저와 출판사의 연결을 위해 애쓰고 있습니다."[94] 벤야민은 브레히트와 슈테핀이 함께 작업한 『서푼짜리 소설』을 읽었으며 『나치의 책 II. 디미트로프 대 괴링. 진짜 방화범 폭로』편집에도 관여했다.[95] 또한 그레텔 카르플루스에게 보낸 같은 편지에서 예고했던 공동 작업도 실제로 진행했다. "베르톨트와 범죄소설 이론에 대해 이야기했습니다. 아마 언젠가 이러한 성찰에 이어 실험적인 시도가 있을 것입니다."[96] •

범죄 장면 묘사 이론에서 출발해 실제 집필을 하고자 한 계획은 오래된 것이었다. 1931년 6월 "범죄 서사에 대한 발상"은 르라방두에 모인 사람들이 다루었던 주제이기도 했다. 1933년 5월에 벤야민은 범죄소설 프로젝트를 언급했다. 물론 그는 작품이 분명히 성공할 것이라고 여겨질 때 쓰겠다고 했다. "범죄소설을 쓰겠다는 생각은 아직은 상당히 불확실합니다. 지금으로서는 훗날의 착상을 위해 쪽글로 장면, 모티프, 트릭 등을 기입해두는 정도밖에 할 수 없습니다."[97] 벤야민의 쪽지 중 두 장에 걸쳐 묘사된 장면은 브레히트의 유고에 들어 있는 미완의 범죄소설의 소재와 일치한다.■ 벤야민은 쪽지에 소설의 장章을 가르는 한편 이야기 전개를 위한 메모를 남겼

● 브레히트가 떠난 후 벤야민이 편지로 전했던 다음과 같은 말 역시 프로젝트와 관련되었을 수 있다. "범죄소설 때문에 카스퍼와 만나기로 했는데 유감스럽게도 그는 약속을 지키지 못했습니다."(발터 벤야민이 베르톨트 브레히트에게 보낸 1933년 12월 23일 편지, GB IV, 322쪽, 편지 번호 822.) 더 자세한 내용은 알아내지 못했다.

■ 두 사람의 공동 실험에 대한 증거를 처음으로 찾은 이는 로렌츠 예거다. Lorenz Jäger 1993, 24-40쪽 참조.

고,[98]● 브레히트는 소설의 첫 장, 줄거리와 작중인물, 장면, 모티프에 대한 메모들을 남겼다.[99]■ 저작권이 누구에게 있는지는 명확히 해명할 수 없을 것이다. 어쩌면 그것은 진정 두 사람의 공동 작업을 보여주는 것일지 모른다. 즉 벤야민이 전체 개요와 개별적 "장면, 모티프, 트릭"을 제공하고, 브레히트는 협박 모티프 등 그 자신의 관심에 부합하는 소재들을 모았을 수도 있다.▲ 스타일이나 필적 소견서에 따르면, 집필된 첫 장은 브레히트가 구술한 것일 가능성이 크다.★

여러 텍스트 자료를 종합해 재구성해본 플롯은 그다지 흥미를 끈다고는 할 수 없다. 한 퇴직 판사가 협박범인 소주주의 뒤를 쫓는다. 이 주주라는 작자는 어느 낯선 도시에서 사업을 벌이는데 그의 계략을 알아챈 부인까지 속이려 든다. 아내를 알아본 남자는 전처럼 대리

● 내가 생각하기에 그 밖의 메모들(GS VII/2, 846–851쪽)은 다른 기획과 관련된 것이며, 그나마 겹치는 부분은 같은 책, 849쪽의 개요 14와 개요 22 정도다.

■ 전집에서 B I에 붙인 "사실의 순서"라는 표제를 전체 단편의 제목이라고 생각하기는 어렵다. 이 단어는 B I에서 실제로 묘사한 "줄거리 전개"를 의미한다. B I은 또한 "완성된 시적 텍스트"가 아니라 그룹 A, 즉 "계획들, 대략적 서술들 혹은 그 밖의 메모들" 중 하나다. GBA 17, 582쪽 참조.

▲ 그 일의 증인인 슈테핀의 다음 질문은 아이디어 제공자가 벤야민임을 입증한다. "당신 소설은 어떻게 되고 있습니까? 서두르세요! 그렇지 않으면 저 혼자 하게 되어요. 하지만 그렇게 하다간 당연히 아무것도 나올 수 없어요."(마르가레테 슈테핀이 발터 벤야민에게 보낸 1934년 1월 말의 편지, Steffind-Briefe, 109쪽, 편지 번호 27.) 한편 슈테핀 편지 선집의 편집자는 위의 질문을 『독일인들』 원고에 대한 것이라고 보는 오류를 범하고 있다. 같은 책, 105쪽, 109쪽 참조. 또한 파리 만남을 증언한 아나 마리아 블라우폿 턴 카터의 "브레히트와 함께하는 당신의 작업은 어떤 식으로 추진되고 있습니까?"라는 질문은 의심의 여지 없이 소설에 대한 것이다. 그녀는 작업과 관련해서 두 사람의 비중이 동등함을 암시한다.(아나 마리아 블라우폿 턴 카터가 발터 벤야민에게 보낸 1933년 11월 27일 편지, Geret Luhr(Hg.) 2000, 131쪽; SAdK Bestand WB 22/3-4.) 로렌츠 예거는 "개개의 타자본 원고에서 누가 저자인가에 대한 질문이 열려 있음에도 그것은 브레히트의 계획이고 벤야민은 협력자 역할을 한 것"이라고 생각한다.(Lorenz Jäger 1993, 32쪽.)

★ GBA 17에 실린 텍스트 A I, A 5, B I, B 2는 타이핑된 원고의 사본이다. 그것을 타자로 치고 약간의 수정을 가한 사람은 마르가레테 슈테핀일 개연성이 크다. 전집 제17권에 들어 있는 그 외의 모든 텍스트의 출처는 브레히트가 쓴 타자본 원본이다. BBA 351 참조. GS VII/2에 실려 있는 벤야민의 메모도 필사본으로 남아 있다.

인으로 일하는 척하면서 잘못을 감추려 드는데, 아내는 이혼에 대한 두려움 때문에 남자를 고발하지 못한다. 이 남자는 여자 비서에게 살해당한다. 협박에 시달리던 그녀는 기회가 생기자마자 남자를 텅 빈 엘리베이터 통로로 밀쳐 떨어뜨렸던 것이다. 일련의 모티프, 소재, 줄거리 요소들(샘플 트렁크, 우산, 꽃가게, "위험하다, 떠나라"라는 메모, 카메라, 이발소, 와인 오프너, 과자 공장, 인쇄소, 동기 있는 살인을 위장하기 위한 동기 없는 살인 등)은 벤야민과 브레히트 모두의 서류에서 발견된다. 기록 중 발음은 비슷하지만 철자가 약간 다른 것은 구술 과정에서 기인한 것이다.

브레히트 유고에서 발견된 판사와 탐정의 성격 묘사는 범죄소설 장르의 전형적인 흐름을 깨뜨린다. 그것은 브레히트가 작성한 것으로 보인다. 이 메모에서 사법기관과 사회를 보는 하나의 시선이 노정되는데 그것은 벤야민과 브레히트의 입장 및 프로젝트의 의도와 일치한다. 여기서 재판관은 "모든 법적 혹은 세계관적 구조"를 이해관계를 초월해 바라보고, 그의 명석한 모든 힘을 현실 관찰에 쏟는 "회의적 인간"이다.[100] 그 인물은 대개 죄를 지은 인간의 악함보다 범죄를 불러일으킨 환경을 더 치명적인 것으로 본다. 사법기관에서 많은 경험을 쌓은 그는 "많은 경우 판결로부터 초래되는 일들이 범죄자의 속죄를 위해 진행되는 재판 과정 자체보다 더 유해하다는 점을 인식할 수 있게 된다."[101] 그는 "언제나 판결 다음 일에 대해 관심을 두었다."[102] 또한 그는 어떠한 대가를 치르고서라도 법을 지키겠다고는 생각하지 않는다. 그 결과 작품의 결말에 이르면 그 자신과 독자만이 탐정의 행동이 거둔 성과를 알 수 있게 된다. 이로써 작품이 출현한 시대를 반영한 새로운 탐정 유형, 즉 시민사회의 법칙이 작용하는 무대 뒤를 파고들어가기 시작한 탐정 유형이 암시된다. 벤야민과 브레히트가 남긴 메모를 보면 그들이 문학적 탐정 놀이에 흥미를 느꼈음을 확인할 수 있는데, 그 동기는 시민사회의 메커니즘을 폭로하는 데 대한 관심이었다.

브레히트 텍스트를 중심으로 한 공동 창작—1931년 르라방두에서 진행했던 「도살장의 성녀 요하나」 작업과 범죄소설 작업 등—은 1934년 가을에도 계속되었다. 벤야민은 아나 마리아 블라우폿 턴 카터에게 브레히트, 코르슈와 함께 덴마크 드라괴르에서 추진했던 작업을 전했다. "지금 우리는 아주 흥미 있는 또다른 작업에 몰두하고 있습니다. 우리 둘이 다 아는 지인이 와 있거든요. 하지만 이 작업 자체에 대해서는 만나서 말씀드리겠습니다."[103]● 이것은 아마도 자코모 우이에 대한 풍자산문■을 가리키는 것 같다. 이 작업을 위해 브레히트가 벤야민에게 마키아벨리의 『피렌체의 역사』를 드라괴르로 보내달라고 부탁한 적이 있었던 것이다.[104] 또한 그것은 『투이 소설』이나—다른 누구도 아닌 마르크스주의 이론가 코르슈가 와 있었기 때문에—"철학적 교훈시^{Lehrgedicht} 사상"을 의미할 수도 있다. 철학적 교훈시는 "그 당시" 브레히트의 여러 작업이 수렴하는 지점으로, 벤야민도 대화를 보태 그 구상에 관여하고 있었다.[105] 이 프로젝트는 1945년 이후에 코르슈와 함께 재착수한 교훈시, 즉 "루크레티우스의 「만물의 본성에 대하여」의 주목할 만한 음보에 따라 시민사회의

● 이 글에서 두 사람의 지인이 코르슈를 의미한다는 사실은, 편지에서 벤야민이 손으로 쓴 목차 구상 메모에서 코르슈를 거명하고 있다는 데서 드러난다. SAdK Bestand WB 22 참조.

■ 1938년에 발표된 것으로 추정되는 「오늘날에는 소수의 사람들이 알고 있다」라는 브레히트의 산문을 가리킨다. 1934년에 벤야민은 스코우스보스트란에서 이 산문의 초안에 대해 메모록에 남겼는데, 여기에서 이 산문을 '르네상스 역사서술 양식으로 쓴 히틀러 풍자'라고 표현했다. —옮긴이

부자연스러움 등을 다룬 교훈시"의 원형이 된다. 이러한 교훈시의 핵심을 보여주는 작업이 『공산당선언』의 운문화다.[106]●

　망명 상황은 출판 및 공연 계획을 상호 지원하는 계기가 되어주기도 했다. 그 지원은 만남을 주선하고 정보나 원고를 전달하는 일을 아우른 것이었는데, 특히 벤야민의 개입은 문학 에이전시 활동으로 보일 만큼 적극적이었다. 브레히트는 자신을 위해 출판사와 협상하고 편집부나 극장에 텍스트를 전달하는 업무에 있어 벤야민에게 전권을 부여했다. 벤야민의 중개 임무는 프랑스 출판사나 잡지사를 통한 브레히트 텍스트 출판 및 번역과 관련된 것이었다. 블라우폿 턴 카터가 화제로 올렸던, 1934년 암스테르담의 스테델레이크 시립극장에서의 〈서푼짜리 오페라〉 공연[107], 『가요·시·합창』의―벤야민이 "불친절해 보이고 오해를 부를 수 있는 갈색"을 사용하지 말라고 경고했던―표지 디자인, 브레히트 전집 홍보 등이 이러한 일에 속했다.■ 이러한 협상 등을 담당했다는 대표적인 증거는 마르가레테 슈테핀에게 쓴 편지에 담겨 있다.

● 한스 붕게는 브레히트가 이미 1945년 전에, 늦어도 덴마크 망명 시절에 루크레티우스의 저술들을 연구했다고 지적했다. 하지만 붕게는 교육극 계획이 1939년 이전에 시작된 것은 아니라고 본다. Hans Bunge 1963, 184-203쪽, 특히 187쪽 참조.

■ 발터 벤야민이 베르톨트 브레히트에게 보낸 1934년 1월 13일경 편지, GB IV, 335쪽, 편지 번호 828에는 다음과 같은 구절이 나온다. "어제 당신 시집의 표지 시안을 보았습니다. 그런데 표지의 갈색은 무뚝뚝한 인상을 줄 뿐 아니라 오해의 소지가 있습니다. 지금이라도 수정할 수 있으면 좋겠습니다." 엘리자베트 하우프트만은 벤야민이 참가한 1934년 1월 15일 회의 이후인 1934년 1월 17일에 브레히트에게 다음과 같은 편지를 보냈다. "수정 사항을 카츠 씨에게 보낼 때 그[벤야민]를 거쳤으면 좋겠습니다."(BBA 480/116-119.) 그 밖의 자세한 내용은 이 책 제5장 제1절 참조. (갈색은 당시 나치를 상징하는 색이었다. ―옮긴이.)

브레히트와 이야기할 기회가 생기면, 그의 소품 몇 작품, 특히 코이너 연작의 저작권을 저에게 위임해달라고 전해주십시오. 이곳 프랑스 잡지에 게재했으면 해서요. 가까운 시일 내에 브레히트의 작품 몇 편을 까다롭게 굴지 않고 실어줄 이곳 잡지사 편집부의 임원 몇 명을 만나기로 했거든요.[108] •

그 밖에도 1939년 스페인내전의 참전자들이 묵고 있던 부르고뉴의 퐁티니 수도원에서 브레히트의 〈제3제국의 공포와 비참〉 중 몇 장면의 아마추어 공연이 성사되었는데, 이 또한 벤야민의 공로였다는 사실은 잘 알려져 있다. 참석자들은 그 공연을 문화 전파 행위가 아니라 나치 테러에 대한 저항 행위로 받아들였다. 벤야민은 브레히트에게 마르가레테 슈테핀을 통해 다음과 같이 전했다.

이곳 수도원에는 스페인 의용군 스물네 명이 묵고 있습니다. 저는 그들과는 아무것도 함께하고 있지 않습니다. 그런데 슈텐보크페르모어 부인이 그들을 대상으로 강좌를 열었습니다. 그녀는 브레히트에게 아주 관심이 많았기 때문에, 저는 돌아와서 며칠 후 「제3제국의 공포와 전율」을 그녀에게 보내주었고, 그녀는 (대부분 독일인과 오스트리아인으로 구성되어 있는) 스페인 여단장들에게 몇 장면을 읽어주었습니

• 슈테핀이 벤야민에게 브레히트의 논문 「중국 극예술에 대한 소견」을 프랑스에서 발행할 수 있는지 알아봐달라는 부탁을 담은 1935년 9월 15일 편지(Margarete Steffin 1999, 143쪽, 편지 번호 44)를 참조하라. 한편 루디 슈뢰더가 브레히트에게 1937년 4월 7일에 보낸 편지도 이러한 사실 관계를 뒷받침해준다. "벤야민이 제게는 알리고 싶어하지 않은 어떤 경로로 『메쥐르』 다음 호에 당신의 시 세 편이 붙어 번역본으로 실리게 된다는 사실을 알아냈습니다. 자신도 간신히 알아내긴 했지만 당신도 그 사실을 모른다는 점이 놀랍다고 하더군요."(BBA 398/18.) 1935년부터 사회조사연구소 파리 지부에서 일했던 루디 슈뢰더는 가끔 브레히트의 시들을 번역한 인물이다. GB VI, 481쪽 참조.

다. "가장 깊은 인상을 받은 장면은 '흰 분필로 그린 십자가', '추방된 자', '노동자의 실적'과 '노동시간' 등으로, 모든 것이 진정성 있고 순박하다고 느껴졌다"라고 그녀는 말해주었습니다.[109]

브레히트는 그곳에서 강연뿐 아니라 1939년 6월 3일에 몇몇 장면을 무대에 올렸다는 사실도 모르고 있었던 것이 분명하다. 벤야민은 작가가 낭독회에는 만족하겠지만 공연에 대해서는 허락을 구하는 과정을 생략해 기분나빠할지도 모른다고 걱정했던 것 같다. 이런 이유에서인지 몰라도 벤야민은 자신에게 온 샤를로테 슈텐보크페르모어의 보고를 전하면서 다음과 같은 정보는 빼버렸다.

지난 토요일에 우리는 '제빵사', '새 옷', '유대인 여자' 등의 장면을 프랑스어로 공연했습니다. '유대인 여자'는 정말 대단했어요! 번역은 저와 길베르트가 함께했습니다. 여단장들에게는 좀더 스케일이 큰 장면을 발췌해서 제가 독일어로 읽어주었답니다.[110]•

특히 시간이 많이 든 작업은 벤야민이 여러 달 동안 애썼지만 수포로 돌아간 『서푼짜리 소설』의 프랑스어 번역이었다. 벤야민은 번역을 맡기로 한 샤를 볼프를 재촉하려고 했다. 그 일이 좌절되자 자기 작품의 번역자인 피에르 클로소프스키를 추천했다. 결국 벤야민

• 문서에 남아 있는 것은 벤야민이 재인용한 문장들이다. 한편 루디 슈뢰더의 편지는 성공적이라고 보고된 공연에 대한 반감을 일정 부분 보여준다. 그는 퐁티니 수도원에서 진행될 〈제3제국의 공포와 비참〉 공연 관람은 단연코 거절할 생각이리고 전했다. "슈텐보크페르모어 부인은 아마도 유대인 여자 역할을 맡을 것입니다. 아리아인인 그녀가 몇 번이나 우는 흉내를 내게 될는지요."(루디 슈뢰더가 발터 벤야민에게 보낸 1939년 5월 27일 편지, SAdK Bestand WB 110/3.)

자신이 번역의 상태를 감수하는 작업을 맡았다. 그가 남긴 종이에는 『서푼짜리 소설』일부를 프랑스어로 번역한 여섯 쪽짜리 타이핑 원고가 들어 있다. 벤야민은 이 원고에 쪽수를 매기고 약간의 교정을 가했다.[111] 브레히트에게 그러한 중개가 얼마나 중요했는지는 런던에서 파리의 출판사인 에디시옹 소시알 앵테르나시오날로 보낸 1936년 7월 20일 편지에 잘 나타나 있다. 번역자 선정에 대한 숙고를 부탁하고 번역자를 결정하기 전에 미리 알려달라는 요청을 하며 브레히트는 다음과 같이 썼다. "가장 이상적인 일의 진행은 그 문제를 파리 14구 뤼 베나르 거리 23번지에 사는 발터 벤야민 박사와 의논하시는 것입니다."[112]

벤야민에 대한 브레히트의 배려도 주목할 만하다. 주지한 대로, 망명 뒤 재회하면서부터 이미 브레히트는 벤야민을 위해 "출판사와의 연결고리"[113]를 만들어보려고 했다. 1935년 6월에 브레히트는 리자 테츠너에게 벤야민의 '독일인들' 원고를 스위스의 한 출판사에 추천해달라고 부탁했다.[114] 그는 1936년 6월부터 1939년 5월까지 포이히트방거와 브레델, 자신이 발행했던 『다스 보르트(말)』편집부에 논문들을 보내보라는 권고도 여러 차례 했다.• 브레히트의 제안은 벤

• 『다스 보르트』를 최초로 언급한 사람은 슈테핀이다. "이곳에서 6월부터 나오게 될 월간지 『다스 보르트』에 당신 주소를 보냈습니다. 편집진에는 브레히트, 포이히트방거, 브레델도 있습니다. 저는 당신을 누구에게도 값싸게 팔 생각이 없습니다. 글을 좀 보내실 생각이 있으신지요? 이 잡지는 거칠게 소개하면 『노이에 도이체 블레터(새 독일신문)』와 비슷한 종류입니다…… 끝으로 아주 중요한 뉴스가 있어요. 『다스 보르트』는 원고료를 외화로도 지불한답니다!"(마르가레테 슈테핀이 발터 벤야민에게 보낸 1936년 5월 10일 편지, Margarete Steffin 1999, 197-198쪽, 편지 번호 75.) 벤야민 논문의 출판과 고료 지불을 위한 부단한 노력은 슈테핀의 다음 발언에서도 입증된다. "당신이 여기에 오셔서 『다스 보르트』와 주고받은 편지들을 한번 보셔야 해요. 당신의 논문을 언급하지 않은 편지는 한 통도 없답니다. 논문이 아닌 다른 부분에 대해서도요."(1937년 9월 7일 편지, 같은 책, 252쪽, 편지 번호 103.)

야민의 브레히트 연구에 한정된 것도 아니었고, 『다스 보르트』에 국한된 것도 아니었다. 브레히트와 슈테핀은 다른 잡지사들과 출판사들을 통해 벤야민의 글을 소개하려고 했다.* 이는 인정이자 지원이었다.

벤야민은 기로에 놓인 자신의 상황에서 어떻게 처신해야 할지를 두고 브레히트에게 조언을 구했다. 제국작가협회를 의미하는 "작가단체" 가입 문제에 대해서 브레히트는 벤야민에게 다음과 같이 말해주었다.

> 벤야민 씨
>
> 당신은 당신이 서지학자, 즉 학자라는 사실을 주장하고, 당신에게 적합한 단체가 있는지 물어보는 것이 좋을 듯합니다. 그렇게 하면 적어도 시간을 벌게 됩니다. 당신이 서명하게 되면 독일에 있는 당신 책의 출판업자들이 곧장 트집을 잡거나 않을지 모르는 게 답답하군요. (당신은 아시나요?) 그럴 가능성이 있습니다. 일이 아주 잔인하게 돌아가겠지요! 하지만 가만히 있어도 당신은 어쩔 수 없이 작가단체에 가입하게 되겠지요. 다만 당신이 능장을 부릴수록 그만큼 수월하게 받아들여질 것입니다. (「둥근 머리와 뾰족 머리」를 참조하시기를.) 당신과 그 단체의 연락이 끊어지지만 않는다면 말이죠.[115] ■

• 『다스 보르트』가 창간되기 전에도 슈테핀은 「브레히트의 『서푼짜리 소설』」, 「시사극이란 무엇인가?」, 그리고 벤야민이 1934년 여름 스벤보르에서 완성한 이야기 작품들의 출판을 중개하겠다고 나섰다. 마르가레테 슈테핀이 발터 벤야민에게 보낸 1935년 10월 16일 편지, Margarete Steffin 1999, 148-150쪽 참조. 슈테핀의 노력에 대한 자세한 내용은 이 책 제5장 참조.

벤야민은 감사의 말과 함께 자신도 같은 생각이라고 밝혔다. "늦게 등록할수록 좋겠지요." 그가 연락을 계속 유지했는지는 앞으로 살펴볼 것이다.[116]•

1930년대에 스코우스보스트란에서 손님으로 머물 수 있었던 것은 벤야민에게 굉장히 큰 도움이 되었다. 그는 몇 차례만 브레히트의 집에 묵었고 대부분은 브레히트의 옆집에 방을 빌려 지냈지만, 대체로 헬레네 바이겔에게 식사 초대를 받아 경비를 확실히 절약할 수 있었다. 또한 헬레네 바이겔이 정장을 선물하고, 슈테핀이 정기적으로 담배와 벤야민의 서재에 있던 책들을 보내주는 등 다른 방식의 물질적인 도움도 있었다.[117]

1934년 9월에 드라괴르에서 벤야민에게 보낸 브레히트의 편지에 따르면, 그해 여름 스코우스보스트란에서 머물던 브레히트는 벤야민에게 "망명한 정신노동자 지원을 위한 덴마크 위원회"에 재정 지원을 신청하라고 부추겼다. 혹은 적어도 장려했다고 표현할 수 있다. "그 위원회는 사업이 번창하고 있어 재정이 넉넉하다고 합니다."[118]•
이러한 유대는 벤야민 친구들의 인정을 받았다. 이미 앞에서 인용했듯 한나 아렌트는 브레히트가 벤야민에게 "생애 마지막 십 년간, 특히 파리의 망명 시절 가장 중요한 인물"이었다고 말했다. "현재 어려

■ 아도르노와 그레텔 카르플루스는 그에게 저작권 협회에 가입하라고 진지하게 권했는데, 그렇게 하지 않으면 출판사들과 관계 맺는 일이 어려워질 것이었기 때문이다. 테오도어 W. 아도르노가 발터 벤야민에게 보낸 1934년 4월 5일 편지, Theodor Adorno/Walter Benjamin 1994, 53쪽, 편지 번호 17: 그레텔 카르플루스가 발터 벤야민에게 보낸 1934년 4월 19일 편지, SAdK Bestand WB, 2/9 참조.

● 이 편지 추신을 전집에 게재한 일에 대한 일각의 비판은 정당하지 않다. GBA 28, 714쪽 참조.

■ GBA 28, 733쪽 참조. 벤야민이 1934년 7월 4일 날짜로 신청한 지원서는 GB IV, 448-451쪽, 편지 번호 876에 실려 있다.

운 처지에 당신을 가장 많이 지원한 유일한 친구는 브레히트입니다"
라는 그레텔 카르플루스의 말도 이를 입증한다. 그녀는 망명객을 위
협하는 고립을 벗어나기 위해서 벤야민에게 이러한 교류가 필요했
음을 잘 이해한다고 썼다.[119]

1933년과 1940년 사이에 벤야민과 브레히트는—특히 벤야민의
덴마크 여름 체류가 길어지면서—족히 열한 달 동안 바로 가까이에
서 함께 작업했다.[*] 이 기간은 망명 시절 각자 다른 누구와 보낸 시간
보다도 더 오랜 시간이었다. 벤야민의 누이, 브레히트의 가족, 브레히
트의 여자친구 마르가레테 슈테핀과 루트 베를라우를 제외하면 말이
다. 브레히트가 처음으로 벤야민을 덴마크로 초대한 것은 1933년 늦
가을이었다. 그후에도 브레히트, 슈테핀, 바이겔은 편지를 보낼 때마
다 벤야민을 초대하곤 했다. 파리에서 막 돌아온 브레히트는 섬의 장
점들을 내세웠다.

> 이곳은 쾌적합니다. 전혀 춥지 않고 파리보다 훨씬 따뜻합니다. 헬리
> [헬레네]의 말로는, 이곳에서 필요한 생활비는 한 달에 100크론(60제
> 국마르크, 360프랑) 정도뿐이라고 합니다. 게다가 스벤보르의 도서관
> 에서는 **모든** 책을 구해볼 수 있습니다. 우리에게는 라디오, 신문, 트럼
> 프 카드가 있고, 곧 당신의 책들도 도착할 테고, 난로와 작은 카페도
> 있으며 언어도 상당히 쉽습니다. 이곳에서 세상은 점점 더 조용히 가
> 라앉고 있지요.[120] [■]

---

[*] 이 시기에 이들이 만난 장소와 기간은 대략 다음과 같다. 1933년 늦가을 파리에서 일곱 주, 1934년
여름 스벤보르/드라괴르에서 열다섯 주, 1935년 6월 파리에서 한 주 반, 1936년 여름 스코우스보
스트란에서 약 넉 주 반, 1937년 가을 파리에서 약 다섯 주 반, 1938년 여름 스코우스보스트란에서
열다섯 주. 정확한 날짜는 이 책 부록 2 참조.

벤야민 역시 스웨덴과 덴마크 사이 해협에 있는 그 집을 마치 전쟁터에서 건져낸 것처럼 느끼면서 그곳의 생활을 만끽했다. 1936년 여름의 두번째 체류에 대해 그는 영국 소설가 브라이어에게 다음과 같이 전했다. "그야말로 자애와 온정이 넘치는 삶을 누리면서 오늘날 유럽에서 이런 삶이 과연 얼마나 오래 지속될 수 있을지 매일매일 묻게 됩니다."[121] 그로부터 이 년 뒤 벤야민이 한 말은 "세상은 점점 더 조용히 가라앉고 있다"라는 브레히트의 표현과 명백히 일치한다. "신문이 너무 늦게 도착하는 이곳에서는 신문을 펼쳐보려면 마음을 굳게 다져야 합니다."[122]

루트 베를라우의 묘사를 다시 한번 언급하면, 1934년, 1936년, 1938년 여름 스코우스보스트란에서 함께 보낸 시간은 "친밀한 분위기"로 가득차 있었다.[123] 벤야민이 보낸 많은 소식 중 숄렘에게 쓴 첫번째 여름 편지는 몇 가지 이유를 알려준다.

> 이곳 여름은 빛과 그림자 양면을 다 품고 있다네. 날씨와 관련된 사항은 후자에 속하지. 산보길, 온천욕, 하이킹 등 여름날 익숙한 즐거움과 연관된 것을 생각해봐도 마찬가지네. 이곳에서 나를 챙겨주는 친구들은 자연의 즐거움에 대해 나만큼 중요하게 여기지는 않아. 그들과 내가 자연의 쾌적함을 누릴 수 있는 기회는 거의 없다네. 아름다운 곳이긴 하지만 그들이 사는 농가의 위치가 좀 그렇거든. 지금 그러한 사정은 비록 물리적 측면에서는 아니지만 심리적 측면에서 뭔가가 결핍되어 있는 내 상태 속에서 점차 윤곽을 드러내고 있다네. 브레히트 가족과의 교제

■ "[브레히트는] 내가 자기를 따라 덴마크로 오길 원해. 그곳의 생활비는 저렴하다고도 했네."(발터 벤야민이 게르숌 숄렘에게 보낸 1933년 12월 30일 편지, GB IV, 327쪽, 편지 번호 827.)

와 화합이 모든 면에서 만족스럽게 이루어지고 있는데도 그렇다네.[124]

대화, 정원일, 신문 읽기, 라디오 수신기를 통해 듣는 정보, 가끔 가까운 스벤보르로의 소풍 등을 통해 친밀함이 쌓여갔다.● 또 브레히트와 그의 방문객들—코르슈, 덴마크 작가 안데르센 넥쇠, 덴마크 저널리스트 카린 미샤엘리스—의 작업을 둘러싸고 풍부한 대화가 이루어졌다. 아이슬러는 1934년 7월과 8월에 브레히트 집에서 삼 분 떨어진 곳에 어부 남편을 잃은 어느 부인의 집에 머물렀다. 아이슬러의 부인 루는 다음과 같은 사건을 기록으로 남겼다.

스벤보르에서 빌린 피아노가 방 하나를 다 차지한, 문을 열어둔 그 방에서는 브레히트의 가족, 마르가레테 슈테핀, 카를 코르슈, 발터 벤야민이 바짝 붙어 앉아 각각 자리를 잡곤 했다. 「둥근 머리와 뾰족 머리」를 위해 짬짬이 작곡한 음악을 아이슬러가 연주하고 낭독할 때면 대개 연기가 나는 석유등을 켜두었다. 우리 방에는 전기가 없었기 때문이다.
어느 날 저녁 아이슬러가 〈돈의 생동적 힘에 대한 노래〉를 부르고 있을 때이다. "저기를 봐라, 굴뚝에서 연기가 난다"라는 구절을 부르는 찰나, 작은 마당으로 이어지는 문이 열린 틈으로 석유등 하나가 마당에 떨어졌고, 마침 마당에 있던 신문지에 곧 불이 붙었다. 벤야민이 맨 먼저 나가 놀란 목소리로 소리쳤다. "짚으로 올린 지붕에도 불이 붙었

● "지금 나는 『라 누벨 르뷔 프랑세즈』에 기고할 「요한 야코프 바흐오펜」을 쓰고 있네. 물론—좀 다른 의미에서—탁월한 기계장치 라디오가 들려준 정치적 사건들이 계기가 되어주기도 했네. 어젯밤 방송 내용[오스트리아에서 나치스 당원들이 일으킨 7월 쿠데타]도—돌푸스 암살에 이어—7월 17일 히틀러 연설의 수신에 비견될 만한 사건이었네."(발터 벤야민이 알프레트 콘에게 보낸 1934년 7월 26일 편지, GB IV, 470쪽, 편지 번호 883.)

어요. 굴뚝에서 벌써 연기가 납니다!" 우리도 곧장 뛰쳐나갔고, 화염은 곧 가라앉았다. 하지만 굴뚝에서는 여전히 연기가 피어올랐다. 라르슨 부인이 저녁 수프를 끓이고 있었던 것이다.[125]

벤야민은 브레히트와 바이겔의 자녀 바르바라와 슈테판을 좋아했고 아이들도 벤야민을 따랐다. 아이들과 함께 지내는 일은 독일을 떠난 이후 벤야민이 누리지 못한 호사였다.[126] 브레히트의 딸 바르바라는 언젠가 벤야민이라고 부르던 수고양이가 어미 고양이인 것으로 밝혀지자 벤야민이 화를 냈던 일화를 회상하기도 했다.[127] 그들은 책을, 특히 범죄소설을 교환했고, 생일을 챙겼으며 벤야민과 브레히트의 아들들을 위한 수집 목록들과 우표들을 주고받았다.

우리에게 알려진, 벤야민이 브레히트에게 보낸 의미심장한 선물은 1931년 인젤 출판사에서 출간한 발타자르 그라시안의 『손에 잡히는 신탁과 세상을 사는 지혜』라는 책이다. 벤야민은 스코우스보스트란에서 브레히트의 집을 처음 방문했을 때 그곳으로 고스란히 옮겨온 자신의 베를린 서재를 살펴보고는 그 소책자를 골라 선물했던 것 같다. 책의 헌사는 특별한 제스처다. 벤야민은 반어법을 사용해 그 책이 지침서임을 넌지시 암시하고 거기에 「인간적 노력의 불충분함에 대한 노래」에서 따온 인용문을 적어넣었다. "인간은 이승의 삶을 살기에 별로 영리하지 못하기 때문이다." 브레히트가 이 스페인 예수회 교도의 사상에 관심을 보인 것은 분명하다. 그가 다양한 색연필로 줄을 긋고 주석을 단 그라시안의 격언들은 그의 교육극 혹은 『도시인을 위한 독본』에 나오는 태도들과 놀라울 정도로 유사하다. 입증하기는 어렵지만 분명 두 사람 사이에는 이 책을 둘러싼 활발한 토론이 있었을 것이다. 벤야민은 여러 해 동안 그라시안에 대한 논문을 쓰려고 했고, 1933년 가을 파리에서 벤야민과 만난 브레히트도 그 사실을 알고 있었을 것이다. 사유, 사유가 지닌 영향력, 사유의 매수 가능성은 적어도 1930년 『크리제 운트 크리티크』 기획 이후 두 사람의 대화 주제였다. 두 사람의 작품도 궁극적으로 『손에 잡히는 신탁과 세상을 사는 지혜』의 제스처와 모든 점에서 비교될 법한 성향, 즉 잠언과 같은 축약이라는 성향을 지닌다. 오늘날 많이 인용되는 이들의 격언들과 사유이미지들은 그러한 성향 속에서 만들어졌다.[128]

스코우스보스트란으로 처음 떠나기 전 벤야민이 마르가레테 슈테핀에게 띄운 전언에 드러나 있듯, 브레히트의 낡은 포드 자동차도 늘 농담의 대상이었다. "이웃 분에게 인사 전해주십시오. 포드 씨에게도 안부 전해주시고요."[129] 1934년 즈음 벤야민이 차량에 대해 쓴 메모는 반어적인 의미로 읽어야 할 것이다. "자동차. 목적지가 있는 경우가 아니면 자동차를 잘 타고 다니지 않는다."[130] 자동차를 이용한 이동은 모두 목적지가 있는 여행이라는 말이다. 잘 알려져 있듯이 브레히트는 잘 걷지 않았다. 1935년 초에 벤야민은 "자동차는 잘 있습니까?" 하고 자동차 주인에게 물었다. "괜찮다면 제 이름으로 차가운 자동차 모터에 헌화해주세요."[131]• 브레히트도 벤야민을 덴마크

• 슈테핀은 그다지 믿을 만하지 못한 자동차의 상태에 대해 벤야민에게 지속적으로 소식을 보냈다. 특히 다음 구절을 참조하라. "오래된 그 포드 차는 이곳에서 결국 고물되었습니다. 그 차는 정말 어떻게 할 수가 없었습니다. 그 차를 끄느라 가여운 차 주인의 체력이 얼마나 소모되었는지 당신은 상상도 하실 수 없을 것입니다. 이번에는 그렇게 오래되지 않은 셰보레 차를 골랐습니다. 하지만 이 차를 본 사람들은 놀라서 브레히트에게 심술궂게 '어쩌면 늘 그렇게 낡은 상자를 찾아내시는데 능하신가요?'라고 말합니다."(마르가레테 슈테핀이 발터 벤야민에게 보낸 1937년 12월 29일 편지, Margarete Steffin 1999, 264쪽, 편지 번호 110.) 셰보레 차는 한동안 굴러갔고, 브레히트는 스웨덴으로 도피하기 전에야 비로소 그 차와 이별했다. "그 차는 이제 폐차 처분되었습니다. 이제는

벤야민과 브레히트

로 초청하면서 다음과 같은 이유를 들었을 때 헨리 포드 회사에서 만든 포드 자동차를 암시하고 있음이 분명하다. "당신의 책들, 체스 판, 라디오에서 나오는 지도자의 목소리, 석유등, 그리고 위대한 늙은 헨리의 아들을 잊지 마십시오!"[132]

한편 이 망명자 일단은 보드게임과 카드놀이에 몰두했다. 주로 체스를 두었지만, 1935년에 출시된 모노폴리 게임•, 포켓볼, 포커, 카드놀이의 일종인 66 게임도 즐겼다. 슈테핀은 벤야민에게 "아이슬러가 '66 게임'에서 왕관 없는 왕으로 군림하고 있"다고 전했고[133], 헬레네 바이겔은 벤야민에게 다음과 같이 알렸다.

> 당신 건강은 어떠신가요? **누구하고라도** 66 게임을 벌이고는 있는 건
> 가요? 제게는 부족한 그 가치 없는 성품을 한껏 발휘하면서 말입니다.
> 저는 체스 규칙을 배우기 시작했습니다. 당신은 저를 진짜 약 오르게
> 만들 수 있을 거예요. 언제 하실래요?[134]■

벤야민이 남긴 브레히트에 대한 초상 중에는 "포커 게임을 할 때의 태도"라는 구절이 있다.[135]▲ 그는 경쟁을 붙여 시합을 열었고 상

기념품이 되었지요."(마르가레테 슈테핀이 발터 벤야민에게 보낸 1939년 6월 22일 편지, 같은 책, 303쪽, 편지 번호 128.)

• 브레히트의 딸 바르바라의 회고를 참조하라. "제가 기억하는 건 우리가 모노폴리 게임을 할 때 코르슈가 지기 싫어했다는 것뿐입니다."(Barbara Brecht-Schall 1997, 18쪽.)

■ 이에 대한 다음의 답장을 참조하라. "우선 가장 중요한 말을 하자면, 여기서는 66 게임을 함께할 사람이 아무도 없습니다. 이곳 사람들은 너무 교양을 갖춘 사람들이라 카드놀이를 하지 않습니다. 이것은 제게 하나의 교훈을 줍니다. 즉 누구나 자신이 속한 집단에서 벗어나려고 하면 안 된다는 것입니다!"(발터 벤야민이 헬레네 바이겔에게 보낸 1935년 2월 3일 편지, GB V, 32쪽, 편지 번호 937.)

금도 걸었다. 한번은 '위스키 더블샷'을 걸고 둔 체스에서 아이슬러를 3대 2로 꺾었고, 생강과자 한 조각을 두고 포커를 벌였을 때는 과자를 포기하지 않으려고 전력을 쏟았다.• 새 게임을 추천하기도 했다. 첫 여행 전 벤야민은 "바둑을 아세요?"라고 화두를 던졌다.

> 아주 오래된 중국의 보드게임입니다. 못해도 체스만큼은 재밌습니다. 스벤보르에 그 게임을 도입해야 합니다. 바둑에서는 한번 둔 돌을 결코 이동시킬 수 없고, 처음 빈 보드판에 올려놓을 때만 돌을 움직입니다.[136]

지루함을 잊기 위해 브레히트는 새로운 게임을 만들어보자고 했다. 벤야민은 1934년 7월 12일 체스 게임이 끝난 후 브레히트가 변용한 게임을 기록하고 있다.

> 이제 '카를' 코르슈가 오면, 그와 함께 새 게임을 고안해보아야 할 것

▲ 아도르노에 의하면 "벤야민은 포커를 즐기는 사람들이 특징적으로 드러내는 말과 사고방식을 그렇게 낯설게 여기지 않았다."(Theodor W. Adorno 외 1966, 81쪽.) 또한 다음을 참조하라. "브레히트의 아들 슈테프에게 포커 규칙을 가르쳐주었습니다. 적어도 열세 살 때는 포커를 배워야 한다고 생각하지 않으세요?"(마르가레테 슈테핀이 아르놀트 츠바이크에게 보낸 1937년 9월 27일 편지, Heidrun Loeper(Hg.) 2000, 375쪽.)

• 마르가레테 슈테핀이 발터 벤야민에게 보낸 1936년 7월 20일 편지, Margarete Steffin 1999, 203쪽, 편지 번호 79; 마르가레테 슈테핀이 발터 벤야민에게 보낸 1939년 1월 편지, 같은 책, 296쪽, 편지 번호 125번 참조. 첫번째 편지에 보면 다음과 같은 말이 나온다. "저는 이제 체스를 두지 않아요. 브레히트가 아이슬러를 상대로 번번이 이기게 된 후부터 브레히트와의 게임에서 저도 더는 잘 두지 못하는 것 같아요." 한편 벤야민의 첫번째 방문 이전에 그녀는 다음과 같이 썼다. "당신도 체스를 두시나요? 브레히트와 저는 매일 몇 차례 게임을 한답니다. 그는 저보다 잘 두지만, 대충 두는 편이라 제가 자주 이깁니다. 이제 우리는 새 파트너를 찾고 있어요. 이제 우리는 서보의 특성을 잘 알게 됐거든요."(1934년 5월 편지, 같은 책, 124쪽, 편지 번호 35.) 이 편지에서 말한 게임이 벌어진 시기에 벤야민은 함께하지 않았다.

벤야민과 브레히트

이다. 그것은 체스 말의 자리가 항상 똑같지 않은 게임으로 체스 말의 기능이 변하고, 말들이 잠시 똑같은 자리에 머무르면 기능이 강화되거나 약화되는 그런 게임이었다. 그러나 게임은 생각했던 식으로 흘러가지 않았고, 너무 오랫동안 똑같은 방식에 머물렀다.[137]

남아 있는 사진 네 장 중 세 장이 벤야민과 브레히트가 체스를 두는 모습을 담고 있는 것은 우연이 아니다. 그들은 식사 후면 으레 말 없이 체스를 두었다고 루트 베를라우는 회고한다. "그들은 대화를 나눌 때만 서 있었지요."[138] 게임은 유머와 우정의 경연이 펼쳐지는 판을 제공해주었다. "이곳에서 10크로네를 주고 훌륭한 체스판을 맞췄는데 벤야민의 체스판만큼 크고 훌륭하다"라고 브레히트는 마르가레테 슈테핀에게 자랑스럽게 알렸다. 이 말에 이어 다음과 같이 쓰기까지 했다. "내 말들은 벤야민의 말 못지않게 크다고!"[139] 체스 게임은 스코우스보스트란의 조용하고 친밀한 소통의 매개체로, 벤야민으로 하여금 "북쪽으로의 여행"을 떠나게 한 동기가 되었다. "체스판이 외롭게 놓여 있습니다. 반시간마다 회상의 떨림이 체스판을 흔듭니다. 늘 당신이 체스판을 꺼냈지요."[140] 일의 진행에 따라 달라지는 벤야민의 기분은 게임 때도 녹아들었다.

체스 게임 한두 판이 약간의 기분 전환이 될 수는 있겠지만, 그조차 단조로운 잿빛을 띱니다. 제가 이기는 경우는 아주 드물거든요.[141]

상황이 위태롭다고 느낄 때면, 벤야민과 브레히트는 언제나 보드판 위의 승부를 회상했다. "여름은 앞으로도 여러 차례 오겠지만, 사과나무 아래에서 체스를 두는 일은 이제 없을 것입니다."[142] 브레히트 가족이 덴마크에서 도피했을 때 벤야민은 리딩괴로 보낸 한 편지에서 상실감을 토로했다. "정원에서 두던 체스도 이제 다 끝났습니다."[143] 브레히트의 시 「히틀러로부터 도주하던 중 목숨을 끊은 발터 벤야민에게」는 벤야민에게 바치는 비문 중 하나인데, "배나무 그림자가 드리운 체스판 앞"에서의 한때를 회상한다. 이 회상의 상징적 힘은 망명 시절의 일과로서 체스가 지닌 의미에서 나온다.●

　망명 이후 브레히트와 벤야민은 줄곧 독일 파시즘에 대항하는 힘을 규합할 목적의 프로젝트를 도모했다. 망명이라는 조건 아래에서 그러한 프로젝트를 실현시킬 기회는 적었다. 1933년 겨울에 파리에서 공쿠르 형제가 나누었던 식의 대화 모임을 만들려던 브레히트의 계획은 수포로 돌아갔다. 벤야민에게 그 계획을 알려준 인물은 빌헬름 슈파이어다.■ 또한 브레히트가 1939년 봄에 추진했던 '디드로 협회' 프로젝트 역시 기획 단계를 넘어서지 못했다. 창립을 위한 호소문을 전달하고 평가해달라는 브레히트의 부탁▲에 벤야민은 상세한

● 이 책 제5장 제3절 참조.

■ "이번 겨울에 우리는 파리에 원탁 모임, 일종의 공쿠르 모임을 만들기로 했습니다. 파리에서 당신과 다시 만나게 되긴 바랍니다. 브레히트는 그곳에 이피트 한 채를 얻게 되었습니다. 그는 모든 일에 대해 전적으로 이성적이고 냉정하고 기지 넘치는 아이디어를 갖고 있습니다. 또 제3인터내셔널에 대해서도 어떠한 환상도 품고 있지 않습니다."(빌헬름 슈파이어가 발터 벤야민에게 보낸 1933년 5월 29일 편지, Geret Luhr(Hg.) 2000, 64쪽; SAdK Bestand WB 115/10.)

▲ "브레히트는 가능하다면 당신이 여기에 동봉한 편지를 장 르누아르에게 선달하는 일을 맡아주시길 비랍니다 …… 당신이 르누아르와 무시나크가 읽을 베제틀을 한번 검토해주셨으면 해요. 이 테제들에 대해 어떻게 생각하세요?"(마르가레테 슈테핀이 발터 벤야민에게 보낸 1937년 3월 14/22일 편지, Margarete Steffin 1999, 231-232쪽, 편지 번호 93.)

답변을 보냈다. "제가 보기에 테제들은 훌륭합니다. 하지만 이곳 독자층은 어떻습니까? [프랑스 아방가르드 영화 이론가이자 공산주의 비평가인] 무시냐크 같은 사람이 그 테제들을 접하게 되기는 어렵겠지요."[144]● 벤야민의 억제된 반응은 그가 단지 전달자로서 부탁을 받았다는 점에 기인한 것일 수 있다. 일차적으로 감독, 영화 제작자, 연극 이론가들이 포함된, 예정된 협력자 명단에 벤야민의 이름은 들어 있지 않다. 하지만 브레히트는 벤야민의 「기술복제시대의 예술작품」의 테제들을 '디드로 협회' 기본 저서 목록에 포함시키자고 제안했다. 물론 벤야민은 그 사실을 몰랐다.■

　벤야민이 스코우스보스트란에 머문 마지막 시기는 1938년 6월 중순부터 10월 중순 사이였다. 그는 연구논문 「보들레르의 작품에 나타난 제2제정기의 파리」▲와 『브레히트 시 주해』★를 쓰고 있었고, 브레히트는 소설 『율리우스 카이사르의 사업』을 집필하거나 기존 구상을 수정하면서 전집에 들어갈 책들을 선정하는 작업에 몰두하고 있었다. 벤야민의 당시 일기장에는 소련의 상황, 스탈린, 그리고 두 사람이 극도로 걱정하며 지켜보던 소위 '숙청'에 대한 대화가 기록되어 있다. 연극 경험, 괴테, 보들레르, 소비에트문학, 반히틀러 투쟁, 그리고 브레히트가 '모스크바 일당'이라고 불렀던 소련으로 망명한 공산주의

● 르누아르가 받아야 할 편지의 원본이 그의 유고(SAdK Bestand WB 26/11 참조)에 그대로 들어 있는 것으로 보아, 벤야민은 르누아르의 주소를 알아보지 않았던 듯하다. 베르톨트 브레히트가 장 르누아르에게 보낸 1937년 3월 17일 편지, GBA 29, 23쪽, 편지 번호 759 참조.

■ 이 책 제5장 제2절 참조.

▲ 이 책 제5장 제2절 참조.

★ 이 책 제4장 제2절 제6편 참조.

자들(베허, 가보르, 루카치, 쿠렐라)에 대한 대화도 담겨 있다. 브레히트의 집에는 "노선에 충실한 책들이 파리에서보다 더 많이"[145] 벤야민의 눈에 띄었는데, 거기서 그는 『인터나치오날레 리터라투어(인터내셔널 문학)』에 자신의 논문 『괴테의 친화력』에 대한 알프레트 쿠렐라의 공격이 실린 것을 발견했다. 벤야민의 책 일부를 게재한 『카이에 뒤 쉬드』 특별호에 대한 서평에서 쿠렐라는 벤야민의 논문에 대해 "괴테의 기본적 태도를 낭만적으로 해석하고, 원시적 판정의 권위 혹은 괴테의 생애에 깃든 형이상학적 불안이 그의 위대함의 원천이었다고 설명하면서 하이데거에게 모든 영광을 돌린 시도"라고 평가했다.[146] 벤야민에게 가해진 이러한 타격을 지나치지 않았던 브레히트는 그가 갖고 있던 잡지 표지에 다음과 같이 써놓았다. "쿠렐라/독일 낭만주의." 쿠렐라는 그 어떤 연대에도 관심이 전혀 없었다. 그의 공격은 『다스 보르트』의 작가, 저명한 반파시즘 작가이자 학자를 겨냥한 것이었다. 쿠렐라가 벤야민을 하이데거와 한통속으로 취급하면서, 벤야민은 간접적으로 나치 이데올로기를 가진 자로 책망을 받게 된 것이다. 벤야민은 "이러한 글은 상당히 참담하다"라고 쿠렐라의 공격을 논평했다.[147]

벤야민과 브레히트가 서로에게 느꼈던 호감과 두 사람의 친밀해진 관계는 일과 관련된 문제에서 일치했던 입장과 밖으로 새어나가며 위태로울 정도로 솔직한 비판을 나누었던 부분에서 은밀히 드러난다. 더없는 대화 상대가 된 두 사람은 그사이에 서로의 다름을 능숙하게 다루게 되었다. 그들은 상대방 주장의 논거를 알고 있었기 때문에 서로에게 아무것도 입증할 필요가 없었다. 시인 릴리엔크론, 산문 작가 페터 알텐베르크, 극작가 베데킨트, 건축가 아돌프 로스, 작곡가 쇤베르크, 저널리스트 작가 카를 크라우스의 관계에 대해 쿠르트 크롤로프가 쓴 글은 벤야민과 브레히트의 관계에도 적용될 수 있다. 즉 대화 당사자들의 정신적 (그리고 예술적) 독립심이야말로 "진정한 결합을 위한 지속적인 토대가 되는바, 이러한 결합을 통해 이들은 서로를 분리시키는 요소를 전적으로 의식하면서도 더욱더 확고하게 서로를 연결해주는 공통분모를 느끼는 것이다."[148]●

키티 마르크스슈타인슈나이더에게 보낸 편지에서 벤야민은 자신이 "세상에서 가장 우호적인 대접"을 받았다고 썼다. 섬에 도착한 지 넉 주 후에 그는 자신이 처한 정신적 상황을 다음과 같이 설명한다.

> 한번쯤 당신이 이 방에 들어와 볼 수 있다면 좋겠습니다. 저는 이 방이 감옥 같습니다. 그건 방 안의 가구 때문이 아니라 제 상황 때문입니다. 브레히트와의 우정에도 불구하고 저는 제 작업을 철저하게 격리시키도록 신경써야 합니다. 제 작업은 브레히트가 소화하기 어려운 요소들을 포함하고 있습니다. 그것을 알 정도로 그와 저는 오랫동안 친분을 쌓았고, 그것을 존중할 만큼 분별력을 지니고 있습니다. 지금까지 이런 식으로 아주 잘 되어왔습니다. 하지만 밤낮으로 몰두하고 있는 것을 대화중 억누르는 일이 그렇게 항상 쉬운 건 아닙니다.[149]

같은 날 그레텔 아도르노에게 보낸 편지에서 벤야민은 자신을 이해하는 사람이 아무도 없음을 한탄했다. 그러나 다른 한편으로 "자

● 라이너 네겔레는 벤야민과 브레히트가 직접적으로 관련을 맺은 부분을 다소 과하게 해석한다. 브레히트와 벤야민의 우정이 "어떤 의도의 일치나 합의보다" 이를테면 서로를 분리시키는 것, 둘 사이의 간극에 더 깊이 자리잡고 있다는 식이다.(Rainer Nägele 1998, 120쪽.)

신의 고립이 불가피한 점에 대해 브레히트가 보여준 이해심을 아주 고맙게 생각한다"라고 덧붙였다.[150] 벤야민은 물론 자신의 보들레르 논문 내용에 대해서는 이야기하지 않았지만 연구 대상에 대해서는 브레히트와 논쟁을 벌였다. 논쟁의 기록은 두 사람의 입장 차이를 분명하게 보여준다.● 또한 벤야민도 브레히트의 소설 『율리우스 카이사르의 사업』 초안에 대해 인색하게 반응했다. 그것은 작가를 불쾌하게 할 정도였다. 지금까지와 달리 벤야민이 유보적인 태도를 보인 이유는 그의 작업 상황 때문이었다. 벤야민은 아도르노에게 "아직 소설을 거의 읽지 못했"다고, 그 이유는 "작업중일 때에는 어떤 다른 독서도 불가능하기 때문"이라고 썼다.[151] 브레히트의 초조함은 벤야민이 떠난 뒤 마르가레테 슈테핀을 거쳐서, 정확히 말하자면, 그녀의 펜촉을 거쳐 터졌다. "유감스럽게도 당신은 『율리우스 카이사르의 사업』에 대한 생각을 한 번도 제게 자세히 이야기해주신 적이 없어요. 그 소설을 끝까지 읽기는 하신 건가요?"[152]

벤야민의 지지는 없었다. 그의 지지가 있었다면 아마 브레히트는 자극을 받아 「갈릴레이의 생애」 때문에 중단된 소설 작업을 재개했을지도 모른다. 소설의 기획이 소재나 철학적 측면에서 그들의 관심이 교차하는 지점에 위치해 있었던 만큼 벤야민의 인색한 관심은 브레히트를 당혹케 했을 것이다. 1939년 2월 26일 『작업일지』 메모에도 그러한 당혹감이 비쳐나온다. 벤야민과 슈테른베르크 등 "최고의 지성을 갖춘 사람들이 그 소설을 이해하지 못한 채, 좀더 인간적인

───────────

● 이 책 제5장 제2절 참조.

벤야민과 브레히트

관심을 그 안에 녹여넣으라고, 낡은 소설에서 더 많은 요소를 취하라
고 제안하다니!"[153]•

체류가 끝날 즈음에 벤야민은 브레히트와의 관계를 정리하며, 두
사람의 차이를 해석하는 동시에 브레히트의 망명 상황을 조명했다.
아도르노를 수신인으로 한 만큼 브레히트에 대한 아도르노의 유보
적 태도가 벤야민의 추론 과정에 영향을 미치지 않았다고 할 수 없
다. 벤야민이 전략적 어법을 택한 것도 그 때문이었다. 하지만 일기
기록 및 다른 수신인에게 보낸 편지들과 비교해보면 그의 서술이 사
실 그대로의 솔직함을 담고 있음을 알 수 있다.

> 지난여름 브레히트와의 교제가 여느 때보다 원활했고 갈등이 없었던
> 만큼, 이번에 그를 남겨놓고 떠나는 심정이 더 착잡합니다. 그동안 익
> 숙해 있던 것보다 훨씬 더 문제없이 이루어진 대화에서 그의 고립감이
> 점점 더해가고 있다는 표지를 보게 되었기 때문입니다. 이보다 더 진
> 부한 해석도 아주 배제할 수 없습니다. 말하자면 그러한 고립감 때문
> 에 평상시 즐기던 도발적 어투를 잃어버린 것이 아닌가 하는 것입니
> 다. 하지만 더 진실에 가까운 것은, 점점 더해가는 고립감 속에서 우리
> 의 공통분모에 바친 충성의 결과를 알아볼 수 있다는 것입니다. 이러
> 한 상황 속에서 스벤보르에서의 겨울 내내 그는 두 눈을 똑바로 뜨고

• 벤야민과 슈테른베르크의 논거들은 브레히트로 하여금 자신의 생각을 상기시켰다. "『율리우스 카
  이사르의 사업』구상 전체는 비인간적이다"라고 그는 1938년 7월 25일에 적었다. "하지만 비인간
  성은 인간성의 개념 없이는 재현될 수 없다."(GBA 26, 314-315쪽.) 한편 브레히트는 소설에 대한
  평가들, 즉 벤야민과 슈테른베르크의 반응이 "전적으로 루카치 노선에 선 비판"이라는 일각의 시
  각을 받아들이지 않는다. Klaus-Detlef Müller 1980, 252쪽 참조.

고독이 던지는 도전에 직면하게 될 것입니다.[154]

그해 여름과 가을 '사회조사연구소'와의 관계에서 혹독한 시험대에 오르게 된 벤야민의 고립은 브레히트의 고립에 상응하는 것이었다. 그는 보들레르 논문 수정과 관련해 여러 가지 제안을 했지만 몇 주 동안 아무런 답변도 받지 못하다가 결국 그 연구서를 거절당했다. 이러한 절망 속에서도 벤야민은 (결국은 헛수고로 끝나긴 했지만) 기존의 구도를 깨뜨리고, 브레히트와 연구소 사이를 중재하고자 했다. 아도르노에게 보낸 편지에서 볼 수 있듯, 그는 브레히트의 정치적인 태도에 대한 불신을 걷어낼 수 있다고 생각한 정보를, 우선은 그레텔 아도르노에게, 그리고 프리드리히 폴로크와 막스 호르크하이머가 있는 사회조사연구소 지도부에 보냈다. 1938년 7월 20일에 그레텔 아도르노에게 보낸 긴 편지에는 다음과 같이 적혀 있다.

> 브레히트에 관해 말하자면, 그는 그곳의 소수민족 정치의 요구 사항에 대한 나름대로의 성찰을 통해 러시아 문화정치의 배경을 아주 분명히 파악하고 있습니다. 그렇지만 또 그는 물론 그러한 이론적 노선이 지난 이십 년 동안 우리가 추구해온 모든 것에 참담한 결과를 가져왔음을 제대로 인식하고 있습니다. 그의 번역가이자 친구는 바로, 당신도 아시듯이, **트레티야코프**였습니다. 그는 지금 살아 있지 않을 확률이 아주 높습니다.[155]

"지난 이십 년 동안 우리가 추구해온 모든 것"이라는 언급은, 브레히트의 고립이 "우리의 공통분모에 바친 충성의 결과"라고 아도르노를 향해 말한 것과 포개진다. 이십 년이라고 말한 것은 우연이 아니다. 벤야민은 그 기간을 떠올리면서 일차대전의 종말, 10월혁명이 불러일으킨 희망, 그리고 「폭력 비판에 대하여」(1920/1921)처럼 의회주의를 비판하고 총파업을 혁명적 수단으로 옹호했던 시절의 텍스트를 환기시키고 있다. 벼랑까지 밀려본 경험은 결합의 동기와 공통점을 환기시켰고 우정을 더욱 다져나갔다.

브레히트의 정치적 입장에 내해 물어보았던 호르크하이머는 벤야민으로부터 다음과 같은 상세한 정보를 받았다.

> 파리에서 당신이 보낸 질문은 말할 나위 없이 저의 질문이기도 했습니다. 이곳 체류가 그 질문에 대한 답변을 줄 것이라고 얼마간 확신했지만, 그것이 어느 정도일지, 정확히 어떤 답변이 될지는 확신하지 못하고 있습니다. 소비에트연방 문제를 다루면서 겪는 우리 쪽의 어려움은—브레히트의 경우 상당히 큰데, 그의 관객 중에는 모스크바의 프롤레타리아계급도 포함되어 있기 때문입니다.[156]

벤야민은 자신의 일기 기록을 참고하면서 브레히트의 입장을 보고했다. 또한 호르크하이머에게 세르게이 트레티야코프는 아마도 처형되었을 것이라고 전했다. 여전히 "소비에트연방은…… 제국주의적 관심에 따라 대외정책을 결정하지는 않는, 다시 말해 반反제국주의 세력으로 보아도 될 것입니다." 이러한 시각은 연구소 사람들과 벤야민, 그리고 브레히트를 하나로 묶어준 연결고리였음에 틀림없다.

우리는 어쨌든 중대한 유보에도 불구하고 장차 일어날 전쟁에서나 전쟁이 지연되고 있을 때나 소비에트연방을 여전히 우리 이해관계의 대변인으로 보고 있습니다. 이 점에 당신도 공감하시리라 생각합니다. 우리는 그 보답으로 우리 같은 창작자들에게 중요한 이익을 제한하는 희생을 치러야 합니다. 이 점에서 소비에트연방은 우리에게 가장 값비싼 대변인입니다. 브레히트도 이 점을 부인할 생각이 없습니다. 현재 러시아 정권이 모든 면에서 경악스러운 스탈린 독재정권이라는 사실을 그도 알고 있는 만큼 그렇습니다.[157] •

1939년 5월 1일 편지에서 그레텔 아도르노는 벤야민에게 아이슬러뿐 아니라 브레히트도 "스탈린 찬양에 기여할 뿐인 성명서에 서명"하는 것을 거부했다는 소문이 맞는지 물었다.[158] 어떠한 사안에 대한 성명서인지는 알 수 없다. 어쨌든 벤야민은 그러한 거부에 대해 놀라는 반응을 보이지 않았다. 그는 마지막 방문 이후 브레히트가 스탈린에 대해 어떤 생각을 하는지를 알고 있다는 답변을 퐁티니에서 보냈다.[159]

절체절명의 순간 벤야민은 객관적 성찰, 예술적·정치적·철학적 필연성에서 비롯되는 공통성에 호소했다. 그것은 전략적·정당정치

• 한편 호르크하이머는 브레히트 소식에 대해 만족스러워했다. "그가 그쪽에서 사실상 친구가 하나도 없다고 하니, 생각의 여지가 생겼습니다. 그러한 고립은 점점 더 명석함과 분별심의 결과이자 표시로 보입니다. 대중을 한번 움직인 진리가 그들과 함께 즉석에서 저절로 발전한다고 믿는 것은 비변증법적인 생각입니다. 이론과 실천의 관계는 그렇게 간단한 것이 아닙니다. 우리가 어떤 특정 정치 속에서 여러모로 우리 이해관계의 대리인을 발견할 수 있다고 믿는다고 해도, 그것이 우리의 이해관계가 그리한 대리인이 행사하는 귀덕 속에서 살 내면된나는 것을 의미하지는 않습니다. 모든 일이 순조롭지 않는 한, 이론은 예정조화에 기대서는 안 됩니다."(막스 호르크하이머가 발터 벤야민에게 보낸 1938년 9월 6일 편지, Max Horkheimer 1995, 476~477쪽.)

벤야민과 브레히트

적 계산에서 비롯된 공통성이 아니었다. 예술창작에 관심 있는 독립적인 개인들―벤야민이 "작지만 매우 중요한 아방가르드"라고 불렀던 이들―의 범위는 바이마르공화국 시대에도 한눈에 파악할 수 있는 정도였는데, 망명 시절 생존을 위협하는 분열 속에서 그 규모는 더욱 줄어들었다. 벤야민은 그러한 상황이 소수의 사람들만이라도 일치단결할 것을 요청한다고 보았다. 1938년 7월에 그는 프리드리히 폴로크에게 "연구소의 일, 기준, 그리고 조직을 특별히 잘 드러내는"『차이트슈리프트 퓌르 조치알포르슝(사회연구를 위한 잡지)』신간호를 브레히트에게 보내겠다고 알렸다.

> 세계 곳곳에서 점점 커지고 있는 반동 세력의 압박은 비전향 지식인들의 활동 공간을 상당히 좁혀오고 있습니다. 우리와 마찬가지로 브레히트도 이 점을 느끼고 있습니다. 언젠가 이러한 상황으로부터 이들의 연합 작품이 나올 것이라는 생각이 드는군요.[160]

1938년 뮌헨회담 후 유럽 전체의 정치적 상황이 점점 위협적으로 변하면서 벤야민과 브레히트 재회 전망도 희박해졌다. 독일에 면해 있는 덴마크까지 위험해지면서 브레히트는 스웨덴으로 도피했고 이로써 두 사람의 거리는 더욱 멀어졌다. 벤야민은 이제 스톡홀름의 리딩괴로 초대한 헬레네 바이겔의 호의에 응할 수 없었다. 여행 경비가 너무 많이 들었고 국경을 넘는 것은 어디서나 위험한 일이었던 것이다.[161] 벤야민의 생애 마지막 해에 편지를 주고받은 흔적은 거의 찾아볼 수 없다. 1939년 8월 16일 편지에서 베르나르트 폰 브렌타노는 브레히트에게 파리에서 벤야민과 만났다고 전하면서 벤야민의 상황이 참담하지만 자신도 그를 도울 수 없다고 전했다.● 히틀러와 스탈린 사이의 불가침조약과 전쟁의 발발이 결정적인 계기가 되어 두 사람의 교류는 뜸해지다 결국 단절되었다. 1939년 8월 말 브레히트가 마르틴 돔케를 통해서 벤야민에게 소식을 전했다고 하는 기록이 남아 있지만 그 내용이 무엇인지는 전해지지 않는다.■ 만약 벤야민이 답장을 보냈다면 그 편지는 1939년 9월 4일에 억류되어 있던 수용소에서 보냈을 것이다. 또 만약 그랬다면 그 편지는 브레히트가 받은 벤야민 생존의 마지막 표시가 되었을 것이다. 슈테판 라크너와 대화중 벤야민은 브레히트 생각을 하면 불안이 엄습한다고 털어놓기도 했다.[162] 상대편도 마찬가지였다. 1940년 6월에 브레히트는 엽서를 보내 신학자 프리츠 리프에게 묻는다. "지난여름 이후 우리의 친구 발터 벤야민에 대해 아무 소식도 듣지 못했습니다. 혹시 그의 소식이나 우리가 다같이 아는 다른 지인들의 소식을 알지 못하십니까?"[163] 엽서는 1940년 9월이 되어서야 바젤에 도착했다. 리프가 벤야민에 대한 브레히트의 걱정이 담긴 안부를 벤야민에게 전달하고자 했을 때는 이미 너무 늦었다. 그 편지는 마르세유 우체국에서 1940년 10월 17일 "반송"되어 돌아왔다.[164] 벤야민이 브레히트에게 보내고자 했던 「역사의 개념에 대하여」는 수신인에게 도착하지 못했다.[165]▲ 브레히트

● "어려운 처지에도 불구하고 그는 늘 활발하고 풍부한 사상을 지닌 사람이었습니다. 그러한 두뇌의 소유자에게 일을 주지 않는다니 『마스 운트 베르트(척도와 가치)』 사람들은 얼마나 어리석은지 모르겠습니다." (BBA 911/06.)

■ 마르틴 돔케는 1939년 8월 31일에 브레히트에게 다음과 같이 썼다. "벤야민에게 당신의 메모를 바로 전달했습니다. 제 생각에는 그가 명성에게 식섭 편지를 쓸 것입니다." (BBA 911/58.)

▲ 숄렘도 자신에게 발송된 「역사의 개념에 대하여」 증정본을 받지 못했다. Gershom Scholem 1975, 275쪽 참조.

는 그 원고를 미국에 도착하고 나서야 비로소 귄터 안더스로부터 전달받았다. 친구의 사망 소식과 함께였다.•

벤야민과 활발한 교류를 나눴던 신학자 카를 티메는 칠 년 후 당시 스위스에 살고 있던 브레히트에게 자신의 논문 「무신론자와의 대화」를 보냈다.[166] 감사 편지에서 브레히트는 이렇게 적었다. 티메가 인용한 자신의 시 「노자가 망명길에 『도덕경』을 쓰게 된 경위에 대한 전설」은, 벤야민이 생애 마지막 순간에 억류되어 있던 프랑스의 수용소에서 여러 차례 낭송했던 바로 그 시라고. "벤야민은 자신을 지나가게 해줄 국경 파수꾼을 끝내 만나지 못했던 것입니다."[167]

• 이 책 제5장 제3절 참조.

제 3 장 │ 비평지 『크리제 운트 크리티크』

1
잡지 프로젝트

1930년 가을에서 1931년 봄 사이, 벤야민과 브레히트는 베르나르트 폰 브렌타노, 헤르베르트 예링, 에른스트 블로흐, 지크프리트 크라카우어, 알프레트 쿠렐라, 죄르지 루카치와 공동으로 로볼트 출판사에서 『크리제 운트 크리티크』라는 잡지를 내려고 준비했다. 이 잡지는 "오늘날의 상황에서 부르주아 지식인들이 할 수 있는 유일한 생산은 재래의 자의적이고 아무런 성과 없이 끝나는 생산과 달리 현실에 개입하면서 결과를 내보이는 생산임을 지식인 스스로 통찰하는 한편, 그러한 생산에의 요청을 받아들이기로"[1] 결의한 기관신문이었다.

  이 잡지는 단 한 호도 세상에 나오지 못했지만, 창간 의도만큼은 나치 독재 시작 전 몇 해 동안 예술정치가 어떻게 추진되었는지를 보여준 전례로 삼을 만하다. 준비 과정을 되짚어보는 일은 벤야민과 브레히트의 관계를 특징짓는 것 이상의 가치가 있다. 역설적이게도 당시 공식적으로 알려졌던 기록들보다 실현되지 못한 이 기획의 증거 자료들이 좌파 예술가들과 학자들의 미학적·정치적 확신에 대해 더 많은 것을 시사한다.[*] 『크리제 운트 크리티크』는 앞 장들에서 명시한 모임들 및 잡지 기획들과 관련되어 있다. 나아가 이 프로젝트의 분석은 벤야민 해석의 일면성을 극복하는 실마리가 되어줄 수도 있다. 일례로 잡지를 둘러싸고 벌어진 토론에서 벤야민이 드러낸 태도는 그가 현실 투쟁에 정치적으로 개입할 결심을 했다고 해서 초기의 '형이상학적' 지향을 저버린 것은 아님을 보여준다. 오히려 현실 문제를 지향하는 성찰 역시, 벤야민 초기 저술에서 특징적으로 나타난 저 엄격한 철학적 기본자세, 즉 현상과 텍스트에 침잠하는 태도에 입각해 있다.

잡지를 기획하며 벤야민과 브레히트의 생각은 집광렌즈를 통하듯 한군데로 수렴되었다. 그들은 기획 과정에서 정치, 예술이론, 예술적 테크닉에 대해 각자의 입장을 발전시켰고, 1931년부터 1938년까지 이어진 대화는 바로 이러한 입장들을 둘러싸고 이루어졌다. 자신들의 전망이 실현될 수 있으리라는 희망의 근거는 전무후무할 정도로 많았다.

계획의 실현을 눈앞에 두었을 때는 1930년 9월 14일에 치러졌던 독일 제국의회 선거가 있고 난 불과 몇 주 뒤였다. 나치의 명백한 승리로 끝난 선거 결과는 나치 지배의 전조 이상을 의미하는 신호탄이었다. 레오 뢰벤탈은 선거 다음날 사회조사연구소의 다른 구성원들

---

[*] 이 잡지 프로젝트는 그간 벤야민 연구에서 부차적인 문제로 여겨져왔다. Bernd Witte 1976a, 9-36쪽: Bernd Witte 1976b, 168-177쪽 참조. 또한 이 잡지와 관련해서 비테를 거론하고 있는 Rolf-Peter Janz 1982, 260-270쪽 참조.

벤야민과 브레히트

에게 이렇게 말했다고 한다. "이곳에 남아 있으면 안 됩니다. 망명을 준비해야 합니다."[2]

그러나 파시스트 독재정권 수립에서 사람들이 감지한 '위험'은 도처에서 논란이 된 '위기' 상황의 극단적인 표현에 불과했다. 당시에는 '인플레이션'에 비견될 만큼 자주 회자된 단어들이 몇 가지 있었다. 정치·경제·문화적 정세가 그만큼 팽팽하게 긴장되어 있었던 것이다. 세계경제위기는 1930년 여름 유럽에서 절정에 달했고, 그해 독일의 실업자 수는 과거 200만 명에 못 미치던 수준에서 400만 명으로 치솟았다. 같은 해 봄 사회민주당의 뮐러 정권이 무너지면서 의회가 해산되었고, 파업, 집회, 폭력 진압, 긴급조치가 연이어졌다. 1930년 1월에는 의심스럽다고 생각되는 국가공무원의 보직 임용금지를 골자로 한 급진주의자 관련법이 선포되었다. 지식인들과 예술가들이 처한 위기는 단지 대학 졸업자들의 높은 실업률에서 비롯된 것만이 아니었다. 공연 금지가 계속되었고 언론 검열도 엄혹해졌다. '위기' 개념의 사용이 정치 신념과 무관해진 분위기도 그 시대 특유의 상황이었다. 나치 활동 확산에 앞장선 이론가들도 "문화 위기"는 사실상 본질적인 사회 위기라고 하면서 '위기'를 들먹였다.[3]

이처럼 불안을 야기하는 사회적 정황 속에서 일련의 작가들은 자신들의 사회적 영향력을 환기하고 자기 인식을 분명히 하기 위해 잡지 창간을 주체적으로 기획하기 시작했다. 서로 다른 그룹에서 활동 중이던 인물들이 『크리제 운트 크리티크』 프로젝트에 합류했다. 아이디어의 창시자라고 할 만한 인물은 따로 없었다. 1929년 5월부터 가까워진 벤야민과 브레히트의 대화가 발단이 되기는 했다. 바로 그 달에 쓰기 시작한 메모록에 브레히트는 **크리티셰 블레터(비판적 신**

문)라는 제목을 적어두면서 **잡지 기획 초안**이라고 덧붙였다. 그것은 훗날 벤야민이 작성한 『크리제 운트 크리티크』 초안과 일맥상통한다.[4]● 1929년 7월 2일 브레히트가 『프랑크푸르터 차이퉁』의 베를린 특파원 베르나르트 폰 브렌타노에게 편지를 쓸 때 염두에 둔 것이 바로 이 아이디어였던 것 같다. "**여하튼** 우리는 만나서 잡지 이야기를 해야 합니다. 저를 돕겠다는 사람들이 점점 더 늘어나고 있어요!"[5]

에른스트 로볼트가 자기 출판사 저자인 베르나르트 폰 브렌타노에게 보낸 1930년과 1931년 편지들도 프로젝트 진행을 입증해준다.[6] 1930년 여름에 발아한 아이디어는 몇 주 만에 그럴싸한 형태가 갖추어졌다. 벤야민과 브렌타노의 저서를 출간했던 출판사 대표 로볼트가 이 일에 가세했고, 벤야민과 브레히트처럼 자기 출판사에서 책을 낸 베를린의 연극평론가 헤르베르트 예링을 적임자라고 보았다. 1930년 7월 25일에 이르면 로볼트는 브렌타노에게 편지를 보내 창간 계획을 유보하라고 권한다. "예링을 주축으로 한 그 잡지 프로젝트는 아마 진행을 연기해야 할 것입니다. 그와 같은 것을 시도하기에는 시대가 너무 좋지 않습니다!" 여섯 주 뒤인 9월 8일에도 그는 잡지 사업을 "확실히 발만 갓 뗀 단계라서…… 금방이라도 번복될 수 있는 일"로 여겼다. "그 일에 대해서는 직접 만나 상세히 이야기하기로" 했다. 하지만 그러면서도 잡지의 성격, 내용, 필자의 범위에 대한 아주 자세한 생각들을 브렌타노에게 분명히 밝혔다.

● 『크리티셰 블레터』와 『크리제 운트 크리티크』의 구성적 연관성은 무엇보다도 용이에서 드러난다. 예를 들면 『크리티셰 블레터』 초안에는 "개입하는 시유", "영구적 위기", "위기 시간" 등의 개념들이 실려 있고, 『크리제 운트 크리티크』 관련 문서에는 "개입하는 생산", "위기의 촉발", "오늘날 사회의 근본적인 위기 상황" 등의 개념들이 나온다.

잡지 분량은 서른두 쪽 정도로, 『다스 타게부흐』°처럼 아주 간소하고 간단한 형식이어야 합니다. 내용은 학술지에 가깝게, 오직 문학과 관련된 물음만 다루어야 하며, 필요하면 연극비평과 영화비평도 얼마쯤 신도록 하지요. 집필진은 대여섯 명의 고정 필진만으로 구성하는 것이 좋겠습니다. 소위 편집인이라고 하는 자리는 거의 필요 없을 겁니다. 십중팔구 프란츠 헤셀은 잡지의 구성을 단순화할 겁니다. 사무실 비용이든 비서 인건비든 어떠한 명목의 편집 비용도 들이지 않아야 하고, 각 호는 팸플릿처럼 만들어 판매해야 합니다. 하지만 당연히 정기구독 신청을 받을 수 있어야겠지요.

일단 기고 작가들은 벤야민, 브레히트, 예링과 당신 정도입니다……

특별한 일이 없다면 벤야민, 예링, 브레히트는 기고할 것으로 보입니다. 중요한 것은 잡지의 모든 논문이 좌파적인 시각을 갖추도록, 좌파 입장을 전반적으로 분명하게 내세우는 작가의 글만을 실어야 한다는 것입니다.

그해 9월경, 벤야민, 브레히트, 예링은 프로그램의 원칙에 대해 대화를 나누었다.■ 10월 초에 벤야민은 숄렘에게 잡지 기획에 대한 이야기를 털어놓았는데, 자신과 브레히트의 참여를 다소 부각시킨 면이 없지 않았다.

● 슈테판 그로스만과 에른스트 로볼트가 창간한 독일의 정치문예 비평지. 1924년부터 1933까지 간행되었다. —옮긴이

■ "벤야민, 브레히트, 예링이 이번 여름에 잡지를 하나 만들기로 했습니다."(에른스트 블로흐가 카롤라 표트르코프스카에게 보낸 1930년 11월 5일 편지, Czajka 1993, 122쪽.) 또한 이 책 제3장 제4절 참조. 이들이 처음 대화를 나눈 시기는 1930년 9월로, 브레히트는 5월 24일 이후부터 베를린을 떠나 있는 상태였다. Werner Hecht 1997, 286쪽 참조.

로볼트 출판사가 이 계획을 수용하도록 다리를 놓은 사람이 바로 나일 세. 잡지의 조직과 내용에 대한 슬로건은 내가 맡아서 브레히트와 오랜 대화를 나눈 끝에 정했다네. 형식적인 면에서 잡지는 저널리즘적이기보다는 학문적인 태도, 말하자면 학구적인 태도를 취해야 하네. 잡지 이름은 '크리제 운트 크리티크(위기와 비평)'라네.[7]

1930년 10월에 브렌타노에게 보낸 브레히트의 편지로 미루어 짐작해볼 때, 브레히트는 여름에 나온 구상들을 수정하는 작업에 뒤늦게 관여한 듯하다.

잡지에 관한 한 저는 여전히 잘 모릅니다. 그 일로 로볼트와 이야기를 나눈 적도 없고, 예링과 벤야민이 전해준 것 정도만 알고 있습니다…… 아직 실제 운영진도 결정되지 않았습니다. 저는 운영진으로 당신과 저, 그리고 예링과 (로볼트가 함께 일하기를 원하고, 내가 아는 한 우리에게 절대적인 지지를 보내줄) 벤야민 정도를 생각하고 있습니다.[8]

벤야민이 숄렘에게 알렸듯, "그 일들은" 11월 초에 "공식적으로 알려지면서 조금 더 진척"되었다.

다음 번에는 『크리제 운트 크리티크』라는 새 잡지의 프로그램과 정관定款을 소포로 받아보게 될 걸세. 이 잡지는 예링을 편집인으로 해서 격월간시로 로볼트 출판사에서 발간될 것이고, 창간호는 내년 1월 15일에 나올 예정이라네. 공동 편집위원 명단에는 내 이름이 브레히트와 다른

벤야민과 브레히트

필진 두세 명과 함께 실릴 것이네.[9]

벤야민은 계속해서 다음과 같이 썼다. "그중 유대인은 나 하나뿐일세. 자네도 저들과 나란히 실린 내 이름을 보면 묘한 뿌듯함을 느낄 거야." 표지에 실린 편집위원들만 보면 맞는 말이기는 했다. 이 프로젝트에 깊이 관여한 블로흐도 유대인이었지만 책임자로 이름을 내걸지는 않았기 때문이다. 하지만 이것이 중요한 것은 아니었다. 겉으로 드러낸 것보다 더 많은 내용을 감추는 이러한 표현 방식은 숄렘의 어떤 태도를 의식한 것이었다. 숄렘은 유대인의 문제의식과 유대인과의 교류 면에서 거리를 두는 벤야민을 불신하고 있던 터였다. 1931년 봄에 다시 논쟁이 벌어졌는데, 발단이 된 것은 신학과 변증법적 유물론에 대해 막스 리히너에게 보낸 벤야민의 1931년 3월 7일 편지였다.[10]

앞에서 언급된 서류들—『크리제 운트 크리티크』 프로그램과 정관—과 방대한 내용의 편집회의 기록들은 벤야민과 브레히트의 유고에 들어 있다. 1930년 11월 있었던 일련의 대화에는 벤야민, 브레히트, 예링뿐 아니라 블로흐, 크라카우어, 구스타프 글뤼크, 브렌타노와 쿠렐라도 참가한 것으로 보인다. 회의 내용을 적은 두툼한 서류에는 잡지 창간의 목적, 사업의 중점과 원칙, 나아가 잠정적인 작가를 염두에 둔 주제 제안 등에 대해 상세히 적혀 있다.•

편집회의에서부터 분분했던 이견은 그후 석 달간 점점 더 벌어져

• 다섯 번의 대화 및 대화 일부를 속기한 총 스물다섯 쪽 분량의 회의록은 Walter Benjamin Archiv; Bertolt-Brecht-Archiv 참조. 이중 1930년 11월 21일과 26일의 회의록에만 날짜가 적혀 있다. 벤야민, 브레히트, 예링은 이보다 앞선 1930년 11월 초에도 이야기를 나누었는데, 앞서 말했듯이 이들이 두 차례 대화를 나눈 것은 1930년 9월이다.

프로젝트의 와해로 이어졌다. 내부의 잡음도 모자라 외부의 방해물까지 등장했다. 『프랑크푸르터 차이퉁』 편집부는 문예란 담당자 프리드리히 T. 구블러를 통해, 자신의 신문 필진이—브렌타노와 크라카우어가—『크리제 운트 크리티크』에 참여하는 데 찬성할 수 없다는 입장을 밝혀온 것이다. 이 사실은 1930년 11월 18일 브렌타노에게 보낸 벤야민의 편지에 나와 있다.

> 친애하는 브렌타노
>
> 당신이 불쾌해하는 것은 이해합니다. 하지만 이런 불화가 일어난 데에 제 잘못은 손톱만큼도 없습니다. 당신의 참여 사실을 비롯한 프로젝트 내용을 구블러가 알게 된 것은 저 때문이 아닙니다. 제가 그를 만나기 전에 그는 벌써 알고 있었습니다. 또한 구블러가 크라카우어의 『디 벨트뷔네』 기고를 반대하는 과정에서 두 사람이 논쟁을 벌일 때, 크라카우어가 잡지 기획의 속사정과 『프랑크푸르터 차이퉁』 관계자들도 잡지에 협조하기로 했다는 언급을 한 것은 사실이지만, 그 이야기를 크라카우어에게 전한 것도 내가 아닙니다. 브레히트가 크라카우어와 잡지에 대해 이야기한 적이 있습니다. 구블러가 베를린에 왔을 때 그가 그 자리에서 우리 일을 눈치채지 못하게 하기 위해 얼마나 둘러대야 했는지 이제 당신도 알아차리겠지요. 그 일이 아니고도 저는, 다른 일과 연관된 것이긴 하지만, 구블러의 입장 표명 때문에 당신 못지않게 기습당한 심정입니다.[11]

벤야민은 이미 1930년 12월에 공동 편집위원 명단에서 사신의 이름을 빼야 하는 건 아닌지 고민했지만,[12] 1931년 2월 5/6일 편지로 숄렘에게는 "지난 며칠 동안 모든 일이 이전보다 구체적인 형태를 갖추게 되었다"라고 알렸다.[13] 창간호가 4월에 간행될 예정이라고 하면서 말이다. 벤야민은 창간호가 어떻게 진행되는지를 지켜본 뒤 공동 편집위원 건을 결정하고자 했다.

1931년 2월 10일 에른스트 로볼트는 "제목, 고료, 분량, 발행 방식" 등에 대해 "여러 차례 합의"를 본 내용을 못 박은 계약서를 브렌타노에게 부쳤다. 월간지 분량은 예순네 쪽, 『다스 타게부흐』나 『니벨트뷔네』의 형식을 따를 것, 창간호는 3월 말, 늦어도 4월 초에 발행할 것, 원고료는 한 쪽당 20마르크를 시작으로 차차 올려나갈 것, 일단 무조건 제12호까지 발행할 것 등의 조항이 있었다. 다만 제9호 발행 이후에는 "월간 발행 여부를 최종 결정하기로 한다." 추신. "잡지의 제목은 '크리제 운트 크리티크'로 최종 확정하며, 편집인을 맡게 될 헤르베르트 예링을 중심으로 발터 벤야민, 베르톨트 브레히트, 베르나르트 폰 브렌타노가 협력하기로 한다."•

1931년 2월 말, 창간호에 실릴 세 편의 논문—브렌타노의 「총공격」, 쿠렐라의 「하르키우 대회■」, 플레하노프의 「관념론과 유물론」—이 입고되었다.[14] 잡지 기획을 실현해주리라 믿었던 이 논문들은 사실상 프로젝트를 종결로 몰아갔다. 벤야민은 세 논문 중 어느

• 앞으로 나는 창간 관련 계약서, 정관을 적은 메모(WBA Ts 2468 참조), 벤야민이 숄렘에게 보낸 1930년 11월 3일 편지 등에 준하여, 이 잡지의 제목을 **크리제 운트 크리티크**Krise und Kritik라고 통일해 지칭할 것이다. 이들은 다른 제목도 고려하기는 했지만, 위기를 뜻하는 단어인 '크리제 Krise'와 '크리시스Krisis'의 개념적 차이를 고려한 끝에 '크리제'로 정한 것으로 보인다. 부연하면 플라톤으로 소급하는, 이론적으로 더 의식적으로 사용되는 희랍어 '크리시스'는 (아우구스티누스, 루소, 셸링, 헤겔, 포이어바흐, 마르크스, 니체 등) 신학 및 철학 개념과 접목되는 개념어인 반면, 대중화된 형식의 개념 '크리제'는 정치 시사와 관련된 영향력을 기대하게 한다.

■ 1930년 10월 우크라이나의 하르키우에서 열린 제2차 세계프롤레타리아혁명문학대회. —옮긴이

한 편도 사전에 정한 원칙에 부합하지 않고 "전문가적 권위"를 내세울 수 없다고 판단해, 공동 편집위원으로 나서려던 생각을 철회했다. 그가 원래 생각한 것은, "저널리즘의 시사성 짙은 요구와 합치하기 어려운…… 근본적으로 새로운 글"이었다. 벤야민은 공동 편집위원의 역할을 맡게 되는 일이 결국 "선언문에 서명하는 일"로 귀착하게 되지 않을까 염려했다.[15]

그렇지만 지금까지 해석되어온 것과 달리 벤야민의 철회 결정이 사태의 최종 판결로 작용한 것은 아니었다. 벤야민의 동료들은 1931년 여름까지는 일을 계속 추진해나갔다. 1931년 3월에 브레히트는 기자회견을 열고 자신과 예링이 주로 비평을 다루게 될 『크리제 운트 크리티크』를 창간할 것이라고 발표했다.[16] 다음은 1931년 3월 3일 『템포』에 실린 특파원 보도기사다. "『크리제 운트 크리티크』라는 새 잡지가 4월 1일 베를린에서 창간된다고 한다. 헤르베르트 예링을 편집인으로 내세운 이 잡지는 베르트 브레히트, **베른하르트** 폰 브렌타노의 연대로 (로볼트 출판사에서) 발행된다."•

벤야민의 일기가 전해주듯, 1931년 6월에 이르면 잡지 기획은 더 이상 벤야민, 브레히트, 브렌타노의 화두가 아니었던 듯하다. 공동 편집위원을 맡기로 했던 이들은 그해 여름 프랑스 남부 르라방두에서 함께 지내면서도 그 사업을 화제로 삼지 않았던 것이다.[17] 하지만 에른스트 로볼트는 예링, 브레히트, 브렌타노가 "함께한다"는 조건 하에서 잡지 창간이 여전히 가능하다고 여겼다. 출판사 대표의 입장에서 보면 계약은 이론적으로 여전히 유효했는데, 예링까지 참여 의

• 이 기사는 아르민 케서의 일기장 안에 붙어 있던 것으로, 취리히에 살고 있는 가브리엘레 케서가 제공해주었다.

사를 철회하면서 계약의 이행은 불투명해졌다.[18] 예링의 철수, 법정 관리까지 간 로볼트 출판사의 재정 파탄, 여기에 1931년 7월 17일의 '언론긴급조치'까지 가세해 잡지 기획에 치명타를 날렸다. 브렌타노는 브레히트에게 이렇게 전했다. "부르주아 기관지들이 현 검열조치에 겁을 먹고 상당히 위축되었습니다. 우리 모두 당장 오늘부터 법에 좌지우지되는 신세가 된 것이지요…… 다른 식으로 생각하면 지금이야말로 우리에게 잡지 하나를 장악해야 할 200가지 이유가 생겼습니다."[19] ●

물론 그런 날은 오지 않았다. 『크리제 운트 크리티크』에 죄르지 루카치를 끌어들이려고 했던 브레히트와 브렌타노의 시도는 거국적으로 벌였던 프로젝트의 여운인 셈이다. 물론 그전에도 의사 타진은 있었지만, 루카치가 합류 제안을 받은 것은 빨라봤자 1931년 여름이었다. 이 시기에 모스크바 대신 베를린을 망명지로 택했던 루카치는 독일 지식인들이 "양극화 경향"에 따라 분열되었다고 보았다. '국제혁명작가연합'의 위임을 받은 그는 문헌 담당 간부로 활동하며 "지식인들의 좌파적 성향 강화"에 공헌하고자 힘써왔다.[20] 루카치에게 보낸 편지 초안에서 브레히트는 "잡지 사업이 아무래도 정체된 것 같다"라며 유감을 표했다. 브레히트는 지식인들을 독단적으로 점유하려고 드는 루카치의 "우월감" 섞인 태도와 "선동 **방식**"에 항의하며 경고의 말을 던지기도 했다. "살짝만 건드려도 툭 떨어지는 농익은 배처럼 지식인들도 위기에 흔들려 공산주의의 품에 곧장 떨어질 거

● 벤야민은 1931년 7월 20일에 숄렘에게 다음과 같이 썼다. "로볼트는 결국 파산했고 가까운 시일 안에 출판 사업을 그만두게 될 것일세."(GB IV, 45쪽, 편지 번호 717.) 이때의 재정 위기로 로볼트 출판사는 합자회사에서 유한회사로 전환하게 되었다. Walter Kiaulehn 1967, 150-151쪽 참조.

라고 믿는 것은 굉장한 착각입니다."[21]

각자의 활동 영역은 잡지에서 점점 더 멀어졌고, 프로젝트 관계자들이 공동으로 다른 전선에서 투쟁하면서 상황은 다르게 진행되었다. 이들은 1931년 7월 17일 '정치적 폭력행위 퇴치를 위한 제국 대통령령 제2호', 즉 앞서 언급했던 '언론긴급조치'가 발표된 후 '집필의 자유를 위한 투쟁위원회'를 창설했던 것이다. 투쟁위원회는 정신의 자유 억압, 검열, 긴급조치에 맞선 각종 집회에 참가하자고 호소했고, 브레히트, 브렌타노, 베허, 쿠렐라, 헤르츠펠데, 톨러, 노이크란츠 이외에 여러 사람이 연설에 나섰다. 다음의 신문 기사를 보자.

> 베르트 **브레히트**는 정신적 생산자들의 이해**관계**가 프롤레타리아계급의 이해관계와 **분리될 수 없다고** 기술한 중요한 선언문을 발표했다……
>
> 모든 발언자가 긴밀한 연대의 필요성에 동의했고 이에 따라 모든 직업적 지식인 집단을 대표해서 정신적 창작 활동의 자유를 추구하는 활동위원회를 그 자리에서 구성했다.
>
> 이날 집회는 베르트 브레히트의 선언문이 결의안으로 상정되고 만장일치로 채택되면서 성공적으로 마무리되었다.[22]•

• 날짜가 적혀 있지 않은 이 선언문은 1931년 7월 말 『디 로테 파네(붉은 깃발)』에 실린 것으로 추정된다.

2
필진

출판사측이 편집인의 이름을 내거는 문제에 관심을 보이기는 했지만, 편집인의 표기 문제를 별도의 계약 조항으로 명시하지는 않았다. 모든 서류에 편집인으로 이름이 올라간 헤르베르트 예링은 전폭적인 권리를 위임받았다. 그는 편집과 관련된 모든 문제에서 가부동수인 경우 투표권 두 장의 권리를 행사할 수 있었고, 각 호를 준비하는 과정에서 의견 차이가 좁혀지지 않는 경우 활동위원회를 새롭게 구성 및 위촉할 수 있었으며, 잡지의 특별호 발행 여부를 단독으로 결정할 수 있었다.[23]

모든 서류에서 한결같이 공동 편집위원으로 언급된 이들은 벤야민, 브레히트, 브렌타노였다. 『프랑스 건축』, 『철근건축』, 『철근콘크리트 건축』을 집필한 '신건축운동'의 역사학자이자 이론가 지크프리트 기디온의 이름이 공동 편집위원으로 언급된 서류도 하나 있었지만, 그 이외의 문건에서는 등장하지 않는다.[24] ● 이 과정에서 경제적 지원을 해줄 의향이 있던 중요한 대화 상대는 벤야민과 브레히트 모두와 친분이 있는 구스타프 글뤼크였다. 벤야민이 "금융 분야에서 영향력도 어느 정도 있고, 노련하며 탁월한 사람"[25]이라고 평가했던 글뤼크는 제국신용협동조합 베를린 지부 외국환 담당부서의 책임자였다. 오스트리아 빈 예술사박물관의 미술관장이자 브레히트가 칭찬해마지않던 브뤼헐 화집의 해설자인 동명인의 아들이기도 했던 그는 마르크스주의 교육을 받았고 예술에도 조예가 깊었다. 카를 크라우스와 교류했던 그는 크라우스를 브레히트에게 소개해주었던 것 같다.■ 숄렘의 증언에 따르면 벤야민은 "글뤼크의 인간적인 신망을 높이 평가했다."[26] 1931년에 그는 글뤼크를 자신의 최측근에 포함시켰고, 이러한 판단은—전적으로 그런 것은 아니지만—일종의 인물 스케치인 「파괴적 성격」으로 이어졌다.[27] 1932년에는 글뤼크에게 **크라우스**에 대한 에세이 「카를 크라우스」를 헌정하기도 했다. 한편 출판사는 편집의 기술적인 문제를 해결해줄 담당 편집자 말고도 당시 로볼트 출판사에서 자리를 잡은 작가 프란츠 헤셀의 활동을 기대했다.[28] 브레히트는 헤셀이 지휘를 받는 위치에 있음을 확실히 하려고 했던 것 같다. 진실이야 어쨌든 그는 브렌타노에게 다음과 같이 강조하기는 했다. "당연히 헤셀은 출판사가 투입한, 자기 목소리를 전혀 내지 않는 전문 편집자일 뿐입니다. 단지 편집 비용을 절약하려고 끌

● 기디온을 추천한 사람은 벤야민일 것이다. 벤야민이 『프랑스 건축』을 읽은 뒤 기디온에게 열정을 담아 보낸 1929년 2월 15일 편지, GB III, 443-444쪽, 편지 번호 631 참조. 벤야민과 기디온의 관계에 대해서는 Heinz Brüggeman 1999 참조.

■ 이 정보는 오스트리아 빈에서 구스타프 글뤼크의 유족 볼프강 글뤼크가 제공해주었다.

어들인 인물이지요."[29]

『크리제 운트 크리티크』의 창립 멤버들은 작가, 예술가, 비평가, 학자를 필진으로 영입하고 싶어했다. 남아 있는 명단을 보면 필진 추천을 더 받았음을 알 수 있다. 잠정적으로 거명한 필진 중 실제로 누가 청탁을 받았는지는 알 수 없다. 직접 참여하지는 않았지만 여기서 언급해둘 만한 이들은 작가 헤르만 보르하르트, 알프레트 되블린, 알프레트 에렌슈타인, 로베르트 무질, 한스 잘,• 페터 주어캄프, 연출가 및 극작가 슬라탄 두도프, 레오 라니아, 에르빈 피스카토르, 베른하르트 라이히, 작곡가 및 음악이론가 테오도어 비젠그룬트아도르노, 한스 아이슬러,■ 파울 힌데미트, 하인리히 슈트로벨, 쿠르트 바일, 예술이론가 및 건축이론가 아돌프 베네, 지크프리트 기디온, 하네스 마이어, 게오르게 그로츠,▲ 비평가 및 에세이스트 에리히 프란첸, 아르민 케서, 루트비히 마르쿠제, 에리크 레거 등이다. 사회학자 카를 아우구스트 비트포겔과 프리츠 슈테른베르크, 역사학자 헤르만 칸토로비츠와 아르투어 로젠베르크, 철학자 카를 코르슈와 한스 라이헨바흐, 심리학자 빌헬름 라이히도 명단에 있었다.

이들의 이름은 벤야민의 기획안에도 실려 있고,[30] 로볼트가 브렌타노에게 보낸 1930년 9월 8일 편지와 브레히트의 유고 중 하나인 필

• 나는 1992년 10월 13일 한스 잘과 만나 대화를 나누었는데, 그는 『크리제 운트 크리티크』 프로젝트를 기억해내지 못했다. 아마도 당시 영입 제안이 그에게 전달되지 않았던 것 같다.

■ 벤야민이 아이슬러라는 이름을 손으로 적은 종이도 남아 있긴 하지만, 귄터 하르퉁의 지적처럼, 이 이름이 가리키는 사람은 한스 아이슬러의 아버지인 철학자이자 사전 편찬가인 루돌프 아이슬러인 듯하다. WBA Ts 2467v 참조.

▲ 명단에 올라 있는 이름 '그로스'는 게오르게 그로츠의 가명이다. 이 점은 의심의 여지가 없다. GS VI, 620쪽 참조.

진 및 주제 목록에도 나온다. 자세한 내용은 다음과 같다.

(1) 벤야민이 잡지에 관련해서 남긴 타자 원고 두 뭉치 속에 대화 도중 자필로 추가한 필진 추천 목록이 있다. 벤야민 전집 편집자들은 여기에 '제안서'라는 제목을 달았다.[31] 우리는 이 기록에서 아이슬러와 크라카우어를 『크리제 운트 크리티크』의 편집위원으로 끌어들이려고 했음을 알 수 있다.* 또한 덧붙인 내용을 보면, 브레히트, 아이슬러, 크라카우어, 주어캄프를 통해 개인적으로 인연을 맺었던 음악 잡지 『무지크 운트 게젤샤프트(음악과 사회)』도 제안한 주제 중 하나였다. 『크리제 운트 크리티크』의 편집위원들은 『무지크 운트 게젤샤프트』가 추구하는 정치적이고 미학적인 이론에 공명했던 것 같다.[32] ▪

(2) 1930년 9월 8일 브렌타노에게 보낸 편지에서 로볼트는 대여섯 명의 필진 외에 또다른 작가들을 거론하고 있다. 그에게는 그들이 "좌파 입장을 전반적으로 분명하게 내세우는" 이들이라는 사실이

● 벤야민 전집 편집자 해설(GS VI, 827-828쪽)에 실린 작가 명단 중 일부는 자의적으로 처리되어 있다. 그중에서도 아이슬러와 크라카우어는 이름 앞에 의문부호가 달려 있고, 하네스 마이어, 루트비히 마르쿠제, 에리크 레거는 이름 뒤에 의문 부호가 달려 있다. 물론 모든 편집위원의 이름 앞에 고인임을 알리는 표시나 삭제 기호를 달기는 했지만, 아이슬러와 크라카우어 이름 앞에 붙인 의문 부호는 마이어, 마르쿠제, 레거의 경우와 뜻하는 바가 다르다. 또한 작가 명단 중 삭제 표시된 헤르만 칸토로비츠의 이름을 전집 편집자가 다시 살려놓은 점이 눈에 띈다. 벤야민이 손으로 직접 가필하고 수정한 편집위원 명단의 타자 원고 사본은 이 책 부록 1 참조.

▪ 벤야민 전집에는 "음악과 사회Musik und Gesellschaft" 대신에 "무질과 나들러Musil und Nadler", "사회신문Gesellschaft-Tageblatt"(GS VI, 827-828쪽)이라고 기록되어 있는데, 이런 차이는 단지 필치 때문에 생긴 오해로 보기 어렵다. 무질은 이 명단에서 한 번도 거론된 적이 없기 때문이다.

중요했다. 그 명단은 다음과 같다.

> 무질, 에리히 프란첸, 알베르트 에렌슈타인, 폴가, 알리체 륄레게르스
> 텔, **루트비히 마르쿠제**, 아르투어 로젠베르크 교수, 비젠그룬트, **바일**,
> 피스카토르 등.

'등'이라는 표현은 이상의 작가 추천이 어느 정도 임의적이고 미완에 그쳤음을 암시한다. 그런 것을 감안해도 로볼트가 추천한 사람들 역시 벤야민과 브레히트가 남긴 리스트와 상당히 유사하다. 벤야민이 기록한 명단에 로볼트의 제안이 작용했을 수도 있다.

(3) 브레히트의 유고에 실려 있는 작가 명단도―물론 이 명단이 『크리제 운트 크리티크』 프로젝트를 염두에 두고 쓴 것인지 확신할 수는 없지만―여기에서 언급하고 넘어가기로 한다. 목록에는 벤야민, 브레히트, 블로흐, 브렌타노, 되블린 등의 발기인과 필진 외에 실제 협력자로 나섰던 보르하르트, 에렌슈타인 같은 사람들이 포함되어 있다. 또한 레마르크, 투홀스키, 케스트너, 메링처럼 회의에서 거론되었거나 거론되었음직한 이름들도 기록되어 있다.[33]

3
주제들
위기, 비평, 방법론, 지식인의 역할

'위기와 비평'이라는 뜻의 잡지 제목은 곧 잡지의 강령이기도 했을 것이다. 편집회의에서는 이론, 예술, 사회 분야의 위기와 여기에 대응하는 수단이자 논쟁 주제로서의 비평이 중점적으로 논의되었고, **정신 활동 및 예술 활동의 방법론적 근본문제**와 **지식인의 역할**도 의논거리였다.

브레히트가 창간을 준비하며 기록해둔 단편적인 메모는 그 자신이 '비평'과 '위기' 개념을 원칙적으로 어떤 의미로 사용하고자 했는지를 보여준다.

우리는 비평을 다른 수단을 동원해 지속해나가는 정치로 파악해야 한다.

비평은 결코 공간과 시간 (역사적인 사회 사건) 저편에서 핵심 결과를 도출해냄으로써 영원한 법칙을 구성하는 그 무엇이 아니다……

(수학, 의학, 무역, 결혼 등에서) 위기가 존재한다는 사실을 안다고 해
서 누구나 포괄적인 위기를 저절로 인식하게 되는 것은 아니다. 사실
상 많은 위기는 포괄적인 위기의 순간적인 (나타났다 다시 사라지는)
현상들이지만 일견 서로 무관해 보인다. 그 때문에 종종 우리는 포괄
적인 위기가 무엇인지를 인식하는 데 실패한다.[34]●

벤야민이 염두에 두고 있던 프로젝트의 성격은 브레히트에게 보
낸, 앞서 인용한 편지에 나타나 있다. 이 편지를 끝으로 1931년 2월
벤야민은 편집위원에서 물러났다.

잡지는 부르주아 진영의 전문가들이 학문과 예술 영역에서 일어난 위
기를 서술하는 기관신문으로 계획된 것입니다. 기관신문은 부르주아
지식인들에게 변증법적 유물론이라는 방법론이야말로 그들 자신의
가장 고유한 필연성—정신적 생산과 연구의 필연성, 나아가 생존의
필연성—에 따라 그들에게 부과된 것이라는 사실을 알려준다는 의도
를 따라야 합니다. 부르주아 지식인들이 자신들의 가장 고유한 것으로
인식해야 할 문제들에 변증법적 유물론을 적용해 보여줌으로써 잡지
는 변증법적 유물론을 선전하는 데 기여해야 합니다.[35]

벤야민의 의견과 그의 확고한 총론 및 문제 영역은 이 잡지가 무
엇보다도 이론적·정치적·철학적 질문들을 중요하게 다루는 매체라

● 비평과 위기 개념 및 두 개념의 연관성과 그 의미 변화에 대해서는 Reinhart Koselleck 1973,
196-199쪽 참조.

는 인상을 준다. 그러한 인상이 틀린 것은 아니다. 하지만 이 잡지 프로젝트에는 미학적이고 창작론적 탐구를 뒷전으로 넘길 생각이 없는 **예술가**와 **예술이론가**들도 참여하고 있었다. 그러한 탐구에서는 무엇보다도 사회적 진보와 예술적 테크닉의 진보 사이의 관계가 논의되었다. 브레히트의 메모에서 확인되듯, 『크리제 운트 크리티크』는 말하자면 아직 진행중인 작업을 소개하는 차원에서 문학 텍스트도 실을 생각이었다. 잡지는 문학적 생산물을 "완제품으로 전시하는 대신…… 작업중인 공장의 이미지를 전해주어야 한다."[36]

위기

막스 리히너의 기록에 따르면, 1931년 가을 리히너, 벤야민, 블로흐가 함께한 자리에서 블로흐는 "어떻게 독일적 모럴이 모든 영역과 모든 정치적 영역에서 그렇게 급속도로 붕괴될 수 있는지 이해가 되지 않는다"라고 말했다고 한다. 벤야민은 여기에 놀라워하며 답변했다. "이해되지 않을 것도 없습니다. 심각한 경제위기는 필연적으로 상부구조에서의 위기 현상을 초래할 수밖에 없으니 말입니다."[37] 이처럼 사회적 삶의 **위기**는 그 위기에서 비롯된 모든 현상과 더불어 잡지를 창간하게 된 동기 중 하나였고, 기획 관련 메모에 나타나 있듯이, 잡지의 탐구 대상이었다.

　　잡지의 탐구 영역은 이데올로기의 모든 영역에 일어난 현재의 **위기**이며, 잡지의 과제는 비평의 수단을 동원해서 이러한 위기를 확인하거나

위기를 불러일으키는 데 있다.[38]

전통적인 철학 개념은 '위기'를 분리, 결정, 조정, 판결, 정립 등의 인식론적 기능들과 연결하는데, 편집위원들은 바로 이러한 전통에 의거해서 결정적 판단을 내리는 권위 있는 기관을 지향했다. 담론에 참여한 사람들의 시선은 단지 이데올로기적 위기에 머무는 데 그치지 않고 그 너머를 향하게 된다. 이는 개별 분야 및 영역의 위기들을 "포괄적 위기"의 표현으로 파악한 브레히트의 메모에서 드러난다.[39]

잡지가 위기를 **불러일으키는** 작업을 해야 한다는 말은, '위기'가 종말의 표현이 아니라 마치 환자의 몸에 잠복해 있던 것이 터져나오면서 치유되거나 죽음에 이르게 하기도 하는 (위험천만한) 전환점처럼 결정이 가속화될 수 있는 계기가 되어야 한다는 것을 의미한다. '이데올로기' 개념은 물론 주로 '허위의식'을 의미하는 부정적 의미로 사용된다. "이데올로기의 모든 영역"에서 "위기를 불러일으킨다"는 말은, 1930년 봄 하이데거를 염두에 두고 떠올렸던 것처럼, 이데올로기를 '해체하고', 그것을 '파괴한다'는 것을 의미했다. 편집위원들에게 이러한 해체 과정의 촉구는 진리와 실천을 향한 진정한 이론의 전제조건이었다. '허위의식' 대신에 들어서야 하는 철학적 근본태도를 정하는 것이야말로 이들이 표방한 의도였다.[40] 1930년 11월 21일 편집회의에서 나온 브레히트의 발언, 즉 창간호에 "위기를 환영한다"라는 제목의 좀더 통속적인 논문을 싣자는 제안은 이러한 맥락에서 이해되어야 한다.[41]

비평

벤야민과 브레히트는 『크리제 운트 크리티크』에 대해 의견을 나누기 이전부터 각자 위기 개념, 내용, 기능에 대해 복합적이고 세분화된 입장을 지니고 있었다. 그러한 생각들이 잡지 기획의 전제를 이루었다.[42] 두 사람은 서로 다른 경험들 속에서 비평 개념과 씨름하면서, 상이한 형식들의 비평을 접했다. 벤야민과 브레히트는 비평을 사회이론적인 도구로 이용했다. 아우크스부르크에서 서평가로 활동하기도 했고 연극비평가면서 동시에 비평의 대상이었던 브레히트는 연극비평에 관심이 있었다. 브레히트는 비평의 원칙들을 세우고자 했다. 이는 오직 비평가라는 인물의 개인적인 취향에 바탕을 둔 것처럼 보인 연극비평과 정식으로 대결함으로써 이루어졌다. 자기 자신이 혹평의 대상 내지 희생자였던 브레히트는 객관적이지 못한 비평의 한계를 지적하고, '비평의 비평'을 조직하려고 했다. '디드로 학회'를 만들려고 했던 1937년에도 브레히트는 학회의 과제 중 하나가 "비평의 인용과 비평에 대한 비평"이라고 표현했다.[43] 1920년대에 연극비평만을 따로 비평의 대상으로 삼아 개선하는 것이 가능하지 않음을 깨달았던 그는 이후 비평의 철학적·사회적 기초를 더 체계적으로 다루게 되었던 것이다. 브레히트가 자신의 실제 경험을 바탕으로 비평의 기초를 세우고자 했다면, 브레히트의 이러한 욕구에 상응하여 벤야민은 이론적 성찰의 실천적 적용 가능성을 검토하지 않으면 안된다고 생각했다. 이렇듯 비평 이론에 대한 브레히트의 요청과 벤야민의 반성적 비평 실천이 만나서 하나의 전략으로 다듬어졌다.

벤야민은 이미 박사논문 『독일 낭만주의의 예술비평 개념』(1919)

벤야민과 브레히트

에서 칸트와 피히테에서 비롯된 초기 낭만주의자들의 비평 개념과 함께 미학적·철학적 전제 및 함축을 연구한 바 있다. 연구를 통해 그는 반성적 비평의 중요성을 인식할 수 있게 되었고 이 인식은 지속적으로 그에게 영향을 미쳤다. 『앙겔루스 노부스』 창간 공문에서도 벤야민은 비평에도 문학이나 철학과 동등한 위상을 부여한다는 것을 슬로건으로 내세웠다. 이는 "비평적 발언이 지닌 힘을 다시 확보하는 것"이 필요하다는 확인이었다.[44] 어느 정도는 순수 철학적 논증을 위한 사전 작업인 한편 비평의 전형이라는 점에서 그 자신에게 중요한 저술인 『괴테의 친화력』(1921/1922)에서도 벤야민은 비평다운 비평의 과제를 정리하려고 힘썼다.[45] 그것은 예술작품의 사실내용과 진리내용을 구분하고 각각의 영역에 주해와 비평을 할당하는 것이다.[46] 대학에 진출하려던 희망이 좌절된 후 자신이 쌓아온 학문적 기량을 잡지 및 신문 기고가, 서평가, 비평가로서 발휘했던 벤야민은 자신의 실제 경험을 분석하고 이를 자신이 접해왔던 비평들과 비교했다. 이러한 경험은 『일방통행로』에 나오는 단편 「벽보부착금지!」(1923/1926) 중 '비평가의 기법에 대한 열세 가지 테제'에 논쟁적인 형태로 각인되어 있다. "비평가는 문학투쟁의 전략가다."[47] 1930년 즈음에 벤야민은 **비평가의 과제**라는 제목으로 자신이 몰두해온 비평 작업의 강령을 정리해보려고 했다. 이 강령은 로볼트 출판사에서 기획한 벤야민의 비평 에세이 모음집 서문으로 실릴 예정이었다.[48]

벤야민과 브레히트의 입장 차이 속에서도 비평 기능에 대한 견해는 일치했다.[49] 이들은 비평의 몰락이 명료한 개념과 비평 규범의 결여에서 비롯된 것이라고 여겼다. 반성을 거친 전략적 강령 대신에 주관적 취미판단이 등장했기 때문이다. 두 사람은 "취향을 근거로 하는" 비평, "미식가적인" 비평의 대표자로 알프레트 케르를 꼽았다.[50] 이와 관련하여 잡지 『크리티셰 블레터』 프로젝트를 위한 노트라고 표기되어 있는 브레히트의 「신비평에 대하여」라는 기획안이 눈여겨볼 만하다. 이 기획안에 따르면, 이른바 "순수문학"이라는 분야를 따로 떼어냄으로써 비평은 "그저 그런 설명으로" 전락했다.[51] 문학이 자율적인 개체로 다루어지면서, 문학작품마다 자체의 유기적 성격을 지니고 있다는 관념이 현실에 개입하고자 하는 모든 비평을 초토화했다. 브레히트는 단지 "순수문학"에만 비평의 시선을 돌리지 말고, "당대의 다른 장르 작품들"에도 관심을 가질 것을 요청했다.[52] 1929년 초 「독일 문학비평의 침체」라는 제목으로 논문을 준비하고 있던 벤야민 역시, 문학이란 분석 대상이 아니라는 견해와 대결하게 되었다.[53] '가짜 비평'이라는 제목의 메모에는 부르주아 비평이 "별난 인물, 기질, 독창성, 개성"[54]에 대한 욕망에 봉사한다고 적혀 있다. 하인리히 카울렌에 따르면 벤야민이 의도한 것은

> 그야말로 비평을 하나의 장르로 재정립하고, 당장은 파편적일 수밖에 없는 이 장르에 힘입어 미래 예술이론의 근간을 확보하는 것이었다. 비평의 과제와 그 대체 불가능한 업적을 새롭게 의식화하고, 비평이 그동안 놓치고 있었던 공적 영향력을―논쟁을 통해서든, 과감한 즉흥적 활동을 통해서든―회복할 필요가 있다는 것이다.[55]

『크리제 운트 크리티크』의 편집위원들은 한 호를 비평이라는 주세에 전적으로 할애해보려고노 했다.[56] 이때 편집위원들이 염두에 둔 것은 1930년 즈음 수준 미달이라고 불평해마지않았던 예술비평

벤야민과 브레히트

뿐 아니라, 벤야민이 화두로 삼았던, 사회 인식의 전제이자 수단으로서의 비평이었다. 브레히트는 "당대 연극비평"에 대한 글을 헤르베르트 예링에게 맡기고 싶어했고,[57] 벤야민은 "지금까지 유물론적 측면에서 이루어진 문학비평"의 (프란츠 메링, 루 메르텐 등의) 업적과 대결하는 작업이 필요하다고 보았다.[58]• 편집위원들은 비평이 "잡지의 비판적 탐구 대상"이 되어야 한다고, "미적 취향과 개인적 요소"로부터 벗어나야 한다고 생각했다.[59] 브레히트는 모든 비평 활동을 위해서 그에 적합한 규범과 학문적 기초 혹은 체계적 평가 기준을 발전시켜야 한다고 주장했다. 하지만 예술비평이 처한 상황은 당시에 닥쳐온 모든 복합적 상황의 **한 가지** 지점일 뿐이었다. 이는 1930년 11월 26일 벤야민의 발언에서 분명히 드러난다.

> 우리가 비평이라는 용어를 칸트에서 비롯된 광의의 의미로 파악한다면, 칸트 철학을 적용하지 않고서는 도저히 풀 수 없는 과제에 직면하게 된다. 나 자신은 연극비평이나 문학비평에 대한 글은 쓸 수 있을 것이다. 그러한 비평들은 우리에게 익숙하기 때문이다. 그러나 어떤 사건들이나 세상사 일반에 비판적 태도를 표명하는 것은 어려운 작업이 될 것이다.[60]

편집회의에 참여한 이들이 생각하는 비평이란 개입해서 영향력을 발휘하고 결과를 수반하는 비평이었다. 또한 앞서 인용한 브레히트

• 크리술라 캄바스는 편집회의중 1920년대의 루 메르텐 수용의 맥락에서 언급된 "메르텐Merten"이 여성 미술사가 루 메르텐Lu Märten을 가리킨다는 사실을 밝혀냈다. Cryssoula Kambas 1988, 189쪽 참조.

의 표현을 빌리자면, "다른 수단을 동원해 지속해나가는 정치"로서의 비평을 의미했다.[61] • 여태까지 이러한 주장이 이보다 더 노골적으로 제시된 적은 없었다. '위기'와 '비평'이라는 개념은 사회의 분석과 변화를 목표로 지향한 프로젝트였던 것이다.

방법론

공동체의 위기, 그리고 미흡한 비평적 실천을 대신해서 위기에 대응할 수 있는 철학적 비평을 세워야 한다는 요청은, **사유의 방법론적 기초들**에 대한 본격적인 검토로 이어졌다. 비평에 대해서도 과학적 규범을 요구했던 브레히트가 이 문제에 몰두했던 것은 물론이다. 그는 여태보다 한걸음 더 나아갔다.

> 러시아의 한 학자가 대학으로부터 역사에서의 사유의 역할을 문화사적으로 개관하는 원고를 청탁받았다고 상상해봅시다. 지금까지 사유가 특정한 과제들을 해결하면서 적용한 특정한 법칙, 보조수단, 방법론, 술책 등을 결론에서 총망라하는 그러한 개관 말입니다.[62]

여기에서 브레히트는 전적으로 진지한 어조로 유용한 방법론과 검증된 수단을 모색하고 있다. 사회현상 연구에서 "과학적 태도"와

• 권터 하르퉁의 비평 개념 참조. 그는 비평이 "대상을 완전히 꿰뚫어 그 안에서 진실을 거짓과 가짜로부터 구분해내는 분리의 기술"(Günter Hartung 1989b, 597쪽)이라고 개념화했다.

벤야민과 브레히트

실험에 대한 관심이 결여되어 있다고 여겼던 그는, 비평이 "언제라도 검증 가능한 것"이 되기 위해서는 "비판적인 태도에 특정한 경험적 방법을 도입해야 하고, 미적 취향과 개인적 요소를 떠나 과학적 원리를 찾아야 한다"고 주장했다. 이러한 입장은 그가 한때 집중적으로 연구했던 한스 라이헨바흐, 오토 노이라트, 루돌프 카르납, 모리츠 슐리크, 발터 두비슬라프가 주축을 이룬 빈학파의 논리실증주의 내지는 논리경험주의의 이론과 일치한다.[63]• 브레히트를 사로잡았던 것은 "대체 과학적 사유는 어떤 방식으로 전개되는가"라는 질문이었다.[64]■ 그는 자연과학적 인식에 근거한 관심을 바탕으로 그러한 질문들을 탐구했다.▲ 그의 생각은 1936년 벤야민과 공동으로 작성한 풍자적인 책 기획안에 반영되어 있다.

사람이 살아가는 데 얼마나 요령이 없는지, 아무도 모른다. 아무도 입밖에 내지 않는다. 사람들은 언제나 자신이 아는 것에 대해 이야기한

• 한편 울리히 자우터는 "브레히트만의 특별한 경험적 논리주의가 존재한다고 말할 수 있다"고 피력한 바 있다. Ulrich Sautter 1995, 688쪽 참조. 나의 해석은 한스요아힘 담스의 지적도 수용한 것이다.

■ 나는 다른 논문에서 "서로 다른 학문에서는 사유 역시 다른 식으로 전개된다"는 블로흐의 명쾌한 답변을 언급한 바 있다. Erdmut Wizisla 1990 참조.

▲ 브레히트는 편집회의에서 다음과 같은 제안을 하기도 했다. "'인간에게 적용되는 지성의 규칙'에 대한 심도 있는 논문을 찾을 수 있을 겁니다."(1930년 11월 21일 회의록, WBA Ts 2475.) 이는 게슈탈트심리학자 볼프강 쾰러와 L. S. 비고츠키의 논문에서 받은 자극에 기인한 것이다. Wolfgang Köhler 1921; L. S. Wygotzki 1929 참조. 브레히트는 『운터 뎀 바너 데스 마르크시스무스』에 실린 비고츠키의 논문 증정본을 밑줄을 그어가며 읽었고, 벤야민은 브레히트가 긍정적으로 평가했던 1934년의 언어학 보고서 「언어사회학의 문제들」에서 쾰러와 비고츠키를 인용했다. 브레히트는 그 후 벤야민에게 보낸 편지에서 또다시 쾰러의 실험을 언급했다. 베르톨트 브레히트가 발터 벤야민에게 보낸 1936년 4월 편지, GBA 28, 551쪽, 편지 번호 719 참조.

다. 그런 것은 미심쩍고 보통은 재미없는 이야기다. 자신들이 무엇을 모르는지 이야기한다면, 그런 이야기야말로 믿음이 가고 대부분 재미있을 것이다.[65]

브레히트의 접근법은 무엇보다 실용주의적이다. 언젠가 벤야민과 대화하던 중 그는 "사회에서 실현할 수 있는 사유가 아닌 다른 사유는 모두 파괴해야" 한다고 밝힌 적도 있다.[66]• 의미심장한 것은 브레히트의 말을 받은 벤야민의 의견이다. 이 의견은 완성된 사상 체계보다 더 많은 것을 담고 있는 사상의 편린 중 하나다.

> 사회운동은 언제나 존재했다. 예전에 지배적이었던 종교운동의 목표도 마르크스처럼 급진적인 성상파괴였다.
> 연구 방법은 두 가지다―신학과 유물론적 변증법.[67]▪

벤야민은 신학적 방법론과 유물론적 방법론을 상호 보완적인 것으로 이해했다. 그가 어떤 접근 방식을 평가하는 기준은 그것의 전통이나 세계관적 위상이 아니라 '유용성'이기 때문이다. 예를 들어 벤야민은 '정신과학'에는 없는 문헌학적 잠재력을 역사비평적인 신학 연구에서 추구했다. 벤야민은 모든 해석의 검증을 위해 필요한 원전비평, 문예비평, 형식비평 등과 같은 연구 과정이 자신의 연구분야에

• 이 문장 역시 모리츠 슐리크와 관련지을 수 있다. Lutz Danneberg/Hans-Harald Müller 1987, 53쪽 참조.

▪ 이 대화의 중요성을 처음으로 짚어낸 사람은 베른트 비테다. Bernd Witte 1976a, 23쪽; Nikolaus Müller-Schöll 1995a; Nikolaus Müller-Schöll, 1997 참조.

서도 유용하다고 여겼던 듯하다. 한편에서는 전승된 작품의 사회적 맥락과 "삶에서의 위치"를 규정하려는 열정이 벤야민을 이끌었다. 예술작품을 그것이 출현한 시대 안에서 인식하고, 이를 통해 그 작품을 고찰하고 있는 시대에 대해 인식하자는 그의 제안은, 비록 직접적으로 맞닿아 있는 지점을 증명할 수는 없지만, 역사비평적인 연구 덕분이다. 한편 벤야민은 마르크스주의자인 "프란츠 메링의 거칠고 조야한 분석"을 하이데거와 그 학파가 시도한 "이념의 왕국에 대한 심오한 우회적 서술"보다 더 높이 평가했다.[68] 전자가 미학의 과제, 나아가 철학적이고 비판적인 사유 일반의 과제를 푸는 데 방법론적으로 더 적합하다고 생각했기 때문이다. 벤야민은 예술작품과 현실의 관계를 다루는 한 유물론적 변증법에 대한 언급이 불가피하다고 보았다. "예술작품에 나타난 현실을 연구할 때 변증법적 유물론이 아닌 다른 방법론을 적용하는 것이 가능한가?"[69] 하지만 무엇보다도 그의 관심을 끈 것은, 주어진 사실에서 출발하는 다른 모든 관찰과 달리 총체성을 조망하는 신학적 사유의 방법론과 주장이었다. 일견 대립적으로 보이는 입장들에 대한 벤야민의 개방적인 태도는 구태의연한 문제 설정을 깨뜨리고 사회 현실과 정면으로 맞닥뜨리고자 하는 시도에서 비롯된 것이다. 자료에 나타나 있듯, 잡지 기획 당시 우선권을 쥐고 있던 방법론은 변증법적 유물론이다. 그러나 잡지의 기본 방향을 "변증법적 유물론을 위한 선전물"로, 지엽적으로 해석한다면 우선권의 성격을 오해하는 것이다.[70] 특정한 방법론적 원칙을 교조적으로 고정하는 것은 벤야민의 사유에서 철저히 배제되고 있기 때문이다.

물론 벤야민의 사유에서 신학과 유물변증법, 메시아주의와 마르크스주의의 만남은 방법론의 문제로 환원될 수 없다. 아도르노가 벤야민의 마르크스주의를 두고 말한 것처럼 벤야민에게 신학은 **실험적 성격**을 지닌 것이었다.[71] 자신의 사유가 "그때그때 진리가 가장 응축되어 나타나는 대상"[72]을 향하게 한 벤야민의 관심은 일견 모순적인 사유 전통들의 독창적인 융합을 낳았다. 『크리제 운트 크리티크』에 몰두하던 시절에 이끌어낸 융합의 범위가 어느 정도인지는 1931년 3월 막스 리히너에게 보낸 강령적 성격의 편지에서 엿볼 수 있다. 편지에서 벤야민은 자신을 다음과 같이 보아달라고 부탁했다.

> 저를 변증법적 유물론을 독단적인 신념으로 받아들이는 대변인이 아니라, 우리를 움직이는 모든 일에 관념론적인 태도보다 유물론적인 **태도**로 임하는 것이 학문적으로나 인간적으로 더 생산적이라고 여기는 연구자로 생각해주셨으면 합니다. 한마디로 표현하자면, 저로서는 신학적인 의미—말하자면 모든 토라 구절에는 마흔아홉 가지 의미층이 있다고 보는 탈무드식 교리에 부합하는 방식—에서 접근하는 것이 아니라면 그 어떠한 연구도 상상할 수 없습니다.[73]

철학적 모델 간의 이처럼 이례적인 대결은 그로부터 거의 십 년 뒤에 쓴 「역사의 개념에 대하여」에서 정식으로 구체화된다.

편집위원들은 철학적 혹은 과학적 사유와 예술 창작이 브레히트의 표현대로 "사회적으로 실현 가능한 것"이 되어야 한다는 점을 두고 토론했다. 당시 역사적 상황을 관망해볼 때 아무런 결과도 낳지 못하는 예술 활동과 정신 활동은 일고의 여지도 없는 것으로 보였다. 행동과 동떨어진 사유가 발전되어서는 안 되었다. 브레히트의 기록대로 사유는 곧 "사회적 태도"다.[74] 잡지 기획안 역시 이 점을 분명히 하고 있다. 잡지는 "개입하는 사유"[75]를 가르치고, 지식계급이 "재래의 자의적이고 아무런 성과 없이 끝나는 생산과 달리 현실에 개입하면서 결과를 수반하는 생산"에 대한 통찰을 하도록 해줄 것이었다.[76]

 개입하는 사유라는 개념은 벤야민과 브레히트의 대화에서 유래한 것으로, 브레히트가 1929년 5월 쓰기 시작한 수첩에 처음 등장한다. **크리티셰 블레터**라는 제목의 잡지에 대한 첫번째 기록에는 다음과 같이 적혀 있다. 개개인의 사유는 "냉담하고…… 대개 무가치"하다. "그것이 가치 있는 경우는, 다시 말해 개입하는 경우는, 여러 사람들이 관심을 보이며 토론을 펼칠 때다." 기록에 등장하는 "개입하는" 이라는 단어는 이후 "개입하는 사유"라는 개념으로 수정 및 확대되었다.[77] ●

지식인의 역할

지식인들은 자신들 연구의 가능성과 한계, 제도에의 의존성뿐 아니라 정치 진영과의 관계를 탐구하고 변혁하고자 했다. 이 같은 문제는 수십 년 전부터 공공의 관심사였다. 에밀 졸라와 드레퓌스 지지자들

● 브레히트는 메모 하단에 "개입하는 사유에 대하여"라고 적어넣었다. 벤야민은 이 개념을 변용해 "개입하는 생산"(GS VI, 619쪽) 혹은 "개입하는 비평"(GS III, 224쪽)이라고 썼다. 한편 브레히트는 1930년경 남긴 '태도로서의 사유'라는 제목의 메모에서 사유하는 자의 태도와 대상의 관계를 지적한 바 있다. "개입하는 사유. 실용적인 정의. 실용적인 정의란 정의되고 있는 영역을 조작 가능하게 만드는 식의 정의를 말한다. 정의를 내리는 이의 태도는 항상 결정적인 요인으로 작용한다." (GBA 21, 422쪽.)

이 1898년의 **지식인 선언**을 통해 부당하게 피의자가 된 드레퓌스 대위의 복권을 성공시킨 이후, '지식인'이라는 개념은 친숙하면서도 논쟁적인 표현이 되었다. 하지만 드레퓌스 사건을 계기로 대중화된 지식인이라는 단어는 그로부터 내내 상충하는 의미를 내포하게 되었다. 졸라와 그의 사상적 동지들은 불가피한 정치화의 근거로 양심을 들었고, 자신들은 민주적이고 학문적으로 뒷받침된 행위를 하고 있다고 생각했던 반면, 그들의 반대자들은 지식인을 둔감하고 반국가적인데다가 유대적이고 퇴폐적이며 무능하다고 비난했다.[78] 독일에서 빗발친 지식인들에 대한 끊임없는 비방은 지식인이라는 개념에 대한 부정적 해석이 지배적임을 보여주었다. 이에 대해 빅토어 휘버의 강령적인 글 「지식계급의 조직화」(1910)나 "활동하는 정신"이라는 구상을 바탕으로 한 쿠르트 힐러의 연감 『칠(목표)』이 보여주는 것처럼, 공격당한 지식인들이 자기 미화를 통해 대응하는 경우도 드물지 않았다. 지식인들이 처한 사회적 상황이 고조된 1920년대에는 그들의 임무와 사회적 기능을 둘러싼 공적인 논쟁도 첨예했다.[79]•

학창 시절에 이미 지식사회학의 문제들에 몰두했던 발터 벤야민은 그러한 주제를 다룬 당시의 문헌들, 이를테면 휘버의 정치 소논문, 막스 베버의 「직업으로서의 학문」(1919), 후고 발의 「독일 지식계급의 비판에 대하여」(1919), 알프레트 베버의 「정신노동자■의 고

• 당시 추산에 따르면 오만 명 이상의 소장학자가 직업이 없는 상태였다고 한다. Michael Stark 1984, 433쪽 참조.

■ 이 개념은 당시 널리 알려져 있었다. 벤야민은 이미 1920년에 "'정신노동자는 없다'라는 밋진 세목의 논문"을 작성했다.(발터 벤야민이 게르숌 숄렘에게 보낸 1920년 2월 13일 편지, GB II, 76쪽, 편지 번호 253.)

난」(1923) 등을 알고 있었다. 벤야민의 저술들은 "중립적이고, '전제조건 없는' 연구가 결정적인 성과를 낼 수 있던 시대는 완전히 지나갔다"[80]는 통찰에서 영감을 얻었다. 이 시기 벤야민이 발표한 글들은 지식계급의 상황에 대한 문헌을 전제로 삼고 있는데, "지식계급의 위기"[81]를 주제로 한 그의 「초현실주의」 역시 바로 그러한 일련의 문헌에 속한다. 대표적인 글이 지크프리트 크라카우어의 저서 『사무직 노동자』에 대해 쓴, '아웃사이더 주목받다'라는 제목의 서평이다.[82] 편집부에서 '지식계급의 정치화'라는 제목을 붙인 벤야민의 텍스트는 카를 만하임의 『이데올로기와 유토피아』(1929)를 둘러싸고 사회민주주의 잡지 『디 게젤샤프트』 지면상에서 한스 슈파이어, 헤르베르트 마르쿠제, 한나 아렌트, 파울 틸리히가 벌였던 논쟁에 종지부를 찍었다.[83]• 벤야민은 『사무직 노동자』 서평에서 작가는 "지도자가 아니라 불평분자인" 단독자로 보아야 한다고 주장했다. 또한 그와 반대로 요하네스 R. 베허처럼 결과물을 당에 바치는 부르주아 출신 지식인에는 다음과 같이 의식적으로 반기를 들었다. "지식계급의 프롤레타리아화는 단 한 명의 프롤레타리아도 만들어내지 못한다."[84] "자신이 속한 계급의 정치화"는 오히려 은근한 방식으로 일어나며, 그러한 간접적인 작용이야말로 "오늘날 부르주아계급 출신의 글쟁이 혁명가가 마음에 품을 수 있는 유일한 것이다."[85] 브레히트는 '프롤레타리아혁명작가동맹'의 요구들을 거절하면서 여기에서 한걸음 더 나아가, 지식계급이 "흔히 내세우는 견해" 즉 "프롤레타리아계급 속으

• 롤란트 예르제프스키는 발터 벤야민과 폴 니찬을 비교하면서 독일과 프랑스에서 있었던 지식인의 기능에 대한 이론적 논쟁과 입장을 평가했다. Roland Jerzewski 1991 참조.

로 침잠해야 한다는 견해는…… 반혁명적"이라고까지 주장했다.[86] •

잡지 창간에 대한 대화에서 두 사람은 지식인에 대한 논쟁에 더없이 이례적인 파장을 몰고 온 만하임의 테제에 딱 부러지게 대응했다. 이런 식의 대화는 **지식사회학 논쟁**에 부친 생산적인 의견 중에서도 고유한 가치를 지닌 것으로 남아 있다.• 1930년 11월 21일 이전에 나눈 대화에서 브레히트는 "지식인 지도부의 역사적 역할"이라는 주제를 다음과 같이 소개한다.

> 지식계급은 자유 부동하고, 스스로 아무런 결단도 내리지 않고, 언제나 제삼자의 입장에서 거리를 두고 누구의 영향도 받지 않으면서도, 영향력을 행사하고자 하고 대립을 조정하려고 애씁니다. 이렇게 하면서 지식계급은 지배권력을 요구하게 됩니다. 자신들은 중립적이라고 하면서요.[87]

브레히트 역시 지식인 고유의 자유를 원했지만, 이 발언 자체는 만하임을 향한 날 선 비판이었다. 그 자리에서 특히 지식계급의 역할에 대한 논쟁이 불거졌을 때는 만하임 자체가 도마에 올랐다. 만하임은 이미 알프레트 베버와 카를 브링크만이 사용한, "사회적으로 자

• 협회 창립총회에 대한 브레히트의 예리한 판단을 참조하라. "그들은 단지 부르주아 작가들의 적에 불과하고, 그들의 총회는 자신들을 위해 프롤레타리아계급의 시장을 독점하겠다는 것입니다."(베르톨트 브레히트가 베르나르트 폰 브렌타노에게 보낸 1928년 9/10월 편지, GBA 28, 309-310쪽, 편지 번호 402.)

• 이에 대한 기록에 『크리제 운트 크리티크』의 사례도 추가되어야 할 것이다. Volker Meja/Nico Stehr 1982 참조. 벤야민의 관심은 1921년에서 1922년 사이 하이델베르크에서 있었던 카를 만하임과의 우정 어린 만남과도 분명히 관계가 있다. Gershom Scholem 1975, 142쪽 참조.

유 부동하는 지식인"이라는 개념을 받아들여 널리 알렸던 사람이다. 그는 정신 활동을 펼치는 집단을 "비교적 계급을 초월한, 어떤 계급에도 고착되지 않은 계층"으로, 정치적 통찰의 필연적 종합을 포착하는 힘을 지녔기에 잠재적으로 지도자로서의 임무를 띤 계층으로 규정했다.[88] 이 지점에서 벤야민과 브레히트는 의견이 나뉘었다. 브레히트는 "기능을 수행하고자 할 때에 지도자의 위치가 필요하다"고 피력했다.[89]● 반면 크라카우어 서평에서도 논했듯, 벤야민은 이를 거부했다. "어떠한 지식인도 오늘날 연단에 올라가서 무엇을 요구해서는 안 된다. 그는 대중의 감독을 받으며 일해야 하는 것이지 대중을 지휘하려고 해서는 안 되는 것이다."[90]■ 만하임이 정의한 부동하는 상태가 위기의 극복에 기여할 수 없는 소시민적 입장이라는 점에서는 두 사람의 의견이 일치했다. 이미 1929년에 "'자유로운' 지식인의 몰락"[91]을 확인했던 벤야민은 대화 도중 "어떻게 하면 지식인들을 계급투쟁에 동원할 수 있는가?"[92]▲라는 질문을 던졌다. "프롤레타리아계급이 권력을 장악하기 이전의 상황"[93]이라는 전제도 덧붙였다. 벤야민 생각에, 지도자 역할은 당연히 프롤레타리아계급에게 돌아간다. 1930년 여름에 벤야민은 놀랍게도, 프롤레타리아계급이 권력을 장악할 시에 지식인들은 지도자의 위치를 포기하고, 공장으로 가서 "봉사자로서", "맡은 바의 기능"을 수행해야 한다고 발언했다.[94]

● 「서정시인 고트프리트 벤을 옹호하며」에서 브레히트는 1929년 즈음 지식인들의 지도자 기능이 대단히 중요하며 전적으로 불가결하다고 설명했다. GBA 21, 338쪽 참조.

■ 비슷한 의미에서 벤야민은 발레리에게서는 '지도자의 제스처'를 찾아볼 수 없다는 점을 강조했다. GS IV/1, 480쪽 참조.

▲ 또한 지식인들의 무계급성을 사치로 보고 거부한 "Bücher, die übersetzt werden sollten," GS III, 175쪽 참조.

그가 이러한 제안을 할 때 모범으로 삼았던 유형은, 트레티야코프가—"작가들을 콜호스(집단농장)로!"라는 구호로—정의하고 그 스스로 구현했던 "행동하는" 작가였다. 벤야민은 1934년에 쓴 「생산자로서의 작가」에서 그러한 구상을 "개입하는 구상"으로 구체화할 수 있었을 것이다.[95]● 벤야민은 같은 진영의 많은 사람처럼 프롤레타리아혁명을 눈앞에 두고 있다고 오인했다. 하지만 브레히트와 나눈 그러한 생각을 오래지 않아 철회했다. 지식계급 문제를 추상적인 연구 대상이 아니라 실존적인 논의 대상으로 여겼던 두 필자는 대화를 통해 일련의 제안을 구체화했다.■

브레히트는 과거를 되돌아보면서 지식인들의 태도를 비꼬았다. 브레히트의 『묵자—전환의 책』과 특히 『투이 소설』은 『크리제 운트 크리티크』에 대한 대화에서는 다루지 않은 경험을 전제하고 있다. 발터 벤야민은 이러한 경험을 클라우스 만에게 보낸 1934년 5월 9일 편지에서 "독일 지식계급의 좌절"이라고 명명했다.[96]

● 트레티야코프는 1930년 12월에야 처음 독일에 머물게 되지만, 그의 저술은 1930년 4/5월 소비에트연방의 전위 연출가 메이예르홀트의 공연을 계기로 브레히트 주변 사람들에게 이미 알려져 있었다. 부르주아적 비평들에 대한 브레히트의 반응인 GBA 21, 374-375쪽 참조. 또한 아샤 라치스, 베른하르트 라이히, 1929년 출간된 『포효하라, 중국이여!』의 번역자 레오 라니아도 트레티야코프를 알린 공신이다. Sergej M. Tretjakow 1972; Sergej M. Tretjakow 1985 참조.

■ 1930년 11월 21일 "코르슈와 쿠렐라의 조언을 받아들인 브렌타노"는 "오늘날 지식인들에게 나타난 다양한 형식의 리너십"을 주제로 정했다. 구체적인 주제와 대상은 다음과 같다. "교수-만하임/정치가-헬파흐/언론인-케르/자유기고가-투홀스키."(WBA Ts 2478.) 11월 26일 회의에서 크라카우어는 연구 대상을 전면적으로 바꾸자고 제안했다. 그는 만하임 대신에 하이데거를, 그것도 아도르노가 다루면 좋겠다고 말했고, 바덴공화국의 국가 원수인 빌리 헬파흐 대신에 루돌프 브라이트샤이트, 루돌프 힐퍼딩, 오토 브라운 같은 사회민주주의자들을, 투홀스키 대신에 성공한 루마니아 작가 발레리우 마르쿠를 다루자고 제안했다. 브렌다노에게는 '정치가'와 '자유기고가'를 주제로 한 원고를 제안했던 것 같다. 이러한 제안들에는 대중에게 모습을 드러낸 지식인 유형을 비판적으로 다루자는 생각이 작용했을 것이다. WBA Ts 2488 이하 참조.

일련의 주제들은 이어진 논의에서 검토되지 못한 채 제안되는 데 그치고 있어, 구체적인 윤곽은 드러나지 않는다. 1930년 11월 초 대화에서는 지식계급 논쟁처럼 특집으로 다룰 "다음 호 제안들"을 모았는데 여기에는 파시즘, 아나키즘, 유대교, 사법 비판, 시민교육 등이 포함된다. 브렌타노는 "신문"이라는 특집호를 구상했다.[97] 11월 21일 벤야민은 닷새 전 『프랑크푸르터 차이퉁』에 기고했던 글의 제목이기도 한 '(출판사의 출간도서가 아닌 출판사의 정치적 지향을 다루는) 출판사 비평'[98]을 주제로 제안했다. 철학에 대한 기고들도 계획되어 있었다. 편집부로부터 「지난 십 년간 철학 연구의 주요 경향에 대하여」라는 글을 청탁받은 크라카우어는 "장황한 이유를 들어"[99] 거절했다. "계급적 사유에 대한" 논문을 실어보자는 에른스트 블로흐의 제안도 있었다. 그는 "계급의식이 미치는 곳은 어디까지인가?"라는 질문과 함께, 루카치의 논문집 『역사와 계급의식』 서평 게재가 "아주 중요하다"[100]고 생각했다. 브레히트가 제안한 '검열과 지식계급'이라는 주제에서는, 『크리제 운트 크리티크』가 날로 심해지는 검열에 대한 토론을 포기하지 않았다는 사실이 드러난다.[101]

베르톨트 브레히트의 유고에 실려 있는 두 편의 구성안에는 이보다 더 많은 제안이 담겨 있다. 편집위원과 필진을 어떻게 꾸릴 생각이었는지는 알기 어렵지만, 다음의 리스트는 잡지 프로젝트가 어떤 사상적 배경에서 이루어졌는지를 보여준다.

[1] 마르크스 저서 읽기의 어려움	비트포겔
마르크스주의에 대한 변론	되블린
『왕룬의 세 번의 도약』과 『발렌슈타인』에서 다루는	

인간의 운명이 어떻게 전개되는가라는 문제와 관련한	
(소설가들의) 편견 극복	되블린
완성도에 대해서	벤야민
영화 검열 — 케서 — 브렌타노 — 예링	

예링은 주제에 대한 책임을 지고
다른 작가들은 실무를 맡는다.[102]

---

[2] 1) 나치의 기획과 실천 (튀링겐) — 사회주의적 측면
프티부르주아 봉기의 혁명적 측면
입어보지 않은 채 바로 구매하기. 그것들은 언제 상품이 되었는가? 그들은 자본주의에 무엇을 요구하는가? 누구를 위해서? 그들은 무엇을 쟁취했는가? 나치 활동은 이미 승리했는가?

2) 토지	트레티야코프
3) 튀링겐 218조	라니아?
4) 새로운 손님 (벤이 이데올로기를 조장하고 있는가?)	벤야민
5) 하이데거	블로흐
6) 마르크스주의(및 평등주의와 유대적이며 국제적이고 계급투쟁적인 인종투쟁)에 적대적인 나치의 이데올로기 투쟁	
7) 호케와 되블린에 대해서[103]	비트포겔

첫번째 리스트 하단의 작업 분담은 벤야민이 『크리제 운트 크리티크』를 염두에 두고 제안한 편집 방식이다. 예링이 주제 신택에 책임을 진다는 언급 역시 주제에 관한 리스트가 잡지 프로젝트와 관련되

어 있음을 확인해준다. 여기에 열거된 이름 중 비트포겔과 케서는 벤야민의 작가 리스트에 추가로 기재되어 있는 이름이다.[104] 두번째 리스트에는 벤야민이 편집회의에서 제안했으리라 여겨지는 **되블린: 일기 기록**"이라는 구절도 있었다. 『다스 타게부흐』를 통해 공개된 이 구절은 1931년 2월에 '지식과 변혁'이라는 제목으로 출간된, 되블린과 구스타프 르네 호케라는 학생의 서한집을 가리킨다. 여기에는 단서가 붙어 있다. "물론 책이 출간될 때까지 기다려야 한다."[105] 벤야민은 1934년 논문 「생산자로서의 작가」에서 되블린의 입장을 비판적으로 다루게 된다.

　『크리제 운트 크리티크』 프로젝트와 느슨하게 관련되어 있는 이상의 기획안 두 편에 기록된 지식인 문제(되블린/호케), 작가의 테크닉(되블린), 검열,• 이데올로기 또는 "지도층"의 유형학, 지식계급의 대표 인물들(하이데거/벤) 등의 논점은 대화 기록과 일치한다. 동시에 이 자료는 프로젝트에 참여한 사람들이 정치 상황을 더없이 정확하게 평가하고 있었음을 증명한다. 앞에서 언급했듯이 개인적인 차원에서는 프롤레타리아계급 운동의 승리가 가까이 왔다는 환상도 품었지만, 세계경제위기와 함께 도래한 사회 위기가 시대 전환을 불러올 것이라는 확신은 사태를 현실적으로 바라보는 시각에서 비롯된 것이다. 1931년 여름 벤야민의 걱정도 이러한 시각에서 내린 결론이다. "올 가을이 지나고 나서도 내전이 발발하지 않으리라고 보기는 어렵다."[106] 1929년 12월 8일 치러진 튀링겐 지방선거에서 나

• 이를테면 브레히트의 영화 〈서푼짜리 오페라〉가 검열에서 통과하지 못한 사건이 있었다. "튀링겐 218조"라는 표제는 튀링겐 주 정부가 1930년 말에 이미 시행한 영화 상영금지와 관련된 것으로, 금지 목록에는 〈찬칼리〉, 〈궁지에 빠진 여인들〉 등이 있었다. Hildegard Brenner 1963, 32쪽 참조.

치가 거둔 승리에 맞서 이들이 나치 활동을 분석하고자 한 것은 그만큼 당시 나치 추종자들이 불러올 위험의 정도를 명확하게 파악하고 있었다는 증거다. 이는 단지 "나치 활동의 승리가 확정적인가"라는 물음을 던지는 것, 즉 정치적-전략적 사건만을 천착하는 것이 아니라, 철학적-세계관적인 사건을 조망해내는 과정이다. "마르크스주의에 적대적인 나치의 이데올로기 투쟁"이라는 항목이 이러한 문제의식을 뒷받침해준다. 다른 사람들이 당시 나치가 장악한 주정부의 조치들, 즉 튀링겐에서 모든 공공사업의 임의 청산과 금지령을 단지 "조소와 불신"의 태도로 가볍게 보았던 반면, 『크리제 운트 크리티크』집단은 이를 맞서 싸워야 할 어떤 변화의 징후로 보았다. 1930년 즈음에 쓴 브레히트의 비망록 「태도로서의 사유」는 파시즘이 진보적인 사유를 완전히 무너뜨리고 있다고 지적했다. 브레히트는 "개입하는 사유를 통해 행동 방식의 총체로서의 **파시즘을 비판하는 일**이 필연적임"을 강조했다.[107]

4
기대와 좌절

남아 있는 자료에 따르면, 계획된 잡지는 일간신문과 달리 일관성과 엄격함을 중요시하는 격월간지에 걸맞은 시사적인 내용을 담을 예정이었다. 지식인 문제에 대한 공식화된 입장들을 비판적으로 다루고자 했던 것도 이러한 취지에 부합한다. 공산당의 기관신문 『디 링크스쿠르베(좌회전)』에서 통렬한 비판을 받은 되블린의 서한집 이외에도 1930년 10월 17일 토마스 만의 연설문 「독일 국민에게 고하는 말」이 거론된 적도 있다. 따라서 내용의 시사성이 떨어진다거나 일관성이 부족하다는 이유로 프로젝트를 반대하는 이들은 없었을 것이다. 그렇다면 『크리제 운트 크리티크』가 기획 단계를 넘어서지 못한 것은 무엇 때문인가? 재정적인 어려움,* 로볼트 출판사의 불안정한 법적 상황, 『프랑크푸르터 차이퉁』의 이의 제기, 예링의 탈퇴 등 일련의 요소를 실패 원인으로 점칠 수 있겠다. 더구나 1931년 초에는 일을 담당할 만한 동료들이 너무—어쨌든 처음 기대했던 숫자보다—줄어들었다. 이 점도 프로젝트가 막을 내리는 데 한몫했을 것이다.

예를 들어 1930년 11월 5일 에른스트 블로흐는 훗날 자신의 부인이 될 카롤라 표트르코프스카에게 편지를 띄워 끝을 기다리는 심정을 토로하기도 했다. 잡지 기획에 대한 블로흐의 거리 두기는 회의에서 보여준 그답지 않은 소극적인 태도에서도 드러난다. 편지는 블로흐가 기획 시도를 어떻게 전망했는지, 또 그가 벤야민의 조직력을 어떻게 평가했는지를 시사한다.

> 벤야민, 브레히트, 예링이 여름부터 벼르던 잡지를 창간하려고 준비중입니다. 내일 벤야민이 제게 "방침들"을 (저와 맞지 않는 방침도 여럿 있지만) 설명해주기로 했습니다. 벤야민과 브레히트가 함께하면서—그들의 합작이 얼마나 중요한지는 차치하고—이 일은 어쩐지 점점 꼬여가고 있고, 불필요한 패거리 문화의 양상까지 띠게 되었습니다. 더구나 그야말로 심각하게 뒤틀린 (전대미문의 위험한) 국면에 몰리면서 상황이 악화되고 있습니다. 게다가 천재적이면서 품위 있는 벤야민과 천재적이면서 제멋대로인 브레히트의 조합은 그 모양새가 몹시 기묘합니다.

● 마르고트 폰 브렌타노는 "잡지를 출판하기에는 애초부터 자금이 부족했다"고 회고했다. 마르고트 폰 브렌타노가 나에게 보낸 1989년 3월 16일 편지 참조. 같은 맥락에서 미하엘 예닝은 『크리제 운트 크리티크』가 "재정적 지원의 부족으로 실패"했다고 확신한다. 그는 "브레히트와 벤야민의 관계에서 국면마다 불거진 긴장이 물질적으로 어려운 처지를 더욱 악화시켰음에 틀림없다"라고 믿었지만, 이 수상쩍 뒷받침할 만한 증거는 없다. Michael W. Jennings 1987, 3쪽 참조. 이 주장과 니튼 상기한 나의 서술은 바로 이 시기야말로 벤야민과 브레히트의 관계가 서로 일치하는 요소들에 기초하고 있다는 사실 확인에서 비롯된 것이다.

벤야민과 브레히트

게다가 벤야민은 조직 문제에 손을 대기만 하면 일을 그르칩니다. 도대체가 모기를 코끼리로 만들고, 그러고 나서는 코끼리로 바늘귀를 꿰려 드는 격이에요. 그는 괴팍한데다 비정하고, 공동의 일에서는 방관자처럼 굽니다. 공동의 임무를 수행하고 있다고 해도 저는 그와 같은 노선에 설 수는 없습니다. 창간 초기에는 참여하지 않을 겁니다. (그것은 어디서 발행되든 상관없는 '사전 발표 글'과는 다르기 때문입니다. 사전 발표 글이야 『디 리터라티셰 벨트』에 실린다고 해도 상관없지만요.)[108]

두 달 후에는 공동 편집위원으로 확실히 내정되었던 지크프리트 크라카우어도 회의적인 발언을 뱉어냈다. 아도르노에게 보낸 1931년 1월 12일 편지에서 그는 부정적인 입장을 중의적으로 내비쳤다. 어느 편집회의―1930년 11월 26일의 회의―에 대해 그가 받은 인상은 여하간 시사하는 바가 많다.

브레히트 등이 추진중인 잡지는 출간되지 못할 거라고들 합니다. 제가 보기에도 그렇습니다. 한번은 의욕에 넘쳐 중요한 회의 자리에 참석했는데, 회의 내용을 꼼꼼히 속기하는 여성 비서 두 명이 동석했는데도 아마추어 티가 물씬 나더군요. 잡지가 출간되지 못한다고 해도 전혀 이상하지 않을 정도였습니다.[109]

분명해진 것은, 창조적이고 자립심이 강한 정신의 소유자들을 한 깃발 아래 모은다는 생각이 한계에 다다랐다는 사실이다. 『크리제 운트 크리티크』는 단독 편집인이 논문을 청탁하고 의견을 통일하고 결정을 내리는 신문이 아니라, 여러 작가가 집단적으로 잡지의 성격을 규정해나가는 매체로 계획되었다. 편집위원 네트워크를 느슨하게 조직하고, 필진 전체가 공동 책임을 맡아, 지식인들의 작업이 어떻게 효과적으로 조직될 수 있는지를 시범적으로 보여줄 수 있어야 했던 것이다. 저널리즘 분야에서 경험을 쌓았던 크라카우어는 방법론과 언어의 일치가 중요하다고 보았다. "모든 것을 일관성 있게 다루는 방식을 찾아야 합니다."[110] 집필과 편집 원칙도 개개인이 자신의 특징을 드러내거나 고유한 입장을 전달하는 대신 공동의 원리원칙을 생산적으로 지향하는 것이었다. 벤야민은 "창간호 다음 호에 필진들이 의무적으로 받아들여야 할 테제 모음집"[111]을 부록으로 만들어야 하지 않겠느냐고 제안했다. 그가 염두에 둔 것이 교조적인 작업 지침은 아니었다고 해도, 블로흐같이 자신의 이름을 중요시하는 자율적인 작가들은 그러한 지침을 속박으로, 자신들의 자율성을 훼손하는 의도로 받아들였던 것으로 보인다. 염원하던 집단성은 꿈속의 소망으로 그치고 말았다.

블로흐의 회의적인 태도보다 잡지 창간을 좌절시킨 결정타는 좁혀지지 않는 의견 차이였다. 개인적인 갈등 뒤에 근본적으로 상이한 정치적이고 미학적인 입장도 존재했다. 필진들이 합의한 사항은 사회의 상황과 예술의 상황을 규정하는 것은 계급투쟁이고, 갈등을 극복하는 **단** 한 가지 방법은 유물변증법뿐이리는 의견이었다. 구체적인 방향을 잡아나가는 과정에서 이러한 문제의식을 공유하지 않는 필자들은 배제되었다.

기고를 약속했던 이들이 모두 **개입하는 사유**리는 모토를 주도적인 개념으로 수용하기는 했지만, 어떤 방식으로 사유가 개입해야 하는지 혹은 현실이 사유에 어떻게 작용하는지에 대한 생각들은 저마다 상당히 달랐다. 『크리제 운트 크리티크』를 위해 합세한 작가들이 조망 가능한 하나의 세계관을 공유한 것은 사실이었지만, 바이마르공화국 말엽 좌파 지식인들을 분열시킨 바로 그 심연이 그들 사이에도 가로 놓여 있었다. 타협의 능력에는 한계가 있었다. 각자의 이해관계가 연대의식을 급격하게 밀어내면서 그러한 역량은 완전히 소진되었다. 이를 지켜보면 당사자들은 자신들이 당시 어떠한 정치적 자장 속에서 움직이고 있는지를 몰랐던 것인지에 대한 의구심이 생긴다.

창간호에 신기로 했던 기고문들은 그 차이가 어느 정도인지를 분명히 보여준다. 그중 남아 있는 것은 잡지 창간을 준비하던 시기보다 훨씬 이전인 1918년에 사망한 러시아의 마르크스주의 이론가 플레하노프의 논문뿐이다. '관념론적 세계관과 유물론적 세계관'이라는 제목의 서른일곱 쪽짜리 타자 원고는 브레히트의 유고 속에 들어 있다.[112] 출처나 출간 시기가 알려지지 않은 플레하노프의 텍스트는 인식의 기초가 유물론에 있다고 판단한 포이어바흐로 거슬러올라가 "철학의 과제"를 풀고자 한 글이다. 벤야민은 플레하노프의 논증이 시의성을 잃었다고 생각했다. 기고가 예정되어 있던 일련의 논문들에 대해서 그는 브레히트에게, "저마다 나름의 가치가 있는지는 몰라도 전문가다운 권위를 내세울 만한 논문은 단 한 편도 없습니다. 플레하노프의 글은 예전에는 얼마쯤 권위가 있었지만, 벌써 이십오 년이라는 세월이 흘렀습니다"라고 전했다.[113] 당시 공산당의 노선을 따랐던 브렌타노의 원고 「총공격」을 퇴짜놓은 이유도, 몇 달 뒤 르라방두에서 대화 도중 브렌타노에게 넌더리를 냈던 것도 같은 이유였을 것이다.

브렌타노가 정신노동자들의 혁명화, 지식계급의 상황 등에 대한 자신의 호언장담을 또다시 들먹이자, 브레히트는 신경질적으로 말허리를 잘라버렸다.[114]

「하르키우 대회」 역시 전해지지 않는다. 다만 그 글은 필자인 쿠렐라가 『디 링크스쿠르베』와 『데어 로테 아우프바우(공산주의 건설)』에 발표했던, 1930년 10월 우크라이나 하르키우에서 열린 제2차 세계혁명문학대회 보고문과 크게 다르지 않았을 것이다. 이 보고문에서 그는 독일 프롤레타리아혁명 사절단의 시각을 대변했다.[115] 공산당원인 쿠렐라와 벤야민 사이의 불화는 상당히 심각했다. 쿠렐라가 1975년 대담에서 당시의 잡지 기획을 언급하면서 브레히트, 브렌타노, 예링을 회상하면서도 벤야민을 제외시킨 것도 우연은 아닌 것 같다.[133]• 벤야민은 분명 잡지 창간호에 세계혁명문학대회에 대한 반半공식적인 보고문을 게재하려는 시도를 약속 위반이라고 느꼈을 터다. 사실 쿠렐라와 브레히트는 잡지의 첫번째 주제인 '역사적 발전에서 나타난 지식인들의 지도자 역할과 이념'에 적합한 필자를 **추천하는** 정도만 하기로 했었다. 하지만 결국 쿠렐라는 카를 만하임에 대한 논문을 맡았고, 예링은 프랑크 티스와 쿠르트 투홀스키에 대한 논문을 집필하기로 했으며, "토마스 만에 대한 논문"의 구성은 벤야민의 몫이 되었다.[116] 정확한 날짜는 나와 있지 않지만 11월 초 예링, 브레

• 『크리제 운트 크리티크』에 대한 다음의 회상을 참고하라. "우리는 자주 만났습니다. 브레히트, 매우 분별력 있는 우리 닥워 브렌타노, 그리고 예링이 함께했지요. 우리는 '그리제 운드 크리티크'라는 제목으로 새 잡지를 하나 만들고자 했습니다. 니는 이탈리아 여행을 떠날 때 그 잡지의 낸십위원 명함을 가져갔습니다. 그 명함이 여권 외에 들고 다닌 유일한 서류였던 셈입니다."(Helmut Baierl/Ulrich Dietzel 1975, 233쪽.)

히트, 쿠렐라는 사전 만남을 갖고 창간호 운영위원을 맡기로 했다.[117] 이때 쿠렐라가 공산당 국제 조직인 코민테른으로부터 위임을 받아 선전했던 하르키우 대회의 노선은 벤야민이 믿었던 『크리제 운트 크리티크』의 성격과 대립된 것이었고, 여기에서 비롯된 갈등은 정치적 관점에만 국한된 것이 아니었다. 독일공산당 정책에 고착된 입장을 벤야민은 받아들일 수 없었다. 그로서는 하르키우 대회에서 지지를 받았던 사회파시즘 이론에 기초한 정치를 거부하지 않을 수 없었다. '단순 지지자'나 '동조자'의 배척, 좌파 부르주아 지식인들을 포섭하면서 그들을 적대시하는 투쟁, 지식인들에게 프롤레타리아계급 투쟁 군단에 합류하라는 '프롤레타리아혁명작가동맹'의 요구 등도 마찬가지였다.[118] 미학적 근본 원칙을 세우는 입장도 벤야민과 브레히트에 동조하는 그룹은 하르키우의 선전원들과 달랐다. 『크리제 운트 크리티크』 창간호에 플레하노프 논문을 번역해 싣자는 제안은 플레하노프의 저서들을 독일어로 발행하려던 하르키우 독일파의 요청에 부응하는 의견이었다.[119]● 이 제안과 함께 칸트·실러-라살레-메링 계보에 맞서 헤겔-마르크스·엥겔스-플레하노프의 계보를 선호한 비트포겔 진영이 힘을 얻었다.[120] 벤야민의 '탈퇴'는 확실시되었다. 편집회의에서 그는 칸트를 언급하는 한편, 탈하이머와 공동으로 저술한 단행본으로 평판이 나빠진 메링을 언급하면서 플레하노프에 대한 거부감을 숨기지 않곤 했다.[121] 벤야민이 분명하게 의식한 이러한 차이점은 당연히 브레히트에게도 해당되는 것이었다. 브레히트

● 플레하노프의 글은 주제 면에서 하르키우 대회의 한 가지 요구와 일치한다. "프롤레타리아계급은 문학사의 여러 사조에 맞서 유물론과 관념론이라는 두 개의 큰 줄기, 즉 철학에서도 여전히 반목하고 있는 두 방향을 제시함으로써 문학사 전체에 새로운 질서를 부여한다."(Akademie der Künste der Deutschen Demokratischen Republik 1979, 337쪽.)

가 차이를 의식하게 된 계기는 루카치와의 논쟁이었다. 그것은 루카치의 "선전 방식"과 공산주의를 받아들이는 지식인들의 태도를 둘러싼 것이었다. 불과 석 주 전에 브레히트의 「조치」에 호된 비난을 퍼부었던 쿠렐라와도 관계가 악화되었다. 쿠렐라는 자신이 브레히트와 거리를 두는 이유를, 브레히트가 당에서 비판적으로 생각하는 코르슈나 슈테른베르크와 긴밀한 교제를 나누고 있기 때문이라고 설명했다.[122] •

의도는 분명했다. 만약 편집위원들이 (일시적으로 브렌타노도 추종했던) 쿠렐라 주변 세력의 제안에 따랐다면, ■『크리제 운트 크리티크』는 정당의 기관지와 매한가지였을 것이다. 또 원래 다양한 분파를 이루고 있던 좌파 집단들, 즉 로볼트 출판사, 『디 리터라리셰 벨트』, 『프랑크푸르터 차이퉁』에 선을 대고 있던 필자들, 브레히트 주변의 지식인들, 『무지크 운트 게젤샤프트』의 필진과 독일프롤레타리아혁명작가동맹 구성원 모두가 동질적인 외양을 띤 채 등장하게 되었을 것이다. 선전 선동을 위해 프로젝트를 점령하고 잡지를 자의적으로 이용하기 위해 이데올로기와 도그마를 침투시키고자 한 공산

• 브레히트는 "독일의 정당에서 진지하게 활동"하고자 했던, 또한 하르키우 대회에서 결의한 전략의 기본 방향을 관철시켜야 했던 루카치를 분파주의자라고 평가했다. Georg Lukács 1980, 144쪽, 148쪽 참조. 갈등이 시작된 때를 기억하는 쿠렐라의 회고는 Helmut Baierl/Ulrich Dietzel 1975, 233쪽 참조.

■ 알프레트 칸토로비치는 브렌타노가 '프롤레타리아혁명작가연맹'의 가장 열성적인 선전원 중 하나였다고 증언했다. Ulrike Hessler 1984, 20쪽 참조. 쿠렐라가 기억하는 바와 같이, 브렌타노가 독일공산당KPD 당원이었다는 사실은 그가 브레히트에게 보낸 1934년 4/5월경 편지에서도 드러난다. "독일에 있는 협회에 가보았습니다. 깃발이 얼마나 잉망인지, 베니(바이마르공화국 시절 녹일공신당의 지도자였던 에른스트 텔만의 별칭—옮긴이)를 위해 쓴 기사들이 얼마나 어리석은지 보았습니다. 하지만 저는 다른 모든 사람과 마찬가지로 사실과 프롤레타리아계급을 믿습니다."(BBA 481/26.) 브렌타노의 정치적 입장에 대해서는 Gerhard Müller 1989/1990 참조.

벤야민과 브레히트

당 문헌 담당 간부들의 시도는 실패로 끝났다.

　정치적 문제와 미학 계보의 면면에서 드러난 차이 이면에는 예술에서 기술의 진보가 어떤 역할을 하는지에 대한 상당한 이견도 있었다. 벤야민과 브레히트는 예술작품의 완성도를 내용의 차원에서 결정하는 시각을 거부했다. 주지하다시피 그들은 새로운 예술 테크닉과 형식의 계발에 상당한 관심을 쏟았고, 테크닉과 형식이 사회 전체의 발전에 달려 있을 뿐 아니라 그러한 발전을 선취한다고 보았다. 잡지 창간을 염두에 두면서 나누었던 여러 차례의 대화는 이러한 관심사, 즉 "문학에 기술적인 의무와 표준이 존재하는가"[123]라는 문제를 다루었다. 회의록에는 다음과 같이 적혀 있다.

　　브레히트가 또다시 '위기와 비평'이라는 전체 주제를 언급한다. 부르주아적인 문학, 예를 들면 순수문학 영역에서 우리는 이미 엄청나게 진보적인 성과 내지 문학적으로 진보한 생산수단을 얻었다. 우리는 이러한 성과들을 반드시 연구해야 한다. 내가 생각하는 것은 방법론적인 계발보다 입장 전환이다. (제임스 조이스와 되블린은 토마스만이나 야코프 바서만과 대립된다.) 나의 관심은 예를 들면 제임스 조이스와 되블린이 구성 수단을 어느 정도 다른 방식으로 개선시켰음을 증명하는 데 있다. 생산적인 힘으로서의 사유. 그다음 중요한 것은, 이 작가들, 즉 순수문학의 지도자격 인물들이 이루어놓은 생산적인 힘의 이러한 개선이 다른 영역에서도 그에 상응하는 개선을 이끌어낼 수 있음을 증명하는 것이다.[124]

　브레히트는 조이스와 되블린이 이룬 문학 기술의 개선을 "위기의 산물", 즉 "순수문학의 영역에 들이친 위기의 산물"이라고 평가했다. 이러한 현상들은 "어떤 의미에서는 위기로부터 벗어나고자 한 시도"[125]•를 보여준다는 것이었다. 문학과 예술 영역에서 새로운 기술 또는 구성 수단 형성의 기준은 현실과의 관계였다. 브레히트는 토마스 만이나 야코프 바서만 같은 작가들이 추구한 세계상의 완결성을 문제삼았다. 이들은 자신들의 인격을 외관상의 총체성으로 표현하는데, 이러한 총체성을 전제하는 과정에서 집필의 틀은 사라져버린다. 그에 반해 '조이스'와 '되블린' 같은 작가 유형은 교체 가능한 '장치'를 설정한다. 이러한 사유 방법론은 사적 인격과 분리되어, "운송 가능한 것"[126]으로 기능한다. "기술적인 의무"는 이와 같은 맥락에서 존재한다. 『크리제 운트 크리티크』는

> 문학에도 발명과 발견이 존재해, 모든 작가가 이러한 혁신에 발맞춰 방법론을 바꾸어나가야 한다는 관점을 수립하고자 한다. 모든 학문적·수공업적 전문분야에 그때그때 일정한 표준적 기술이 있고, 해당 분야의 개인은 모두 그 표준에 도달해야 하는 것처럼 말이다.[127]■

• 한스요아힘 담스는 다음과 같은 근거 있는 이견을 제시했다. 즉 벤야민은 일차적으로 브레히트보다 집필 방식의 문제에 대해 아는 게 적었고, 부분적으로는 더 교조적인 입장을 피력했다는 것이다. 그가 지적의 근거로 삼는 대목은 다음과 같다. 언젠가 벤야민은 조이스와 되블린 같은 작가들의 입장 전환을 **구성** 수단의 개선과 연결할 수 있다는 브레히트의 지적에 대해 다음과 같이 말한 적이 있다는 것. "저 또한 당신이 기대하시는 것 이상으로 관심이 있습니다. 다만 무지의 심연에서라고 할 수 있지요. 저는 조이스는 잘 모릅니다. 그에 대한 이야기를 듣고 아주 불충분한 이미지를 가지게 되었을 따름입니다. 그 이미지는 당신이 말씀하신 것과 맞아떨어지지는 않습니다. 저는 좀 더 많은 것을 알기 원합니다."(WBA Ts 2483.)

■ 또한 브레히트의 다음과 같은 발언을 참조하라. "작가들은 자신의 일이 구식이 되지 않기 위해서 알아야 할 '진보', 즉 새로운 서술 방법론이 존재한다는 사실을 [문학의 영역에서 시인하려 들지 않는다.]("Über neue Kritik," GBA 21, 403쪽.)

1930년 여름 벤야민, 브레히트, 예링은 이러한 "기술적인 의무"를 설정하고 집필 방식의 일람표를 만들어보았다. 집필 작업은 세 단계로 진행할 예정이었다. "(1) 자본주의적 교육학 수립 / (2) 프롤레타리아적 교육학 수립 / (3) 계급 없는 교육학 수립 / 첫번째 단계에서 시작하기." 브레히트는 다음과 같이 제안했다. "'모든 것을 사용가치로 환산하는' 시대이니 만큼 평가를 자유롭게 하고 그에 대해 공방을 벌이지 않는다. 이를 위해서는 평가의 합의가 아니라 일정한 집필 방식의 수용이 필요하다." 브레히트는 이를 "법적-물리적 집필 방식"이라고 명명했다. "이 방식은 법칙을 세운다는 의미에서 법적이지만 확정짓는 것은 아니며, 사회적 현실화를 추구하는 동시에 현실화라는 명분하에 제한된다.(특히 중요한 것은 경계의 창출이다.) 물리적이라는 표현은 과시와 통합과는 다르다는 의미를 지닌다." 벤야민은 이 생각을 받아 "[법적-]물리적 집필 방식"을 다음과 같이 세분화했다.

벤야민 물리적 집필 방식에 대해서. 세 가지 언어 기능

1. 절차를 따르는 통속문학적 집필 방식

    권위도 없고, 책임도 지지 않는 (연상기법)

2. 절차를 규정하는 집필 방식

3. 효과를 창출하는 나열식* 집필 방식

• 문서에는 "numarische"라고 적혀 있는데 이는 아무 의미도 없는 표현이다. 귄터 하르퉁은 나에게 "벤야민이 염두에 둔 것은 등급을 매기지 않고 하나하나 헤아려나가는 '나열식' 집필 방식"이라는 점을 환기해주었다. 브레히트는 벤야민의 제안을 정확하게도 '연도(교독문)'와 관련지었다. 반면 아도르노는 1938년 벤야민이 보들레르 원고를 집필하며 마르크스주의를 적용한 방식을 비판하면서 다음과 같이 자신의 비판을 정당화했다. 즉 벤야민의 논문에는 "사회적 과정 전체를 통한 매개

(**브레히트** 연습용 집필 방식―교독문)

물리적 집필 방식 = 실험을 필요로 하는 집필 방식

물리적 집필 방식은 현실을 찾아내기보다는 올바르게 구성해서 증명해야 한다.

연습 형식은 시문학의 형식 안에서만 가능하다. (시문학은 오직 세번째 집필 방식만을 따른다.)

신학에도 그와 상응하는 것이 존재한다.

연습 형식 =

구조적인 형식 =

연상기법적인 형식 = 고해 (그와 상응하는 것은 단지 복종의 형식 속에만 있다.)

브레히트 두번째 집필 방식은 주로 인용 가능성을 고려해 제안된 것이다. 두번째 범주의 문학은 인용문들로 이루어진다. 두번째 집필 방식은 세번째 범주 속에서 연습의 성격을 획득한다. 이로써 권위가 세워진다.

세번째 범주의 문학은 모두 실제 혁명에 의해서만 실현될 수 있는 사회적 삶의 단계―완전히 문학적인 형상화를 이룬 삶의 단계―에 상응한다. (중국에서는 **계급에 따른 형태로!** 실현되었다.)

가 빠져 있고," 미신을 믿듯 "유물론적인 나열"을 통해 문제가 해명되기를 기대한다는 것이다. 테오도어 W. 아도르노가 발터 벤야민에게 보낸 1938년 11월 10일 편지, Theodor Adorno/Walter Benjamin 1994, 369쪽, 편지 번호 110 참조. 한편 벤야민은 「역사의 개념에 대하여」에서 연대기 기술자의 태도를 구상하면서 "나열식" 집필 방식 개념을 도입한다. "연대기 기술자는 사건들을 다룰 때 그 경중을 구별하지 않고 **헤아림**으로써, 과거에 일어난 그 어떤 일도 역사에서 상실되어서는 안 된다는 진리를 중시한다."(GS I/2, 694쪽, 세번째 테제, 강조는 인용자.)

벤야민과 브레히트

브레히트

레닌은, 어떤 특별한 사태 또는 모스크바 공장의 감봉에 대한 팸플릿을 몇몇 사람이 외투 주머니에 넣은 채 돌아다니면 세계혁명이 일어날 것이라고 믿었다. (그렇게 믿을 수 있었다는 것은 바로 문학에 대한 믿음을 보여준다. 그러한 믿음은 성스러운 경전 속에서만 가능한 종류의 믿음이다. 이는 문학의 역할이 얼마나 큰지를 증명한다.)[128]

토론은 "세계 변혁"에 기여하는 문학에 대한 성찰로 이어졌다. 여기에서 무엇보다 흥미로운 것은 집필 방식의 유형학으로, 11월 대화에서 보여준 입장뿐 아니라 벤야민과 브레히트의 텍스트와도 복잡하게 얽혀 있는 주제다.[129] 브레히트의 해설은 세 가지 언어 기능이 하나의 위계를 형성한다는 점을 분명히 한다. 첫번째 언어 기능, 즉 연상기법에 따른 통속문학의 집필 방식은 어떠한 책임도 떠맡지 않는다는 점과 사유에 결과가 수반되어야 한다는 요구에 부응하지 않는다는 점에서 명백히 부정적인 것으로 평가된다. 따라서 이 집필 방식은 일종의 복종으로서의 고해에 비교되었다.• 두번째 언어 기능, 즉 "절차를 규정하는 집필 방식"은 '구조적'이라는 표제어에 속하는 것으로 읽을 수 있다. "주로 인용 가능성을 고려해 제안된" 이러한 집필 방식을 활용한 문학은 인용문들로 이루어진다는 것이 브레히트의 설명이다. 이 특징은 벤야민이 브레히트 논문들에서 설명한 브레히트의 이론적 입장과 상당히 일치한다. 하지만 어쨌든 이들

• 브레히트는 1926년에 이미 베허의 장편소설 『(CHCl=CH)3=독가스 또는 유일하게 정의로운 전쟁』을 두고 "뛰어난 소재라도…… 연상적 집필 방식을 통해 망가질 수 있다"고 경고했다.("Kleiner Rat, Dokumente anzufertigen," GBA 21, 165쪽.)

이 추구해야 하는 것은 실험이 불가결한 집필 방식이다. 브레히트는 "연습"이라는 개념을 제안했다.[•] 연습은 오직 "시문학의 형식 안에서만" 가능한 것이며, 이 연습을 통해 "권위가 세워진다"고 말할 수 있다. 이 범주의 문학이 혁명 이후에 들어설 사회의 발전 단계에 상응한다는 것이다. 브레히트는 더불어 "완전히 문학적으로 형상화된 삶"의 단계에 대해 언급하면서 "계급에 맞는 형태로" 이 단계에 도달한 나라로 중국을 지목했다.

전위적 이론가들이라면 예술의 기술적인 문제들에 대한 이들의 성찰에 대해 귀를 기울이지 않을 수 없었을 것이다. 이를테면 지크프리트 기디온, '작업 동맹' 서클의 서예가 아돌프 베네, '바우하우스' 교장을 역임한 마르크스주의자 하네스 마이어 등을 들 수 있다. 베네와 마이어는 필진으로, 기디온은 잠정적 공동 편집위원으로 예정되어 있었다는 사실이 어떤 의미를 지니는가는 에른스트 블로흐의 대담집에서 분명하게 드러난다. 블로흐가 연도를 착각하기는 했지만, 다음의 회상은 『크리제 운트 크리티크』와 관련된 편집회의를 이야기하는 것이 분명하다.

• "연습"은 교육극 이론에 나오는 연기에 관한 개념 중 하나다. 「린드버그 형제의 비행」에 대한 주석을 참조하라. 구성원들의 가창, 합창은 "연습을 가능하게 할" 과제를 떠맡고 있고, "또다른 교육학적 몫을 담당하는 린드버그 형제 배역은 연습을 위한 텍스트다. 연습하는 사람은 텍스트 중 어느 부분에서는 청자로 참여하고, 어느 부분에서는 화자로 나선다."(GBA 24, 87쪽.) 벤야민은 이 개념을 「브레히트 주해」에 도입했다. "그는 비참한 상태를 청산하는 길이 오직 하나밖에 없다고 생각한다. 그것은 비참한 상태가 그에게 강요한 태도를 발전시키는 것이다. 하지만 인용 가능한 것은 코이너 씨의 태도뿐이 아니다. **연습**을 통해서라면 「린드버그 형제의 비행」에 나오는 학생과 이기주의자 파서의 배노노 역시 인용 가능하다. 또 여기에서 태도만이 아니라, 태도를 수반하는 말도 인용 가능하다. 말도 연습의 대상이 되어야 한다. 다시 말해 일단 주목하고, 이해는 그후에 이루어져야 한다."(GS II/2, 507쪽, 강조는 인용자.)

벤야민과 브레히트

어느 날 저녁, 아마 27일이었던 것 같은데요, 누군가의 집에 다같이 모였습니다. 연극비평가 예링과 브레히트가 나란히 앉아 케르와 마주보고 있었고(그때 "다음은 케르 씨 차례입니다"라는 요청이 들렸던 것 같습니다), 『프랑크푸르터 차이퉁』에서 문예란 특파원으로 일했던 지크프리트 크라카우어, 에세이스트이자 철학자 발터 벤야민, 극작가 베르톨트 브레히트, 에세이스트이자 철학자인 저 에른스트 블로흐가 모였습니다. 사람들은 동인 모임을 만들어서 새로운 잡지를 발간하자고 의견을 모았습니다. 제목은 **'문화적 볼셰비즘을 위한 잡지'**로 정했습니다. '문화적 볼셰비즘'이란 당시에 바우하우스를 의미했지요. 그로피우스•와 멋지고 귀하고 낯설고 특이하고 놀라운 모든 것이 다 '문화적 볼셰비즘'이었습니다.[130]

'문화적 볼셰비즘'이라는 단어의 의미 변화에 주의를 환기시키고자 했던 블로흐의 회상은 잡지의 또다른 면을 주목하도록 이끈다. 다시 말하면 『크리제 운트 크리티크』의 동인들이 '독일문화를 위한 나치 협회'의 알프레트 로젠베르크, 하인리히 힘러, 그레고어 슈트라서가 1928년 말 설립한 '독일문화를 위한 투쟁연합'—문화적 아방가르드와 '문화적 볼셰비즘'을 '프롤레타리아계급 세계혁명의 지주'라고 비방하면서 공격했던 단체—에 직접적으로 맞서고자 했을 수도 있다는 것이다. 선동가 중의 한 사람인 건축가 알렉산더 폰 젱거

• 발터 아돌프 그로피우스(1883-1969). 1919년 바이마르 미술학교 및 공예학교를 통합하여 건축 및 조형대학인 바우하우스를 설립한 건축가. 미스 반 데어 로에, 르코르뷔지에와 함께 현대건축의 창시자로 간주된다. —옮긴이

는 르코르뷔지에●와 바우하우스에 맞서 논쟁을 벌였고, **신건축**■을 "순전히 볼셰비스트가 만든 사건"[131]이라고 일축했다. 이 시기에 브레히트가 나치즘을 지지한 이상주의적인 젊은 학생들 및 "많은 우파 인사"[132]와 접촉했다는 프리츠 슈테른베르크의 증언도 있다. 1931년 활동을 본격화한 '독일문화를 위한 투쟁연합'이 『크리제 운트 크리티크』 기획회의에서 언급되었다는 사실은 브렌타노에게 보낸 벤야민의 편지에도 언급되어 있다.

> 계획했던 회동은 여전히 이루어지지 않았고 근래에는 나치 세력에 속하는 슈트라서 분파와의 모임만 있었습니다. 이 분파는 알코올 기운에 힘입어 오전 시간에는 꽤 수준 있는, 때때로 놀라운 논쟁을 주도하기도 했습니다. 그 자리에 당신도 계셨더라면 좋았을 텐데요.[133]▲

바우하우스에 대한 블로흐의 언급은 작업 방식과 관련한 시사점을 던져준다. 이들에게는 자립심과 정신적 주권의식뿐 아니라 예술적 생산 과정에 대한 철저한 지식에 바탕을 둔 창의적 태도야말로

● 르코르뷔지에(1887-1965). 스위스 태생으로 파리에서 활동한 건축가. 빛과 공기의 투과를 목표로 한 르코르뷔지에의 건축은 실내와 거리, 사적 공간과 공적 공간의 침투, 즉 다공성의 원리를 현대 문화의 새로운 경향으로 내세운 벤야민에게 각별한 의미를 지닌다. ―옮긴이

■ 건축 및 도시계획에서 철물, 철근콘크리트, 유리 등 근대적 신소재와 신공법을 핵심 매개로 삼아 발전한 운동. '파사주 프로젝트'에서 벤야민은 철골의 형식원리와 유리라는 신소재에 공공성이라는 정신의 구현이라는 의미를 부여한다. ―옮긴이

▲ "계획했던 회동"은 잡지 기획을 위한 것이었다. 벤야민이 브렌타노에게 보낸 1930년 10월 11일 편지에는 다음과 같이 적혀 있다. "잡지 프로젝트는 한 발자국도 앞으로 나아가지 못했습니다. 그것은 오로지 외적인 이유들 때문입니다. 다음주에 결정적인 미팅이 열릴 예정인데 그 결과에 대해서 당신에게 곧 알려드리겠습니다."(GB III, 545쪽, 편지 번호 691.)

공동의 영향력을 행사하기 위한 전제조건이었던 것이다. 발터 그로 피우스가 바우하우스 사상을 구상하며 쓴 내용은 그대로『크리제 운트 크리티크』의 지침이 될 수 있었을 것이다.

> 나는 협력자들과 후원자들이 필요하다는 것을 깨달았다. 이들은 마치 오케스트라처럼 지휘자의 지휘봉에 복종하는 사람들이 아니라, 협력 관계를 긴밀하게 맺고 있으면서도 각자 자율적으로 공동의 작업에 헌 신하는 사람들이다.[134]

블로흐의 증언에는『크리제 운트 크리티크』의 주요 구성원들이 얼 마나 단호하게 예술의 기술적-구성적 차원을 자신들의 미학적 구성 요소로 삼았는지가 드러난다. 이러한 단호함이 정치적으로 당의 구 속을 받고 예술 이론의 측면에서는 오히려 전통적 입장에 서 있던 쿠렐라 및 루카치 분파와 갈등을 빚었을 것이다.

정치적 선동에 동조했던 프롤레타리아혁명 노선의 지지자들에게 블로흐, 벤야민 등의 유물론적·생산미학적 차원의 관심은 위험한 부 르주아적 예술 유희로 보였을지 모른다. 전자는 예술이 프롤레타리 아계급의 해방 투쟁에 직접적으로 기여해야 한다고 주장했고, 후자 는 완결된 현실의 파괴와 새로운 개방적 형식의 검증이 예술과 사회 를 작동시키는 효과적인 원칙이라고 보면서 그러한 원칙에 따르는 예술 실험이 필수불가결하다고 판단했다.

하지만 벤야민, 블로흐, 그 밖에 이들을 지지한 자들은 결코 정치 적 영향력을 배제하고자 한 것이 아니었다. 이들이 추구한 것은 예술 의 기술적-구성적 차원과 사회적 차원의 종합이었으며, 높은 예술적

척도와 정치적으로 진보적인 척도의 분리불가분한 결합이었다.●

예술 영역과 정치 영역 모두에 공정성을 유지하면서 양자를 결합하고자 한 이러한 시도는, 비록 현실화되지는 못했지만, 바이마르공화국 시대의 지적·문화정치적 삶 안에 비어 있던 아주 중요한 자리를 메워주었다.

위르겐 하버마스는 1986년에 발표한 논문 「하인리히 하이네와 독일 지식인의 역할」에서 "지식인의 원형" 하이네가 독일에서는 전통을 만들어내지 못했다고 단언했다. 하버마스는 바이마르공화국 시기의 정신적 삶에서 가장 중요한 다섯 분파로, 비정치적인 자, 현실정치인, 행동주의자, 직업 혁명가, 우파 지식인을 지목했다. 다섯 분파 중 하나에 쿠렐라, 루카치, 비트포겔은 포함될 수 있지만, 『크리제 운트 크리티크』의 창간 기획자들은 어떠한 분파에도 속하지 않는다. 벤야민, 브레히트, 크라카우어는—또다른 측면에서는 투홀스키도[135]—지식인의 역할에 대해 다섯 분파가 품었던 오해를 공유하지 않았다. 이들은 공적 참여가 예술과 학문의 자율성을 의문시하고 이로써 창조적 능력이 손상된다고 생각하지도 않았고, 창작의 원천, 사상, 창조적 활동을 희생시키면서 권력기관에 편승하는 것이 영향력을 행사하는 것이라고 착각하지도 않았다. 주어진 현실 해석에 기초한 사회적인 관심사에 예술을 복종시키는 위계화도 거부했다. 개입하는 사유란 이론과 예술의 도구화가 아니었다. 개입하는 사유란 그

● 그보다 몇 해 전 『베를린 아방가르드』는 프롤레타리아 예술의 일방적 의도와 경향적 예술에 대해 비슷하게 거부하는 태도를 드러냈다. 하지만 이러한 거부 역시 정치적 영향력에 대한 고려에 기인한 것이다. 이들은 내놈에서의 정치적 영향력은 기술적으로 더 발전된 능력을 전제로 한다고 보았던 것이다. 따라서 "정치적 구성주의자"들의 생각이 『크리제 운트 크리티크』의 주제의식과 가깝다고 본 에크하르트 퀀의 해석은 옳다. Eckhardt Köhn 1988 참조.

반대, 즉 고도의 예술-기술적·이론적 수준을 전제로 한 정치적·사회적 작용이었다.[136]

『크리제 운트 크리티크』의 목표 설정이 얼마나 복잡다단한지는 벤야민이 초기에 준비한 잡지 『앙겔루스 노부스』 계획과 비교해보면 더 분명하게 드러난다. 여러 해 동안 대중을 대상으로 비평 활동을 해왔던 벤야민은 어느덧 과거와는 다른 자장에서 움직이게 되었다. 정치적인 면에서 그는 과거에는 낯설게 여겼을 입장들을 취하게 되었다. 독자들에 대한 태도도 달라졌다. 그러나 벤야민은 역사를 통한 결정, 시사성, 진리—그리고 이러한 척도들을 종합하고자 하는 시도—등 사실성이라는 계명誠命을 요구한 자신의 초기 기획에서 벗어난 적이 없었다.[137]

『크리제 운트 크리티크』 창간 계획이 실현되었더라면 잡지의 면모, 집필 및 편집 방식, 프로그램은 전적으로 **모범적인 사례**가 되었을 것이다. 부르주아 출신의 지식인들이 계급 대결의 상황에 직면해서 사회적 개입의 요구를 수용하면서도, 당의 훈육을 받고자 하지는 않았던 것이다. 또한 그들은 각각 이질적인 분야에서 작업하기는 했지만, 통일적 규칙에 따른 협업의 필요성도 알고 있었다. 여기서 그들의 생각은 장르를 초월했고, 예술 내재적 관점에 머무르지도 않았다. 그들은 자신의 사유가 불러일으킬 결과에 관심을 기울였다. 그들은 시대의 요청을 거부한 것이 아니라, 어떤 식의 영향력을 추구하든 철저함에 대한 요구가 희생되어서는 안 된다고 믿었던 것이다.

프로젝트 좌절의 뿌리는 좌파 지식인들의 비통일성에 있다. 프로젝트 초기 단계에 벤야민이 던진 질문은 부정적인 응답으로 돌아올 수밖에 없음이 드러났다. "무언가 할말이 있는 사람들을 조직적이고, 무엇보다 통제된 작업을 위해 하나로 묶는 것이 가능한가라는 중대한 질문이 제기된다."[138] 그렇지만 동시에 그러한 좌절된 시도는 이후 망명 기간 동안 일절 타협 없이 전개해나간 예술 정치적 논쟁을 선취하고 있다. 물론 1930년경 출간된 무수한 잡지 중 어떤 것도 『크리제 운트 크리티크』의 요구에 비견될 만한 프로그램을 이행하지 못했다.• 그럼에도 비록 역사의 짧은 순간이나마, 잡지 프로젝트를 실현할 법한 조건들이 한때 존재했던 것만은 사실이다. 고유의 작업을 견지함으로써 나름의 척도와 판단력을 잃지 않으면서 주변 사건에 개입하고자 했던 예술가들과 학자들의 의도는 실현되지 못했다. 하지만 그러한 의도가 실패했다는 것이 『크리제 운트 크리티크』의 요구 자체가 공상에 불과했음을 증명하는 것은 아니다.

• 1931년 독일에서 발간된 문예지의 수는 1910년 이후 최고치에 도달했다. Fritz Schlawe 1962, 1쪽 참조.

벤야민과 브레히트

제 4 장 | 벤 야 민 의 브 레 히 트 론

1
동의

1932년 7월 26일, 발터 벤야민은 게르숌 숄렘에게 편지를 띄워 자신의 연구 중 "사실상의 폐허와 파국의 자리"를 차지한, 손도 못 댄 일련의 계획들을—"절망스러우리만치 암울한 심정으로"—털어놓았다. "작은 일에서의 승리"와 대비되는 이 "큰일에서의 좌절"은, 비록 벤야민 자신이 명시적으로 표현하지는 않았지만, 베르톨트 브레히트에 대한 저술 계획도 아우른 것이었다.[1] 1939년에 그는 '브레히트에 대한 담론 자료'라는 표제 아래 그간의 관련 논문과 대화록을 정리했다. 자료의 양이며 주제의 다양성은 상당한 수준에 달한다.[2●] 브레히트를 단독으로 다루거나 비중 있게 분석한 논문 등 벤야민이 완성한

● 날짜가 기록된 총 스무 편의 일지 중 네 편은 유실되었다. 자료 목록을 수집한 계기도 "물거품으로 돌아간 카를 티메와의 라디오방송 토론 계획"(GS II/3, 1370쪽)이 아니라, 『마스 운트 베르트』 편집위원 페르디난트 리온과 나누기로 한 대담 기획이었다. "Was ist das epische Theater? II"의 생성사 GS II, 1385-1387쪽 참조.

브레히트 논문은 총 열한 편인데, 그중 생전에 출판된 논문은 (부분 발췌해 발표된 논문 한 편을 제하면) 다섯 편뿐이다.[*] 벤야민은 대부분 공연이나 출판을 계기로 비평문, 강의록, 논문 등을 집필했지만, 이 글들은 우연한 기회에 생산된 결과물을 넘어 하나의 복합적이고 세분화된 연구를 이루게 된다. 벤야민의 브레히트 연구는 브레히트의 작품과 영향력의 여러 요소를 다루는 하나의 작가론으로 발전해 나갔다. 이 전체 기획이 미완으로 끝나긴 했지만, 공통점 없이 흩어져 있는 것만은 아니다.[*]

벤야민이 브레히트라는 연구 주제를 천착한 기간은 십 년이 넘고, 그 결과물들은 1930년에서 1939년 사이에 발표되었다. 브레히트에 대한 최초의 공식적 언급은 '시인' 브레히트에 대한 것이었다. 벤야

- 벤야민이 집필한 브레히트 논문은 다음과 같다. (1) "Aus dem Brecht-Kommentar"(1930), GS II/2, 506-510쪽; (2) "Bert Brecht"(1930), GS II/2, 660-667쪽; (3) "Studien zur Theorie des epischen Theaters"(1931), GS II/3, 1380-1382쪽; (4) "Was ist das epische Theater? I"(1931), GS II/2, 519-531쪽; (5) "Ein Familiendrama auf dem epischen Theater"(1932), 511-514쪽; (6) "Theater und Rundfunk"(1932), GS II/2, 773-776쪽; (7) "Brechts *Dreigroschenroman*" (1934/1935), GS III, 440-449쪽; (8) "L'Opéra de Quat' Sous"(1937), GS VII/1, 347-349쪽; (9) "Das Land, in dem das Proletariat nicht genannt werden darf"(1938), GS II/2, 514-518쪽; (10) *Kommentare zu Gedichten von Brecht*(1938/1939), GS II/2, 539-572쪽; (11) "Was ist das epische Theater? II"(1939), GS II/2, 532-539쪽. 벤야민 생전에는 (1)과 (2)가 라디오방송을 통해, (5), (6), (9) 및 (10) 중 한 편의 주해가 지면을 통해 발표되었다. 이들 중 〈서푼짜리 오페라〉에 대한 텍스트인 (8)을 제외한 모든 텍스트는 Walter Benjamin 1978에 실려 있다.

- 이에 대한 롤프 티데만이 쓴 편집자 해설 참조. "[벤야민은] 이미 초기부터 '브레히트 주해'라는 제목을 사용함으로써 작가의 문학적 현상에 대한 포괄적인 서술을 예고하고자 한 것으로 보인다. 모든 글은 집필 제안을 받아 쓴 것이지만, 텍스트들의 객관적인 연관성은 명백하다. 물론 동일한 표현을 반복해 사용하거나 변용하고 있다는 점에서만 그런 것은 아니다. 브레히트에 대한 벤야민 주해의 공통점은 무엇보다 정치적·문학정치적 경향이다. 그러한 경향은 개별 텍스트를 커다란 전체의 파편으로, 적어도 그러한 전체를 위한 준비 작업으로 읽을 수 있게 해준다. 벤야민이 나중에 그러한 시도를 포기했다고 해도 달라지는 것은 없다."(Walter Benjamin 1978, 175쪽.) 물론 나는 벤야민의 브레히트 주해가 "학술 논문 초고"(같은 글, 176쪽 참조) 이상의 의미를 지닌다고 생각한다.

민은 1929년 6월 발표한 발터 메링의 시집 비평문에서 브레히트를 "베데킨트 이후 최고의 음유시인"이라고 평한다.● 벤야민이 볼 때, 브레히트에 이르러

> 샹송은 카바레■로부터 해방되었고, 데카당스가 역사적으로 중요한 것이 되기 시작했다. 브레히트가 묘사한 불한당들은 앞으로 더 훌륭하고 완벽한 소재를 찾아 계급 없는 인간상을 만들어낼, 일종의 거푸집이다. 이런 변화가 그 장르에 날카롭고 현실적인 성격을 부여했다.[3]

메링 같은 작가에게 형편없는 인간이 지닌 "비이성적인 것, 완강한 것, 신랄한 것, 경멸스러운 것, 향수, 아모르파티(운명에 대한 사랑) 따위는 낯설다." 반면에 "브레히트 같은 남자는 아무리 덩치가 큰 것이라도 감당할 수 있다. 우리는 그가 얼마나 섬세하게 기록해내는지를 보는 즐거움을 줄곧 경험하게 될 것이다."[4] 일 년 후 발표한, 에리히 케스트너에게 자격 미달을 선고한 서평▲에도 브레히트가 등장한다. "모든 정치시의 과제는 오늘날 브레히트의 시에서 가장 엄

● 프란츠 에르트만 메링(1846-1919)은 사회주의 계열 신문에서 활동한 독일 저널리스트이자 정치가로, 『독일 사회민주주의의 역사』, 『카를 마르크스. 그의 생애』 등의 저술을 발표해 독일사회주의 역사 연구에 업적을 남겼다. 프랑크 베데킨트(1864-1918)는 독일의 극작가로, 뮌헨의 유명한 카바레에서 가수, 시 낭독가로 활동했다. 사회 비판적이면서 도발적인 희곡작품들과 세기 전환기를 사는 속물적 시민의 관습적 도덕을 겨냥한 많은 발라드와 샹송을 썼다. —옮긴이

■ 19세기 말 프랑스에서 시작된 간단한 음식과 더불어 즐기던 공연으로, 샹송, 풍자시, 만담, 그림자극, 모노드라마 등 다양한 형식을 아우른 정치 풍자극이다. —옮긴이

▲ 벤야민은 급진 좌파 저널리스트라고 분류되던 에리히 케스트너의 서정시가 정치 투쟁을 "결단에 대한 촉구에서 만족의 대상으로, 생산수단에서 소비품으로"(GS/III, 281쪽) 변질시키고 있다고 비판한 바 있다. —옮긴이

격하게" 실현되고 있다.[5]●

브레히트 작품을 포괄적으로 다루게 된 계기가 된 것은 1930년 4월
에 출간된 『시도들』 제1집이었다.[6]■ 벤야민은 4월 18일 크라카우어
와 대화를 나누며 브레히트 주해의 테제들을 전개해나갔다. 크라카
우어에 따르면, 벤야민은 『시도들』에 실린 「린드버그 형제의 비행」에
대한 「주해」를 부연하면서 "계급 없는 사회에서 개인은 가난하고, 전
체는 부자가 되어야 한다는 원칙을 옹호한다"라는 브레히트의 발언
을 전했다고 한다.

> 그렇다면 누가 전체를 대표하고 돈을 관리하느냐고 물었더니 벤야
> 민이 이렇게 말했습니다. 브레히트는 아마 대답하지 않을 것이라고
> 요…… 벤야민은 또 자신의 재능을 가장 필요한 곳에서 가장 필요한
> 때에 발휘하는 유일한 사람이 브레히트라고 말했습니다.[7]

벤야민에게 브레히트의 작품은 자신이 1932년에 "글쓰기와 시문
학의 완고한 대립"▲이라고 기술한 저 막다른 골목에서 벗어나는 길
을 가리키는 표지였다. 그 어떠한 위대한 시문학도 글쓰기의 기술 없

● 벤야민은 이미 1929년 4월 21일 『디 벨트뷔네』에 프란츠 하이덴의 『독일 서정시』에 대한 서평을
기고한 바 있다. 여기에서 그는 하이덴이 "게오르게 이후의 새로운 서정시", 예를 들면 브레히트와
링겔나츠에 대해 자세히 알아보려고 노력했어야 한다고 지적했다.(GS III, 164쪽.)

■ 크라카우어는 1930년 4월 20일 아도르노에게 편지로 벤야민이 "얼마 전에 출간된 브레히트의 『시도
들』에 대한" 주해를 쓸 생각이라고 했다고, 자신은 "아직 그 책을 훑어본 정도"라고 전했다. 이 말로
미루어보면 기존의 문헌에서 주장하듯 『시도들』의 발행일이 6월 중순일 수는 없을 것이다. Werner
Hecht 1997, 287쪽 참조. 또 크라카우어가 같은 편지에서 전하기를, 벤야민은 1930년 4월에 발표
한 아노르노의 〈마하 그니 시의 흥망성쇠〉 논문에 "상당한 감명을 받았다"라는 말을 아도르노에게
전하면서, 1930년 4월 17일 『디 리터라리셰 벨트』에 기고한 자신의 「파리 일기」 제1부를 읽었는지
를 물었다고 했다. 따라서 크라카우어가 아도르노에게 보낸 편지 날짜를 의심하기는 어렵다.

벤야민과 브레히트

이는 이해할 수 없다는 것이다.[8] 합리적으로 파악되지 않는 "진정한" 시인의 독창적인 창작물은 일반 작가의 세속적이고 비예술적인 글과는 대립된다고 보는 오래된 생각을 벤야민은 미심쩍은 것으로 보았다.● 더구나 그러한 시각은—가속화되는 자본주의화와 전쟁의 위협이 예술의 정치적 참여를 요구하게 되면서—더이상 유지될 수 없었다. 브레히트 역시 잡지 프로젝트 진행 당시, 이른바 '순수문학'을 따로 떼어내 '진짜 문학'으로 특별 대우하는 태도에 반대했다. 그러한 문학은 "문학사를 취미의 놀이터로" 만든다는 것이다.[9]

이 같은 맥락에서 나온 글이 1932년 초에 출간된 『시도들』 제3집에 실린 「〈서푼짜리 오페라〉에 대한 주석」이다. 여기서 브레히트는 스크린에 장면 제목을 투사하는 기법을 "연극의 문자화[Literalisierung]"를 위한 "원시적인 시도"라고 기술했다. "연극의 이러한 문자화는, 일반적으로 모든 공적 사안의 문자화와 마찬가지로, 대규모적인 차원으로 발전해나가야 한다."[10] 벤야민은 브레히트의 성찰을 「서사극이란 무엇인가? I」에서 인용했다.[11] 브레히트의 설명에 따르면, "문자화"는 "'형상화된 것'과 '공식화된 표현'을 상호 침투시키는 것을

▲ 당대 비평에서 시문학Dichtung은 내적 체험의 표현이자 저절로 만들어지는 자연으로, 세속적 글쓰기Schriftstellerei는 기존의 개념, 사상, 공식 등을 이용하는 데 그치는 인위적 작업으로 간주되었다. 벤야민은 이러한 이분법에 이의를 제기하면서 "어떠한 위대한 시문학도 기술적인 요소 없이는 이해될 수 없다"(GS/III, 362쪽)라고 썼다. 1934년에 쓴 「생산자로서의 작가」에서도 문학의 모든 형식과 장르에 있어 기술적 요소에 대한 재검토가 중요하며, 문학의 사회적 기능은 글쓰기의 기술적 혁신 없이는 실현될 수 없다고 주장한다. ─옮긴이

● 귄터 하르퉁은 모든 "진정한 예술 창작"이 "시의 절대적인 우선권"에 종속된다는 휴스턴 스튜어트 체임벌린의 명언을 예로 들면서 "(독일어로 문자 조작을 의미하는) 문학"을 경시하는 체임벌린의 태도를 지적한 바 있다. 하르퉁은 "시문학"과 구별되는 문학에 대한 이런 식의 경시가 파울 페히터와 그 밖의 반동적인 이론가들로 이어졌다고 보았다. Günter Hartung 1984, 190-191쪽, 197-198쪽 참조.

의미한다." 표제에 반대하는 보수적인 극작가들은 "극작가라면 메시지를 전부 진행되는 사건 안에 녹여넣을 수 있어야 하고, 시문학은 모든 표현을 자기 선에서 해결해야 한다. 관객의 태도도 이러한 연극에 상응한다. 관객은 사태에 대해서가 아니라 사태 속에서 생각에 빠지게 된다"[12] ● 고 주장했다.

약 팔 년 뒤에 벌어진 리얼리즘 논쟁 ■ 에서 브레히트는 사건과 구성의 관계를 다시 언급하면서, 이념적이고 정치적인 내용이 구성과 단절되어 있다는 점이 창작의 근본 문제라고 주장했다. 다시 말해 문제는 테제가 "대부분 아주 '비예술적으로' 작성"되어 있다는 점이다.

● 브레히트는 '문자화'라는 개념을 이미 그전부터, 예를 들면 1930년에 다음과 같이 사용했다. "문인들은 민중을 문자화해야 한다."("Aufgabe der Literaten," GBA 21, 407쪽.) 또다른 곳에서는 "관객을 (대중으로) 문자화"하라는 요구가 제기될 수 있다고 썼다.("Die dialektische Dramatik," GBA 21, 441쪽.) 브레히트가 여기에 어떠한 광범위한 결론을 결부시켰는지는 (『크리제 운트 크리티크』에 대한) 대화록에 나타나 있다. 여기에 따르면, 연습으로 이루어지는 나열식 집필 방식은 혁명을 통해서만 도달 가능한 단계의 사회적 삶, 즉 "완전히 문자화된 삶"에 상응한다. BBA 217/07; 이 책 제3장 제4절 참조. 이러한 생각은 1935년 5월 모스크바에서 『도이체 첸트랄차이퉁(독일 중앙신문)』과 가진 인터뷰에서 브레히트가 내린 단호한 평가와 일치한다. "특히 제 관심을 끄는 것은 말이 얼마나 강력하게 대중을 사로잡는가 하는 것입니다. 말은 구호, 인용, 책, 신문, 집회를 통해 대중의 의식에 파고듭니다. 나는 그것을 대중의 문자화라고 부르고 싶습니다. 하지만 그것은 단지 말로만 일어나는 것이 아닙니다. 말 뒤에는 언제나 인식과 행동이 뒤따르기 때문입니다."(Werner Hecht 1997, 443쪽.) 한편 벤야민은 1931년 『디 리터라리셰 벨트』 9월호와 10월호에 실린 자신의 글 「사진의 작은 역사」에 나오는 "삶의 모든 상황의 문자화"라는 표현에서 이 개념을 처음 사용했다. (이 글에서 벤야민은 당시 교정지로만 볼 수 있던 브레히트의 『서푼짜리 소설』도 인용했다.) 1934년에 그는 이 표현을 다시 한번 사용했다. "Die Zeitung," GS II/2, 629쪽; "Der Autor als Produzent," 같은 책, 688쪽 참조.

■ 1937년에서 1938년까지 망명 마르크스주의자들 사이에서 표현주의 예술을 둘러싸고 벌어진 논쟁으로 일명 표현주의 논쟁이라고 불린다. 특히 표현주의 문학과 예술을 매개로 리얼리즘 개념에 대한 상이한 이론을 제시한 루카치와 브레히트의 논쟁이 유명하다. 표현주의를 형식주의와 주관주의라는 관점에서 비판한 루카치는 현실이 총체성 반영이라는 입장에서 모더니즘 작가들을 비판하고 그 대신 19세기의 시민적 리얼리즘 전통을 긍정적으로 내세웠다. 브레히트는 「표현주의 논쟁」, 「리얼리즘에 대하여」 등의 글을 통해 예술적 혁신에 대한 루카치의 '몰이해'와 '편협한' 리얼리즘 개념을 비판했다. —옮긴이

여기에 대처하는 실제적인 방법이 두 가지 있다. 한 가지는 테제를 사건으로 바꿔보거나 사건을 테제로 바꾸고 나서 테제를 예술적으로 형상화하는 것이다. 또는 사건을 예술적으로 형상화하고 테제도 예술적으로 형상화하여 (그렇게 되면 테제는 자연히 테제의 성격을 상실하게 되는데) 하나의 표현 양식에서 다른 표현 양식으로 도약하면서 그 도약을 예술적으로 형상화하는 것이다.[13]•

사건이나 인물을 설정하거나 각운과 같은 시적 수단도 사용하는 법이 별로 없던 벤야민은 브레히트가 추구한, 정치적 의도와 예술적 형상화의 결합에서 새로운 방식을 포착했다. 1931년에 그는 오늘날 가장 중요한 문학적 특성을 구현하고 있는 작가가 브레히트라고 썼다. 그 특성은 다름아닌 "시인의 위업과 작가의 업적을 내적으로 침투"시키는 것이다.[14]■ 문학 텍스트 평가의 결정적인 척도는 언어였다. 벤야민과 브레히트는 언어가 단지 어떤 내용의 발화가 아니라 표

• 그동안 많이 인용된 「서푼짜리 소송」의 다음 구절은 이와 비슷한 내용을 담고 있다. "상황은 다음과 같은 사실로 인해 더욱 복잡해졌다. 어느 때보다 '현실의 단순한 재현'은 현실에 대해 아무것도 말해주지 못한다는 사실이 그것이다. 군수품을 생산하는 크루프 공장이나 AEG 공장을 찍은 사진은 공장과 관련된 제도들에 대해 거의 아무런 정보도 전해주지 못한다. 원래의 현실은 기능적인 것 안으로 미끄러져들어갔다. 인간관계가 물화된 형태, 예컨대 공장은 인간관계를 들추어 보여주지 못한다. 이에 따라 실제로 존재하는 것은 '구성된 것', '인위적인 것', '건조된 것'이다. 사실상 존재하는 것은 기술이다."(GBA 21, 469쪽.) 벤야민은 이 구절을 『베를린 연대기』에서 언급한다. GS VI, 470쪽, 이 책 253쪽 첫번째 각주 참조.

■ 장 젤츠는 벤야민의 사유에 대해 묘사하며 작가 의식과 시문학의 결합에 대한 이러한 동경을 언급한다. "사유의 깊이가 존재한다는 사실을 그토록 절실히 느끼게 해준 사람은 지금까지 아무도 없었다. 그러한 사유에서 역사와 학문에서 비롯된 사실들은 판단력의 엄밀한 논리에 따라 다루어지는 동시에 시문학에 상응하는 차원으로 이행되는데, 이때 시문학은 그저 문학적 사유의 한 가지 형식에 그치는 것이 아니라 현실의 표현이 되어, 인간과 세계의 가장 은밀한 연관관계를 드러낸다." (Jean Selz 1968, 51쪽.)

현 자체라는 점을 반복적으로 지적했던 비평가 카를 크라우스의 언어비평 작업에서 강한 인상을 받았다.* 벤야민은 브레히트 해석에서 예술적인 동시에 현실에 부합하는 언어를 향한 브레히트의 모색을 다뤘다. 1929년 9월에 마리루이제 플라이서의 희곡 「잉골슈타트의 공병대」를 다룬 글에서는, 브레히트 같은 사람들은 오늘날 "비문학적이면서도 결코 자연주의적이라고 볼 수 없는 언어"를 추구한다고 썼다.■ 그보다 더 명시적인 표현은 1933년에 쓴 「유사성론」과 「미메시스 능력에 대하여」 관련 메모에 실려 있다.

언어의 발전 체계: 언어의 마법적 기능과 세속적 기능의 분리는 후자를 위해서 청산된다. 성스러운 것은 마법적인 것보다 세속적인 것과 더 가깝다. 모든 마법적 요소를 정화한 언어를 지향한 셰어바르트, 브레히트.[15]

● 예를 들면 카를 크라우스가 창간한 정론지 『디 파켈(횃불)』(1924년 6월), 46쪽을 참조하라. 벤야민과 브레히트의 크라우스 해석에서 핵심적인 것은 언어의 중요성이다. 벤야민은 크라우스의 언어이론에 대해 "언어 과정의 질서에 대한 공헌"이라는 표현을 썼다.(GS II/1, 349쪽.) 브레히트는 크라우스의 관심을 끈 것이 "언어의 비판적 검토"(GBA 22/1, 35쪽)라고 보았다. 그는 크라우스에게 "언어론"을 쓰도록 촉구하기도 했다.(GBA 28, 369쪽.) 또 벤야민과 브레히트 모두 크라우스의 인용 기술을 언급한다. 벤야민은 인용 기술이야말로 "크라우스 논쟁의 기본 방식"이라고 칭했다.(GS II/1, 362-363쪽.) 이 책의 제5장 제2절 참조. 두 사람의 크라우스 해석은 법정의 중요성을 짚어냈다는 점에서도 유사하다. 브레히트에게 크라우스는 "모든 것이 법정 절차가 되는 틀" 안에서 작업하는 사람이다.(GBA 22/1, 34쪽.) 벤야민에게 크라우스는 "세계 법정으로 들어가는 문지방" 위에 서 있는 사람이며(GS II/1, 348쪽), 크라우스에게서 모든 것은, 언어든 사물이든, "법의 영역"에서 벌어진다.(GS II/2, 624쪽.)

■ "플라이서의 「잉골슈타트의 공병대」는 브레히트 같은 사람들이 오늘날 찾고 있는 언어, 즉 비문학적이면서도 결코 자연주의적이라고 볼 수 없는 언어를, 마찬가지로 자연주의적이지 않은 민중의 언어에 힘입어 만들어낸 행복한 사례를 보여준다."("Echt Ingolstädter Originalnovellen," GS III, 190쪽.)

모든 마법적인 것의 정화는 비아우라적인 예술의 가치에 대한 물음과 맞닿아 있었다. 이는 브레히트와 벤야민이 예술이론적 입장을 두고 긴밀히 의견을 주고받는 가운데 제기된 의문이었다. 어느 쪽이 먼저 영향을 주었는지는 확인되지 않는다. 브레히트는 1931년 봄과 여름에 집필하고, 1931년 가을 내내 퇴고한 뒤 1932년 1월에 출판한 「서푼짜리 소송」에서 영화의 영향력이 문학에 미치기를 바란다고 피력했다. 새로운 생산수단이야말로 "기술과 거리가 멀고 기술에 적대적이며 종교적인 요소와 결부된 '영향력 있는' '예술'을 극복하는 데 이용할 수 있기 때문이다."[16] 1931년 9월과 10월 사이에 발표한 「사진의 작은 역사」에서 벤야민은 비록 아우라적 요소를 비난하기를 주저하긴 하지만 지각 기술에 대한 분석에서 브레히트와 유사한 결론에 도달했다.

> 대상에서 외피를 걷어내는 일, 아우라를 파괴하는 일은 오늘날 지각의 특징이다. 오늘날에는 세상에 존재하는 동질적인 것에 대한 감각이 너무나 발달한 나머지, 복제를 통해 일회적인 것에서도 동질적인 것을 추출해낼 정도다.[17]

권터 하르퉁이 지적했듯이, 벤야민에게 브레히트의 작품은 문득 등장한 위대한 비아우라적인 예술, 그것도 독일어로 쓰인 현대예술이었다. 벤야민이 그의 작품들에서 받은 인상은 초현실주의 텍스트가 자신에게 미쳤던 강력한 영향과는 비교할 수 없을 정도였다는 것이다.●

● 2001년 3월의 발표.

벤야민은 브레히트 연구를 하느라 옆길로 빠진 것이 아니다. 브레히트 연구는 오히려 벤야민의 카프카 연구나 '파사주 프로젝트', 「생산자로서의 작가」, 「기술복제시대의 예술작품」 등의 연구 논문 또는 「역사의 개념에 대하여」의 테제들과 밀접하게 얽혀 있다. 브레히트 연구에서 전개된 사상과 모티프는 1930년대의 다른 논문으로 이어졌고, 다른 논문의 모티프가 브레히트 연구로 이어지기도 했다.• 과거에 벤야민은 독일어권 작가에 속하는 괴테, 횔덜린, 초기 낭만주의자들, 호프만슈탈 등을 주로 연구했지만, 교수자격 취득 계획이 실패한 이후에는 보들레르, 카프카와 더불어 브레히트를 가장 집중적으로 다루었다. 또한 비평가이자 번역가로서 벤야민은 발자크, 보들레르, 프루스트, 지드, 주앙도, 발레리 등 프랑스 작가들에 대한 관심도 유지했다. 1927년 후고 폰 호프만슈탈에게 벤야민은 프랑스에는 "지로두, 아라공 같은 작가들이나 초현실주의 운동처럼" 자신이 연구할 만한 현상들이 존재한다"고, 그에 반해 독일에서 자신은 자신이 속한 세대 안에서 "완전히 고립"[18]된 것 같다고 썼다. 벤야민은 이러한 고립감을 브레히트와 돈독한 관계를 맺으면서 극복하게 된다.

연구 대상의 선택에는 벤야민의 인식론적 관심이 반영되었다. 브레히트 주해가 벤야민의 저작 중에서 '파사주' 작업만큼 핵심적인 자리를 차지하지는 못한다고 해도, 벤야민의 비평적·철학적 연구 활동의 연장이리는 점에서 주목할 만하다. 동시에 그것은 그 이상의 무엇에

• 무엇보다 제스처, 놀람, 쇼크, 중단, 휴지부, 정지 상태의 변증법, 인용, 몽타주, 구성, 축소, 주해 등이 개념들을 통해 드러나는 연관관계들은 브레히드 논문의 여러 부분에서 수용되었나. 이와 관련해서 특히 Rolf Tiedemann 1983; Rainer Nägele 1991; Nikolaus Müller-Schöll 1995; Nikolaus Müller-Schöll 1995-1996; Patricia Anne Simpson 1996; Patrick Primavesi 1998, 354-374쪽; Detlev Schöttker 1999a, 280-286쪽; Detlev Schöttker 1999b; Mi-Ae Yun 2000 참조.

해당했다. 한나 아렌트가 말했듯, 벤야민은 브레히트를 "이 시대에 부응하는 작가"[19]라고 보았다. 벤야민의 「경험과 빈곤」 중 "최고의 지성들"을 정의하는 다음 문장은 이 공식화의 의미를 제시한다. "이 시대를 철저하게 냉정한 태도로 대하고 그러면서도 무조건적으로 지지하는 것이 그들의 특징이다."[20] 크라우스 또한 벤야민의 평과 일맥상통한 논평을 내, 브레히트가 전후 세계의 "시간 의식"을 타당성 있게 형상화했다는 점과 "묘사된 삶의 진부함을 언어를 통해 극복하고자" 했다는 점에서 "오늘날 주목해야 할 유일한 독일 작가"라고 밝혔다.[21] 벤야민이 1931년 크라우스 논문을 스케치한 메모에서 브레히트를 "가장 진보적인 독일 예술가 중 하나"라고 적은 것은 우연이 아니다.● 게다가 벤야민은 크라우스와 달리 브레히트라는 작가의 연극이론적·정치적 입장과도 의견을 같이했다.[22] 『크리제 운트 크리티크』를 의논하는 자리에서 벤야민은 "독일문학에서 근본적으로 새로운 것을 보여준" 브레히트 저술의 의도를 잡지 기고문의 기준으로 내세웠다. 브레히트의 저술은 "변증법적 유물론의 방법론이야말로 부르주아 지식인들에게 가장 고유한 필연성—정신적 생산과 연구의 필연성, 나아가 생존의 필연성—에 따라 부과된 것임을 그들에게 보여주었기 때문"이다.[23] 벤야민에게 중요했던 것은 1930년 즈음 브레히트가 했던 구상 중 예술의 발전된 기술과 정치 참여의 결합이었다. 벤야민의 「서사극 이론에 대한 연구」 타자 원고에는 예술적 내용과 예술적 기술의 종합이 다음과 같은 도식으로 요약되어 있다.

● 벤야민은 브레히트 이름 옆에 파울 클레, 아돌프 로스, 파울 셰어바르트, 요아힘 링겔나츠, 잘로몬 프리들렌더를 나란히 적어놓았다. GS II/3, 1112쪽 참조.

높은 수준 — 낙후된 기술 — 고전적 작품
낮은 수준 — 탁월한 기술 — 대중물
— — — —브레히트[24]

브레히트의 특징에 대해서는 기술하지 않았지만, 벤야민에게 브레히트의 작품은 높은 수준과 탁월한 기술을 종합하려는 시도를 의미한다고 추론해볼 수 있다. 이러한 요청은 벤야민의 「생산자로서의 작가」에서 본질적인 요소로 작용한다.

> 저는 여러분에게 문학의 경향이 정치적으로 적합한 것이 되기 위해서는 문학적으로도 적합해야 한다는 점을 보여드리고 싶습니다. 다시 말해 정치적으로 올바른 경향은 문학적 경향을 포함한다는 말입니다. 덧붙이자면 암묵적으로나 명시적으로나 모든 **올바른** 정치적 경향에 포함된 이와 같은 문학적 경향이야말로 작품의 질을 형성합니다. 한 작품의 올바른 정치적 경향은 문학적 **경향**도 포함하고 있기 때문에, 어떤 작품의 정치적 경향이 올바르다면 문학적 질도 따라오게 되는 것입니다.[25]

벤야민에게 브레히트는 "처음부터 시작할 줄 아는 전문가"였다.[26] 「경험과 빈곤」(1933)에 따르면, 위대한 창조자들 중에는 언제나 "일단 판을 엎어버리는" 가차 없는 사람들이 존재했다. "그들은 이를테면 제도용 책상을 갖고 싶어한 설계사Konstrukteur들이었다."[27] 벤야민의 브레히트 해석에서 눈에 띄는 것은 구성주의적 이해다. 이는 『일방통행로』의 첫번째 글에서 정식화한, "이 시점에서 삶을 구성"하는 것은 "확신보다는 사실"이 지닌 힘이라는 공식과 일치한다. 또한 그것은 유물론적 역사 서술의 토대가 되는 것이 "구성적 원칙"이라는,「역사의 개념에 대하여」에 나오는 테제를 예고한다.[28] 1931년 글은 서사극을 "기술의 정점"[29]에 서 있는 장르로 내세운다. 마치 사막에서 석유 시추를 시작하는 엔지니어처럼• 출발점을 정확히 가늠한 다음에야 활동을 개시하는 브레히트에게[30] 작성된 글은 "작품이 아니라 생산수단이자 도구"라고 벤야민은 썼다.[31] 벤야민은 "구성 방식"의 단순화도 언급했다.[32] 「기술복제시대의 예술작품」 테제들에 대한 메모에 따르면, 역사적으로 볼 때 브레히트 작품에서 가장 중요한 것은 아마도 그의 문학적 생산 덕분에 연극이 "가장 냉정하고 가장 수수하고 가장 축소된 형식을 활용할 수 있게 되었다는 것과, 또 그렇게 함으로써 이른바 혹독한 시절을 견딜 수 있게 되었다는 점일 것이다."[33] 근본적인 것으로의 환원, 빈곤화, (합리주의 건축가 아돌프 로스가 요청했던) 장식의 포기에서 새로운 작업의 가능성이 열린다. 벤야민의 방송강연 〈베르트 브레히트〉 초안에 실린 표제어 "빈곤의 이론"이 뜻하는 바가 바로 이것이다.[34] 그는 "기술은 절약이고, 조직은 빈곤이다"라는 메모를 남기기도 했다. "아주 오래된 경험들의 무효화"를 환영하는 "새로운 격언들"―"생각하는 사람은 재능을 남용하지 않고, 과하게 먹지도 않으며, 생각에 지나치게 깊이 잠기지

• 벤야민은 「사진의 작은 역사」에 '구성Konstruktion' 개념을 도입했다. 또한 사진은 '폭로'와 '구성'의 기록물로서 가치를 지닌다고 보면서, '크루프 공장 사진'에 대한 「서푼짜리 소송」의 구절을 인용했다. GS II/1, 383-384쪽; GBA 21, 469쪽 참조.

■ 『일방통행로』 헌사 참조. "이 거리는 / 작가의 내면에 길을 뚫어준 / 엔지니어의 이름을 따서 / 아샤 라치스 거리라고 불린다."(GS IV/1, 83쪽.)

않는다."[35]●

벤야민은 브레히트를 파울 클레, 아돌프 로스, 파울 셰어바르트 등
예술 수단의 개혁자들과 한 묶음으로 생각했다. 이 맥락에서 벤야민
은 "야만에 대한 새롭고 긍정적인 개념"[36]을 발전시켰다. 브레히트
의 사례는 "설계자"의 활동이 파괴적인 에너지를 필연적으로 품고
있음을 보여준다. 당시 사정에 정통한 사람만 알 수 있는 것이기는
하지만, 벤야민이 구스타프 글뤼크에게 바친 1931년의 인물 연구서
「파괴적 성격」도 글뤼크와 브레히트의 유사성을 염두에 두고 쓴 글
이다.■ 그가 "파괴적 성격"에 대해 계속해서 말하는 것은 브레히트
에게 그대로 적용되는 말이다. 1938년 여름의 한 메모도 이를 확인
해준다. "브레히트의 파괴적 성격"은 "이제 막 이룩한 것을 다시 문
제삼는다."[37] 이 메모에서 방점이 창조적 의심에 찍혀 있다면, 「파괴
적 성격」의 설명은 좀더 상세하다. 파괴적 성격이 "전통주의자들의
최전선"에 서 있다는 말이 브레히트를 가리킨다고 생각한 사람은 누
구보다 브레히트 자신이었다. 말하자면 벤야민에게 브레히트는 사물

● 이 격언은 『시도들』 제2집에 '조직'이라는 제목으로 실린 코이너 씨 이야기에 실려 있다. GBA 18,
13쪽 참조. 벤야민은 이러한 생각들을 다음과 같이 변용한다. "우리는 브레히트와 더불어 코이너
씨의 가난—'생각하는 사람은…… 생각에 지나치게 잠기지 않는다'—이 무엇을 의미하는지 알아
내야 한다…… 휴머니즘의 나라 유럽에서 온 이민자들을 식인이 벌어지는 축복의 나라로 실어간
배가 닻을 올린 방법을 알아내기 위해서…… 셰어바르트와 링겔나츠, 로스와 클레, 브레히트와 프
리들렌더가 낡은 해안가를, 공물로 화려하게 장식된 고상한 인간상들로 우글거리는 사원을 떠난
다. 신생아처럼 이 시대의 더러운 기저귀를 차고 울어대는 벌거벗은 동시대인에게 가기 위해서."
(GS II/3, 1112쪽.)

■ 이 글에서 브레히트를 상기시키는 문장들은 다음과 같다. 예를 들면, "파괴적 성격은 심지어 파괴
의 흔적들까지 지워버린다."(GS IV/1, 398쪽.) 혹은 "어떤 사람들(수집가, 보수적인 성격의 사람
들과 부흔석 성격의 사람들)은 사물들을 귀수할 수 있게 만들지만, 다른 사람들은 상황들을 판리
할 수 있게, 이른바 인용할 수 있게 만든다. 말하자면 이들은 파괴적 성격을 가진 사람들이다."(GS
IV/2, 1000쪽.) 또한 Eckhardt Köhn 2000, 709-711쪽 참조.

을 전승하는, 즉 사물을 "신성불가침으로 만들어 보존하는" 예술가가 아니라 상황을 전승하는, 즉 상황을 "다루기 쉽게 만들어 청산하는" 예술가,[38] 부정적이고 '파괴적인' 전통과 관련 있는 예술가였다.

브레히트가 전통과 연관을 맺는 독특한 방식은 오래된 과거의 문학 텍스트들을 다루는 방식, 그러한 텍스트들을 일종의 기록물로 이해하고자 했던 그의 활용법이었다. 1929년 5월 이래로 브레히트가 휘말렸던 표절 시비는 브레히트의 문학 개념, 작가로서의 자기 이해를 제대로 파악하지 못한 데서 비롯된 것이었다. 벤야민은 카를 크라우스와 더불어 브레히트를 강력하게 옹호했던 몇 안 되는 사람 중하나였다.[39] "'표절 이론'은 인용이 자유로운 정전 문학을 토대로 한것이므로…… 빈정거리는 사람들이 그러한 표절 이론을 본다면 얼른 입을 다물게 될 것이다."[40] 벤야민은 인용을 브레히트 서술 방식의 근본 요소라고 규정했다. 1929년 브레히트는 코이너 씨의 스타일이 "인용 가능해야 한다"고 쓰기도 했다. 『시도들』 서문에서도 다음과 같이 밝혔다. "두번째 시도: 『코이너 씨 이야기』는 제스처를 인용할 수 있도록 하는 하나의 시도를 의미한다."[41] 벤야민은 이 글귀를 연극에 적용해, "제스처를 인용할 수 있도록 하는 것"이 연극배우의 가장 중요한 성과라고 썼다.[42]●

망명 시절 완전히 달라진 조건하에서도 벤야민에게 브레히트는 여전히 표본의 의미를 지녔다. 이는 벤야민이 1934년 4월에 프랑스 공산당과 관계가 있던 파리의 의사 장 달사스 집에서 개최하려고 했

● 벤야민은 훗날 크라우스에 대해 쓴 글에서도 이 주장을 고수한다. "그의 테크닉은 인용을 통해 언론인과 언론이 봉사하는 독자 대중의 게스투스를 조명하려는 데 있다."("Lesart zu *Probleme der Sprachsoziologie*"(1935), GS III, 675쪽.) Detlev Schöttker 1999, 769쪽 참조.

던, '독일 문학의 정치적 추세'라는 일련의 강좌 기획에서도 드러난
다. 벤야민은 브레히트에게 다음과 같이 전했다.

> 저는 제가 아는 그룹과 몇몇 프랑스 그룹에게 '독일의 아방가르드'라
> 는 연속 강좌를 홍보하고 있습니다. 다섯 차례의 강연으로 진행될 이
> 행사는 전체 신청만 가능합니다. 저는 현재의 상황을 전해줄 만한 유
> 력한 인물들을 영역별로 한 명씩 선택할 생각입니다.
> 1) 소설 (카프카)
> 2) **에세이** (블로흐)
> 3) 연극 (브레히트)
> 4) 저널리즘 (크라우스)
> 개막 강연 "독일 민중"[43]●

  강연의 명목을 위해서 벤야민은 실제로 존재하지 않는 분파를 설
정했다. 이와 관련해 데틀레프 쇠트커의 추론은 주목할 만하다. 그는
현재 표제어밖에 남아 있지 않은 상황에서 '구성주의 문학이론'에
기여할 하나의 연관성을 재구성해낸다. 벤야민은 크라우스, 카프카,
블로흐, 브레히트를, 논문 「카를 크라우스」에서도 언급했던 "경험의
빈곤" 개념에 속하는 요소들, 즉 구성과 예술적 기술, 양식의 최소화,

● 1934년 4월 13일 초대장 인쇄본에는 프랑스어로 "Les courants politiques dans la littérature
allemande(독일문학으로 보는 현대정치)"(GB IV, 381쪽)라는 제목이 적혀 있다. 미술애호가였던
달사스는 중년 유대인 산부인과 의사였는데, 1935년에 쿠르트 바일의 아내이자 배우인 로데 레냐
를 수술하기도 했다. Kurt Weill/Lotte Lenya 1998, 153쪽, 158-159쪽 참조. 하지만 달사스가 중
병에 걸리는 바람에 연속 강좌는 열리지 않았다. 발터 벤야민이 테오도어 W. 아도르노에게 보낸
1934년 4월 9일 편지, GB IV, 392쪽, 편지 번호 850 참조.

벤야민과 브레히트

본질적인 것으로의 환원 등에 대한 관심하에 한자리로 불러들인 것이다.[44]

　이러한 목적을 설명한 개요에서 벤야민은 브레히트 예술의 표준들을 간명하게 요약한다. 브레히트와 트레티야코프로 대표되는 "(생산의 측면에서) 기능 전환"은 "집단 작업 / 교육적 슬라이드 / 비평의 도입 / 다른 해석" 등의 요소로 구성된다. 또한 "(소비의 측면에서) 기능 전환은 다음과 같이 정의된다. "독자는 납득하는 것이 아니라 가르침을 얻으며 / 관객이 아니라 계급으로 파악되고 / 흥분하는 것이 아니라 고무되고 / 의식이 아니라 태도의 차원에서 변화된다."[45]

2
"종합실험실"

(1) 「브레히트 주해」와 〈베르트 브레히트〉

브레히트에 대한 벤야민의 첫번째 공식 발언인 「브레히트 주해」와
방송 강연 〈베르트 브레히트〉는 일회적인 작업 이상의 산물이다. 변
화하는 문학 개념을 배경으로 벤야민은 독자들에게 작가 브레히트
를 "총체적인 현상"으로 소개했다. 브레히트 작품과 관련된 개념인
"게스투스"●, "태도", "전략", "기능"에 대한 논의는 "감정이입", "문

● 브레히트의 '게스투스Gestus' 개념을 연상시키는 "제스처Geste"라는 표현이 1929년 4월 1일에
초연된 마리루이제 플라이서의 〈잉골슈타트의 공병대〉에 대한 메모에 나온다. 당연히 이 메모를
쓴 시기는 브레히트를 알기 이전인데, 벤야민은 메모에서 브레히트도 언급했다. "플라이서의 대
사는 놀라울 정도로 많은 것을 담고 있다. 이 대사들은 민중 언어의 특성인 제스처의 요소와 창조
적인 힘을 갖고 있다. 이중 괴짜의 제스처와 비교될 수 있는 창조적인 힘은 단호한 표현 의지에서
나올 뿐 아니라 무언가 그르치고 미끄러지는 행위에서 생기기도 한다."(GS IV/2, 1028쪽.)

학적 영감", "탈목적" 등의 범주를 척도로 삼는 문학관과의 결별을 분명히 한다. 문학을 "시간을 초월한 시인들이 사는 사원들의 성스러운 숲"⁴⁶●으로 분류하는 연구에 언제나 이론적으로 맞섰던 벤야민은 브레히트를 전승된 미학과 단절하고 문학적 삶의 제도 및 요소의 "기능 전환"을 알린 새로운 문학의 전형으로 소개했다. "서사극 텍스트는 부르주아 극장에 제공하려고 쓴 것이 아니라 부르주아 극장을 변화시킬 목적으로 쓴 것이다."⁴⁷ 문학적 생산물은 작품으로부터 실험실에서 만들어진 것, "혁신적인 것"으로 변화한다. "종합실험실"은 벤야민이 브레히트를 위해 공식화한 표현이다. 이 단어는 1930년 6월의 방송 강연 〈베르트 브레히트〉 초안에도 등장한다.⁴⁸

> 세상을 바꾸고자 하는 작가의 의지가 냉철함을 수반하지 못한다면 문학은 작가의 감정에서 기대할 수 있는 것이 아무것도 없습니다. 문학은 자신에게 남은 유일한 기회가 세상을 바꾸는 아주 복잡한 과정의 부산물이 되는 길이라는 것을 알고 있습니다. 그런 문학이 바로 여기 있습니다. 대단히 귀중한 부산물입니다. 그러나 주산물은 새로운 태도입니다.⁴⁹■

● 이 인용문이 실려 있는 서평 「문학사와 문예학」(1931)에서 벤야민은 자신의 유보적 태도를 가장 명시적으로 표현하고 있다. 다음의 문장도 참조하라. "이러한 늪에는 일곱 개의 머리—창조성, 감정이입, 시대 초월, 모사, 동감, 환상, 예술 향유—가 달린 히드라가 살고 있다."(GS III, 289쪽.)

■ 벤야민의 브레히트 연구는 탈정치적인 해석에 대한 반박일 뿐 아니라, 1930년 즈음 『디 링크스쿠르베』 혹은 『디 노이에 뷔허샤우(새 도서박람회)』에서 공산주의 비평가들이 반복적으로 보여준 방식처럼 브레히트와 그의 작품을 당리당략에 따라 멋대로 이용하려는 시도에 대한 무언의 반박이다. 대표적인 예는 오토 비하 논쟁이다. 비하는 "요하네스 R. 베허와 프리드리히 볼프 같은 프롤레타리아계급 혁명 작가와 브레히트의 세계관적 대립"을 인정하지 않는다. 비하는 "연극의 극적 형식과 반대되는 서사적 형식이라는 브레히트의 근본원칙"을 비판하는데, 그에 따르면 이러한 원칙은 "결코 마르크스주의 시각에서 용인될 수 없다. 작가가 프롤레타리아로 발전하는 과정에서의

벤야민이 비평가로 동행하는 차원을 넘어 브레히트의 연극이론 형성에 영향을 미쳤다는 사실은 잘 알려져 있다.『독일 비애극의 원천』에 나오는 "비非비극적 주인공" 개념은 서사극의 인물과 연관지을 수 있다. 벤야민은 바로크 비애극과 서사극이 유사하게 반反아리스토텔레스적 미학으로 연결되어 있음을 언급했다. 여기에 따르면 두 극형식에서 중요한 것은 "등장인물 개인의 성격"보다 "상호작용이 일어나는 사회적 영역"이다.[50]● 벤야민과 베른하르트 라이히가 1925년에『데어 크베어슈니트』에 기고한 호프만슈탈의 「찬도스 경의 편지」를 본뜬 글 「레뷰▪냐 연극이냐」는 바로크 극에 대한 성찰과 1920년대의 레뷰에 대한 성찰을 하나로 연결했다. 기고문 필자들은 라이히가 참여했던 브레히트의 연극 작업과 분명하게 관련시키는 가운데 레뷰를 옹호했다. "오고 싶으면 오고 가고 싶으면 간다는 것, 이것이 바로 이처럼 느슨한 형식이 지닌 장점이다. 그렇다고 연결이 끊어지진 않는다." "현대의 연극"은 "시대의 요구에 부응하지 못한다." 연극은 "대도시에 대중이 등장하면서 무용지물이 되었다."[51] 이 기고문은 당시 이미 벤야민이 브레히트의 연극이론을 잘 알고 있었음을 증명해

이러한 잔재는 필연적으로 극복될 것이다."(Otto Biha 1932, 4쪽.) 다음과 같은 기묘한 상황도 벌어졌다. 비하는 브레히트를 제멋대로 곡해함으로써 오히려 불신을 산 라디오방송 대담 참가자들을 논박했는데, 라디오방송 비평가 중 한 사람이 브레슬라우의 독문학자 베르너 밀히였다. 제1장에서 언급했듯이 밀히는 벤야민의『일방통행로』와『독일 비애극의 원천』을 혹평했던 인물이다. Gershom Scholem 1975, 192쪽 참조.

● 1938년 6월 29일 서사극에 대해 브레히트와 나눈 대화를 계기로 벤야민은 비애극에 대한 책을 쓸 때 떠올랐던 제네바에서의 공연 〈엘 시드〉를 회상하게 된다. GS VI, 534쪽; Rainer Nägele 1992, 9-34쪽 참조.

▪ 노래, 춤, 시사풍자 등을 엮어 구성한 주제의식이 있는 가벼운 촌극. 뮤지컬의 전단계로 분류되기도 하지만 뮤지컬과 달리 작품을 관통하는 줄거리 없이 진행된다. ―옮긴이

벤야민과 브레히트

준다.

벤야민이 1928년에서 1929년까지 아샤 라치스와 함께 집필한 「프롤레타리아 아동극 프로그램」과 브레히트의 이론 사이에도—제스처를 강조한다는 점에서—공통점이 분명하게 드러난다. 상상력에 기초한 집단 교육학을 주창하고 있는 이 글은, 라치스가 보고한 소비에트의 아동 선전극단 공연과 후기 브레히트의 학교 오페라 및 교육극 실천을 잇는 연결고리가 되었다.[52]•

작가와 관객의 관계가 변화하는 과정이 연극 안에서 입증 가능했다. 벤야민은 자신이 해석한 서사극 이론과 망명 시절의 강령적 논문 「생산자로서의 작가」가 서로 연결되어 있다고 밝혔다. 이 논문은 "'서사극'에 대한 논문에서 무대에 적용했던 분석을 저술에 적용한 시도다."[53]

1920년대의 부르주아 비평은 브레히트의 출현을 낯선 현상으로 받아들였고, 브레히트에게서 정치적 발언과 작품의 미학적 수준의 이율배반을 찾아내고자 했다. 헤르베르트 같은 비평가들은 브레히트의 연극에 새로운 예술적 가치가 있음을 인정했지만 낯설다는 느낌을 감추지는 못했다. 벤야민의 비호를 받고 있던 브레히트의 새로운 시도를 이론적으로 파악할 수 있었던 사람들은 브레히트 주변 사람들—예를 들면 연극 연출가 에르빈 피스카토르나 젊은 시절의 아

• 브레히트가 그러한 연관성을 기억하고 있었다는 사실은 벤야민의 1938년 6월 29일 일기에 나타나 있다. "브레히트가 서사극에 대해 이야기한다. 그는 아동극을 언급하면서 재현상의 실수가 낯설게 하는 효과로 작용하면서 공연에 서사적 특징을 부여한다고 말하고 있다."(GS VI, 534쪽.) 또한 Inez Müller 1993, 194-214쪽; Heinrich Kaulen 1995, 116-117쪽; Nikolaus Müller-Schöll 1995a 참조. 한편 클라우스 디터 크라비엘은 아동극 프로그램과 교육극 구상의 밀접한 연관성을 반박하는 입장들을 요약한 바 있다. Klaus Dieter Krabiel 1993, 322쪽 참조.

도르노―뿐이었다.● 이런 조건 속에서 볼 때 벤야민의 브레히트 논문은 당시 브레히트 수용사에서 독보적인 위치를 차지한다. 브레히트의 창작은 노선을 전면적으로 바꾸어야 할 이유를 정치적인 내용에서 찾지 않으며, 묘사나 취미판단에 에너지를 소모하기보다는 그 내적 법칙을 인식하고자 한다. 벤야민의 논문은 브레히트 창작의 이러한 특징을 이론적으로 다룬 최초의 증언이다.

「브레히트 주해」 중 「파처, 이리 와」를 해석한 부분에서 벤야민은 브레히트의 텍스트를 읽고 해석해야 할 기록물로 다룬다.■ 그가 내세운 "주해의 목적"은 말의 "교육학적" 영향력을 "가능한 한 촉진하고, 시적 영향력은 억제하는" 데 있다.[54] 벤야민의 주해에 깔린 교육학적 의도는 「서사극 이론에 대한 연구」에서 요약한 서사적 연출의 목표와 부합했다.

> 서사극이 도달하는 모든 인식은 직접적인 교육 효과를 가져오며, 동시에 서사극의 교육 효과는 직접적인 인식 전환으로 나타난다.[55]▲

벤야민이 보기에 브레히트 창작의 의도와 내용을 대표하는 인물

● "무대와 관객석 사이의 경계 지양"에 대한 피스카토르의 성찰도 벤야민과 동일한 지점에서 시작한다. Erwin Piscator 1968, 37쪽; GS II/2, 519쪽 참조. 하네스 퀴퍼의 잡지 『데어 샤인베르퍼』에 실린 아도르노의 논문도 미학적 특징에 대한 벤야민의 분석과 주목할 만한 유사점을 보여준다. 아도르노에 따르면 〈마하고니 시의 흥망성쇠〉에서 보여준 서사적인 연기는 "완결된 부르주아적 총체성 대신 그 파편들을 하나하나 나열하고, 파편들 사이의 공백에 들어 있는 메르헨을 자기 것으로 만든 뒤 바로 가까이에서, 금 채굴자와도 같은 유치한 열정을 빌려 그것을 깨뜨리고자 한다." 아도르노는 벤야민과 마찬가지로 "간섭"의 요소, 몽타주로서의 예술작품, "충격 순간"의 영향력을 강조했다.(Theodor Wiesengrund-Adorno 1981, 12~15쪽.)

■ 유디트 빌케는 신문 인쇄본에 맞춘 조판 덕분에 「파처, 이리 와」가 "오래된 성서와 기도서의 외관"을 연상케 한다고 말했다. Judith Wilke 1998, 48쪽 참조.

은 '코이너 씨'다. 코이너 씨의 태도는 인용 가능하며 이 점에서 서사극에서의 제스처 원칙과 유사하다.[56]● 벤야민은 "그 이름의 출처가 어딘지는 상관없다"고 평가하면서, 그 대신 여러 가지 독해 방식을 제시한다. 그에 따르면, 리온 포이히트방거는 코이너라는 이름의 어원을 다음과 같이 밝혔다고 한다.

> [이 이름은] 일반적인 것, 모든 것과 관련된 것, 모두에게 속한 것을 의미하는 그리스어 코이노스$^{\varkappa o\iota v\acute{o}\varsigma}$에서 연원한 이름이다. 사실 코이너 씨는 모두와 관련된 자, 모두에게 속한 자, 즉 지도자다.[57]

「서사극이란 무엇인가? I」에서 벤야민은 코이너 씨가 이방인, "슈바벤 출신 '우티스'■, 그리스의 '아무도 아닌 사람' 오디세우스에 상응하는 인물로 알려져 있다"라고 부연하기도 했다.[58] 다양한 해석을 감추고 있는 이름의 기원에 대한 이러한 유추는 이미 브레히트의 동

▲ 하인리히 카울렌이 벤야민의 1930년 메모록「비평가의 과제」에 의거해 정리한 범주 체계에 따르면, 벤야민의 브레히트 비평은 내재적인 비평이자 해석과 주해를 동반한 비평의 양식에 속한다. 이러한 비평에서는 비평의 대상이 되는 작품의 권위가 전제되어 면밀한 독해를 기반으로 작품이 밝혀지고 전개된다. Heinrich Kaulen 1990, 318-336쪽 참조.

● 귄터 안더스는 1930년경 프랑크푸르트 방송국에서 〈사유하는 자 베르톨트 브레히트〉라는 제목의 (자료가 유실된) 강연에서 작가 브레히트와 작중인물 코이너의 일치를 강조했다. 오십 년 후에 발표된 그의 논문은 벤야민의 브레히트 해석과 당혹스러울 정도로 일치하는 측면을 보여준다. 안더스는 "실험 작가" 브레히트에 대해 이야기하면서, "인간과 세계의 변화 가능성"이 브레히트 삶의 기본 테제라고 말하며, 브레히트 작품에서 나타난 교육적 요소의 부각을 강조하고 있다. 여기에서 그는 표절 비난을 일축한다. Günther Anders 1979, 882-892쪽 참조.

■ Utis. '아무도 아닌 사람'이라는 뜻의 그리스어로, 독일어의 Niemand 내지 Keiner, 영어의 Nobody에 해당한다. 이 이름은 그리스신화에 나오는 이타카의 왕 오디세우스가 식인 거인족인 키클롭스에게 자신의 이름을 우티스, 즉 아무도 아닌 사람이라고 소개해 살해 위기를 모면했다는 일화에서 유래했다. ─옮긴이

의를 받은 것으로, 브레히트와의 대화를 기록한 벤야민의 메모 「코이너 씨의 유래」가 이 과정을 입증하고 있다. 이 기록에는 이름에 대한 두 가지 설명이 통합되어 있다. 브레히트는 한 교사에 대한 기억으로 시작한다.

> 그 선생은 매번 "오이^{eu}"와 "아이^{ei}" 발음을 혼동했다고 한다…… 그런 말버릇을 흉내내 아무도 아닌 사람을 가리키는 카이너^{Keiner}를 코이너^{Keuner}로 바꾸어본 것이라는 이야기였다. 원래 브레히트에게 생각하는 사람을 표상하는 이름인 우티스^{ούτις}의 역어 카이너가 코이너로 바뀐 것이다. 한편 이 이름은 신기하게도 '공통'이라는 뜻의 그리스어 코이네^{κοινή}를 상당히 연상케 한다—어떻게 보면 당연하다고 할 수 있다. 생각은 모두에게 공통된 것이기 때문이다.[59]

벤야민은 코이너 씨가 생각하는 사람이라는 브레히트의 설명을 받아들였다. "그는 자발적으로는 애쓰지 않을 것이므로" 그가 무대에 나오면 사람들이 그를 사태에 접근시켜야 한다. 그는 과정을 그저 묵묵히 따르거나 전혀 따르지 않을 것이다. 왜냐하면 "오늘날에는 생각하는 사람이 전혀 따라갈 수 없을 만큼 사정이 수두룩하기 때문이다." 중국식 공손함 뒤에 진짜 얼굴을 감춘 채, 코이너 씨는 무의식적이면서도 냉정하고 현실적인 태도로 자신의 목표를 추구한다. "그 목표는 새로운 국가다."[60]

벤야민과 브레히트

(2) 「서사극이란 무엇인가? I」

벤야민은 "브레히트 연구 논문"인 「서사극이란 무엇인가? I」을 집필하면서 〈남자는 남자다〉의 베를린 공연을 계기로 불거진 브레히트 연극 논쟁에 뛰어들었다. 1931년 2월 6일 젠다르멘마르크트 광장 인근 샤우슈필하우스에서 초연된 이 공연이 연극사에서 중요하게 자리매김한 이유는, 무엇보다도 브레히트가 공연 몇 주 전인 1930년 12월 『시도들』 제2집을 통해 서사극 이론에 대한 성찰을 담은 「〈마하고니 시의 흥망성쇠〉에 대한 주석」을 선보였기 때문이다. 브레히트가 협력한 이 공연의 연출은 본보기가 되었다. 알프레트 케르나 베른하르트 디볼트 같은 비평가들은 공연과 이론을 비교하면서 양자 모두 수준이 떨어진다고 판단했고, 헤르베르트 예링 또한 그러한 소재에 서사극 양식을 적용한 것은 실수라고 생각했다.[61] 1931년 3월 8일 『베를리너 뵈르젠쿠리어』에서 브레히트는 연극배우 페터 로레의 사례를 들어 서사적 연기의 기능을 설명함으로써 서사극에 대한 공격들에 맞섰다.[62] 그는 〈남자는 남자다〉 베를린 초연의 관객이었던 벤야민•이 자신을 가장 확고히 옹호하는 지지자 중 한 사람임을 알게 되었다.

벤야민은 군사극의 정치적 의의에 대해서 이미 일 년 반 전에 입장을 밝힌 적이 있다. 브레히트도 참여했던 마리루이제 플라이서의

• "초연 특유의 답답한 분위기가 다 가라앉고 어떠한 전문가 비평의 영향도 받지 않게 된 뒤에 비로소 청중은 그 작품에 접근할 수 있었다."(GS II/2, 520쪽.) 로렌츠 예거는 1931년 3월 7일 벤야민이 해시시 실험에서 떠올린 연상들도 작품에서 받은 직접적인 인상을 증언하고 있다고 밝혔다. Lorenz Jäger 1990, 18-19쪽; GS VI, 592-596쪽 참조.

연극 〈잉골슈타트의 공병대〉 초연을 언급하면서였다. 플라이서의 연극은 "군복 입은 대중 안에서 만들어진, 또한 명령을 내리는 군대 권력자들이 기대하는 집단적 힘을 표현한" 최초의 시도였다는 것이 그의 총평이었다. 그는 "무대에서 무기를 내던지는 인물을 보고" 싶다는 비평가 한스 카프카의 의견을 논박했다. 벤야민이 말하길, 그런 "패배주의적인 영웅극은 '전쟁을 겪고도 순수함'을 유지하면서 '손에 전혀 피를 묻히지 않으려는' 윤리적으로 전혀 가능하지 않은 희망이다." 그러나 "순수함은 **정화**의 합목적적 방법인 무장봉기가 아닌 다른 방법으로는 되찾을 수 없다…… 과연 연극이 이를 위해 무엇인가를 할 수 있는지는 아주 의심스럽다."[63]•

「서사극이란 무엇인가? I」에서 벤야민은 브레히트의 연극이 연극의 기능을 오락에서 인식으로 바꾸고 이로써 정치적 주제극을 극복하고 있다고 평가한다. 이러한 변화는 "무대와 관객, 텍스트와 공연, 감독과 배우의 기능적 상관관계"[64]를 일시에 뒤흔든다. 또한 "오케스트라박스를 어떻게 메울 것인가의 문제가 중요하다"라는 희곡 속 지문에서 볼 수 있듯이, 변화는 극작품 자체보다 무대 상연에서 더 명시적으로 드러난다. 배우와 관객을 분리해내는 심연은 기능을 상실했다.[65] 벤야민은 〈남자는 남자다〉가 "서사극의 모델", 그것도 "현존하는 유일한 모델"이라고 보았다. 다른 연극비평가들의 의견을 두고는 "전문 비평가들이 이러한 인식을 하지 못하는 이유가 무엇인지 드러날 것이다"[66]라고 설명했다. 벤야민의 논박은 『크리제 운트 크

• 한스 카프카의 비평에 대한 벤야민의 반응이 공개된 날짜는 1929년 5월 10일로, 벤야민과 브레히트가 친밀한 교제를 나누고 있던 시기였다.

리티크』기획 과정에서 피력했던 의견과 같은 맥락에서 연유한 것이다. 즉 서사극은 무반성적인 판단 기준을 중단시키고, 비평을 대중보다 앞선 곳이 아니라 대중보다 훨씬 뒤처진 위치에 자리매김함으로써 "비평의 특권"을 위협한다는 것이다.[67] 그는 서사극을 인식하는 일이 어려운 까닭은 "삶에 친화적인" 브레히트의 이론과 달리 우리가 "우리의 삶과 하등 관련이 없는 공연 방식"에 길들여져 있기 때문이라고 설파한다.[68]

벤야민의 적극적이고 명석한 지지가 담긴 이 글이 당시 공개되지 않았다는 점은 브레히트 수용사 전반에서 볼 때 불행한 일이었다. 언론 분야에서는 브레히트 적대자들이 더 막강했다. 벤야민이 숄렘에게 보낸 다음의 편지를 보자.

> 상황이 또다시 심히 복잡해지고 있다네. 『프랑크푸르터 차이퉁』이 브레히트 연극에 대한 내 에세이를 게재하기로 한 약속을 철회하려고 하거든. 그들이 내건 이유는 노골적으로 정치적이기도 하고 편집 방침과 관련된 것이기도 해. 하지만 어떤 경우든 비열한 건 마찬가지야. 가만히 있자니 그들의 거리낌 없는 태도가 도를 넘어서고 있기 때문에 이번에는 나 역시 증인들을 내세울 수밖에 없게 되었네.[69]

훗날 벤야민은 그레텔 아도르노에게도 『프랑크푸르터 차이퉁』의 청탁으로 집필한 에세이는 교정쇄까지 냈고, 그 원고를 자신이 보관하고 있다고 알렸다. 그런데도 베른하르트 디볼트의 최후통첩 지시를 받은 문예란 주필 프리드리히 T. 구블러가 벤야민에게 게재 철회를 통보한 것이다.[70] 더구나 벤야민은 원고를 넘긴 지 몇 주 후 크라카우어를 거쳐 전달받은 수정 요청을 기꺼이 교정쇄에 반영하기까지 한 터였는데 말이다.● 그전에도 브레히트의 『가정 기도서』 서평을 『프랑크푸르터 차이퉁』에 게재하려던 벤야민을 좌절케 했을 디볼트■는 분명 처음에는 벤야민의 논문을 수락한다고 답했다.▲ 그후 그의 거부권 행사는 변절자의 면모를 보여준다. 말하자면 처음에는 브레히트의 연극을 환영했던 그는 해가 지나면서 신중하고 비웃는 태도로 대하는 듯더니, 나중에는 노골적으로 거부했던 것이다.[71]★ 디볼트는 브레히트의 극작품을 "어수선한 작품"이라고 일축했고, "서사적"이라는 개념은 오직 인용부호를 씌운 채 사용했다. 브레히트는 자기 멋대로 공산주의의 이상이 인간의 평등화인 것처럼 보여주고 있다는 것이다.

이러한 평등 이념은 파시즘적 방법론의 구실이 될 수도 있다. 전쟁터

● "프랑크푸르트에서 어려움은 없었습니다. 구블러는 당신이 지적한 사항들에 따라 수정된 논문을 인쇄하게 될 것입니다."(발터 벤야민이 지크프리트 크라카우어에게 보낸 1931년 5월 말경 편지, GB IV, 32쪽, 편지 번호 713.)

■ 결국 서평은 디볼트 자신이 맡았다. Bernhard Diebold 1927 참조.

▲ "구블러는 디볼트의 답글을 같은 호에 싣지 말아달라는 저의 절실한 요구를 잘 알고 있습니다." (발터 벤야민이 지크프리트 크라카우어에게 보낸 1931년 5월 말경 편지, GB IV, 32쪽 편지 번호 713.)

★ 디볼드는 나치 독새가 시작될 무렵 브레히트, 크라우스, 투홀스키와 대립하는 "가차 없는 선동자"를 자처했다. Kurt Krolop 1987, 270쪽 참조. 크라우스는 디볼트의 공격에 대항하는 법을 알았다. 벤야민은 『디 파켈』에 게재된 「디볼트의 경우」를 읽고 자신의 에세이 「카를 크라우스」가 거부당한 진짜 이유를 알게 되었다고 생각했다. "만약 내 논문이 은밀한 부분에서 디볼트의 이름을 암시하고, 또한 크라우스에 대한 그의 비방을 어렴풋하게라도 언급했다면, 크라우스는 내 논문에······ 최고의 찬사를 보냈을 것이다."(GS VI, 443~444쪽.) 1933년 당시 디볼드는 앞에서 언급한 사람들을 고발함으로써, 크라우스가 말했듯이, 그가 얼마나 "선견지명"을 가지고 있었는지를 증명하고 있다.(Karl Kraus 1952, 39쪽.) 디볼트에 대한 언급은 Kurt Krolop, 같은 책, 21~40쪽 참조.

벤야민과 브레히트

로, 투우사가 되어—개성에 맞서서! 영혼은 팽개쳐버려라. 남자는 남
자다. 나치가 그 작품을 상연할지도 모른다—그들의 이해를 도모하기
에 너무 모호해 보이지만 않는다면 말이다.[72]

그사이 『프랑크푸르터 차이퉁』의 베를린 특파원으로 일하게 된 크
라카우어도 브레히트를 점점 부정적으로 판단하면서 벤야민 논문을
퇴짜놓는 데 한몫했다. 1932년 5월 29일 에른스트 블로흐에게 보낸
편지에서 그는 자신의 결정이 "브레히트에 대한 일종의 사적 반감에
기인한 것"이라는 비난에 이의를 제기한 바 있다.[73]

그후에도 출판을 시도하기는 했지만 여지없이 좌절을 겪었다. "프
랑크푸르트 논문을 국제혁명연극연합[MORT]에 보낼 것 / **이름을 넣
어!**"라는 브레히트의 메모로 미루어볼 때, 브레히트가 베른하르트
라이히와 선이 닿아 있는 국제혁명연극연합에 벤야민의 논문을 전
했다는 추측도 해볼 법하다.[74] • 1935년 가을 마르가레테 슈테핀이
벤야민을 위해 논문 사본을 만들어둔 것은 그러한 목적을 위해서 준
비한 것일 수도 있다. ▪

• 브레히트의 메모가 벤야민의 「서사극이란 무엇인가? I」에 대한 것이라는 점은 메모 앞의 표제어에
  서 추론할 수 있다. 거기에는 벤야민의 이름이 나오는데, '프랑크푸르트 논문'이라는 표현은 출판
  하기로 했던 장소를 암시한다.

▪ "지금에야 당신의 원고를 받았어요. 처리해야 할 다른 일거리가 너무 많아서 오늘 비로소 그 일
  을 시작했어요. 저로서는 이 일이 즐겁습니다. 당신은 자신감을 가져도 돼요. 우선은 당신 자신
  에 대해서이고, 두번째는 서사극 논문에 대해서지요. 서사극에 대해서 쓰는 것이 마지못해 한 작업
  이 아닌 것처럼, 그에 대한 필사본을 만드는 것도 마찬가지랍니다! 복사본은 두 부 정도만 보내면
  될까요?"(마르가레테 슈테핀이 발터 벤야민에게 보낸 1935년 7월 편지, Margarete Steffin 1999,
  138쪽, 편지 번호 42.)

(3) 「연극과 라디오방송」

라이프치히에 본사를 둔 『블레터 데스 헤시셴 란데스테아터스 다름슈타트(다름슈타트 헤센 주립극장 잡지)』는 1932년 7월 '연극과 라디오방송'이라는 주제로 특집호를 발간했다. 여기에는 벤야민의 기고문 「연극과 라디오방송」, 브레히트의 논문 「의사소통기구로서의 라디오방송」 발췌문, 에른스트 쇤과 연극 연출가 쿠르트 히르슈펠트의 대담 「라디오방송과 연극」이 실렸다.[75] 아마도 프랑크푸르트에 있는 쥐트베스트도이처 룬트풍크의 예술 책임자이자 이 잡지의 필자인 에른스트 쇤이 다리를 놓아주었을 것이다. 그는 프로그램 기획력 덕분에 프랑크푸르트에서 "라디오방송의 선구자"라고 알려져 있었다.[76] 브레히트가 방송에서 낭독할 수 있었던 것도, 벤야민이 강연할 수 있었던 것도 전부 쇤 덕분이다. 라디오방송과 연극 분야를 여러 차례 연결해온 그의 활약은 그해에 다름슈타트 헤센 주립극장과 연결을 시도하는 것으로 이어졌다.

벤야민과 브레히트는 라디오 강연, 라디오방송극, 모델 프로그램, 실험적 프로그램 등 다양한 방식으로 라디오 매체를 십분 활용하고자 했다.● 말하자면 "라디오방송에 소재를 제공하는 것이 아니라 라디오방송을 변화시키고자" 했던 것이다.[77] 브레히트는 라디오를—영화나 연극도—"진정한 민주적인 매체"로 만들고, 라디오방송을 "정보확산도구에서 의사소통기구로 변화시키자"고 제안했다.[78] 벤야

● 클라우스디터 크라비엘이 찾아낸 증거에 따르면, 교육극과 모델 프로그램을 방송하게 된 계기는 모두 1930년 11월에 열린 프랑크푸르트 라디오방송 대회였다고 한다. Klaus-Dieter Krabiel 1993, 366쪽 참조.

민도 라디오방송에서 "기술사회를 살아가는 동시대인 청취자의 기대를 채워줄" 가능성을 보았다.[79] 벤야민과 브레히트가 예술의 민주화라는 주제를 두고 긴밀히 토론했다는 것은, 두 사람이 생산과 수용의 분리를 극복해야 한다는 근본명제를 공유하고 있다는 사실에서도 드러난다. 그보다 앞선 1930년에는 「조치」를 둘러싸고 『디 노이에 무지크(새로운 음악)』 편집진과 검열 논쟁이 뜨거웠는데, 이때 브레히트와 아이슬러는 다음과 같이 제안했다.

> 우리는 이와 같이 중요한 행사를 치를 때 외부에 의존하는 태도에서 벗어나, 원래의 목표 대상, 그 행사를 이용할 줄 아는 사람들끼리 스스로 행사를 치르도록 한다. 노동자 합창단, 아마추어 연주단, 학생 합창단, 학생 관현악단—다시 말해 예술을 위해서 돈을 지불하지도, 예술을 위해 보수를 받지도 않는, 하지만 예술을 만들고자 하는 그러한 사람들 말이다.[80]

벤야민도 1931년 8월 16일 일지에서 "예술을 민중에게"라는 테제와 "예술을 전문가에게"라는 안티테제의 변증법을 다루면서, "작가와 독자의 분리가 바람직한 방식으로 깨지기" 시작하는 문학의 경향을 분석했다.[81] 「생산자로서의 작가」나 「기술복제시대의 예술작품」 등 망명 시절에 쓴 예술이론적 논문들에서 벤야민은 매체의 민주화를 다시 고찰하게 된다.[82]

(4) 「브레히트의 『서푼짜리 소설』」

브레히트의 『서푼짜리 소설』에 대한 서평은 「서사극이란 무엇인가? I」과 마찬가지로 망명 시절에 펼쳐진 문학정치 담론과 매우 밀접한 관련이 있다. 미리 부연하자면 이 텍스트 역시 작가 생전에 출판되지 못했는데, 꼭 출판 기회를 잡지 못했기 때문만은 아니다.

벤야민은 1934년 여름 스코우스보스트란에서 미완성 버전의 『서푼짜리 소설』을 읽었다.● 그전 해 가을에도 벤야민은 파리에서 그 책의 구절들을 접한 적이 있다.■ 1934년 10월에 나온 인쇄본을 읽고 나서 벤야민은 이 책을 "다 읽은 책 목록"에 포함시켰다.[83] 서평 작업을 하면서 벤야민은 친구들의 평을 알아보았고, 브레히트, 헬레네 바이겔, 클라우스 만에게 이미 나온 서평이 있으면 알려달라고 부탁했다. 이탈리아 산레모에 머무르던 1935년 1월 9일 벤야민은 베르너 크라프트에게 편지를 띄워 다음과 같이 전했다.

> 어째서 『서푼짜리 소설』에 대해 더이상 이야기하지 않으시는지요? 유행의 중심지일지는 모르지만 어쨌든 문학적으로 고립되어 있는 이 구석에서는 이 책이 주변에서 어떻게 받아들여지고 있는지 전혀 알 길이 없습니다. 저는 현재 그 책의 서평을 쓰고 있기 때문에 브레히트에게

● "완성되기만을 기다려왔던 『서푼짜리 소설』 인쇄가 며칠 후면 끝납니다."(발터 벤야민이 지크프리트 크라카우어에게 보낸 1934년 7월 말/8월 초 편지, GB IV, 474쪽, 편지 번호 886.)

■ "브레히트는 당신에게 소설을 보여주고 싶어합니다. 원고는 그동안 거듭 수정되었고 우리는 작품을 너무 여러 번 읽은 나머지 디아싱 '냉정한 관찰자'가 되기 어려워졌습니다."(마르가레테 슈테핀이 발터 벤야민에게 보낸 1934년 5월 편지, Margarete Steffin 1999, 124쪽, 편지 번호 35.) 이 발언은 벤야민이 소설의 앞선 버전을 부분적으로 알고 있음을 전제로 한다.

도 언론 반응들을 브리핑해달라고 부탁해놓았습니다.[84]

「브레히트의 『서푼짜리 소설』」이라는 논문은 1934년 12월에서 1935년 2월 초 사이에 완성되었다.● 『디 잠룽(모음집)』 편집진의 청탁으로 집필한 그 논문은 편집인 클라우스 만의 거부로 게재가 취소되었다.■ 이 갈등은 전사前史가 있었다. 가령 두 사람은 1933년 11월 16일 파리에서 만난 적이 있는데, 만은 당시 분위기를 "일종의 화해"[85]라고 기록했다. 그 화해도 오래 지속되지는 못했다. 1934년 봄에 벤야민의 강의록 「생산자로서의 작가」 출판을 둘러싸고 논쟁이 벌어진 것이다. 만이 보기에 벤야민의 서술은 "설득력 있는 변증법적인 전개로…… 빠져들게 하는 면"이 있기는 했다. 그러나 "타협의 여지가 없는 판단"은 "지나친 급진성"을 드러내며 여러 작가를 일제히 겨냥하고 있었다.

> 그들은 이 시대의 투쟁에 절대로 필요한 동지들이고, 게다가 제가 만드는 잡지 및 출판사 관계자들과 가까운 동료들입니다. 하인리히 만을 예로 들어볼까요. 이 글의 논지에 따르자면 그분은 되블린 같은 사람들처럼 반동적인 세력으로 분류됩니다. 남는 사람은 **베르톨트** 브레히트뿐이고요.[86]

● 1934년 12월 26일 벤야민은 숄렘에게 서평을 쓰고 있다고 알렸다. GB IV, 552쪽, 편지 번호 924 참조. 또한 1935년 3월 5일 브레히트에게 보낸 편지에 의하면 클라우스 만은 2월 중순 전에 이미 서평 원고를 받았다. GB V, 58쪽, 편지 번호 948 참조.

■ "청탁받은 원고에 대한 고료 책정"이 문제라는 발언이 담긴, 발터 벤야민이 클라우스 만에게 보낸 1935년 4월 초 편지, GB V, 72쪽, 편지 번호 954 참조.

클라우스 만의 일기에는 이러한 인상이 외교적 수사 없이 표출되어 있다.

> '생산자로서의 작가'를 다룬 벤야민의 논문을 읽었다. 대단히 불쾌한 논문이다―상당히 지적이긴 하지만. 아주 편협한 유물론을 문학에 적용하는 것은 언제나 불쾌하다. 이는 사실상 베르트 브레히트만 **빼고** 모두가 '반동적'이라는 말이다.[87]

사태 수습에 나선 벤야민은 앙드레 지드, 올더스 헉슬리와 함께 잡지를 후원하고 있던 하인리히 만의 이름을 지울 의향이 있다고 밝혔지만, 클라우스 만은 그에게 초고를 돌려주었다. 벤야민은 숙고해달라고 요청했다.

> 저로서는 단 한 수도 무를 수 없는 근본적인 사항이 걸려 있습니다…… 독일 지식인들의 몰락으로 말미암아 그 어느 때보다 첨예해진 이 의문에 대해, 각자의 입장에서 저와 논쟁하는 것은 하인리히 만에게도―혹은 논문에서 호명된 다른 유력 인사에게도―시의적절한 일이 아닙니까? 제가 오해한 것인지 모르겠지만 그러한 논쟁은―그것이 문인들 간의 말다툼과는 상관이 없다면―당신과 당신의 잡지가 바로 원하던 것이 아니었습니까?[88]

클라우스 만은 자신의 백부에게 논문 게재 결정을 기꺼이 맡기겠다고 밝혔다.[89] 그때까지 벤야민의 텍스트를 언급하지 않았던 하인리히 만은 부정적으로 응답했다. 그의 답변은 벤야민의 논문에 대한

벤야민과 브레히트

오해의 기록이라는 의미가 있을 뿐만 아니라, 망명 시절 벤야민이 시도한 연대 노력의 좌절을 보여주는 증거로도 가치가 있다.

사랑하는 클라우스에게

그 논문 게재의 수락 여부는 너 스스로 결정해야 한다. 내 이름이 언급되어 있다고 해서, 아무리 모욕적인 의도로 언급된 것이라고 해도 그것을 의식해서는 안 된다.

한편으로는 내 이름이 언급되어 있다고 해서 내가 반대하지 못할 이유는 없을 듯하구나. 공산주의자 문인들은 자신들의 정당이 해체된 이후 점점 더 뻔뻔해지고 있어. "우리가 이미 알고 있는 바대로" 그들은 실패를 겪고 나서도● 정말로 모든 것이, 그러니까 사유까지 전부 경제적 과정의 일부인지에 대해 생각해보려고 하지 않았지. 그들도 그 점을 알고 있고, 바로 그 점이 그들의 혁명적인 노선을 결정한 게다. 그들은 권력을 믿고 그것을 한 명의 '친애하는 지도자'에서 또다른 '친애하는 지도자'에게 돌리고 싶어할 뿐이다. 그들에게 창조적인 업적의 권위는 존재하지 않는다. 이들처럼 평범한 사람들은 그러한 권위가 존재하지 않는다고 해야 마음이 편해지는 게야. 사실 그들은 나치와 동일한 정신적 태도를 가지고 있지. 실로 유감스럽구나, 그들의 다분히 올바른 경제 이론의 발전이 이 지점에서 정체되고 있다는 것이―너무 일반적인 이야기는 이쯤에서 줄이마. 브레히트에 대해 쓴 부분은 읽을 만한 것 같더구나. 이 부분을 좀더 늘리고, 다르게 생각하는 사람들에 대한 공격을 뺀다면, 제대로 갖추어진 논문이 될 것이다. 하지만 네가 현

●1933년 나치가 공산당 활동 금지 명령을 내린 사건을 말한다. 이때부터 1945년까지 독일 공산당의 공식적인 활동이 금지되었다. ―옮긴이

재 상태의 논문을 그대로 싣는다면, 나는 다음 호에 다른 관점을 보여 주는 논문을 실으라고 강력히 권할 것이다.『디 잠룽』을 통해 전해지는 망명문학이 마치 정당의 퇴물들—혹은 선구자들—로 점철되어 있는 것처럼 보여서는 안 될 것이야.[90]

클라우스 만은「생산자로서의 작가」의 게재뿐 아니라 벤야민의 원고 게재를 전부 포기했다.『서푼짜리 소설』서평에 대한 논쟁의 불꽃은 고료 문제로 튀었다. 열두 쪽짜리 원고에 대해 159프랑을 지불하겠다는 만의 제안을 벤야민은 "뻔뻔한 처사"라고 느꼈다.• 벤야민은 여전히 "지극히 적은 금액"인 250프랑 요구를 고수하며 자신의 글을 159프랑에 넘기는 것을 거부했다. 그렇게 그는 이미 조판에 들어간 텍스트를 돌려받았다.[91]

클라우스 만의 답변은 남아 있지 않다. 그러나 이 일과 관련한 벤야민의 다음과 같은 마지막 발언에서—비록 남아 있는 자료가 편지 초안이기는 하지만—클라우스의 답변을 추측할 수 있다.

친애하는 만 선생님

글쓰는 작업에 대한 존중이 문제가 되는 경우 저는 사실상 "완고한" 입장을 취할 수밖에 없습니다. 제게 의뢰한 원고에 대한 고료를 책정하시면서 이 문제를 잠시 접어두신 것 같은데, 글쓰는 작업에 대한 존중은『잠룽』이 내건 다른 모든 것과 마찬가지로 중요한 사항입니다.

당신은 서평이니만큼 당신이 책정한 고료가 적정한 수준이라고 넌지

• 1935년 당시 1라이히스마르크를 당시 프랑스 화폐로 환산하면 6프랑, 오늘날 화폐가치로 환산하면 4.18유로로 정도다. —옮긴이

벤야민과 브레히트

시 암시하고 있습니다. 청탁 원고도 그 수준이 적당하다고 주장하지 않으셔서 다행입니다. 하지만 그런 분류에 대해서라면, 그것이 울슈타인 출판사에서 해오던 것과 같은 언론의 관례인지는 모르겠지만, 제 경우에는 적절하지 않다는 말씀을 드릴 수밖에 없습니다.

당신 쪽에서 제게 약속해주신 헌신의 각오는 저 역시 되어 있습니다. 몇몇 잡지의 책임자들과 정기적으로 일을 진행하면서 생긴 동지애 덕분이지요. 저는 다른 모든 사안보다, 서명과 관련된 개인적인 문제나 고료와 관련된 경제적인 문제보다 그러한 동지애를 우선시합니다. 하지만 당신이 제안한 원고료, 나아가 그러한 제안에 대한 추후 설명을 보니 당신으로부터 그러한 동지애를 기대할 수는 없다는 것을 알 수 있었습니다. 저는 당신과의 공동 작업에 대한 관심을 잃었습니다.[92]

훗날 벤야민은 단호하게 잘라 말했던 것을 후회했다. 브레히트에게도 자신이 결과를 예상했더라면 "만의 무리한 요구"를 당연히 감수했을 것이라고 전했다.● 여기서 일어난 이해관계의 갈등은 양측이 모두 만족스러워할 합의를 쉽게 이끌어낼 수 있을 만큼 간단한 것이 아니었다. 망명지에서 발행되는 잡지가 대체로 그랬듯이 『디 잠룽』의 재정 상황도 비참했다. 발행을 맡고 있던 출판사는 잡지에서 손을 떼고 싶어했고, 더구나 클라우스 만도 오랫동안 무보수로 일했다. 출판사 대표 프리츠 란츠호프는 얼마 안 되는 책의 판매 수익을 잡지 제작에 쏟아부어야 했다. 이런 상황에서도 특히 형편이 어려운

● "이 세상을 살아가기에 제가 충분히 영리하지 못하다는 사실이 드러난 셈입니다. 더구나 그러한 영리함이 제게 정말로 중요했을 그 시점에 말입니다."(발터 벤야민이 베르톨트 브레히트에게 보낸 1935년 5월 20일 편지, GB V, 80쪽, 편지 번호 959.)

작가들에게는 정기적으로 고료를 지불해왔던 것이다.[93] 그러나 다른 한편으로 150프랑, 독일 화폐로 25라이히스마르크 정도 되는 고료는 사실 망명지에서 곤경에 처한 작가에게 "술 한잔값"[94] 정도에 불과했다. 벤야민의 요구를 자신의 작업에 대한 지나친 과대평가로 볼 수도 없고, 발행인의 결정을 투고 원고 내지 필자에 대한 과소평가로 설명하기도 어렵다. 란츠호프는 당시 상황을 다음과 같이 판단했다.

> 『서푼짜리 소설』 서평에 대한 고료 책정의 어려움에 대해서:
> 저 역시 이 문제에 대해 잘 알고 있습니다. 망명지에서의 문예지 발행이라는 것은 서글프게도 전망이 불투명하고 비용이 많이 드는 사업일 수밖에 없습니다. 헤르츠펠데도, 우리도, 『마스 운트 베르트』도 비슷한 어려움과 좌절을 겪었습니다. 필자들에게 고료를 꼬박꼬박 지불하기는 했지만 그 액수가 적었던 것은 사실입니다. 이 문제로 벤야민이 상심했지요. 하지만 벤야민에게 하인리히 만이나 되블린, 혹은 또다른 필자들보다 더 많은 고료를 지불하는 것 역시 불공정했습니다. 지금도 저는 당시 필진뿐 아니라 잡지가 처했던 불행한 상황을 감안했을 때 집필 작업에 대한 '존중'이 부족했다고 보지 않습니다.[95]•

이 논쟁에 대한 벤야민의 논평은 간명하다. "뒤늦게 사춘기에 들어

• 벤야민에게 제삼자로서 충고한 베르너 크라프트의 간단명료한 판단은 란츠호프와 달랐다. "이 일을 계기로 당신은 앞으로 그보다 더 적은 액수에 동의하는 법을 배우게 될 겁니다. 그보다 더 큰 액수라고 해도 사실 생활에 필요한 기준에서 보자면 그다지 큰 차이가 없기 때문입니다. 객관적으로 보면 그래요, 잡지 수입이 얼마 되지 않는다는 것도 사실이지만, 건전한 계급지 본능에 시내어 삭가들로 하여금 노예적 봉사를 하도록 부추기고 있는 거죠."(베르너 크라프트가 발터 벤야민에게 보낸 1935년 5월 4일 편지, GB V, 92쪽.)

선 한 패의 사람들이 장난칠 기회를 엿보고 있습니다."[96] 이 말은 브레히트가 1926년 『다스 타게부흐』에 기고한 토마스 만과 클라우스 만에 대한 논박문 「아버지가 아들과 함께 수리부엉이를……」[97]을 연상시킨다. 클라우스 만은 벤야민을 브레히트의 동지라고 믿어 의심치 않았고, 「생산자로서의 작가」와 「브레히트의 『서푼짜리 소설』」 이외에도 여러 논문을 거절함으로써 오래된 상호 반감에 다시 불을 지폈다. 그는 문학정치의 장이 변화했으며, 『디 잠룽』의 편집인이라면 논쟁의 포기가 치명적인 결과를 가져올 것이라는 사실을 깨달았어야 했다.[98]

벤야민은 거절당한 서평을 바로 다른 매체에 싣고자 했지만 여지없이 헛수고로 끝났다.● 처음에는 모스크바로 보내보았다. 하지만 마르가레테 슈테핀이 그에게 편지한 것처럼, 이미 모스크바 "여기저기에서 서평들이 발표된 뒤였다." 그녀는 "그 글이 아주 마음에 드는데 제대로 평가되지 않았다"라며 유감스러워했다.[99] 그다음에 원고는 『다스 보르트』 편집부로 전달되었다. 하지만 이 년이 흐른 뒤에 편집위원인 프리츠 에르펜베크가 소설이 나온 지 너무 시간이 지났다는ー당시 시점에서 보면 당연한ー이유를 들어 돌려보냈다.[100]■ 1935년 5월에는 『노이에 도이체 블레터』 편집부에 보냈다. 하지만

● "당신에게도 『서푼짜리 소설』의 서평을 보내드릴 생각이었습니다. 하지만 이번에도 두 편 내지 세 편의 기존 원고가 잘못된 길을 들어섰음에 틀림없습니다."(발터 벤야민이 베르너 크라프트에게 보낸 1935년 4월 3일 편지, GB V, 69쪽, 편지 번호 953.)

■ 벤야민은 "『서푼짜리 소설』에 대한 자신의 서평에 『다스 보르트』도 관심을 보이고 있는지"를 물었다. 발터 벤야민이 빌란트 헤르츠펠데에게 보낸 1936년 5월 5일 편지, GB V, 284쪽, 편지 번호 1037 참조.

이미 1월호에 알렉산더 모리츠 프라이가 쓴 논문을 실었던 편집진은 관심을 보이지 않았다.[101] 프랑스, 영국, 미국에서도 브레히트 소설 출간과 맞물려 벤야민의 서평을 출판하려는 계획들이 있었지만 이내 좌초되었다.[*] 다음의 메모가 입증하고 있듯이, 브레히트는 이 계획을 실현시키기 위해 나름 애를 썼다.

> 벤야민의 논문을 체코 번역자에게 보낼 것. 누구에게?
> 이름이 알려진 사람으로!
> 50퍼센트는 그에게. 그 논문은 세상에 나와야 한다.[102][■]

『서푼짜리 소설』은 벤야민이 아무 조건 없이 동의했던 브레히트의 작품 중 하나였다. 벤야민은 이 소설을 "대단히 성공적인 작품"[103]이라고 여겼다. 그는 작가에게 인쇄본으로 소설을 읽는 내내 "읽을 때마다 많은 장면에서 새로운 만족감을 느낀다고" 전했다. "제가 보기에 이 책은 오래 읽힐 것 같습니다. 구스타프 글뤼크 씨도 그 책이 완

- [*] "당신에 대해 쓴 벤야민의 논문을 소설 출간에 앞서 프랑스의 어느 잡지에서든 출판할 수 있도록 벤야민을 돕고자 합니다."(슬라탄 두도프가 베르톨트 브레히트에게 보낸 1935년 9월 30일 편지, BBA 478/49.) "그 비평을 발표할 수 있을지 여전히 불투명합니다. 영국에는 이 책에 대한 관심이 대단한데, 비평을 영어로 번역할 가능성은 없을까요."(발터 벤야민이 마르가레테 슈테핀에게 보낸 1937년 4월 26일 편지, GB V, 521쪽, 편지 번호 1151.) "하우프트만은 미국 독자들에게 소개할 당신의 논문을 기다리고 있습니다."(베르톨트 브레히트가 발터 벤야민에게 보낸 1935년 2월 6일 편지, GBA 28, 489-490쪽, 편지 번호 640.)

- [■] "당신의 논문에 대해서는 (체코어 번역 건 때문에) 당신에게 아직은 아무 답장도 쓸 수 없습니다. 더 랑어는 그동안 네 번이나 번역가나 출판사를 물색했다고 하는데 아직 답변을 주지 않았습니다. 하지만 지금 브레히트가 그곳에서 새로운 사람을 발견해서 이제 아마 일이 잘 될 것입니다."(마르가레테 슈테핀이 발터 벤야민에게 보낸 1935년 9월 15일 편지, Margarete Steffin 1999, 144쪽, 편지 번호 414.) 나중에 쓴 편지에는 다음과 같이 적혀 있다. "저는 『서푼짜리 소설』에 대한 당신의 논문을 체코어 담당 부서에 보냈습니다만 아직 답변이 없습니다."(마르가레테 슈테핀이 발터 벤야민에게 보낸 1935년 10월 16일 편지, 같은 책, 148-149쪽, 편지 번호 47.)

벽한 성공작인 것 같다고 이야기했습니다."[104] 벤야민은 아샤 라치스에게도 이 소설의 보편적인 위상을 강조했다. "저는 이 소설이 세계문학에서 스위프트와 나란히 한 자리를 차지하게 될 것이라고 생각합니다."[105]●

벤야민의 이러한 입장은 그 자신이 에둘러서 언급한 바 있던, 2월 초 이전에 나온 다른 이들의 서평들과 비교할 때 더 잘 드러난다.■ 벤야민은 자신의 텍스트에서 다양한 목적을 추구했다. 그는 주인공의 성장에 특별히 주목하면서 소설을 극작품인 「서푼짜리 오페라」와 비교했고, 소설의 사회분석 수준을 규명하고, 텍스트를 장르사와 양식사의 측면에서, 즉 범죄소설이자 풍자문학이라는 틀로 분석했다. 초판의 모든 서평가와 마찬가지로 극작품과의 비교는 불가피했다. 벤야민은 극작품 발표와 소설 출판 사이에 흘러간 몇 해가 새 작품에 자국을 남길 만큼 "정치적으로 압도적인 해들"[106]이었다고 전제하면서 그 변화 양상을 연구했다. 그러한 변화는 1930년대 파시즘 독일이 당면한 상황과 관련된 부분들에서 의심의 여지 없이 드러났다.[107] 공산주의 성향의 서평가들은 대부분 브레히트의 소설이 착취와 이윤으로 만들어진 경제 및 사회 형태를 마르크스주의적 시각에서 성공적으로 다루었다고 여겼고, 후대의 사회주의자 청소년들에게 역사, 국가경제학, 사회학, 심리학을 교육할 교과서적인 면면을

● 당시 벤야민은 스위프트에 대해 전혀 알지 못했지만 브레히트의 소설을 계기로 그에 대해 연구해보려고 했다. 그렇다고 해서 그가 강조한 이러한 비교가 설득력을 잃는 것은 아니다. 발터 벤야민이 베르톨트 브레히트에게 보낸 1935년 3월 5일 편지, GB V, 58쪽, 편지 번호 948 참조.

■ 서평을 완성하기 전에 벤야민은 최소한 헬레네 바이겔이 그를 위해 필사해준 Alexander Moritz Frey 1934; Leo Lania 1934; 익명 1934 정도는 읽었다. 헬레네 바이겔이 발터 벤야민에게 보낸 1935년 2월 6일 편지, Stefan Mahlke 2000, 13쪽 참조. 비평 사본들은 BBA 367/01-07 참조.

갖추었다고 보았다.[108]

벤야민도 소설의 배후에 마르크스가 숨어 있다고 생각했지만 이러한 측면에 대한 의견을 적극적으로 표명하지는 않았다. 그의 통찰은 소유관계를 보존하기 위해 폭력을 행사하는 지배계급에 대한 것으로, 재산을 몰수당한 사람들에게까지 그러한 폭력을 가르치려 드는 지배계급의 분투가 자본주의의 근본적인 특징이라는 것이다.[109] 『서푼짜리 소설』의 사회분석적인 기능에 대한 서술에서 벤야민은 확실하게 동료 비평가들을 넘어섰다. 벤야민은 범죄소설 공동 집필 프로젝트 때 브레히트와 방법론을 협의해나가며 "착취의 법칙"[110]이 깔려 있는 자본주의의 **역설**을 다음과 같이 공식화하기도 했다.

> **이러한** 범죄소설은 부르주아적 법질서와 범죄의 관계를 현실적으로 묘사해낸다. 후자는 전자가 승인한 착취의 예외 상태임이 입증된다.[111]

『서푼짜리 소설』의 정치·경제적 내용에 대한 테제를 밝히는 과정에서 벤야민은 자본주의적 지배메커니즘의 발견이 작품의 중요한 특징이라고 보았다. 이로써 소설의 미학적 차원은 뒷전으로 물러나게 된다. 벤야민은 브레히트 소설을 이와 같이 소개하면서 망명 시절의 리얼리즘 논쟁에서 문화정치적으로 분명한 입장을 취하게 된다. 언제나 "유물론적 예술"이었던 풍자가 브레히트의 경우 "변증법적이기도 한 예술"[112]이 되었다는 견해를 피력한 벤야민은 『서푼짜리 소설』이 관념론적 책이라는 알프레트 칸토로비츠의 비난을 반박한다.[113] 딱 부리지게 동의했음을 입증할 수는 없지만—하긴 그런 제스처를 취할 필요도 없었지만—벤야민의 논박은 1935년 1월 베허의

벤야민과 브레히트

집에서 칸토로비츠의 공격에 항의했던 브레히트와 같은 생각이었음을 보여준다. 브레히트와 벤야민은 리얼리즘적인 풍자가인 세르반테스와 스위프트를 인용했다.[114]•

벤야민은 실존 인물이나 무대를 다루는 방식의 자유분방함도 『서푼짜리 소설』의 풍자적 특징이라고 보았다. "그러한 자리 바꾸기는 풍자적 시각에 속한다."[115] 물론 현실은 머리로 고안한 것보다 훨씬 더 비현실적이다. 소설 텍스트 중 이탤릭체로 표기된 해설에서 벤야민은 "독자를 향한 권고, 즉 때때로 환상을 포기하라는 권고"를 되새긴다. "풍자소설을 읽을 때 이보다 더 적합한 권고는 없다."[116]■ 이 장치는 텍스트를 마치 삽화처럼 중단시키는바, 관객이 줄거리에 감정이입하지 못하도록 거리를 만드는 극작품 속의 노래들과 비교될 수 있다. 풍자와 몽타주 기법을 리얼리즘적 수단으로 인정하면서 벤야민은 특히 리얼리즘 논쟁에서 총체성이나 재현의 통일성 같은 부르주아 소설 범주의 타당성을 환기시켰던 루카치의 구상을 논박한다.

장르 이론의 측면에서 벤야민은 『서푼짜리 소설』이 범죄소설과 직접적으로 맞닿아 있다고 보았다. 그는 자신이 무엇을 이야기하는지

• 레오 라니아도 세르반테스와 스위프트를 언급했다. "이 소설은 『걸리버 여행기』와 『돈키호테』만큼 비현실적이면서도 리얼리즘적이다."(Leo Lania 1934, 3쪽.) 한편 칸토로비츠에 대한 벤야민의 반응이 다소 온건해 보이는 이유는 칸토로비츠의 입장이 완전히 양분된 반응에 부딪혔기 때문이다. Weimarer Beiträge 1966, 444쪽 참조. 출판인이자 비평가인 막스 슈뢰더와 체코 출신 공산주의 활동가 오토 카츠도 거리를 두었다. 1934년 12월 17일에 카츠는 브레히트에게 칸토로비츠의 비평이 "당신의 책에 대해 쓸 수 있는 글 중 아마도 가장 우둔한 글에 속할 것입니다"라고 전했다. "『서푼짜리 소설』은 대단하다고 생각합니다. 그것은 정치소설의 모범입니다. 저희는 그러한 책들이 더 많이 나오고, 칸토로비츠 같은 부류의 사람들의 숫자는 더 줄어들기를 바랍니다."(BBA 367/09.)

■ 벤야민은 서평 「브레히트의 『서푼짜리 소설』」에서 "팔 년 동안"이라는 제목을 붙인 첫 장부터 풍자의 작동 메커니즘과 풍자가의 태도에 대해 언급한다. GS III, 440-441쪽 참조.

를 알고 있었다.

> 도스토옙스키의 작품처럼 초기에는 심리학에 크게 기여했던 범죄소
> 설은 전성기에 이르러서는 사회 비판에 사용되고 있다.[117]

브레히트는 장르가 지닌 잠재력을 도스토옙스키보다 더 충분히 활용했다. 그에게는 도스토옙스키와 달리 심리학이 아니라 정치가 중요했기 때문이다.[118]• 브레히트는 "사업 안에 은폐되어 있는 범죄를 밖으로 드러낸다."[119] 부르주아 법질서와 범죄가─전통적 범죄소설의 게임 규칙은 양자를 대립된 것으로 보지만─사실은 밀접한 연관관계에 있다는 증명을 통해 브레히트는 과거의 게임 규칙을 따돌린다. 그러면서도 고도로 발전한 범죄소설의 기법은 보존한다.

범죄소설과의 이러한 비교가 엘리자베트 하우프트만의 편지를 받은 이후에 행해진 것인지는 알 수 없다. 하우프트만은 벤야민에게 범죄소설에 대한 브레히트의 논문들을 언급하면서 다음과 같이 덧붙인 바 있다. "하지만 당신 말고는 아무도 이 소설의 의미와 트릭을 이해하지 못할 것 같아요. 사람들은 많은 부분에서 반감을 느낄 것입니다."[120] ■

• 벤야민이 도스토옙스키의 소설을 『서푼짜리 소설』의 선조 반열에 넣으려는 생각을 하게 된 데에는 일종의 양심이 없지 않았다. 도스토옙스키 독서가 벤야민의 병을 불러일으킨 주된 요인이라고 보았던 브레히트는, 풍자문학의 대가인 체코슬로바키아 작가 하셰크와는 비교의 여지도 없는 도스토옙스키에게 "그러한 상태에 미친 위험한 영향력"의 책임을 돌린 적이 있었던 것이다. GS VI, 531-532쪽 참조.

■ "저는 벤야민에게 범죄소설에 대한 최근의 당신 논문을 환기시켰습니다. 흔적을 남기는 사람들과 관련해서 말입니다. 그는 그 논문을 읽고 있나요? 그 논문이 그에게 도움이 될 텐데요."(엘리자베트 하우프트만이 베르톨트 브레히트에게 보낸 1935년 1월 12일 편지, BBA 480/33.)

벤야민이 길버트 키스 체스터턴의 책 『디킨스』에서 뽑아낸 발췌문은 그의 비평 「브레히트의 『서푼짜리 소설』」의 연장선에 있다. 슈테핀에게 말했듯이, 이 발췌문은 『서푼짜리 소설』에 대해 할 수 있는 최상의 발언이다. 그는 이를 자신의 비평문에 삽입하려 한다고 밝혔다.[121] 벤야민은 『서푼짜리 소설』에 나타난 브레히트의 풍자적 서술 방식이 신중한 생각에 근거하면서도 격정적인, 디킨스와 라블레의 풍자와 유사한 힘을 가지고 있다고 보았던 것이다.

> 그[디킨스]의 책들은 어떤 점에서는 세상에서 가장 환상적이다. 디킨스는 런던의 대로 혹은 변호사 사무소를 무대로, 파플라고니아 혹은 코키그루Coqcigrue의 나라에서 라블레가 보여주는 것보다 더 멋진 풍자의 산물을 보여준다. 그런데도 핵심을 파고들다보면 돌연 고요함과 이성을 만난다. 이 점은 라블레의 핵심이기도 했다. 지나치고 격정적인 다른 풍자가들도 모두 이런 식의 결정타를 터뜨렸다. 디킨스에서 아주 중요한 이러한 속성에 대해서 우리 시대의 이해는 한없이 부족하다. 디킨스는 과격한 익살꾼이었지만 온건한 사상가이기도 했다. 그는 생각할 때 온건함을 유지하기 때문에 농담을 던질 때는 과격했다. 우리 현대인들은 그것을 고삐 풀린 상상력이라고 부르지만, 그의 상상력은 사실 그의 온건한 사고방식에서 나온 것이다. 그 자신은 이성적이었기 때문에 그는 모든 극단적 경향의 불합리성을 정확하게 예감했다. 디킨스는 모든 괴팍한 것을 꿰뚫어보았다. 중심에 서 있었기 때문이다. 오늘날 우리는 저주를 일삼는 우리의 예언자들로부터 격정적인 풍자를 기대하지만 정작 그들은 한 편의 풍자도 쓸 수 없다. 별을 가지고도 재주를 부리고 지구를 축구공처럼 차올리는 라블레의 풍자 같은 것을 쓸

수 있으려면, 사람들 자신은 온건하고 부드러워야 한다. 니체 같은 사람, 고리키 같은 사람, 단눈치오 같은 사람은 진정으로 자유분방한 풍자를 쓸 수 없다. 그들 자신은 너무 엄격한 경계에 서 있기 때문이다. 그들 자신이 곧 가장 성공적인 풍자화에 해당하기 때문에 정작 그들은 성공적인 풍자화가가 될 수 없는 것이다.[122]

(5) 「프롤레타리아계급을 언급해서는 안 되는 나라」

벤야민은 1937년 10월 16일과 17일 파리에서 원저자인 브레히트의 연출로 초연된 "스페인극" 〈카라르 부인의 무기들〉을 브레히트의 연극 중에서도 새로운 방식의 연극이라고 묘사했다.

> 브레히트는 이제야 비로소 리얼리즘적 재현 방식에 접근했다네. 〈카라르 부인의 무기들〉은 그가 전문성을 잃지 않은 채 그 같은 연출을 해낸 작품이지. 바이겔이 와서 주연을 맡아주었어. 사 년이라는 공백이 있었는데도 그녀의 연기는 기량의 절정을 발휘했던 베를린 시절보다 뛰어났다네…… 작금의 프랑스 연극을 보고 다니자니—브레히트가 이곳에 머물게 되면서 몇 년 만에 처음 공연 볼 기회가 생겼는데—리얼리즘적인 연출을 포함한 브레히트의 시도가 '아방가르드'와는 엄청난 거리가 있음을 확신하게 된다네. 그뿐만 아니라 내가 「기술복제 시대의 예술작품」에서 제시한 연극에 대한 예측이 확고한 근거를 바탕으로 한 것이었다는 확신 역시 얻게 되었다네.[123]

브레히트의 판단도 벤야민과 일치했다. 그는 카를 코르슈에게 바이겔의 연기가 "그 어느 때보다 훌륭했고" 휴식기를 가졌음에도 전혀 무뎌지지 않았으며, 지금까지 공연된 그 어떤 서사극 공연과 비교해보아도 가장 훌륭하고 순수한 연기"였다고 전하면서, "리얼리즘적 연기 방식과 고상한 연기 방식의 대립이 어떻게 완전히 지양될 수 있는지를 흥미진진하게 보여준 연기"라고 덧붙였다.[124] 반년 뒤 초연된 〈제3제국의 공포와 비참〉의 발췌극 〈99퍼센트〉는 미학적 문제와 공연 기술 문제에 직면하게 되었다. 다시금 바이겔의 연기가 중요해졌다.

벤야민은 이미 1937년 9월 28일 파리 '에투알 극장'에서 이베트 질베르가 피첨 여사 역으로 분한 〈서푼짜리 오페라〉에 대한 촌평을 작성했고,● 1938년 5월 21일과 22일 '이에나 극장'에서 초연된 (〈제

● 〈서푼짜리 오페라〉에 대한 벤야민의 비평문(GS VII/1, 347-349쪽) 원본에는 작품 제목이 프랑스어로 쓰여 있다. BBA 1503/05-07 참조. 슈테판 라크너에 보고에 따르면, 벤야민은 이 공연의 리허설을 보러다녔다고 한다. "1937년 가을에 파리에서 〈서푼짜리 오페라〉 공연이 있었는데, 벤야민은 그 리허설에 나를 여러 번 데리고 갔다."(Stephan Lackner 1979, 55쪽.) 벤야민의 비평문은 『유럽』에 실릴 예정이었는데 무슨 이유인지 성사되지 못했다. 편집장 장 카수가 벤야민에게 보낸 1937년 10월 6일 편지를 보면 벤야민이 그에게 공연에 대한 기고문을 보냈던 것을 알 수 있다. "당신으로부터 소식을 듣고, 또 〈서푼짜리 오페라〉를 보게 되어 매우 기뻤습니다. 그래요, 이 공연에 대해 두 쪽 정도 간단한 평을 써주시겠어요?"(SAdK Bestand WB 144/3.) 여기에 따르면 벤야민의 기고문이 공연 팸플릿을 위해 작성된 것이라는 주장은 신빙성이 떨어진다. GS VII/2, 654쪽 참조. 이 텍스트의 발표 날짜는 1937년 9월 16일 이전이 아니다. 그와 다른 주장에 대해서는 같은 곳 참조. 이날 마르가레테 슈테핀이 발터 벤야민에게 보낸 편지 뒷면에 보면 논문 집필에 앞서 적어넣은 표제어들이 적혀 있다. 그것은 벤야민이 논문에서 "주요 인물"로 소개한 작품 속 인물들의 성격적 특징, 기질, 그리고 각 인물의 특징을 보여주는 인용문 등이다. 물론 벤야민의 메모를 여기에서 다 인용하지는 않겠다. "매키 // 냉소주의자와는 전혀 다름 / 축하를 건네는 태도 / 칼과 송어 / '다른 사람들 집에서는 / 그런 날이면…… 또 무슨 일인가가 벌어진다' / 카스토르와 폴룩스 / …… // 타이거 브라운 / 컨소시엄의 정신으로 / 성장한 / 매키 자신이 그를 소개한다 / 어린 남학생다운 짓 / 맨 끝 의자에 앉은 // 피첨 / 모든 재난을 다 겪은 뒤다 / 가능한 세상 중에서 가장 나쁜 세상 / '자신의 비참한 처지에서 / 어느 누구도 믿지 않기 때문에 / 성경에 정통한 / 세상의 제스처를 알고 있다 / 그의 모자 / 폴리 / 움직인다 자연스럽게 / 세상과 세상 사이에서 / 모직물 상인 / 밴드와의 관계 / '그가 그 연극들을 보러 / 가기 전에 / P.s 협박 / 부모.'"(SAdK Bestand WB 144/3.) 원본에는 네 개의 서류 뭉치가 보관되어 있다.

3제국의 공포와 비참〉에서 여덟 장면만 발췌해 무대에 올린) 〈99퍼센트〉에 대해서도 비평문을 쓰게 된다. 마르가레테 슈테핀이 보낸 편지에 드러나 있듯이, 이는 스벤보르에 머무르고 있던 브레히트의 요청에 따른 것이었다. "브레히트는 지난번 공연에 대해 당신이 뭔가 써주었으면 하고 간절히 바라고 있습니다. 전문가의 판단을 듣고 싶다면서요. 해주실 수 없는지요?"[125]

하지만 일이 어긋나기 시작했다. 먼저 벤야민은 헬레네 바이겔이 각종 역할을 맡았는데도 리허설 참관을 거절당했다. 바이겔이 스벤보르의 브레히트에게 전한 바로는, 두도프가 "피스카토르고 벤야민이고 아무도 리허설에 들어와서는 안 된다"고 딱 잘랐다는 것이다.[126] 우여곡절 끝에 완성된 1938년 6월 30일 『디 노이에 벨트뷔네』에 실린—편집부에서 '브레히트의 단막극'이라는 제목을 붙인—벤야민의 공연평은 작품 보고를 넘어 망명연극에 대한 테제로 확장된 글이었다.

이 글에서 벤야민의 성찰은 망명예술의 가능성을 중심으로 전개된다.

베르톨트 브레히트 문서고에는 「서푼짜리 오페라」 텍스트의 타자 복사본과 함께 벤야민 논문에 대한 표제어들이 적힌 두 쪽짜리 종이가 있다. 그 종이에는 존 게이의 연보 및 작품사 관련 자료와 그 밖의 메모도 적혀 있다. "*2…… 1688 †1732 / 포목 장사 / 몬마우스 공작 부인의 비서 1712 / 「거지들의 오페라」(1728), 프랑스어판 (1750) / 폴리 1/29, 공연되지 못함 / 포프의 친구 / 피첨 / 트리비아 혹은 런던 거리를 산책하는 기술 / 시 작품 2권 런던 1812 1772 / '그의 태도는 단순하고 / 부드러움, 또한 친구들도 많음' / 1750 Yk 1830 / 1767 Yk 1920 / 게이의 상상력은 / 그가 처해 있는 / 재산 상태에도 달려 있음 / 그가 행복할 때면 / 상상력은 / 그 날개를 마음껏 펼쳤고 / 재산이 없을 때는 / 상상력도 / 줄어듦 // 상상력의 결핍은 추하고도 비열하며 / 도덕적 사유는 / 도덕적 커리커처(풍자)의 품격을 높임 // 포프의 비문: / 매너가 있는 / 부드러운 감정, / 위드 속의 한 남자, / 단순함, 아이 / 마을의 목가 / 네 번의 낮 / 유행에 따라 소모됨 / 어느 탕아의 인생 / 어느 매춘부의 인생 / 산업과 태만함 / 선거 / 순회 희극배우 / 잔인한 장면들."(BBA 1503/03-04.)

일련의 단막극들은 독일 망명연극에 이런 유의 연극이 필요하다는 것을 처음으로 분명히 밝힌 정치적이자 예술적 기회를 보여주었다. 두 가지 계기, 즉 정치적 계기와 예술적 계기가 여기서 종합된다.[127]

벤야민의 논의 방식을 곰곰이 뜯어보면, 〈99퍼센트〉에 대한 그의 비평은 정치적 계기와 예술적 계기의 통일을 확인한 것이 아니라 반대로 그 종합이 공연에서 실현되지 못하고 있다고 보면서 이를 요청하고 있다. 벤야민은 브레히트의 단막극 덕분에 독일 망명연극에 주어진 기회가 전적으로 정치적으로만 이용되고 있다고 보았다.

이 공연비평은 서사극에 대한 벤야민의 이전 글들의 논지를 잇고 있다. 그가 감지한 것은 희곡과 무대의 변화된 관계였다. 파리 초연을 본 관객은 "처음으로 자신을 희곡의 관객으로 인식하게 되었다."[128] 서사극은 "주인공의 동요하는 운명에 감정이입함으로써 일어나는 감정의 배출"[129]을, 즉 카타르시스를 포기한 비非아리스토텔레스적인 극인 바, 벤야민은—"타격을 가하듯이" 진행되고 충격을 불러일으키는 형식을 기본틀로 삼는 서사극의—중단 효과라는 원칙을 재차 강조했다. 극의 흐름을 일정한 간격으로 끊는 노래, 서브텍스트•, 제스처는 관객의 환상을 깨뜨리는 동시에 비판적 입장과 숙고를 위한 공간을 빚어낸다.[130] 물론 벤야민은 1933년 초부터 다듬어진 "브레히트 연극의 수준"[131]을 망명지에서 그대로 다 고수할 수는 없음을 인정했다.

• 연극에서 대사로 표현되지 않은 생각, 느낌, 판단 등을 표현하는 방식을 말한다. —옮긴이

서사극 무대를 망명지에서 온전히 실현하기에는 아직 서사극의 기반
도 튼튼하지 않을뿐더러 서사극 무대에서 훈련된 연기자도 그리 많지
않았다.[132]

이러한 인식은, 망명지의 연극은 다시 처음부터 시작해야 한다는
비평문 서두의 요청과 일치한다.[133] 이는 예술의 기술적 요구 수준을
상대화하는 것이 아니라, 망명의 조건하에서 그러한 요구를 실현하
기에는 문제가 많다는 상황을 인식한 데서 비롯된 것이다.

〈제3제국의 공포와 비참〉의 발췌극인 〈99퍼센트〉 무대에서 벤야
민은 부르주아 연극의 요소들을 찾아냈다. 단막극들은 "전통적인 극
작법에 따라 연출되었다."[134] 극적인 요소가 사건의 말미에 예기치
않게 나타나기도 하고, 연극에서 빼놓을 수 없는 환상을 불러일으키
는 술책이 진가를 발휘하기도 하며, 각 장면에서 사회적 관계의 모순
이 "극적 긴장을 통해" 재현되기도 했던 것이다. 벤야민은 당시 역사
적 상황에서 유일하게 올바른 것이라고 보았던 브레히트의 연극이
론이 설정한 요구와 실제 공연 사이의 괴리를 지적했다. 관객이 "열
정적으로"[135] 작품에 몰두했다는 점도 이러한 괴리를 의심의 여지 없
이 드러낸다. 그러한 효과는 원래의 의도를 가로막았다. 아리스토텔
레스적 연극에서 관객을 휩쓸어가는 파도가 연상되지 않을 수 없었
던 것이다.[136]

벤야민이 보기에 초기 브레히트 연극의 전통이 "그럼에도 불구하
고" 살아남은 것은 다른 배우들의 연기와 선을 긋는 헬레네 바이겔의
연기 덕분이었다. "그녀는 유럽 수준에 부합하는 인기의 권위를 성공
적으로 지켜냈다."[137] 따라서 이 공연평인 「프롤레타리아계급을 언급

해서는 안 되는 나라」의 첫 문장은 유보의 의미로 읽어야 한다. "망명지의 연극 무대는 **오직** 정치극을 다룰 수 있을 뿐이다."[138] 벤야민은 정치 경험의 공통점을 확인하는 데 그치지 않고 "거짓이 보편적인 체제가 된다"[139]•라는 카프카의 문장을 빌려, 공연된 단막극의 결정적 테제 안에 정치적 결실이 들어 있다고 보았다. 히틀러가 지배하는 독일에서 유래한 단막극들이 보여주는 것처럼 거짓이 사회의 동인이라면, 진리와의 대결은 "민중 앞에서 으스대고 있는 제3제국의 공포정치"에 대한 선전포고가 될 것이다.[140] 여기서 도덕적인 요구는 의심의 여지 없이 정치적인 것이다. 벤야민의 말대로, 진리는 "처음에는 약한 불꽃"이지만 "언젠가는 정화의 불이 되어 그 국가와 국가의 질서를 태워버릴 것"이다.[141]

벤야민처럼 많은 비평가도 브레히트 단막극의 높은 수준에 비해 파리에서 연출된 공연이 평범하다고 느꼈다. 브레히트는 이 공연을 위해 텍스트 작업을 하면서 "사람들이 서사극의 연기 방식에 대해 그 어느 곳에서보다 훌륭한 가르침을 얻을 것"[142]이라고 했지만 이러한 기대는 채워지지 않았다. 두도프에게 〈카라르 부인의 무기들〉 때 도달한 수준을 지켜줄 것을 촉구하기까지 했는데 말이다.

> 이 경우 예술적인 힘의 부족에서 비롯된 무력감은 정치적인 무력감으로 이어지게 됩니다. 우리가 망명지에서 탁월함 말고 다른 어떤 권위를 내세울 수 있겠습니까?[143]

• 니콜라우스 뮐러쇨의 다음과 같은 고찰을 참조하라. "이러한 공식이 벤야민의 모든 카프카와 브레히트 독서에 깔린 테제라고 해석한다면 그 테제의 원래 목적을 넘어서는 의미를 부여한 셈이 될 것이다."(Nikolaus Müller-Schöll 1995b, 105쪽.)

훗날 브레히트는 "서사극에 '실내화室內畵의 요소'와 더불어 거의 자연주의적이라고 할 만한 요소가 내재할 수 있다"[144]는 것을 단막극 시리즈가 보여주었다고 시인했다. 이 일이 어느 정도 긍정적으로 작용하기는 했지만, 마르가레테 슈테핀이 벤야민에게 전한 대로, 브레히트는 작업을 시작할 때마다 사로잡혔던 두려움에 다시금 시달리게 되었다고 한다. 브레히트는 단막극들이 "가능할지" 자신이 없었던 것이다. 단막극이란 "어느 정도는 (전적으로) 자연주의적이기 마련이니" 말이다.[145]

(6) 『브레히트 시 주해』

벤야민은 1927년 봄 『가정 기도서』가 출판되자 브레히트 서정시 연구를 계획했다.● 서정시는 초기에 벤야민이 브레히트 작품 중에서 가장 관심을 가졌던 장르이기도 하다. 벤야민은 자주 브레히트의 시를 언급했다. 이를테면 앞에서 인용했던 메링과 케스트너 신간 서평에서, 또 1932년 가을 프랑크푸르트에서 요제프 로트, 프리드리히 T. 구블러, 조마 모르겐슈테른과 반전문학 이야기를 나눌 때도 브레히트의 시를 예로 들었다. 이 자리에서 벤야민은 논쟁이 붙기 시작

● "이번 기회에…… 제가 그의 새 시집 『가정 기도서』에 대한 서평을 문예지에 발표할 수 있을까요? 전체적으로 저는 그 시집이 지금까지 그가 쓴 것 중에서 가장 훌륭한 것이라고 봅니다. (몇몇 작품을 보고 하는 말인 따름이고, 아직 전체를 포착하지는 못했습니다.)"(발터 벤야민이 지크프리트 그라키우이에게 보낸 1927년 4월 13일 편지, GB III, 248쪽, 편지 번호 528.) 이미 언급했듯, 『프랑크푸르터 차이퉁』에 실린 서평은 디볼트가 썼는데, 그의 서평은 거부하는 입장을 드러냈다. Bernhard Diebold 1927 참조.

할 즈음부터 사람들이 반전소설의 영향력을 과대평가한다고 말하면서 마지막에는 반전시가 반전소설보다 더 강력한 효과가 있다는 테제를 뒷받침하기 위해 브레히트의「죽은 병사의 전설」을 본보기로 들었다.[146]●

첫 구상 후 십여 년 뒤에야 집필에 들어간『브레히트 시 주해』는 벤야민에게 자신의 성찰을 체계화할 기회를 열어주었다.『가정 기도서』외에 특히 그가 놀두한 작품은『도시인을 위한 독본』,「마하고니 시의 흥망성쇠」에 실린 시, 소네트 연작『스벤보르 시집』이었다. 벤야민 전집에 실려 있는「시집 주해」[147]라는 글은 말리크 출판사의 브레히트 전집—하지만 결국 출간되지 못한—제3권에 싣기로 했던, 브레히트의 기존 시작품에 대한 주해를 담은 글이다.『브레히트 시 주해』는 벤야민이『다스 보르트』의 청탁을 받아 1938년 여름과 가을에 스코우스보스트란에서 쓴 연재물이다. 이 주해는 브레히트도 미리 읽었고, 그중 몇 편은 미리 공개되기도 했다.[148]■

『다스 보르트』의 청탁은 1938년 여름 브레히트의 중개로 성사되

● 벤야민은 그 시가 나중에 브레히트의 시민권 박탈의 빌미가 되었다는 것을 알고 있었다. "시민권 박탈 증서: 브레히트는 세계대전의 군인들에게 오물을 덮어씌웠다."(GS VII/2, 659쪽.)

■ 마르가레테 슈테핀은 벤야민에게 보낸 편지에 브레히트가 "이미 스벤보르에서" 원고를 읽었다고 썼다. 1939년 5월 중순 편지, Margarete Steffin 1999, 300쪽, 편지 번호 127. 슈테핀이 1938년 여름 내지 가을에 완성했을 사본에는 시의 악보도 붙어 있다. BBA 639/83에는「씻지 않으려고 하는 아이에 대하여」라는 시에 대한 브레히트의 주해가 실려 있다. 이 주해는 벤야민의 주해에는 수록되어 있지 않지만, 약간 변형되어 벤야민의 수기 원고에 실려 있다. GBA 22/1, 450쪽; GS VII/2, 659쪽 참조. BBA 639/84에는「유혹을 물리치며」라는 시의 주해 일부가 실려 있다. 이 주해 역시 약간 변형된 상태로 벤야민의 원고에 수록되었다. 브레히트의 주해가 수록되었든 아니든 1938년 여름을 앞둔 몇 달 전에 이미 벤야민의 주해가 존재했다는 사실은 알프레트 콘이 발터 벤야민에게 보낸 1938년 2월 3일 편지, SAdK Bestand WB 37/29에서 입증된다. 콘은 벤야민이 읽어준 브레히트 연구서에 대해 언급하면서 명쾌하고 훌륭한 책이라고 전했다.

었다.[•] 벤야민과 『다스 보르트』 편집자 프리츠 에르펜베크의 서신 교환이 원활하지 않았음에도 『브레히트 시 주해』의 출판은 확실시된 것으로 보였다.

> 이곳에서 에르펜베크는 왜 당신의 논문이 도착하지 않는지, 왜 당신으로부터 도통 소식이 없는지 의아해하고 있습니다. 혹시 지금쯤 당신이 직접 그와 연락하고 있는 건지요? 여하간 브레히트도 주해의 조속한 출간을 몹시 기다리고 있습니다.[149][■]

그러나 이번 기획도 좌절되었다. 벤야민의 원고는 잡지 편집부에 도착하지 않았던 것이다. 브레히트가 읽어보고 잡지사에 전달할 수 있도록 벤야민이 슈테핀에게 논문을 보낸 날짜는 1939년 3월 20일로, 『다스 보르트』가 그 달 마지막 호를 내고 정간停刊을 공지한 후였다.[150][▲] 마르가레테 슈테핀은 애석해했다. "당신의 원고는 아쉽게도 너무 늦게 『다스 보르트』에 도착한 셈이 되었습니다. 『다스 보르트』는 이미 소리 소문 없이 폐간되었거든요."[151] 프리츠 리프가 『슈

[•] "7월 28일에 발송된 편지를 오늘 읽었습니다. 브레히트가 에르펜베크에게 당신의 계약을 확실히 해달라고 촉구하는 편지였습니다. 그 일 전체를 태만하다고만은 볼 수 없습니다."(마르가레테 슈테핀이 발터 벤야민에게 보낸 1939년 1월 편지, Margarete Steffin 1999, 297쪽, 편지 번호 125.)

[■] 그후의 벤야민이 쓴 다음의 답장을 참조하라. "만약 에르펜베크가 저한테서 아무런 답장도 받지 못했다고 주장한다면 그것은 편집과 관련된 그의 거짓말 중의 하나가 될 겁니다. 제가 보낸 마지막 편지에는 출간과 무관하게 고료 지불 날짜를 미리 정해달라는 요청이 담겨 있는데, 그에 대한 답장은 받지 못했습니다."(발터 벤야민이 마르가레테 슈테핀에게 보낸 1939년 3월 20일 편지, GB VI, 244쪽, 편지 번호 1278.)

[▲] "……저는 원고를 에르펜베크가 아니라 당신에게만 보냈습니다."(발터 벤야민이 마르가레테 슈테핀에게 보낸 1939년 6월 7일 편지, GB VI, 293쪽, 편지 번호 1298.)

바이처 차이퉁 암 존탁(스위스 일요신문)』에 전달한 「노자가 망명길에 『도덕경』을 쓰게 된 경위에 대한 전설」에 대한 주해를 제외하고는 『브레히트 시 주해』 역시 저자 생전에 출간되지 못한 글 중 하나가 되었다.

벤야민은 브레히트 시에 대한 자신의 연구가 "미완으로 그쳤다"고 보았지만, 일련의 중요한 보완 및 수정 사항을 최종판에 반영하시 못했다.[152] • 브레히트의 시집 『노래·시·합창』에 실린 시 「독일」의 상징법에 대한 비판 같은 일련의 수정 의견은 구두로만 남아 있다. 베르너 크라프트는 1934년 5월 10일 일기에 다음과 같은 기록을 남겼다.

책을 닫는 마지막 시이자 더없이 훌륭한 언어로 쓰인 시 「독일」……
벤야민은 '창백한 어머니 독일을 보면서 여자 강도를 만난 듯 칼을 잡

• 「술에 취한 소녀에 대하여」와 「두루미의 노래」에 대한 주해 초안뿐 아니라 『스벤보르 시집』에 실린 「연대기」에 대한 주해 초안은 최종판에는 수록되지 않았다. GS VII/2, 655-659쪽 참조. 파리국립도서관 자료에 실려 있는 또다른 메모는 인쇄 과정에서 훼손되었다. GS VII/2, 659쪽 참조. 또다른 유고 자료 맨 앞 쪽 마지막 석 줄은 『도시인을 위한 독본』에 대한 메모다. GS VI, 540쪽 참조. 더불어 지금까지 전해진 내용은 다음과 같이 보완될 필요가 있다. (1) GS II/3, 1390쪽 T'에서 다음과 같이 누락된 사실이 있다. '베르톨트 브레히트 문서고' 자료 BBA 605/27-28에는 「노자가 망명길에 『도덕경』을 쓰게 된 경위에 대한 전설」에 대한 (슈테핀 유고에서 발견된) 벤야민의 주해 타자 원고 사본이 있다. (2) GS II/3, 1930쪽 중 M: 전집 편집자는 양피지 모양의 노트 M 674에 실려 있는 시가 두 편이라고 설명했지만, 실제로 열두 편의 시작품 사본이 실려 있다. 「여섯번째 소네트」(40쪽), 「소네트 10번: 분장의 필연성에 대하여」(42쪽), 「교육극 2번: 늙은 포제가 젊은 포제에게 하는 충고들」(43-44쪽), 「소네트 14번: 내면의 공허에 대하여」(45쪽), 「열두번째의 소네트. 단테가 베아트리체에게 쓴 시에 대하여」(58쪽), 「네가 벌써 몇 번이고 나를 꾸짖을 때 하던 말」(59쪽), 「착한 사람의 심문」 중 "너는 매수되는 사람이 아니다, 하지만 번개는"(60쪽), 「피난처」 중 "노가 지붕 위에 있다. 한가운데로 부는 바람"; 클라이스트의 희곡 「홈부르크의 공자」에 대한 소네트(61쪽), 「후손들에게」 중 "나는 실로, 어두운 시대에 살고 있다!"(62-63쪽), 「망명의 지속에 대한 생각」 중 "나는 벽에 못을 박지 않는다"(64-65쪽), 「지도자가 알지 못하는 것」(67쪽). GB V, 370-371쪽 참조.

는 자 누구인가'라는 구절이 문제적이라고 본다. 이 구절에서 인격의 동일성이 깨지기 때문이다. 이 여자 강도는 그녀의 아들들이 욕보인 자와 동일인이라고 생각할 수 없기 때문이다. 이는 정당한 이의다.[153]

이러한 비판을 덧붙이기는 했지만 그가 전개해나가는 해석은 브레히트 시작품에 대한 일관적이고 통찰력 있는 분석이다. 벤야민은 스스로 이 점을 익히 의식하고 있었다. 이 글의 서론에는 주해의 위상이 기술되어 있는데, 벤야민 자신의 저술이나 브레히트의 작품을 두고 겸손한 척 빼지 않는 그 강령적인 표현은『괴테의 친화력』의 서론 부분을 연상시킨다.

주지하다시피, 주해는 신중하게 검토하면서 명암을 구분하는 비평과 다르다. 주해는 그것이 다루는 텍스트의 고전성에서 출발하는 것으로, 그런 만큼 일종의 선입견을 품은 채 출발한다. 나아가 주해는 오직 텍스트의 미와 긍정적 내용과만 관계한다는 점에서 비평과는 거리가 멀다. 또한 고풍스러우면서 권위적인 형식의 주해를 오늘날 권위가 인정된 것에 맞서고 있는 전혀 고풍스럽지 않은 문학에 적용하는 것은 매우 변증법적인 사태다.[154]

벤야민이 브레히트의 자기해석에 따라 기존의 브레히트 시정시 작품을 역사화하는 한편 권위적인 주해의 형식을 변증법적으로 다루고 있다는 것은 의미심장한 일이다. 벤야민은『가정 기도서』에서 『스벤보르 시집』으로의 "발전"을 싣어내는 한편, 두 시집의 차이뿐 아니라 "두 시집의 공통점"에 대해서도 언급했다. 그에 따르면, "공산주의에 편협함이라는 낙인이 찍혀 있다고 보는 사람들이 브레히트 시집을 정독하게 되면 놀라움을 금할 수 없을 것이다……『가정 기도서』에서 드러나는 '반사회적인 태도'는『스벤보르 시집』에서 사회적인 책임을 보여주는 태도로 변한다."[155]

벤야민과 브레히트 논조의 놀라운 유사성은, 벤야민이『브레히트 시 주해』의 서론 집필시 브레히트와 대화를 나눈 시기에 작성한 메모를 참조했다는 사실에서 실마리를 얻을 수 있다. '브레히트의 주해'라는 제목의 그 메모는『브레히트 시 주해』서론 끝부분과 주목할 만한 차이가 있다.

> ### 브레히트 주해
>
> 공산주의에 편협함이라는 낙인이 찍혀 있다고 보는 사람들이 브레히트 시집을 정독하게 되면 놀라움을 금할 수 없을 것이다. 그러나 만약 브레히트의 문학이『가정 기도서』에서 보여준 초기 형태에서『스벤보르 시집』에서 보여준 형태로 바뀌면서 보여준 발전을 지나치게 부각한다면, 또한 오직 후자만을 공산주의자들에게 유용한 것으로 간주한다면, 이러한 놀라움은 사라지게 된다.『가정 기도서』에서 드러나는 '반사회적인 태도'는『스벤보르 시집』에서 사회적인 책임을 보여주는 태도로 변한다. 하지만 그것이 곧 전향은 아니다. 처음에 경외의 대상이었던 것이 불에 타 사라지는 것도 아니다. 오히려 브레히트 시 선집은『가정 기도서』의 허무주의자와『스벤보르 시집』의 공산주의자 사이에 중대한 대화가 이루어지는 기회가 된다. 가능하면 두 목소리를 동시에 듣고자 하는 독자에게 모든 것이 달려 있다. 우리가 이 선집을 채우고 있는 풍부한 매개, 다채로운 암시, 그 진정한 모순적 성격을 세

심하게 추구한다면, 선집을 읽으며 얻는 즐거움과 교훈도 배가될 것이
다.[156]

결정적인 차이는, 주해 서론에서는 메모에 적어놓았던 "『가정 기
도서』의 허무주의자"와 "『스벤보르 시집』의 공산주의자"라는 특징
적인 표현들을 삭제했다는 점이다. 벤야민에게 이러한 표현들은 『스
벤보르 시집』에 배어 있는 "진정한 모순들"을 포기하는 것으로 보
였을 것이다. 벤야민의 판단은 1935년 모스크바 낭독회 개회사에
서 브레히트가 보여준 자기 평가—브레히트 자신은 문학에 입문한
뒤로 "부르주아 사회에 대한 상당히 허무주의적인 비판"에서 벗어
난 적이 없다는 평가—와 매우 밀접한 관계를 맺고 있다.[157]• 벤야민
이 스코우스보스트란에 체류했던 시기에 브레히트는 같은 문제에 대
해 『작업일지』에 기록을 남겼는데, 이 메모에는 "비사회적" 혹은 "허
무주의적"이라는 표현 대신에 "퇴폐적"이라는 개념이 등장한다. 그는
두 시집의 관계를 "몰락" 또는 "상승"이라고 기술하는 것을 거부하는
바, 이는 "발전"을 너무 강조하지 말라는 벤야민의 경고와 일치한다.
브레히트가 이런 기록을 남긴 계기는 "마르크스주의자들이 간행하는
잡지들"에 실린 자신을 공격하는 글들이다. 그런 글 중 하나가 『인터
나치오날레 리터라투어』 1938년 7월호에 실린 죄르지 루카치의 글
「마르크스와 이데올로기 몰락의 문제」다.

• 나중에 삭제된 이 표현의 변주격인 다음의 발언은 벤야민 메모와의 관련성을 보다 분명히 보여준
다. "독일에서 가장 큰 출판사에서 낸 『가정 기도서』는 150쪽에 걸쳐 허무주의를 드러내고 있지만
사회적 태도를 지닌 시도 몇 편 있습니다. 무엇보다도 반전시, 「죽은 병사의 발라드」가 실려 있습
니다. 이 시는 전쟁중인 1917년에 쓴 시로 당신도 언젠가 듣게 될 것입니다."(GBA 22/2, 926쪽.)

나의 첫번째 시 창작물인 『가정 기도서』에는 확실히 부르주아계급의 퇴폐라는 낙인이 찍혀 있다. 감정의 풍요로움은 감정의 혼란을 품고 있다. 세분화된 표현은 분열의 요소를 품고 있다. 모티프의 풍부함은 목표 상실의 동인으로 이어진다. 힘이 넘치는 언어는 격식이 없다 등등. 이 작품에 비해 후기의 『스벤보르 시집』은 상승이자 몰락을 의미한다. 부르주아적인 관점에서 보면 놀랄 만한 빈곤화가 일어난 것이다. 모든 것이 예전보다 더 편파적이고, 덜 "유기적"이고, 더 차갑고, (경멸적인 의미에서) "더 의식적"으로 화한 것이 아닌가? 나의 아군들은 이러한 평가들을 용인하지 않을 것이다. 이들은 『가정 기도서』가 『스벤보르 시집』보다 퇴폐적이라고 말할 것이다. 하지만 나는 이들이 그러한 상승의 대가가 무엇인지를—상승이라는 평이 맞는다는 가정 하에—인식하는 것이 중요하다고 생각한다…… 몰락과 상승은 달력의 날짜처럼 분리되어 있지 않다. 몰락과 상승의 궤적은 인물과 작품을 동시에 꿰뚫어나간다.[158]

벤야민의 『브레히트 시 주해』는 브레히트라는 인물과 작품 안에서 그러한 궤적을 추적해나간 연구서다. 여기에서 벤야민은 어떠한 선입견도 없이, 다시 말해 텍스트의 고전성이라는 선입견에 사로잡히지 않은 채, 시의 시의성에 초점을 맞추고 있다. 벤야민은 텍스트에 따라 분석의 시각과 중심축을 이동시켰다. 말하자면 그는 시인이 사용하는 시적 전통, 예를 들면 보들레르, 베르하렌, 데멜, 하임의 대도시 시 전통을 언급하면서, 랭보와 하임의 시에 나타나는 "익사체" 모티프를 연구했다. 또한 그는 브레히트의 시가 받아들였거나 거부한 철학적·정신사적 전통—성서 전통, 플라톤 전통, 중세의 비가, 푸리에의 초기 사회주의 전통, 유겐트슈틸 등—에 주목했다.[159] 『브레히트 시 주해』는 형식, 소재, 모티프, 전통의 역사를 넘나들며 분석한, 브레히트 해석의 새로운 수준을 선보인 저술이었다.•

벤야민은 『브레히트 시 주해』 집필 이전에도 브레히트의 서정시가 보여준 전통에 대해 중요한 발언을 한 적이 있다. 베르너 크라프트의 발언이 계기였다. 하인리히 하이네의 시작품 중에는 브레히트의 이름을 내걸고 발표해도 하이네를 모르는 독자라면 그대로 믿을 작품들이 있다고, 두 시인의 차이—예를 들면 브레히트에게는 이론적인 강점이 있다는 반박의 여지 없는 차별점—에도 불구하고 다음과 같은 의문이 떠오른다는 것이 크라프트의 의견이었다.

> 한 시인이 어떠한 전통도 없이 모든 전통에 맞서서 창작하는 일이 가능하겠는가—저는 이 문제에 대해 충분한 대답을 얻지 못했습니다. 어쩌면 당신은 답할 수 있을지도 모르겠습니다! 제게는 트로츠키가 그의 중요한 저서 『문학과 정치』에서 혁명과 전통의 올바른 접합을 당연하게 전제한다는 사실이 아주 시사적이었습니다.[160]

1936년 1월 30일 벤야민의 답장은 그 자신도 『브레히트 시 주해』에서 언급한 것과는 또다른 전통들을 염두에 두고 있음을 보여준다.

• 벤야민의 해설서가 "그렇게 탁월한 정신을 가진 벤야민에게서 보기 드문, 당담할 정도의 서투름을 드러내고 있다"는 숄렘의 판단은 논문 내용과 형태를 제대로 파악하지 못하고 있다는 점에서 치명적이다. 이는 오로지 숄렘이 브레히트를 부정적으로 보고 있었다는 사실 속에서만 해명될 수 있다. Gershom Scholem 1983, 33쪽 참조.

벤야민과 브레히트

당신이 하이네와 브레히트에 대해 말한 것은 흥미롭습니다. 당신의 말에는 상당한 진실이 담겨 있는 것 같습니다. 비록 하이네에 대해 별로 아는 게 없는 저로서는 브레히트를 정확하게 연상시키는 하이네의 시구절은 떠오르지 않지만 말입니다. 브레히트를 두고 당신은 한 작가가 전통이라는 기반 없이 창작할 수 있는가라는 질문을 던지고 있지만, 이 점에서 저는 당신과 의견이 다릅니다. 확실히 전통이 존재하기는 합니다. 다만 우리는 지금까지 찾지 않았던 방향에서 전통을 찾아야 할 것입니다. 저는 무엇보다도 바이에른의 민중시가 떠오릅니다. 바로크 시대 남독일의 교훈적이고 우화적인 설교에 기인하는 명백한 특징들이야 말할 나위도 없고요.[161]

벤야민은 브레히트의 시에서 인간 경험의 아름다움과 위태로움이 동시에 묘사되고 있다고 보았다. 「마하고니 시의 흥망성쇠」에 실려 있는 「두루미의 노래」(사랑에 대한 삼행시) 중 "나란히 함께 나는"이라는 시구에서 벤야민은 "사랑의 환희"와 "근원적인 에로틱한 경험"을, "깊은 고요 속에서 상대방을 사로잡고, 또 그 사람 안에서 살아 숨쉬는" 경험을 발견했다. "친절함"과 "진정한 정중함"은 "비인간성"을 거쳐서 비로소 얻을 수 있다고, 유혹에 넘어가지 않도록 조심하라고 경고한다. 브레히트의 시집에서 "비정치적이고 비사회적인" 태도를 찾는 것은 헛수고다. 벤야민이 공언한 바와 같이, 해석의 의도는 "다름아닌 순수하게 서정적인 부분에서 정치적인 내용을 찾아내는 것"이다.[162] 하지만 이러한 지향이, 1930년대의 정치적 사건들이 시의 해석을 지배한다는 의미는 아니다. 시 해석에서 나치 집단의 세력 확장, 망명, 유대인 추방, 히틀러 반대자들 간의 분열, 히틀러와 스탈린이 맺은 협정 등과 분명하게 연관되는 개별적인 지점들이 발견되기는 하지만 말이다. 벤야민이 찾은 브레히트 시의 정치적 핵심은 반파시즘적 경향이다. 시 주해의 서두에서 언급하고 있듯이, 브레히트의 작품은 "오늘날 권위가 인정된 것에 맞서고 있는, 전혀 고풍스럽지 않은 문학"[163]으로 나타난다. 벤야민의 위치 설정은 그의 선견지명을 보여준다. 그에 따르면, "절망할 용기"는

> 당장 내일이라도 엄청난 파괴가 일어나서 어제의 텍스트와 창작품이 마치 수백 년 전에 만들어진 것처럼 멀게 느껴질 수 있다는 사실에서 나온다.[164]

벤야민은 출간된 지 몇 년 되지 않은 텍스트가 예기치 않은 시사성을 내보일 수 있음을 『도시인을 위한 독본』에 실린 시에서 깨달았다.●

> 아르놀트 츠바이크는 가끔 이 시들이 최근 몇 년 사이에 새로운 의미를 얻었다고 말하곤 했다. 마치 망명객이 낯선 나라에서 경험하는 것처럼 도시를 묘사해냈다는 것이다. 이 말은 옳다. 하지만 다음과 같은 점도 잊어서는 안 될 것이다. 피착취계급을 위해 싸우는 투쟁가는 자신의 나라 안에서도 망명객으로 산다는 점을. 현명한 공산주의자가 바이마르공화국 시대 정치 활동에 바친 마지막 대속물은 바로 이러한 위

● 『브레히트 시 주해』에서 벤야민은 『도시인을 위한 독본』의 첫번째, 세번째, 아홉번째 시를 망명과 추방의 경험이라는 관점에서 해석하면서 그 시사성을 입증해 보인다.

벤야민과 브레히트

장-망명이다.[165]

여기서 벤야민은 모든 것을 낯설게 느끼는 망명객의 경험을 이야기한 츠바이크의 편지를 인용했다.

> 좌파적 관점이 잘 작동하던 시절에 『도시인을 위한 독본』에 나오는 시들을 표제만 바꿔본 뒤 몇 번이고 읽어보았습니다. 망명중인 사람들의 경험을 나타내는 제목으로요. 이 시들이 부르주아 관객들에게 실로 굉장히 강렬하게 다가가리라고 확신합니다. 부르주아 관객들은 시인이 부르주아의 현실을 자신들의 경험보다 앞서 형상화할 수 있으리라고 결코 예상하지 못하니 말입니다. 친애하는 브레히트 씨, 이 시들을 '망명 이전의 망명'이라는 제목으로 헤르츠펠데에게 보내보세요. 그래서 『노이에 도이체 블레터』에 다시 싣도록 하셔야 합니다. 당신이 직접 새 제목을 생각해보십시오, 『시도들』 제2집의 출간연도는 꼭 표기하시고요.[166]

망명의 경험이 관점의 변화를 어느 정도로 강력하게 가져왔는지는 원고 완성 후 작성한, 한나 아렌트의 남편 하인리히 블뤼허와의 대화록에서도 분명하게 드러난다. 벤야민의 토론 상대였던 블뤼허는 정치적으로 독립적인 인물로, 상당히 도발적으로 토론을 이끌어간 것으로 보인다. 스파르타쿠스동맹●의 단원이었고 나중에 하인리히 브란들러를 주축으로 한―칼 코르슈도 속해 있던―공산당 원내

● 로자 룩셈부르크가 중심이 되어 조직한 독일공산당의 전신이 된 단체다. ―옮긴이

교섭단체 위원으로 활동한 블뤼허는 공산당 내 야당파 창립멤버였다. 망명 시절에는 공산당 운동의 스탈린화를 향해 당리당략을 초월한 비판의 날을 세워 주목받기도 했다.[•] 벤야민은 이러한 경험들이 브레히트의 『도시인을 위한 독본』에 시대적 징후로 형상화되어 있다고 보았다. "일의 시작은 **너희를 완전히 없애는 것이다.**" 이 시행의 시의성은 인민전선[■]의 정책적 실패와 추방자들의 격리 수용, 믿기 어려울 정도로 타락한 소비에트 정치에서 증명되었다. 히틀러가 세계를 정복해나가는 동안 스탈린은 자신과 같은 대열에 서 있던 반대자들을 대량으로 학살했다. 양자의 차이는 이제 미묘한 정도밖에 남아 있지 않은 듯했다.

● 하인리히 블뤼허의 놀랄 만한 독립성은 벤야민의 「역사의 개념에 대하여」에 대한 반응에서 가장 잘 나타난다. 1941년 미국에 도착한 직후, 한나 아렌트는 '사회조사연구소'가 죽은 친구 벤야민의 마지막 텍스트를 일단은 발표할 의향이 없다는 사실을 알게 되자 격분을 금하지 못하며, 호르크하이머, 아도르노 등을 "멍청한 인간들"이라고 비난했다. 그나마 그녀가 사본 하나를 가지고 있던 것이 불행 중 다행이었다. "그들에게 죽은 친구들을 기리는 연설은 하나도 귀에 들어오지 않을 것이다." 아렌트와 블뤼허는 벤야민의 이 텍스트에 대해 어떤 의무감을 느꼈는데, 그들 공동의 대화에서 비롯된 결실이 그 글에 포함되어 있기 때문이었다. 블뤼허는 격분을 누르며 부인을 위로했다. "하지만 한번 봐요. 그 모든 것은 수도사들의 싸움일 뿐이요. 그들은 단지 죽은 교황에게 복수를 하는 겁니다. 그가 그들의 길드에 자신들의 품위를 깎아내리는 황소 한 마리를 남겨주고자 하기 때문이오. 그 황소는 죽은 교황을 성인으로 추대하라고 요구하는 동시에 성인이 그들을 조롱했다는 사실을 받아들이라고 요구하고 있으니까요. 벤야민은 자신과 모든 수도사가 낙원에서 추방되었다는 사실—그들이 수백 년 동안 안주해왔던 역할, 즉 인류 스스로 자신들이 낙원에서 추방되었다는 점을 통찰하지 못하도록 막는 행복한 역할을 더이상 맡지 못하게 되었다는 사실—을 가장 먼저 깨달았어요. 하지만 지금은 인류가 그것을 예감하고 기꺼이 그 사상을 완전히 실현하고자 하는 시대입니다. 인류는 낙원을 바로 그들의 땅 위에서 피로 물든 지옥의 형태로 실현시키고자 마지막 허황된 시도를 하는 중입니다. 그러한 시도에 넌더리를 내면 인류를 향해 이성적으로 이야기해야 해요."(하인리히 블뤼허가 한나 아렌트에게 보낸 [1941년 8월 4일] 편지, Hannah Arendt/Heinrich Blüher 1996, 128-129쪽.)

■ 1930년대 후반 확대되는 반파시즘에 맞서 노동자·농민·중산계급·자유주의자·사회주의자·공산주의자 등이 결성한 광범한 통일전선이다. —옮긴이

파렴치한 정치로 운동에 화를 불러일으킨 공산당 관료와 나치스의 치명적 유사성이 바로 두 사람의 대화 주제였다. 블뤼허는 브레히트 시에 대한 벤야민의 독해 방식이 몇 달 전에 발표했던 브레히트 주해와 결정적인 점에서 모순된다고 지적했다. 벤야민은 그 글에서 히틀러의 유대인 추방이 피지배계급을 통한 착취계급의 추방이라는 혁명 과정을 희화화한 것이라고 썼기 때문이다. 블뤼허는 이 의견에 이의를 제기했다. 사디즘적 요소는 히틀러가 처음 도입한 것이 아니라 "브레히트가 묘사하고 있듯이 애초에 착취자들의 착취"에 담겨 있는 요소라는 것이다. 블뤼허는 『도시인을 위한 독본』에 "공산당의 가장 나쁜 요소와 나치의 가장 뻔뻔한 요소가 상통하는 방식이 그려져 있다"고 보았다. 이렇게 되면 『도시인을 위한 독본』의 일부 요소들은 러시아 비밀경찰의 활동에 대한 공식화에 다름아니게 될 것이다.●

벤야민이 기록한 대화록의 마지막 문장들을 살펴보자. 이 문장에 깔린 뉘앙스는 그때까지 벤야민의 브레히트 해석에서 전례가 없는 것이다.

> 만약 브레히트가 혁명적 노동자들과 교류했다면, 러시아 비밀경찰의 활동이 노동운동 진영에 초래한 위험하고 심각한 혼란을 문학적으로 미화하지는 않았을 것이다. 확실한 것은 내가 주조한 형태의 브레히트 주해가 경건한 위조품이 되었다는 사실이다. 그간의 사태 전개에 연루

● 브레히트는 이전에 그러한 요소들이 카프카 작품에 나타나 있다고 보았다. GS VI, 526쪽 참조.

된 브레히트를 은폐해준 차단막이 된 것이다.[167]

    블뤼허에게 자극을 받은 벤야민은 이전과 확연히 구분되는 어조로 브레히트의 정치적·문학적 실천에 이의를 제기했다. 이 기록은 난감하게도 훗날 루트 피셔[■]가 브레히트에게 붙여준 별명—『스탈린과 독일 공산주의』 중 "러시아 비밀경찰 전속 가수"[168]라는 표현—을 연상시킨다. 물론 벤야민의 시각과 루트 피셔의 반공주의적인 견해는 차이가 있었지만, 브레히트의 모순을 찾으려 고심하는 자세는 벤야민의 입장이 달라지고 있음을 암시한다. 『도시인을 위한 독본』에도 드러나 있듯, 브레히트의 작품은 인간의 가차 없는 익명화와 소멸을 기록한 역할극 텍스트에 머물 뿐 유죄판결을 내리지는 않는다. 벤야민은 바로 그러한 텍스트에서 정치적 전개에 대한 브레히트의 연대책임을 찾았다. 벤야민은 노동계급과 브레히트의 관계를 따져 물으면서 자신이 저지른 해석상의 오류와 정치적 오류도 함께 다루었다. 이 메모는 만약 두 사람이 정치적인 대화를 계속해나갔다면 벤야민이 태도를 재고했으리라는 점을 보여준다.

    브레히트의 문학이 공산주의 및 소비에트연방의 정치와 더없이 밀접하게 관련되어 있는 만큼, 소비에트연방의 정치에 대한 신뢰가 급격히 무너지자 벤야민은 브레히트의 정치적 태도에 보낸 연대감도 그대로 유지할 수 없었다. 이러한 정치적 확신이 브레히트 문학에

● 롤프 티데만도 말했듯이, 위의 메모는 벤야민이 브레히트에게 "근본적으로 등을 돌리게 되었다"라는 사실이 아니라, "오히려 모스크바 재판 과정을 지켜보면서 공산당과의 관계를 청산하고 있음을 보여주는 기록이다." Rolf Tiedemann 1983, 70쪽; Stephan Braese 1998, 78-79쪽 참조.

■ 오스트리아 공산주의 진영의 지도자이자 오스트리아 공산당 창립멤버였으나, 이후 반공주의자로 전향해 미 중앙정보국의 전신인 더 폰즈의 핵심요원으로 활동했다. —옮긴이

대한 판단에 얼마나 영향을 미쳤는지는 1936년에 파리에 체류했던 베르너 크라프트의 기록에 나타나 있다. 당시 벤야민, 익명의 공산주의자, 크라프트가 대화를 나누던 중 브레히트의 이름이 나왔다.

> 갑자기 그 공산주의자는 정색을 하면서 벤야민의 말을 가로챘다. "우리가 브레히트를 위대한 시인이라고 말하는 것은 단지 우리의 이해관계에 부합하기 때문이라고 생각하시지 않습니까?" 벤야민이 대답했다. "물론입니다."[169]

사회학자이자 사진작가인 지젤 프로인트는 벤야민과 파리에서 만났던 일을 다음과 같이 회고했다. "언젠가 벤야민은 브레히트에게 받은 시 몇 편을 낭독해주었다…… 그러면서 그는 '이 시구에서 브레히트가 공산주의와 서서히 거리를 두고 있음을 알 수 있다'라고 말했다."[170] ● 이런 해석을 뒷받침하는 텍스트를 찾기란 쉽지 않다. 확실히 브레히트의 입장도 그런 해석과는 거리가 멀다. 다만 블뤼허와의 대화에 대한 기록과 나란히 놓고 보면 이 증언은 신빙성이 있다.

벤야민의 시 주해는 반파시즘이라는 차원에서 그의 정치적 성찰과 어깨를 나란히 한다. 이 주해에서 그가 명시적으로 내세우는 파시즘에 대한 적대감은 「역사의 개념에 대하여」의 테제들과도 일치한다. 두 사람 관계의 성격을 가장 집약해서 보여주는 자료들 중 하나

● 이 말에 대한 문의 편지에 지젤 프로인트는 다음과 같은 답장을 보냈다. "발터 벤야민이 제게 브레히트의 편지를 하나 보여주었고, 시의 한 소절을 읽으면서 했던 말은 정확히 기억합니다. 그 말을 나는 잊지 않았습니다. 하지만 (1936년에서 1939년 사이) 그 만남이 있었던 정확한 연도와 그 시의 소절은 기억나지 않습니다."(지젤 프로인트가 나에게 보낸 1989년 3월 31일 편지.)

인 1938년 7월 29일 대화록을 보면, 벤야민과 브레히트는 망명객들의 상황이며 그들이 망명지로 추방되면서 받아들여야 했던 제약이 무엇인지를 따져보았다. 그러한 대화의 물꼬를 튼 것은 『스벤보르 시집』에 동요를 포함시켜도 되는지에 대한 브레히트의 질문이었다. 벤야민은 다음과 같이 기록했다.

> 나는 찬성하지 않았다. 정치적인 시와 개인적인 시의 대조는 망명의 경험을 특히 분명하게 드러내주는데, 그러한 대조가 성격이 다른 시들 때문에 약화되어서는 안 되기 때문이다…… 하지만 "망명기의 시집"에 동요를 담는 것을 정당화하기 위한 다른 사정이 제시되었다. 브레히트는 풀밭에 선 채 보기 드문 격렬한 어조로 그 사정을 설명했다. "그들에 맞서는 투쟁에서 어떠한 것도 방치해서는 안 됩니다. 그들은 사소한 것을 염두에 두고 있는 것이 아닙니다. 그들의 계획은 삼천 년이라는 시간을 향하고 있습니다. 무시무시한 일입니다. 무시무시한 범죄입니다. 그들은 어떤 것 앞에서도 멈추지 않습니다. 그들은 모든 것을 두들겨 부술 수 있습니다. 그들의 타격을 받은 모든 세포조직이 찌그러들고 있습니다. 그렇기 때문에 우리는 단 하나의 조직도 잊어서는 안 됩니다. 그들은 엄마 뱃속의 아이도 뒤틀어놓습니다. 어떠한 경우에도 우리는 아이들을 방치해서는 안 됩니다." 그가 이 말을 하는 동안 파시즘의 힘에 맞먹는 힘이 나에게 작용하는 것이 느껴졌다. 그것은 파시즘의 힘 못지않게 역사의 아주 깊은 곳으로부터 솟아나오는 힘이었다. 아주 특이한, 내게 새로운 느낌이었다.[171]•

적에게 맞서기 위해 브레히트가 동원한 의외의 에너지에 대해 벤야민은 「노자가 망명길에 『도덕경』을 쓰게 된 경위에 대한 전설」이라는 브레히트 시의 주해로 응답한다. 벤야민은 이 텍스트에서 희망과 호의라는 메시지를 주제로 삼는다. 그가 논하는 "인간성의 최소 프로그램"은 시에서 "당신도 아시죠, 강한 것이 굴복한다는 것을"이라는 문장으로 다시금 등장한다. 이 시는 "사람들의 귓전에 이 문장이 메시아의 약속으로 들리는 시대에 쓰였다"[172]라고 벤야민은 적고 있다. 벤야민의 이 주해―그의 생전에 출판된 유일한 주해―가 직접적으로 영향력을 행사한 곳은 프랑스의 수용소였다.

벤야민이 이 시를 알게 된 것은 1938년 4월 혹은 5월로, 〈99퍼센트〉 리허설을 위해 헬레네 바이겔이 가져와 보여주었다. 그는 "감명을 받았다."[173] 어디에서 출간할 것인지가 이슈가 되었다. 『마스 운트 베르트』가 거절한[174] 브레히트의 이 시는 벤야민의 주해와 함께 1939년 4월 23일 『슈바이처 차이퉁 암 존탁』에 실렸다. 유화정책에 반대하는 반파시즘 노선을 드러내놓고 추구한 이 신문은 중립을 기반으로 한 무장봉기를 촉구했다. 출판을 중개해준 스위스 신학자이자 카를 바르트의 제자인 프리츠 리프는 같은 호에 '우리가 총을 쏘아야 하는 이유'라는 제목으로 기고문을 발표했다. 벤야민은 시의적절한 저항이라는 이 글의 구상을 분명하게 지지했다. 그보다 석 주 전에 한스 슈바르츠가 예방적 차원에서 민중의 무장을 제안했을 때

● 브레히트의 격앙된 태도는 『가정 기도서』와 『스벤보르 시집』의 차이에 대해 쓴, 앞서 언급한 그의 『작업일지』 기록과 일치한다. 1938년 9월 10일, 대화가 있은 지 얼마 되지 않아 브레히트는 "상승이 확인된다면, 그러한 상승의 대가는 과연 무엇인가"라는 질문을 남겨둔다. "자본주의는 우리에게 투쟁을 강요했고, 우리의 환경을 황폐하게 만들었다. 나는 이제 '숲에서 나 홀로' 걸어가지 않고, 경찰관들 사이로 걸어들어간다. 그 안은 가득찼다, 투쟁들로 가득찼다. 그곳에는 세분화가, 문제들의 세분화가 있다."(GBA 26, 323쪽.)

도 벤야민은 "탁월한 제안"이라고 하면서, "여러분들이 그 제안을 실행하기만 한다면!"이라고 덧붙였다.[175]

시와 주해가 동시에 실린 이 신문의 발간을 벤야민은 초조한 마음으로 기다렸다. 그 자신도 신문을 널리 퍼뜨리는 데 공헌했다. 증정본을 보내달라는 그의 부탁에는 결탁의 어조가 깃들어 있다.

> 지금 저는 증정본을 애타게 기다리고 있습니다. 가능하면 열 부 내지 열다섯 부를 보내주십시오. 이러한 출판물의 주된 목적은 적절한 사람들의 손에 들어가는 데 있습니다. 그것은 제가 의도하는 바이기도 합니다.[176]

브레히트의 시와 벤야민의 주해는 브레히트에 대한 관심이 눈에 띄게 줄었거나 브레히트를 늘 회의적으로 보았던 벤야민의 지인들까지 움직였다. 브렌타노, 숄렘, 카를 티메도 여기에 속한다.• 하지만 인쇄된 신문이 고유의 영향력을 행사한 곳은 프랑스의 수용소였다. 1939년 9월에 수용소 생활을 시작한 하인리히 블뤼허에게 브레히트

• 다음의 반응들을 참조하라. (1) 베르나르트 폰 브렌타노가 발터 벤야민에게 보낸 1939년 7월 21일 편지, SAdK Bestand WB 28/5. "브레히트가 제게 『스벤보르 시집』을 보냈습니다. 솔직히 약간 당혹스럽습니다. 제 마음에 드는 유일한 시는 노자에 대한 발라드입니다. 이 발라드는 아주 탁월한 시입니다. 예를 들면 특이한 바로크 운율처럼 명징하고 깊이 있고 아름다운 형식을 보여주고 있어 딩신의 논문과 마찬가지로 만족스럽습니다." (2) 게르숌 숄렘이 발터 벤야민에게 보낸 1939년 6월 30일 편지, Walter Benjamin/Gershom Scholem 1980, 편지 번호 123. 숄렘은 "브레히트의 노자에 대한 시에 대한 자네의 주해를 동봉한 멋진 소포는 나 같은 사람의 말문도 열리게 할 정도였다네"라고 썼다. (3) 카를 티메가 발터 벤야민에게 보낸 1939년 5월 3일 편지, SAdK Bestandd WB 121/30a. "그 시처럼 주해를 쓸 가치가 있는 대상을 발견하신 것을 진심으로 축하드립니다. 터놓고 말하자면, 며칠 전에 당신에게 보낸 논문 작업을 끝낸 후 그의 작품을 읽고 나서 그의 창작이 이제 하강 곡선을 그린다고 생각했기 때문에 그에게서 그러한 시가 나오리라고는 기대하지 않았습니다."

의 시는 "마법의 힘을 가진 부적"과도 같았다. "그 시를 읽고 이해한 수용소 동료들은 서로를 잠재적 동지로 인식했다"[177] 한나 아렌트는 그 시의 엄청난 영향력에 대해 다음과 같이 회고한다.

> 그 시는 수용소에서 들불처럼 퍼져나갔고, 기쁜 소식처럼 입에서 입으로 전해졌다. 절망으로 채워진 그 지푸라기 매트리스 위에서보다 그러한 소식이 더 절박한 곳이 어디 있었겠는가?[178]

벤야민도 블뤼허와 비슷한 경험을 했다. 1939년 가을, 그는 느베르 수용소에서 수감자들에게 브레히트의 시를 알려주었다. 어쩌면 자신의 주해도 같이 전했을 개연성이 높다.● 이는 브레히트가 카를 티메에게 보낸 훗날의 편지가 증언하고 있다.

> 마지막 순간 머물렀던 프랑스 수용소에서 벤야민은 당신이 인용하신 시 「노자가 망명길에 『도덕경』을 쓰게 된 경위에 대한 전설」을 여러 차례 낭송했다고 합니다.[179]

브레히트는 1945년 뉴욕에서 브레히트에게 당시 수용소의 상황을 알려주며 이 소식을 함께 전해준 한스 잘에게 고마움을 표했다. 브레히트는 다음과 같이 메모했다.

● 당시 수감 생활을 함께했던 포로들은 1939년 11월 21일 엽서를 통해 벤야민의 석방 소식을 전해 듣고 안도했다. 또한 "위안을 주는 노자 이야기가 도움이 되었다"고 회고했다. GB VI, 370-371쪽; Chryssoula Kambas 1990, 15-16쪽 참조.

벤야민이 수용소에서 프랑스 장교들에게

"노자에 대한 시"를 설명함—

잘이 브레히트의 근황을 벤야민에게 물으려고 했지만

그와 연락이 닿지 않았음—

벤야민은 파리의 카페테라스에 앉아 소일하기를 원함—[180]

노자는 물이 돌을 이긴다는 가르침 때문에 망명을 떠나야 했지만, 이제 그 가르침에서—벤야민의 중개를 통해—추방된 사람들과 그들의 감시인들도 격려를 받았다.• 자신의 가장 중요한 비평가가 그러한 역할을 했다는 증언은 브레히트에게도 격려가 되었을 것이다.•

(7) 「서사극이란 무엇인가? II」

벤야민은 그레텔 아도르노에게 편지를 띄워, 얼마 전 「서사극이란

• "이 메모로부터 또다른 결론, 즉 벤야민은 단지 희망을 잃은 희생자들에게 위안을 주기 위해 그 시를 매개한 것이 아니라, 프랑스인들을 향해 그 시를 설명했다는 결론을 내릴 수 있다. 이러한 태도는 인간성과 비인간성의 경계를 적극적인 의미에서 새롭게 설정하는 진전으로 평가되어야 한다. 정치적인 의미와 더불어 그것은 언어적인 매개의 진전이었다. 프랑스어 번역이 조야한 것은 불가피한 일이었다."(Chryssoula Kambas 1990, 16쪽.)

• 카페테라스에 대한 다음의 구절은 잘의 소설 『소수와 다수』에 등장하는 문장으로, 그의 일기에도 적혀 있다. 물론 여기에는 브레히트와 잘의 긴장 관계에서 비롯된 것으로 보이는 반어적 어법이 수반된다. "어느 날 벤야민이 내게 말했다. '여기서 살아서 나가게 된다면 나는 카페테라스에 앉아서—햇빛을 쬐면서—빈둥빈둥 시간을 보내고 싶습니다. 다른 건 바라지 않아요!' 얼마 안 있어 그는 수용소에서 석방되었다. 몇 달 후 나는 파리에 있는 그를 방문했는데, 그는 누이동생에게 원고를 구술하는 중이었다. 나는 그가 구술하는 마지막 몇 문장을 들었다. '……마르크스주의의 근본원칙은 죄근의 사건들을 통해서 반박되지 않았다. 프롤레타리아의 계급의식…… 등등.' 내가 물었다. '당신에게는 빈둥거린다는 것이 이런 뜻입니까?'"(DLA Marbach, Hans Sahl 유고.)

무엇인가? I」을 "약간 수정한" 두번째 버전을 『마스 운트 베르트』에 기고했다고 알렸다.[181] 벤야민이 직접 두 논문의 차이를 밝힌 바는 없고, 벤야민 전집의 편집자 역시 해당 논문들을 실으며, "두 편의 논문이 다른 텍스트이기는 하지만, 그 차이는 첫번째 논문 중 몇 가지 표현을 두번째 논문에서 새로운 맥락하에 조명하고 있다는 것 정도"[182]라고 주를 달았다. 벤야민이 첫번째 논문을 상당한 수준에서 참조하기는 했지만 〈99퍼센트〉에 대한 비평을 들여다보기도 했다.[183] 『마스 운트 베르트』 기고를 위해 그는 1931년에 쓴 첫번째 논문의 거의 절반가량을 삭제했고, 전체를 재구성해 소제목을 붙여 나누었으며, 상당 부분을 다시 썼다. 내용상의 차이도 있다. 두번째 논문은 브레히트의 연극 이론에 대한 벤야민의 통찰이 한층 심화되었음을 보여준다. 여기에서 그는 "낯설게 하기"라는 용어를 수용했고, 첫번째 논문에서 딱 한 번 언급한 "교육극" 개념에 대해 한 장 전체를 할애해 설명했다. 더욱이 1939년에 탈고한 이 텍스트에서 관철한 서사극에 대한 해석은 벤야민 자신의 고유한 역사철학에 상당히 근접해 있었다.

『마스 운트 베르트』 편집부는 「서사극이란 무엇인가? II」를 익명으로 실으며, 이 논문을 하나의 논쟁을 위한 기고문이라고 명명했다. "우리는 찬성론자와 반대론자에게, 정확히는 브레히트 이론의 강력한 지지자와 작품의 갑론을박을 신중하게 검토하는 사람 모두에게 발언권을 주고자 한다." "반대론자"에 대한 노골적인 호의의 배경은 금방 알 수 있다. 벤야민의 논문 다음 쪽에 실린 「브레히트 연극의 한계」의 필자가 바로 그 잡지의 편집인 페르디난트 리온이었던 것이다. 그는 "짐이 곧 국가다"라는 자신의 원칙에 충실하게 발언권을 거

머쥐었다.●

원래는 기고문이 아니라 벤야민과 리온의 대화록을 게재할 계획
이었다. 실제로 1939년 4월 말 혹은 5월 초에 브레히트를 주제로 한
대담이 열려 속기로 기록되었다. 이 대담을 위해 벤야민은 '브레히
트 담론을 위한 자료'라는 개요서를 작성했던 터였다.[184]■ 하지만 리
온의 표현대로 이른바 "대담 시도"를 하자마자 리온과 벤야민은 그
러한 방식을 포기했고 자신들의 입장을 각자 글로 정리해 발표하기
로 했다. 두 논문을 이해하는 열쇠가 되어줄 브레히트 논쟁의 이러한
경위는 1939년 6월 14일 리온이 벤야민에게 보낸 편지에 드러나 있
다. 이 편지에서 리온은 벤야민에게 좀더 적당한 지불 방법을 알려달
라고 부탁했다.[185] 벤야민이 남긴 1939년 6월 16일 편지 초안을 보면
그는 리온의 요구에 흔쾌히 응했다.

> 당신 생각은 아주 잘 알겠습니다. 오해를 불러일으키거나 망명중인 독
> 일인들 사이의 분열을 더 조장하지 않고 제게 더없이 명료한 편지를
> 써주셔서 감사합니다. 당신이 제게 '우호적으로' 두 쪽을 할애해주신

● 이 호에는 벤야민의 글(831-837쪽)과 리온의 글(837-841쪽), 그리고 「제3제국의 공포와 비참」에
나오는 '산상수훈' 장면(842-844쪽)이 실려 있다. 이런 편집부의 신앙고백은 벤야민이 호르크하
이머에게 보낸 1937년 12월 6일 편지, GB V, 617쪽, 편지 번호 1196에 인용되어 있다. 한편 지금
까지의 문헌 연구에서는 「브레히트 연극의 한계」의 저자가 리온이라고 추정하는 데 그쳤지만, 그
가 벤야민에게 [1939]년 5월[원문에는 6월] 14일에 보낸 편지를 보면 이것이 사실임이 명백해진
다. "브레히트처럼 현란한 멋진 이번 호는 모레 발행됩니다…… 인쇄본을 보니 당신이 직접 쓴 글
의 분량은 다섯 쪽이고, 제 글도 비슷한 분량인 것 같습니다."(SAdK Bestand WB 153/9.)

■ 5월 10일에 벤야민은 카를 티메에게 자신이 퐁티니로 떠나기 전인 4월 말경 "리온과 대담"을 나눴
다고 전했다. 대담중 "브레히트를 주제로 한 대화에서 또다시 저는 인상 깊었던 낭신의 논문을 언
급할 수 있었습니다."(발터 벤야민이 카를 티메에게 보낸 1939년 5월 10일 편지, GB VI, 276쪽,
편지 번호 1292.) 참고로 벤야민의 개요서는 티메의 논문 「악마의 기도서?」로 시작한다.

다고 했는데, 오히려 그 편이 제게는 다섯 쪽보다 더 좋습니다. 다섯 쪽 정도가 되면 우리의 비평이 당신에게 달갑지 않게 보이게 될 것이기 때문입니다.[186]●

두 사람의 입장만큼 대립적인 입장도 없었기에 브레히트를 주제로 한 벤야민과 리온의 대담이 불발로 끝난 것은 놀라운 일이 아니다. 리온은 브레히트에 대한 글에서 직전 호에 실렸던 자신의 글 「과거의 연극과 미래의 연극에 관하여」에서 제시했던 현황 조사를 이어갔다. 이전 호에 실렸던 글에서 리온은 "유럽의 연극은 위기에 처해 있다"라고 썼다.[187] 다음 글에서는 브레히트의 극작법이 유럽 연극의 종말을 증명하는 것인지, 아니면 시의적인 연극이나 미래 연극의 원초적 핵심을 구현하고 있는 것인지를 묻는다. 벤야민의 논문이 파헤친 서사극의 메커니즘은 리온에게는 낯선 것이었다. 리온의 판단에 따르면, 브레히트는 자신의 "원래 기질"을 벗어던지고 "볼품없고, 무미건조하고, 뻣뻣하고, 기계적이고, 목표 지향적이고, 목표를 확신하는" 표현 형식을 선택했다. 이러한 브레히트 연극의 미학은 "훨씬 더 자유분방한 고유의 생동감을 억누르는 것"이다. 리온은 브레히트의 무대에서 감정이 철저히 배제된 이유는 감정이입을 거부하기 때문이라고 결론짓고 있다. 그렇기 때문에 인물들 역시 아무런 성격도, 차

● 대담에 대한 보수로 벤야민은 원래 스위스 화폐로 80프랑을 받기로 했다. 이는 고료를 포함하지 않은 액수였다. 논문을 다 쓴 후에 리온은 벤야민에게 다섯 쪽에 해당하는 고료와 추가로 자신이 주는 두 쪽 분량의 고료를 받아달라고 부탁했다. 리온은 "엄청나게 힘들게" 쓴 자신의 글에는 아무런 고료도 책정되지 않았다는 것이 "부당"하다고 생각했지만 그럼에도 자신은 원래의 약속을 기꺼이 지킬 생각이라고 했다. "하지만 당신도 이해하시겠지요. 편집부의 입장에서나 개인적으로나 이번에는 그 이상의 말을 해드릴 수 없다는 점 말입니다."(페르디난트 리온이 발터 벤야민에게 보낸 1939년 5월[원문에는 6월] 14일 편지, SAdK Bestand WB 153/9.)

별점도 없이 모두 똑같다는 것이다. 리온은 브레히트 미학의 정치적 함축을 두고 다음과 같이 비방했다. "나치들이나 파시스트들이 연극을 만든다면, 아마 브레히트의 연극과 똑같이 보일 것이다."[188] 리온의 이러한 비교는 〈남자는 남자다〉가 너무 모호해 보이지 않는다면 나치도 그것을 공연할지 모른다고 했던 디볼트의 발언을 연상케 한다. 하지만 그러한 비교는—팔 년이나 지난 후, 그것도 전 유럽에 퍼진 폭력의 지배를 목전에 둔 상황에서—더 치명적인 것이었다. 그전 해에 리온은 '사회조사연구소'에 대한 벤야민의 논문이 "공산주의적 색채를 담아서는 안 된다"고 요구했다.[189] 벤야민은 경고를 받고 수정고에서는 정치적으로 한 발 물러섰다. 하지만 이런 식의 비방에는 속수무책으로 당할 수밖에 없었다. 리온의 무례한 언사는 『마스 운트 베르트』의 선언적 개념들—연대, 집중, 합일, 통합—이 그 자신을 계기로 어떻게 무력화되는지를 보여준다. 이는 또한 망명문학의 분열을 확인해주는 표현이다. 벤야민의 기고문이 「생산자로서의 작가」처럼 희생양이 되지는 않았지만, 망명문학은 히틀러 반대자들에게 일치된 행동을 기대할 수 있는 계기가 되지 못했던 것이다.•

대담에서 사용한 리온의 표현은 좀더 온건했겠지만 이미 태도에서 분위기를 감지했던 벤야민은 논문을 통해 상대방의 반론에 대응했다.[190] 리온은 브레히트가 무감각한 의존 상태에서 제4계급(언론)에 복종하는 러시아의 사자使者라고 가정했다. 이에 맞서 벤야민은 관객과의 관계에서 관철되는 브레히트의 정치적 의지를 강조했

• "연대와 통일을 호소하면서도 철저한 반파시즘 문학까지 파시즘적이라고 비방하는 것은 정신적 명석함의 결여를 드러내며, 리온이 주도하는 잡지를 밀어낼 현실적 대안이 없었음을 보여준다." (Werner Mittenzwei 1981, 198-199쪽.)

다. 브레히트의 희곡은 비극도 희극도 아니고 주인공들에게서 정열을 찾아볼 수 없다고 한 리온의 발언을 의식하며 벤야민은 "非비극적 주인공"이라는 개념을 내세웠다. 두 작가는 서로 다른 자신의 해석을 위해 각자 셰익스피어에 호소했다.[•] 리온은 감정이입이라는 관객의 태도에 대한 거부를 강하게 비판한 반면, 벤야민은 관객이 재현된 것과 다른 식의 관계를 맺기 위해서는 그러한 거부가 중요한 계기를 제공한다고 보았다. 느긋하게 입장을 통제하는 법을 알 때, 비로소 상황에 대한 놀라움을 경험하는 것이 가능하고, 그러한 놀라움에서 학습이 가능하다는 것이다. 리온에게는 단지 "교훈을 위한 교훈을 위해서" 공연되는 것일 뿐인 교육극이 벤야민에게는 오히려 관객이 수동적 역할에서 벗어나게 해주는 기회가 되는 것이다. 리온이 프로파간다라고 본 바로 그것을 벤야민은 새로운 연출 수단으로 이해했다. 이는 연극의 메시지가 연극과 밀접하게 연관되어 있다는 전제에서 벗어난 벤야민과 달리, 리온은 바로 그러한 연관성을 주어진 전제로 간주하고 있기 때문이다. 무엇보다 벤야민이 말하고자 한 것은, 서사극은 유희이자 모델로서의 고유한 특징을 견지하며 부르주아적 연극의 제반 여건과 다양한 기능적 연관관계들의 변화를 의도하는 장르라는 것이다. 리온의 판단은 주어진 연관관계를 고정불변의 것으로 간주한다는 점에서 브레히트 연극의 의도를 놓치고 있다.

[•] 리온은 브레히트의 작중인물들을 가리켜 "셰익스피어식의 열정이 다 사라졌다"(Ferdinand Lion 1939b, 837-838쪽)라고 평가했다. 이에 반해 벤야민은 셰익스피어의 장면들이 기념비처럼 늘어선 서양 연극의 길 위에 브레히트의 희곡을 세워놓고 있다. GS II/2, 534쪽 참조.

제 5 장 | 브레히트의 벤야민론

1
"전문가의 판단"

벤야민의 연구 활동을 관심 있게 지켜본 브레히트는 실질적인 차이에도 불구하고 벤야민에 대한 공감을 잃지 않았다. 그의 판단은 신랄했고 논쟁적일 때도 있었지만, 그는 언제나 벤야민이 다루는 주제에 적극적인 관심을 보였다. 브레히트의 판단이 벤야민의 브레히트 논문들과 비견될 정도의 큰 성과로 이어진 것은 아니다. 하지만 그의 의견은 비평가 벤야민의 관심에 응답한 것으로, 두 사람의 관계가 상호적이었음을 보여준다. 벤야민의 텍스트 「언어사회학의 문제들」, 「수집가이자 역사가 에두아르트 푹스」, 「역사의 개념에 대하여」에 대한 브레히트의 발언은 벤야민의 연구 활동을 통찰력 있게 바라본 몇 안 되는 동시대인의 반응이었다. 브레히트는 벤야민을 무엇보다 자신을 전략적으로 지지하는 비평가이자 대변인으로, 유용한 지식과 판단력을 갖춘 의논 상대로 보았다. 벤야민의 운명이 얼마나 오랫동안 그의 마음을 아프게 했는지는 브레히트가 친구의 죽음을 문학적으로 형상화한 네 편의 시에서도 드러난다.

브레히트에 대한 지지를 숨기지 않았던 비평가 벤야민에 대한 브레히트의 관심에는 철저히 이기적인 측면이 있다. 브레히트는 무엇보다 자신의 텍스트와 연출의 수용에 벤야민의 영향력을 이용하고자 했다. 물론 그게 전부는 아니었다. 벤야민의 1929년 비망록은 여론을 대하는 브레히트의 태도를 반영했다는 인상을 준다. "브레히트의 목소리가 들린다 / 우리의 적들과 대적하기에 우리가 너무 고립되어 있는 것은 아니냐고 하는."[1]•

여기에서 인용되고 있는 브레히트의 아포리즘은 그의 호전적인 기질뿐만 아니라 상상의 적 혹은 실제의 적과 협정을 맺어 적을 무력화하려고 했던 노력을 상기시킨다.

브레히트는—그의 많은 친구 및 지인에게 그랬던 것처럼—벤야민을 자신의 작품 활동에 끌어들여, 비평을 부탁하면서 그에게 원고를 보여주기도 하고 여러 버전의 텍스트를 보내서 어떤 버전을 선호하는지 묻기도 했다. 그는 벤야민으로부터 "전문가의 판단"을 기대했다.■ 1933년부터 매개자 역할을 맡았던 마르가레테 슈테핀의 편지들은, 브레히트가 자신의 비평가로 여긴 벤야민에게 보인 관심을 반

• 이 메모가 브레히트와 벤야민 관계의 특징을 암시한다는 주장도 있지만, 그러한 해석의 개연성은 희박해 보인다. 어떤 경우든 이 메모가 "작가의 선동적인 태도"(Rolf Tiedemann 1978, 179쪽)의 거부를 의미한다고 말할 수는 없다.

■ "브레히트는 지난번 공연에 대해 당신이 뭘가 써주었으면 하고 간절히 바라고 있습니다. 전문가의 판단을 듣고 싶다면서요."(마르가레테 슈테핀이 발터 벤야민에게 보낸 1938년 5월 30일 편지, Margarete Steffin 1999, 286쪽, 편지 번호 120.) 이 공연은 〈99퍼센트〉를 가리킨다. 이 책 287-288쪽 참조.

영한다. 1934년 봄, 브레히트와 아이슬러가 「둥근 머리와 뾰족 머리」 초판 작업을 할 때였다. 그들에게는 이를테면 "소재에 말려들지 않고 사태의 진행을 냉정하게 평가해줄 누군가"가 필요했다. 슈테핀은 이 누군가가 벤야민을 가리키는 건지 물었다.[2]● 슈테핀이 전하는 바로는, 1933년 봄 파리에서 『서푼짜리 소설』을 집필할 때도 브레히트는 집필 과정을 지켜본 벤야민에게 개작한 소설을 기꺼이 보여주겠다고 했다고 한다. 자신들은 "작품을 너무 여러 번 읽은 나머지 더이상 '냉정한 관찰자'가 되기 어려워졌"다는 이유였다.[3]

말리크 출판사가 브레히트 전집 출판에 맞춰 브레히트 작품에 대한 제법 긴 논문 두 편을 청탁한 사례에서도 벤야민에 대한 브레히트의 각별한 신뢰가 나타난다. 1935년 가을, 아직 전집을 구상하던 단계에서 마르가레테 슈테핀은 벤야민에게 다음과 같이 물었다.

> 프로젝트 하나를 구상하고 있습니다. 브레히트 작품을 발췌해 소책자로 만들어보는 일이에요. 그 소책자는 분명히 독자들에게도 유용하고, 브레히트에게도 상당히 소중한 결과물이 될 것입니다. 빌란트 헤르츠펠데가 책자를 출판해줄 수도 있는데요, 일이 잘 된다면 당신께 서문을 부탁드리고 싶습니다. 어떻게 생각하시는지요?
>
> 당신도 아시다시피 빌란트가 브레히트 작품을 출판하고 있으니까요. 말하자면 홍보를 위해서 일종의 리플릿을 부탁드리는 것입니다. (여섯

● 비슷한 질문들이 그후 몇 주간 이어졌다. "브레히트는 당신이 먼저 대강 훑어보시고 눈에 띄는 게 무엇인지 우리에게 편지로 알려주셨으면 한다고 해요."(Margarete Steffin 1999, 121쪽, 편지 번호 33.) "「둥근 머리와 뾰족 머리」를 받으셨나요? 읽으셨나요? 아이슬러에게 넘겨주셨나요? 당신 마음에는 드셨나요?"(같은 책, 123쪽, 편지 번호 35.)

쪽에서 여덟 쪽 분량의 원고를 청탁하면서 '리플릿'이라는 표현을 쓰다니, 퍽 우습게 들리실 것입니다.) 이 책자에는 당신과 베른하르트 라이히 등이 쓴 브레히트에 대한 짧은 논문들을 실었으면 합니다. 하지만 또 누구의 논문이 적당할지 모르겠습니다. 어떻게 생각하세요?[4]

1937년 11월에 슈테핀은 기획된 희곡 전집 총 세 권과 관련해 또 다른 원고를 부탁하면서 상세한 주제 제안과 브레히트의 희망 사항이라는 말을 덧붙였다.

> 브레히트의 작품들이 프라하에 있는 헤르츠펠데의 출판사에서 나옵니다. 당신도 알고 계시죠! (희곡) 전집 일차분 두 권이 크리스마스 때 나올 거예요. 이처럼 좋은 기회에 브레히트는 당신이 한 편, 아니 두 편의 논문을 써주시기를 바라고 있답니다. 한 편은 (크라글러에서 갤리 게이, 피첨, 칼라스 등에 이르는) 브레히트 희곡의 중요한 인물들에 대한 글이고, 다른 한 편은 브레히트 희곡의 중요한 플롯에 대한 글입니다. 생각이 있으신지요? 그렇다면 서둘러야 합니다! 당신이 쓴다고 하신다면 브레히트가 『다스 보르트』 편집부에 당신 앞으로 관련 서한을 보내라고 재촉할 것입니다.[5]

브레히트는 1937년 11월의 제안을 『다스 보르트』 편집부에 전달했고, 편집부에서는 곧바로 벤야민에게 계약 내용을 전달했다.[6]● 벤

● 브레히트는 일전에 에르펜베크에게 전집에 대한 서평을 벤야민에게 맡겨달라고 부탁한 바 있다. 에르펜베크는 이 편지에서 브레히트의 편지를 인용하며 벤야민에게 서평을 요청했다.

벤야민과 브레히트

야민은 계약을 수락하는 조건으로 고료 지급을 제때 해줄 것과 밀려 있는 「파리 편지 II」 고료 잔금을 지체 없이 입금해줄 것을 내걸었다.[7]• 고료는 1938년 2월 1일에 지불되었다.■ 3월에는 브레히트가 직접 헤르츠펠데에게 편지를 띄워 벤야민 앞으로 전집 일차분 두 권을 보내달라고 요청했고,▲ 그사이에 브레히트와 슈테핀은 벤야민에게 집요하게 집필을 부탁했다.★ 그러나 벤야민은 요청받은 논문을

• 벤야민은 고료를 계속 지불하지 않는다면 에르펜베크의 요청에 대한 입장을 일절 밝히지 않겠다며 대답을 거절했다.

■ "드디어 『다스 보르트』 고료를 받으셨다니 기쁩니다."(마르가레테 슈테핀이 발터 벤야민에게 보낸 보낸 1938년 2월 1일 편지, Margarete Steffin 1999, 267쪽, 편지 번호 112.) 또한 슈테핀은 벤야민이 참조해야 할 자료에 대한 브레히트의 생각을 구체적으로 밝혔다. "가장 먼저 어떤 등장인물에 대해 쓰실 건지 생각하셔야겠지요? 브레히트는 「서푼짜리 오페라」의 매키스, 폴리, 피첨, 「남자는 남자다」의 갤리 게이, 「억척 어멈과 그 자식들」의 펠라게아 블라소바, 「둥근 머리와 뾰족 머리」의 이베린, 칼라스, 나나 칼라스, 「도살장의 성녀 요하나」의 마울러와 요하나 등을 생각하고 있습니다. 카라르 부인도 염두에 두고 있으십니까? / 플롯에 대해서는 (사정에 따라) / 「둥근 머리와 뾰족 머리」, 「도살장의 성녀 요하나」, 「서푼짜리 오페라」, 「남자는 남자다」 등을 끌어다 쓰실 수 있을 듯합니다."(같은 곳.)

▲ "(파리 15구 뤼 동바슬 거리 10번지에 사는) 발터 벤야민이 희곡 전집에 대한 긴 에세이를 『다스 보르트』에 기고하겠다고 합니다. 그러니 책이 나오는 대로 빨리 그에게 보내주세요. 서평을 위해 증정본을 보내는 것은 우리를 위해서도 좋습니다."(베르톨트 브레히트가 빌란트 헤르츠펠데에게 보낸 1938년 3월 2일 편지, GBA 29, 77쪽, 편지 번호 818.) 헤르츠펠데는 벤야민과 브레히트에게 전집 제1권을 서점 배본 전에 미리 보내주겠다고 약속했다. 빌란트 헤르츠펠데가 베르톨트 브레히트에게 보낸 1938년 3월 6일 편지, BBA Z 47/11 참조.

★ 마르가레테 슈테핀이 발터 벤야민에게 보낸 다음 편지들을 참조하라. (1) "브레히트는 최근에 이미 시중에 나온 희곡 전집에 대해 당신이 에세이를 과연 쓰실 수 있는지, 또 언제 쓰실 수 있는지 아주 궁금해합니다. 물론 가능한 한 빨리 알려주셨으면 합니다. 브레히트는 아주 빠른 시일 안에 특히 『다스 보르트』에 당신의 원고가 실리기를 바랍니다. (이 말은 특히 당신을 '믿어서' 하는 말입니다만, 브레히트는 무엇보다 그 잡지의 수명이 언제 다할지 모른다고, 또 그 잡지가 언제까지 이런 종류의 글을 실어줄지 모른다고 생각하고 있거든요.")(1938년 2월 편지, Margarete Steffin 1999, 270쪽, 편지 번호 113.) (2) "이 일은 브레히트에게 아주 중요합니다."(1938년 3월 초 편지, 같은 책, 271쪽, 편지 번호 114.) (3) "브레히트는 당신이 전집을 받으면 다른 일보다 논문을 우선시해주셨으면 합니다. 논문을 너무 늦게 투고하시면 『다스 보르트』에서 실어주지 않을 거라고요." (1937년(원문에는 1938년) 3월 12일 편지, 같은 책, 277쪽, 편지 번호 116.) (4) "브레히트 논문에 관해서 말인데요, 당신이 이곳에 오셔서 쓸 생각으로 미루신다면, 일이 상당히 늦어지게 됩니다. 편집부는 벌써 **재촉하고** 있습니다."(1938년 4월 편지, 같은 책, 284쪽, 편지 번호 119.)

쓰지 못했다. 몇 가지 다른 작업 계획 때문에 상당한 시간이 필요했고, 1938년 봄에는 보들레르에 대한 기록들의 체계화 작업에 몰두하고 있었기 때문이다. 이러한 사정을 차치하더라도, 원고 지연은 벤야민이 거의 주문에 가까워진 부탁을 미묘한 방식으로 거절하는 제스처였음이 분명하다. 청탁받은 원고는 주제를 미리 확정함으로써 자유로운 집필의 여지를 거의 허용하지 않는 수준이었다. 그럼에도 벤야민은, 늦기는 했지만 연구 대상을 자유롭게 선택해 집필한 『브레히트 시 주해』를 선보이며 브레히트의 소원을 들어주었다.

브레히트는 벤야민의 비판적 판단을 잘 활용했다. 브레히트는 시 「사망자 명단」에서 "박식한" 사람으로 호명한 벤야민에게 정보나 참고문헌을 얻기도 하고 결정이 필요한 문제에 대해 충고를 구하기도 했다. 1938년 여름 벤야민은 이런 식의 대화를 일기에 기록해두었는데, 브레히트의 질문은 이를테면 "루카치와의 논쟁적인 대결에 대한 글을 발표할지" 동요집 일부를 신간 시집에 포함시켜야 할지 등이었다.[8] 마르가레테 슈테핀은—자발적으로든 브레히트의 요청을 받아서든—여러 버전의 텍스트와 줄거리를 벤야민에게 보냈다. 벤야민이 「도살장의 성녀 요하나」나 범죄소설 프로젝트를 함께했던 만큼, 브레히트는 자신을 북돋아줄 공감을 벤야민에게 기대했던 것이다. 슈테핀이 1935년 9월 25일에 보낸 편지는 그러한 공감을 입증하는 많은 사례 중 하나다.

• 브레히트의 이러한 태도는 이면 일을 주문할 때 이를테면 1931년 벤야민에게 스페인 극작가 칼데론 데라바르카의 극작품 「위대한 제노비아」와 「질투, 가장 소름끼치는 괴물」의 요약문을 출판용으로 써달라고 부탁할 때도 드러난다. GS VI, 439쪽 참조.

벤야민과 브레히트

오늘 나온 새로운 교육극 「호라티우스 가문과 쿠리아티우스 가문」 인
쇄본을 보내드립니다. 브레히트는 시간이 되는 대로 당신이 그것을 꼼
꼼히 읽어봐주기를 바라고 있습니다. 빌란트 헤르츠펠데의 출판사에서
브레히트 전집이 나온다는 사실은 제가 이미 알려드렸지요. 브레히트
가 금방 완성한 이 단막극도 전집에 포함될 예정입니다. 그런데 15쪽이
논란이 되고 있습니다. 두 가지 버전이 있는데 당신은 어느 쪽이 더 낫
다고 생각하는지 알려주시지 않겠습니까? 당신에게 두 버전을 다 보
내드려요.[9]•

마르가레테 슈테핀은 1937년 「제3제국의 공포와 비참」의 두 장면
을 벤야민에게 보내면서도 답변을 독촉했다. 브레히트가 "그 두 장
면을 그대로 두어도 될지 빼야 할지" 결정을 못해 아직 작업을 마무
리짓지 못했으며 벤야민의 판단을 듣고 싶어한다는 것이다.[10] 이 말
은 빈말이 아니었다. 벤야민은 대답을 계속 미루었지만, 슈테핀은 인
내심 있게 기다렸다. 벤야민은 동의가 아닌 다른 결정을 내렸고 슈테
핀은 그 이유를 물었다.

왜 '흰 분필로 그린 십자가' 장면에 대해 별로 할말이 없는지 그 이유
를―암시적으로라도―알려줄 수 없으신지요? 이 소품이 다섯 편으로

• 슈테핀은 벤야민에게 1935년 10월 16일 편지(Margarete Steffin 1999, 148쪽, 편지 번호 47)를 띄
  워 교육극이―"특히 문제가 되는 부분을 가필한 버전이"―벤야민의 마음에 들었다는 소식을 듣고
  기뻤다고 전했다. 또한 다음의 편지들을 참조하라. (1) "'제3제국의 공포와 비참'이라는 제목은 어
  떠세요, / 아니면 다른 제목이 필요할까요? '독일―잔혹한 메르헨?'보다는 마음에 드시나요? 여기에
  대해서 편지 부탁드려요!"(1938년 4월 5일, 8일 편지, 같은 책, 282쪽, 편지 번호 118.) (2) "그 멋
  진 노자에 대한 시는 마음에 드시나요? 문제가 되는 연에서는 어떤 행을 선택하시겠어요?"(1938년
  5월 30일 편지, 같은 책, 286쪽, 편지 번호 120.)

이루어진 짧은 시리즈 중 한 편이라는 걸 아실 거예요. 가까운 시일 안에 그 소품을 다시 공연할 일은 없으니, 지금으로서는 어떠한 비평도 기꺼이 환영이랍니다.[11]•

브레히트는 벤야민이 자신에 대해 쓴 내용을 거의 예외 없이 받아들였다. 벤야민의 비평은 자신의 의도를 정확히 꿰뚫었고 공론화하는 데 기여했기 때문이다. 하지만 브레히트의 직접적인 발언이 기록된 자료는 거의 없기 때문에, 그의 반응을 가늠하려면 상당한 추론이 필요하다. 에세이 「브레히트의 『서푼짜리 소설』」에 대한 동의의 목소리는 마르가레테 슈테핀을 통해 간접적으로 전해질 따름이다. "그 논문이 제대로 활용되지 못하다니 유감입니다. 저는 그 논문이 아주 마음에 듭니다."[12] 브레히트가 텍스트의 완성을 독려했다는 점과 출판이 성사되도록 중간에서 여러 차례 힘썼다는 점을 보면 브레히트도 슈테핀과 동일하게 판단하고 있음을 알 수 있다.■ 「서사극이란 무엇인가? I」을 게재하기 위한 노력도, 『브레히트 시 주해』에 보낸 공감도 그 일환이었다. 하지만 처음에 브레히트의 공감을 확신하

• 이는 벤야민이 「유대인 매춘부 마리 잔더스에 대한 발라드」의 한 시구에 대해 물었을 때의 반응과 견줄 수 있다. "브레히트는 당신이 이 시를 즉각 이해하지 못했다는 점에 좀 실망했습니다. ('하늘에는 신이…… 오늘 밤에는') '여기에서 문제가 되는 것'은 유대인 학살입니다."(마르가레테 슈테핀이 발터 벤야민에게 보낸 1937년 4월 9일 편지, Margarete Steffin 1999, 235쪽, 편지 번호 95.) 브레히트가 자신의 작업이 호응도 얻지 못할 경우 민감한 반응을 보였다는 것은 헤르만 그라이드도 증언한 바 있다. 스웨덴의 망명지에서 「아르투로 우이의 부단한 출세」 초안에 대해 소극적으로 반응했던 그는 더이상 그 작품의 어떤 장면도 접하지 못했다고 한다. 브레히트는 그런 경우 폐쇄적 태도를 취했다는 것이다. Hermann Greid 1974, 4쪽 참조.

■ "미국에 있는 하우트프만은 당신의 논문이 도착하기만을 기다리고 있습니다. 당신이 속도를 내서 착착 (위의 글을 부세요!) 쓸 수 있으면 좋을 텐데요. 『선집』이 앞으로도 계속 말산된다고 확신할 수 없기 때문입니다……"(베르톨트 브레히트가 발터 벤야민에게 보낸 1935년 2월 6일 편지, GBA 28, 489쪽, 편지 번호 640.)

벤야민과 브레히트

지 못했던 벤야민은 슈테핀에게 이렇게 물었던 적도 있다.

> 당신의 편지에는 브레히트가 『브레히트 시 주해』를 어떻게 받아들였
> 는지에 대해 아무런 말도, 하다못해 부차적 언급조차 담겨 있지 않아
> 아쉬웠습니다. 무소식도 소식이라는 공식이 여기서도 통하는 것인지
> 요?[13]

　슈테핀은 지난여름에 이미 브레히트가 별다른 설명 없이 공감을
표현한 적이 있다는 말로 벤야민을 안심시켰다. (편지에 드러나 있
듯, 이 시기 브레히트는 벤야민의 주해가 『마스 운트 베르트』에서 이
미 출판되었다고 잘못 알고 있었다.)

> 브레히트는 이사로 인한 피로와 총체적으로 지독한 혼잡함 때문에 여
> 전히 정신을 차리지 못한 상태예요. 덧붙이자면, 그는 당신의 멋진 **주
> 해**에 대해 스벤보르에서 응답했던 것 이외에 덧붙일 말이 없다고 생각
> 하고 있습니다. 주해가 출판되어 그는 매우 기뻐하고 있습니다. 리프
> 의 신문에 실린 기고문도 기쁘게 받아들였고요.[14]

　몇 가지 예외—브레히트의 반응에 대한 오해나 공감의 보류—는
오히려 일반적인 경우가 그렇지 않았음을 확증해준다. 브레히트 시
주해를 『다스 보르트』에 실으려는 계획이 틀어진 후에 벤야민은 브
레히트가 자신의 논문이 『인터나치오날레 리터라투어』에 실릴 수 있
도록 힘써주기를 바랐다. 결과야 어쨌든 브레히트는 『다스 보르트』
의 전신 격인 이 잡지를 상대로 과거의 공동 편집위원 자격으로 나

섰다.

벤야민이 슈테핀에게 쓴 편지를 보자.

> 주해에 대해 이야기하자면, 저야 당연히 그것이 출판되기를 학수고대
> 하고 있습니다. 브레히트가 제게 호의를 베풀어 직접 그 원고를 『인터
> 나치오날레 리터라투어』에 전해준다면 정말 좋겠어요. 하지만 연구 대
> 상으로서의 브레히트가 그 일을 해줄 수 있을 것 같지는 않습니다. 제
> 논문을 게재 목록으로 염두에 두고 있는 『다스 보르트』 편집위원 명목
> 으로 추천한다면 또 모르지요. (이건 비유적인 의미로 한 말입니다. 저
> 는 에르펜베크에게는 어떠한 원고도 보낸 적이 없고 당신에게만 보냈
> 거든요.) 그건 그렇다 치고 『인터나치오날레 리터라투어』와 연결되어
> 있는 브레히트와 달리 저는 그렇지 못합니다. 그러니 제가 쓴 브레히
> 트 주해가 사람들의 관심을 끌 만한지 문의하는 일은 브레히트로서는
> 쉬운 일이라고 생각합니다. 다만 그가 원고를 직접 전할 생각이 없다면
> 편집부가 제게 원고를 요청하도록 재촉하는 것 정도는 할 수 있을 것입
> 니다. 이제 시집(『스벤보르 시집』)이 나와 일이 쉬워지기는 하겠지만,
> 제가 주도권을 잡고 『인터나치오날레 리터라투어』와 직접 연락을 취하
> 는 일은 어렵습니다. 이 문제에 대해 답장해주시기 바랍니다.[15]

벤야민의 희망은 이루어지지 않았다. 이미 브레히트의 영향력은
미미해진 뒤였기에 『다스 보르트』 관계자들은 브레히트의 제안이나
이의 제기를 자주 무시해왔다. 『인터나치오날레 리터라투어』 때는
『다스 보르트』 때보다 더 사정이 나빠서 연대 제인은 받아들여지지
않았고, 베허, 루카치, 쿠렐라 등의 신념에 따라 엄격하게 당의 노선

을 지향하는 문예지였던 만큼 브레히트가 그들에게 관철시킬 수 있는 것은 아무것도 없었다.

『인터나치오날레 리터라투어』 일은요, 브레히트가 그곳 사람들에게 함께할 의사가 있다고 전했습니다. 망명 작가들이 어쩔 수 없이 살게 된 나라의 물가에 맞춰 적절할 고료 지불이 이루어져야 한다고 생각한다고도 썼습니다. 그러나 그쪽에서 보내온 답변은 그 문제에 대한 협의가 진행중이라는 내용이 전부입니다. 브레히트는 『다스 보르트』가 정간될 때 그 일에 항의한 포이히트방거와 자신이 어떻게 취급받았는지 기억하고 있기 때문에, 당신을 위한 편지를 쓴다고 해도 일이 특별히 잘 풀릴 것이라고 생각하지 않습니다. 물론 그는 기꺼이 시도해볼 의향은 있습니다. 당신도 이해하실 것입니다. 에르펜베크도 계속 편지는 하고 있습니다. 브레히트가 이미 한번 "자신의" 잡지에서 아무것도 관철시킬 수 없었던 일을 겪었던 만큼…… 당신이 직접 그곳 사람들에게 편지해보시는 것이 낫지 않을까요? 브레히트는 당신이 브레히트의 지원을 기대하고 있다는 말을 듣자 힘없이 미소지었습니다.[16]

1939년 7월에 「서사극이란 무엇인가? II」가 나왔을 때는 불협화음이 있었다. 마르가레테 슈테핀의 편지에서 알 수 있듯이, 브레히트는 이 논문에 대해서는 예전과 다르게 동의하기를 거부했다.

왜 제가 『마스 운트 베르트』에 실린 논문에 대해 당신에게 아무것도 전하지 않았는지 말씀드릴 수 있습니다. 브레히트는 원치 않았지만요. 사실 그 논문은 그다지 마음에 들지 않았습니다. 제 친구들의 생각도 마찬가지고요. 하지만 지금 제게 논문이 없기 때문에 더 자세히 쓸 수는 없습니다. (그건 헬레네가 하겠다고 약속했습니다.) 다만 한 가지는 말할 수 있습니다. (이미 지난번에도 물었습니다만) 왜 당신은 그 작품을 고집스러우리만치 '공포와 전율'이라는 제목으로 부르시는지요? 당신이 보기에도 그런 제목은 이상하지 않나요? (다시 한번 말하면 그 작품의 제목은 '제3제국의 공포와 비참'입니다.)[17]

끝내 이유를 밝히지 않은, 이처럼 명백한 거부는 깊은 공감을 기반으로 한 두 사람의 교류에서 유일무이한 것이었다. 슈테핀이 친구들도 논문을 못마땅해했다고 지적하고 바이겔의 편지를 예고하고 있다는 점에서 보면, 단지 신중함 때문에 브레히트의 이름을 생략한 것뿐이지, 브레히트가 그 의견의 출처는 아닐지언정 같은 의견이라는 사실에는 의심의 여지가 없다. 물론 이러한 비판의 이유가 무엇인지는 그야말로 수수께끼다. 마르가레테 슈테핀은 벤야민을 위해「서사극이란 무엇인가? I」의 필사 작업을 했는데 비록 사 년 전이긴 해도 당시 그 일은 각별한 동의 아래 이루어진 것이었다. 같은 제목으로 나온 두번째 논문은 첫번째 논문에 비해서 논증과 내용도 더욱 보강되어 있었다. 그다지 중요하지 않은 제목 변경을 제외하면 브레히트와 그의 지인들을 화나게 할 만한 것은 아무것도 발견되지 않는다. 논할 필요도 없는 리온의 공격과 그로 인해 불거진 대결 구도에 불만을 품고 있던 브레히트는 자신을 지지하는 벤야민에게도 골을 냈던 것인가? 벤야민은 당황했다. 그는 거부에 대한 어떠한 이유도 생각해낼 수가 없었다.

그레테에게

이번 여름에 우리는 서로 운이 없었던 것 같습니다. 당신이 저의 에세이를 돌려보내야 했던 것과 마찬가지로 저도 당신이 보낸 담배를 돌려보내야 했습니다. 담배를 되돌려보낸 이유라면 댈 수 있습니다. 15프랑의 관세 때문이었지요. 에세이 이야기라면 브레히트 작품의 제목에 관한 한 교정의 여지가 있습니다. (키르케고르의 『공포와 윤리』를 떠올리다 저지른 어처구니없는 실수였습니다.) 에세이의 다른 부분 중에서는 무엇이 문제인지 알려주시기를 기다리고 있습니다.[18]

여기서 벤야민이 키르케고르의 '공포와 전율'이라는 책 제목을 '공포와 윤리'로 잘못 쓴 것은 속기사 여직원의 실수라기보다는 '프로이트의 말실수' 격으로 보인다. 브레히트 측근의 비난으로 당황했던 것이다.[19] 이 편지를 끝으로 벤야민과 슈테핀의 편지 왕래는 끊겼다. 분위기가 나빠진 것이 분명했다. 하지만 편지 왕래가 끊긴 데에는 벤야민의 수용소 억류, 슈테핀의 병, 프랑스와 스웨덴 또는 프랑스와 핀란드 사이의 교류가 점점 어려워지고 있던 상황 등 그 밖의 여러 정황들도 작용했다.

만약 벤야민이 들었다면 그를 실망시켰을 브레히트의 또다른 발언도 있었다. 1940년 6월 브레히트는 스웨덴의 도서관 사서이자 작가인 아르놀트 융달에게 자신의 "최근" 작품에 대한 논문을 요청하면서 다음과 같이 전했다.

저의 최근 작품들을 다룬 논문들 중에서는 만족할 만한 것이 없습니다. 예전 작품에 대한 논문 중에도 『호흘란트(고원)』에 한 예수회 신

부―카를 티메―가 기고한 에세이 외에는 괜찮은 것이 없습니다. "변
증법"을 실천하지 않는 비평은 미식가적인 것밖에 제공할 수 없습니
다. 당신이라면 저 모든 어처구니없는 생각들(이성의 사용은 감정과의
괴리를 의미한다든지, 서사적 요소와 극적 요소는 서로 결합될 수 없
는 대립을 나타낸다든지, 사회학적으로 구성된 인물들은 생물학적인
면면을 지닐 수 없다든지 등의 생각들)을 단번에 문학사에서 몰아낼
수 있으시겠지요.[20]

　이러한 어처구니없는 생각들에 맞서 싸워온 것이 바로 벤야민의 논
문이고, 브레히트도 그 사실을 알고 있었다. 브레히트는 벤야민이 자
신과 가깝다는 것은 물론이고 예술이론이나 정치적 통찰 면에서 티
메보다 뛰어난 사람이라는 점도 의식하고 있었다. 그런 그가 카를 티
메의 논문 「악마의 기도서?」만을 강조하고 벤야민이 집필한 지난 십
년간의 논문들을 언급하지 않은 것은 단순히 부주의했기 때문만은
아니다. 티메의 논문과 달리 벤야민의 논문들은―거절당한 논문 「서
사극이란 무엇인가? II」를 제외하고는―브레히트가 거의 혹은 일절
접할 수가 없었다. 벤야민의 논문은 신문 혹은 라디오방송으로 발표
되는 데 그쳤을 뿐 출판으로 이어지지는 못했기 때문이다. 브레히트
자신도 융달에게 보내줄 수 있었던 것은 불충분한 자료 정도였을 것
이다.•

• 브레히트가 게르하르트 넬하우스를 위해 작성한 "친구, 협력자" 명단에 벤야민의 이름이 빠져 있
다는 점도 눈에 띈다. 그것은 피스카토르, 그로츠, 바일, 이이슬러, 힌데미트, 두도프, 포이히트방거,
피어텔, 심지어 크라우스, 되블린, 카이저까지 포함한 명단이었다. 베르톨트 브레히트가 게르하르
트 넬하우스에게 보낸 1942년 10월 편지, GBA R, 744쪽, 편지 번호 1032a 참조.

이렇듯 당혹스러운 사례가 있기는 하지만 전체 상황이 달라지는 것은 아니다. 벤야민은 이론적 역량을 갖춘 최초의 체계적인 브레히트 비평가였고, 브레히트의 독창성과 당대 예술에서의 역할을 확인해준 최초의 비평가였다. 한나 아렌트도 브레히트가 벤야민이 "그 시대의 가장 중요한 비평가"임을 알고 있었다고 말했다.[21] 아도르노의 다음 메모도 이를 증언한다. (벤야민과 브레히트의 관계를 실제보다 더 긴밀한 관계로 묘사한다는 의혹을 받을 이유가 없는 인물이라는 점에서 아도르노는 분명 믿을 만한 정보 제공자다.) "1932년 망명 시절에 처음 만나고 1941년에 다시 만난 베르톨트 브레히트는 벤야민이야말로 자신의 가장 훌륭한 비평가라고 말했다."[22] •

● 게르하르트 자이델은 다음과 같이 평가했다. "발터 벤야민은 최초의 중요한 브레히트 비평가였다."(Gerhard Seidel 1970, 427쪽.) 한편 롤프 티데만은 브레히트 발언의 핵심은 이기주의에 있다고 보았다. 브레히트에게 벤야민은 "분명 자신의 최고 비평가, 즉 무비판적인 비평가"였다는 것이다.(Rolf Tiedemann 1966, 148쪽.)

2
"읽을 가치가 있는 글"

자신의 작품과 관계 없는 벤야민의 다른 논문들에 대한 브레히트의 태도는 논문 「수집가이자 역사가 에두아르트 푹스」와 「역사의 개념에 대하여」의 테제들을 높이 평가하고, 카프카에 대한 에세이와 「기술복제시대의 예술작품」을 퇴짜놓은 정도에 그치지 않았다.[•] 사실 그의 판단은 훨씬 더 복합적이다. 물론 이와 관련해서 남아 있는 기록은 미흡하다. 논문이나 편지에서 볼 수 있듯 브레히트의 작품 활동을 거의 전부 지켜보았던 벤야민과 달리, 벤야민의 연구 활동에 대한 브레히트의 명확한 의사 표현은 파편적으로만 남아 있다. 브레히트는

[•] 두 사람의 관계가 "일방적 유대관계"(GS II/3, 1368쪽; Walter Benjamin 1978, 181쪽)에 그친다거나 브레히트가 "벤야민의 저술들에 대해 상당히 거리를 취하고 있었으며, 「수집가이자 역사가 에두아르트 푹스」, 「역사의 개념에 대하여」 외에는 거의 인정하지 않았다"라고 한 [누구보다] 티데만의 발언과 Marbacher Magazin 55/1990, 193쪽 등 참조.

기껏해야 1933년 파리에서, 1934년, 1936년, 1938년 스코우스보스트란에서 함께 지내는 동안 친구 벤야민의 계획을 들은 정도였다. 그나마도 두 사람의 대화 기록은 부분적으로만 남아 있고 벤야민이 브레히트에게 보낸 인쇄물, 타자본, 브레히트의 판단을 적어놓았던 편지 등은 유실되었다. 따라서 브레히트가 알고 있었음이 분명한『일방통행로』에 대해 어떻게 말했는지, '파사주 프로젝트'를 어떻게 평가했는지 지금 우리에게는 전해지지 않는다. 현재 남아 있는 브레히트의 의견은 보들레르에 대한 에세이 혹은 「역사의 개념에 대하여」에 국한된 것이다. 그렇다고 해도 두 사람이 '파사주 프로젝트'에 대해 대화를 나눈 것만은 사실이다. 벤야민은 편지로 브레히트에게 자신의 책―"예전에 제가 당신에게 보고했던 방대한 책"―이 생각한 것보다 훨씬 더 텍스트의 꼴을 갖춰가고 있다고 전했다. 그에 대해 상세한 기획안을 썼다고도 했다.[23]

벤야민의 연구에 관심이 있었던 브레히트는 그를 위해 출판 계약을 중개하기도 했다. 벤야민에게 집필 동기를 부여한 브레히트의 영향력은 무시할 수 없다. 그것은 파리 지사 오스만●에 대한 논문 계획에도 해당된다. 오스만은 재임 당시 파리의 낡고 좁은 구역을 밀어내고 대로들을 건설해 바리케이드 설치를 방해했는데, 브레히트와 벤야민의 관심을 끈 것은 오스만이 이런 식으로 추진한 도시 건설 개혁안의 혁명적인 전략이었다. 이들은 선구적이라 할 수 있는 기술적 시각과 반동적인 정치적 영향력의 모순이 드러나는 이 지점에 주목

───────────────

● 조르주외젠 오스만(1809-1891). 프랑스의 행정관으로, 19세기 중엽 나폴레옹 3세의 지시로 중세 도시 수준에 머물러 있던 파리를 재정비했다. ―옮긴이

했다. 벤야민이 오스만의 도시 계획 이상에서 발견한 것은 "19세기에 반복되어 온 경향, 즉 예술적인 목표를 설정함으로써 기술적인 요구를 고상하게 포장하려는 경향"[24]•이었다. 브레히트의 「코뮌의 날들」 마지막 장면에서 안경을 쓴 부르주아 한 사람이 파리의 대로를 찬양하는 대목에도 두 사람의 대화가 반영되어 있다.

> 파리에 대로를 깐 오스만이 천재적이었다는 것을 사람들은 이제야 깨달았습니다. 사람들은 파리의 대로가 수도의 미화에 기여했는지에 대해 논쟁을 벌였습니다. 이제는 의심의 여지가 없습니다. 파리의 대로는 적어도 수도의 평화에 기여했지요![25]

브레히트는 『다스 보르트』 편집위원 자격으로 벤야민에게 「파리 편지」를 보내달라고 청하기도 했다. 첫번째 편지인 「파리 편지 I―앙드레 지드와 새로운 적」의 중심축이 되는 것은 현실적인 갈등에 대한 묘사다. 다시 말해 벤야민은 지드가 공산주의 진영에 뛰어든 순간부터 파시스트와 상대하게 되었다고 썼다. 벤야민이 주목한 것은 파시스트 예술이 "프롤레타리아의 계급적 상황을 변화시킬 모든 작용"[26]을 방해하는 선동적인 예술이라는 지드의 분석이다. 이러한 맥락에서 벤야민은 이 텍스트를 "파시스트 예술 이론에 대한 에세이"[27]라고 불렀다. 첫번째 편지를 발표할 때부터 벤야민은 이미 편지 시리

• 브레히트가 이 프로젝트에 보였던 관심에 대해서는 벤야민이 그레텔 가르플루스에게 1934년 1월 4일 이후 보낸 편지 참조. "베르톨트는 그 주제를 아주 중요하게 생각하고 있습니다."(GB IV, 330쪽, 편지 번호 825.) 결국 실패한 기획이었지만 벤야민은 브레히트에게 꾸준히 그에 대한 소식을 전했다. GB IV, 편지 번호 828, 837 참조.

벤야민과 브레히트

즈 발표를 염두에 두고 있었고 편집부에도 이 점을 알렸다.

> 브레히트는 이 글이 프랑스문학에 대한 보고이니 만큼 "파리 편지"라
> 는 표제를 유지해줄 것을 각별히 희망하고 있습니다. 계약에 대해 알
> 려줄 때부터 브레히트 자신은 편지에 고유한 고전적이고 문학적인 보
> 고 형식을 중요하게 생각한다고 했지요. 그는 이번에도 그 점을 분명
> 히 하기는 했지만, 부제를 다는 것까지 반대하지는 않습니다.[28]

벤야민이 쓴 편지에 덧붙인 브레히트의 추신에는, 편지 장르를 선
택한 이유에 대한 설명과 연재를 촉구하는 내용이 담겨 있다.

> 친애하는 브레델 씨
> 파리에 대한 논문은 그야말로 '편지'로 쓴 것입니다. 다시 말해 상당히
> 느슨하게 구성된 것이지요. 제 생각에는 이런 식의 편지들을 고정 꼭
> 지로 만들어 연재하는 것이 잡지를 위해서도 좋을 것 같습니다.[29]

느슨한 구성이라는 착상에 더 부합하는 것은 첫번째 편지보다 문
예란 기고문처럼 시작하는 두번째 편지 「파리 편지 II―회화와 사진」
이었다. 브레히트는 정통 사회민주주의자들의 글을 묶은 선집 『마
르크스주의에 의거하여: 에세이―수리물리학, 자연과학, 인문학』
(1937)을 논쟁적으로 다루어보라고 권했다.[30] ● 그는 벤야민의 원고
를 지체 없이 편집부에 전달했지만 ● 편집부는 첫번째 편지와는 달

● 벤야민은 물론 이 선집에 동의하지 않았다. Walter Benjamin 1978, 139-140쪽 참조.

리 그것을 출판하지 않았다. 브레히트의 집요한 독촉 편지를 받고서야—문의를 세 번 하고도 답장을 받지 못한 그가 출판 여부에 상관없이 원고료를 지불해달라는 편지를 기분 나쁘게 써보내고서야—비로소 편집진은 못마땅해하며 원고 게재를 거부했다.[31] 슈테핀은 편집진이 「파리 편지 II」의 고료는 지급하겠지만 유감스럽게도 이미 시효가 지났기 때문에 게재를 하지 않겠다는 입장을 밝혔다고 전했다.[32] 편집진의 사유는 빤한 핑계에 불과했다. 회화와 사진의 관계에 대한 벤야민의 논문은 「기술복제시대의 예술작품」에 상응하는 것으로 다시금 시사적인 논쟁, 이를테면 나치의 예술정책에 대한 논쟁으로 시작했다. 상당히 근본적인 문제를 파고들고 있는 벤야민의 이 텍스트는 시효가 그렇게 많이 지났다고 볼 수 없었다. 텍스트에서 찾아볼 수 없는 내용들도 거부의 근거로 거론되었다. 여기에서는 「파리 편지」의 내용 중 "어떤 부분도 현 시점의 구호들과 충돌하지 않습니다"[33]라는 벤야민의 말에 주의를 기울여야 한다. 「파리 편지 I」은 하룻밤 사이에 정치적으로 헛짚은 글이 되었던 것이다. 그 글의 발표 직후 나온 보고서 『소비에트연방에서의 귀환』에서 지드가 "실망을 표현한 것이지 개종을 선언한 것이 아닌데도, 공산당의 정략적인 비판자들은 이 보고서를 변절자의 보고서로 읽었다."[34] 얼마 전까지 인민전선의 모범이었던 지드는 이제 배신자로 간주되었다. 에른스트 블로흐는 충돌을 예견했다. "『다스 보르트』에 실린 당신의 논문을 읽

■ "이곳 스벤보르에 당신의 「파리 편지 II」가 도착하자 브레히트는 그 원고를 즉시 『다스 보르트』에 보냈습니다. 제가 항의한 게 열흘 전인 데 여태 아무런 답변도 받지 못했습니다. 브레히트는 지금 그곳 사람들에게 꽤 강경하게 대응하고 있어요. 그들이 아직 당신에게 아무런 답변도 주지 않았다면, 제게 바로 편지주시겠어요. 다시 한번 항의하려고요." (마르가레테 슈테핀이 발터 벤야민에게 보낸 1937년 2월 11일 편지, Margarete Steffin 1999, 226쪽, 편지 번호 91.)

벤야민과 브레히트

어보았습니다. 거기[잡지]에서 그 논문은 지드에 대한 마지막 논문이 될 것입니다."[35] 그것은 지드에 대한 마지막 논문일 뿐 아니라 이 잡지에 실린 벤야민의 마지막 논문이 되었다.•

벤야민의 「파리 편지」는 브레히트가 쓴 「『다스 보르트』의 문학 편지를 위한 지침」에 부합한 유일한 기고문이었다. 그 글들은 신간을 소개하는 글이 아니라 문학과 예술에 대한 논쟁을 사회적 사건으로 다루면서 문학적 삶에 집중하고, 작품과 입장을 연구할 때에도 그것이 어떤 생각을 대변하는지 아니면 어떤 생각과 맞서 싸우는지에 주목했다. 여기서 벤야민의 시선은 나치 정치와의 대결을 향했다. 하나만 더 덧붙이면, 「파리 편지」는 신간 중에서는 예술작품을 "천재성의 표현 형식"[36]이 아닌 기술적 실천으로 설명하는 책에 관심을 보였다.

여러 차례 퇴짜를 맞았음에도 브레히트와 슈테핀은 번번이 벤야민을 『다스 보르트』의 필자로 만들고자 애썼다. 벤야민이 카를 구스타프 요흐만을 우연히 발견했다고 전했을 때,[37] 마르가레테 슈테핀은 1937년 4월 9일 편지를 보내 벤야민을 졸랐다.

> 카를 구스타프 요흐만에 대해서 말씀드리면, 브레히트는 무슨 일이 있더라도 『다스 보르트』를 위한 저명한 문화유산 목록에 당신의 요흐만 논문을 집어넣고 싶어합니다. 물론 그도 당신이 편집부와의 관계에서 쓰라린 경험을 겪은 터라 어떤 원고든 보낼 생각이 없다는 것을 이해

• 크리술라 캄바스는 「파리 편지 I」의 "불행한 발표 시점"이 「기술복제시대의 예술작품」 거부에 분명히 영향을 미쳤을 것이라고 언급한 바 있다. Chryssoula Kambas 1983a, 172-173쪽 참조. 「파리 편지 II」가 거부당한 것도 잡지 정간 때문이라고 볼 수 없다. 잡지가 정간된 시기는 1939년 3월이기 때문이다. GS III, 677쪽 참조.

합니다. 하지만 한번 더 눈을 감아주지 않으시겠습니까? 브레히트는 당신이 자신을 무성의하다고 볼까봐 아주 걱정하고 있습니다. 하지만 솔직히 말씀드리지 않으면 안 되겠어요. 당신에게 꼭 말하고 싶습니다. 브레히트는 브레델이나 그의 비서에게 편지를 보낼 때 언제나 당신에게 답장을 해주라고 하거나 당신의 원고를 인쇄하라고 하거나 당신에게 고료를 보내라고 독촉합니다……

아니면 당신은 요흐만에 대한 글을 어디다 내려고 하세요? 최소한 타자 원고라도 보내주실 수 없으신가요?[38]

「카를 구스타프 요흐만 시의 퇴보」를 『다스 보르트』에 맡기자는 제안에 벤야민은 아무런 대답도 하지 않았다. 일차적으로는 자신의 원고를 담당한 편집부의 악의적이고 거부적인 태도에 화가 났기 때문이 분명하지만, 자신의 제안을 받은 호르크하이머가 곧바로 유용한 기반을 마련해주었기 때문이기도 하다.[39]

여러 면에서 벤야민은 이와 견줄 만한 중개 제안들을 여전히 브레히트로부터 받고 있었다. 아나 제거스의 소설 『구원』과 『독일 실업자 연대기』에 대한 벤야민의 서평은 1938년 5월 12일 『디 노이에 벨트뷔네』에 실렸다. 브레히트와 슈테핀은 그전에 이미 알고 있던 작업이었다.

『디 노이에 벨트뷔네』와 제거스 소설 연구는 어떻게 되고 있습니까? 브레히트는 그 연구를 혹시 『다스 보르트』에 실을 수 있는지 묻습니다. 하지만 그 잡지에 싣기에는 분량이 너무 많겠지요? 『디 노이에 벨트뷔네』에서 꼭 발표하시게 되기를 바랍니다. 그런데 그곳이 고료를 지불하긴 하나요?[40]

　브레히트가 전폭적인 지지를 보내며 긍정적으로 평가한 텍스트들은 「오늘날 프랑스 작가들의 사회적 위치에 대하여」, 「언어사회학의 문제들」, 「수집가이자 역사가 에두아르트 푹스」다. 브레히트는 벤야민의 문체와 논증 방식의 간결성, 명확성, 탁월성을 인정했고, 벤야민의 지식이 탄탄한 토대를 지니고 있다고 보았다. 벤야민은 『차이트슈리프트 퓌르 조치알포르슝』에 실린 논문 「오늘날 프랑스 작가의 사회적 위치에 대하여」를 보내주면서 『인터나치오날레 리터라투어』의 프랑스어판에 실리도록 브레히트가 힘써주기를 희망했다.• 브레히트가 이러한 희망에 부응해 중개를 시도했는지는 알려져 있지 않지만, 논문이 실린 잡지가 마르가레테 슈테핀에게 도착했을 때 브레히트는 그 논문을 곧장 읽고 깊은 인상을 받았던 듯하다.

　　벤야민에게
　　논문은 감사히 받았습니다. 그 논문은 정말로 탁월한 논문으로, 400쪽 분량의 다른 어떤 책보다 더 많은 것을 말하고 있습니다.[41] ■

• "지난 며칠 동안 하우프트만은 「오늘날 프랑스 작가의 사회적 위치에 대하여」를 읽었습니다. 그녀는 이 논문이 프랑스어로 출간되는 공식 잡지인 『리테라튀르 에 레볼뤼시옹』에서 큰 관심을 끌 것이라고 하더군요. 그녀는 콜초프가 제 논문을 편집부에 전달할 수 있도록 그에게 제 논문을 환기시킬 수 있는지 당신에게 물어보라고 했습니다."(발터 벤야민이 베르톨트 브레히트에게 보낸 1934년 초 편지, GB IV, 336쪽, 편지 번호 828.) 추신에서 벤야민은 잡지 이름을 '리테라튀르 앵테르나시오날' 로 교정했다.

■ 슈테핀은 3월 혹은 4월에 쓴 편지에서 자신이 갖고 있던 그 잡지를 브레히트가 가져가버렸다고 불평했지만, 동시에 그 점을 고맙게 생각했다. Margarete Steffin 1999, 120쪽, 편지 번호 33 참조.

벤야민의 이 논문은 지식인의 기능을 둘러싼―지식인 개념이 형성되어 있는 프랑스에서 또다시 벌어진―논의, 특히 정치 영역에서의 지식인의 위치를 둘러싼 대결을 고찰하고 있다. 그는 "지식인들의 배반"을 지적한 쥘리앵 방다를 반박했다. "독자적으로 활동하는 지식인의 몰락에는 경제적인 요소가―유일하게는 아닐지라도―결정적으로 작용한다." 방다는 "선입견 없는 연구라는 도그마의 붕괴에서 비롯된 학문의 위기"뿐 아니라 "그러한 위기의 경제적 토대에 대해서"도 통찰하지 못했다는 것이다.[42] 이러한 시각은 『크리제 운트 크리티크』에 대한 예전 대화의 연장선에 있는 것일 뿐 아니라, 브레히트의 관심과 직접적으로 일치한다. 이는 벤야민이 발레리의 사례를 통해 설명했던 작가의 기술 고찰과도 맥락이 닿아 있다. 벤야민이 보기에 발레리는 현대 프랑스 작가들 중 "그 분야의 가장 위대한 기술자"다. "글쓰는 작업은 무엇보다도 하나의 기술"이라는 주장 속에서 발레리는 특수한 위치를 차지하게 된다. 벤야민은 이러한 의미에서의 글쓰기 작업이 시문학을 포함한다는 언급과 함께 작가와 시인의 관계에 대한 대화를 재개했다.[43]

브레히트는 1935년 가을 『차이트슈리프트 퓌르 조치알포르슝』에 실린 벤야민의 보고서 「언어사회학의 문제들」에 한층 적극적으로 동의를 표했다. 다음은 브레히트의 응답을 담은 1936년 4월 편지다.

> 벤야민에게
>
> 당신의 '언어 논문'에 감탄을 쏟아낸 코르슈 덕분에 저도 그 논문을 읽어보았습니다. 저 역시 굉장히 감탄했습니다. 문체도 훌륭하고 소세도 폭넓게 개관하고 있는 논문입니다. 이번 논문은 현대 연구에 걸맞은

태도인 신중함을 보여주고 있습니다. 새 백과사전으로 발전시켜도 될 정도입니다.

저도 이 논문을 한 부 갖고 싶습니다. 아니면 코르슈 것을 훔쳐야 하는데, 아무래도 그건 비열한 일이겠지요.[44]

여기서 벤야민의 텍스트가 '새 백과사전'의 본보기가 될 수 있으리라는 찬사를 제대로 파악하기 위해서는 백과사전을 중요하게 여기는 브레히트의 입장을 상기할 필요가 있다. 브레히트는 육 년 이상 '새 백과사전' 프로젝트를 진행하고자 벤야민과 함께 검토해왔다.● 이 단어가 처음 등장한 것은 『크리제 운트 크리티크』의 전신 격인 『크리티셰 블레터』를 기획하던 시절 작성된 기획안 말미에서다.

연속적 성과들!

소급, 통합, 수정. 가치판단은

그다지 중요하지 않다. 백과사전적 테크닉.[45]

나중에 다시 언급하겠지만 '새 백과사전'의 특징은 다음과 같다— 인식의 객관화, 언어·사회·이데올로기의 비판적 분석, 가치판단의 포기 또는 무시, 자료의 연속성, 구체성, 자료를 능숙하게 다루는 능력 등. 브레히트는 전문적인 언어 연구 분야와 경향을 비판적으로 개관하고 있는 벤야민의 논문이 이러한 속성들을 내포하고 있다고 인

● 『크리제 운트 크리티크』를 기획하던 시기부터 벤야민은 "새로운 백과사전"이라는 아이디어에 익숙해 있었고, 1934년 9월 27일의 대화록에서 명시적으로 그것에 대해 거론하기도 했다. GS VI, 530쪽 참조.

정했다. 벤야민은 언어 발전에 대한 연구를 살피면서 "경제양식, 환경, 사회조직" 등을 고려하는 입장 또는 니콜라우스 마르의 논문처럼 "언어학에서 통용되던 인종 및 민족 개념을 무효화하고 계급운동에 기초한 언어사 기술"을 추구하는 입장에 동의하고 있다.[46] 이런 식으로 그는 백과사전의 방법론에 대해 브레히트가 공식화한 기대 수준을 충족시켰다. 브레히트는 그러한 방법론을 일종의 기술로, 즉 학습 가능한 것으로 간주했고, 결정적으로 그러한 프로젝트가 현실 개입을 위한 사유, 결과를 수반하는 사유를 통합해야 한다고 보았다. 이는 1930년경에 나온 다음의 목록에도 나와 있다.

> 새 백과사전의 명제에 대한 기술
>
> 1) 그 명제는 누구에게 유용한가?
>
> 2) 그 명제는 누구에게 유용하고자 하는가?
>
> 3) 그 명제는 무엇을 촉구하는가?
>
> 4) **그 명제에 부합하는 실천은 무엇인가?**
>
> 5) 그 명제로부터 추론 가능한 다른 명제들은 무엇인가? 어떤 명제들
>   이 그 명제를 뒷받침하는가?
>
> 6) **그 명제는 어떤 상황에서 발표되는가?** 누가 발표하는가?[47]

망명중 논의와 모임이 점점 더 간절해지면서 브레히트는 그러한 생각에 더욱 몰두했다. 1933년 중반에 그는 오스트리아 과학철학자이자 정치경제학자 오토 노이라트에게 "긴밀한 협력하에 **현실 개입을 위한 명제 목록** 작성에 착수하는 소모임을 꾸리고자 한다"고 선했다. '유물변증법을 위한 모임'라고 불린 이 모임은 "이른바 사회적 변

벤야민과 브레히트

혁을 이끌어내는 데 이바지하고 그러한 변혁으로부터 확실한 인식과 인식 가능성을 확보"[48]하고자 했다. 1934년 12월에 브레히트는 요하네스 베허에게 자신은 "그냥 함께 시간을 보내는 회합"보다는 공동 작업을 상의하는 회의를 더 선호한다고 쓰기도 했다. 그는 또 "새 백과사전" 기획안, 잡지 연재에 적합한 문학작품 기획안, "반파시스트적 견해에 대한 일종의 참고문헌" 등의 개요를 짰다.[49] 브레히트가 1935년에 쓴 「'전투적 리얼리즘' 구호의 체계화에 대한 테제」를 보자.

> 이를테면 준학문적 방식의 새 백과사전, 작가들이 집필하는 백과사전 프로젝트는 오늘날 상당한 참여를 불러일으킬 것으로 보인다. 물론 그러한 백과사전은 학문적·정치적으로 최종적 성격을 지닐 수 없으며, 시급히 요청되는 공산주의적 백과사전의 출판을 대체하지도 못할 것이다. 하지만 반파시스트 작가들의 자기 이해와 정화에는 확실히 기여할 수 있으리라고 본다.[50]

브레히트가 1937년 봄 '디드로 학회'를 창설하면서 의도했던 것도 다양한 갈래를 하나로 통합하는 것이었다. "몇 가지 시도, 몇 가지 현안 문제, 부분적 시도, 부분적 문제를 부담 없이 자유롭게 다룬 간단한 보고서, '테크니쿠스(기술자)' 같은 새로운 용어에 대한 짧막한 제안 등"이 필요했다. "어떤 학문이든 학문의 성격은 언제나 분과로 나누는 작업, 즉 구체적인 것에서 시작한다." 브레히트가 '디드로 학회'에서 출간하게 될 논문집에 「기술복제시대의 예술작품」을 수록하자고 제안한 것은 우연이 아니다. "이 제안은 연속성을 위한 것이다."[51] 그는 「언어사회학의 문제들」도 이미 '새 백과사전'의 요구를 충족하는 결과물로 보았다. 벤야민의 텍스트는 브레히트가 집요하게 추진한 계몽적인 성격의 토론 범주에 속했다. 벤야민이 브레히트의 이러한 지지가 얼마나 중요한지 제대로 평가할 수 있었다는 사실에서 우리는 다시금 두 사람의 친밀한 관계를 확인할 수 있다. 벤야민은 알프레트 콘에게 다음과 같이 썼다. "「언어사회학의 문제들」이 상당히 성공을 거두었다네. 브레히트는 평소와는 달리 열광적인 반응을 담은 편지를 보내오기까지 했다네."[52]

마르가레테 슈테핀은 「수집가이자 역사가 에두아르트 푹스」를 집필중인 벤야민에게 그 논문을 『인터나치오날레 리터라투어』에 보내보라고 제안했다.[53] 벤야민은 이번에는 연대 의무를 따르지 않았다. 그 글은 『차이트슈리프트 퓌르 조치알포르슝』(1937년 2월호)에 실릴 청탁 원고였기 때문이다. 브레히트는 1936년 당시 벤야민이 스코우스보스트란에서 그 원고를 집필중이라는 사실을 알고 있었는데, 이후 다시 읽었을 때도 감탄을 금치 못했다.

벤야민에게

푹스 논문을 다시 한번 읽었습니다. 두번째 읽을 때가 더 마음에 들더군요. 당신은 아마 담담하게 제 소감을 받아들이시겠지요. 제 생각에 대상에 대한 관심의 절제가 군더더기 없는 논문이라는 결과를 낳은 것 같습니다. 아무런 장식도 없지만, 모든 부분에서 (과거의 좋은 의미에서) 기품이 있습니다. 당신의 글은 나선을 거울에 비추어 길게 늘이지 않습니다. 당신의 글에서는 언제나 당신이 대상 안에 머물고 있거나 대상이 당신 안에 들어 있습니다.[54]

초안만 잡아놓고 끝맺지 않은 브레히트의 편지는 벤야민에게 전달되지 못한 모양이다. 이 초안에는 앞서 언급한 덕목 외에 "경제성"이라는 장점도 적혀 있다. 이러한 덕목은 작가가 주제로부터 거리를 두고 있기 때문에 대상을 침착하게 다룰 수 있었다는 점에 근거한다. 역설적인 것은 벤야민이 이 논문을 쓰는 데 얼마나 공을 들였는지 브레히트도 알고 있었다는 점이다. 따라서 그가 인정한 경제성이란 저자의 수고가 겉으로 드러나지 않는다는 것을 의미한다. 이러한 수고는 서사극의 태도를 연상시킨다. 다시 말해 저자 벤야민은 글을 쓸 때 자신이 다루는 대상에 감정이입을 하지 않고 거리를 유지하며, 어떠한 영향력도 행사하지 않고 제시되는 것 그대로를 보여주는, 브레히트 무대의 이상적인 배우과 같은 태도를 취한다. 대상과 거리 두기를 한다는 것은 대상과 아무런 관계도 맺지 않는다는 뜻이 아니다. 저자와 주제는 밀접한 관계를 맺는다. "당신의 글을 보면 언제나 당신이 대상에 머물고 있거나 대상이 당신 안에 들어 있습니다.""장식"과 "기품", "거울"과 "나선"이라는 개념쌍도 벤야민에 대한 브레히트의 이해 수준을 예증하는 표현이다. "(과거의 좋은 의미에서) 기품"이 있다는 표현은 고지독일어 단어인 '품위 있는'에서 온 것으로 '아름다운, 화려한, 값비싼' 등을 가리킨다. 말하자면 그것은 완성된 상태, 치장 없는 형식, 거추장스러운 첨부물 없는 형식을 가리킨다.● 나선 이미지는 역동적인 서술 방식을 강조한다. 나선을 거울에 비추어 늘이지 않는다는 말은, 저자가 현실의 모사 이미지 창출에, 즉 반

● 벤야민이 이러한 기록을 읽었다면 기뻐했을 것이다. 이 기록이 장식에 대한 아돌프 로스의 판단에 상응하지는 않지만 말이다. 벤야민은 「카를 크라우스」와 「경험과 빈곤」 등의 논문에서 로스의 글에 공감을 표한 바 있다. 여기에 대해서는 Detlev Schöttker 1999a, 194-195쪽 참조.

영에 머물지 않고 현실의 기저에서 연관관계를 파헤치고자 노력했다는 뜻한다. 브레히트는 거울을 도구로 활용하는 것을 거부하는데, 이는 1940년 즈음에 쓴 「리얼리즘적 서술 방식에 대한 메모」 중 다음과 같은 언급에서도 드러난다.

> 문학에서는 똑같은 거울로 각기 다른 시대를 비출 수 없습니다. 똑같은 거울로 여러 사람의 머리, 책상, 구름을 동시에 비출 수는 없는 것과 마찬가지입니다.[55]

브레히트는 분명히 『프랑크푸르터 차이퉁』에 실린 몇 편의 편지를 통해 『독일인들』이라는 벤야민의 편지 선집에 대해 알고 있었다. 단행본으로 출판된 편지 선집에 보인 반응 중 남아 있는 것은 슈테핀의 태도 정도다. 그녀는 1937년 11월 7일에 "편지와 편지들"을 보내주어 고맙다고 썼는데, 이것이 벤야민의 마지막 편지와 동봉한―슈테핀이 1933년 가을에 필사 작업을 도왔던[●]―편지 선집 별쇄본을 의미한다는 것은 의심의 여지가 없다. "저는 벌써 선집을 즐거운 마음으로 읽기 시작했습니다. 제가 이미 읽었던 몇 편의 편지는 예전에 알던 지인을 만난 것처럼 반가웠어요. 다시 만나고 싶은 지인처럼 말이죠."[56]

브레히트는 벤야민의 원고를 리자 테츠너에게 부탁해 취리히 출판사에 전달하고자 했다. 이는 벤야민의 프로젝트에 대한 칭송을 담

[●] "이 년 전 팔라스 호텔에서 원고 작업을 했던 것을 분명히 기억하실 것입니다."(발터 벤야민이 마르가레테 슈테핀에게 보낸 1936년 11월 4일 편지, GB V, 413쪽, 편지 번호 1098.)

벤야민과 브레히트

은 제스처다. 브레히트는 그 편지 선집의 중요성과 영향력에 대해 논평도 남겼다.

> 테츠너 씨에게
>
> 부탁이 하나 있습니다. 발터 벤야민이 『프랑크푸르터 차이퉁』에 연재했던 편지를 엮어 『독일인들』을 완성했습니다. 독일의 입장에서는 대단히 우쭐해질 법한 선집입니다. 그는 스위스의 출판사에서 이 건에 관심을 보일 거라고 생각하고 있습니다. 스위스 출판사라면 책임지고 일을 진행할 수 있고, 지금 같아서는 그 지역에서 책이 더 잘 팔릴 것이기 때문입니다. (익명으로 출판할 수도 있습니다.) 당신이 (약 마흔 통의 편지 중 열두 통 정도 되는) 편지 원고를 취리히 소재의 출판사에 전달해주시지 않겠습니까? 파리에서 시도하는 것보다 당연히 더 나을 것 같아서요. 시간 나실 때 한번 전화주십시오. 우리 주변에는 당신 말고 아무도 없습니다.[57]•

「기술복제시대의 예술작품」의 경우 브레히트의 중개는 헛수고로 끝났다. 독일어로 쓴 제1판의 타자 원고가 마르가레테 슈테핀을 거쳐 모스크바의 아샤 라치스, 베른하르트 라이히, 세르게이 트레티야코프

• 이 지점에서 흥미로운 것은 지금까지 발표되지 않았던 벤야민 선집에 대한 하인리히 블뤼허의 평가다. 1937년 2월 16일 편지에서 블뤼허는 벤야민의 이 선집이 나와서 정말 기쁘다고 전했다. "왜냐하면 이곳에서 우리의 정치적 논쟁을 지배하고 있는 우둔한 흥분에서 비롯된 아우성이 잦아든 후, 마침내 다시 평온하면서도 이성이 지배하는 목소리―제스처만 취하는 교양 없는 사람들과 달리 토론을 중단하지 않는 목소리―를 듣게 되어 반갑기 때문입니다. / 괴테 편지에 대한 두번째 주해 같은 글은 독일 문예학이 낳은 최고의 글에 속하며, 쇼펜하우어의 명저들과 비교해도 손색이 없습니다. / 요컨대 현재 선조의 유산을 둘러싸고 일어난 시끄러운 혼전 속에서 파시즘은 그러한 유산을 없애고자 하고 공산주의는 그것을 소유할 능력을 아직 갖고 있지 않은데, 그 와중에 이제 그것을 제대로 관리할 줄 아는 사람을 보게 되어 기쁩니다."(SAdK Bestand WB 25.)

에게 도착하자, 브레히트는 독일어로 쓴 제2판을 『다스 보르트』 편집부에 보냈다.● 『다스 보르트』는 두 가지 이유를 들어 거절을 정당화했다. 텍스트가 너무 길고 이미 비슷한 주제를 다룬 다른 기고문이 들어와 있다는 것이다.[58]■ 분량이 많다는 이야기는 별 설득력이 없다. 어쩌면 모스크바 사람들이 벤야민의 테제들에 적대적인 반응을 보였는지도 모른다. 일전에 이미 그 논문이 "격렬한 거부감"을 불러일으켰다고 벤야민에게 전했던 라이히처럼 말이다. 논문의 진행 방식이 자신에게는 낯설다는 것이 이유였다. 라이히는 "아우라의 붕괴를 긍정적인 요인"으로 보는 이유를 이해하지 못했다. 그는 "예술작품과 더없이 인간적인 관계를 맺고 더없이 인간적인 것을 표현하는 작업이 예술작품과 사회주의에서 관철되어야 하고 나아가 크게 발전해야"[59]▲ 한다고 주장했다. 그 밖에도 지드 사건과 모스크바 재판 역시 출판이 성사되지 못하는 데 제 몫을 톡톡히 했다.

『다스 보르트』 편집부에서 벤야민의 논문을 퇴짜놓은 진짜 이유를

● "브레히트는 이 독일어판 원고를 『다스 보르트』에 신고 싶어하네."(발터 벤야민이 알프레트 콘에게 보낸 1936년 8월 10일 편지, GB V, 349쪽, 편지 번호 1067.) 또한 발터 벤야민이 마르가레테 슈테핀에게 보낸 1936년 3월 4일 편지, GB V, 254-255쪽, 편지 번호 1024 참조. "저는 그 중요한 논문(「기술복제시대의 예술작품」)이 언제 발표되는지에 대해 아직 아무 소식도 듣지 못했습니다."(베르톨트 브레히트가 발터 벤야민에게 보낸 1936년 12월 초 편지, GBA 28, 568쪽, 편지 번호 740.) 브레히트는 편지에서 논문의 제목을 "d K i Z s t R"이라는 약자로 표현해놓았다.(SAdK Bestand WB 26/9.) 이는 주제 및 토론 상대와의 친숙함을 알리는 기호다. 현재 브레히트 전집에서 이 표기는 초기 편집본에서처럼 살려두어야 한다. 판본의 차이에 대해서는 Steve Giles 1970, 113-131쪽 참조.

■ 벤야민은 분량 문제 때문에 거절당했다는 사실을 이미 한 달 전에 알고 있었다. 발터 벤야민이 마르가레테 슈테핀에게 보낸 1937년 4월 26일 편지, GB V, 521쪽, 편지 번호 1151 참조.

▲ 벤야민은 라이히의 편지를 "거부"로, 그것도 "비생산적인 방식"의 거부로 보았기 때문에 그의 편지가 "하등 토론의 토대"가 되지 못한다고 여겼다.(발터 벤야민이 마르가레테 슈테핀에게 보낸 1936년 3월 4일 편지, GB V, 254쪽, 편지 번호 1024.)

감추려고 애쓴 것 못지않게 확실한 것은, 브레히트야말로 출판이 엎어진 이 과정에 아무런 책임이 없다는 것이다.● 오히려 그 반대였다. 만약 그가 벤야민의 논문을 높이 평가하지 않았다면 그 논문을 그렇게 강력하게 지지하지 않았을 것이다. 「기술복제시대의 예술작품」을 '디드로 학회'의 출간 도서로 추천한 브레히트의 글이 동의가 아니면 무엇이겠는가? 브레히트는 미국의 무대미술가 맥스 고렐릭에게 편지를 띄워 셰익스피어에 대한 라이히의 논문을 구해볼 것이라고 전하면서 다음과 같이 덧붙였다.

> 저는 '기술복제 가능성이 예술에 미치는 영향'에 대한 벤야민의 논문도 구해보려고 합니다. 이 논문에서 벤야민은 예술작품을 기술에 힘입어 (사진, 영화처럼) 대량생산할 수 있다는 사실이 예술과 예술관에 얼마나 혁명적인 영향을 미치는지를 보여주고 있습니다.[60]

벤야민의 연구에 대한 브레히트의 긍정적인 태도를 보여주는 결정적인 증거는 1936년 8월 비판적이면서도 생산적인 분위기 속에서 이루어진 스코우스보스트란에서의 공동 편집 작업이다. 벤야민은 이에 대해 다음과 같이 기록했다.

● 벤야민 전집에는 『다스 보르트』 편집진이 의도도 분명히 밝히지 않은 채 논문을 거부한 이유가 벤야민의 예술이론 테제에 대한 브레히트의 비판 때문이라는 비난이 반복되어 나온다. GS I/3, 1027쪽, 1032쪽; GS II/3, 1368쪽; "벤야민의 논문은 『다스 보르트』에 싣기에는 너무 길다는 이유로 거절당했다. 하지만 사실 진짜 이유는 브레히트의 『작업일지』에서 드러난다"(GS I/2, 784쪽) 참조. 이러한 주장이 얼마나 근거가 없는지는 이미 밝혀졌다. Chryssoula Kambas 1983a, 113쪽, 172-173쪽; Günter Hartung 1990, 981-982쪽 참조. 벤야민 전집 편집인들의 주장은 브레히트의 『작업일지』(1938년 7월 25일)를 근거로 내세우고 있지만, 이 메모는 「기술복제시대의 예술작품」이 아니라 보들레르 연구에 대한 것이다. 하지만 편집자들은 그 맥락을 밝히지 않았다.

오전에는 자네도 프랑스어판으로 접한 바 있는 논문을 두고 세세하게 논의했다네. 브레히트 쪽에서 이 논문을 아무런 저항 없이 수용한 것은 아니네. 심지어 마찰을 빚기도 했지. 하지만 모든 이야기는 매우 생산적이었고, 논문의 핵심을 전혀 건드리지 않은 채 주목할 만한 여러 가지 개선안을 끌어냈다네. 분량도 4분의 1가량 늘어났어.[61]

이 토론은 브레히트에게도 숙명적인 것이었다. 벤야민의 지각 이론적 분석은 『서푼짜리 소설』의 사상과 밀접했고, 역으로 브레히트의 『서푼짜리 소설』은 벤야민의 「사진의 작은 역사」를 참조했기 때문이다.[62] 브레히트는 빌리 브레델에게 보낸 벤야민의 편지 추신에 오해의 여지 없이 분명한 어조로 벤야민의 논문을 지지하는 표현을 남기기도 했다.

> 친애하는 동지 브레델에게
> 「기술복제시대의 예술작품」의 편집에 저도 참여했는데 편집에 시간이 좀 들었습니다. 그래서 지금 벤야민은 [「파리 편지 I」을 위해서] 며칠 더 시간이 필요합니다. 부디 지면을 비워놓고 원고를 기다려주시기 바랍니다!
>
> 브레히트 드림[63]

이는 우정에서 비롯된 비호 이상을 의미한다. 브레히트는 벤야민의 논문을 문학정치적으로 중요하게 생각했던 것이다. 나아가 브레히트가 벤야민의 다음과 같은 대립 설정을 수용한다는 점에서도 간접적인 동의를 읽어낼 수 있다. "이상이 파시즘이 추진하는 정치의 심미화다. 공산주의는 예술의 정치화로 그에 맞선다."[64] 1937년에 쓴 '독일적 풍자' 연작(『스벤보르 시집』) 중 「연극비평 금지」에는 다음과 같은 시구가 나온다. "정권은 / 연극을 아주 좋아한다. 그 정권은 / 주로 연극 분야에서 업적을 쌓았다."[65] 「파시즘의 연극적 성향에 대하여」라는 1939년의 메모에도 비슷한 맥락의 문장이 실려 있다. "우리는 파시스트들이 등장하며 두드러지게 내보이는 연극적인 성향을 관찰할 것이다."[66] 1940년 12월 6일 『작업일지』 기록도 이에 대한 것이다. "우리는 윤리와 관습에 담긴 연극적 요소를 연구해야 한다. 나는 파시즘을 통한 정치의 연극화에 대해 다룬 바 있다."[67]

브레히트의 벤야민 수용은 독특한 형태를 취한다. 브레히트는 때때로 벤야민의 텍스트 중 하나를 선택해서 모호하게 인용하거나—'역사철학' 연구의 사례를 통해 보여준 것처럼—그와 유사한 사유 모델을 발전시켰다. 이러한 습득 방식은 그가 친구의 작업에 얼마나 친숙해 있었는지를, 또 그 모티프와 사상에 얼마나 동의하고 있는지를 보여준다. 브레히트가 1929년경에 발표한 『코이너 씨 이야기』에는 다음과 같은 이야기가 실려 있다.

> **한번은 코이너 씨가 이런 이야기를 했다. 어떤 철학자들이** 이런 질문을 던졌다고 한다. 결정이 필요한 상황에서 언제나 최신 유행가의 안내를 받는 삶이란 과연 어떤 삶인가 하고. 이 질문을 존중하면서 코이너 씨는 이렇게 말했다. 만약 우리가 훌륭한 삶을 누리고 있다면, 사실상 우리는 위대한 동기動機도, 더없이 현명한 조언도 필요하지 않을 것

이라고. 그때는 모든 선택의 행위가 중지될 것이라고.[68]

이 텍스트 집필의 계기가 된 글은 1929년에 발표된 벤야민의 에세이 「초현실주의」였다.

여러분은 결정적인 순간 최신 유행가가 결정해주는 삶이란 어떤 형태일 거라고 생각하십니까?[69]•

특히 같은 해인 1929년에 발표한 『코이너 씨 이야기』 중 「독창성」 편에 등장하는 장자 이야기는 벤야민의 '파사주' 작업에 있어 방법론적으로 본질적인 인용법을 연상시킨다.

중국의 철학자 장자는 장년기에도 수십만 단어 분량의 책을 썼는데, 그 책은 90퍼센트가 인용으로 채워져 있다. 그러나 우리 시대에는 그런 방식으로 쓴 책이 나올 수 없다. 그러한 정신을 지닌 사람이 없기 때문이다. 그 결과 사상은 각자의 고유한 작업실에서만 만들어지고 있다. 그 안에서는 사상을 넉넉히 만들어내지 못하는 모두가 게으른 자로 간주된다.[70]

벤야민은 자신의 야심작 '파사주 프로젝트'를 인용으로만 구성하고자 했다. 브레히트가 위의 이야기를 썼던 시점은 벤야민이 막 '파

• 이 구절은 낡은 것, "일상적인 것에서 비밀스러운"(GS II, 307쪽) 것을 경멸하는 동시에 혁명적 니힐리즘으로 반전되는 에너지를 발견하고자 하는 초현실주의의 지향에 대한 서술 뒤에 나온다. ─옮긴이

벤야민과 브레히트

사주' 작업을 시작했던 때였다. 하지만 "거의 인용으로만"[71] 이루어
진다는 말은 『독일 비애극의 원천』에도 해당된다. 벤야민이 인용의
이론과 실천에 대해 브레히트와 의견 일치를 본 것은 당연하다고 볼
수 있다. 인용과 아방가르드 예술 형식의 연관성은 몽타주와 구성의
연관성과 마찬가지로 지극히 명백한 것이기 때문이다. 게다가 두 사
람은 인용과 표절의 연관성에 대해서도 검토한 적이 있으며 카를 크
라우스의 글에 나타난 공격적인 인용 기술에 대해서도 관심을 보였
다.• 더불어 『일방통행로』에 나오는 "내 작업에서 인용이란 무장한
채 길목에서 튀어나와 한가한 산보객으로부터 확신을 강탈해가는
도적 같은 것이다"[72]라는 경구와 브레히트의 『묵자—전환의 책』에
나오는 다음과 같은 텍스트 사이에도 유사성이 존재한다.

> 철학자들은 자신이 쓴 문장들을 문맥에서 떼어내 읽으면 대부분 매우
> 화를 낸다. [반면] 묵자는 문장을 문맥에서 떼어내라고 권한다. 그는
> 다음과 같이 말한다. 체계에 귀속된 문장들은 마치 범죄 집단의 구성
> 원들처럼 서로 밀착되어 있다고. 따로따로 떼어놓으면 문장들은 그보
> 다 쉽게 제압된다. 따라서 문장들은 서로 떼어놓아야 한다. 각각의 문
> 장들을 인식하기 위해서는 현실과 따로따로 대면시켜야 한다.[73]

• 브레히트는 크라우스에 대해 언급하며 "해설 없는 인용의 방법"은 "가장 모방하기 어려운" 방법
이라고 썼다.(GBA 22/1, 34쪽.) 벤야민은 인용을 "크라우스 논쟁의 기본 방식"이라고 칭했다. 말
하자면 인용은 "단어를 호명하고, 그것을 연관관계로부터 파괴적인 방식으로 떼어내고, 이로써 다
시금 그 근원으로 가지고 간다."(GS II/1, 362-363쪽.) 1934년 가을에 처음 선보인 「언어사회학의
문제들」 1935년판에서도 다음과 같은 구절이 나온다. "최근 카를 크라우스는 『디 파켈』에서 논쟁
의 대가다운 실력을 발휘해 정치적 언어비평을 수행했다. 여러 가지 분명한 이유에서 학계의 연구
는 크라우스식의 비평에 빚지고 있다."(GS III, 675쪽.) 한편 벤야민은 브레히트가 표절 시비 때문
에 곤란해졌을 때, 그를 옹호하는 발언을 하며 크라우스의 입장을 수용하고 있음을 밝혔다. 이 책
제4장 제1절 참조.

브레히트가 1938년에 발표한 단시 「의심하는 사람」은 1930년에 중계된 벤야민의 라디오방송 강연 〈베르트 브레히트〉의 한 대목과 일치한다. 브레히트는 당시 벤야민이 사용했던 이미지를 기억하고 있었을 것이다.

> 전제조건들을 한 다발로 묶은 끈이 일단 느슨해지면, 묶여 있던 것들은 산산이 흩어지기 마련입니다. 그것은 확고한 의견이라는 끈입니다. 말하자면 사람들은 어디서든 자신의 의견이 확실하다고 생각합니다. 우리가 의지하는 것이 이 끈이지요.[74]

"그때 그 끈이 풀어졌습니다." 사유라는 것이 특정한 이해관계에 부합하는지를 묻는 청중에게 보낸 벤야민의 대답이었다. 끈이 풀리면 사유의 전제조건 다발이 와해되면서 "오직 회의만 남은 상태가 됩니다. 사유는 할 만한 가치가 있는가? 그것은 유용성을 지녀야 하는가? 그것은 현실에서 어떤 쓸모가 있는가? 누구에게? 그야말로 조야한 질문들만 남게 되는 것입니다."[75] 브레히트는 이러한 표현들을 시학적 모델로 변형시켜 그 안에서 벤야민의 인식비판적 태도를 따르고 있다. 그는 단어 선택과 어조 면에서 놀라울 정도로 벤야민의 사유에 근접해 있다.

> 우리가
> 어떤 질문에 답을 찾은 것처럼 보일 때마다
> 우리 중 한 명이 벽에 걸려 있는 오래된 중국식
> 두루마리의 끈을 풀어 아래로 펼쳤다.

벤야민과 브레히트

그러자

벤치에 앉은 한 남자가 보였다.

의심이 아주 많은 남자가.

그가 우리에게 말했다.

나는 의심하는 사람이다. 나는 의심한다. 과연

너희가 시간을 쏟았던 일이 성공한 것인지……

너희는 정말 사건의 흐름 속에 있는가? 모든 일에

동의하는가? **너희가** 일을 하고 있는가? 너희는 누구인가? 누구에게

너희는 말을 건네고 있는가? 너희의 말은 누구에게 도움이 되는가?[76]

벤야민의 말을 다시 떠올려보자. "그야말로 조야한 질문들만 남게
됩니다. 하지만 우리가 이 조야한 질문들을 회피할 필요는 전혀 없습
니다. 코이너 씨는 조야한 질문들에 우리가 더없이 섬세하게 대답할
수 있다고 말했지요."[77]•

강의록 「생산자로서의 작가」, 에세이 「프란츠 카프카」, 「보들레르

• 일치하는 것은 또 있다. 파트리크 프리마베시의 지적에 따르면, 작품의 표피를 벗겨내어 작가의 태
도를 재현하는 브레히트의 이른바 제스처 번역 개념은 그가 익히 알고 있던 벤야민의 번역 이론을
상기시킨다. Patrick Primavesi 1999 참조. 또한 이링 페처는 두 사람의 "정신적인 유사성"이 "단
순한 우연"이 아님을 우리에게 환기해주었다. 벤야민의 초기 단편과 「코카서스 지방의 흰 분필로
그린 원」의 정의론이 그것을 예증한다. 그의 논의를 요약하면 다음과 같다. 유대-기독교적 전통의
종교적 사유에서 발전한, 벤야민의 "토지에 귀속되는 토지권" 개념은 벤야민의 단편을 알 리가 없
던 브레히트가 "자연과 책임감 있는 관계를 맺어야 한다는 실천적 요청"이라고 부른 것과 유사하
다. 두 사람 모두 중요하게 여긴 것은 주체의 소유권이 아니라 현존하는 것의 요구, 즉 자연의 요구
다. Iring Fetscher 1998 참조.

의 작품에 나타난 제2제정기의 파리」 등은 브레히트가 비판했던 글들이다. 벤야민은 1934년 7월 3일 스벤보르의 한 병원에서 브레히트와 대화를 나눈 뒤에 「생산자로서의 작가」에 대한 브레히트의 견해를 기록으로 남겼다. 브레히트가 이 자리에서 조목조목 비판한 벤야민의 테제들은 실은 벤야민이 브레히트와의 논쟁을 통해 다듬어 나갔던 것이었다. 벤야민은 브레히트의 이의를 메모했다.

> 그 글에서는 문학의 혁명적 기능이 무엇보다도 예술 형식과 정신적 생산수단의 기능 전환을 불러올 기술적 진보에 달려 있다는 이론이 전개되는데, 브레히트는 이 이론을 단 하나의 유형, 즉 자신을 포함한 중상층 부르주아계급 작가 유형에만 적용하고자 했다.[78]

중상층 부르주아계급 작가는 "자신이 사용하는 생산수단을 지속적으로 발전시키는 지점에서 프롤레타리아계급의 이해와 연대하게 된다." 이로써 작가는 생산자로서 프롤레타리아화되고, "전 영역에서 프롤레타리아계급과 연대하게" 된다.[79] 브레히트의 반박은 벤야민 테제의 명료화를 의도한 것이다. 그의 열렬한 관심은 개별적인 차이를 포함한 근본적인 합의점에 기반을 둔 것이다. "베허의 노선을 따르는 프롤레타리아 작가들에 대한 [벤야민의] 비판"이 "너무 추상적"이라는 지적 역시 그러한 입장의 일환으로 볼 수 있다.

하지만 벤야민이 덴마크 여행 전인 1934년 6월에 완성한 『유디셰 룬트샤우(유대적 전망)』 기고 논문인 「프란츠 카프카」는 달랐다. 이미 1931년 어름부터 이들은 카프카를 기론하곤 했다. 당시 『중국의 만리장성이 축조되었을 때』라는 유고집을 "거의 탐독하다시피" 했던 것으로 보이는 브레히트는 "카프카의 작품에 대한 전적으로 긍정적인 입장"을 피력해 벤야민을 놀라게 했다.[80] 따라서 벤야민은 브레히트가 자신의 논문에 환영하는 태도를 보여줄 것이라고 기대했던 것 같다. 하지만 1934년 8월 벤야민의 일기에는 실망한 기색이 배어 있다. 처음에는 브레히트가 석 주가 지나도록 아무런 반응도 보이지 않았다는 사실에 실망했고, 그다음에는 브레히트의 격렬한 비판 때문에 그랬다.•

> 석 주 전 나는 카프카에 대한 연구 논문을 브레히트에게 건네주었다. 그는 분명히 읽었을 텐데도 먼저 말을 꺼내지 않았고, 내가 두 번이나 입에 올렸는데도 답변을 회피했다. 결국 나는 아무 말도 하지 않고 그 원고를 다시 가져왔다. 그런데 어제저녁 그가 갑자기 그 논문 이야기를 꺼냈다. 어딘지 갑작스럽고 아슬아슬한 화제 전환이었다. 그는 나도 니체식의 일기체 문필이라는 비난에서 전적으로 자유롭지 못하다고 말하며, 그중 한 사례가 카프카 논문이라고 지적했다. 그 논문은 카프카를 현상학적 측면에서만 다루고 있으며 작품이 마치 저절로 성장한 것처럼—작가도 마찬가지로—간주하고 있고, 작품을 모든 연관관계로부터—심지어 작가와의 연관관계로부터도—떼어내고 있다고 했다. 나는 언제나 **본질**에 대한 질문으로 되돌아간다는 것이다.[81]

• 브레히트가 벤야민의 「프란츠 카프카」를 격렬하게 비판한 이유는 무엇보다도 카프카 문학의 이미지들을 비판 없이 재현하는 벤야민의 글쓰기 방식에 있었다. 브레히트는 카프카를 데카당스 문학의 작가로 취급하는 루카치와 달리 그를 위대한 산문작가로 인정하긴 했지만, 카프카의 서술기법은 소외라는 독특한 경험으로부터 환각적인 악몽을 만들어낸다고 비판했다. 벤야민은 브레히트의 유물론적·사회학적 해석에 어느 정도 공감하면서도 그러한 해석은 메시아의 도래에 대한 카프카의 근원적인 신학적 질문을 도외시한다고 보았다. —옮긴이

브레히트의 오랜 침묵에는 이유가 있었음이 드러났다. 이렇게 비판적인 발언을 건성으로 했다는 사실만으로도 벤야민은 틀림없이 기분이 상했을 것이다. 브레히트의 발언은 논문의 근본을 건드리면서 1934년 8월 29일의 "길고 뜨거운 토론"에 정점을 찍었다. 이 토론의 "출발점"은 벤야민의 논문이 "유대적 파시즘의 추진력"이 되고 있다는 브레히트의 "탄핵"이었다.● 브레히트의 비난 내용이며 그 어조 모두 우호적인 교류의 경계를 무너뜨렸다. 그는 자신이 "동화할 수 없는"[82] 벤야민 사유의 요소들을 날카롭게 찔러댔던 것이다.■

「프란츠 카프카」는 1931년 여름의 대화에서 브레히트가 내세운 논점들과 벤야민 자신의 브레히트 해석의 일부 요소들을 수용한다. 벤야민은 카프카의 작품을 존재의 왜곡과 소외의 표시로 해석했고, 카프카의 작중인물 요제프 K와 브레히트의 「제2차세계대전중의 슈베이크」 속 작중인물 슈베이크를 대립적으로 본 브레히트의 시

● '유대적 파시즘'이란 용어는 1920년대 후반부터 '시오니즘'에 대한 부정적 동의어로 널리 퍼지면서 '사회적 파시즘'이라는 용어와 유사한 맥락에서 사용되었다. Hannah Arent 1971, 43쪽; Gershom Scholem 1983, 184쪽 참조. 다만 여기서 '파시즘'이라는 용어는 이탈리아나 독일 파시스트들의 이데올로기가 아니라 시오니즘 국가를 광신적으로 지지하는 사람들의 태도가 파시스트와 유사하다는 점에 기인한다. 그러한 용어의 사용 맥락은 리온 포이히트방거의 1933년 논문 「민족주의와 유대주의」에서 분명하게 드러난다. 그는 이 논문에서 시오니즘의 권력 이데올로기를 "일종의 유대식 히틀러주의"라고 반박하면서 그에 맞서 "진정한 유대 민족주의"라는 구상을 제시한 바 있다. "독일이나 폴란드나 어느 민족이든 간에 다른 민족의 파시즘과 유대적 파시즘을 대립적으로 보는 것만큼 어리석은 것도 없다." Günter Hartung 1990, 992쪽, 999쪽 참조. 브레히트가 이 용어를 사회적 범주를 폐기하는 듯 보이는 태도를 반박하기 위해 사용한다는 점에서 이 용어는 정치적 의미를 지닌다. 그러나 브레히트가 사용한 개념을 '유대 전통'이나 '유대 신비주의' 등에 국한해서 해석하면 그러한 정치적 측면이 삭제되어버린다. Stéphane Mosès 1986, 238쪽 참조.

■ 숄렘은 "마르크스주의자 브레히트"가 벤야민의 논문을 읽었을 때 "당연히 속이 뒤틀렸을 것"이라고 표현했다.(게르숌 숄렘이 피에르 미사크에게 보낸 1969년 10월 27일 편지, Gershom Scholem 1995, 223쪽, 편지 번호 142.) 이와 유사힌 다른 빌인도 있다. "물론 브레히트는 천성이 더없이 긴 전해서 자신이 견딜 수 없는 벤야민의 신비주의적 면모를 눈치챘을 것입니다."(게르숌 숄렘이 지크프리트 운젤트에게 보낸 1973년 5월 15일 편지, Gershom Scholem 1995, 77쪽, 편지 번호 72.)

각을 받아들였다. 또한 카프카의 작품이 놀라움 그 자체라고 한 브
레히트의 설명을 도입하기도 했다.[83]● 카프카에서 제스처와 게스투
스■가 중요하게 작용하고 있음을 설명하면서, 또 중국연극을 참조한
『실종』의 "오클라호마의 자연극장"이 "실험적 배치"를 위한 필연적
장소라고 해석하면서 브레히트의 연극을 직접 언급하기까지 했다.[84]
그해 봄에 계획한 파리의 연속 강좌에서, 벤야민은 카프카의 작품을
문학정치적 차원에서 브레히트의 작품과 의도적으로 나란히 놓는 동
시에 아방가르드 영역에 포함시켰다.▲ 카프카의 알레고리적·우화적
서술 방식과 "순수한 서사적 산문"과의 단절 같은 서사 기법에 대한
통찰은 브레히트와 대화하는 과정에서 이루어진 것이었다.[85] 카프카
가 "예언적"이고 "환상적"이며 "진정한 볼셰비즘적인"특징[86]을 지니
고 있다고 여긴 브레히트의 관점은 당연히 정치적인 것뿐 아니라 예
술이론적인 것으로도 이해될 수 있다. 브레히트가 벤야민의 분석을
가차 없이 퇴짜놓은 이유는, 벤야민이 브레히트와 공유한 인식, 즉
구체적인 역사에 대한 유물론적인 관찰에서 얻은 인식을 문자 해석
에 대한 유대 전통 연구의 요소들과 용해시키려고 한다는 생각했기

● 또한 카프카가 묘사하는 모든 것은 "그 자체와는 다른 어떤 것에 대한 발언"(GS VI, 433쪽)이라는
표현은, 직접적으로 언급되고 있지는 않지만 벤야민의 알레고리 개념을 연상케 한다.

■ 제스처가 말을 하면서 동반되는 손짓이나 몸짓 등 개별적 동작을 나타내는 표현이라면, 브레히트
가 서사극 이론에 도입하는 게스투스 개념은 인간관계에서 인물들이 서로에 대해 취하는 태도라
는 좀더 포괄적인 의미로 사용된다. 즉 브레히트는 개인의 내면이나 감정으로 드러내는 데 그치는
것이 아니라 사회적관계와 상태를 추론할 수 있게 해주는 몸짓, 표정술, 어조, 어투 등을 가리킨다
는 의미에서 1930년대 중반 이후 '사회학적 게스투스'라는 용어를 도입한다. ─옮긴이

▲ 크라카우어는 카프카와 브레히트를 한데 묶으려는 벤야민의 시도에 대해 빈정대는 투로 논평한다.
"만약 카프카가 자신이 브레히트 및 공산주의자들과 그토록 긴밀하게 엮인다는 것을 알게 된다면
분명 놀라움을 금치 못할 것입니다."(지크프리트 크라카우어가 에른스트 블로흐에게 보낸 1934년
7월 5일 편지, Ernst Bloch 1985, 382쪽.)

때문이다.• 그런 요소들은 예를 들면 숄렘과의 대화에서 화두로 삼 았던 법, 유대 신학으로부터 이어받은 교리, 문자 등의 개념 및 할라 차와 하가다의 대립쌍이다. 벤야민은 카프카를 히브리의 이야기꾼 슈무엘 요세프 아그논과 비교하면서 "나름의 방식으로 유예의 범주 를 발전"시키고자 했다.[87] 브레히트는 벤야민이 카프카의 작품을 사 용가치의 측면에서 검토하지 않고,[88] "깊이" 파고들기만 했다고 곡해 했다.■ 깊이 파고들어가서는 앞으로 나아가지 못한다는, 깊이는 "그 어떤 것도 표면으로 띄워올리지 않는" 나름의 고유한 차원이라는 것 이다."[89] 브레히트는 벤야민의 방법론이 자신의 것과 그다지 다르지 않다는 사실을 받아들이지 않았다. 벤야민의 방법론 역시 사회구조 의 명료화를 추구했는데도 말이다. 물론 벤야민이 브레히트의 급진 적이고 실용주의적인 제스처를 공유하지는 않았지만 말이다.▲

1934년 여름 카프카에 대한 대화를 기점으로 스벤보르에서 보낸 몇 주는 벤야민에게 "고통스럽고 중대한 시련"[90]의 기간이 되었다.

• 벤야민은 카프카의 산문이 하가다Haggadah라는 유대 전통과 연관된다고 보았다. 하가다는 유대 교의 율법인 토라의 도덕적인 명령을 해설하기 위한 비유나 전설, 신화, 일화 등을 담은 책이다. 이 야기로 이루어진 하가다와 토라와 관련된 행동 규칙과 교훈을 담은 할라차Halacha는 두 가지 형 식의 유대교 율법서에 해당한다. 벤야민은 카프카의 우화들이 하가다의 전통을 빌리고 있지만, 하가 다와 달리 어떠한 명확한 교리나 교훈으로 환원되지 않는다는 점에서 전통의 붕괴를 증언한다고 주 장했다. 브레히트는 카프카 해석에 유대 전통을 끌어들이고 카프카의 수수께끼 같은 비유들을 비판 없이 재현하고 있다는 점이 벤야민의 카프카 에세이가 지닌 문제점이라고 보았다. ─옮긴이

■ 브레히트는 벤야민에게 카프카의 텍스트에서 "아주 쓸 만한 것을 몇 가지" 발견했다고 말했다. "무 엇보다 중요한 것은 카프카를 벌목하는 것, 다시 말해 그의 이야기들에서 끄집어낼 수 있는 실용적 인 제안들을 정리하는 것이라면서."(GS VI, 527-528쪽.)

▲ 예를 들면 벤야민은 카프카가 "인간의 공동체에서 삶과 노동을 조직하는 문제"에 몰두했다고 적었 다.(GS II/2, 420쪽.) 페터 비이켄은 「신비의 이념」(GS II/3, 1153-1154쪽.)이 "신학적 범주에 기 반을 둔 벤야민의 사유를 증명하는 글이지만 훗날 유물론적 사상으로 발전할 변화의 조짐을 배태 하고 있다는 관점에서" 연구한 바 있다.(Peter Beicken 1983, 352-353쪽.)

벤야민과 브레히트

이 논쟁에서 때때로 극적인 마찰이 일어나면서 낯섦과 친근감이 맞물렸다. 하지만 이 논쟁을 비생산적이라고 단정한다면 그것은 틀린 말이다. 벤야민은 반대 입장을 참조해 논문을 수정하기 위해 브레히트의 반박을 꼼꼼히 기록했다.[91]• 브레히트의 반박은 하나의 역장에 부딪히는데, 여기서 두 사람의 대립을 결코 합치할 수 없는 것으로 보면 이 역장이 지닌 역동성을 놓치게 된다.■ 로렌츠 예거가 설명했듯이, 카프카와의 대결은 "그해 봄 벤야민의 핵심적이면서 다양한 모티프들이 새롭게 발전하면서 사유의 밀도가 짙어졌음"을 보여준다.[92]▲ 냉랭한 거부에도 불구하고 벤야민에게 주제를 완전하게 파악하고자 하는 자신의 방법론과 핵심을 찌르는 브레히트의 해석을 대조하는 것은 의미 있는 일이었다.★ 어쨌든 벤야민은 훗날 자신의 해

• 「카프카 논문 수정에 대하여」라는 메모록에는 브레히트의 포괄적 항의들이 담겨 있다. 특히 대화록 발췌문, 나아가 브레히트의 제안이 고려된 수정 초안들도 실려 있다. GS II/3, 1248~1264쪽 참조.

■ 이와 같이 경직된 입장 대립은 오히려 벤야민 해석자들이 안고 있는 문제였다. 알렉산더 호놀트는 이 문제를 정확하게 파악했다. "벤야민의 악보는 지적 우정과 대결의 삼각법 안에서 일어나는 충동 및 효과로 이루어진다. 이제는 작품의 지위로까지 오른 그의 성찰을 그 역동적 원천으로 되돌려 놓기란 재현 기법상으로 불가능하다."(Alexander Honold 2000, 281쪽.)

▲ 이어지는 다음의 문장도 참조하라. "이 모티프들의 원심적 성격은 명백하다. 그러나 해석에 임할 때는 문학사적 개념들을 통해 굳어진 외면에만 머물러서는 안 된다."(Lorenz Jäger 1992, 96쪽.)

★ 그간의 연구에서 이 논쟁은 독일 망명문학 내부에서 일어난 근본적 논쟁 중 하나로 다루어진다. Hans Mayer 1985, 46쪽 참조. 또한 Werner Mittenzwei 1963; Klaus Hermsdorf 1978; Peter Beicken 1983; Stéphane Mosès 1986; Lorenz Jäger 1992; Alexander Honold 2000, 277~413쪽 참조. 하이너 뮐러는 스벤보르에서 진행됐던 벤야민의 카프카 해석이 브레히트 작품에 대한 질문이기도 하다고 이해했다. "벤야민 글의 행간에는 카프카의 우화가 브레히트의 우화보다 더 폭넓은 것이 아닌지, 더 많은 현실을 받아들일 수 있는 것이 아닌지, (더 많은 현실을 제시해주는 것은) 아닌지라는 질문이 들어 있다. 그것은 카프카의 우화가 묘사하는 제스처가 아무런 연관 체계도 없음에도, 어떠한 운동(실천)도 지향하지 않음에도, 어떠한 의미로 환원되지도 않음에도, 낯설게 하기보다는 오히려 낯설게 다가옴에도, 아무런 도덕도 포함하지 않음에도 불구하고 그런 것이 아니라, 바로 그러한 속성 자체 때문에 그렇다. 최근의 역사에서 생긴 낙석 때문에 훼손된 것은 「유형지에서」의 모델보다는 교육극의 변증법적 이상형이다."(Heiner Müller 1981, 15쪽.) 벤야민과 브레

석자들보다는 덜 당황했던 것 같다. 에세이 「프란츠 카프카」를 둘러싼 논쟁 이후에 대한 기록은—어쨌든 그는 가을까지 덴마크에 머물렀는데—그다지 우울한 인상을 주지 않는다. 만약 체류 기간 내내 마음의 상처를 극복하지 못했다면, 브레히트와의 논쟁이 있고 난 뒤에도 그토록 열정적으로 『서푼짜리 소설』 서평에 몰두하지 못했을 것이다. 덧붙이자면, 이후 카프카에 대한 브레히트의 판단에 일어난 변화에서 벤야민과 논쟁한 흔적을 인식할 수 있다는 해석은 그다지 과장된 것이 아닐 것이다.[93]●

브레히트는 벤야민의 연구서 「보들레르의 작품에 나타난 제2제정기의 파리」에 대해서—브레히트가 그 원고를 읽었는지 아니면 대화를 통해 알게 된 것이 다인지는 알 수 없지만—대화하는 것을 내켜하지 않았다. 그의 반박은 벤야민의 보들레르 원고에서 발견한 "좋은 점"을 덮어버릴 정도였다. 그는 카프카 에세이에 대한 비판과 달리 보들레르 에세이에 대한 비판은 속으로 간직했던 것으로 보인다.

히트의 관계를 이해하기 위해서는 뮐러의 다음과 같은 해석도 주목할 필요가 있다. "예를 들면 카프카에 대한 대화에서 브레히트는 항상 자신의 입장을 고수하는 데 신경을 썼다. 그는 한 번쯤 자신의 입장을 포기하거나 의문에 붙이려고 들지 않았다. 벤야민의 시각에서 보면, 카프카에 대한 대화는 브레히트 입장에 대한 문제 제기였으며, 무언가를 열어젖히려는 시도였다. 이것이 내가 생각해본 것이다. 브레히트는 카프카를 우화를 쓰는 도덕주의자로 환원하고자 했다."(Erdmut Wizisla 1996, 237쪽.)

● 특기할 만한 것은 "어둠"에 대한 평가의 변화다. 스벤보르에서 브레히트는 벤야민의 해석이 "인물 주변의 어둠을 분산시키는 것이 아니라 확산해버린다"(GS VI, 528쪽)고 비판했다. 훗날 브레히트의 평가는 다음과 같이 변화했다. "작가들은 종종 흐릿하고 어둡고 접근하기 어려운 작품을 통해 우리에게 봉사하는데, 그러한 작품을 읽기 위해서는 상당한 테크닉과 조예가 있어야 한다. 그러한 작품들은 마치 경찰을 두려워하며 어둠 속에서 작성한 불법 투서를 읽듯 읽어야 한다."(GBA 22/1, 38쪽.)

적어도 1938년 7월 25일 『작업일지』에 쓴 것 같은 이야기를 벤야민에게 노골적으로 발설했다는 증거는 없다.

> 벤야민이 이곳에 와 있다. 그는 보들레르에 대한 에세이를 쓰고 있다. 그 글에는 유익한 해석도 담겨 있다. 1848년 혁명 이후 역사가 없는 시대가 도래할 것이라는 생각이 어떻게 문학을 뒤틀어놓았는지 입증하는 과정 등이 그렇다. 부르주아계급이 코뮌을 누르고 거둔 베르사유 승리는 처음부터 고려 대상이 아니었다. 부르주아계급은 악에 적응한다. 악이 꽃으로 형상화되었다. 읽을 가치가 있는 글이다. 이 글을 집필할 수 있게 한 추동력은 독특하게도 벤야민의 멜랑콜리다. 그는 자신이 '아우라'라고 부른, 꿈꾸기(백일몽 꾸기)와 관련 있는 것에서 출발한다. 그는 이렇게 말한다. 사람들은 누군가의 시선이 자신을─심지어 등뒤라 할지라도─향하고 있다고 느끼면, 그러한 시선에 응답한다고. (!) 우리가 무언가를 바라보면 그것도 마찬가지로 우리를 바라본다는 기대가 아우라로 이어진다. 이 아우라가 최근 제의적 요소와 더불어 붕괴되고 있다는 것이 그의 설명이다. 벤야민은 이를 영화 분석 과정에서 발견했다. 영화에서 아우라는 예술작품의 복제 가능성을 계기로 붕괴된다는 것이다. 이 모든 것은 신비주의다, 신비주의에 반대하는 태도에도 불구하고. 유물론적 역사관이 그런 형태로 수용되다니! 상당히 끔찍하다.[94]

벤야민의 텍스트 「보들레르의 작품에 나타난 제2제정기의 파리」, 「중앙공원─보들레르에 대한 단장短章」과 브레히트의 메모록 「보들레르의 시에 나타난 미」, 「보들레르에 대한 메모」, 「『악의 꽃』에 대하여」에서 볼 수 있듯이 논쟁은 주로 지면에서 팽팽하게 이루어졌다. 그것은 상대방과 직접적으로 대결하지 않은 채 브레히트 쪽에서 반응을 보이는 형식으로 이루어진 논쟁이었다. 두 사람이 입장 차이를 보인 문제는 보들레르의 정치적 입장, 보들레르의 현재적 의미, 보들레르 문학의 시적 수준 등이었다. 벤야민은 보들레르를 그 시대의 대변인으로 파악했다. "보들레르는 프롤레타리아계급이 부르주아계급에 제기한 역사적인 소송에서 증인으로 나선 인물이다."[95] 그는 "보들레르가 어떻게 19세기에 편입되는지를 보여주고자"[96] 했다. 브레히트는 이러한 의견을 반박했다. "그는 어떤 식으로도 자신의 시대를 표현하고 있지 않다. 단 십 년도."[97] 벤야민이 볼 때 "이 문학작품에서 그 의미가 바랜 것은 아직 아무것도 없다."[98] 반면 브레히트는 다음과 같이 말한다. "그를 이해할 수 있는 시절은 그리 오래가지 못할 것이다. 벌써 오늘날에도 너무 많은 보충 설명이 필요하다."[99] 벤야민과 브레히트 모두 보들레르를 프티부르주아계급의 대변자라고 보긴 했지만 평가는 서로 달랐다. 벤야민은 보들레르의 사회적 지위를 위장으로 이해했다. 그에게 보들레르는 "비밀 요원", 즉 "자기 계급이 자신들 고유의 권력에 남몰래 느끼는 불만족스러움을 누설하는 정보원"[100]이었다. 벤야민은 보들레르 문학을 오귀스트 블랑키•의 정치적 구상과 밀접하게 연결하면서 그 혁명적 차원을 묘사하고자 했다. "보들레르를 블랑키와 연결하는 것은 그를 구하는 것이라고 할 수 있다."[101] 『악의 꽃』은 "블랑키의 반란에 시적으로 상응한다"[102]고 해석된다. 브레히트는 강하게 반박하며 보들레르의 반동

• 루이 오귀스트 블랑키(1805-1881). 19세기 프랑스 급진주의를 대표하는 사회주의자. 청년 마르크스에게 영향을 끼친 것으로 유명하다. —옮긴이

적이고 기생적인 특징들을 거론했다. 보들레르는 "대부르주아계급을 위해 프롤레타리아계급을 억압하는 천한 일을 수행한 프티부르주아들이 아무런 보상도 받지 못하리라는 것이 확실해진 시대를 산 프티부르주아 작가"라는 것이다.[103] 보들레르의 정치적인 입장에 대한 의견 차이는 대조적인 경구로 이어진다. "블랑키의 행동은 보들레르의 꿈과 자매지간이다"[104]라는 벤야민의 판단에 브레히트는 "보들레르, 그는 블랑키의 등에 꽂힌 비수다. 블랑키의 패배가 그에게는 피루스의 승리다"[105]•라고 빈정대는 투로 응수한다. 벤야민이 보들레르 문학의 미학적인 품격, 새로운 가치를 칭찬한 반면,■ 브레히트는 거추장스러움, 과시성, 진부함을 들먹이며 비난했다. 다만 마지못해 보들레르의 작품에 "어느 정도의 아름다움"▲이 배어 있다고 인정하기는 했다.

카프카 논쟁이 상이한 전통들을 녹여내고자 한 벤야민의 분투에 불을 붙였다면 보들레르에 대한 두 사람의 서로 다른 판단은 방법론적

• 블랑키와 보들레르 대조에 대해서는 『파사주 프로젝트』, 메모 J 84a, 2 참조. "블랑키와 보들레르의 비교, 부분적으로 브레히트의 공식을 따른다. 블랑키의 패배는 보들레르의—프티부르주아의—승리였다. 블랑키가 넘어진 것이라면, 보들레르는 넘어뜨렸다. 블랑키는 비극적 인물로 보인다. 말하자면 그의 모반은 비극적 위대함을 지니고 내부의 적이 그를 이겼다. 보들레르는 희극적 인물로 보인다. 즉 승리를 알리는 그 쉰 목소리는 모반의 시간을 알리고 있는 수탉처럼 보인다."(GS V/1, 474쪽.)
한편 '피루스의 승리'는 전쟁에서 희생을 많이 치르고 승리는 했지만 별 실익은 없는 것을 뜻하는 말이다. —옮긴이

■ 다음의 문장을 참조하라. "보들레르의 창작은 처음부터 대가답게, 분명하게 시작한다." ("Passagen," GS V/1, 316쪽); "『악의 꽃』은 무미건조한 단어뿐 아니라 도시풍의 단어들을 서정시에 사용한 최초의 책이다."("Das Paris des Second Empire bei Baudelaire," GS I/2, 603쪽.)

▲ 「보들레르 시에 나타난 미」, 「보들레르에 대한 메모」, 「『악의 꽃』에 대하여」에 실려 있는 다음의 글을 참조하라. "그의 단어는 다 해어진 치마 같은 효과를 주면서도 언제나 '새롭다.' 그의 이미지는 액자에 넣은 것처럼 보이며 모든 것은 과도하게 채워져 있다. 고상하다고 하지만 그저 거드름을 피우는 것에 불과하다."(GBA 22/1, 450~453쪽.)

기초에서 근본적인 차이를 보이지 않았다. 브레히트는 "작가에 대한 사회비판적 해석"[106]을 "읽을 가치가 있"다고 했다. 그가 "상당히 끔찍하다"라는 말로 벤야민을 공격한 것은 벤야민의 아우라 개념을 포함한 비유물론적이고 신비적인 사유의 "잔재들", 제의적 요소, 신비적 특성을 벗어나지 못한 시선 응답의 경험을 겨냥한 것이다.[107] 벤야민도 "'멜랑콜리'의 '형이상학적' 규정"에 대해 말하기는 했다.[108]● 브레히트는 「보들레르의 몇 가지 모티프에 대하여」에 나오는 다음과 같은 서술을 문제삼았다.

> 다게르의 은판 사진술에서 비인간적이라고—치명적이라고까지—느낄 수밖에 없는 것은 카메라를 들여다보는 (그것도 지속적으로 들여다보는) 행위다. 카메라는 사람의 이미지를 받아들이기만 할 뿐 그에게 시선을 되돌려주지는 않기 때문이다. 그러나 시선에는 시선이 향하는 대상에게서 응답이 올 것이라는 기대가 내재해 있다. 이 기대가 채워지는 곳에서 (대상을 보는 시선과 마찬가지로 사유 속에서 일어나는 주의력의 의도적 시선에도 그러한 기대가 결부될 수 있는데) 아우라의 경험이 충만하게 이루어진다.[109]■

● 요제프 퓌른케스는 그 차이를 정확하게 기술한다. 브레히트의 기록은 벤야민이 '아우라'라고 부른 것을 "비록 개념화하고 있지는 않지만, 그 개념의 모순을 가능한 한 가장 간결하게 지적했다."'모든 것이 신비주의다'라는 말은 "벤야민의 서술이 아니라 사태 자체를, 벤야민의 방법론이 아니라 그가 다루는 경험"을 염두에 둔 것이다. "'신비주의에 반대하는 태도에도 불구하고'라는 부가적 표현은, 벤야민의 '태도'가 비록 부적절한 대상을 다루는 부적절한 형식으로 나타난다고 해도 철저하게 계몽을 지향하고 있다는 것을 나름대로 인정하고 있음을 보여준다. 이때 브레히트는 벤야민 자신이 그 시대의 '객관적' 경향이자 역사철학적 기호로 해독하고자 한 것을 벤야민의 주관적 특성으로 돌렸다."(Josef Fürnkäs 2000, 96쪽.)

■ 「중앙공원」에 나오는 다음의 메모도 이와 유사하다. "아우라를 인간들이 사이의 사회적 경험이 자연에 투사된 것으로 추론할 것. 말하자면 시선은 응답받는다."(GS I/2, 670쪽.)

벤야민과 브레히트

브레히트가 "동화할 수 없던…… 요소들"만이 아니라 보들레르가 대표하는 구체적인 역사적 위치도 쟁점이 되었다. 하지만 보들레르 논쟁이 판단의 대결에 그친 것은 아니다. 벤야민은 연구서를 다시 수정하는 작업에서 브레히트가 반박한 부분과 자극을 준 지점을 수용했고,[110] 나중에는 브레히트도 1938년에 보여주었던 조야한 반발의 수준에서 벗어나면서 보들레르를 이해하게 되었다.● 작가로서 브레히트는 벤야민의 논문에 자극을 받아 보들레르의 시들을 번안하기 시작하면서 자신의 판단을 보류했음에 틀림없다.[111] 문예학자 빌리 R. 베르거는 「작은 노파들」의 세번째 연에 대한 브레히트의 번역을 가리켜 "기발하면서도 역설적인 방식으로 프랑스어 원본이 보여준 문체 수준에 접근"했다고 평했다. 브레히트는 "'시적'이지도, '멋을' 부리지도, '비장'하지도 않은 독일적 보들레르가 위대하지만 일면적인 업적으로 구성된 게오르게의 보들레르와는 어떻게 다른지를 보여주었다."[112] 두 사람의 전형적인 논쟁은 이처럼 번안을 통한 생산적 해석이라는 소득을 가져왔다. 또한 브레히트의 몰이해가 우정에 금이 가게 할 정도가 아니었음은 이미 인용한 벤야민의 다음 언급에도 배어 있다. 그해 여름 "의사소통"은 "좀더 자연스럽고 무난하게 이루어졌고, 그사이 익숙해진 것에 비해…… 훨씬 문제가 없었다."[113]

● 로제마리 하이제는 「사천의 선인」과 「코뮌의 날들」이 보들레르의 시 「새벽의 여명」의 마지막 시구를 연상시키는 바, 브레히트 작품에 보들레르 수용의 흔적이 배어 있다고 지적한다. Rosemarie Heise 1971, 19쪽; 작품 속의 인용문에 대해서는 GBA 6, 214쪽, 8쪽, 282쪽 참조. 로렌츠는 나에게 또다른 유사점에 대해 주의를 환기해주었다. 그것은 벤야민이 마르크스 관련 서술에 이어 기술한 모반자들의 집회 장소, 포도주 냄새가 진동하는 포도주 상인들의 술집 등이 브레히트의 소설 『율리우스 카이사르의 사업』에도 등장한다는 사실이다. GS I/2, 513쪽, 519쪽; GBA 17, 266-267쪽 참조. 「중앙공원」에 관한 메모에서 입증되듯이 벤야민과 브레히트는 "술통 냄새"(GS I/2, 675쪽)에 대해 이야기한 적이 있다.

유물론적 역사관을 받아들이는 벤야민의 방식이 끔찍하다고 비난한 브레히트의 불신을 게르숌 숄렘은 다음과 같이 평가했다.

> 벤야민은 관심을 유지하려고 애쓰며 관점의 동일성을 강조했지만, 그럼에도 배제되어야 하는 것이 있다는 사실은 가려지지 않았다. 브레히트는 벤야민의 신학적 집필 활동에 상당한 방해가 되었다. 벤야민도 이 점을 의식하고 있었고, 나에게도 숨기지 않았다.[114]

벤야민의 신학적 계기들에 브레히트가 거부감을 보였다는 숄렘의 견해는 훗날 블로흐에 대한 브레히트의 발언을 알린 한스 마이어의 보고—어느 자리에서 벤야민과 벤야민의 "사회적 입장"에 대한 이야기가 나오자, 브레히트가 "나는 벤야민 같은 부류의 친구들을 잘 압니다……"[115]라고 말했다는 일화—와 맞닿아 있다. 실러의 『발렌슈타인』 한 구절●을 연상시키는 브레히트의 이 말은, 비록 실러 작품에서처럼 인정의 의미가 아니라 일상적인 대화에서 쓰는 폄하의 의미를 띠고 있다고 해도, 별 뜻이 있는 것 같지는 않다. 그보다 더 근본적인 차이는 생각할 수 없을 정도로 차이가 심각해 보였다고 해도 이러한 인상은 상대화해서 받아들여야 한다. 이 차이는 동지들 사이의 대결이었고, 논쟁은 활발한 토의의 일부였으며, 가까움, 친밀함, 합의를 기반으로 갈등을 포용할 수 있는 것이기 때문이다. 또한 이런 방식의 차이가 실천적인 연대의식의 포기로 이어진 것도 아니었다. 브레히트는 벤야민의 보들레르 연구를 비판했지만 그것을 근

● "나는 나의 파펜하임 사람들을 안다." 이 대사는 일상적으로 완벽하게 예상된 행동을 한다는 것을 뜻하는 속담으로 변용되었다. ―옮긴이

벤야민과 브레히트

본적으로 거부한 것은 아니었다. 여러 차례 그는 출판 상황이 어떻게 되어가는지를 물었다. 이를테면 1938년 12월에 마르가레테 슈테핀을 통해 다음과 같이 간접적으로 묻기도 했다.

> 그들은 왜 당신의 '보들레르' 논문을 출판하지 않는 것인가요? 브레히트도 아주 궁금한가봅니다. 그 문제에 대해 당신이 좀더 자세히 전해줄 수 없는지 묻는군요.[116]

1939년 2월에 브레히트는 벤야민의 텍스트가 '사회조사연구소'에서 난관에 부딪혔다는 것을 알게 되자 자신이 비판했던 그 논문을 『다스 보르트』에 게재하자고 제안했다.

> 브레히트는 보들레르 연구의 일부가 『다스 보르트』에 싣기 적합하지 않겠느냐고 묻습니다. 당신이 주해 집필을 마치면 아마 그 작업도 하실 수 있겠지요? 그렇게 된다면 정말 좋을 것 같아요. 기다려지는 일이기도 하고요.[117]

벤야민은 브레히트가 "'보들레르' 논문을 『다스 보르트』에 내보라는 권유"에 대해 고마움을 표하면서도, 자신은 지금 거절당한 텍스트를 수정하고 있으며 그런 다음 『차이트슈리프트 퓌르 조치알포르슝』에 싣게 될 것이라고 전했다.[118]•

• 슈테핀은 1939년 5월 중순 또다시 논문에 대해 물었다. "보들레르 논문은 어떻게 되어가는지요? 그중 일부가 미국에서 발행되는 그 잡지에 실렸나요?"(Margarete Steffin 1999, 301쪽, 편지 번호 127.) 벤야민의 답변에 대해서는 GB VI, 편지 번호 1298; 같은 책, 편지 번호 1313 참조.

벤야민 사후에 브레히트가 남긴 벤야민에 대한 증언은 얼마 되지 않는다. 물론 그의 증언은 그가 친구의 논문을 여전히 존중하고 있음을 보여준다. 이는 특히 벤야민의 「역사의 개념에 대하여」에 대한 브레히트의 직접적인 반응으로 드러난다. 벤야민은 브레히트에게 「역사의 개념에 대하여」 증정본을 보내려고 했다.● 훗날 브레히트는 벤야민이 자신을 그 글의 첫번째 독자 중 한 명으로 생각했다는 사실을 다음과 같이 확인했다.

> 간단히 말하자면, 그 소논문은 (형이상학과 유대적인 사유에도 불구하고) 분명하고 간결하다. 그와 같은 글을 최소한 오해라도 하지 않을 사람이 몇 안 된다는 사실을 생각하면 놀라울 따름이다.[119]

"분명하고 간결하다"는 표현은 원고를 전해준 귄터 안더스의 "그 논문은 불분명하고 혼란스럽다"는 발언을 반박한 것이다. 안더스가 "'정말로'라는 말도 한 것 같다"[120]고 브레히트는 적었다.

벤야민의 테제들은 역사철학적 물음을 둘러싼 생산적인 의사소통이 전개된 방식을 보여주는 자료이기도 하다. 여기서 중요한 것은 누가 어떤 생각을 처음으로 확고히 하고 누가 그 생각을 받아들인 것인지가 아니다. 또한 그러한 대화는 당시 망명 담론과 별도로 보아서도 안 될 것이다. 그러나 이찌 보면 딩혹스러운 두 사람의 친밀한 관

● 이는 벤야민의 누이동생 도라가 카를 티메에게 보낸 1943년 9월 20일 편지에서 드러난 사실이다. "당신에게 급히 답장을 보냅니다. 오라버니가 마지막으로 완성한 것으로 보이는 논문에 대해 알려드리고 싶기 때문입니다. 오라버니는 1940년 2월 혹은 3월에 논문을 완성했는데, 저는 그가 섬열을 피해 원고를 외국으로 빈출될 수 있도록 별쇄본 작업을 도왔습니다. 오라버니는 당시에 별쇄본 하나를 브레히트에게 보내고, 한편 혹은 여러 편을 스위스에 (리프 교수에게?) 보낼 생각이었습니다."(Geret Luhr(Hg.) 2000, 278쪽에 실린 IfZ München, Karl Thieme 유고.)

계 전개 과정은 다양한 물음에 대한 특별한 입장들이 어떻게 영향을 주고받는지를 알 수 있게 해준다.

벤야민과 브레히트는 진보 진영의 낙관론을 거부했다. 1931년에 쓴 메모에서 브레히트는 사회주의자들의 단정적인 진보 개념이 "변증법 개념의…… 불리한 결과로 이어졌다"[121]라고 비판했다. 「역사의 개념에 대하여」에서 벤야민은 사회민주주의의 진보 개념을 비난했다.[122] 저절로 진행되는 진보에 대한 표상을 거부하고 파시즘이 승리할지 모른다는 공포심을 공유했다는 것, 나아가 진보와 파국은 동일한 것이 될지 모른다는 인식에 이르기까지, 두 사람은 당시 공산주의 진영에 퍼진 승리에 대한 확신과는 모순된 생각을 하고 있었다.●

"인류의 무한한 완성 가능성"[123]에 기반을 둔 세계상을 의심하게 되면서 단절, 파괴, 탈연속성이라는 범주들이 새로운 조명을 받게 되었다. 벤야민은 "세계사의 연속체를 폭파한다는 의식은 혁명적 계급에게 행동의 순간에 고유한 것으로 나타난다"라고 주장한다.[124] 보들레르 연구와 관련해서 벤야민이 기록한 브레히트의 발언을 보자. 이는 아마 1938년 여름에 대화를 나누던 중 나온 것으로 추정된다.

브레히트의 발언: 프롤레타리아계급은 부르주아계급보다 더 느린 속도로 산다. 프롤레타리아 투쟁가들이 보여주는 본보기와 그들 지

● 테제 X(GS I/2, 698쪽); 벤야민과 대화 도중 "파시즘에 대한 승리보다는 역사 없는 시대가 도래할 개연성이 더 크다"라고 했던 브레히트의 발언(GS VI, 538쪽); "파국이 진보라면, 진보가 파국이다"(GS I/3, 1244쪽)라고 했던 벤야민의 발언 참조. 한편 나는 스탠리 미첼의 다음과 같은 발언에 동의한다. "그람시와 마찬가지로 그들은 뿌리 깊은 역사적 비관주의를 통해 1930년대의 공식적인 공산주의 운동과는 구분된다. 그들은 프랑스 소설가 로맹 롤랑의 공식, 즉 지성의 비관주의, 의지의 낙관주의라는 공식에 따라, 역사적 비관주의 안에 희망의 씨앗을 뿌리고, 그 위에 과거와 현재를 변증법적으로 이해하기 위한 닻을 내렸다."(Stanley Mitchell 1973, IX쪽.)

도자들의 인식은 낡지 않는다. 어쨌든 그들은 그들의 시대보다, 부르주아계급의 위대한 인물들보다 훨씬 더 느린 속도로 낡아간다. 유행의 물결은 프롤레타리아계급의 청동 암벽에 부딪혀 흩어진다. 반면에 승리가 지나간 후의 부르주아 운동에는 언제나 유행의 요소가 달라붙는다.[125]

단정짓는 말투를 통해 몽상적인, 심지어 환상적인 특징을 감추고 있는 이 발언은 벤야민의 「역사의 개념에 대하여」에서 중요한 변화를 겪는다. 벤야민은 '보들레르' 논문을 개작하는 작업에서 이미 그러한 변화를 정확히 예상했다. "불연속성의 원칙으로서의 인용— '역사를 인용하기'[/] 나아가: 불연속성은 부르주아계급의 연속성에 깔린 규정적 이념이고, 연속성은 프롤레타리아계급 전통에 깔린 규정적 이념이다."[126]●

벤야민과 브레히트가 함께한 1930년 즈음의 여러 토론에서는 역사철학적·예술철학적 시각에서 "붕괴", "폭파" 등의 개념이 사용된다.■ 진보 신앙, 연속성, 완결성의 상실은 방법론적 결과를 낳았다. 이것이 예술적 아방가르드에서 본질적인 범주들, 즉 중단, "요소들

● 데틀레프 쇠트커에 따르면, 브레히트는 역사가 구성의 대상(GS I/2, 701쪽 참조)이라는 이념을 수용한다. Detlev Schöttker 1999a, 280쪽; *Journal* (1941년 2월 4일), GBA 26, 463쪽 참조. 물론 이러한 일치는 1938년 여름에 있었을 법한, 텍스트와는 무관한 대화에 근거한 것이거나 각자 독립적으로 유사한 사유이미지를 발전시켰을 가능성을 보여준다. 이러한 이념을 『작업일지』에 기록한 그 시점에 브레히트는 아직 벤야민의 테제들을 몰랐기 때문이다.

■ 『크리제 운트 크리티크』 관련 대화록 중 "사회에서 실현할 수 있는 사유가 아닌 다른 모든 사유는 파괴해야 한다"(BBA 217/06)는 발언 참조. 벤야민도 "이미지 세계의 파괴"(BBA 217/06)를 신학과 유물변증법의 원칙으로 기술한 바 있다. "Einiges über die theoretischen Fundamente," GS VII/2, 809쪽 참조. 이와 관련해서 흥미로운 기록이 담긴 "Anwendung der Dialektik zur Zerstörung von Ideologien"(1931), GBA 21, 524쪽; "지식인계급 전체의 장악은 가능하지

의 분리", 충격, 인용, 디테일, 파편, 몽타주, 실험 등의 범주들을 세운 역사철학적 사유의 뿌리다. 역사적 거리가 인식의 전제조건이며, 현재와 과거의 분리 요인을 지워서는 안된다는 생각은 브레히트의 「연극을 위한 논리학 소고」에 나오는 연출기법 이론과 관련된 것으로, 벤야민에서도 유사하게 (『독일 비애극의 원천』과 '파사주' 자료 묶음에서도) 나타난다.[127]●

세계의 변혁에 기여하는 문학의 기능―이에 따라 구제되지 못한 계기들을 찾아 과거를 탐구하고 "과거 세대와 현 세대 간의 은밀한 약속"[128]을 찾아낼 의무가 생긴다. 기억과 "회상"은 예술·이론 작업의 추진력이다. 그것은 보상받지 못한 것을 환기시키고 이로써 역사로부터 "지금시간"[129]■을 구성해낼 수 있기 때문이다.▲ 벤야민의 '파

도 필요하지도 않다. 필요한 것은 그 계급의 폭파다"라는 등의 테제들이 담긴 "Betreffend: eine Organnisation der Dialektiker," 같은 책, 526쪽; 1934년 기능 전환을 "내부로부터의 파괴"라고 한 벤야민의 말이 담긴 GS VI, 182쪽 참조.

● 벤야민의 경우 "병리학적 암시 반응"과 "감정이입"(*Ursprung des deutschen Trauerspiels*, GS I/1, 234쪽)에 대한 비판을 참조하거나 현재와 역사 사이에 단절이 필요하다는 다음 고찰을 참조하라. "과거의 단편이 목하 현실과 만나기 위해서는 양자 사이에 어떠한 연속성도 있어서는 안 된다."(GS V/1, 587쪽.) 나에게 이러한 일치에 대해 주의를 환기시켜준 인물은 니콜라스 야콥스다.

■ 브레히트의 「연기의 신기술」에서도 이 개념이 발견된다. "Neue Technik der Schauspielkunst," GBA 22/2, 646쪽 참조. 이 텍스트에 따르면, '역사화'의 방법론, 즉 간격의 확보가 역사가로부터 배우에게 전달된다.

▲ 예를 들면 브레히트는 이러한 요구를 의식하면서 『달력 이야기』를 집필했다. 데틀레프 이그나시아크와 얀 크노프는 이 선집의 제목이 벤야민의 「역사의 개념에 대하여」와 연관될 수 있다고 지적했다. Jan Knopf 1984, 299-300쪽 참조. "회상의 날들"과 "역사적 저속촬영"을 가능하게 하는 달력의 기능에 대해 서술한 테제 XV(GS I/2, 701쪽) 참조. 벤야민은 브레히트의 시 「후손들에게」의 마지막 시구("우리를 기억해주기를 / 관대하게")를 회상의 촉구로 이해한다. "진정한 역사적 상상의 예: 「후손들에게」…… 우리가 후손들에게 요구하는 것은 우리의 승리에 대한 감사가 아니라 우리의 패배에 대한 회상이다."(GS I/3, 1240쪽.) 「역사의 개념에 대하여」의 다른 버전에도 비슷한 문장이 나온다. "그것을 알아야 하는 세대는 바로 우리 세대: 우리가 후손들에게 기대해도 좋은 것은 우리의 위대한 행동에 대한 감사가 아니라 쓰러진 우리에 대한 기억이다."(GS VII/2, 783쪽.) 앤서니 펠런은 벤야민의 역사 개념과 『스벤보르 시집』의 연관성을 설명한바 있다. Anthony Phelan 2000a, 참조.

사주 프로젝트'는 기억의 환기 및 과거의 재구성을 통한 저항이 어떻게 가능한지를 보여주는 상징적 시도로 브레히트의 반파시즘적 목표 설정과 맞닿아 있다.• "오늘은 어제로부터 기운을 받아 내일로 나아간다"라고 브레히트는 1954년에 썼다. "역사는 아마도 깨끗이 치워버릴 것이다. 하지만 텅 빈 식탁은 두려워할 것이다."[130] 벤야민의 테제에 따르면, "전승의 과정은 야만성으로부터 벗어날 수 없다."[131] "파국에 다름없는 전승이 있다."[132] 지배계급이 "개선행렬"을 하며 끌고 온 "문화재들"은 "모두 역사적 유물론자들로서는 전율 없이는 생각할 수 없는 곳에서 온 것이다."[133] 벤야민은 이러한 생각을 전개한 일곱번째 테제 앞에 브레히트의 「서푼짜리 오페라」 중 한 구절을 내세웠다. "어둠과 혹한을 생각하라 / 절규가 울려퍼지는 이 골짜기에서."[134] 비록 반어적 어조를 띠기는 했지만 브레히트는 이러한 사상을 받아들였고,• "결을 거슬러 역사를 솔질하라는"[135] 요구를 문학적 텍스트에서 시범적으로 관철시켰다. 『스벤보르 시집』에 실려 있는 「책 읽는 노동자의 질문」과 「추방된 작가 집의 방문」에서 벤야민은 "동시대를 살고 있는 무명인들의 노역"으로 관심이 변화하는 증거들을 발견했다.[136]

• 스탠리 미첼은 '파사주 프로젝트'와 브레히트의 반파시즘 입장의 연관성을 강조한다. 예를 들면 브레히트는 이러한 입장을 벤야민과의 대화에서 다음과 같이 요약했다. "그들에 맞서는 투쟁에서 어떤 것도 방치해서는 안 됩니다   그들에게 다격을 빚은 모든 세포조직이 찌그러들고 있습니다. 따라서 우리는 단 하나의 조직도 잊어서는 안 됩니다."(GS VI, 539쪽.) 또한 Stanlley Mitcell 1993, 144쪽 참조.

■ 논리실증주의 철학자 한스 라이헨바흐를 언급한 다음 문장을 참조하라. "문화재의 구제라는 문제로 그가 잠을 못 이룬다면, 나는 오히려 잠에 빠져든다. 문화재도 다른 모든 재화와 동일한 기능을 담당한다고 그에게 아무리 말해도, 다시 말해 상품의 성격을 귀한다고 설명해도 소용없다. 베토벤 교향곡은 프롤레타리아를 다른 '문화'에, 이 계급으로서는 야만에 불과한 문화에 종속시키는 역할을 할 뿐이다."(*Journal* (1942년 8월 22일), GBA 27, 122쪽.)

벤야민과 브레히트

브레히트에게 중요한 것은 억압받는 자들의 전통이다. (『책 읽는 노동자의 질문』에서 볼 수 있는 것처럼) 억압받는 자들의 전통은 추방된 작가들의 꿈에서도 결정적이다. 브레히트는 "정신적 귀족들"의 등장 배경과 바탕을 분명하게 표현하고 있다. 부르주아적 서술에서 이러한 배경은 보통 단조로운 회색으로 나타나곤 한다.[137]

두 사람은 공산주의에서 억압을 극복할수 있는 수단을 보았고, 1931년경에 쓴 브레히트의 시 「공산주의는 중도다」중 벤야민이 인용하기도 했던 구절에서 드러나듯, 그들에게 혁명은 당연한 것, 필연적인 것으로 보였다. "공산주의는 정말로 최소의 요구 / 가장 당연한 것, 중도, 이성적인 것이다."[138] 1934년에 벤야민이 베르너 크라프트에게 보낸 편지에서 표현한 것처럼, 관건은 공산주의가 새로운 이데올로기로 고착되지 못하도록 막는 데 있다.

> 당신은 공산주의를 손쉽게 "인류의 해결책"으로 받아들이지는 않겠다고 솔직히 말씀하셨습니다. 하지만 중요한 것은 인류의 해결책인 것처럼 구는 비생산적인 태도를 중지하고, 공산주의를 실현 가능하게 만들 지식을 우선시해야 한다는 점입니다. 그렇습니다. "총체적" 시스템을 향한 과중한 시각을 버리고 적어도 다음과 같은 시도에 착수하는 것이 중요합니다―잠을 잘 자고 일어난 이성적인 인간이 하루를 맞이하듯이 인류의 나날을 느슨하게 구성하는 것이요.[139]

1936년에 프리츠 리프는 (「성서의 복음과 카를 마르크스」라는 논문에서) 유사한 이야기를 한다. 공산주의 사회는, "발터 벤야민이 멋지게 표현하고 있듯이, '인간의 경험이 비로소 창조될 수 있는' 인류 역사상 새로운 시대로 넘어가는 문지방으로 이어진다."[140] 벤야민이 변증법적 신학자이면서도 정치적인 사유를 해나갔던 리프의 논문을 브레히트에게 소개한 것도 리프의 바로 이러한 생각들 때문이다. 1936년 8월에 벤야민은 스코우스보스트란에서 리프에게 그가 발행한 『오리엔트 운트 옥치덴트(동양과 서양)』 마지막 호를 보내달라고 부탁했다.• 앞서 인용한 리프의 논문이 여기에 실려 있었기 때문이다. 리프는 벤야민의 요청을 따랐고, 잡지는 어쨌든 브레히트의 서고에 포함되어 있다.

브레히트의 『작업일지』에서 벤야민의 역사철학적 테제에 대한 메모는 다음과 같이 이어진다.

> 역사 연구를 다룬 그 소논문은 내 소설 『율리우스 카이사르의 사업』을 읽고 난 후에 집필이 가능했던 것으로 보인다. (스벤보르에서 읽을 때만 해도 그는 그 소설을 그다지 잘 이해하지 못했다.) 벤야민은 역사를 흐름으로 보는 생각, 평온한 사유가 행하는 힘찬 기획 자체를 진보로 보는 생각, 윤리의 원천이 노동이라는 생각, 노동계급을 기술의 피보호자로 보는 생각 등에 반론을 펼친다. 그는 흔히 듣는 말, 즉 "이 시대에도 아직" 파시즘 같은 일이 일어날 수 있다니 놀랍다는 말(그러한 일이 지난 모든 시대의 결실과 무관하기라도 한 것처럼 하는 말)에 소

• "정말 유감스럽지만 어떻게 『오리엔트 운트 옥치덴트』 지난 호를 파리에 두고 왔는지 모르겠습니다. 별쇄본 한 부를 이곳에 보내주실 수 있다면 좋겠어요. 브레히트에게 당신의 논문을 소개하는 일은 제게 아주 중요하니까요."(발터 벤야민이 브리츠 리프에게 보낸 1936년 8월 13일 편지, Walter Benjamin/Fritz Lieb 1987, 254-255쪽, 편지 번호 3.) 놀랍게도 리프에게 보낸 벤야민의 엽서는 『편지 전집』에 빠져 있다.

소를 보낸다.[141]•

분명한 것은, 벤야민의 테제는 『율리우스 카이사르의 사업』에 의해 촉발된 것이 아니라는 점이다. 벤야민은 그 소설에 대해 아는 것이 거의 없었다. 벤야민은 테제의 사상적 핵심을 이십 년 동안 간직하고 있었고 그중 일부 내용을 이미 1914년에서 1915년 사이에 나온 논문 「대학생의 삶」에서 펼친 바 있다.[142] 브레히트도 문자 그대로의 의미로 말한 것은 아니었다. 그럼에도 불구하고 의도와 개념에 있어서 『율리우스 카이사르의 사업』과 「역사의 개념에 대하여」의 일치는 결코 우연이 아니다. "최고 지휘관의 승리는 민중을 밟고 일어선 승리다"[143]라는 문장은 지배자들의 "개선행렬"[144]을 상기시킨다. 역사책들은 지배자들이 쓴 것이고 그것들은 "당연히 세계를 보는 우리의 관점을 정당화한다."[145]• 벤야민의 테제와 마찬가지로 브레히트의 소설 역시 과거에 제기된 요구들의 이행을 주장한다.[146]

인류는 권리를 박탈당한 비참한 상태에 머물지 않는다는 확신, 이는 행복 개념에 대한 벤야민과 브레히트의 성찰에서 결정적인 것이다. 벤야민은 「역사의 개념에 대하여」에 다음과 같이 썼다. "다르게 표현하면, 행복의 관념에는, 양도할 수 없는 권리처럼 구원의 관념도 함께 맴돈다."[147] 1940년대에 브레히트가 쓴 오페라 기획안 「행복 신의 여행」은 행복, 파국, 구제 등 벤야민의 모티프에 상응한다. "그을

● 쇠트커에 따르면, 벤야민의 소논문이 역사 연구를 다루고 있다고 표현한 메모에서 브레히트는 벤야민 논문의 방법론적이고 체계적인 지향성을 강조했다. Detlev Schöttker 1999a, 278쪽 참조.

■ "늘 그랬듯이 / 패자의 역사를 쓴 것은 승자였다."("Die Verurteilung des Lukullus," GBA 6, 158쪽.)

린 날개를 단 사자使者"는, 비록 다른 원천에서 비롯된 것이라고 해
도, "역사의 천사"를 상기시킨다.[148] 벤야민의 천사는 과거에서 "파
편이 쉼 없이 쌓이는 단 하나의 파국"[149]을 본다. 브레히트의 사자는,
땅에 매이고 물질에 묶인 채, "무절제와 살인의 고랑"을 뒤편에 남기
며 나아간다.[150]

브레히트는 발터 벤야민 사후에 그의 논문을 출판하려고 애썼다.
유고 중 한 메모에 따르면 그는 벤야민 논문들의 수집과 출판을 위
해 나름 노력한 것으로 보인다. 한나 아렌트, 게르숌 숄렘, 슈테판 벤
야민의 주소를 기록하고 거기에 "벤야민", "도서목록"[151]이라는 표제
어를 붙인 메모록도 보인다. 브레히트는 한나 아렌트에게 부친 편지
에서 수신인 주소란에 "유대문화재건"이라는 기관명을 기입했는데,
아렌트는 1949년에 이 기관과 관련된 일 때문에 유럽을 방문했다.
앞뒤 문맥으로 짐작건대 브레히트는 이 메모를 귀국 이후 아렌트가
베를린을 방문한 시기에 쓴 것으로 보인다. 벤야민의 유고집을 출판
하려는 노력은 이미 그전부터 있었다. 브레히트와 하인리히 블뤼허
의 대화는 그러한 노력의 한 면을 보여준다. 한나 아렌트는 1946년
10월 15일에 브레히트에게 편지를 띄워 다음과 같이 보고한다.

> 친애하는 브레히트 씨
>
> 얼마 전 벤야민의 유고집에 대해 블뤼허가 이야기를 꺼내자 당신께서
> 는 벤야민을 위한 출판사 사람을 찾을 수 있는지 물어보셨다지요. 아
> 마 독일에서 이름을 들어보셨을 텐데 근래에 카프카 작품의 독일어 전
> 집을 펴내고 있는 쇼켄 출판사가 벤야민의 에세이 선집을 영어로 출판

　　　　　　　　　　　벤야민과 브레히트

하고 싶어합니다. 그러려면 저는 당연히 당신의 도움이 필요합니다.

잘 알고 계시다시피 벤야민의 누이였던 도라가 올 여름 스위스에서 세상을 떠났습니다. 이제 누가 벤야민의 유고에 대한 권리를 갖게 되는지, 혹은 누군가 이미 그러한 권리를 갖고 있는 건지 전혀 짐작이 안 갑니다. 아마 당신이라면 그에 대해 뭔가 알고 계시겠지요.

에세이 선집 구성은 다음과 같이 제안하고 싶습니다.

(1) 『친화력』 논문, (2) 보들레르 연구, (3) (확대판) 카프카 연구, (4) (전쟁 발발 직전 리프의 신문에 발표한) 서사의 기술에 대한 에세이 [「이야기꾼」], (5) (1932년 『프랑크푸르터 차이퉁』에 실렸던) 카를 크라우스 연구, (6) 경우에 따라서는 「기술복제시대의 예술작품」, (7) 역사철학테제, (8) 브레히트와의 대화……

이상의 제안에 비판이나 추가 제안을 해주셨으면 합니다. 그 밖에 물론 "브레히트와의 대화"에 당신께서 주석을 덧붙이는 방안도 있습니다. (일전에 당신이 블뤼허에게 약속하셨던 것처럼 말입니다.) 그리고 마지막으로 가장 중요한 것은, 당신이 원하시면, 당신이 쓴 벤야민에 대한 에세이도 (당신이 다른 식으로 어떻게 부르든 상관없습니다만) 포함되면 좋겠습니다.

당신이 답장을 거의 하시지 않는다는 것은 알고 있습니다. (어쨌든 당신에 대해 그렇게들 말하고 있어서요.) 제가 무엇을 해야 할지요? 죽은 자들이 뭔가를 주장하기는 어렵고 저는 별로 똑똑한 대변인이 못 됩니다.

안녕히 계세요.

한나 아렌트 드림[152]

이 편지에서 주목할 만한 점은, 벤야민 텍스트의 미국 출판*과 관련해서 한나 아렌트의 초기 기획안이 보여준 탁월한 조예뿐이 아니라, 아렌트가 "브레히트와의 대화", 즉 스벤보르에서 나눈 대화를 기록한 벤야민의 일기를 선집의 한 장으로 구성해넣자고 제안하고 있다는 사실이다. 브레히트의 유고에는 아마 1940년대에 이미 확보한 것으로 보이는 기록물, 즉 1931년 남프랑스에서의 기록이 들어 있는데 여기에는 가시들장미와 작약에 대한 이야기, 트로츠키, 카프카, 주거, 브레히트의 청년기에 대한 대화록이 들어 있다. 하지만 브레히트가 1931년 이후의 기록들, 무엇보다 논란의 소지가 다분한 소련과 스탈린에 대한 이야기가 실려 있는 1938년의 기록까지 전해주기로 약속했을 리는 없다. 게다가 그가 그러한 기록이 있다는 사실을 알고 있었다고 보기도 어렵다.

모든 정황으로 보아 망명에서 돌아온 후에도 브레히트는—아도르노, 숄렘, 아렌트, 블로흐, 주어캄프, 그 밖의 몇몇 사람과 함께—벤야민 텍스트의 독일 출판을 위해 나름 기여한 것으로 보인다.[153] 잡지 『진 운트 포름(의미와 형식)』 제1권 제4호에 「보들레르의 몇 가지 모티프에 대하여」가 다시 실린 것은 초창기부터 잡지에 대단한 관심을 보였던 브레히트의 중개 덕분인 듯하다.[154]■ 벤야민의 보들레르 에세이를 통해 그동안 "문화정치 논쟁에 생긴 공백 중 한 부분이

---

* 그보다 일 년 전에 아렌트는 쇼켄 출판사가 "벤야민의 유고집을 출판할" 생각이 있다고 언급했는데, 물론 출판사로부터 확약을 받으리라는 희망을 품은 것은 아니었다. 한나 아렌트가 게르숌 숄렘에게 보낸 1945년 9월 22일 편지, Gershom Scholem 1994, 449쪽 참조.

■ 브레히트가 갖고 있던 잡지 『진 운트 포름』은 9쪽까지만 남아 있고 나머지는 잘려 있다. 하시만 브레히트가 대화나 원고 혹은 『차이트슈리프트 퓌르 조치알포르슝』에 실린 첫번째 인쇄본을 통해 그 텍스트를 알고 있었던 것은 당연하다. 그는 다른 증정본을 얻었을 수도 있다.

벤야민과 브레히트

채워졌다. 이 에세이의 출간은 일종의 선언적 의미를 지닌다. 즉 이 에세이는 "협소함에 대한 반격으로 읽을 수 있다."[155] 『진 운트 포름』의 편집자인 페터 후헬은 의도적으로 벤야민의 논문을 호르크하이머와 아도르노의 『계몽의 변증법』 부록 「오디세우스 또는 신화와 계몽」과 나란히 실었다. 하지만 호르크하이머와 아도르노도 벤야민도 이론적인 접근법에 있어 동독에서 그다지 큰 영향력을 발휘하지는 못했다.[156]

벤야민 유고에 브레히트가 관심을 보였다는 것은 1955년 여름 베를린에서 베르너 크라프트, 페터 후헬과 나눈 대화에서도 입증된다. 베르너 크라프트는 그날 게오르크 하임과 발터 벤야민의 유고에 대해 이야기했다고 회상했다. "브레히트는 두 사람 모두에게 깊은 관심을 보였다. 그는 그들의 글이 동독에서든 서독에서든 출판되기를 원했다."[157]● 브레히트가 죽기 직전까지 벤야민에 대한 존중심을 간직했다는 간접적인 증거는 1955년 10월 13일 페터 주어캄프에게 엘리자베트 하우프트만이 보낸 편지에 남아 있다.

> 『혼신의 노력』이라는 예쁜 소책자는 감사히 받았습니다. 아주 흥미진진한 내용을 많이 담고 있는 책이네요. 그 책을 통해 드디어 발터 벤야민의 논문도 세상에 나왔고요. 너무 뻔뻔한 요구가 아니라면 운젤트 박사에게 여섯 부 정도 더 받았으면 좋겠다고 말씀 좀 전해주세요.[158]

증정본을 더 보내달라는 주문은 아마도 브레히트의 희망이었을 것

● 그에 반해 숄렘은 1949년 브레히트와의 대화에서 "브레히트는 죽은 벤야민에게 더이상 관심이 없다"는 인상을 받았다. Gerhard Seidel, 1966년 참조.

이다. 어쨌든 그는 출판사 연감이 공지한 벤야민 전집 출판에 동의한 사람들 중 하나였다.

브레히트의 유고에는 '서사극이란 무엇인가'라는 제목의 논문 두 편, 브레히트의 『서푼짜리 소설』에 관한 글의 두 가지 버전, 「서푼짜리 오페라」 관련 논문, 『브레히트 시 주해』의 일부, 그 밖의 메모록, 일기 기록, 편지 등의 벤야민의 원고가 들어 있다. 게다가 그의 유고 문고에는 「파리 편지 I」이 실린 『다스 보스트』(제5호, 1936) 외에 1955년에 나온 주어캄프의 『일방통행로』 최신 문고본과 1949년 이후에 찍은 사본 세 편이 들어 있다.* 하지만 여기서 신중하게 접근할 필요가 있다. 브레히트 유고에는 1948년 이전에 발표한 브레히트 자신의 출판물도 듬성듬성 빠져 있다. 또한 벤야민이 브레히트에게 보냈던 원고들과 인쇄물들도 빠져 있다. 확실한 것은, 브레히트가 테오도어 W. 아도르노, 그레텔 아도르노, 프리드리히 포추스가 발행한 벤야민 『선집』을 갖고 있었다는 사실이다. 어쨌든 이 선집은 『브레히트 시 주해』 완전판을 처음 실었고, 브레히트는 주어캄프 출판사가 발행하는 책을 정기적으로 받고 있었다. 이런 사정을 참작해보면, 브레히트의 유고에 벤야민의 원고들이 누락된 것은 벤야민 책 출간에 관심을 가졌던 사람이 브레히트뿐만 아니었다는 사실을 암시한다.

---

*『일방통행로』에는 독서의 흔적이나 밑줄 친 표시도 없다. 또한 여기서 말하는 사본이란 『진 운트 포름』에 실렸던 「보들레르의 몇 가지 모티프에 대하여」 복시본, 브루노 가이지가 발행한 명작 선집 『독일의 유산』에 실린 '에두아르트 푹스 논문' 축약본, 독본 『독일 정신』에 실린 「번역가의 과제」 사본을 말한다.

벤야민과 브레히트

3
네 편의 비문

1941년 여름, 브레히트는 캘리포니아에 막 도착했을 때 비로소 벤야민의 사망 소식을 들었다. 그 사실을 일기로 기록한 것도 벤야민이 목숨을 끊고 난 뒤 열 달 이상이 지나서였다.

> 발터 벤야민이 스페인 국경의 한 장소에서 음독자살을 했다. 지방경찰이 그가 속한 작은 행렬을 정지시켰다. 다음날 아침 그에게 통과 허가가 떨어졌다는 소식을 알리러온 그의 동행자들이 죽어 있는 그를 발견했다고 한다.[159]

브레히트에게 이 소식을 알려준 사람은 한나 아렌트로부터 벤야민의 도피가 좌절되었다는 이야기를 들은 귄터 안더스였다.[160]● 아렌트는 부고를 듣고 난 브레히트의 반응을 기록으로 남겼는데 브레히트의 반응이 기록된 자료는 이것이 유일하다.

> 브레히트는 벤야민의 죽음에 대한 소식을 듣고 말했다. 벤야민의 죽음
> 이야말로 히틀러가 독일문학에 가한 최초의 실질적인 손실이라고.[161]

안더스는 "벤야민의 죽음에 대한 이 발언은 진실이라기에는 그 개연성이 상당히 떨어진다"고 생각했다. "이미 우리 진영에 속한 (톨러 같은) 저명한 망명객들 몇몇이 (자살로) 세상을 떠났기 때문이다."■ 분명히 브레히트의 말에 문학사적 타당성을 부여하기는 어렵다. 만약 그렇다면 그것은 벤야민에 앞서 죽은 저명한 히틀러 희생자들의 죽음 혹은 문학적 업적을 무시한 말이 되기 때문이다. 테오도어 레싱, 뮈잠, 투홀스키, 오시에츠키, 톨러, 로트, 루돌프 올덴은 모두 간접적 혹은 직접적으로 나치 앞잡이들에게 희생된 사람들이었다. 1940년에는 에른스트 바이스, 발터 하젠클레버, 카를 아인슈타인 역시 벤야민처럼 자살을 통해 게슈타포의 손아귀를 벗어났다. 브레히트에게 이러한 사람들의 죽음을 상대화할 의도는 없었다. 물론 그에게 벤야민은 개인적으로나 문학적으로 위에서 언급한 다른 누구보다 가까웠다는 것은 사실이다. 그렇다고 해도 브레히트 발언에 나타난 주관적 특징은 일종의 징후에 속한다. 브레히트는 친구의 상실에

● 귄터 안더스는 이 사실을 확인해주었다. "브레히트에게 벤야민의 죽음에 대해 알린 사람이 나라는 말은 맞습니다. 산타모니카에서였지요. 나는 그 소식을 (나의 전부인인) 한나 아렌트에게 들었습니다."(귄터 안더스가 나에게 보낸 1988년 9월 23일 편지.)

● "벤야민의 죽음이 지닌 의미에 대해 브레히트가 한 말을 아렌트에게서 듣긴 했는데, 제가 직접 브레히트에게서 들은 것은 아닙니다. 아렌트는 누군가 다른 사람을 통해 들은 것 같습니다. 그게 누구인지는 저도 모릅니다."(귄터 안더스가 나에게 보낸 1988년 9월 23일 편지.)

대한 자신의 슬픔을 소위 객관적 판단으로 전환한 것이다. 이러한 태도는 벤야민의 죽음에 대한 그의 시들에서도 나타난다.●

브레히트가 벤야민의 운명이라는 주제를 다룬 시는 「사망자 명단」, 「어디 있는가 벤야민, 그 비평가는?」, 「망명객 W. B.의 자살에 대하여」, 「히틀러로부터 도주하던 중 목숨을 끊은 발터 벤야민에게」 등 네 편이다. 이 시들은 언제 쓴 것인지는 알려져 있지 않다. 아마 벤야민의 죽음에 대해 듣고 나서 바로, 1941년 7월 말과 9월 사이에 썼던 것으로 보인다. 유고집에 들어 있던 이 텍스트들은 1964년과 1990년에 비로소 출판되었다. 1942년에 출판될 수도 있었지만 어떤 이유에서인지 그렇게 하지 못했다. 당시 '사회조사연구소'가 1942년 봄에 '발터 벤야민을 회상하며'라는 제목으로 편찬한 추모집을 위해 브레히트에게 기고문을 부탁하자는 제안도 있었다. 이 제안을 한 사람은 막스 호르크하이머다. 브레히트는 이 시기에 로스앤젤레스에서 그를 여러 번 만났고 호르크하이머는 사회조사연구소 잡지 편집위원인 레오 뢰벤탈에게 보낸 편지에서 "브레히트로부터 몇 쪽의 글"을 받아보자고 제안했다. "그렇게 되면 추모집은 정말로 벤야민에게 바치는 헌사가 될 것"[162]이라고 했다. 뢰벤탈이 호르크하이머의 제안을 받아들였음에도 불구하고[163] 벤야민의 「역사의 개념에 대하여」를 처음으로 발표한 그 회고록에는 브레히트의 어떤 글도 실리지 않았다. 만약 브레히트가 제안을 받았다고 가정하면, 그가 보낸 글이 거절당했다고 보기보다는 그가 아무 글도 보내지 않았을 가능성이 더

● "당시 브레히트가 쓴 벤야민에 대한 시 두 편, 특히 사 행으로 된 추모시는 객관적 사실 확인에 그치는 것처럼 보인다. 그의 작품들의 많은 장면처럼 그 시들은 슬픔의 표현을 억누르고 있는데, 분명히 존재하는 감정을 억압함으로써 시의 효과는 그만큼 더 강력해진다."(James K. Lyon 1984, 65쪽.)

크다.•

브레히트가 벤야민에 대해 쓴 최초의 시는 일종의 상황 파악이다.

사망자 명단

가라앉는 배에서 도망쳐서, 가라앉는 또다른 배에 올라타면서

—아직 새로운 배는 보이지 않고—나는

더이상 내 주변에 있지 않은 사람들의

이름을 작은 종잇조각에 적는다.

노동계급 출신의 자그마한 나의 스승

마르가레테 슈테핀. 수업 도중

도피 생활에 지친

그 지혜로운 여인은 오랜 투병 끝에 죽음을 맞았다.

또 나를 떠난 자는

박식하고, 새로운 것을 찾아다녔던 반골

발터 벤야민. 건널 수 없는 국경에서

추적에 지친 그는 목숨을 내려놓았다.

더이상 잠에서 깨어나지 않았다.

그리고 언제나, 삶을 즐거워하던

• 해당 잡지의 등사판에는 벤야민의 「역사의 개념에 대하여」 외에 아도르노의 「게오르게와 호프만
슈탈」, 호르크하이머의 「권위적 국가」와 「이성과 자기보존」 등의 논문과 벤야민 작품에 대한 문헌
관련 메모가 들어 있다. 레오 뢰벤탈은 연구소의 추모집에 브레히트를 참여시키기로 했던 일을 기
억해내지 못했다. 그는 자신이 벤야민 기념논문집에 대해 브레히트와 서신을 교환한 적이 있냐는
사실을 부인하며, 호르크하이머나 아도르노가 브레히트와 그에 대해 이야기를 한 적이 있을지도
모른다고 했다. 뢰벤탈이 나에게 보낸 1988년 11월 7일 편지 참조.

벤야민과 브레히트

카를 코흐, 논쟁의 달인은

악취를 풍기는 로마에서 스스로 자신을 없애버렸다.

막 쳐들어오는 나치 친위대 대원을 속이면서.

또 나는 이제 아무 소식도 듣지 못한다,

화가 카스파르 네허로부터. 그의 이름만이라도

이 명단에서 지울 수 있다면!

이들을 죽음이 데려가버렸다. 다른 이들은

나를 떠나갔다. 삶의 절박함 때문에

혹은 사치를 찾아서.[164]

 이렇듯 기억의 화판은 상황 묘사로 시작한다. 그러한 묘사에서 개인사적 경험은 역사적 경험으로 확대된다. 캘리포니아 주 샌피드로에 정착한 브레히트, 다시 확고한 지반 위에 서게 된 기쁨, 그 기반이 진짜 든든한 것인지에 대한 의심이 그를 사로잡는다. 시의 화자가 도망쳤다고 한 "가라앉는 배"는 그가 타고 온 애니 존슨호가 아니라, 오래된 대륙, 즉 전쟁이 들끓고 있는 유럽이다. 그가 새로 올라선 또 다른 가라앉는 배는 신세계, 아메리카였을 것이다. 1933년에 오스트리아에서 카를 크라우스는 "가라앉는 배에 쥐들이 올라탄다"는 인사말을 브레히트에게 전한 적이 있다.[165] 이 말에서는 히틀러가 지배하는 독일과 이웃한 나라, 결국은 병합되고 만 이웃나라 오스트리아에서의 비관주의가 엿보이는 반면, 브레히트가 미국에서 확인한 것은 전망의 부재였다. 브레히트는 자신이 대서양을 건너 막 빠져나온 전쟁에서 날카롭게 드러난 전망의 부재가 제국주의적 경제 형태에서는 주기적으로 입증되고 있다는 사실을 발견했다. 이 전망의 부재—"아직 새로운 배는 보이지 않고"—가 시 전체에 각인되어 있다. 시에서 호명된 사람들과 달리 화자는 안전한 곳에 자신의 몸을 맡기고 있다. 하지만 그러한 안전도 잠정적이다. 위험에 대한 기억은 여전히 생생하다. 이러한 경험 때문에 대차대조표는 특별한 의미를 획득한다. 죽은 혹은 실종된 친구들을 부른다는 모티프는 중국 당나라 시인 백거이의 시 「이별」의 모티프와 일치한다. "백거이는 나이를 먹으면서 친구들과 사별한 반면 브레히트는 도피와 망명에서 비롯된 사별을 경험했다."[166]● "사망자 명단"이라는 개념은 부기 사무원이 작성한 재고 목록을 상기시킨다. 하지만 그 결과물은 공식적인 기록이 아니다. 명단은 관료 조직의 관습에 어긋나는 작은 종잇조각이다. 또한 죽은 자들의 묘사 속에서 그러한 사별은 개인적인 사별로 그려진다. 전체에 대한 조망에서 거창한 제스처는 사용되지 않고, 슬픔에는 제동이 걸린다. 화자가 '지치고' '기진맥진한 상태에서' 일어나는 일이라고 생각하는 죽음처럼. 애도와 고발은 공공연하지는 않지만 오해의 여지 없이 분명하게 이루어진다. 마지막 세 행의 어법은 이별의 경험이 망명의 본질적인 경험임을 보여준다. 호명하는 자들과의 피할 수 없는 사별과는 또다른 사별이 있다. 그것은 어쩔 수 없이 받아들여야 했던, 일어나지 말았어야 했던 사별이다.■

● 브레히트는 번안에 사용했던 아서 웨일리 선집을 통해 백거이의 시 「이별」을 알게 되었다.

■ 미하엘 로어바서는 「사망자 명단」에 "더이상 내 주변에 있지 않은 사람들의 이름"에 스탈린 체제의 희생자들이 빠져 있다는 사실을 아쉬워했다. Michael Rohrwasser 1991, 320쪽 참조. 브레히트는 이들에 대한 애도를 표현하는 것은 단념했다. 페터 브루크는 브레히트가 소련 침공이 있은 뒤에 쓴 이 시에서 스탈린 체제의 희생자까지 거론하기는 어려웠을 것이라고 반박했다.

어디 있는가 벤야민, 그 비평가는?

어디 있는가 바르샤우어, 그 방송인은?

어디 있는가 슈테핀, 그 교사는?

벤야민은 스페인의 국경에 묻혀 있다.

바르샤우어는 네덜란드에 묻혀 있다.

슈테핀은 모스크바에 묻혀 있다.

나는 로스앤젤레스의 폭탄 제조 공장이 늘어선 길을 따라
운전하고 있다.[167]

　미완으로 그친 이 텍스트는 앞의 시 「사망자 명단」과 일맥상통한
다. 물론 전부 다 그런 것은 아니다. 상황과 화자의 제스처가 다르고
죽음이 분명한 인물들도 앞의 시와 동일하지 않다. 미완의 단편 시
「어디 있는가 벤야민, 그 비평가는?」은 「사망자 명단」보다 절제되어
있다. "비평가", "방송인", "교사" 등 직업을 통해 동지들의 특징을 십
분 규정하고 있다. 하지만 그것은 주관적인 개념들이다. 마르가레테
슈테핀은 주지하다시피 교사가 아니지만 브레히트는 그렇게 불렀다.
[라디오방송 작가를 의미하는] "방송인"은 독특한 개념이다. 또한 친
구들의 소재지를 묻다가 그들이 묻힌 장소를 거명하는, 병렬적이면서
꾸밈없는 표현도 상당히 효과적이다. 마지막 행에서는 화자의 상황을
묘사하고 있는데 이 묘사는 여러 가지 해석이 가능하다. "나는 로스
앤젤레스의 폭탄 제조 공장이 늘어선 길을 따라 운전하고 있다." 우
선 이는 죽은 자들과 달리 '나'는 구제되었다는 의미로 읽힌다. 하지
만 운전하며 지나가는 공장들을 거론한 것은 우연이 아니다. 그러한

공장들은, 벤야민, 바르샤우어, 슈테판을 희생시킨 테러에 대한 저항에 폭탄이 필요하다는 것을 상징한다. 하지만 간결하지만 희망을 잃은 듯한 마지막 행의 음조는, 폭탄으로 이 테러를 이길 수 있을지 그가 회의하고 있다는 점을 암시한다.

> 망명객 W. B.의 자살에 대하여
>
> 소식을 들었네, 자네가 손을 들어 스스로를 지명했다는
> 도살자보다 한 발 앞서서.
> 팔 년의 추방 생활 동안 적의 승승장구를 지켜보다가
> 마지막에는 넘을 수 없는 경계까지 떠밀려와서
> 자네는 넘을 수 있는 경계를 넘어갔다고 하더군.
>
> 제국들이 무너지고 있네. 범죄 집단의 두목들이
> 마치 고위 정치가인 듯 으스대며 걷고 있네. 민중은
> 저 온갖 무기에 가려서 더는 보이지 않는다네.
>
> 그렇게 미래는 어둠에 싸여 있고, 선량한 힘들은
> 보잘것없네. 이 모든 것을 자네는 깨달았지
> 고문당할 수도 있었던 육신을 지네 스스로 파괴했을 때.[168]

「망명객 W. B.의 자살에 대하여」와 「히틀러로부터 도주하던 중 목숨을 잃은 발터 벤야민에게」는 비문이자 죽은 친구의 전기에서 한 시기를 끄집어낸 협소한 의미의 추도사다. 「망명객 W. B.의 자살에

벤야민과 브레히트

대하여」의 타자 원고에는 손으로 급하게 덧쓴 듯한 다음과 같은 말이 적혀 있다. "오직 강한 팔만이 / 무기를 들어 올릴 수 있다."[169] 시의 첫 행을 연상시키는 이 말은 "도살자"에 대항하는 투쟁에서의 미덕을 가리키는 상투적인 표현이라기보다는, 아무런 전망이 보이지 않는 상황에서 부자유보다 자유를 택한 벤야민의 용기를 조심스럽게 기리는 말일 수 있다. 이 시의 영향력은 모순과 역설에 기반을 둔다. 그것은 두 나라, 여기서는 프랑스와 스페인의 경계가 "넘을 수 없는" 것, 삶에서 죽음으로 통과하는 길보다 더 넘어가기 어려운 것이 된다는 점에 있다. 반면 삶에서 죽음으로 통과하는 일은 궁극적으로 일어날 수밖에 없다는 점에서, 그 경계는 "넘을 수 있는" 것이 된다. 시의 구조와 수사적 표현은 카를 크라우스를 위한 첫번째 시 『디 파켈』(1933년 10월) 제888호에 실린 「십 행짜리 시의 의미에 대하여」, 그리고 독일 평화 운동가 카를 폰 오시에츠키에 대한 추도시 「평화를 위해 싸운 한 투쟁가의 죽음에 부쳐」와 유사하다. 간결한 전달 내용—오시에츠키의 암살, 달변가가 보낸 통지, 벤야민의 자살—에 이미 해석이 배어 있고, 마찬가지로 간결하지만 보편적인 차원으로 확대되는 상황 묘사가 이어진다. 이는 『전쟁교본』의 경구 스타일과 상통하는 병렬적 어법으로 이루어진다. "범죄 집단의 수령들이 / 마치 고위 정치가인 듯 으스대며 걷고 있네. 민중은 / 저 온갖 무기에 가려 더는 보이지 않는다네." 이 도착적인 현상을 인식한 친구 벤야민은 아무런 출구도 발견하지 못한 채 스스로 목숨을 끊었다. 위의 시는 이러한 죽음에 대한 애도사다.

히틀러로부터 도주하던 중 목숨을 끊은 발터 벤야민에게

지치게 만드는 전술은 자네가 좋아하던 전술이었지.
배나무의 그림자가 드리운 체스판 앞에 앉아 있었을 때.
자네를 자네의 책들로부터 쫓아낸 적들은
우리 같은 사람들을 아무리 봐도 결코 지치지 않는다네.[170]

이 사행시는 죽은 사람에 대한 말 걸기로 일종의 마지막 편지다. 이 편지에서 브레히트는 이전의 편지에서처럼 대화에서 쓰던 존칭을 가벼운 말투로 바꿔 쓰고 있다. 이 시는 체스 시합에서 숙고의 시간을 최대한 사용하면서 상대방을 지치게 만드는 벤야민의 전술을 언급한다. 마르가레테 슈테핀은 벤야민에게 언젠가 스코우스보스트란에서 함께 보낸 여름을 상기시켰다. "당신과 둔 체스 경기를 생각하면 저는 늘 '지치게 만드는 전술'이 기억나요. 지금도 그 전술을 사용하시나요?"[171] 브레히트의 문장은 벤야민이 자신의 시합 상대에게 인내를 요구했던 시간이 어느 정도인지를 상상하게 해준다. 그는 벤야민을 "북유럽 여행"에 초대하면서 이렇게 말했다. "체스판이 쓸쓸히 놓여 있습니다. 반시간마다 기억의 전율이 체스판을 스쳐지나갑니다. 언제나 당신이 체스판을 꺼내곤 했지요."[172]

비문은 "지치게 만드는 전술"이라는 개념을 파시스트들에 맞서는 망명객의 투쟁에 적용했다. 히틀러는 벤야민을 문자 그대로의 의미에서 그의 책들로부터 쫓아냈고, 책 애호가 벤야민은 그중 일부만을 스코우스보스트라의 브레히트 집으로 옮겨 구제할 수 있었다. 히틀러는 벤야민으로 하여금 히틀러에게 저항하는 투쟁에 힘을 쏟도록 강제했고, 그에게 다루어야 할 주제들을 지시했고, 그의 생존 기반을 빼앗았으며, 그를 가난, 고립, 죽음으로 몰아넣었다. 브레히트의 시는 이러한 적에 맞서는 전술로 참고 견디기만 하는 것은 충분하지 않다고 말한다. 그 이상은 말하고 있지 않다. 하지만 행간에서 울려나오는 것은 저항의 보다 결정적인 형식들을 찾아야 한다는 촉구다. "우리 같은 사람들"이라는 단어는 브레히트가 자신도 포함한다. 그 말이 만약 빠져 있다면 이 시는 벤야민과의 거리 두기로 읽힐 수도 있었을 것이다.[173] 시의 형식은 다른 세 편의 시에서보다 돋보이는 절박함을 사행시에 부여한다. 각운, 규칙적인 리듬, 모음의 음조로 이루어진 시적 언어는 적에게 갑자기 방해를 받은 스벤보르 과수원의 어느 여름날을 환기시킨다. 단어의 어조와 표현력은 말의 흐름을 중단시킨다.

브레히트의 시에서 벤야민의 죽음은 그 끝이 보이지 않는 파시즘의 권력을 가리키는 기호가 된다. 변화에 대한 기다림은 인내의 한계를 넘어서 있었다. 이미 핀란드에 있을 때 브레히트는 이에 대해 "사이시간"이라는 개념을 만들었다. 벤야민에 대한 소식이 브레히트에게 도착한 것은 협력자이자 연인이던 마르가레테 슈테핀을 애도하고 있던 때였고, 극적인 도피에 성공한 이후였으며, 브레히트에게 낯선 사고방식으로 다가온 새로운 나라에 있을 때였다. "모든 것이 느긋한 이곳 시체 안치소처럼 내 삶을 힘들게 한 곳은 없었다."[174] 브레히트가 벤야민에게 바친 시구들이 슈테핀에 대한 시의 어조와 유사하다는 사실은 그만큼 벤야민에게 친밀함을 느꼈다는 것을 증언한다. 이러한 텍스트들은 신중하면서도 오해의 여지 없이 분명한 고발을 함으로써 그 영향력을 행사한다. 그것들은 히틀러 독재에 대한 벤야민의 반대를 강조한다. 그의 죽음은 그의 추적자에 대한 반란을 촉구한다. "투쟁은 그렇다면 헛된 것이었겠는가?"라고 브레히트는 오시에츠키에게 바친 비문에서 물었다. "만약 맞아 죽은 그자가 혼자 싸운 게 아니었다면, 적은 아직 승리한 것이 아니다."[175] 벤야민에 대한 시들이 이러한 희망을 표현하고 있지 않지만, 죽임을 당한 자에 대한 기억을 생생하게 유지함으로써 이 텍스트들은 야만인의 승리를 뜻하는 죽음에 저항한다. 당시의 역사적 상황은 개인들의 발언을 촉구했다. 그것은 친구의 죽음을 테러의 표현으로 경험한 발언이며, 개인의 죽음에 대한 개인적 슬픔에 보편적 의미를 부여하는 발언이다. 개인적인 초상의 성격을 지닌 이러한 시들은 브레히트의 시 창작에서는 보기 드물게 희생자의 이름을 간직하고 있다.● 슈테핀, 바르샤우어, 벤야민의 운명은 이야기되어야 하고, 적이 그들을 차지하도록 놓아두어서는 안 된다. 브레히트는 "희망의 불꽃"을 붙여야 했던 친구의 경고를 잘 알고 있었다. "승리를 거두는 적 앞에서는 죽은 자들도 안전하지 않을 것이다. 그리고 이 적은 멈추지 않고 계속 승리하고 있다."[176]

● 레닌, 룩셈부르크, 리프크네히트, 불가리아의 디미트로프, 오시에츠키, 트레티야코프처럼 역사적인 인물이나 정치적인 인물에 대한 시들은 예외다. 무엇보다도 슈테핀에 대한 일련의 시들이 그렇다.

벤야민과 브레히트

인쇄본과 육필 원고의 차이에 대해 처음 알게 된 것은 양친의 서가에서였다. 서가에서 발견한 브레히트의 시집 『100편의 시』는 동베를린의 아우프바우 출판사에서 1960년대에 문고판 브레히트 선집으로 발행된 책이었다. 표지에 박혀 있던 "잘 알려진, 사랑받는, 읽고 싶은"이라는 수식어는 어쨌든 작가와는 아무런 관계가 없었다. 백면으로 남아 있던 마지막 쪽에는 나의 어머니 아니면 아버지가 적어넣은 (책에 실려 있지 않은) 시 두 편이 있었다. (두 분 모두 자신이 했다고 하지만 그 시집이 분실되었기 때문에 누구 말이 맞는지는 알 수 없다.) 하나는 「내가 자선병원의 하얀 병실에 누워 있을 때」라는, 잠언적인 브레히트 후기 시고, 다른 하나는 "정부가 국민을 해체해 / 다른 국민을 뽑는 것이 / 더 간단하지 않을까?"라는 유명한 역설적 제안을 담은, 『부코의 비가』에 실렸던 「해결책」이다. 자선병원에서의 심경을 적은 시에서 청소년 독자였던 내가 감동했던 지점은 당시 예순 전이었던 중년 작가의 지혜였다. 나는 작가가 자신도 좋아

• 이 글은 아르헨티나에서 출판된 포르투갈어판(2007)에 부친 글로, 저자의 호의로 게재한다. ─옮긴이

한다고 말했던 저 지빠귀의 노랫소리에 마음이 움직였다. 그는 시에서 "내가 죽은 다음에도"라고 했다. 그는 알고 있었다, 자신과 같은 작가가 없어도 되는 세상이 오면 더는 바랄 것이 없다는 것을. 그에 반해 『부코의 비가』에 실린 시의 풍자는 나의 반항기를 부추겼다. 나는 1953년에 발표된 그 시를 1970년대 중반의 동독 체제에 대한 분노 섞인 해설로 읽었다. 그때는 비어만이 추방*되기 직전, 예술이 다시는 회복될 수 없을 정도의 타격을 입기 직전이었다. 나는 브레히트 문고판에, 더 정확히 말하면, 손으로 써넣은 두 편의 시에 비밀통신의 기능을 덧입혔다. 즉 그것은 일종의 기밀을 내포하게 되었다. 인쇄본에 실려 있지 않았던 그 시 두 편은 검열로 삭제된 듯했다. 사실 「해결책」은 동독에서 대단한 논쟁을 치른 뒤인 1969년에야 선집에 실렸다. 현실사회주의 교육학이 사회주의적인 고전작가를 써먹기 위해 통상적 프로그램을 돌리는 학교에서, 브레히트를 다루는 시간이면 나는 귀를 기울였다. 우베 욘존은 동독의 학교가 브레히트를 "문학이라는 허울" 아래 "삽화를 붙인 이데올로기", "당시 상황에 대한 잠정적인 최종 발언"으로 다루면서 국가권력의 기막힌 특허권과 인장을 동원했다고 말한 바 있다. 흉내내기 힘들 정도로 유치한 과목인 국민교육과 독일어를 동시에 담당했던 교사는 이러한 구상을 현장에서 제대로 수행했다. 하지만 양친이 써넣은 시구들은 베를리너 앙상블 극장의 학생 자문단 시절부터 베르톨트 브레히트 문서고에서 일할 때까지 지속적으로 나를 자극했다.

---

* 분단 독일 시절 동독에서 가수 시인으로 활동하던 볼프 비어만(1936-)이 동독 체제를 비판하는 시와 노래를 발표해 정치적 탄압을 받다 1976년에 동독 시민권을 박탈당한 사건을 말한다. 이 추방 조치는 동독 지식인들과 예술가들의 거센 반발과 정치 망명을 촉발했다. ─옮긴이

벤야민과 브레히트

벤야민이라는 이름은 학교에서 다루지 않았다. 내가 그 이름을 처음 들은 자리는 귄터 쿠네르트●가 베를린 개신교 아카데미에서 진행했던 하인리히 폰 클라이스트 강연이었다. 1975년에 우리는 교조적 문학사 서술로부터 클라이스트를 옹호했던 쿠네르트의 「K를 위한 팸플릿」 사본을 가능한 한 많이 만들었다. 우리는 이 자료가 우리 문제를 다루고 있다고 생각했다. 그렇기 때문에 그 텍스트를 널리 퍼뜨려야 했다. 강연이 있고 몇 주 후 쿠네르트 역시 비어만 사건의 여파로 동독을 떠났다. 하지만 그가 벤야민에 대해 이야기하면서 보여준 경외심은 여운을 남겼다.

나는 그러고 나서도 시간이 좀더 지난 뒤에야 비로소 벤야민의 책들을 발견했다. 게르하르트 자이델이 독일어권 문학에 대한 벤야민의 저술 모음집인 『책갈피』를 1970년에 동독의 레클람 출판사에서 펴낸 적이 있기는 했다. 하지만 그 책은 출판권을 갖고 있던 프랑크푸르트 주어캄프 출판사의 요구로 폐기 처분되었다. 주어캄프 출판사가 정한 판매부수 기준을 지키지 않았기 때문이었다. 따라서 그 책을 손에 넣은 사람들은 몰래 간직했다. 내가 그 책을 발견한 곳은 브레히트 문서고였다. 1978년 가을 나는 박물관으로 단장한, 브레히트와 바이겔이 말년에 살던 집에서 방문객들을 안내하는 일을 했는데, 브레히트의 유고를 소장하고 있던 그 도서관에 『일방통행로』가 있었다. 동독에서 비밀스럽게 다루어졌던 많은 책을 비치해놓은 이 도서관에서 나는 벤야민의 편지들, 『브레히트에 대한 시도들』, 벤야민과

● 귄터 쿠네르트(1929-). 분단 독일 시절 동독에서 활동했던 시인이자 소설가. 현실 사회주의를 비판한 비판적 사회주의자로, 1979년 서독으로 망명했다. ―옮긴이

브레히트가 나눈 편지들이 실린 『발터 벤야민의 현실적 의미에 대하여』[*]를 발견했다. 출판된 편지들을 문서고에 있는 원본과 비교하면서 편집의 세세한 문제들에 호기심이 생겼다. 벤야민의 편지 하나는 누락되어 있었고, 브레히트가 썼다고 되어 있는 편지 하나는 전혀 그가 쓴 것이 아니었다. 그 밖에도 오류가 상당했다. 하지만 문헌학적인 부분은 문제가 아니었다. 그렇게도 근본적으로 다른 인상을 주는 벤야민과 브레히트가 어떻게 우정을 나누게 되었는가? 나는 당시 브레히트 문서고를 담당하고 있던 게르하르트 자이델에게 물었다. 그는 라이프치히에서 에른스트 블로흐에게 사사한 인물로, 그와 견줄 만한 자리에 있던 다른 사람들과 달리 공산당원이 아니었다. 벤야민과 브레히트에 대해 많은 것을 알고 있던 자이델은 그 두 사람의 관계에 대한 분석적 기술이 아직 풀지 못한 과제임을 알려주었다.

그렇지 않아도 벤야민은 동독에서는 은밀한 암시를 주는 인물이었다. 친구를 통해 '역사철학테제'를 알게 된 차에 벤야민 문고판 전집 중 첫 네 권이 수중에 들어왔다. 서독에서 출간된 그 문고판은 동독에서는 전혀 구할 수 없는 것이었다. 나는 그 안에서 '역사철학테제'를 찾았지만 헛수고였던 것을 기억한다. 당시 나는 그 테제가 '역사의 개념에 대하여'라는 제목으로 출간되었다는 사실을 몰랐다. 우리는 동독 특유의 이론적 결함을 만회하기 위해 결성한, 헤겔, 마르크스, 막스 베버, 한나 아렌트 등을 읽는 세미나 독회에서 그 텍스트를 함께 읽었다. 벤야민의 테제는 우리에게 일종의 성스러운 메시지

---

[*] 벤야민의 여든번째 탄생일을 기념하여 1972년에 지크프리트 운젤트가 운영하던 주어캄프 출판사에서 편집해 출간한 책이다. ─옮긴이

벤야민과 브레히트

였다. 진보적 낙관주의에 대한 비판, 통제 불가능한 기구에 굴종적으로 편입된 정치인들에 대한 서술, 섬세하고 정신적인 것이 계급투쟁에서는 "신뢰, 용기, 유머, 간계, 불굴의 의지"로 나타난다는 확신, 특히 위안과는 다른 메시아적 약속이 그랬다. 그 모든 것은 마치 저자가 우리를 향해 말하는 것처럼 들려왔다. 이 동아리를 주도한 것은 베를린 북쪽 우커마르크 출신의, 카리스마를 지닌 목사였는데, 그가 이십오 년간 국가보안부를 위해 스파이 활동을 해왔다는 사실을 우리는 동독이 사라진 후에 비로소 알게 되었다. 국가보안부로서는 벤야민이라는 이름을 어떻게 다루어야 할지 알지 못했다. 이는 우커마르크 출신 스파이의 서류뿐 아니라 자이델과 레클람 출판사의 편집부 직원의 통화를 도청한 증거자료에서도 드러난다. 국가보안부의 한 자료에는 "작가들 사이에 벤야민이라고 불리는 신참자 혹은 초보자가 있다"라고 적혀 있다. 결과적으로 벤야민은 문화부에서 일하는 한 젊은 직원을 가리키는 이름이 되었다. "보고 업무를 맡은 이 남자는 이데올로기적으로 나약한 사람으로, 지적이고 경험이 많은 사람들에게 영향을 받기 쉬운 인물이라고 한다."

훔볼트 대학 시절 독문학 수업에서 이따금 벤야민이라는 이름을 들었다. 하지만 그때는 아직 연구 주제로 삼을 생각을 하지 못했다. 나는 당시 우리가 진짜 가르침을 얻었던 몇 안 되는 교수 중 한 명인 페터 뮐러에게 벤야민으로 정규 교과 과정이 아닌 세미나를 열자고 제안했다. 벤야민을 처음으로 연구 대상으로 삼은 것은 그때였다. 제바스티안 클라인슈미트가 발행한 레클람판으로 마침내 출판된 「역사의 개념에 대하여」가 다시금 우리의 관심을 끌었다. 「역사의 개념에 대하여」는 동독에서 이미 잘 알려진 텍스트였다. 특히 예술, 연극, 문학

분야에서 그랬다. 그에 반해 동독의 학계에서는 몇몇 예외를 제외하고는 벤야민을 무시했다. 벤야민에 대한 어떤 책도 출판되지 않았고, 오랫동안 준비한 출판 기획은 주어캄프 출판사와 아우프바우 출판사, 동베를린의 예술아카데미 사이의 소송으로 무산되었다. 중고 서적으로도 구할 수 없던 자이델판 선집의 도서관 소장본은 도난을 당하는 바람에 도서관에서도 볼 수 없었다. 자이델판 선집이 나온 지 거의 십년이 지나서야 편지 모음집 『독일인들』이 나왔고, 1980년대 중반 비로소 선집 몇 권이 나왔다. 문예학자들은 자신들만의 벤야민을 전유했다. 하지만 그들은 벤야민의 이름을 장식처럼 인용했다. 당시에 진지한 대결은 거의 없었다. 물론 동조의 목소리는 점점 희미해졌지만 벤야민의 소위 '한계'와 '역사철학테제'에 대한 이데올로기적 비판도 있었다. 후자에 대해서 한 서평가는 "그 테제는 그가 우리를 위해 남긴 마지막 유언은 아니었다"라고 말했다.

나는 스스로 설정한 임무를 간직하게 되었다. 페터 브루크가 개설한 '베를린의 대학생들과 독일문학'이라는 고급과정 세미나에서 벤야민의 베를린 대학 시절에 대해 연구할 기회를 얻었는데, 대학 문서고를 뒤지다 벤야민이 자유 대학생 연합회에서 대표로 활동했던 시기에 대해 그때까지 알려지지 않은 자료들을 발견했던 것이다. 그중에는 당시 프리드리히빌헬름 대학의 학장이었던 막스 프랑크에게 보낸 벤야민의 공식적인 편지도 있었다. 별 내용은 없지만 어쨌든 귀중한 자료였다. 벤야민이 열정을 담아 시인이라고 호명한 프리드리히 하인레는 프리츠라는 이름으로 묶인 여러 서류에 등장했다. 여기서 일차대전 발발 당시 하인레의 자살과 그의 텍스트들에 대해 조사해보자는 생각이 떠올랐다. 베를린의 토론 모임에서 벤야민의 적수

벤야민과 브레히트

였고 훗날 벤야민의 해시시 실험의 동반자였던 에른스트 요엘의 퇴학 처분에 대한 청원서도 발견했다. 젊은 벤야민도 청원서에 서명했던 것이다. 당시 빌헬름 2세 시절 제국의 최고 두뇌들과 나란히 오른 그의 이름을 한 서류에서 보게 되어 기분이 묘했다. 이러한 연구는 석사학위 논문으로 결실을 맺었다. 은밀하게 논문의 중심을 이룬 것은 어느 단체에도 속하지 않은 자유로운 대학생들이 대학에 대해 품은 이상이었다. 〈대학생의 삶〉이라는 벤야민의 강연은 베를린 대학의 창시자들인 훔볼트와 피히테에 기대 그러한 이상을 공식화했다. 젊은 벤야민은 교사와 학생을 "인식을 추구하는 사람들의 공동체"라고 보았고, 자유로운 학문을 그 자체로 가치 있는 것이라고 파악하면서 "창조적 정신을 왜곡하는 직업 정신"을 비판했다. 나는 논문을 쓰면서 역사적으로 공평한 시각에서 기술하고자 노력했다. 그럼에도 나의 기술은 현재를 향해 있어서, 개개의 우수한 두뇌들이 이데올로기에 물들어 편협해진, 내가 체험한 동독의 빈약한 연구 현실에 대해 논평했다. 나의 이 첫 논문의 제목에서 대학생 벤야민의 편지 인용문 이상을 읽어낸 사람은 핵심에 다가간 것이다. "대학교는 연구를 하는 그런 장소가 아니다."

이 책의 바탕이 된 박사학위 논문의 주제는 심사자들에게 쉽게 수용되지 못했다. 이 주제가 결국 수용된 것은 훔볼트 대학과 브레히트 문서고의 협력 덕분이었다. 자이델과 브루크는 논문 지도교수로 흔쾌히 나섰다. 나는 작업을 위해 브레히트 문서고로 되돌아가 벤야민과 브레히트 관계의 흔적을 추적했다. 다른 주제를 제안받기도 했지만 거절했다. 규정에 따라 나는 제출한 주제의 적합성을 변호하게 되었다. 최근에 세상을 떠난 카프카 연구자, 브루크와 뮐러와 더불어 청렴한 정신의 소유자였던 클라우스 헤름스도르프는 내가 다루는 주제에 여섯 편의 박사학위 논문이 들어 있다고 주의를 주었다. 그의 말이 맞았다. 하지만 모든 주제를 다 마무리지을 수도, 또 그렇게 하는 것도 적당하지 않았다. 우선은 내가 다루는 영역을 분명히 해야 했다. 그러자 곳곳에 새로운 사실들이 눈에 띄었다.

나를 추동한 첫번째 동기는 문헌학적인 것이 아니라 정치적이고 인간적인 것이었고, 더욱이 문학적이고 예술정치적인 것이었다. 그러나 서류와 문헌학적 세부 자료를 읽다보면 늘 벤야민과 브레히트 사이에 일어난 사건에 대한 호기심이 생겼다. 학위 논문을 집필한 1989년에서 1993년 사이 이 작업은 동독의 혁명적 변화를 둘러싼 토론으로 끊기곤 했다. 때때로 역사적인 주제보다 독립적인 정치 세력화를 위한 프로그램의 작성과 토론이 더 중요했기 때문이다. 1994년에 논문을 변론하게 되었을 때 브루크는 자이델 대신 외부 심사위원인 크리슐라 캄바스와 하인츠 브뤼게만의 지지를 확보했다. 칠 년 뒤에 나는 학위 논문의 텍스트를 근본적으로 고쳐서 더 가독성 있는 글로 만들었다. 여기서는 학위를 따기 위해 필요한 문헌학적 부록을 해체하고 인용문, 기록물, 자료 들을 텍스트와 통합했다. 나는 사실들의 기술이 학문적인 참호전에 희생되지 않도록 했다. 결국 이 책은 주어캄프에서, 즉 벤야민과 브레히트의 책을 낸 출판사에서 나오게 되었는데 이는 내가 논문을 쓰기 시작할 때는 전혀 상상하지 못했던 일이다.

이 글에서 묘사한 이상과 같은 발생사가 이 책에서도 어느 정도 드러나기를 바란다. 나는 검토할 수 있는 사실에 입각해서 쓰고자 했다. 그것은 단지 사실들에 대한 맹목적인 믿음에서가 아니라, 벤야민과 브레히트의 관계처럼 복합적인 관계는 우선 모든 흔적을 확보할 때 비로소 그 의미가 밝혀질 수 있다는 경험에서 비롯된 것이다. 그럴 때 비로소 우리 역시 "과거 세대의 사람들과 우리 사이의 은밀한 약속", 그 수수께끼에 가까이 다가가게 된다. 「역사의 개념에 대하여」에서 벤야민은 그 약속에 대해 다음과 같이 말하고 있다. "우리 자신에게는 과거의 사람들을 감쌌던 바람 한 점이 스치고 있지 않은가? 우리가 귀를 기울여 듣는 목소리들에는 이제는 말이 없는 목소리들의 메아리가 울리고 있지 않은가?"

주

제1장 | 의미 있는 성좌

1 GB III, 466쪽, 편지 번호 646.

2 1929년 6월 24일 편지, GB III, 469쪽, 편지 번호 648.

3 Gershom Scholem 1975, 172-200쪽; 1930년 1월 20일 편지, GB III, 501-504쪽, 편지 번호 671; 같은 시기 숄렘에게 보낸 다른 편지들 참조.

4 1931년 2월 5/6일 편지, GB IV, 12쪽, 편지 번호 704.

5 Hannah Arendt 1971, 10쪽.

6 Gershom Scholem 1983, 9쪽.

7 도라 조피 벤야민이 게르숌 숄렘에게 보낸 1933년 11월 29일 편지, Walter Benjamin/Gershom Scholem 1980, 114쪽, 편지 번호 39.

8 *Die Literarische Welt* (1928년 6월 1일), Momme Brodersen 1990, 161쪽에 실린 복사본에서 재인용.

9 Gershom Scholem 1975, 182쪽.

10 발터 벤야민이 게르숌 숄렘에게 보낸 1928년 1월 30일 편지, GB III, 322쪽, 편지 번호 574; Detlev Schöttker 1999, 147-148쪽 참조.

11 Hannah Arendt, 1971, 32쪽, 36-37쪽.

12 Gershom Scholem, 1983, 197-198쪽.

13 GS IV, 9쪽.

14 GS II, 242쪽.

15 GS IV, 108쪽.

16 GS IV, 85쪽.

17 발터 벤야민이 게르숌 숄렘에게 보낸 1924년 7월 7일 편지, GB II, 473쪽, 편지 번호 415.

18 "Der Sürrealismus"(1929), GS II/1, 307쪽.

19 발터 벤야민이 게르숌 숄렘에게 보낸 1924년 12월 22일 편지, GB II, 511쪽, 편지 번호 425.

20 발터 벤야민이 게르숌 숄렘에게 보낸 1925년 7월 21일 편지, GB III, 60쪽, 편지 번호 445.

21 발터 벤야민이 게르숌 숄렘에게 보낸 1926년 5월 29일 편지, 같은 책, 158쪽, 편지 번호 489.

22 *Moskauer Tagebuch*, GS VI, 359쪽.

23 Fritz Sternberg 1963, 25쪽.

24 같은 책, 22쪽, 27쪽.

25 발터 벤야민이 막스 리히너에게 보낸 1931년 3월 7일 편지, GB IV, 18쪽, 편지 번호 706. 이 책 제3장 제3절 참조.

26 Bernard Guillemin 1926, 45쪽.

27 "Neue Dramatik"(1929), GBA 21, 275쪽.

28 같은 글, 256쪽.

29 "Über Stoffe und Form," 같은 책, 302-304쪽.

30 GBA 24, 90쪽.

31 같은 책, 87쪽.

32 같은 곳.

33 Günter Hartung 1986, 138-141쪽 참조.

34 Werner Hecht 1997, 266-267쪽 참조.

35 "Dialog über Schauspielkunst," GBA 21, 281쪽.

36 Lion Feuchtwanger 1928, 13쪽.

37 Bernhard Reich 1957, 36쪽.

38 GB III, 522쪽, 편지 번호 694.

39 GB III, 444쪽, 편지 번호 631.

40 발터 벤야민이 그레텔 카르플루스에게 보낸 1934년 6월 초 편지, GB IV, 440쪽, 편지 번호 873 참조.

41 Asja Lacis 1971, 59쪽.

42 그레텔 카르플루스가 발터 벤야민에게 보낸 1934년 5월 27일 편지, GB IV, 442-443쪽.

43 발터 벤야민이 테오도어 비젠그룬트아도르노에게 보낸 1935년 5월 31일 편지, GB V, 97쪽, 편

지 번호 964.

44 발터 벤야민이 그레텔 카르플루스에게 보낸 1934년 6월 초 편지, GB IV, 440쪽, 편지 번호 873 참조.

45 발터 벤야민이 테오도어 비젠그룬트아도르노에게 보낸 1935년 5월 31일 편지, GB V, 97쪽, 편지 번호 964.

46 발터 벤야민이 프리드리히 폴로크에게 보낸 1938년 7월 중순경 편지 초안, GB VI, 132쪽, 편지 번호 1250.

47 Walter Benjamin 1966, 20쪽 참조.

48 Gershom Scholem 1965, 25-26쪽.

49 Gershom Scholem 1975, 198쪽.

50 Gershom Scholem 1965, 26쪽.

51 Gershom Scholem 1975, 246쪽.

52 테오도어 아도르노가 발터 벤야민에게 보낸 1938년 5월 4일 편지, Theodor W. Adorno 1994, 325-326쪽, 편지 번호 103.

53 게르숌 숄렘이 테오도어 아도르노에게 보낸 1968년 2월 8일 편지, Gershom Scholem 1995, 203쪽, 편지 번호 130.

54 Hannah Arendt 1971, 16쪽.

55 Gershom Scholem 1975, 283-284쪽.

56 같은 책, 220쪽.

57 벤야민의 수용사에서 숄렘이 공헌한 바에 대해서는 Rolf Tiedemann 1983; Klaus Garber 1987, 135-140쪽 참조.

58 발터 벤야민이 그레텔 카르플루스에게 보낸 1935년 12월 3일 편지, GB V, 205쪽, 편지 번호 1004.

59 같은 곳.

60 Theodor W. Adorno 1981, 428쪽.

61 같은 책, 12-15쪽.

62 테오도어 아도르노가 발터 벤야민에게 보낸 1935년 8월 2-5일 편지, Theodor W. Adorno/Walter Benjamin 1994, 139쪽, 편지 번호 39.

63 테오도어 아도르노가 발터 벤야민에게 보낸 1938년 11월 10일 편지, Theodor W. Adorno/Walter Benjamin, 같은 책, 369쪽, 편지 번호 110.

64 Theodor W. Adorno 1955, 47쪽.

65 Theodor W. Adorno 1981, 415-422쪽; Heinz Brüggemann 1972 참조.

66 Theodor W. Adorno 1950, 15쪽.

67 같은 책, 25쪽.

68 Peter von Haselberg 1977, 14쪽.

69 테오도어 아도르노가 발터 벤야민에게 보낸 1934년 11월 6일 편지, Theodor W. Adorno/ Walter Benjamin, 같은 책, 73쪽, 편지 번호 23.

70 같은 글, 74쪽.

71 테오도어 아도르노가 발터 벤야민에게 보낸 1935년 8월 2-5일 편지, 같은 책, 143쪽, 편지 번호 39.

72 테오도어 아도르노가 발터 벤야민에게 보낸 1935년 5월 20일 편지, 같은 책, 112쪽, 편지 번호 31. 아도르노가 언급한 텍스트는 '파사주 프로젝트'의 개요서다.

73 막스 호르크하이머가 테오도어 아도르노에게 보낸 1936년 1월 22일 편지, GB V, 225쪽.

74 Rolf Tiedemann 1965/1973, 112쪽.

75 Theodor W. Adorno 외 1968, 94쪽.

76 같은 곳.

77 Theodor W. Adorno 1966, 19쪽 참조.

78 Klaus Garber 1987, 133쪽.

79 Ernst Bloch 1985, 316쪽.

80 에른스트 블로흐가 카롤라 표트르코프스카에게 보낸 1930년 11월 5일 편지, Anna Czajka 1993, 122쪽. 또한 이 책 제3장 제4절 참조.

81 Ernst Bloch, 1985, 381-382쪽.

82 Gershom Scholem 1975, 205쪽. 이 부분에서 숄렘은 크라카우어가 자신에게 보낸 1965년 5월 23일 편지를 인용했다. JNUL Jerusalem, Sammlung Scholem, Arc. 4° 1589/173, 65.

83 Günther Anders 1979, 890쪽.

84 Günther Anders 1962, 38쪽.

85 안더스가 나에게 보낸 1988년 9월 23일 편지.

86 Hannah Arendt 1971, 23쪽, 16쪽, 21쪽.

87 Elisabeth Young-Bruehl 1986, 241-243쪽; 아렌트가 『메르쿠르』 편집진에게 보낸 1968년 3월 17일 편지, Merkur Stuttgart 1968, 315쪽 참조.

88 Hannah Arendt 1971, 특히 8-9쪽, 13쪽, 18-20쪽, 44쪽 참조.

89 아샤 라치스가 힐데가르트 브레너에게 보낸 1967년 11월 14일 편지, Asja Lazis 1967, 213쪽.

90 벤야민과 슈테핀의 편지 왕래가 지닌 중요성에 대해서는 Chryssoula Kambas 1993 참조.

벤야민과 브레히트

91 엘리자베트 하우프트만이 발터 벤야민에게 보낸 편지들, SAdK Bestand WB 57 참조. 이 편지들은 부분적으로 Geret Luhr(Hg.) 2000, 93-114쪽; Sabine Kebir 1997, 168-179쪽에 실려 있다.

92 JNUL Jerusalem, Arc. 4° 1706.

93 헬레네 바이겔이 힐데 벤야민에게 보낸 1966년 5월 26일 편지, HWA 626.

94 Hans Bunge 1985, 105쪽.

95 아나 마리아 블라우폿 턴 카터가 발터 벤야민에게 보낸 1933년 11월 27일 편지, Anna Maria Blaupot ten Cate 2000, 131쪽; SAdK Bestand WB 22/3-4.

96 아나 마리아 블라우폿 턴 카터가 발터 벤야민에게 보낸 (1934년 6월 중순 이전의) 편지, 같은 책, 150-151쪽; SAdK Bestand WB 22. 마리아 블라우폿 턴 카터에 대해서는 Wil van Gerwen 1997; Wil van Gerwen 1999b 참조.

97 도라 벤야민이 카를 티메에게 보낸 1943년 9월 20일 편지, Geret Luhr(Hg.), 280쪽.(IfZ München, Karl Thieme 유고.)

98 Hildegard Brenner 1967, 185쪽.

99 같은 곳.

100 Helmut Heißenbüttel 1968, 240쪽.

101 alternative Redaktion 1968, 45쪽.

102 같은 책 47쪽. 『프랑크푸르트 룬트샤우』 기고문이 실린 곳은 앞에서 인용한 Theodor W. Adorno 외 1968, 91-96쪽.

103 아샤 라치스가 힐데가르트 브레너에게 보낸 1967년 11월 14일 편지, Asja Lazis, 1967, 213쪽.

104 Helmut Heißenbüttel 1968, 184쪽.

105 같은 곳.

106 alternative 1968, 68-75쪽, 86-93쪽; Theodor W. Adorno 외, 같은 책, 91-96쪽; Klaus Garber 1987, 152-155쪽 참조.

107 Gerhard Seidel 1957, 59-71쪽.

108 Gerhard Seidel(Hg.) 1970, 422쪽.

109 같은 책, 427쪽.

110 Rolf Tiedemann(Hg.) 1966, 141쪽, 144쪽.

111 같은 책, 148쪽.

112 같은 책, 149쪽.

113 Detlev Schöttker 1997, 304-305쪽 참조.

114 전집에 실린 벤야민과 브레히트의 관계에 대한 해설은 GS II/3, 1363-1392쪽 참조.

115 GS II/3, 1363쪽.

116 같은 책, 1368쪽.

117 "Zweierlei Volkstümlichkeit," GS IV/2, 673쪽.

118 "Auf der Spur alter Briefe"(1931/1932), GS IV/2, 944쪽.

제2장 | 교제의 역사

1 발터 벤야민이 게르숌 숄렘에게 보낸 1929년 6월 6일 편지, GB III, 466쪽, 편지 번호 646. 강조는 인용자.

2 Asja Lacis 1971, 49쪽.

3 Anna Lazis 1984, 91쪽 이하. 독일어 번역은 인용자.

4 Asja Lacis, 같은 책, 41-49쪽; Anna Lazis, 같은 책, 87쪽; Bernhard Reich 1970, 272-278쪽; GB II, 464쪽 이하 여러 곳; Werner Hecht 1985, 170쪽 이하 등 참조.

5 Anna Lazis, 같은 책, 87쪽.

6 Benno Slupianek 외 1963, BBA Tonbandarchiv 번호 582/583

7 Klaus Petersen 1981, 60쪽 참조.

8 GB III, 214쪽, 편지 번호 510.

9 Klaus Petersen, 1981, 167-169쪽, 206쪽 참조.

10 같은 책, 208쪽. 또한 브레히트의 입장에 대해서는 "Der Fall Becher," GBA 21, 225쪽 참조.

11 같은 책, 168-169쪽.

12 같은 곳.

13 "Kleiner Rat, Dokumente anzufertigen"(1926), GBA 21, 165쪽.

14 GS VI, 292쪽.

15 조마 모르겐슈테른이 게르숌 숄렘에게 보낸 1974년 1월 28일 편지, Gershom Scholem 1999, 343쪽. 또한 Soma Morgenstern 2001, 547-549쪽 참조.

16 GS II/2, 622-624쪽.

17 GBA 21, 697쪽.

18 같은 책, 247쪽

19 GS II/2, 623쪽

20 GBA 21, 247쪽.

21 Manfred Voigts 1989, 162쪽.

22 같은 곳.

23 GS VI, 423쪽.

24 GS VI, 422쪽.

25 발터 벤야민이 게르숌 숄렘에게 보낸 1931년 4월 17일 편지, GB IV, 24쪽, 편지 번호 710.

26 발터 벤야민이 게르숌 숄렘에게 보낸 1931년 6월 6일 편지, GB IV, 35쪽, 편지 번호 714.

27 발터 벤야민이 게르숌 숄렘에게 보낸 1931년 7월 20일 편지, GB IV, 45쪽, 편지 번호 717.

28 GBA 28, 332쪽, 편지 번호 433.

29 발터 벤야민이 게르숌 숄렘에게 보낸 1930년 10월 3일 편지, GB III, 542쪽, 편지 번호 690.

30 같은 책, 541쪽.

31 발터 벤야민이 게르숌 숄렘에게 보낸 1931년 6월 6일 편지, GB IV, 35-36쪽, 편지 번호 714.

32 GS VI, 431-432쪽.

33 GS VI, 440쪽.

34 GS II/3, 1371쪽.

35 Journal (1938년 8월 13일), GBA 26, 317쪽.

36 GS V/1, 637쪽.

37 GS VI, 439쪽.

38 GBA 23, 241쪽.

39 "Ein Familiendrama auf dem epischen Theater"(1932), GS II/2, 511쪽.

40 GS VI, 438쪽.

41 Berliner Tageblatt (1931년 6월 11일).

42 GBA 22/1, 351쪽.

43 GS II/2, 665쪽.

44 GBA 21, 339쪽.

45 GBA 21, 340쪽. 강조는 인용자.

46 Chryssoula Kambas 1992, 250-269쪽 참조.

47 Bernhard Reich 1964, 36쪽.

48 Fritz Sternberg 1963, 36-37쪽.

49 "Richtiges Denken," GBA 21, 420쪽.

50 GS III, 351쪽.

51 벤야민의 저술 중에서는 『일방통행로』에 실린 「귀족풍 가구로 꾸민 방 열 칸짜리 저택」, 『베를린 연대기』, 『1900년경 베를린의 유년시절』과 『파사주 프로젝트』 중 기록 I [실내, 흔적], GS V/1, 281-300쪽 중 특히 메모 「I 4,4」, 「I 4,5」, 291-292쪽; 브레히트의 저술 중에는 『서푼짜리 소설』, 『묵자. 전환의 책』 참조.

52 GS III, 196-197쪽.

53 GS VI, 435쪽.

54 GS VI, 426-427쪽 참조.

55 GS IV/1, 427쪽.

56 GS II/1, 217쪽.

57 GS V/1, 53쪽.

58 GS VI, 435-436 참조.

59 BBA 448/133134. 또한 Erdmut Wizisla 1998, 115쪽에 실려 있는 복사본 참조.

60 발터 벤야민이 테오도어 W. 아도르노에게 보낸 1930년 11월 10일 편지, GB III, 552쪽, 편지 번호 694.

61 발터 벤야민이 게르숌 숄렘에게 보낸 1930년 4월 25일 편지, GB III, 522쪽, 편지 번호 680.

62 귄터 안더스가 필자에게 보낸 1992년 3월 27일(우체국 소인) 편지.

63 Karl Korsch 1930, 42쪽.

64 같은 책, 6쪽.

65 GS VI, 431쪽 참조.

66 GBA 21, 526-528쪽, 536-537쪽 참조. 또한 Günter Hartung 1986, 135-136쪽, 405쪽 참조.

67 GBA 21, 528쪽 참조.

68 GS VI, 619쪽 참조.

69 GBA 21, 526쪽.

70 BBA 1518/01. 나에게 마르크스주의자 클럽에 대한 주의를 환기시켜준 사람은 미하엘 부크밀러 와 미셸 프라다.

71 Silvia Schlenstedt 1983, 25-26쪽, 366쪽 참조.

72 BBA 1518/01 참조.

73 BBA 1518/04.

74 BBA 1518/03. 같은 책 부록 참조.

75 BBA 810/10-11.

76 BBA 810/09.

77 BBA 328/84, 86-90 참조.

78 특히 GB IV, 편지 번호 809, 820, 836, 837 참조.

79 발터 벤야민이 게르숌 숄렘에게 보낸 1933년 3월 20일 편지, GB IV, 169쪽, 편지 번호 771.

80 발터 벤야민이 게르숌 숄렘에게 보낸 1933년 12월 7일 편지, GB IV, 316쪽, 편지 번호 820.

81 GB IV, 299쪽, 편지 번호 810.

82 발터 벤야민이 게르숌 숄렘에게 보낸 1934년 1월 18일 편지, GB IV, 346쪽, 편지 번호 830.

83 발터 벤야민이 알프레트 콘에게 보낸 1936년 7월 4일 편지, GB V, 326쪽, 편지 번호 1056.

84 발터 벤야민이 베르너 크라프트에게 보낸 1934년 11월 12일 편지, GB IV, 525쪽, 편지 번호 913 참조.

85 GS VI, 528쪽.

86 GS VI, 531쪽.

87 GBA 26, 315쪽.

88 GBA 27, 12쪽.

89 발터 벤야민이 알프레트 콘에게 보낸 1936년 8월 10일 편지, GB V, 349쪽, 편지 번호 1067.

90 에바 보이 판 호보컨, 베르톨트 브레히트, 아르놀트 츠바이크가 발터 벤야민에게 보낸 1933년 9월 29일 (사나리쉬르메르 우체국 소인) 편지, SAdK Bestand WB 63/1.

91 발터 벤야민이 게르숌 숄렘에게 보낸 1933년 12월 30일 편지, GB IV, 327쪽, 편지 번호 824.

92 Klaus Mann 1989, 179쪽; 발터 벤야민이 그레텔 카르플루스에게 보낸 1933년 11월 8일 편지, GB IV, 309쪽, 편지 번호 817.

93 GB IV, 296쪽, 편지 번호 809, 발터 벤야민이 게르숌 숄렘에게 보낸 1933년 10월 16일 편지, 또한 GB IV, 편지 번호 817, 818, 820 참조.

94 발터 벤야민이 그레텔 카르플루스에게 보낸 1933년 11월 8일 편지, GB IV, 309쪽, 편지 번호 817.

95 Werner Hecht 1997, 382-384쪽, 388-389쪽.

96 GB IV, 310쪽, 편지 번호 817, 발터 벤야민이 그레텔 카르플루스에게 보낸 1933년 11월 8일 편지.

97 발터 벤야민이 그레텔 카르플루스에게 보낸 1933년 5월 16일 편지, GB IV, 207쪽, 편지 번호 784.

98 GS VII/2, 847-848쪽 참조.

99 GBA 17, 443-455쪽.

100 GBA 17, 443쪽.

101 같은 곳.

102 GS VII/2, 849쪽.

103 GB IV, 503쪽, 편지 번호 899, 발터 벤야민이 아나 마리아 블라우폿 턴 카터에게 보낸 1934년 9월 26일경 편지 초안.

104 "Wenige wissen heute," GBA 19, 367-375쪽; 베르톨트 브레히트가 발터 벤야민에게 보낸 1934년 9월 중순 경 편지, GBA 28, 439쪽, 편지 번호 578 참조.

105 GS VI, 530-531쪽 참조.

106 베르톨트 브레히트가 카를 코르슈에게 보낸 1945년 3월 말/4월 초 편지, GBA 29, 348-349쪽, 편지 번호 1168 참조.

107 아나 마리아 블라우폿 턴 카터가 발터 벤야민에게 보낸 1933년 11월 30일 편지, Geret Luhr(Hg.) 2000, 133-134쪽; SAdK Bestand WB 22/5.

108 발터 벤야민이 마르가레테 슈테핀에게 보낸 1936년 3월 4일 편지, GB V, 255쪽, 편지 번호 1024.

109 발터 벤야민이 마르가레테 슈테핀에게 보낸 1939년 6월 7일 편지, GB VI, 292쪽, 편지 번호 1298.

110 샤를로테 슈텐보크페르모어가 발터 벤야민에게 보낸 1939년 6월 7일 편지, SAdK Bestand WB 120.

111 SAdK Bestand WB 224 참조.

112 GBA 28, 561쪽, 편지 번호 732. GBA에 인쇄되어 있는 출판사 이름은 수정되어야 한다. 또한 GBA 16, 430쪽, GBA 22, 955쪽 참조.

113 발터 벤야민이 그레텔 카르플루스에게 보낸 1933년 11월 8일 편지, GB IV, 309쪽, 편지 번호 817.

114 베르톨트 브레히트가 리자 테츠너에게 보낸 1935년 6월 편지, $Autographen aus allen Gebieten$ 1999, 19쪽. 이 책의 제5장 제2절 참조.

115 베르톨트 브레히트가 발터 벤야민에게 보낸 1934년 1월 중순 편지, GBA 28, 404쪽, 편지 번호 532.

116 발터 벤야민이 베르톨트 브레히트에게 보낸 1934년 1월 13일경 편지, GB IV, 337쪽, 편지 번호 828.

117 헬레네 바이겔이 발터 벤야민에게 보낸 1936년 12월 7일 편지, Stefan Mahlke(Hg.) 2000, 13쪽.

118 베르톨트 브레히트가 발터 벤야민에게 보낸 1934년 9월 중순 편지, GBA 28, 439쪽, 편지 번호 578.

벤야민과 브레히트

119 Hannah Arendt 1971, 16쪽; 그레텔 카르플루스가 발터 벤야민에게 보낸 1934년 5월 27일 편지, GB IV, 442-443쪽.

120 베르톨트 브레히트가 발터 벤야민에게 보낸 1933년 12월 22일 편지, GBA 28, 395쪽, 편지 번호 523.

121 발터 벤야민이 브라이어에게 보낸 1936년 8월 중순경 편지, GB V, 362쪽, 편지 번호 1071.

122 발터 벤야민이 키티 마르크스슈타인슈나이더에게 보낸 1938년 7월 20일 편지, GB VI, 142쪽, 편지 번호 1252.

123 Hans Bunge 1985, 105쪽.

124 발터 벤야민이 게르숌 숄렘에게 보낸 1934년 8월 4일 편지, GB IV, 475쪽, 편지 번호 887.

125 Lou Eisler-Fischer 1983, 448쪽.

126 발터 벤야민이 브뤼허에게 보낸 1936년 8월 중순경 편지, GB V, 362쪽, 편지 번호 1071.

127 Barbara Brecht-Schall 1997, 18쪽.

128 Helmut Lethen/Erdmut Wizisla 1998, 142-146쪽 참조. 또한 『사유이미지』에 대해서는 Heinz Schlaffer 1973, 137-154쪽; Richard Faber 1992, 123-145쪽; Detlev Schöttker 1999, 32-54쪽 참조.

129 발터 벤야민이 마르가레테 슈테핀에게 보낸 1934년 6월 2일 편지, GB IV, 438쪽, 편지 번호 871.

130 GS II/3, 1371쪽.

131 발터 벤야민이 베르톨트 브레히트에게 보낸 1935년 1월 9일 편지, GB V, 19쪽, 편지 번호 930.

132 베르톨트 브레히트가 발터 벤야민에게 보낸 1935년 7/8월 편지, GBA 28, 517쪽, 편지 번호 682.

133 마르가레테 슈테핀이 발터 벤야민에게 보낸 1937년 7월 20일 편지, Margarete Steffin 1999, 247쪽, 편지 번호 100.

134 헬레네 바이겔이 발터 벤야민에게 보낸 1935년 1월 20일 편지, Stefan Mahlke(Hg.) 2000, 12쪽.

135 GS II/3, 1371쪽.

136 발터 벤야민이 베르톨트 브레히트에게 보낸 1934년 5월 21일 편지, GB IV, 427쪽, 편지 번호 867.

137 GS VI, S. 526쪽.

138 Hans Bunge 1985, 105쪽 참조.

139 베르톨트 브레히트가 마르가레테 슈테핀에게 보낸 1934년 12월 28일 편지, GBA 28, 469쪽, 편지 번호 624; 1935년 2월 17일 편지, 같은 책, 490쪽, 편지 번호 642.

140 베르톨트 브레히트가 발터 벤야민에게 보낸 1936년 12월 초 편지, GBA 28, 568쪽, 편지 번호 740.

141 발터 벤야민이 그레텔 아도르노에게 보낸 1938년 7월 20일 편지, GB VI, 139쪽, 편지 번호 1251.

142 베르톨트 브레히트가 발터 벤야민에게 보낸 1936년 4월 편지, GBA 28, 551쪽, 편지 번호 719.

143 발터 벤야민이 마르가레테 슈테핀에게 보낸 1939년 4월 18일 편지, GB VI, 267쪽, 편지 번호 1287.

144 발터 벤야민이 마르가레테 슈테핀에게 보낸 1937년 3월 29일 편지, GB V, 502쪽, 편지 번호 1141.

145 발터 벤야민이 그레텔 아도르노에게 보낸 1938년 7월 20일 편지, GB VI, 138쪽, 편지 번호 1251.

146 Alfred Kurella 1938, 127쪽.

147 발터 벤야민이 그레텔 아도르노에게 보낸 1938년 7월 20일 편지, GB VI, 138쪽, 편지 번호 1251. 또한 Stephan Braese 1998, 75-76쪽 참조.

148 Kurt Krolop 1987, 261쪽.

149 발터 벤야민이 키티 마르크스슈타인슈나이더에게 보낸 1938년 7월 20일 편지, GB VI, 142-143쪽, 편지 번호 1252.

150 발터 벤야민이 그레텔 아도르노에게 보낸 1938년 7월 20일 편지, GB VI, 137쪽, 편지 번호 1251.

151 발터 벤야민이 테오도어 W. 아도르노에게 보낸 1938년 10월 4일 편지, GB VI, 168쪽, 편지 번호 1260.

152 마르가레테 슈테핀이 발터 벤야민에게 보낸 1938년 11월 17일 편지, Margarete Steffin 1999, 288쪽, 편지 번호 121.

153 GBA 26, 331쪽.

154 발터 벤야민이 테오도어 W. 아도르노에게 보낸 1938년 10월 4일 편지, GB VI, 168쪽, 편지 번호 1260.

155 발터 벤야민이 그레텔 아도르노에게 보낸 1938년 7월 20일 편지, GB VI, 138-139쪽, 편지 번호 1251.

156 출처.

157 발터 벤야민이 막스 호르크하이머에게 보낸 1938년 8월 3일 편지, GB VI, 148쪽, 편지 번호 1254.

158 GB VI, 286쪽.

159 발터 벤야민이 그레텔 아도르노에게 보낸 1939년 5월 19일 편지, GB VI, 284쪽, 편지 번호

1295 참조.

160 발터 벤야민이 프리드리히 폴로크에게 보낸 1938년 7월 중순 경 편지 초안, GB VI, 134쪽, 편지 번호 1250.

161 헬레네 바이겔이 발터 벤야민에게 보낸 1939년 7/8월경 편지, Stefan Mahlke(Hg.) 2000, 16쪽 참조.

162 Stephan Lackner 1979, 66쪽.

163 베르톨트 브레히트가 프리츠 리프에게 보낸 1940년 6월 편지, GBA 29, 177쪽, 편지 번호 930.

164 Chryssoula Kambas 1983, 214쪽; Walter Benjamin/Fritz Lieb 1987, 편지 번호 22 참조.

165 도라 벤야민이 카를 티메에게 보낸 1943년 9월 20일 편지, Geret Luhr(Hg.) 2000, 278쪽; IfZ München에 있는 카를 티메 유고집(이 책 제5장 제2절 참조) 참조.

166 카를 티메가 베르톨트 브레히트에게 보낸 1948년 4월 8일 편지, BBA E 73/249. 티메의 논문이 실린 곳은 *Schweizer Rundschau*(1946년 4월).

167 베르톨트 브레히트가 카를 티메에게 보낸 1948년 4월 편지, BBA E 73/250.

제3장 | 비평지 『크리제 운트 크리티크』

1 "Memorandum zu der Zeitschrift *Krise und Kritik*," GS VI, 619쪽.

2 Wiggershaus 1988, 82쪽.

3 Brenner 1963, 7-13쪽 참조.

4 BBA 363/38 참조. 잡지 초안은 GBA 21, 330-331쪽; BBA 332/101-102, 209/70 참조.

5 GBA 28, 321-322쪽, 편지 번호 418.

6 DLA Marbach, 베르나르트 폰 브렌타노의 유고. 이 편지 자료들을 인용할 때는 본문에 직접 날짜를 명시하기로 한다.

7 발터 벤야민이 게르숌 숄렘에게 보낸 1930년 10월 3일 편지, GB III, 541쪽, 편지 번호 690.

8 GBA 28, 332쪽, 편지 번호 433.

9 발터 벤야민이 게르숌 숄렘에게 보낸 1930년 11월 3일 편지, GB III, 548쪽, 편지 번호 693.

10 GB IV, 19쪽, 편지 번호 706; 이 책의 제3장 제3절 참조.

11 GB III, 556쪽, 편지 번호 698.

12 발터 벤야민이 베르톨트 브레히트에게 보낸 1931년 2월 5일 이후 편지, GB IV, 15쪽, 편지 번호 705 참조.

13 GB IV, 11쪽, 편지 번호 704.

14 발터 벤야민이 베르톨트 브레히트에게 보낸 1931년 2월 5일 이후 편지, GB IV, 15쪽, 편지 번호 705 참조.

15 같은 글, 15-16쪽.

16 *Neue Augsburger Zeitung* (1931년 3월 12일), 1쪽; *Neue Badische Landes-Zeitung* (1931년 3월 12일), 2쪽 참조. Ursula Krechel 1972 참조.

17 GS VI, 430-441쪽 참조.

18 베르나르트 폰 브렌타노가 베르톨트 브레히트에게 보낸 1931년 7월 18일 편지, DLA Marbach, 베르나르트 폰 브렌타노의 유고 참조.

19 같은 글 참조.

20 Georg Lukács 1932. Alfred Klein 1990, 41쪽에서 재인용.

21 GBA 28, 333쪽, 편지 번호 434.

22 BBA Zeitungsausschnittregistratur.

23 WBA Ts 2468-2469 참조.

24 GS VI, 619-620쪽; WBA Ts 2468 참조.

25 발터 벤야민이 알프레트 콘에게 보낸 1929년 3월 6일 편지, GB III, 448쪽, 편지 번호 635.

26 게르숌 숄렘이 돌프 슈테른베르거에게 보낸 1950년 5월 30일 편지, Gershom Scholem 1995, 18쪽, 편지 번호 9.

27 발터 벤야민이 게르숌 숄렘에게 보낸 1931년 10월 28일 편지, GB IV, 62쪽, 편지 번호 721.

28 WBA Ts 2469 참조.

29 베르톨트 브레히트가 베르나르트 폰 브렌타노에게 보낸 1930년 10월 말 편지, GBA 28, 332쪽, 편지 번호 433.

30 GS VI, 619-621쪽 참조.

31 WBA Ts 2463 참조.

32 *Musik und Gesellschaft* 참조.

33 BBA 824/71-72.

34 BBA 332/49. Bernd Witte 1976a, 35쪽 참조.

35 발터 벤야민이 베르톨트 브레히트에게 보낸 (1931년 2월 5일 이후) 편지, GB IV, 15쪽, 편지 번호 705 참조.

36 GBA 21, 331쪽.

37 막스 리히너가 게르숌 숄렘에게 보낸 1960년 5월 2일 편지, Gershom Scholem 1995, 60-61쪽, 편지 번호 38a.

38 WBA Ts 2470.

39 BBA 332/49.

40 Günter Hartung 1989a, 117-131쪽 참조.

41 WBA Ts 2475.

42 그동안 체계적으로 연구되어온 벤야민의 비평 개념에 대해서는 Liselotte Wiesenthal 1973;
   Bernd Witte 1976b; Peter Unger 1978; Michael W. Jennings 1987; Uwe Steiner 1989;
   Heinrich Kaulen 1989 참조. 브레히트의 비평 개념을 본격적으로 다룬 논문은 아직 없지만 참
   조할 만한 자료로는 Ernst Schumacher 1981; Steve Giles 1997.

43 GBA 22/1, 274쪽.

44 GS II/1, 242쪽.

45 발터 벤야민이 게르숌 숄렘에게 보낸 1921년 11월 8일 편지, GB II, 208쪽, 편지 번호 300.

46 "Goethes Wahlverwandtschaften," GS I/1, 125쪽 참조.

47 GS IV/1, 108쪽.

48 1930년 4월 16일에 작성된 계약서 사본은 Momme Brodersen 1990, 198쪽 참조.

49 비평의 위상과 의미를 밝혀주는 벤야민과 브레히트의 저작과 메모는 GBA 21, 103쪽, 250쪽,
   323-334쪽, 402-404쪽; GS VI, 161-180쪽 참조.

50 GBA 21, 402쪽 참조.

51 GBA 21, 403쪽.

52 GS VI, 176-177쪽.

53 특히 "미식가적 비평"(GBA 21, 250쪽, 434-435쪽)에 대한 브레히트의 반박은 "Forderungen
   an eine neue Kritik," GBA 21, 331-332쪽; 케르에 대한 벤야민의 언급이 실려 있는 GS VI,
   176쪽 참조.

54 발터 벤야민이 게르숌 숄렘에게 보낸 1929년 2월 14일 편지, GB III, 438쪽, 편지 번호 630 참조.

55 Heinrich Kaulen 1990, 320쪽.

56 1930년 11월 21일 회의록, WBA Ts 2476; 1930년 11월 26일 회의록, WBA Ts 2474. Ts 2474
   원문에는 1930년 11월 21일이라고 적혀 있는데, 이는 속기사의 오기다. 대화 진행, 참가자의 구
   성, 무엇보다도 프로토콜 기록의 행간으로 미루어볼 때, 또한 이 회의록 다음에 Ts 2483이 나오
   는 것을 감안할 때, 이는 1930년 11월 26일 회의를 기록한 것이다.

57 1930년 11월 21일 회의록, WBA Ts 2475.

58 1930년 11월 26일 회의록, WBA Ts 2487.

59 날짜가 적혀 있지 않은 (대략 1930년 11월 초) 회의록, WBA Ts 2470; 1930년 11월 26일 회의록,
   WBA Ts 2474.

60 WBA Ts 2474.

61 BBA 332/49.

62 1930년 11월 21일 회의록, WBA Ts 2477.

63 Lutz Danneberg/Hans-Harald Müller 1987; Lutz Danneberg/Andreas Kamlah/Lothar Schäfer 1994 참조.

64 1930년 11월 26일 회의록, WBA Ts 2487.

65 GS II/3, 1371쪽.

66 BBA 217/06.

67 BBA 217/06.

68 발터 벤야민이 막스 리히너에게 보낸 1931년 3월 7일 편지, GB IV, 19쪽, 편지 번호 706 참조.

69 1930년 11월 26일 회의록, WBA Ts 2486.

70 Michael Rumpf 1976, 39쪽 참조.

71 Theodor W. Adorno 1990, 98쪽.

72 발터 벤야민이 막스 리히너에게 보낸 1931년 3월 7일 편지, 같은 곳.

73 같은 글, 19-20쪽.

74 "Das Denken als ein Verhalten," GBA 21, 422쪽.

75 GBA 21, 331쪽.

76 GS VI, 619쪽.

77 BBA 363/30.

78 Dietz Bering 1978, 32-63쪽 참조.

79 베르나르트 폰 브렌타노가 Die Literarische Welt (1932년 11월 22/23일)에 게재하기 위해 실시한 '현 지식계급의 사회적 처지에 대한 설문조사' 참조.

80 Günter Hartung 1974, 158쪽.

81 "Sürrealismus," GS II/1, 295쪽.

82 GS III, 219-228쪽.

83 Bernd Witte 1976a, 15-18쪽, 33쪽. 관련된 텍스트들은 Volker Meja/ Nico Stehr 1982 참조.

84 GS III, 224쪽.

85 GS III, 225쪽

86 "Die Verteidigung des Lyrikers Gottfried Benn"(1929), GBA 21, 339쪽.

87 날짜가 적혀 있지 않은 (1930년 11월 초) 회의록, WBA Ts 2471.

88 Karl Mannheim 1929, 135-140쪽 참조.

89 BBA 217/04.

90 BBA 217/04.

91 GS III, 174쪽.

92 BBA 217/05.

93 날짜가 적혀 있지 않은 회의록, WBA Ts 2490.

94 BBA 217/04. 전체 토론 내용은 Nikolaus Müller-Schöll 1995a 참조.

95 GS II/2, 686-687쪽 참조.

96 발터 벤야민이 클라우스 만에게 보낸 1934년 5월 9일 편지, GB IV, 421쪽, 편지 번호 863.

97 WBA Ts 2473.

98 WBA Ts 2477. 또한 GS II/2, 769-772쪽 참조.

99 1930년 11월 21일 회의록, WBA Ts 2477; 1930년 11월 26일 회의록, WBA Ts 2488 참조.

100 1930년 11월 21일 회의록, WBA Ts 2477.

101 1930년 11월 21일 회의록, WBA Ts 2479.

102 BBA 451/98-99.

103 BBA 332/48.

104 WBA Ts 2463.

105 1930년 11월 26일 회의록, WBA Ts 2487.

106 발터 벤야민이 게르만 숄렘에게 보낸 1931년 7월 20일 편지, GB IV, 47쪽, 편지 번호 717.

107 GBA 21, 422쪽.

108 에른스트 블로흐가 카롤라 표트르코프스카에게 보낸 1930년 11월 5일 편지, Anna Czajka 1993, 122쪽.

109 지크프리트 크라카우어가 테오도어 W. 아도르노에게 보낸 1931년 1월 12일 편지, DLA Marbach, Kracauer 유고, 72, 1119/8. 이 기록은 모메 브로더젠 덕분에 언급할 수 있었다.

110 1930년 11월 26일 회의록, WBA Ts 2487.

111 GS VI, 620쪽.

112 BBA 244/01-37.

113 발터 벤야민이 베르톨트 브레히트에게 (1931년 2월 5일 이후) 보낸 편지, GB IV, 15-16쪽, 편지 번호 705.

114 GS VI, 434쪽.

115 Alfred Kurella 1979a; Alfred Kurella 1979b 참조.

116 날짜가 적혀 있지 않은 (대략 1930년 11월 초) 회의록, WBA Ts 2472.

117 WBA Ts 2473 참조.

118 여기서 짧게 소개한 하르키우 대회에서 다룬 테제에 대해서는 Akademie der Künste der Deutschen Demokratischen Republik 1979, 특히 235-443쪽; Günter Hartung 1977, 59-63쪽 참조.

119 Akademie der Künste der Deutschen Demokratischen Republik 1979, 332-333쪽 참조.

120 Karl August Wittfogel 1930, 5-11번; Helga Gallas 1971 참조.

121 앞서 언급한 벤야민이 막스 리히너에게 보낸 1931년 3월 7일 편지, GB IV, 19쪽, 편지 번호 706 중 메링에 대해 언급한 부분; 플레하노프 거부 발언에 대한 설명이 담겨 있는 Asja Lacis 1971, 60-61쪽 참조.

122 베르톨트 브레히트가 죄르지 루카치에게 보낸 1931년 여름 즈음의 편지 초안, GBA 28, 333쪽, 편지 번호 434.

123 1930년 11월 26일 회의록, WBA Ts 2483 참조.

124 1930년 11월 26일 회의록, WBA Ts 2474.

125 1930년 11월 26일 회의록, WBA Ts 2483; 1930년 11월 21일 회의록, WBA Ts 2480 참조.

126 1930년 11월 26일 회의록(WBA Ts 2483-2484) 참조.

127 "Entwurf zu einer Zeitschrift *Kritische Blätter*," GBA 21, 331쪽.

128 BBA 217/06-07, WBA Ts 2492.

129 "법적-물리학적 집필 방식"에 대한 브레히트의 이념과 카를 슈미트 저서의 연관성에 대해서는 Nikolaus Müller-Schöll 1997, 116-117쪽 참조.

130 Ernst Bloch/Hans Götz Oxenius 1962, 16쪽.

131 Hildegard Brenner 1963, 11-13쪽; Anton Kaes 1983, XLIII쪽, 548-551쪽 참조.

132 Fritz Sternberg 1963, 37쪽.

133 발터 벤야민이 베르나르트 폰 브렌타노에게 보낸 1930년 10월 23일 편지, GB III, 546-547쪽, 편지 번호 692.

134 Walter Gropius 1955, 15쪽.

135 Jochen Meyer 1991 참조.

136 Jürgen Habermas 1987 참조.

137 GS II/1, 241-246쪽 참조.

138 발터 벤야민이 게르숌 숄렘에게 보낸 1930년 10월 3일 편지, GB III, 541쪽, 편지 번호 690.

제4장 | 벤야민의 브레히트론

1 GB IV, 112-113쪽, 편지 번호 744.

2 GS II/3, 1372-1373쪽 참조.

3 GS III, 183쪽.

4 같은 책, 183-184쪽.

5 같은 책, 283쪽.

6 지크프리트 크라카우어가 테오도어 W. 아도르노에게 보낸 1930년 4월 20일 편지, Hans Puttnies/Gary Smith 1991, 35쪽 참조.

7 지크프리트 크라카우어가 테오도어 W. 아도르노에게 보낸 1930년 4월 20일 편지, 같은 책, 35-36쪽.

8 GS III, 362-363쪽 참조.

9 GBA 21, 402쪽.

10 GBA 24, 58쪽.

11 GS II/2, 525쪽 참조.

12 GBA 24, 58쪽.

13 GBA 22/1, 443-444쪽.

14 GS III, 302쪽.

15 GS II/3, 956쪽. Nikolaus Müller-Schöll 1999b 참조.

16 GBA 21, 466쪽.

17 GS II/1, 379쪽.

18 발터 벤야민이 후고 폰 호프만슈탈에게 보낸 1927년 6월 5일 편지, GB III, 259쪽, 편지 번호 535.

19 Hannah Arendt 1971, 56쪽.

20 GS II/1, 216쪽.

21 Kurt Krolop 1987, 267쪽 참조.

22 같은 책, 267쪽 참조.

23 발터 벤야민이 베르톨트 브레히트에게 보낸 1931년 2월 5일 편지, GB IV, 15쪽, 편지 번호 705.

24 WBA Ts 417.

25 GS II/2, 684-685쪽. 또한 Chryssoula Kambas 1983a, 16-80쪽: Stephan Braese 1998, 64-65쪽 참조.

26 GS II/2, 515쪽.

27 "Erfahrung und Armut," GS II/1, 215쪽.

28 GS IV/1, 85쪽; GS I/2, 702쪽(테제 XVII).

29 GS II/2, 524쪽.

30 GS IV/1, 506쪽.

31 GS IV/1, 666쪽.

32 GS IV/1, 511쪽.

33 GS I/3, 1042쪽. 벤야민의 브레히트 묘사의 구성적인 측면에 대한 언급은 Detlev Schöttker 1999a, 198-200쪽; Detlev Schöttker 1999b 참조.

34 GS II/3, 1455-1456쪽. 또한 GS VII/2, 808-809쪽 참조. 표제어 목록 중 "연극에 대한 테제"는 "국가에 대한 테제"로, "브레히트 묘사의 모티프"는 "브레히트 소개의 모티프"로 바로잡아야 하고, "연출가 브레히트" 항목을 추가해야 한다. SAdK Bestand WB 165/1 참조.

35 "Paralipomena zum Kraus-Aufsatz," GS II/3, 1105쪽.

36 GS II/1, 215쪽 참조. "긍정적 야만"이라는 문제에 대해서는 Renate Reschke 1992, 304-319쪽 참조.

37 GS VI, 538쪽.

38 GS IV/1, 398쪽.

39 Kurt Krolop 1987, 257-261쪽; Detlev Schöttker 1999, 767-770쪽 참조.

40 GS II/2, 666쪽.

41 GBA 18, 29쪽; Bertolt Brecht 1930, 1쪽.

42 "Was ist das epische Theater? I", GS II/2, 529쪽; "Was ist das epische Theater? II," 같은 책, 536쪽. Manfred Voigts 2000, 846-848쪽 참조.

43 발터 벤야민이 베르톨트 브레히트에게 보낸 1934년 3월 5일 편지, GB IV, 362쪽, 편지 번호 837.

44 Detlev Schöttker 1999a, 193-203쪽 참조.

45 GS VI, 182쪽.

46 GS III, 289쪽.

47 GS VII/ 2, 655쪽.

48 GS. II/3, 1455쪽.

49 GS II/2, 62쪽

50 "Was ist das epische Theater? I," GS II/2, 523쪽; "감정이입"을 비판한 "Ursprung des deutschen Trauerspiels," GS I/1, 234쪽 참조.

51 GS IV/2, 799쪽, 802쪽. 이 글에서 웸블리에 대해 언급하는 마지막 문장은 스포츠에 열광하는 브레히트를 상기시킨다. Heinrich Kaulen 1995, 108-109쪽.

52 Melchior Schedler 1974, 참조.

53 발터 벤야민이 테오도어 W. 아도르노에게 보낸 1934년 4월 28일 편지, GB IV, 404쪽, 편지 번호 856. 또한 발터 벤야민이 베르톨트 브레히트에게 보낸 1934년 5월 21일 편지, GB IV, 427쪽, 편지 번호 867 참조.

54 GS II/2, 507쪽.

55 GS II/3, 1382쪽.

56 "인용 가능한 게스투스"(GS II/2, 535쪽) 참조.

57 GS II/2, 662쪽.

58 GS II/2, 523쪽.

59 GS VII/2, 655쪽.

60 GS II/ 2, 663쪽.

61 Bernhard Diebold 1931, 10쪽; Alfred Kerr 1931; Herbert Ihering 1931 참조.

62 "Zur Frage der Maßstäbe bei der Beurteilung der Schauspielkunst," GBA 24, 47-51쪽 참조.

63 "Nochmals: Die vielen Soldaten," GS IV/1, 461-463쪽.

64 GS II/2, 519-520쪽.

65 GS II/2, 519쪽. 벤야민의 논문을 니체의 『바그너의 경우』에 대한 답변 혹은 "해체"로 본 흥미 있는 해석에 대해서는 Nikolaus Schöll 1995/1996, 참조.

66 GS II/2, 520쪽.

67 GS II/2, 527쪽.

68 GS II/2, 520쪽.

69 발터 벤야민이 게르숌 숄렘에게 보낸 1931년 10월 3일 편지, GB IV, 53-54쪽, 편지 번호 720.

70 발터 벤야민이 그레텔 아도르노에게 보낸 1939년 6월 26일 편지, GB VI, 309쪽, 편지 번호 1304 참조.

71 Bernhard Diebold 1925, 4-5쪽; Bernhard Diebold 1927 참조. 베르나르트 폰 브렌타노 역시 디볼트가 브레히트에 대해 할말이 별로 없었다고 전했다. Bernard von Brentano 1952, 47쪽 참조.

72 Bernhard Diebold 1931, 10쪽.

73 Ernst Bloch 1985, 359쪽. 같은 책, 355쪽 참조.

74 BBA 1284/20.

75 *Blätter des Hessischen Landestheaters* (1931/1932). GS II/3, 1496쪽에 명시된 1932년 5월 말이라는 날짜는 수정되어야 한다.

76 Klaus-Dieter Krabiel 1993, 108-115쪽; Sabine Schiller-Lerg 1999, 993-999쪽 참조.

77 "Erläuterung [zu *Der Flug der Lindberghs*]," GBA 24, 88쪽. Inez Müller 1993, 40-89쪽 참조.

78 "Vorschläge für den Intendanten des Rundfunkes," GBA 21, 215쪽; "Der Rundfunk als Kommunikationsapparat," GBA 21, 553쪽. 라디오방송 이론에 대한 GBA 21, 189-190쪽, 217-219쪽 참조.

79 "Theater und Rundfunk," GS II/2, 776쪽.

80 GBA 24, 98쪽.

81 GS VI, 444-446쪽.

82 특히 GS II/2, 689쪽; GS I/2, 493쪽 참조. 이 두 텍스트들에 대해서는 무엇보다 Chryssoula Kambas 1983a 참조.

83 GS VII/1, 469쪽 참조.

84 GB V, 23쪽, 편지 번호 932. 언론 자료에 대한 이 전의 문의와 부탁에 대해서는 벤야민이 베르너 크라프트에게 보낸 1934년 7월 26일 편지, GB IV, 467쪽, 편지 번호 882; 8월 24일 편지, GB IV, 484쪽, 편지 번호 891; 테오도어 W. 아도르노에게 보낸 1935년 1월 7일 편지, GB V, 15쪽, 편지 번호 929; 지크프리트 크라카우어에게 보낸 1935년 1월 15일 편지, GB V, 29쪽, 편지 번호 933 참조.

85 Klaus Mann 1989a, 180쪽.

86 클라우스 만이 발터 벤야민에게 보낸 1934년 5월 2일 편지, SAdK Bestand WB 141/3. 또한 Stephan Braese 1998, 66쪽 참조.

87 Klaus Mann 1989b, 31쪽.

88 발터 벤야민이 클라우스 만에게 보낸 1935년 5월 9 편지, GB IV, 421쪽, 편지 번호 863.

89 클라우스 만이 발터 벤야민에게 보낸 1934년 5월 12일 편지, SAdK Bestand WB 141/5 참조.

90 하인리히 만이 클라우스 만에게 보낸 1934년 5월 22일 편지, SB München, Klaus-Mann Archiv.

91 발터 벤야민이 베르너 크라프트에게 보낸 1935년 4월 3일 편지, GB V, 68-69쪽, 편지 번호 953; 발터 벤야민이 베르톨트 브레히트에게 보낸 1935년 5월 20일 편지, GB V, 80쪽, 편지 번호 959; 발터 벤야민이 게르솜 숄렘에게 보낸 1935년 5월 20일자 편지, GB V, 82쪽, 편지 번호 960 참조.

92 발터 벤야민이 클라우스 만에게 보낸 1935년 4월 초경 편지 초안, GB V, 72쪽, 편지 번호 954. "저항력 있는"이라는 첫번째 단어는 잘못 인쇄된 것이다. 뮌헨 시립도서관에 있는 클라우스 만 아카이브에는 편지 초안의 이 부분도 찾을 수 없다. 케리노 출판사의 문서 보관소는 독일군이 암스테르담으로 밀고 들어오던 날 화재가 났기 때문에 벤야민의 편지가 실제로 발송되었는지는 확인할 수 없다.

93 클라우스 만이 리온 포이히트방거에게 보낸 1935년 8월 19일 편지, Klaus Mann 1988, 219-220 쪽 참조.

94 Hans-Albert Walter 1972b, 199쪽 참조.

95 프리츠 헬무트 란츠호프가 1987년 10월 12일에 나에게 전한 내용.

96 발터 벤야민이 베르너 크라프트에게 보낸 1935년 4월 3일 편지, GB V, 69쪽, 편지 번호 953.

97 GBA 21, 158-160쪽.

98 Stephan Braese 1998, 63-68쪽 참조.

99 마르가레테 슈테핀이 발터 벤야민에게 보낸 1935년 5월 13일 편지, Margarete Steffin 1999, 136쪽, 편지 번호 41.

100 프리츠 에르펜베크가 발터 벤야민에게 보낸 1937년 7월 3일 편지, RGALI Moskau, Fond 631, Opis 12, 141/79 참조.

101 발터 벤야민이 베르톨트 브레히트에게 보낸 1935년 5월 20일 편지, GB V, 80쪽, 편지 번호 959 참조.

102 BBA 1284/20.

103 발터 벤야민이 테오도어 W. 아도르노에게 보낸 1935년 1월 7일 편지, GB V, 15쪽, 편지 번호 929.

104 발터 벤야민이 베르톨트 브레히트에게 보낸 1935년 1월 9일 편지, GB V, 19쪽, 편지 번호 930.

105 발터 벤야민이 아샤 라치스에게 보낸 1935년 2월 말경 편지, GB V, 55쪽, 편지 번호 946.

106 GS III, 440쪽.

107 매키스의 지도자적 자질에 대한 벤야민의 명확한 언급이 실린 GS III, 445쪽 참조.

108 Paul Haland 1935, 66쪽; Wilhelm Stefan 1934, 526쪽, 529쪽 참조.

109 GS III, 440쪽, 444쪽 참조.

110 GS III, 447쪽.

111 GS III, 448쪽.

112 GS III, 449쪽.

113 Unsere Zeit 1934, 62쪽.

114 베르톨트 브레히트가 요하네스 R. 베허에게 보낸 1935년 1월 초/중순 편지, GBA 28, 478쪽, 편지 번호 633; GS III, 448쪽 참조.

115 GS III, 441쪽.

116 GS III, 446쪽.

117 GS III, 441쪽.

118 같은 곳.

119 GS III, 447쪽.

120 엘리자베트 하우프트만이 발터 벤야민에게 보낸 1935년 1월 5일 편지, SAdK Bestand WB 57/52.

121 발터 벤야민이 마르가레테 슈테핀에게 보낸 1937년 4월 26일 편지, GB V, 521쪽, 편지 번호 1151.

122 Gilbert Keith Chesterton 1936, 326-328쪽. 벤야민은 이 인용문을 프랑스 번역본에서 발췌하면서 그 출처를 "G. K. Chesterton 1927, 155-156쪽"(BBA 1080/59-60)이라고 밝혔다.

123 발터 벤야민이 알프레트 콘에게 보낸 1937년 11월 17일 편지, GB V, 605-606쪽, 편지 번호 1191.

124 1937년 11월 초 편지, GBA 29, 57쪽, 편지 번호 801.

125 마르가레테 슈테핀이 발터 벤야민에게 보낸 1938년 5월 30일 편지, Margarete Steffin 1999, 286쪽, 편지 번호 120.

126 헬레네 바이겔이 베르톨트 브레히트에게 보낸 1938년 5월 초 편지, Stefan Mahlke 2000, 15쪽.

127 GS II/2, 517쪽.

128 GS II/2, 514-515쪽.

129 GS II/2, 515쪽.

130 GS II/2, 515-516쪽, 537쪽 참조. 벤야민은 「역사의 개념에 대하여」에서 "충격" 개념을 사유의 "정지"와 연관시켰다. 테제 XVII, GS 1/2, 702-703쪽 참조.

131 GS II/2, 515쪽.

132 GS II/2, 516쪽.

133 GS II/2, 514쪽 참조.

134 GS II/2, 516쪽.

135 GS II/2, 516쪽.

136 GS II/2, 515쪽 참조.

137 GS II/2, 517쪽.

138 GS II/2, 514쪽. 강조는 인용자.

139 GS II/2, 517쪽.

140 GS II/2, 518쪽.

141 같은 곳.

142 베르톨트 브레히트가 헬레네 바이겔에게 보낸 1937년 11월 초 편지, GBA 29, 60쪽, 편지 번호

벤야민과 브레히트

803.

143 베르톨트 브레히트가 슬라탄 두도프에게 보낸 1938년 4월 19일 편지, GBA 29, 88쪽, 편지 번호 827 참조.

144 *Journal* (1938년 8월 15일), GBA 26, 318쪽.

145 마르가레테 슈테핀이 발터 벤야민에게 보낸 1937년 8월 24일 편지, Margarete Steffin 1999, 249쪽, 편지 번호 101.

146 조마 모르겐슈테른이 게르숌 숄렘에게 보낸 1973년 11월 6일 편지, Gershom Scholem 1999, 343-344쪽; Soma Morgenstein 2001, 542-547쪽 참조.

147 마르가레테 슈테핀이 발터 벤야민에게 보낸 1938년 11월 17일 편지, Margarete Steffin 1999, 288쪽, 편지 번호 121.

148 그와 대조적인 문헌으로는 GS II/3, 1388쪽 참조.

149 마르가레테 슈테핀이 발터 벤야민에게 보낸 1938년 12월 12일 편지, Margarete Steffin 1999, 289쪽, 편지 번호 122.

150 발터 벤야민이 마르가레테 슈테핀에게 보낸 1939년 3월 20일 편지, GB VI, 244쪽, 편지 번호 1278 참조.

151 마르가레테 슈테핀이 발터 벤야민에게 보낸 1939년 5월 중순 편지, Margarete Steffin 1999, 300쪽, 편지 번호 127. 이 편지 중 "헬리[헬레네]에게서 당신이 『마스 운트 베르트』에 논문을 실었고, (또한 바라던 대로 고료도) 잘 받았다는 소식을 듣고 아주 기뻤어요"라는 구절은 소통 과정의 실수에 기인한다. 벤야민은 슈테핀에게 1939년 6월 7일 이후에 쓴 답장에서 이 부분을 해명했다. GB VI, 293쪽, 편지 번호 1298 참조.

152 발터 벤야민이 마르가레테 슈테핀에게 보낸 1939년 3월 20일 편지, GB VI, 244쪽, 편지 번호 1278 참조.

153 Geret Luhr(Hg.) 2000, 183쪽.

154 GS II/2, 539쪽.

155 GS II/2, 540쪽.

156 BN Paris, Fonds Walter Benjamin, 현재는 WBA III/5. 이 메모는 전집에는 실려 있지 않다.

157 GBA 22/1, 138쪽.

158 *Journal* (1938년 9월 10일), GBA 26, 322-323쪽. Michael Rohrwasser/Erdmut Wizisla 1995 참조.

159 GS II/2, 557쪽; GS VII/2, 656-658쪽 참조.

160 베르너 크라프트가 발터 벤야민에게 보낸 1935년 12월 25일 편지, SAdK Bestand WB 74/35.

161 발터 벤야민이 베르너 크라프트에게 보낸 1936년 1월 30일 편지, GB V, 236-237쪽, 편지 번호 1017.

162 GS VII/2, 656쪽; GS II/2, 540쪽, 547쪽, 560쪽 참조.

163 GS II/2, 539쪽.

164 GS II/2, 540쪽.

165 GS II/2, 556쪽 참조. 559쪽도 참조.

166 아르놀트 츠바이크가 베르톨트 브레히트에게 보낸 1935년 8월 18일 편지, Heidrun Loeper(Hg.) 2000, 363쪽.

167 GS VI, 540쪽.

168 Ruth Fischer 1948, 615-625쪽 참조.

169 Werner Kraft 1965, 21쪽. 크라프트는 이 말을 Siegfried Unseld(Hg.) 1972, 68쪽에서 약간 다르게 기술했다.

170 Gisèle Freund 1985, 64쪽.

171 GS VI, 538-539쪽.

172 GS/II 572쪽.

173 헬레네 바이겔이 베르톨트 브레히트에게 보낸 1938년 5월 초 편지, Stefan Mahlke(Hg.) 2000, 15쪽 참조.

174 베르톨트 브레히트가 프레드리크 마르트너에게 보낸 1939년 6월 편지, GBA 29, 146쪽, 편지 번호 891. 이 시의 초판은 『인터나치오날레 리터라투어』 1939년 1월호에 실렸다.

175 Chryssoula Kambas 1983a, 213-214쪽 참조. 편지 인용에 대해서는 발터 벤야민이 프리츠 리프에게 보낸 1939년 4월 중순 이전의 편지, GB VI, 260쪽, 편지 번호 1284 참조.

176 발터 벤야민이 프리츠 리프에게 보낸 1939년 5월 3일 편지, GB VI, 275쪽, 편지 번호 1291.

177 Elisabeth Young-Bruehl 1986, 221쪽.

178 Hannah Arendt 1971, 102쪽.

179 베르톨트 브레히트가 카를 티메에게 보낸 1948년 4월 편지, BBA E73/250.

180 BBA 1157/68.

181 1939년 6월 26일 편지, GB VI, 309쪽, 편지 번호 1304.

182 GS II/3, 1386쪽.

183 GS II/2, 534-535쪽 및 537쪽을 515쪽과, 538쪽을 517쪽과 동시에 참조하라.

184 GS II/3, 1372-1373쪽.

185 페르디난트 리온이 발터 벤야민에게 보낸 1939년 5월 6월 14일 편지, SAdK Bestand WB 153/9. 전집에 실려 있는 텍스트 생성사(GS II/3, 1385-1387쪽 참조)에 이러한 전후 사정을 보완한 원고를 삽입할 수 있을 것이다.

186 발터 벤야민이 페르디난트 리온에게 보낸 1939년 6월 16일 편지 초안, GB VI, 302쪽, 편지 번호 1302.

187 Ferdinand Lion 1939a, 677.2쪽 참조.

188 Ferdinand Lion 1939b, 837-841쪽.

189 발터 벤야민이 막스 호르크하이머에게 보낸 1937년 12월 6일 편지, GB V, 617쪽, 편지 번호 1196.

190 이러한 대결에 대해서는 Walter Benjamin 1939, 831-837쪽(GS II/2, 532-539쪽); Ferdinand Lion 1939, 837-841쪽 참조.

제5장 | 브레히트의 벤야민론

1 GS II/3, 1370쪽.

2 마르가레테 슈테핀이 발터 벤야민에게 보낸 1934년 3월 15일 편지, Margarete Steffin 1999, 119쪽, 편지 번호 33.

3 마르가레테 슈테핀이 발터 벤야민에게 보낸 1934년 5월 편지, 같은 책, 124쪽, 편지 번호 35.

4 마르가레테 슈테핀이 발터 벤야민에게 보낸 1935년 10월 16일 편지, 같은 책, 151쪽, 편지 번호 47.

5 마르가레테 슈테핀이 발터 벤야민에게 보낸 1937년 11월 말/12월 초 편지, 같은 책, 261-262쪽, 편지 번호 109.

6 프리츠 에르펜베크가 발터 벤야민에게 보낸 1937년 12월 9일 편지, RGAKLI Moskau, Fond 631, Opis 12, 141/70번.

7 마르가레테 슈테핀이 발터 벤야민에게 보낸 1937년 12월 29일 편지, Margarete Steffin 1999, 263-264쪽 편지 번호 110; 발터 벤야민이 프리츠 에르펜베크에게 보낸 1937년 12월 22일 편지, GB V, 635-636쪽, 편지 번호 1203 참조.

8 GS VI, 538쪽.

9 Margarete Steffin 1999, 145-146쪽, 편지 번호 45.

10 마르가레테 슈테핀이 발터 벤야민에게 보낸 1937년 8월 24일 편지, Margarete Steffin 1999, 249쪽, 편지 번호 101.

11 마르가레테 슈테핀이 발터 벤야민에게 보낸 1937년 10월 27일 편지, Margarete Steffin 1999, 260쪽, 편지 번호 108.

12 마르가레테 슈테핀이 발터 벤야민에게 보낸 1935년 5월 13일 편지, Margarete Steffin 1999, 136쪽, 편지 번호 41.

13 발터 벤야민이 마르가레테 슈테핀에게 보낸 1939년 4월 18일 편지, GB VI, 268쪽, 편지 번호 1287.

14 마르가레테 슈테핀이 발터 벤야민에게 보낸 1939년 5월 중순 편지, Margarete Steffin 1999, 300쪽, 편지 번호 127.

15 발터 벤야민이 마르가레테 슈테핀에게 보낸 1939년 6월 7일 이후 편지, GB VI, 293쪽, 편지 번호 1298.

16 마르가레테 슈테핀이 발터 벤야민에게 보낸 1939년 6월 22일 편지, Margarete Steffin 1999, 302쪽, 편지 번호 128.

17 마르가레테 슈테핀이 발터 벤야민에게 보낸 1939년 8월 편지, 같은 책, 308-309쪽, 편지 번호 130.

18 발터 벤야민이 마르가레테 슈테핀에게 보낸 1939년 8월 6일 편지, GB VI, 327쪽, 편지 번호 1313.

19 벤야민 편지의 편집자들은 이를 구술 과정에서 일어난 오기誤記라고 추측한다. GB VI, 327쪽 참조.

20 베르톨트 브레히트가 아르놀트 룽달에게 보낸 1940년 6월 편지, GBA 29, 177-178쪽, 편지 번호 931.

21 Hannah Arendt 1971, 21쪽.

22 Theodor. W. Adorno 1968, 99쪽.

23 발터 벤야민이 베르톨트 브레히트에게 보낸 1935년 5월 20일 편지, GB V, 81쪽, 편지 번호 959.

24 GS V/1, 56쪽.

25 GBA 8, 316쪽.

26 GS III, 488-489쪽.

27 발터 벤야민이 게르숌 숄렘에게 보낸 1937년 4월 4일 편지, GB V, 507쪽, 편지 번호 1143.

28 발터 벤야민이 빌리 브레델에게 보낸 1936년 9월 5일 편지, GB V, 374쪽, 편지 번호 1078.

29 베르톨트 브레히트가 빌리 브레델에게 보낸 1936년 9월 5일 편지 중 추신, 같은 책, 375쪽.

30 발터 벤야민이 빌리 브레델에게 보낸 1936년 9월 19일 편지, GB V, 384쪽, 편지 번호 1084; Walter Benjamin 1978, 139-140쪽 참조.

31 마르가레테 슈테핀이 발터 벤야민에게 보낸 1937년 6월 9일 편지, Margarete Steffin 1999, 242-243쪽, 편지 번호 98.

32 마르가레테 슈테핀이 발터 벤야민에게 보낸 1937년 9월 7일 편지, Margarete Steffin 1999, 252쪽, 편지 번호 103.

33 발터 벤야민이 베르톨트 브레히트에게 보낸 1936년 12월 20일 편지, GB V, 444쪽, 편지 번호 1117.

34 Michael Rohrwasser 1991, 1쪽.

35 에른스트 블로흐가 발터 벤야민에게 보낸 1937년 1월 30일 편지, Ernst Bloch 1985, 664쪽. "그

로써"라는 표현은 필사 과정에서 빚어진 실수로, "거기"의 오기다. SAdK Bestand WB 23/7 참조.

36 "Richtlinien für die Literaturbriefe der Zeitschrift," GBA 22/1, 188쪽.

37 발터 벤야민이 마르가레테 슈테핀에게 보낸 1937년 3월 29일 편지, GB V, 503쪽, 편지 번호 1141 참조.

38 Margarete Steffin 1999, 236쪽, 편지 번호 95.

39 GS II/3, 1392-1395쪽 참조.

40 마르가레테 슈테핀이 발터 벤야민에게 보낸 1937년(원문에는 1938년) 3월 12일 편지, Margarete Steffin 1999, 276쪽, 편지 번호 116.

41 베르톨트 브레히트가 발터 벤야민에게 보낸 1934년 5월 4일 편지, GBA 28, 415쪽, 편지 번호 544.

42 GS II/ 2, 783쪽.

43 같은 책, 792-793쪽 참조.

44 베르톨트 브레히트가 발터 벤야민에게 보낸 1936년 4월 편지, GBA 28, 550-551쪽, 편지 번호 719.

45 GBA 21, 732쪽.

46 "Probleme der Sprachsoziologie," GS III, 459, 462쪽.

47 GBA 21, 426쪽.

48 베르톨트 브레히트가 오토 노이라트에게 보낸 1933년 중순 편지, GBA 28, 366-367쪽, 편지 번호 488.

49 GBA 28, 470-471쪽, 편지 번호 627.

50 GBA 22/1, 137-138쪽.

51 베르톨트 브레히트가 맥스 고렐릭에게 보낸 1937년 3월 초 편지, GBA 29, 18쪽, 편지 번호 754. GBA 22/2, 899-900쪽 참조.

52 발터 벤야민이 알프레트 콘에게 보낸 1936년 4월 14일 편지, GB V, 270쪽, 편지 번호 1032.

53 마르가레테 슈테핀이 발터 벤야민에게 보낸 1935년 10월 16일 편지, Margarete Steffin 1999, 150쪽, 편지 번호 47 참조.

54 베르톨트 브레히트가 발터 벤야민에게 보낸 1937년 4/5월 편지 초안, GBA 29, 29쪽, 편지 번호 767.

55 GBA 22/2, 628쪽.

56 마르가레테 슈테핀이 발터 벤야민에게 보낸 1936년 11월 7일과 9일 편지, Margarete Steffin 1999, 212쪽, 편지 번호 85. "편지와 책"이라는 표현은 오독이다.

57 베르톨트 브레히트가 리자 테츠너에게 보낸 [1935년 6월] 편지, Autographien aus allen

Gebieten 1999, 19쪽; 제공된 편지.

58 『다스 보르트』 편집부가 발터 벤야민에게 보낸 1937년 5월 27일 편지, RGALI Moskau, Fond 631, Opis 12, 편지 번호 141/80 참조.

59 베른하르트 라이히가 발터 벤야민에게 보낸 1936년 2월 19일 편지, SAdK Bestand WB 150/2-3.

60 베르톨트 브레히트가 맥스 고렐릭에게 보낸 1937년 3월 초 편지, GBA 29, 18쪽, 편지 번호 754.

61 발터 벤야민이 알프레트 콘에게 보낸 1936년 8월 10일 편지, GB V, 349쪽, 편지 번호 1067. 벤야민이 1938년 여름이 되어서야 스벤보르에 가서 원고를 전해주었다는 일각의 추측은 틀렸다. GS I/3, 1032쪽 참조.

62 Steve Giles 1997, 133-166쪽 참조.

63 발터 벤야민과 베르톨트 브레히트가 빌리 브레델에게 보낸 1936년 8월 9일 편지 중 추신, GB V, 348쪽, 편지 번호 1066.

64 GS I/2, 469쪽.

65 GBA 12, 79쪽.

66 GBA 22/1, 562쪽.

67 GBA 26, 443쪽.

68 GBA 18, 35쪽. 이러한 유사성에 대한 언급은 Günter Hartung 1992, 44-45쪽 참조.

69 GS II/2, 300쪽.

70 GBA 18, 441쪽.

71 발터 벤야민이 게르숌 숄렘에게 보낸 1924년 12월 22일 편지, GB II, 508쪽, 편지 번호 425.

72 GS IV/1, 138쪽.

73 "Behandlungen von Systemen," GBA 18, 95쪽. 또한 Manfred Voigts 2000, 847쪽 참조.

74 GS II/2, 664쪽.

75 GS II/2, 664쪽.

76 GBA 14, 376-377쪽.

77 GS II/2, 664쪽.

78 GS VI, 523쪽.

79 GS VI, 523-524쪽.

80 발터 벤야민이 게르숌 숄렘에게 보낸 1931년 10월 3일 편지, GB IV, 56쪽, 편지 번호 720.

81 GS VI, 526-527쪽.

82 발터 벤야민이 키티 막스슈타인슈나이더에게 보낸 1938년 7월 20일 편지, GB VI, 143쪽, 편지

벤야민과 브레히트

번호 1252.

83 1939년 6월 6일 르라방두에서 쓴 벤야민의 일기, GS VI, 432-434쪽; 동일한 모티프를 수용한 텍스트 "Franz Kafka," GS II/2, 436쪽 참조.

84 특히 "Franz Kafka," GS II/2, 418-419쪽, 427쪽; Yun, Mi-Ae 2000, 66쪽 참조.

85 특히 Bernd Auerochs 1986 참조.

86 GS VI, 432-433쪽 참조.

87 Gershom Scholem 1975, 181쪽. 숄렘이 벤야민에게 미친 영향에 대해서는 1931년 8월 1일 편지에 나와 있다. 같은 책, 211-217쪽 참조. 벤야민의 카프카 해석과 유대 전통의 관계에 대해서는 Stéphane Mosès 1987 참조.

88 이와 비견될 만한 브레히트의 제안에 대해서는 "Kleiner Rat, Dokumente anzufertigen," GBA 21, 164쪽; "Geziemendes über Franz Kafka," GBA 21, 158쪽 참조.

89 GS VI, 528쪽.

90 Peter Beicken 1983, 352쪽.

91 발터 벤야민이 베르너 크라프트에게 보낸 1934년 11월 12일 편지, GB IV, 525쪽, 편지 번호 913 참조.

92 Lorenz Jäger 1992, 96쪽.

93 "Über die moderne tschechoslowakische Literatur," GBA 22/1, 37-38쪽 참조.

94 GBA 26, 315쪽.

95 GS V/1, 459쪽.

96 발터 벤야민이 막스 호르크하이머에게 보낸 1938년 4월 16일 편지, GB VI, 67쪽, 편지 번호 1229.

97 GBA 22/1, 450쪽.

98 GS I/2, 672쪽.

99 GBA 22/1, 450쪽.

100 GS I/3, 1167쪽.

101 GS VII/2, 755쪽.

102 Willy R. Berger 1977, 53쪽.

103 GBA 22/1, 450쪽.

104 GS I/2, 604쪽.

105 GBA 22/1, 452쪽.

106 발터 벤야민이 막스 호르크하이머에게 보낸 1938년 9월 28일 편지, GB VI, 163쪽, 편지 번호

1258.

107 Günter Hartung 1992, 19쪽 참조.

108 GS VII/2, 755쪽.

109 GS I/2, 646쪽.

110 그 증거들로는 Günter Hartung 1990, 982쪽 참조.

111 "Die Morgen-dämmerung," "Ja, ich folge diesen kleinen Alten bisweilen [Die kleinen
    alten Frauen]," GBA 14, 402-404쪽; BBA 202/17, 103/23 참조. 번역 시도에 대한 언급은
    GS V/1, 447쪽 참조. 이 글에서 벤야민은 브레히트가 번안한 보들레르의 시 「여행하는 보헤미
    안」 중 시행 반절을 인용했다.

112 Willy R. Berger 1977, 64쪽.

113 발터 벤야민이 테오도어 W. 아도르노에게 보낸 1938년 10월 4일 편지, GB VI, 168쪽, 편지 번
    호 1260.

114 Gershom Scholem 1975, 256-257쪽.

115 Hans Mayer 1991, 42쪽.

116 마르가레테 슈테핀이 발터 벤야민에게 보낸 1938년 12월 12일 편지, Margarete Steffin 1999,
    289쪽, 편지 번호 122.

117 마르가레테 슈테핀이 발터 벤야민에게 보낸 1939년 2월 편지, Margarete Steffin 1999, 299쪽,
    편지 번호 126.

118 발터 벤야민이 마르가레테 슈테핀에게 보낸 1939년 3월 20일 편지, GB VI, 243-244쪽, 편지
    번호 1278. 보들레르 논문의 생성사에 슈테핀의 편지 발췌문을 보충할 필요가 있다. GS I/3,
    1067-1135쪽 참조.

119 *Journal* (1941년 8월 9일), GBA 27, 12쪽.

120 같은 곳.

121 GBA 21, 519쪽.

122 "Über den Begriff der Geschichte" 중 테제 V, 테제 XIII, GS I/2 695쪽, 700-701쪽; 사회민
    주주의 노동 윤리에 대한 서술에서 두 사람이 합의한 바에 대해서는 테제 XI, GS I/2, 698-699
    쪽, 「갈릴레이의 생애」에 대한 각주, GBA 24, 234-236쪽 참조.

123 GS I/2, 700쪽.

124 GS I/2, 701쪽.

125 GS VII/2, 753쪽.

126 GS VII/2, 755쪽.

127 GBA 23, 290쪽 참조.

128 GS I/2, 694쪽.

129 "Über den Begriff der Geschichte" 중 테제 XIV, GS I/2, 701쪽 참조.

130 "Bei Durchsicht meiner ersten Stücke," GBA 23, 245쪽.

131 GS I/2, 696쪽.

132 GS V/ 1, 591쪽.

133 GS I/2, 696쪽.

134 GS I/2, 696쪽.

135 GS I/2, 697쪽.

136 GS I/2, 696쪽.

137 GS VII/2, 659쪽.

138 GBA 14, 137쪽.

139 발터 벤야민이 베르너 크라프트에게 보낸 1934년 7월 26일 편지, GB IV, 467쪽, 편지 번호 882.

140 *Orient und Occident* 1936, 12쪽. Chryssoula Kambas 1983a, 207쪽. 벤야민과의 파리 대화에서 인용한 이 문장은 원본에서 격자체로 강조되어 있다.

141 *Journal* (1941년 8월 9일), GBA 27, 12쪽.

142 발터 벤야민이 그레텔 아도르노에게 보낸 1940년 4월 말/5월 초 편지, GB VI, 435쪽, 편지 번호 1357. 또한 "Das Leben der Studenten," GS II/1, 75쪽 참조.

143 GBA 17, 176쪽.

144 GS I/2, 696쪽.

145 GBA 17, 185쪽.

146 벤야민의 역사철학과 브레히트의 『율리우스 카이사르의 사업』이 일치하는 지점에 대해서는 Herbert Claas 1977, 165-170쪽과 Richard Faber 1991, 17-22쪽 참조.

147 GS I/2, 693쪽.

148 GBA 10/2, 933쪽; "Über den Begriff der Geschichte" 중 테제 IX, GS I/2, 697-698쪽 참조.

149 GS I/2, 697쪽.

150 *Journal* (1941년 11월 16일), GBA 27, 23쪽.

151 BBA 825/70, 37번째 이미지 참조.

152 한나 아렌트가 베르톨트 브레히트에게 보낸 1946년 10월 15일 편지, BBA E 73/248.

153 Günter Hartung 1974, 152쪽; Günter Hartung 1990, 994쪽 참조.

154 Walter Benjamin 1949 참조.

155 Uwe Schoor 1992, 60쪽.

156 Max Horkheimer/Theodor W. Adorno 1949, 143-180쪽. 또한 Uwe Schoor 1992, 60쪽, 102-103쪽; Michael Opitz 1992 참조.

157 Werner Kraft 1965.

158 BBA 789/121. Dichten und Trachten 1955 중 Theodor. W. Adorno 1955, 23-26쪽; Walter Benjamin 1955, 26-30쪽; Bertolt Brecht 1955, 31-34쪽 참조.

159 GBA 27, 12쪽 참조. 일기 낱장들의 순서가 뒤섞여 있기 때문에 정확한 날짜는 알 수 없다. 서류 철을 보면 1941년 8월 9일의 기록(BBA 278/03) 뒤에 비로소 벤야민에 대한 메모(04번 종이) 와 1941년 8월 1일의 메모(05번 종이)가 나온다.

160 Hannah Arendt 1971, 26-27쪽 참조.

161 Hannah Arendt 1968, 21쪽.

162 막스 호르크하이머가 레오 뢰벤탈에게 보낸 1942년 2월 11일 편지, Max Horkheimer 1996, 267쪽.

163 레오 뢰벤탈이 막스 호르크하이머에게 보낸 1942년 2월 18일 편지, Leo Löwenthal 1980- 1987, 241쪽 참조.

164 GBA 15, 43쪽.

165 GBA 27, 354쪽.

166 Peter Paul Schwarz 1978, 80쪽.

167 GBA 15, 339쪽.

168 GBA 15, 48쪽.

169 BBA 98/62; GBA 15, 342쪽 참조.

170 GBA 15, 41쪽.

171 마르가레테 슈테핀이 발터 벤야민에게 보낸 1937년 10월 27일 편지, Margarete Steffin 1999, 260쪽, 편지 번호 108 참조.

172 베르톨트 브레히트가 발터 벤야민에게 보낸 1936년 12월 초 편지, GBA 28, 568쪽, 편지 번호 740.

173 Peter Paul Schwarz 1978, 82쪽 참조. 물론 슈바르츠가 생각하는 것처럼 이 시가 "정신적 엘리 트의 반란이 실패할 수밖에 없음"을 확인해주지는 않는다.

174 Journal (1940년 8월 19일), GBA 26, 414쪽; Journal (1941년 8월 1일), GBA 27, 10쪽.

175 GBA 12, 50쪽.

176 "Über den Begriff der Geschichte" 중 테제 VI, GS I/2, 695쪽, 테제 VI.

벤야민과 브레히트

부록 1
『크리제 운트 크리티크』 프로젝트 관련 자료

Intelligenz kann nicht führen, man kann heute nicht den Anspruch
erheben, daß sie führt
Brecht
Man soll auf einen leeren Tisch nichts raufstellen... Kritik=rich-
tiges Einsetzen der Kräfte
Benjamin
Kritik ist heute d. richtige Haltung der Intelligenz
Brecht
gefährlich, dann kann man sagen, die Intellektuellen sollen nichts
tun. Man braucht eine Führerstellung wenn man eine Funktion
ausüben will. Heute andere Stellung der Intellektuellen als frü-
her aus verschiedensten Gründen, heute nicht mehr Führer, sondern...?
Benjamin
Kein Intellektueller darf heute aufs Katheder gehen und xxx An-
spruch erheben, sondern wir arbeiten unter der Kontrolle der
Oeffentlichkeit, führen nicht

Wollen wir den Intellektuellen, da die alte Stellung erschüttert
ist, eine neue verschaffen?
Benj nein   Ihering, Brecht bedingt ja
Ihering
wir interessieren uns für den Intellektuellen, wollen nicht nur
Intellektuelles (gleichgültig woher es kommt)
Benj   schließt sich an
Brecht
Ich bin für lediglich Produktion von Intellekt
Benj
Es ist heute die Situation vor der Machtergreifung des Proleta-
riats
Brecht (Einwurf)
Kann man nicht unterstellen
Benj   2 wirklich mögliche Positionen. 1: wirklich mögliche
Position : Einordnung in bürgerliche Defensivfront
2. wirklich mögliche Position=Mobilbereitschaft der Intelligenz
für den Fall der proletarischen Machtergreifung Revolution.
Wie sieht diese Bereitschaft nicht aus: Nichtergreifung der
Führung, sondern aus der Intelligenz raus in die nötigen sozio-
logischen Stellungen reingehen. Den üblichen Begriff der revolu-
tionnären Intelligenz lehnt Benjamin als konterrevolutionär ab.
Die Intellektuellen, die an der Führerschaft der Intelligenz un-
bedingt festhalten, brauchen als Staatsform die Demokratie. (zuNr. 1)
Das 2. wirklich mögliche Verhalten ist=b. Intelligenz haelt an i-
ren Produktionsmitteln fest, aber sie erfüllt eine dienende Funk-
tion, verzichtet auf Führerstellung, so daß bei der Machtergrei-
fung die Intelligenz in die Fabriken geht und die ihnen zugewie-
senen Funktionen erfüllt.

1930년 9월경 벤야민, 브레히트, 예링의 회의록 (WBA Ts 2490-2593)

Brecht

zur 1. Haltung=Erfüllen Leute wie Thomas Mann diese Funktionen?Brecht
glaubt nicht, Mann selbst hat mal darauf hingewiesen, daß er das
Bürgertum auflöst

Benjamin

1. Zerschlagungder Solidarität intellektueller Arbeit überhaupt
2. Verzicht auf den Führeranspruch, 3. die dialektisch-materialistische
Methode der Arbeit selbst

Brecht

Wir kümmern uns um die Intellektuellen gar nicht, als Klasse exi-
stieren sie nicht für uns, eine andere Art der Intelligenz muß auf-
gebaut werden (nämlich durch Zusammenstoß eines intelligentem Men-
schen mit einem Stoff)— Benjamins These ist: wie bringt man
die Intellektuellen in den Klassenkampf

Brechtsche Thesen

1 Es gibt einen Intellekt als Ware, ~~der für den~~
~~Klassenkampf nötig ist, zur Revolutionnierung aller Zuschauer, das~~
~~zur Aufhebung des ideologischen Marktes~~ die dann hergestellt ist
von den Intellektuellen
2. Jener Intellekt, der für den Klassenkampf nötig ist, zur Revo-
lutionnierung aller Zuschauer, also zur Aufhebung des ideologischen
Marktes, kann nicht als Ware hergestellt werden.

Benjamin

Nicht jedes Intelligenzprodukt hat Warencharakter, ein Thema: Wie
verbindet sich der Warencharakter des Intelligenzproduktes mit dem
Führungsanspruch des Produzenten?
Wollen Sie, Brecht, auf die These hinaus: D. Intellektuelle von heute
dei Produzent der Ware Intelligenz, keine Intelligenz als Ware hat
für uns Wert?

Brecht

Wenn Intelligenz nicht auf Aenderung hinzielt, verfällt sie ganz ihrem
Warencharakter!— Man kann Intelligenz verkaufen, in dem Klassenkampf
als Ware enthalten ist.— Intelligenzprodukte sind nicht an Klasse
gebunden, sondern gibt es überall nd ist überalluaufsuchen.—

Benjamin

wichtige Intelligenzprodukte überall, wie verwertet man die Intelli-
genzwerte? Heute Monopol der Intellektuellen in der Auswertung, nicht
Produktion der Intelligenz. Intelligenz hat im Klassenkampf keine
Stellung, sondern die Dialektik

Thesen gegen Döblin.

Gesperrt gedruckte Sätze, möglichst auf Thesen hinarbeiten

벤야민과 브레히트

Benjamin-Archiv
Ts 2492

benj. bei ihnen ein leidenschaftlicher wille zum zerschlagen jeder anderen einheit als der gesellschaftlichen

brecht mindestens seit der mensch nicht mehr allein zu denken braucht kann er nicht mehr allein denken
hiemit verteidige ich meine forderung zu zertrümmern sei jedes andere denken als das in einer gesellschaft realisierbare
wie kann das in der praxis erreicht werden?
indem man das denken verarmt und es nur so weit zu-läßt als es jeweils gesellschaftlich realisierbar ist = nämlich durch organisition. ich glaube an die automatische korrektur dieses denkens durch die realität da ich an kein denken glaube, daß nicht auf realität beruht. wahrheit ist nicht durch schweifen festzustellen, durch sameln und addition des denkbaren also aller folgerungen sondern es muß jede etappe sofort und immerwieder konfrontiert werden mit der realität.
(lionardo über das protät= 1. schlägt vor, der künstler möge nichts erfinden, weil er sonst ja doch nur sich selbst immer wieder reproduziere.)

benj. es hat immer bewegungen gegeben, früher vorwiegend religiöse, die so wie marx auf radikale zertrümmerung der bilderwelt ausgingen.
2 forschungsmethoden : 1. Theologie 2. marterialis tische dialektik

brecht heute wird jedes denken gelähmt durch den verdacht an heute gebunden~~es sein~~ denken sei durch diese gebundenheit unkomplett.
der weg der die methode vererbt statt die resultate ist der atheistische weg.
(zeige ich meine gedankliche forderung aus einem realen faktum dann muß ich mich hüten schon als faktum zu betrachten die folgen die mein gedanke bei der realität verursachen wird. nur die realität darf dem wunsche erliegen, den mein gedanke erzeugt oder von dem mein gedanke erzeugt ist, kurz ich brauche die wirkliche reale revolution, kurz ich darf nur ~~so weit denken~~ bis dahin denken, wo die revolution beginnt, ich muß die revolution aussparen in meinem denken)

einteilung der arbeit in drei etappen
1. bildung einer kapitalistischen pädagogik
2. einer proletarischen pädagogik
3. einer klassenlosen pädagogik
beginn mit der ersten etappe
vorschlag: im zeitalter der "verwertung" die wertungen frei zu geben und nicht zu diskutieren. zu diesem zweck einigung nicht auf wertungen, zu diesem zweck annahme einer bestimmten schreibweise. vorschlag: eine juristisch-physikalische schreibweise. juristisch im sinne von gesetze gebend, nicht feststellend, also: die gesellschaftliche realisierung anstrebend und dadurch begrenzt (es handelt sich überhaupt besonders um grenzenschaffung)
physikalisch d. h. gegen die schau gerichtet, gegen die integration.

benj. ad physikalischer schreibweise. 3 sprachfunktionen
I. belletristisch, die handlungsweise begleitende schreibweise
ohne autorität und ohne verantwortung (assoziierende)
2) die handlungsweise verordnende schreibweise
3. die den effekt bewirkende numerische schreibweise (brecht die
übende - litanei-)
physikalische schreibweise = das experiment benötigende. sie muß
die realität weniger aufsuchen als für die beweisende sie zurecht-
zukonstruieren
die übende form nur in der form der dichtung (dichtung folgt lediglich
der dritten schreibweise)
entsprechendes in der theologie
übende=
konstruktive=
assoziierende =beichte (entsprechendes nur in der form ~~texthinter~~
von unterwerfungen)

~~brecht~~ schreibweise nr. 2 wird hauptsächlich ihrer zitierbarkeit
wegen vorgeschlagen und literatur der 2. kategorie besteht aus zita-
ten, in der dritten kategorie gewinnt die 2. schreibweise den charak-
ter der 3.,der übung: die autorität ist hergestellt
jede literatur der 3 kategorie entspricht eben einer nur durch
reale revolution verwirklichbaren stufe des gesellschaftlichen lebens:
des völlig literarisierten lebens, (in china klassenmäßig!verwirk-
licht)

brecht
daß lenin glaubte dadurch daß einige leute mit broschüren in den man-
teltaschen herumliefen über eine spezielle sache, lohnabzüge in einer
moskauer fabrik, eine weltrevolution entstehen würde(und dies glau-
ben dürfte, das ist noch glaube an die literatur wie er sonst nur
in den heiligen büchern vorkommt. das beweist die große ~~rolle~~ der
rolle welche der literatur zuerteilt worden ist.

벤야민의 「이론적 토대에 대한 몇 가지 단상」 관련 메모
(GS VII/2, 809쪽; WBA 206/I 참조)

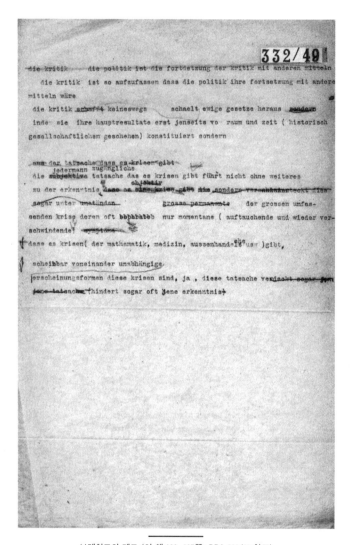

die kritik   die politik ist die fortsetzung der kritik mit anderen mitteln

die kritik ist so aufzufassen dass die politik ihre fortsetzung mit andere
mitteln wäre

die kritik schärft keineswegs   schaelt ewige gesetze heraus sondern
inde sie ihre hauptresultate erst jenseits vo raum und zeit (historisch
gesellschaftlichem geschehen) konstituiert sondern

aus der tatsache dass es krisen gibt
        jedermann zugängliche
die subjektive tatsache das es krisen gibt führt nicht ohne weiteres
                    objektiv
zu der erkenntnis dass es eine krise gibt die sondern verschntsteckt dies
sogar unter umständen   grosse permanente der grossen umfas-
senden krise deren oft bbbbbbbb nur momentane (auftauchende und wieder ver-
schwindende) symptome

dass es krisen(der mathematik, medizin, aussenhandels usw)gibt,

scheinbar voneinander unabhängige

erscheinungsformen diese krisen sind, ja , diese tatsache verdackt sogar jen
jene tatsache (hindert sogar oft jene erkenntnis)

브레히트의 메모 (이 책 196-197쪽; BBA 332/49 참조)

벤야민과 브레히트

KRISIS UND KRITIK

Die Zeitschrift dieses Namens soll monatlich erscheinen , ohne
sich an feste Termine zu binden , Dadurch soll einerseits flüch
tiges und übereiltes Arbeiten vermieden , andrerseits die
Möglichkeit offen gelassen werden unter Umständen bei aktuellen
Anlässen umgehend , unabhängig vom Monatstermin hervorzutreten.

Die Zeitschrift wird drei- bis vier- mal jährlich ein
Beiheft ihrer laufenden Ausgabe beifügen . Diese Beihefte sind
bestimmt die kritische und theoretische Grundlage, der Kollek=
arbeit, die naturgemäss in den laufenden Heften nur allmählich
und tastend entwickelt werden können , zusammenzufassen .

Hier folgen zunächst einige programmatische Angaben über
die laufende Zeitschrift:

Sie hat politischen Charakter . Das will heissen ihre kritische
Tätigkeit ist in einem klaren Bewusstsein von der kritischen Grund=
situation der heutigen Gesellschaft verankert. Sie steht auf dem
Boden des Klassenkampfes . Dabei hat die Zeitschrift jedoch keinen
parteipolitischen Charakter . Insbesondere stellt sie kein prolet=
tarisches Blatt , kein Organ des Proletariats dar. Vielmehr will
sie die bisher leere Stelle eines Organs einnehmen , in dem die
bürgerliche Intelligenz sich Rechenschaft über die Forderung und der
die Einsichten gibt, die einzig und allein ihr unter den heutigen
Umständen eine eingreifende , von Folgen begleitete Produktion im
Gegen atz zu der üblichen willkürlichen und folgenlosen gestatten.

Da die Zeitschrift sich ihre Grundlagen erst erarbeiten muss
kann sie sich im Ganzen nicht auf Autoritäten stützen.

메모 (GS VI, 619-621쪽; WBA Ts 2462-2464 참조)

Sie muss sich vielmehr ihre Mitarbeiter unter der bürgerlichen
Intelligenz im weitesten Sinne , sofern sie nämlich Spezialisten auf
irgendeinem Gebiet sind und sich in ihrer Haltung unbestechlich erwies
haben . Es seien in diesem Sinn provisorisch einige Mitarbeiter
genannt:

Benjamin
Borchardt (Hesvonhandt)
~~Buber~~
~~Brentano~~
~~Brecht~~
~~Döblin~~
~~Dudow~~
Eisler
Fransen
Gidion
Gross
~~Hindemith~~
Ihering
Kracauer
Korsch
Kurella
Herman Kantorowicz
Lucacs
Hannes Meyer
Marcuse , ~~Musil~~
Piscator
Reger
Reich
Sternberg
Weill
Wiesengrund

Einzelne von den Genannten werden von Fall zu Fall als Redaktions=
referenten für Kritik der Literatur , Philosophie , Soziologie,
Architektur , Musik , etc. hinzugezogen werden .

Soweit die programatische Zeitschrift . Die Aufgabe der Beihefte
ist folgende:

Sie sollen unabhängig von Aktualitäten , aber im engsten An=
schluss an die vorliegenden Beiträge der laufenden Zeitschrift zu
einer Sammlung von Thesen kommen , die für die Mitarbeiter an den
kommenden Heften// der laufenden Zeitschrift verbindlich sein sollen
Das heisst : es ist den Mitarbeitern der laufenden Zeitschrift wohl
gestattet an einzelnen dieser Sätze , die sie etwa glauben ablehnen zu
müssen , begründete Kritik zu üben, nicht aber in ihren eigen Arbeiten

diese Sätze zu ignorieren . Das Redaktionskomitee der Beihefte
braucht nicht unter allen Umständen einstimmig hinter den lehr=
sätzen beziehungsweise Artikeln zu stehen , die es selbst in die
Zeitschrift gibt oder zur Veröffentlichung in ihr zulässt ; daher
ist es erforderlich dass alle Thesen , beziehungsweise Ausführungen
in den Beiheften von demjenigen Mitglied oder denjenigen Mitgliedern
des obersten Redaktionskomitees gezeichnet werden , die sie verfasst
haben , beziehungsweise sich mit ihnen einverstanden erklärt haben.
Der Ehrgeis aller Schreibenden müsste sein von jedem ihrer Beiträge
in der laufenden Zeitschrift mindesten einen Satz in die Beihefte
aufgenommen zu sehen .

     Der Beginn der Arbeit an der Zeitschrift würde so vor sich gehen
dass an die in Aussicht genommenen Mitarbeiter ein Fragebogen , dessen
Entwurf vorbehalten bleibt,gesandt würde , auf den die Antworten , /////
soweit sie Interresse haben in der laufenden Zeitschrift abgedruckt /
zum Teil auch in dem ersten Beiheft , dass der ersten Nummer beiliegen
soll , gesichtet würden . Dieser Fragebogen hätte den Charakter
eines Interviuws das sich auf die Theoretische Haltung der Mitarbeiter
in den Fragen ihres Spezialfachs bezieht.

A. Organisation

Am 15. Januar 1931 soll im Verlag Ernst Rowohlt, Berlin, eine
Zweimonatsschrift unter dem Titel:

"KRISE UND KRITIK"

erscheinen. Als Herausgeber zeichnet Herbert J h e r i n g. Der Vermerk auf
dem Titel lautet:

Herausgegeben von Herbert Jhering unter Mitwirkung von

Walter Benjamin

Bert Brecht

Bernard von Brentano

Siegfried Gideon.

Jedes Heft wird von einem dreigliedrigen Arbeitsausschuss bearbeitet,
der von dem Herausgeber im Einvernehmen mit den oben genannten Mitwirkenden
nominiert wird.

Der Herausgeber hat das Recht, im Falle von Streitigkeiten, die im
Arbeitsausschuss entstehen, einen neuen Arbeitsausschuss zu bilden.

In allen redaktionellen Fragen hat der Herausgeber bei Stimmengleichheit
zwei Stimmen.

Findet die Arbeit des Arbeitsausschusses nicht die Zustimmung des
Herausgebers, so kann der Herausgeber in diesem Heft eine eigene Arbeit ankündigen,
die im nächsten Heft oder Sonderheft erscheint.

잡지 정관 (WBA Ts 2468-2469)

B. Sonderhefte

Ausserdem sollen mindestens 6 Sonderhefte pro Jahr erscheinen im Höchst-
umfang von je 2 Bogen. Bei diesen Sonderheften bleibt der Titel der Zeit-
schrift, der Herausgeber und die Mitwirkenden dieselben. Der Erscheinungs-
termin ist vom aktuellen Anlass abhängig und wird deshalb vom Herausgeber
bestimmt. Ein Arbeitsausschuss wird nicht eingesetzt, seine Vollmacht
hat in diesem Fall allein der Herausgeber.

C. Administrativer Teil .

Der Verlag setzt 26 M (fünfundzwanzig Mark) pro Seite Honorar aus.
Das Honorar für die Sonderhefte ist das gleiche, also 25 M pro Seite.
Für die Zweimonatshefte werden von diesem Honorar M 5,-- (M fünf) pro
Seite abgezogen und dem Arbeitsausschuss zu gleichen Teilen überwiesen.
Die Zahlung muss eine Woche nach Erscheinen erfolgen.

Dem Arbeitsausschuss wird vom Verlag die Mitwirkung von Herrn
Franz H e s s e l in allen technischen Fragen zur Verfügung gestellt,
ausserdem als Redaktions-Sekretärin Fräulein Siebert zum Zweck der
Protokollierung der Sitzungen.

PROGRAMM
....

Das Arbeitsfeld der Zeitschrift ist die heutige
K r i s e auf allen Gebieten der Ideologie und die Aufgabe der
Zeitschrift ist es, diese Krise festzustellen oder herbeizuführen,
und zwar mit den Mitteln der Kritik. Ausser Betracht bleibt dabei
das gesamte Feld der historisierenden und ästhetischen Kritik.
Diese Kritik ist im Gegenteil ein kritisches Objekt der Zeitschrift.

Thema:
....
        Anspruch, Haltung und Wirkung der Intellektuellen
        ....
        in der oeffentlichkeit.
        ....

                Mannheim

                Thomas Mann

                Frank Thiess - Tucholsky

        I. Aufsatz
        ....
                        Die historische Rolle des Führertums der
                        ....

                        Intellektuellen.
                        ....

1930년 11월경 회의록 (WBA Ts 2470-2473)

벤야민과 브레히트

Bemerkung zum ersten Thema (Brecht)

Die Intelligenz schwebt frei darüber, entscheidet
sich an sich nicht, nimmt die dritte Position ein, wird von niemand
beeinflusst, wünscht aber dennoch Einfluss auszuüben und versucht ,
die Gegensätze zusammenzubringen. Das gibt ihr den Herrschaftsan-
spruch, sie ist unparteiisch.

Vorschläge für Themen für das erste Heft:

"Die Kritik der Haltung der Intellektuellen in den
sie betreffenden Wirtschaftsfragen" (Schutzverband)

Herausarbeitung der Historie der Intellektuellen.

Die Intellektuellen als Führer in ihrer historischen Einstellung
----

Aufgabe für K u r e l l a und B r e c h t :

    Vorschlag über den Verfasser des ersten Themas

  " Die Rolle und die Idee vom Führertum der Intellektuellen "
----

    in ihrer historischen Entwicklung.

Aufgabe für Dr. B e n j a m i n :

    Organisation des Aufsatzes T h o m a s M a n n

Aufgabe für K u r e l l a :

            Uebernahme des Themas M a n n h e i m

Aufgabe für J h e r i n g :
----

        ev. Uebernahme des Aufsatzes

           Frank T h i e s s - T u c h o l s k y

Aufgabe für v. B r e n t a n o :

          Organisation und Bearbeitung der Berichterstattung

aus Aerztezeitschriften - Lehrerzeitschriften etc.

                                    벤야민과 브레히트

Arbeitsausschuss der ersten Nummer:
....

Ihering

Brecht

Kurella

....

Vorschläge über Themen für weitere Hefte:

Faschismus

Anarchismus

Judentum

Kritik an der Justiz

Volksbildung

....

Sonderheft: Zeitung (v.Brentano

....

Sitzung vom 21. November 1930

Anwesend: Jhering - Benjamin - Brecht.

Für das

        E r s t e   H e f t

schlägt Brecht einen mehr "reisserischen" Artikel vor, z.B.

        " Die Begrüssung der Krise"
        ----

oder : Fünf Weltbilder descriptiv festhalten.
       ----

ferner: "Zeitgenössische Theaterkritik" (Thema für Jhering)

Für das erste Heft etwas Konstruktives, wozu J. Lust hat.

ferner: angeregt durch einen Aufsatz von Köhler:

         Untersuchungen über die Intelligenz des

               Menschenaffen

         Bearbeitung durch einen reinen Gelehrten

Vielleicht gibt es irgend eine Möglichkeit, einen profunden

Aufsatz zu bekommen über

        " Intelligenzbestimmung beim Menschen)

Benjamin hält das für eine Fragestellung, die vielleicht sehr gut
sein kann, die aber für gewöhnlich in den stursten Versammlungen
auftaucht. In den seltensten Fällen kommt da etwas heraus.

Nützt Intelligenz? So gleichgültig ist das Gebiet nicht, weil
und was wir an diesen Schriftstellern aussetzen ist nicht, weil
sie sich mit Intelligenz beschäftigen, sondern weil sie es auf
eine verkehrte Weise tun.

Dies Thema passt auch in den M a n n h e i m 'schen Aufsatz.

———————

1930년 11월 21일 회의록 (WBA Ts 5475-2482)

           벤야민과 브레히트

21. November 1930

1 a.

Benjamin:
Das Thema: " W a s   i s t   I n t e l l i g e n z ?"
kann zusammenfallen mit dem Thema"Führerrolle und Intelligenz".
Ueber die Eignung der Intelligenz zu führen. An die gewissen
historischen Einschaltungen heranmontiert, werden die Thesen
dieses Aufsatzes erläutert. Wo die Intelligenz dieser Führer-
rolle genügt hat und wo sie nicht genügt hat und warum nicht.
Das Thema hat nur Sinn, wenn über die grundsätzliche Eignung
zur Intelligenz überhaupt etwas gesagt wird.

Weiterer Vorschlag für das erste Heft:
   Ein problematisches Thema über Kritik.

(Wir wenden dieselben Masstäbe an bei Dramatik und Literatur,
wie die Mathematiker bei Physik etc.)

21. November 1930

Organisatorisches
----

und neue Themen

Hinzuziehung von K r a c a u e r (Brecht erst dagegen)

Brecht: Ich stelle mir vor, dass ein russischer Gelehrter von
------
irgend einer Universität einen Auftrag bekommt, einen kurzen
kultur-historischen Ueberblick über die Rolle des Denkens in der
Geschichte zu schreiben, und zwar mit der Massgabe, dass, wenn
möglich gewisse Gesetze oder Hilfsmittel oder Methoden oder
Tricks am Schlusse zusammengestellt werden, mit denen das
Denken bisher gewisse Aufgaben und welche gelöst hat.

Benjamin: Wir können nicht die Angelegenheiten der Intelligenz
----
in derselben Aktualität darstellen, wie die Angelegenheiten
des Sports etc. Wir müssen zunächst auf unserem Gebiet, wo wir
Sachverständige sind, einige Dinge vorbringen, dann kann man
sagen, vielleicht könnt ihr auf eurem Gebiet etwas Ähnliches
machen.

Neues Thema: Benjamin:

              Kritik der Verlagsanstalten

              (Nicht Kritik der Bücher,die er herausgebracht hat)
              Verlagspolitische Tendenz

      "   "   Warum man keine lyrischen Gedichte mehr schreibt.

      "   "   Ueber die grossen Moden in der Philosophie der
              ----
                  letzten zehn Jahre . (Thema für K r a c a u e r)
                  ----

21. November 1930
----

3)

Thema für Brentano:

       Es ist ein Grundfehler, aus einer
physikalischen Formel mehr zu verstehen als ein Zeichen, ein Symbol
für eine ganz bestimmte Sache. Der schlimmste Fehler ist, dies Symbol
mit Symbolen zu erklären.

.-.

Neues Thema: Die modischen Vorstellungen der Romanschriftstel-
ler (Der Roman als Phrase)

Vorschlag für das Thema W a s s e r m a n n (Benjamin)

Beim Thema   : Frank Thiess - Tucholsky   (Jhering)
               ----
       wäre auch R e m a r q u e zu behandeln.

Thema für Brentano unter Hinzuziehung von K o r s c h und
------------   K u r e l l a :

      " Die verschiedenen Formen des Führertums in der

          Intelligenz heute. "

          Der Professor   (Mannheim)

          der Politiker   (Hellpach)

          der Journalist   (Kerr)

          der freie Literat (Tucholsky)

          Reise-Literatur
----

21. November 1930

4)

Thema für J h e r i n g   Vorschlag von Brecht
----

               aber wohl nicht für das erste Heft:

Die Schwierigkeiten der Theaterkritik   - Anwendung von Mass-
stäben, die nicht geschmacklich begründet sind.

Warum genügt uns nicht die Herrsche Kritik.

Wenn für das e r s t e Heft, dann möglichst die Hauptgebiete:

Ueber die Ansätze zu einer systematischen Bewertungsmöglichkeit

oder die Notwendigkeit nachprüfbarer Masstäbe der uferlos heran-

brandenden Gefühlsduselei.

Weitere Titel aus diesem Gebiet:

                    Zensur und Intelligenz

                    Politisierung der Kritik

                    Neue Wege der Kritik.

Der Kritiker von heute vertritt tatsächlich den Theaterbesucher,

er ist ein Theaterbesucher, der die Möglichkeit und die Pflicht

hat, sich schlüssig zu werden.

벤야민과 브레히트

21. November 1930

Zu dem T h e m a   T H O M A S M A N N (Benjamin)

Stabilisierung des Themas "Thomas Mann" (Haltung) mit dem

Schlusseffekt: " Deutsche Ansprache".

Benjamin hätte die Aufgabe folgendes herauszubekommen:

In wiefern fallen die höchsten Werte dieser Literatur in der

Tat zusammen mit den werten einer bestimmten bürgerlichen

Haltung: 2 Begriffe: I r o n i e - N u a n c e .

Der Auftrag, der diesen Aufsatz Thomas Mann zu einem weiter-

gehenden Thema " K r i s i s d e r s c h ö n e n L i t e r a -

t u r " entwickeln würde, würde darin bestehen, dass einerAn-

zahl von Werken schöner Literatur der Wert der Ironie, der Wert

der Nuance und noch verschiedene andere Werte, die noch zu fin-

den wären, in ihrer politischen Bedeutung für die Haltung,für

die Selbstsicherheit, für die Defensive des Bürgertums aufgezeigt

werden. Thomas Mann als wichtiger Vertreter .

Der politische Wert der N u a n c e für das Bürgertum besteht

darin, dass sie ihm erlaubt, alle grundsätzlichen Fragestellun-

gen abzulehnen. Das Publikum ist auch gewohnt, durch Beurteilung

der Nuance ihre vorteilhaften Arrangements in der Ausbalancierung

der sehr widerspruchsvollen gegnerischen Kräfte in der Gesell-

schaft zu treffen. - Wieso kann man nicht das Bürgertum behalten

und Thomas Mann abschaffen, oder Thomas Mann behalten und das

Bürgertum abschaffen? Thomas M a n n ist nur e i n Repräsen-

tant des Bürgertums, das Bürgertum hat mehrere Repräsentanten.

Interessant ist, dass ein Mann, wie Thomas Mann, z.B. in seiner

Produktion in einer merkwürdigen Weise unglücklich ist.

Thomas Mann und Feudalismus.

5.)

Thomas Mann ist ein Rentner . Das Bürgertum versucht,in dieser
Defensivstellung jetzt eine Kultur ,ihre Rente, zu verzehren .
(Brecht)

Das Ursprüngliche des echten Bürgertums ist kalvinistisch, werk-
schaffend, asketisch und aufbauend. Und Thomas Mann ist
liederlich. Es ist für das Bürgertum nicht möglich gewesen,
eine Konsumenten-Kultur, d. h. eine nach aussen sich manifestie-
rende repräsentierende Kultur aufzubauen.

Die verbindliche Nuance ist eine echte feudale, die unverbind-
liche Nuance ist eine bürgerliche.

I r o n i e (Todessehnsucht. Sozialdemokratie)

Man hätte zu untersuchen, wo diese Ironie ihren Ursprung hat und
in wiefern und sie eine verfälschte und andererseits eine
Uebernahme feudalistischer Verhaltungsweise. Konfrontierte Ironie
und Frivolität. Die Frivolität im Subjekt.   Die Ironie unterschei-
det sich von der Frivolität dadurch, dass ihre zersetzende
Kraft gegenüber den Institutionen auf ein Minimum gesunken ist
und nurmehr gegen das I c h aufgeboten werden kann.

21. November 1930   6.)

Vorschlag Benjamins:

      Eine analoge (Thomas Mann) Untersuchung über
W a s s e r m a n n .

      Bei Wassermann wäre von unglaublicher Wichtigkeit
die Verlogenheit, nicht die subjektive, sondern die objektive
Verlogenheit, Die Dinge von vornherein so zu sagen, dass niemand
derangiert wird.

Vorschlag Brechts:

      Tucholsky ist ein enorm wichtiger Gegenstand.
Mit diesem Thema aber ruhig noch abwarten.

Benjamin im allgemeinen für das k l e i n e T h e m a , weil es
geeignet ist, die Leser zu Ergebnissen zu führen, auf die sie
nicht gefasst waren.   Bei längeren Themen werden sämtliche
Hemmungen beim Leser mobilisiert.

Zu Brentanos Aufgabe äussert sich Benjamin:

Aktualität zu forcieren ist ein Wahnsinn. An dem Brentanoschen
Vorschlag scheint etwas Forciertes zu sein.

Sitzung vom 21. November 1930

Anwesend: Ihering
            Benjamin
            Brecht
            Bloch
            Kracauer
            Glück.

Diskussionsbemerkungen zu einem Thema für das erste Heft über
K r i t i k .
Brecht : Man soll versuchen, eine gewisse Empirie einzuführen
in das kritische Verhalten, entfernt vom Geschmacksmässigen und
Individuellen, eine wissenschaftliche Grundlage zu finden.
Auf die Weise wäre die Kritik immer etwas Kontrollierbares.

Benjamin: Wenn wir den Ausdruck:Kritik in seinem weitesten
Sinne nehmen, also wie er eigentlich bei Kant steht, dann
stehen wir vor einer Aufgabe, die sich überhaupt nicht lösen
lässt, ohne die Kantsche Philosophie anzuwenden. Ich könnte
hier über Theaterkritik schreiben, über Literarkritik, die
sind uns geläufig, wenn man sich ausdrücken sollte über das
kritische Verhalten von Ereignissen oder zur Welt überhaupt,
das wäre schwer.

Brecht: Das führt vom Empirischen ganz weg. Die Geschichte
ist für mich : der Klassenkampf - die andere Seite des
Klassenkampfes, die Umschmelzung aller philologischen Fakten in
Ware. Wie weit Vorstellungen Folgen haben in der gesell-
schaftlichen Struktur - das müsste untersucht werden.
----- Wir müssen von der historischen zu einer aktuellen Fassung
kommen. Historische Aufsätze müssen eine aktuelle Aufgabe haben.
Die Untersuchung T h o m a s   M a n n z.B. sollte aufzeigen,
welche Werte und für welche Klassen Thomas Mann hat, wo seine
Kompetenz aufhört und anfängt, und ob diese Haltung, die er
einnimmt auf Grund dieses Wertes, ob die noch durchzuhalten ,
ob sie richtig ist oder nicht.

Vorlesung einiger Themen für die Neuhinzugekommenen
Hier bereits einige Diskussionsbemerkungen zu dem Thema:
"Die verschiedenen Formen des Führertums etc. " Besprechung dieses
(siehe später)   Thema

Brecht spricht noch einmal zum allgemeinen Thema"Krise u.Kritik"
In der rein bürgerlichen Literatur, z.B. der schönen Literatur,
haben wir doch schon ungeheure fortschrittliche Konsequenzen , evntl.
Verbesserungen der literarischen Produktionsmittel, darauf müssten
wir unbedingt eingehen,ich meine den Standpunktwechsel mehr als
die methodischen Verbesserungen. (James Joyce - Döblin im
Gegensatz zu Mann und Wassermann) Das mich von persönlichem
Interesse wäre z.B. ein Nachweis, dass James Joyce und Döblin
anzugliedern sind gewissen anderen Verbesserungen der konstruktiven
Mittel. Denken als produktive Kraft.   Dann wäre mir daran gelegen,
den Nachweis zu erbringen, dass diese Verbesserung der produkti-
ven Kräfte , vorgenommen durch diese Literaten, durch diese
führenden Leute der schönen Literatur entsprechungen haben auf
anderen Gebieten, wo also auch produktive Kräfte verbessern
würden.

1930년 11월 26일 회의록 (자료에 적혀 있는 날짜는 오기다-WBA Ts 2474, 2483-2489)

Sitzung vom 26.November 1930

Benjamin-Archiv
Ts 248?

Diese Erscheinungen bei James Joyce und Döblin sind in ihrer Art
mitten in der K r i s e , sie sind Erzeugnisse der Krise, sie
sind in gewissem Sinne Versuche, aus der Krise herauszukommen,
sie sind aber, für sich betrachtet, auch noch selber Krise.
Immerhin sind es positive Dinge, fortschreitende Dinge, an Hand
deren man schon etwas erklären kann. Der Typus Joyce und Döblin
betrachtet immerhin schon Denken als Methode und sondern sich
ab von der Privatpersönlichkeit. Seine Denkmethode hält Döblin,
da er fortschrittlich ist, und vor allem Joyce,bereits als etwas
Transportables. Das ist sehr auffällig. Joyce entfaltet sich
nicht, er drückt sich nicht einfach aus, sondern er stellt Apparate
auf,die er übrigens immerfort auswechselt und die verkäuflich
sind und als solche weg-transportabel. Er verkauft schon Maschinen.
Bei ihm sind Standpunkte zu beziehen Das ist etwas anderes bei
Thomas Mann oder auch Goethe, die ihre Standpunkte aufbauen
und nicht mehr wegtransportieren. Das ist der wichtigste Punkt
der modernen Literatur.

Benjamin.   Mich interessiert das so,wie Sie es sich nicht
besser wünschen können,aus einem Abgrund der Unwissenheit heraus.
Ich kenne Joyce nicht ,habe nur über ihn gehört und habe mir davon
ein gewisses Bild gemacht,das sehr unzureichend ist. Das sich nicht
ohne weiteres mit dem deckt, was Sie sagen. Ich würde sehr
interessiert sein, jetzt mehr zu wissen. ich darf wohl daran
erinnern, dass Sie einmal,dies Thema anders und sehr scharf formu-
lierten.   Gibt es eine technische Verpflichtung, einen Standard
in der Literatur? Wo ist nun eine technische Verpflichtung, ein
Standard, bei Joyce und Döblin?

Brecht: Das ist ein Moment der überprüfbaren Kriterien, die
wir suchen müssen. Eines der Kriterien ist folgendes: Die
Schriftsteller wie Thomas Mann,überhaupt die herrschende Rich-
tung, nimmt eigentlich zu bestimmten Dingen des Lebens ,einzeln
auseinandergeschnitten, nicht Stellung, sondern sie stellt
ein Weltbild her, den Ausdruck ihrer Persönlichkeit. Innerhalb die-
ses Ausdrucks stimmt alles; bei Wassermann stimmt alles.
Bei Wassermann kommt z.B. ein Staatsanwalt vor, den es nicht
gibt. usw.   Würde man nun eine Kritik anwenden, die jeweils nur
vom Objekt her, und zwar vom einzel auftauchenden Objekt her,
kontrolliert die Fähigkeit des Schriftstellers Dinge zu bringen,
mit der Schere auseinandergeschnittene Dinge, müsste man hierbei
Sachen herausgreifen, aus den Zusammenhang herausbringen,
herauspressen,konfrontieren ,etc. ,wodurch die Leser zu Denkakten
ermutigt würden.

Benjamin: Das, was Sie bisher entwickelt haben, das ist haar-
scharf das Programm der neuen Sachlichkeit. Kästner, Gläser,
Weihrauch etc. Sie stellen sich mechanisch auf einzelne Dinge
ein. Diese Methode kann also, da sie die Methode dieser Leute
ist, nicht richtig sein. Ich halte das Programm für falsch,
Es enthält keinerlei theoretisches Kriterium.

Brecht: Beispiel des Staatsanwalts bei Wassermann. Ich meine:
          in kontrollierbares Kriterium so soll man keine
          Bücher schreiben.
       G l ä s e r z.B. hat ein Weltbild und gestaltet nun
alle Dinge so, dass sie zu dem Weltbild passen. Wie kann man
nun dem Gläser und dem Thomas Mann mit derselben Methode
beikommen?

Benjamin: Wo unterscheidet sich die Methode Döblins von der Gläsers ?
Sie haben Döblin und James Joyce erwähnt, die nicht mehr aus dem
vollen schöpfen, Thomas Mann haben Sie haftbar gemacht für Weltbilder.
Ich kann mir aus diese daraus, wie ein Gläser schreibt und ein
Mann wie Döblin schreibt, den Unterschied noch nicht klar machen.

Brecht: Ich lasse die 2. Frage fallen.
---- Das Gefährliche ist doch, dass bei Thomas Mann
und Gläser alles stimmt, weil nämlich der erste Satz durch den
dritten erhärtet wird, das fünfte Kapitel bestätigt das erste etc.
Das Ganze ist vollkommen geschlossen.

Benjamin : Glauben Sie, diese es-a- scheinbare Totalität
durch eine Kritik nun wirklich begründen zu können,an der Realität
geben zu können? Wollen Sie das als kritische Methode aufbauen.

Brecht: Man muss es versuchen. Nennen Sie mir kritische Methoden,
die dafür sorgen, dass es nicht passiert. Aber in sich ist es doch
vollkommen geschlossen und der Suggestion erlegen.

Benjamin: Bei einem Kapitel von Otto Ernst z.B. - Lehrer und
Schüler - da werden Sie doch nicht ohne weiteres sagen können, das
stimmt a lles , Sie werden im Gegenteil das Bewusstsein einer
handfesten Verlogenheit dieses Otto Ernst haben.

Kracauer: Die Darstellung des Sanatoriums im "Zauberberg"
ist so in Ordnung, wie Thomas Mann es dargestellt hat.
Aus dem Sanatorium entsteht eine "Welt für sich" heisst es
in allen Zeitungskritiken.

Brecht . Schlägt eine Kritik nur der guten Schriftsteller
vor, die andere und andere Kritiken gehörten nicht in unsere
Monatsschrift.

Ihering: Dann sind Sie auch der Meinung, dass Schriftsteller
wie Frank Thiess nicht da hingehören?

Brecht : Thiess ist exemplarisch, wie z.B. Remarque. Wir
wollen Remarque erledigen und seine Wirkung, die wir als schädlich
betrachten, als Beispiel geben. Die falschen Beispiele festna-
geln. Nach den Methoden der jetzigen Kritik können Sie ihn
erledigen z.B. dadurch, dass sie ihn einstellen unter andere
Schriftsteller , innerhalb dieses Zusammenhanges können Sie
die Figur Remarque, die Person Remarque erledigen,widerlegen und
vernichten.
(in diesem Zusammenhang wurde von Kracauer W a l l a c e
erwähnt)
Wenn man dagegen eine Methode anwendet, mit der man an die Welt
des Remarque herankommt und ihn zerteilt, damit der Leser etwas
findet, das ihn z.B.auf Seite 17 sabotiert,dadurch geht die Magie
beim Leser ev. weg.

Ich habe nur e i n Kriterium genannt, es können viele sein,
das Herausarbeiten und Sichtbarmachen von Kriterien wäre wichtig.
Was beabsichtigt ist nicht die Sabotierung des Ruhm, sondern
eine saubere Einstellung.

26.November 1930

4)

(In diesem Zusammenhang wurde Stehr erwähnt, der nicht gelesen wird
und Bonsels, der viel gelesen wird oder wurde.)
An sich wäre wichtig, dass wir Untersuchungen auf diesem Gebiete
anstellen, weil wir etwas über die Methode sagen müssen. Wir
sind nicht darauf gehalten, die ganze Methode zu wissen, wir können
e i n e angeben und so zu arbeiten versuchen.

Irgend etwas müssten wir in der Richtung im e r s t e n
H e f t bringen.

Kracauer: Ob man die Methoden abstrakt darstellen kann?
Brecht: Ich bin anderer Ansicht. Beispiel Marxismus.
Der Marxismus ist unverständlich, weil die Methode nicht
angegeben ist. Der Leser soll selbst imstande sein, solche
Methoden anzuwenden, solche Dinge zu verknacken.

Ihering: Man könnte es so zum Ausdruck bringen, dass man sie
anwendet in der Kritik, sie dann absieht und nachher deutlich
macht. Dann kann der Leser den Artikel noch einmal lesen.

Benjamin: Die Methode,die einen Vergleich des Schriftwerkes
mit den Wirklichkeitsverhältnissen vornimmt und bei der man nicht
konkret sieht, dass die Wirklichkeit anders ist, diese Methode
als solche halte ich für falsch. Es gibt nicht viel Leute,
die diese Methode anzuwenden suchen. Brentano sucht sie anzu-
wenden. Er hat das bei Wassermann entwickelt. Un nun behaupte
ich, dass das an der Methode liegt. Mein Widerspruch ist aller-
dings beschränkt. Ich bin mit Ihrer These einverstanden, dass
eines der feststehenden und wichtigsten Mittel des Kritikers die
Sabotierung und die Zerstörung der Totalität ist. Für unrichtig
halte ich, dass es Mittel des Kritikers sei: der Vergleich der
dargestellten Verhältnisse mit der Wirklichkeit.
Man sieht bei Brentano, wohin das führt.
Es gibt keine Kritik an der Realität des Schrifttums!
Brecht:
        Döblin hat einmal nachgewiesen, wie man durch
Widerstand des Zunschziels zu einem ganz anderen Resultat kommt.
(Vorschlag,das Thema aus dieser Diskussion

        Technischer Standard in der Literatur
zu nennen. ..... Wir müssen doch darauf kommen, dass die Person
an sich nichts ausdrückt.

Benjamin: Ich gebe zu, dass das Ziel des Schrifttums ist,
die Wirklichkeit einzufangen,oder wenigstens eine der wichtige
Aufgabe. Insofern bin ich mit Döblins Behauptung einverstanden

Brecht: Nehmen wir an, wir behaupten, es handle sich
darum, dass die Schriftsteller ein Bild der Wirklichkeit dar-
stellen, das ist nicht Ethik. Oder, wir haben jetzt ein dringendes
Bedürfnis, die Wirklichkeit darzustellen ....
Die Leute schaffen, nun aber weiterordnen ! das ist der Vorwurf;
sie geben nicht ein Bild der Wirklichkeit,sondern sie geben in
einem Kunstwerk eine Wirklichkeit.

Wirklichkeit bei Kunstwerken:
Benjamin : Sehen Sie eine andere Möglichkeit,Kunstwerke in ihrer
Wirklichkeit zu untersuchen als den dialektischen Materialismus?
Die materialistische Kritik zeigt nicht, worin das Werk nicht
mit der Wirklichkeit übereinstimmt, sie zeigt das umgekehrte.
Sie zeigt, die Wirklichkeit, mit der das Werk zu tun hat, ist
schädlich, schlecht etc. Ich sehe durchaus nicht die Möglich-
keit, irgend ein Werk mit der dargestellten Wirklichkeit oder
einer anderen Wirklichkeit zu kontrollieren und sage es stimmt
nicht. Brentano hat eine Methode, die ich für eine der fortge-
schrittenen halte,seine Methode ist ganz unvollständig,die ist
garnicht dialektisch, aber sie bringt gewisse Schädigungen
hervor.

Ihering: Man wendet nicht eine Methode an,um Sachen zu schä-
digen, sondern darum, um zu zeigen, wie schwierig es ist
....

Brecht : Brentano erhält eine Menge von Briefen und-,
das ich für mich wichtig.

Kracauer: Das will nichts sagen.

Benjamin : Für uns ist das keine hinreichende Basis.

Brecht: Remarques Buch könnte nicht widerlegt werden, weil nie
eine Kritik versucht hat nachzuweisen, wieso das alles schief
dargestellt ist. Döblin könnte Remarque- nachweisen, dass
Remarques Buch auf vielen Seiten nicht stimmt .

Eine Kritik der Vorstellung der schreibenden Leute von der Wirklichkeit
----
wäre eine Riesensache.

Kracauer: Man hätte Remarque dahin auszubauen, dass man erkennt,
wie er die Realität begreift. Man hat ihn zu übersteigern. das ist
ein-
Brecht: Das ist ein phantastisches Ausbauen der Konsequenzen.
Grundsatz in der Kritik:

          "Was begriffen ist, ist gerettet"

Für das e r s t e Heft unerhört wichtig ein Thema über K r i t i k .
Vielleicht ergeben sich in einem Thema Thesen über Kritik, die im
nächsten Heft weiter ausgeführt werden.

Ihering: Wir müssen zu dem Resultat kommen, dass dies kein
eventuelles, sondern ein abgeschlossenes ist und wenn es alles
hergibt, am Schluss in formulierten Thesen stehen kann.

Thema, die die Grundtendenz der Zeitschrift enthalten.
Wichtig für das e r s t e Heft (als Grundtenor)
          Wieso gibt die Literatur kein wirkliches Bild der

          Wirklichkeit mehr?

벤야민과 브레히트

26. November 1930   6]

Entwickelt an den Gegenständen: Thomas Mann und Remarque.

Vorschlag Brecht: Thema

                    " Wie wird denn überhaupt wissenschaftlich gedacht?"

Bloch: erwidert darauf ,dass in den verschiedenen Wissenschaften
       verschieden gedacht wird .....

       Thema: " Ueber das Klassen-Denken"

Bloch: Wie hoch reicht da das Klassenbewusstsein hinein?

Vorschlag: Ueber das Buch von Lucacs : Geschichte und Klassenbe-
----
             wusstsein ein Referat schreiben, s e h r   w i c h t i g.
             aber nichts fürs erste Heft.
             Thema für
Vorschlag w.Benjamin: "Soziologie des schriftstellerischen
----------   -----------------------------------
                            Auftrages.

             (würde nur ungern annehmen)

Vorschlag Benjamins: Eine Auseinandersetzung desjenigen, was bisher
--------------------   --------------------------
             von materialistischer Seite zur Literaturkritik beigebracht ist.

             (Franz Mehring , Merten etc.)

Für das erste Heft

             Thema für K r a c a u e r   für das e r s t e H e f t

             D ö b l i n : Tagebuchaufzeichnungen.

             (Man müsste allerdings abwarten, bis das Buch er-
             schienen ist.)

Vorschlag Kracauer: Thema: Bronnen,Salomon etc. Die Dinge dieser
----------------------   ------------------------
             abgeirrten Intellektuellen betreffend.

(Sind es wirklich abgeirrte Intellektuelle? (Ihering)

             "Die abgeirrten Intellektuellen"
             ----
             schlägt Kracauer als neues Thema vor.
             Das ist ein breites Thema,es umfasst die ganze Studenten-
             schaft ,nicht nur Bronnen und Salomon.
Kracauer   hält die Themen für viel zu gross, die Brecht in der
             langen Diskussion vorschlägt.
             Man muss eine einheitliche Art finden,in der man alles
             behandelt, es hängt auch von der Sprache ab,dass man eine
             klare Haltung hat,sogar bis zur Uebereinstimmung in der
             Methode und der Sprache.

Thema-Vorschlag Benjamin: Wie sollen Sie sich sammeln,wenn

                            Sie eine Zeitschrift lesen.

Glück: weist auf die regelmässig wiederkehrende Annonce:

                          "Sucht die Welt im Buch"
                          ----
          als Stoff zu einem Thema vor.

Benjamin :   Wenn wir nur 3 Themen haben, dass wir uns dann rein
----
technisch-organisatorisch unterhalten müssen über die Abfassung
der Themen. Dann werden die vorliegenden Arbeiten den Stoff zu
einer 4. Arbeit geben.

Thema-Vorschlag Kracauer, das er bearbeiten möchte:

                        Den Fall der Korruption.

Hierzu 2 Dinge bei Ullsteins construktiv behandeln,dass man
den Urban entlassen hat, weil er hat sich bestechen lassen ,
und zweitens , dass man den Mann beim "Tempo" untersagt,
dass er seine Kritik weiter ausübt.
Die Personen sind hierbei gleichgültig. Es handelt sich dabei um
den Anstand im Verlag und die Unanständigkeit des Verlages,und
ich glaube, dass bei Ullsteins lauter anständige Leute arbeiten
können und auch arbeiten,und dass trotzdem der Verlag darum
tief unanständig ist.

          Als Gedanken-Experiment passt dies Thema ausgezeichnet
          in ein S o n d e r h e f t .

Das K r a c a u e r   in der 2. Sitzung zugedachte Thema
                  Ueber die grossen Moden der Philosophie
                  lehnt Kracauer unter ausführlicher Begründung ab.

B l o c h   wird gefragt, was er für das erste Heft schreiben will.

          Besprechung des Themas: Die verschiedenen Formen
                                  ----
          des Führertums   :

                        Gelehrten (Professor)Mannheim
          Statt des //////////////////// schlägt

Kracauer   H e i d e g k e r   vor

          Dies Thema soll W i e s e n g r u n d   angeboten werden.

          Die Themen Politiker und ////////// Freier Literat

                    Breitscheid   und   M a r c u

          sollen Brentano angeboten werden.

26. November 1930   8)

Brentano könnte eventl. unter einem Pseudonym schreiben.

Statt Hellpach als Kulturpolitiker sollte besser ein Zeitpoli-
tiker gewählt werden:Vorschläge waren:Breitscheidt und Hilferding
Braun würde hierher passen.
Man muss aufpassen, dass es nicht "Köpfe" sind. (Brecht)
Dies Thema würde sich auch zur Kollektivbearbeitung eignen(Benjamin)

Vorschlag: Das Thema aufzuteilen und in 3,4 Heften hintereinander
mit einer immer wiederkehrenden Hauptüberschrift.

Benjamin ist mehr dafür, das Thema im ersten Heft zu behandeln
und auf mehrere Leute aufzuteilen.

Das Thema T u c h o l s k y soll mit viel mehr Andacht später
abgehandelt werden (Benjamin)

Themavorschlag Kracauer: Reportage Literatur

              Dies wäre ein Thema für Brecht.

              Einen allgemeinen Artikel über das Misstrauen der
              ----
              deutschen Intellektuellen gegen die ratikale Haltung.

                 " Radikalität als Flucht"   (Hierher gehört auch
              ------------------------   Tucholsky)

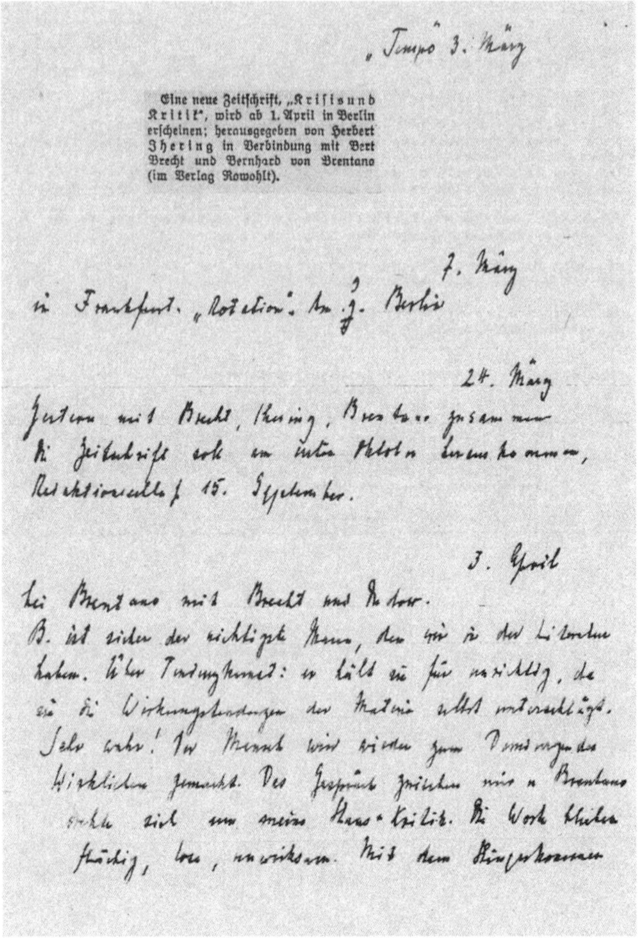
„Tempo" 3. März

Eine neue Zeitschrift, „Krisis und Kritik", wird ab 1. April in Berlin erscheinen; herausgegeben von Herbert Ihering in Verbindung mit Bert Brecht und Bernhard von Brentano (im Verlag Rowohlt).

7. März

24. März

Gestern mit Brecht, Ihering, Brentano zusammen

3. April

bei Brentano mit Brecht und

아르민 케서의 일기 속에서 발견된 조각기사 (가브리엘 케서 소유품, 취리히)

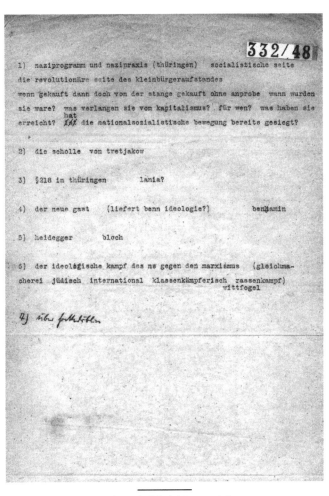

1) naziprogramm und nazipraxis (thüringen) socialistische seite
die revolutionäre seite des kleinbürgeraufstandes
wenn gekauft dann doch von der stange gekauft ohne anprobe wann wurden
sie ware? was verlangen sie vom kapitalismus? für wen? was haben sie
erreicht? hat die nationalsozialistische bewegung bereits gesiegt?

2) die scholle von tretjakow

3) §218 in thüringen   lania?

4) der neue gast   (liefert benn ideologie?)   benjamin

5) heidegger   bloch

6) der ideologische kampf des ns gegen den marxismus (gleichma-
cherei jüdisch international klassenkämpferisch rassenkampf)
                                                        wittfogel

특집 목록과 필진 명단 (BBA 332/48)

Marxistischer Klub (Name steht noch nicht fest).

Der Klub tagt jeden Montag abend ab .... Uhr im Lokal.................

Aufgabe des Klubs ist:

Der Klub bietet seinen Mitgliedern die Möglichkeit, sich einmal die
Woche zu Aussprache, Besprechungen, Unterhaltung an dritten Ort be-
quem zu treffen.

Der Klub vereinigte linksgerichtete Elemente, welche entschlossen
sind, ihre marxistischen Studien zu erweitern, zu vertiefen und auf
ihrem Fachgebiete praktisch anzuwenden.
Zu diesem Zweck veranstaltet der Klub regelmässig
a) kurze, marxistische Verträge über alle möglichen Fragen,
b) Diskussionen mit bürgerlichen Gelehrten aller Fachgebiete,
c) Aufnahme der Verbindung mit Sowjet-Wissenschaftlern. Den Mitgliedern
sollen die Ergebnisse des dialektischen Materialismus auf ihren
Fachgebieten vermittelt werden.

Der Klub tritt zunächst öffentlich nicht hervor.

Den Verstand bilden:
Dr. med. F. Weiss,/ Frau Dr... Harnack /
Geheimrat Dr. Holde / Kimpe/ P. Braun /
Dr. K.A. Wittfogel / B. Brecht / B. Brentano/
J. R. Becher / Dr. G. Lukacs / L. Feuchtwanger

Geschäftsführer:
A. Kemer / F. Grau.
Mitgliedsbeitrag beträgt RM -,50 bis RM 1,-- pro Monat. Auf Wunsch
tritt Befreiung ein.

'마르크스주의자 클럽' 관련 기록 (BBA 1518/01 04)

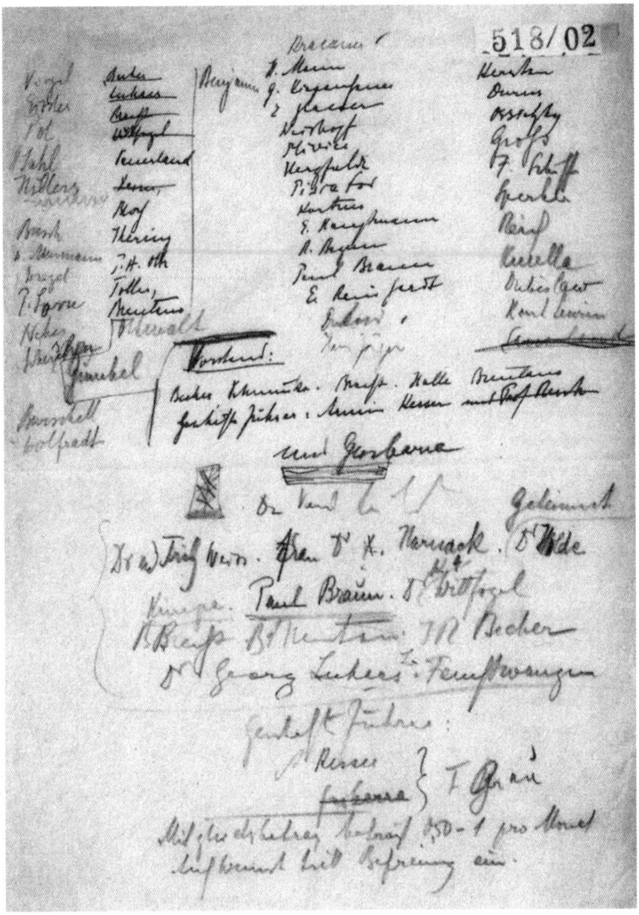

518/02

Vorstand:

Paul Braun

J.R. Becher

Dr Georg Lukacs · Feuchtwanger

Geheimrat

Vogel   Kersten
Eisler   Duruc
Pol   Ossietzky
Sahl   Grena
Hillers   Schiff
Busch   Spember
Akermann   Reich
Weigel   Kurella
Larre   Dubislaw
Neher   Kracauer
Scherchen   Dudew
Gumbel   Karl Lewin
Burschell
Welfradt
Ottwalt
Benjamin
H. Mann
Kiepenheuer
Glaeser
Weiskopf
Plivier
Herzfelde
Piscator
Hauptmann
Paul Brauer
Reinhardt
Hans Jäger

벤야민과 브레히트

R e f e r a t e .

1.) Hans J a e g e r : Nationalökonomie des Faschismus.

2.) Eisler - Vogel - (Scherchen?): Über Musik.

3.) XY: Das Weltbild der modernen bürgerlichen Physik.

4.) Behaviorismus (Psychologie).

부록 2
우정의 연대기

1924

여름, 이탈리아 카프리 섬

발터 벤야민은 카프리 섬에서 만나 연인이 된 아샤 라치스에게 베르톨트 브레히트를 소개
해달라고 부탁한다. 브레히트는 카프리 섬에서 가까운 포시타노에 머물고 있으면서도 벤
야민과 만나는 일에 관심을 보이지 않는다.

11월, 독일 베를린

라치스의 설득 끝에 브레히트는 벤야민을 만나기로 한다. 두 사람은 마이어로토슈트라세
거리 1번지에 있는 예술가 기숙사에서 만나지만, 별다른 대화를 나누지 않는다. 그후 두 사
람이 만나는 일은 거의 없었다.

1925

베를린

벤야민은—아마 브레히트도—'철학자 그룹' 모임에 참석한다.

12월, 베를린

벤야민과 베른하르트 라이히는 『데어 크베어슈니트』에 기고한 「레뷰냐 연극이냐」를 통해
레뷰의 느슨한 형식을 지지한다. 이 논문은 당시 브레히트의 연극 작업이 벤야민에게 친숙
한 것이었음을 보여준다.

1926

11월 8일, 베를린

벤야민과 브레히트는 작가 모임 '그룹 1925'의 주최로 열린 요하네스 베허의 반전소설 『(CHCl=CH)3=독가스 또는 유일하게 정의로운 전쟁』에 대한 문학재판에 참석한다.

12월 6일, 소비에트연방 모스크바

벤야민은 모스크바에 도착한 직후 아샤 라치스와 베른하르트 라이히에게 브레히트에 대해 이야기한다.

1927

베를린

벤야민, 브레히트, 클라분트, 카롤라 네허, 조마 모르겐슈테른은 루트비히 하르트의 낭독회에서 만난다. 이날 뒤풀이에서 트로츠키에 대한 토론이 벌어진다.

4월 13일, 프랑스 파리

벤야민은 지크프리트 크라카우어에게 『프랑크푸르터 차이퉁』에 『가정 기도서』에 대한 서평을 기고하고 싶다고 전한다.

1928

7월 13일, 베를린

벤야민과 브레히트는 "독일의 정신적 삶에서 슈테판 게오르게가 차지하는 위치"를 묻는 『디 리터라리셰 벨트』설문에 참여한다.

1929

3월 30일, 베를린

벤야민은 브레히트가 연출에 침여한 마리루이제 플라이서의 연극 〈잉골슈타트의 공병대〉 초연을 관람한다. 벤야민은 "군복 입은 대중 안에서 만들어지고, 명령을 내리는 군대 권력자들이 기대하는 집단적 힘"이 연극에 나타난다고 쓴다.

6월 6일, 베를린

벤야민은 숄렘에게 브레히트와 돈독한 관계를 맺게 되었다고 전한다.

6월 23일, 독일 프랑크푸르트암마인

벤야민은 (『프랑크푸르터 차이퉁』에 기고한) 『발터 메링의 시, 노래, 샹송』에 대한 서평에서 브레히트를 "베데킨트 이후 최고의 음유시인"이라고 평한다.

6월 24일, 베를린

벤야민은 숄렘에게 편지를 띄워 "최근 돈독해진 브레히트와 나의 관계"는 "그가 현재 구상하고 있는 것들에 대해 당연히 가져야 할 관심"에 기반을 둔 것이라고 전한다.

8월 30일, 베를린

벤야민은 『디 리터라리셰 벨트』의 코너인 「에른스트 쇤과의 대담」에서 쇤이 모델 프로그램 작업에 브레히트의 협력을 약속받았다고 알린다.

여름 내지 초가을, 베를린

에른스트 블로흐는 벤야민에게 "브레히트에게 그토록 빠진 이유가 무엇인지 설명해보라고" 부추긴다.

9월 18일, 베를린

벤야민은 숄렘에게 엘리자베트 하우프트만의 〈해피앤드〉가 "큰 영예가 주어지기 어려운" 공연이었다고 전한다.

10월 20일, 베를린

카를 크라우스의 "전후연극" 〈무적자〉가 뷜로플라츠 광장에 있는 폴크스뷔네 극장에서 초연된다. 벤야민은 브레히트가 처음으로 쉬프바우어담 극장에서 연출한 이 작품에 대한 비평을 『디 리터라리셰 벨트』(11월 1일)에 발표한다.

1930

4월 18일, 베를린

벤야민은 크라카우어와의 대담에서 최근에 출간된 브레히트의 『시도들』 제1집에 대한 감탄을 숨기지 않는다. 그는 이에 대한 주해를 기획하며 테제를 작성하기 시작한다.

4월 25일, 베를린

비판적 독회를 열어 "하이데거를 박살내고자" 했던 벤야민과 브레히트의 계획은 브레히트의 여행으로 좌절된다.

6월 24일, 프랑크푸르트암마인

벤야민은 쥐트베스트도이처 룬트풍크에서 방송 강연 〈베르트 브레히트〉를 진행한다.

7월 6일, 프랑크푸르트암마인

『프랑크푸르터 차이퉁』에 벤야민의 「브레히트 주해」가 실린다.

9월경

벤야민, 브레히트, 헤르베르트 예링은 로볼트 출판사에서 잡지를 내려고 준비한다. 이들은 기획안을 준비하며 논의한 끝에 지식인의 사회적 역할에 대한 입장을 합의하고, 교육학과 집필 방식에 대한 목록을 만든다. 집필 작업은 세 단계로 진행하기로 한다. "1 자본주의적 교육학 수립 / 2 프롤레타리아적 교육학 수립 / 3 계급 없는 교육학 수립 / 첫번째 단계에 서 시작하기." 브레히트는 "일정한 집필 방식의 수용"을 제안하며, 그 방식을 "법적–물리 적 집필 방식"이라고 명명한다.

가을경 , 베를린

브레히트는 베른하르트 폰 브렌타노에게 잡지의 운영진으로 자신과 예링, 벤야민, 브렌타 노를 염두에 두고 있다고 전한다.

9월 8일, 베를린

벤야민, 브레히트, 예링은 에른스트 로볼트에게 "좌파 입장을 전반적으로 분명하게 내세우 는" 잡지 프로젝트에 협력할 의향이 있음을 밝힌다.

10월 3일, 베를린

벤야민은 숄렘에게 자신이 브레히트와 오랜 대화를 나눈 끝에 잡지 『크리제 운트 크리티 크』의 슬로건을 정했다고 알린다. 벤야민은 "브레히트와의 합작에는 어떤 경우든 어려움" 이 따르는데, 이 어려움을 헤쳐나갈 수 있는 사람은 자신뿐이라고 생각한다.

11월 10일, 베를린

벤야민은 브레히트와 "바로 얼마 전"에 벌였던 "그야말로 격정적인 토론"에 대해 쓴다.

11월 21일, 베를린

예링, 벤야민, 브레히트는 『크리제 운트 크리티크』 편집회의를 한다.

11월 26일, 베를린

예링, 벤야민, 브레히트, 블로흐, 크라카우어, 구스타프 글뤼크는 『크리제 운트 크리티크』 편집회의를 한다.

12월, 베를린

벤야민은 브레히트와 대화를 나누면서 『크리제 운트 크리티크』 공동 편집위원에서 빠지는 것을 고려하게 된다.

1931

2월 5-6일, 베를린
벤야민은 숄렘에게 편지를 띄워, 독일 상황에 기대할 것이 거의 없으며, 이곳에서 관심 있는 것은 브레히트를 중심으로 꾸려진 소모임의 운명뿐이라고 전한다.

2월 6일, 베를린
〈남자는 남자다〉 베를린 샤우슈필하우스 공연을 계기로 브레히트의 서사극 이론에 대한 논쟁이 불붙는다. 이 공연을 관람했던 벤야민은 서사극 이론의 기본적인 특징을 설명하는 논문 「서사극이란 무엇인가? I」을 집필하게 된다.

2월 13일, 베를린
브레히트의 집에서 『크리제 운트 크리티크』 편집회의가 열린다. 참석자는 브레히트, 예링, 브렌타노, 알프레트 쿠렐라, 아르민 케서. 케서는 5월 말에 발행될 잡지 창간호에 알프레트 되블린의 팸플릿 「지식과 변화」에 대한 답글을 기고하기로 한다.

2월 중순, 베를린
『크리제 운트 크리티크』 창간호에 실릴 논문 세 편이 입고된다. 그러나 벤야민은 원고 중 어느 한 편도 사전에 정한 원칙에 부합하지 않고, "전문가적 권위"를 내세울 수 없다는 판단에 회의감을 느끼고 잡지의 공동 편집위원 자리를 물린다. 필자로서 협력할 마음은 있다.

3월경, 베를린
벤야민은 『프랑크푸르터 차이퉁』 편집부에 논문 「서사극이란 무엇인가? I」을 전달한다. 처음에는 논문 게재를 수락한다고 답했던 편집진은 여름쯤 대답을 뒤집는다.

3월 3일, 베를린
일간지 『템포』에서 잡지 창간 소식을 보도한다. "『크리제 운트 크리티크』라는 새로운 잡지가 4월 1일 베를린에서 창간된다는 소식이다. 헤르베르트 예링을 편집인으로 내세운 이 잡지는 베르트 브레히트, 베른하르트 폰 브렌타노의 연대로 (로볼트 출판사에서) 발행된다."

3월 7일, 베를린
해시시 실험을 하던 벤야민에게 샤우슈필하우스에서 상연되었던 〈남자는 남자다〉의 이미지들이 떠오른다.

3월 11일, 베를린
브레히트는 기자회견을 열어, 자신과 예링이 주로 비평을 다루게 될 "크리제 운트 크리티크(위기와 비평)"라는 제목의 잡지를 창간할 것이라고 공표한다.

3월 23일, 베를린

브레히트, 예링, 브렌타노, 케서는 『크리제 운트 크리티크』 편집회의를 연다. 잡지는 10월 1일에 창간하기로 하고, 9월 15일까지 편집을 완료하기로 한다.

6월 3일, 프랑스 르라방두

벤야민은 브레히트와 브레히트의 지인들―(훗날 카롤라 네허에게 자리를 내주게 되는) 엘리자베트 하우프트만, 마르고트 폰 브렌타노, 베르나르트 폰 브렌타노, 마리 그로스만, 에밀 헤세부리, 생트로페에서 온 로테 레냐와 쿠르트 바일 등―을 만난다. 이들은 「도살장의 성녀 요하나」의 집단생산에 참여한다. 또한 브레히트가 당대 유럽의 가장 위대한 작가라고 했던 트로츠키에 대한 대화를 나눈다.

6월 6일, 르라방두

브레히트는 바로 얼마 전에 출간된 카프카의 유고집 『만리장성이 축조되었을 때』를 거의 탐독하다시피 읽은 듯하다. 그는 카프카를 "예언적인" 작가라고 말하며 카프카의 작품에 대해 전적으로 긍정적인 입장을 드러내 벤야민을 놀라게 한다.

6월 8일, 르라방두

브레히트와 벤야민은 주거 방식에 대해 활발히 토론하며 일종의 주거 유형론을 전개해나간다.

6월 11일, 르라방두

브레히트는 벤야민, 빌헬름 슈파이어, 마리 슈파이어와 대화를 나누는 자리에서 자신의 청년기에 대해 이야기한다.

6월 12일, 르라방두

현재 독일에 혁명 상황이 존재하는가를 두고 토론이 벌어진다. "독일에서 혁명 상황이 전개되려면 아직 수년을 기다려야 할 것"라고 확신했던 브레히트는 독일에서 들려온 정치 뉴스에 충격을 받는다.

6월 15일, 르라방두

벤야민, 브레히트, 네허는 브렌타노 부부와 함께 마르세유에 간다. 이들은 서사극, 스웨덴 극작가 스트린드베리, 독일 극작가 게오르크 카이저, 셰익스피어에 대한 토론을 벌인다. 브렌타노 부부와 벤야민은 그곳에서 다시 파리를 향하고, 브레히트와 네허는 르라방두로 되돌아간다.

8월 9일, 프랑크푸르트암마인

벤야민은 하인츠 킨더만의 『현대문학의 얼굴』을 다룬 서평에서, 브레히트, 카프카, 셰어바르트, 되블린이야말로 현대문학의 가장 중요한 특징을 보여준 작가들이라고 쓴다. 그는 위대한 시문학의 업적과 세속적 글쓰기의 업적이 내적으로 긴밀하게 얽혀 있다고 보았다.

9-10월, 베를린

벤야민은 『디 리터라리셰 벨트』에 기고한 「사진의 작은 역사」에서 아직 출판되지 않았던 브레히트의 대중문화론인 「서푼짜리 소송」*을 언급한다.

1932

2월 5일, 베를린

『디 리터라리셰 벨트』에 벤야민의 에세이 「서사극에서의 가족극. 브레히트의 〈어머니〉 초연에 대하여」가 실린다. 이 글에서 벤야민은 브레히트의 말을 인용하면서 시작한다. "공산주의에 대해 브레히트는 말한다. 공산주의는 중도라고. '공산주의는 과격하지 않다. 과격한 것은 자본주의다.'"

7월, 독일 라이프치히

『블레터 데스 헤시셴 란데스테아터스 다름슈타트』는 '연극과 라디오방송'이라는 주제로 특별호를 발행했다. 여기에는 벤야민의 「연극과 라디오방송」, 브레히트의 「의사소통기구로서의 라디오방송」 발췌문이 실렸다.

가을, 프랑크푸르트암마인

벤야민은 요제프 로트, (『프랑크푸르터 차이퉁』에서 일했던) 프리드리히 구블러, 조마 모르겐슈테른과 함께한 반전문학에 대한 토론 자리에서, 사람들이 반전소설의 영향력을 과대평가한다고 말한다. 그는 반전소설보다 반전시, 이를테면 브레히트의 「죽은 병사의 전설」 같은 시가 더 강한 영향력을 지닌다고 말한다.

---

* 공전의 히트를 기록한 연극 〈서푼짜리 오페라〉를 영화화하는 과정에서 사회적 가치를 중시한 브레히트와 오락적·상업적 가치를 중시한 네로필름 영화사의 충돌로 야기된 법정 소송을 계기로 쓰인 글. 자본주의에 대한 브레히트의 예리한 통찰력이 담겨 있다. ―옮긴이

1933

2월 25일, 독일 쾰른

벤야민은 『쾰니셰 차이퉁』에 「짧은 그림자들 II」를 발표한다. 이 글 중 '흔적 없이 거주하기'라는 단상에서 벤야민은 브레히트의 『도시인을 위한 독본』에 나오는 "흔적을 지워라"라는 "훌륭한 구절"을 인용한다.

2월 28일, 베를린

브레히트가 망명을 떠난다. 그는 일단 프라하로 간다.

3월 17일, 베를린

벤야민이 망명을 떠난다. 그는 일단 파리로 간다.

4월 4일, 파리

베르나르트 폰 브렌타노가 브레히트에게 벤야민의 안부를 전한다.

4월 19일, 스페인 이비사 섬 산안토니오

벤야민은 브레히트의 시 「세 명의 병사」를 "상당히 도발적이면서 매우 성공적인 작품"이라고 평한다.

9월 29일, 프랑스 사나리쉬르메르

브레히트, 에바 보이 판 호보컨, 아르놀트 츠바이크는 벤야민에게 겨울 계획을 묻는 엽서를 띄운다. 브레히트는 벤야민에게 파리에 갈 예정인지 묻는다.

10월 20일, 파리

벤야민은 키티 마르크스슈타인슈나이더에게 "브레히트의 작품에 동의하는 일은 제가 취하는 입장 중 가장 중요하고 중무장된 입장을 내보이는 것"이라고 전한다.

10월 말에서 11월 초, 파리

벤야민, 브레히트, 마르가레테 슈테핀은 뤼 뒤 푸 거리에 있는 팔라스 호텔에 묵으면서 매일같이 시간을 함께 보낸다. 이들은 범죄소설 이론에 대한 대화를 나누다 범죄소설을 공동으로 집필하기로 의기투합하고, 줄거리를 짜고 모티프를 정하는 등 구체적인 작업에 착수한다. 이 시기에 벤야민은 『서푼짜리 소설』의 존재를 알게 된다. 슈테핀은 벤야민의 서한집 『독일인들』의 원고를 편찬한다.

11월 12일, 파리

헤르만 케스텐은 뒤 마고 레스토랑에서 벤야민, 브레히트, 클라우스 만, 지크프리트 크라카우어, 앙드레 제르맹에게 하인리히 만의 『증오』를 다룬 자신의 서평을 읽어준다.

12월 초, 파리

벤야민은 네덜란드 화가 아나 마리아 블라우푯 턴 카터에게 부탁해 네덜란드 암스테르담의 스테델레이크 시립극장에 브레히트의 작품들을 보낸다.

12월 7일, 파리

벤야민은 베를린에 있는 자신의 장서들을 브레히트가 머물고 있는 덴마크로 가져다놓는 계획을 추진한다.

12월 19일, 파리

브레히트와 마르가레테 슈테핀은 덴마크로 떠난다.

12월 30일, 파리

브레히트는 벤야민을 덴마크로 초대한다. 벤야민은 그레텔 카르플루스에게 편지를 띄워, 덴마크에서의 겨울을 생각하면—"그곳에서 한 사람에게만 의존하게 될까봐", "거기서 금방 또다른 형태의 고독"이 생겨날까봐, "생판 모르는 언어"를 써야 한다는 것이—두렵다고 고백한다.

12월 30일, 파리

벤야민은 게르숌 숄렘에게 브레히트가 떠난 뒤의 파리는 자신에게 죽은 도시나 다름없다고 말한다.

1934

1월 15일, 파리

벤야민은 『노래·시·합창』의 표지에 대해 조언한다. 엘리자베트 하우프트만은 브레히트에게 시집 교정본을 넘기기 전에 꼭 벤야민을 거치라고 권한다.

3월 6일, 파리

벤야민은 '소설, 에세이, 연극, 저널리즘'을 각 영역의 대표적인 인물인 '카프카, 블로흐, 브레히트, 크라우스'로 설명하는 독일의 아방가르드에 대한 연속 강좌를 기획한다.

3월 15일

덴마크 스코우스보스트란 벤야민의 책들이 덴마크에 도착한다.

4월 28일, 파리

벤야민은 1931년에 집필한 「생산자로서의 작가」로 '파시즘 연구소'에서 강연을 진행하고자 한다. 이 논문은 그가 「서사극이란 무엇인가? I」에서 수행했던 무대에 대한 분석을 저술에 적용한 것이다.

5월 4일, 스코우스보스트란

브레히트는 벤야민에게 「오늘날 프랑스 작가들의 사회적 위치에 대하여」가 "더없이 탁월한 논문"이며, "400쪽 분량의 다른 어떤 책보다 더 많은 것"을 말하고 있다고 전하며, 벤야민을 덴마크로 초대한다.

5월 6일, 파리

벤야민은 「둥근 머리와 뾰족 머리」 원고를 즐거운 마음으로 읽는다.

5월 21일, 파리

벤야민은 브레히트에게 「둥근 머리와 뾰족 머리」가 "대단히 중요하고 완전히 성공적인 작품"이라고 전한다.

6월 초, 파리

벤야민은 그레텔 카르플루스의 걱정 섞인 질문에 답장을 보낸다. 그는 '당신도 알다시피 나의 삶과 사유는 극단적인 입장들 안에서 움직인다. 합치 불가능해 보이는 사물들과 사상들을 하나로 모으는 것이 나의 기획이다. 브레히트는 이런 극단의 지점, 즉 나의 원래 모습과 반대되는 지점을 확보해주는 몇 안 되는 인물이다. 그러니 위험이 분명해 보이더라도 그와의 결속 관계가 생산적인 결과를 낳게 된다는 믿음을 가져달라'고 부탁한다.

6월 20일, 스코우스보스트란

벤야민은 덴마크에 도착해, 브레히트의 집과 이웃해 있는 로항에 부인 집에 방을 얻는다. 『서푼짜리 소설』의 완성 과정을 대단히 관심 있게 지켜본다. 7월 5일에 도착한 아이슬러는 「둥근 머리와 뾰족 머리」에 붙인 곡을 사람들 앞에서 연주한다.

7월 3일, 스코우스보스트란

벤야민은 신장병 때문에 6월 중순부터 입원해 있는 브레히트를 방문한다. 그들은 「생산자로서의 작가」를 놓고 깊은 대화를 나눈다. 이날 브레히트는 자신이 프롤레타리아계급처럼 생산수단의 진보에 관심이 있는 중상층부르주아계급 작가라고 발언한다.

7월 5일, 스코우스보스트란

벤야민과 브레히트는 카프카에 대한 대화를 나눈다. 브레히트는 카프카가 인간들이 함께 살면서 일어나는 소외의 일정한 형태, 예를 들면 "소비에트연방 비밀경찰의 행동 양식"을 예견한 작가라고 주장한다. 더불어 브레히트는 문학의 유형에는 세상을 진지하게 보는 몽상가와 그다지 진지하게 보지 않는 사색가로 나뉘는데, 자신은 후자에 속한다고 말한다.

8월 4일, 스코우스보스트란

벤야민, 브레히트, 한스 아이슬러는 카프카에 대한 대화를 나눈다.

8월 29일, 스코우스보스트란

벤야민과 브레히트는 벤야민의 논문 「프란츠 카프카」를 둘러싸고 장시간의 열띤 논쟁을 벌인다. 브레히트는 이 논문이 "유대적 파시즘"에 박차를 가하고 카프카 주위의 어둠을 흩뜨리는 대신 더욱 짙게 하고 있다고 비난한다.

9월 19일, 덴마크 드라괴르

벤야민은 브레히트의 집에서 브레히트 가족과 카를 코르슈를 만난다. 이들은 자코모 우이에 대한 풍자산문 「오늘날에는 소수의 사람들이 알고 있다」 내지 철학적 교훈시를 함께 작업한 것으로 보인다.

9월 28일, 미국 미주리 주 세인트루이스

엘리자베트 하우프트만은 브레히트에게 편지를 띄워, 벤야민이 「둥근 머리와 뾰족 머리」를 두고 구성도 훌륭하고 부르주아 연극무대에서도 성공할 가능성이 큰 작품이라고 이야기했다고 전한다.

10월 2일, 스코우스보스트란

벤야민은 드라괴르와 게세르에서 그레텔 카르플루스를 만나고 다시 스코우스보스트란으로 돌아온다.

10월 3일, 스코우스보스트란

브레히트는 런던으로 여행을 떠난다. 떠나기 전 그는 벤야민과 함께 하셰크와 도스토옙스키에 대해 집중적으로 토론한다.

10월 20일, 스코우스보스트란

벤야민은 파리를 거쳐 니스로 간다.

12월 26일, 이탈리아 산레모

벤야민은 브레히트의 『서푼짜리 소설』을 다루는 서평을 준비한다.

1935

1월 7일, 산레모

벤야민은 테오도어 W. 아도르노에게 편지를 띄워 『서푼짜리 소설』이 "대단히 성공적인 작품"이라고 전한다. 브레히트에게는 그 작품이 "생명력이 매우 긴 작품"이 될 것이라고 전한다.

2월 6일, 스코우스보스트란

헬레네 바이겔은 벤야민에게 『서푼짜리 소설』에 대한 서평들을 전달한다. 브레히트는 벤야민에게 서평을 빨리 완성해달라고, 엘리자베트 하우프트만도 미국에서 원고를 기다리고 있다고 재촉한다.

2월 26일, 산레모

벤야민은 구스타프 글뤼크에게 파리에서 '사회조사연구소' 사람들과 만나기로 했기 때문에 덴마크로 갈 수 없다고 편지한다.

2-3월, 산레모

벤야민은 아샤 라치스에게 자신의 『서푼짜리 소설』 서평이 4월에 발표된다고 전한다. "저는 이 소설이 세계문학에서 스위프트와 나란히 한자리를 차지하게 될 것이라고 생각합니다."

3-4월, 암스테르담

『디 잠룽』의 편집인 클라우스 만은 잡지에 게재하기로 했던 벤야민의 『서푼짜리 소설』 서평을 돌려보낸다. 벤야민이 요구하는 높은 고료를 지불할 수 없다는 이유였다.

5월 20일, 파리

벤야민은 브레히트에게 「브레히트의 『서푼짜리 소설』」을 출판할 수 있도록 도와달라고 한다. 또 벤야민은 브레히트의 에세이 「진리에 대해 쓸 때 따르는 다섯 가지 어려움」에 대해 다음과 같이 평한다. "무미건조하다. 따라서 완전히 고전적인 작품이 지닌 무제한적인 저장 가능성을 배태하고 있다."

5월 20일, 영국 옥스퍼드

아도르노는 벤야민이 보낸 「파사주 개요」를 받은 뒤 "브레히트가 이 작업에 영향력을 행사했다면 불행한 일"일 것이라고 답한다.

5월 25일, 파리

벤야민은 베르너 크라프트에게 「진리에 대해 쓸 때 생기는 다섯 가지 어려움」이 "고전적인 글이며, 자신이 아는 최초의 완벽한 이론적 산문"이라고 평한다.

5월 31일, 파리

벤야민은 아도르노에게 보낸 편지에서, 브레히트와의 영향력 있는 만남이 기저되준 것이 "이 작업에서의 모든 아포리아 중에서도 정점"에 해당한다는 사실을 인정한다. 또 이 프로젝트에서 브레히트와의 교류가 적지 않은 의미를 점하고 있지만 자신은 그 한계를 알고 있다고, 브레히트와의 교류에서 비롯된 그 어떤 "지침"도 잘라낼 수 있다고 쓴다.

6월 6일, 체코슬로바키아 프라하

빌란트 헤르츠펠데는 브레히트에게 벤야민과 파리에서 예술비평과 이론적 문제에 대해 오랫동안 흥미로운 대화를 나누었다고, 자신과 벤야민이 상당한 합의를 이끌어냈다고 전한다.

6월 16일, 파리

브레히트는 카린 미샤엘리스와 '문화수호를 위한 국제작가회의'에 참석하기 위해 파리에 온다. 벤야민은 가르 뒤 노르 역으로 이들을 마중나간다. 벤야민에게 브레히트와의 만남은 "가장 즐거운 일, 아니 그 회의에서 거의 유일했던 즐거운 일"이 된다.

6월, 파리

브레히트는 리자 테츠너에게 벤야민의 『독일인들』이 "독일 편에서는 대단히 우쭐해질 법한 선집"이라고 설명하며, 스위스에서 이 책을 출판해줄 곳을 찾아봐달라고 부탁한다.

9월 15일, 덴마크 투뢰

마르가레테 슈테핀은 벤야민에게 브레히트의 작업과 계획에 대해 전한다. 그녀는 벤야민에게 논문 「중국 극예술에 대한 소견」을 프랑스에서 발표할 수 있게 도와달라고 부탁한다.

10월 초, 파리

벤야민은 「중국 극예술에 대한 소견」이 "전적으로 탁월한 작품"이라고, 교육극 「호라티우스 가문과 쿠리아티우스 가문」은 "교육극 중 가장 완벽한 것"이라고 평한다.

10월 16일, 덴마크 코펜하겐

슈테핀은 벤야민에게 편지를 보낸다. 브레히트의 아포리즘 선집에 서문을 써줄 수 있는지, 말리크 출판사에서 출간될 브레히트 전집 리플릿에 브레히트에 대한 어떤 글을 실으면 좋을지 등을 묻는 내용이다. 편지에는 「수집가이자 역사가 에두아르트 푹스」를 『인터나치오날레 리터라투어』에 소개하겠다는 이야기도 담겨 있다.

10월 28일, 파리

벤야민은 「호라티우스 가문과 쿠리아티우스 가문」이 '중국연극의 특정 기법을 탁월하게 응용한 사례"라고 본다.

1936

1월 30일, 파리

벤야민은 브레히트와 하이네에 대한 베르너 크라프트의 논평에 대해 다음과 같이 응답한다. 확실히 전통이라는 것이 존재하지만, 브레히트에게서 발견되는 전통은 지금까지 사람들이 찾지 않았던 방향에 있다는 것. 그가 예로 드는 그 전통은 바이에른의 민중시, 남독일 바로크 시대의 교훈적이고 우화적인 설교 등이다.

4월, 영국 런던

브레히트는 코르슈의 언급 덕분에 읽게 된 벤야민의 논문 「언어사회학의 문제들」에 "굉장히 감탄"한다. "문체도 훌륭하고 소재를 폭넓게 개관하고 있는", "현대 연구에 적합한 신중함을 보여준", "새 백과사전으로 발전시켜도 될" 논문이라고 칭송한다. 그는 벤야민에게 여름에 덴마크로 오라고 초대한다.

5월 28일, 파리

벤야민은 런던에 있는 마르가레테 슈테핀에게 「기술복제시대의 예술작품」 독일어 원고가 『다스 보르트』에 실리는 일을 매우 중요하게 생각한다고 전한다.

7월 20일, 런던

브레히트는 프랑스 출판사 에디시옹 소시알 앵테르나시오날에 편지를 띄워, 『서푼짜리 소설』의 번역가를 새로 찾을 때 자신의 친구 벤야민과 의논해달라고 요청한다.

7월 28일, 런던

브레히트와 마르가레테 슈테핀은 스코우스보스트란으로 돌아간다.

8월 3일, 스코우스보스트란

벤야민이 브레히트의 집에 도착한다. 「기술복제시대의 예술작품」을 개고한다. 브레히트가 이 논문을 수용하는 과정에서 "저항, 아니 충돌이" 일어난다. 일주일 뒤 벤야민은 공동 작업의 "성과가 아주 좋았다"고, "논문의 핵심을 전혀 건드리지 않으면서 여러 점에서 특기할 만한 개선"을 이끌어내 "분량도 4분의 1가량 더 늘어났다"고 쓴다.

8월 9일, 스코우스보스트란

벤야민과 브레히트는 『다스 보르트』의 편집인 빌리 브레델에게, 「기술복제시대의 예술작품」 논문 수정 때문에 시간을 지체했다면서, 「파리 편지」의 마감을 연기해달라고 부탁한다.

8월 13일, 스코우스보스트란

벤야민은 스위스 신학자 프리츠 리프에게 「성서의 복음과 카를 마르크스」를 브레히트가 읽을 수 있도록 한 부만 보내달라고 부탁한다. 그는 브레히트가 그 논문을 읽는 것이 매우 중요하다고 생각한다.

9월 5일, 스코우스보스트란

벤야민은 빌리 브레델에게 편지로, 브레히트가 '파리 편지'라는 표제를 유지해달라고 "각별히 부탁"했다고 알린다. 브레히트가 원고를 청탁하면서 "자신은 편지 고유의 고전적이고 문학적인 보고 형식을 특별히 중시한다"고 했다는 것이다. 이 편지가 브레히트를 거쳐 브레델에게 전해지는 과정에서, 브레히트는 다음과 같이 덧붙인다. "파리에 대한 논문은 그야말로 '편지'로 쓰인 것입니다. 다시 말해 상당히 느슨하게 구성된 것이지요." 그는 이런 편지들을 고정 꼭지로 만들어 연재하는 것이 잡지를 위해서도 좋겠다고 제안한다.

9월 중순, 스코우스보스트란

벤야민은 파리를 거쳐 산레모로 간다.

11월 4일, 파리

벤야민은 마르가레테 슈테핀에게 『독일인들』을 보내며, 『다스 보르트』 편집진이 「기술복제시대의 예술작품」에 대한 입장을 밝혀왔는지 문의한다. 브레히트는 이 원고의 출판을 지지하고 있다.

12월 초, 스코우스보스트란

브레히트는 벤야민에게 「파리 편지 II」의 집필을 독려한다. 『다스 보르트』 편집진으로부터 「기술복제시대의 예술작품」 수락 여부에 대한 답변은 아직 받지 못한 상태다. 그는 앙드레 지드의 책 『소비에트연방에서의 귀환』의 사본과 지드가 불러일으킨 반향에 대한 자료도 부탁한다.

12월 12일, 파리

벤야민은 슈테핀에게 "지드의 보고서에 대한 공산당원들의 분노가 도를 넘었다"고, 지드의 책 사본을 부치겠다고 쓴다.

1937

3월 초, 스코우스보스트란

브레히트는 맥스 고렐릭에게 편지를 띄워, '디드로 학회'가 출판할 논문 목록에 「기술복제시대의 예술작품」을 올릴 것이라고 전한다.

3월 22일, 덴마크 스벤보르

마르가레테 슈테핀은 벤야민에게 '디드로 학회' 창립을 호소한 브레히트의 성명서를 장 르누아르와 레옹 무시냐크에게 전해달라고 부탁한다.

3월 28일, 모스크바

빌리 브레델은 벤야민에게 『다스 보르트』에서 「기술복제시대의 예술작품」 게재에 "당분간 유보적인 입장을" 취하게 되었다고 전한다. 그 논문은 분량이 많아 연재물로 실어야 할 텐데 그건 별로 좋은 생각이 아니라는 것이다.

3월 29일, 파리

벤야민은 브레히트에게 편지를 쓴다. 편지에는, 『서푼짜리 소설』의 새 번역가를 찾았다, '디드로 학회' 창립을 호소한 브레히트의 성명서는 훌륭하지만 프랑스의 독자들이 창립 강령을 접하게 될 기회에 대해 의구심을 든다, 푹스 논문을 완성했고, 카를 구스타프 요흐만이라는 작가를 "발견"했다 등의 내용이 담겨 있다.

4월 9일, 스벤보르

슈테핀은 벤야민에게 편지를 띄워, 브레히트가 『다스 보르트』의 저명한 문화유산 목록에 무슨 일이 있어도 요흐만 논문을 올리고 싶어한다고 전한다. 그녀는 편지에, 편집진으로부터 더없이 비통한 취급을 당했던 벤야민이 다시는 어떠한 논문도 보내고 싶어하지 않는다는 것을 브레히트도 이해한다고, 그는 지금 벤야민이 자신이 무성의하다고 볼까봐 아주 걱정하고 있다고, 그러나 편집진에게 보낸 브레히트의 편지 중에 벤야민 건을 독촉하지 않은 편지는 하나도 없다고 쓴다.

4-5월, 스코우스보스트란

브레히트는 벤야민에게 바이겔이 연기하게 될지도 모르는 파리의 카바레 '등'에 대해 알려달라고 부탁한다. 브레히트는 벤야민의 푹스 논문 대해 편지를 쓴다. 이 편지는 발송되지 않은 것으로 보인다. "아무런 장식도 없지만, 모든 부분에서 (과거의 좋은 의미에서) 기품이 있습니다. 당신의 글은 거울에 비추어 나선을 길게 늘이지도 않습니다. 당신의 글에서는 언제나 당신이 대상 안에 머물고 있거나 대상이 당신 안에 들어 있습니다"

7월 3일, 모스크바

『다스 보르트』의 편집위원 프리츠 에르펜베크는 브레히트의 책이 나온 지가 너무 오래되었다는 이유를 들면서 논문 「브레히트의 『서푼짜리 소설』」을 벤야민에게 되돌려보낸다.

9월 12일경, 파리

브레히드와 바이겔은 파리로 간다.

9월, 파리

벤야민은 에투알 극장에서 열린 〈서푼짜리 오페라〉(공동 연출 브레히트) 리허설을 참관한다. 그는 9월 28일 초연(아니면 10월 공연)을 본 뒤, 작품의 원천과 등장인물에 대한 글을 프랑스어로 집필한다.

10월, 파리

브레히트는 살 아디아르 극장에서 헬레네 바이겔을 주인공을 세운 〈카라르 부인의 무기들〉을 연출한다. 초연이 있던 10월 16-17일, 벤야민은 브레히트에게 프리츠 리프를 소개한다. 벤야민은 자신의 장서들도 가져올 겸, 크리스마스를 덴마크에서 보내기로 한다.

10월 6일, 파리

벤야민은 『유럽』의 편집인으로 활동하는 작가이자 정치인 장 카수로부터 〈서푼짜리 오페라〉의 주해를 부탁받는다.

11월 3일, 오스트리아 빈

바이겔은 벤야민에게 편지를 보내, 11월 12일에 파리에 갈 예정인데 자기에게 시간을 내줄 수 있는지 묻는다.

11-12월, 스벤보르

슈테핀은 브레히트를 대신해서 벤야민에게, 말리크 출판사에서의 브레히트 전집 출간에 맞추어 두 편의 논문을 집필해달라고 부탁한다. "한 편은 (크라글러에서 갤리 게이, 피첨, 칼라스 등에 이르는) 브레히트 희곡에 등장하는 중요한 인물들에 대한 글이고, 다른 한 편은 브레히트 희곡의 중요한 플롯에 대한 글입니다."

12월 9일, 모스크바

에르펜베크는 벤야민에게 『다스 보르트』에 실릴 브레히트 전집 서평을 청탁한다. 그는 브레히트에게 추천을 받았다는 전언과 함께 브레히트의 편지를 동봉한다.

1938

2월 1일, 스벤보르

마르가레테 슈테핀은 브레히트의 작중인물 및 줄거리를 다루는 논문 집필에 대한 브레히트의 부탁을 재차 전달한다.

2-3월, 스코우스보스트란·모스크바

브레히트와 에르펜베크는 벤야민에게 희곡 전집들에 대한 글을 집필해달라고, 이 제안에 최종적으로 어떤 결정을 내렸는지 알려달라고 재촉한다.

3월 12일, 스코우스보스트란

브레히트는 벤야민에게 아나 제거스의 소설『구원』에 대한 서평을『다스 보르트』에 기고하지 않겠느냐고 물어본다.

5월, 파리

헬레네 바이겔은 〈제3제국의 공포와 비참〉에서 여덟 장면을 추려낸 발췌극 〈99퍼센트〉 리허설을 위해 파리로 온다. 벤야민은 패랭이꽃으로 그녀에게 인사를 전하며, 브레히트에게 새로운 소식이 있는지 묻는다. 또한 브레히트의 「노자가 망명길에『도덕경』을 쓰게 된 경위에 대한 전설」에 감탄한다. 한편, 슬라탄 두도프는 〈99퍼센트〉 리허설에 아무도 오지 못하게 한다.

5월 21-22일, 파리

벤야민은 이에나 극장에서 초연된 〈99퍼센트〉를 관람한다.

5월 30일, 스코우스보스트란

슈테핀은 벤야민에게 편지를 띄워, 브레히트가 벤야민에게 〈99퍼센트〉 공연에 관한 비평문을 써주었으면 한다고 전한다. "전문가의 판단을 듣고 싶다는군요." 한편 덴마크 경찰이 브레히트에게 벤야민의 체류 계획에 대해 묻자, 브레히트는 체류 기간에 대해서는 정해둔 바가 없지만 두 달에서 넉 달 정도 머물 예정이라고 말한다. "흔히 있는 휴가철 방문입니다. 방문 당사자가 어떤 특별한 일을 하지는 않을 것입니다."

6월 22일, 스코우스보스트란

벤야민은 스코우스보스트란에 도착해서 브레히트의 이웃인 과수원 주인 톰센 집에 방 한 칸을 얻는다. 벤야민이 기록으로 남긴 당시의 대화 주제들은 푸블리우스 베르길리우스 마로와 단테, 마르크스주의와 그 이론가들, 국가의 소멸, 소비에트연방 작가들의 문학 등이다.

6월 29일, 스코우스보스트란

벤야민과 브레히트는 서사극, 논리실증주의, 소비에트연방의 "숙청"에 대한 대화를 나눈다.

6월 30일, 프라하·스위스 취리히·파리

『디 노이에 벨트뷔네』는 〈99퍼센트〉를 다룬 벤야민의 비평문 「브레히트의 단막극」을 싣는다.

7월 1일, 스코우스보스트란

벤야민과 브레히트 등은 소비에트연방의 정치적 탄압과 에른스트 오트발트의 실종 등에 대한 대화를 나눈다. 마르가레테 슈테핀은 트레티야코프가 이미 살아 있지 않을 것이라고 추측한다.

7월 3일, 스코우스보스트란

벤야민과 브레히트는 보들레르에 대한 대화를 나눈다.

7월 20일, 스코우스보스트란

벤야민은 키티 마르크스슈타인슈나이더에게 브레히트와의 우정에도 불구하고 자신은 자신의 작업을 철저하게 격리시키도록 신경쓰고 있다고 전한다. 자신의 작업은 브레히트가 소화하기 어려운 요소들을 포함하고 있기 때문이라는 이유다. 한편 벤야민은 그레텔 아도르노에게 편지를 띄워, 브레히트는 소비에트 이론가들의 노선이 "우리가 지난 이십 년 전부터 지지해온 모든 것에 참담한 결과"를 가져왔다고 본다고 전한다.

7월 21일, 스코우스보스트란

벤야민은 죄르지 루카치나 쿠렐라 같은 당 이론가들의 저서, 소비에트 경제에서의 군비, 노동운동에 대한 마르크스와 엥겔스의 입장 등에 대한 브레히트의 발언—"러시아에서는 개인통치가 지배하고 있다"—을 기록한다.

7월 24일, 스코우스보스트란

벤야민과 브레히트가 대화를 나눈다. 화두는 브레히트의 시 「소떼를 몰고 가는 농부」, 스탈린에 대한 입장들, 러시아의 사태를 회의적으로 볼 수밖에 없는 어떤 혐의가 존재한다는 사실을 저술을 통해 입증했던 트로츠키 등이다. 브레히트는 언젠가 이러한 혐의가 진짜인 것으로 밝혀진다면 "그 정부에 맞서 싸워야 한다, 그것도 공개적으로"라고 말한다. 하지만 "유감스럽게도 혹은 다행히" 그러한 혐의는 오늘날에는 아직 확인되지 않았다고 덧붙인다. 대화는 다시 루카치, 안도르 가보르, 쿠렐라, 마르크스의 저서들, 괴테의 『친화력』, 아나 제거스에 대한 주제로 흘러간다.

7월 25일, 스코우스보스트란

브레히트는 벤야민의 보들레르 논문이 "읽을 가치가 있는 글"이라고 기록한다. 그러나 아우라 개념을 두고서는 "상당히 끔찍한" "신비주의"라고 비판한다.

7월 28일, 스코우스보스트란

브레히트는 『다스 보르트』 편집부에 편지를 보내, 벤야민과의 계약(아마도 분명 『브레히트 시 주해』 출판 건)을 재가하라고 요구한다.

7월 29일, 스코우스보스트란

브레히트는 벤야민에게 "루카치와의 여러 논쟁적인 대결"을 읽어주면서 "위장된 형태지만 격렬한 이러한 공격들"을 공개해야 할지에 대해 묻는다. 이는 권력의 문제라는 것. 자신은 모스크바에 아는 친구가 아무도 없는데, 모스크바 사람들도 "죽은 자들"인 듯 친구가 없기는 마찬가지라는 이야기도 한다. 한편 브레히트가 동요들을 (『스벤보르 시집』의 가제였던) 『망명지에서 보내는 시집』에 수록하는 문제로 벤야민에게 의견을 구하면서, 파시즘에 대한 대화가 촉발된다. 벤야민은 "파시즘의 힘에 대적할 만한" 어떤 힘이 자신에게 가해지는 것을 느낀다.

8월 초, 스코우스보스트란

두 사람의 대화는 계속된다. 브레히트는 러시아에서는 독재 권력이 프롤레타리아계급을 지배하고 있다고 말한다. 벤야민은 브레히트가 명명한 소위 "노동자 왕국"을 "심해에서 출현한 뿔 달린 물고기 내지 어떤 괴물" 같은 "그로테스크한 형상"과 비교한다.

8월 3일, 스코우스보스트란

벤야민은 막스 호르크하이머에게 편지를 띄워, 소비에트연방에 대한 자신과 브레히트의 입장을 해명한다. 그는 소비에트연방이 여전히 장차 있을 전쟁에서 우리의 이해관계를 대변하는 곳이기는 하지만, 치러야 할 희생의 규모 면에서 보면 "상상할 수 있는 가장 값비싼 대변인"이라고 말한다. 브레히트도 현재의 러시아 정권이 모든 면에서 경악스러운 독재 정권이라는 사실을 알고 있다고, 아마도 처형당했을 브레히트의 친구이자 번역가였던 트레티야코프의 사례를 들지 않더라도 마찬가지라고 쓴다.

8월 13일, 스코우스보스트란

브레히트는 프로이트가 성욕을 언젠가는 소멸하는 것으로 보았다는 벤야민의 해석을 논평하는 글을 『작업일지』에 남긴다.

8월 말, 스코우스보스트란

벤야민은 아이들의 떠드는 소리가 작업을 방해한다면서 숙박 장소를 옮긴다. "사실상 이곳에서 편하게 거주할 가능성이란 없다"고 아도르노 부부에게 전한다.

9월 중순, 덴마크 코펜하겐

벤야민은 보들레르 논문을 인쇄하기 위해 열흘간 코펜하겐에 머문다. 29일에 스코우스보스트란으로 되돌아간다.

9월 말, 스코우스보스트란

에르펜베크가 일주일간 브레히트 집에 머문다. 그곳 사람들은 라디오로 뮌헨회담 관련 뉴스를 들으면서 정세를 살핀다.

10월 4일, 스코우스보스트란

벤야민이 아도르노에게 편지를 보낸다. "지난여름 브레히트와의 교제가 여느 때보다 원활했고 갈등이 없었던 만큼 이번에 그를 남겨놓고 떠나는 심정이 더 착잡합니다. 그동안 익숙해 있던 것보다 훨씬 더 문제없이 이루어진 대화에서 그의 고립감이 점점 더해가고 있다는 표지를 보게 되었기 때문입니다." 벤야민은 이러한 고립을 "우리의 공통분모에 바친" 충성의 결과라고 본다. 그는 또 연구에 몰두하는 동안에는 다른 어떤 독서도 하지 못하기 때문에 『율리우스 카이사르의 사업』을 거의 들여다보지 못했다고 쓴다.

10월 16일경, 스코우스보스트란

벤야민은 브레히트 집에 보관해두었던 "수백 권"의 장서를 파리로 모두 보낸 뒤, 덴마크를 떠난다.

11월 6-8일, 예루살렘

숄렘은 벤야민에게 편지를 띄워 미국 여행 소식을 전하며, 사회조사연구소 사람들이 "열렬한 반스탈린주의자들"임을 알게 되었다고, 또 브레히트에 대한 "어떤 호의적인 말도 들어보지 못했다"고 이야기한다.

12월, 스벤보르

마르가레테 슈테핀은 벤야민에게 『율리우스 카이사르의 사업』 사본을 하나 만들어주고 싶다고 전한다. 그녀는 벤야민에게 소설에 대한 생각을 브레히트에게 편지로 상세히 알려달라고 부탁한다.

12월 12일, 스벤보르

브레히트는 '사회조사연구소'에서 벤야민의 보들레르를 다룬 에세이를 거부한 이유가 무엇인지 매우 궁금해한다. "브레히트가 안부를 전합니다. 그는 시집(『스벤보르 시집』)에 대한 당신의 논문(『브레히트 시 주해』)이 나오기를 진심으로 기다리고 있습니다."

1939

2월, 스코우스보스트란

브레히트는 거절당한 보들레르 에세이 중 일부를 『다스 보르트』에 게재하는 일을 마르가레테 슈테핀을 통해 벤야민에게 제안한다. "그렇게 되면 정말로 좋을 거예요, 그 글은 사람들의 관심을 끌 것입니다."

2월 26일, 스코우스보스트란

브레히트가 다음과 같이 메모한다. 벤야민과 에르펜베크 등 "최고의 지성을 갖춘 사람들이 그 소설[『율리우스 카이사르의 사업』]을 이해하지 못한 채, 좀더 인간적인 관심을 그 안에 녹여넣으라고, 낡은 소설에서 더 많은 요소를 취하라고 제안하다니!"

3월 20일, 파리

벤야민은 『브레히트의 시 주해』 원고를 『다스 보르트』에 전달해달라는 전언과 함께 브레히트와 슈테핀에게 부친다. 이 버전을 완성본이라고 생각하지는 않지만 가까운 시일 안에 보완 작업을 끝내기는 어렵다고도 덧붙인다. 또한 벤야민은 보들레르 논문을 『다스 보르트』에 소개하고 싶다는 브레히트의 제안에 고마움을 표하면서도, 이 논문 중 한 단락을 새로 써서 『차이트슈리프트 퓌르 조치알포르슝』에 싣기로 했기 때문에 고사할 수밖에 없다고 답한다.

3월 말, 파리

벤야민은 「갈릴레이의 생애」를 밀랍 주형으로 인쇄한 교정쇄를 전달받는다.

4월 23일, 스위스 바젤

『슈바이처 차이퉁 암 존탁』 지면에 저항 담론을 담은 리프의 기고문 「우리가 총을 쏘아야 하는 이유」, 브레히트의 시 「노자가 망명길에 『도덕경』을 쓰게 된 경위에 대한 전설」, 이 시에 대한 벤야민의 주해가 실린다.

5월 3일, 파리

벤야민은 리프에게 「노자가 망명길에 『도덕경』을 쓰게 된 경위에 대한 전설」과 이 시에 대한 자신의 해설이 함께 발표되어서 기쁘다고 전한다. 그는 다음과 같은 이유를 들면서 증정본을 요청한다. "이러한 출판물의 주된 목적은 적절한 사람들의 손에 들어가는 데 있습니다. 그것은 제가 의도하는 바이기도 합니다."

5월 중순, 프랑스 퐁티니

벤야민은 연구를 위해 부르고뉴의 시토회 수도원에 체류하면서, 스페인내전에 참전한 (주로 독일인들과 오스트리아인들로 구성된) 국제 여단 소속 단장들이 〈제3제국의 공포와 비참〉 중 몇 장면을 공연할 계기를 마련해준다.

5월 중순, 스웨덴 리딩괴

슈테핀은 벤야민에게, 벤야민의 훌륭한 시 주해서가 출판되면 브레히트도 기뻐할 것이라고, 리프의 신문에 실린 주해만 보고도 기뻐했다고 전한다.

6월 중순, 파리

벤야민은 브레히트에게 자신이 직접 나서기는 어렵다고 말하며, 『브레히트 시 주해』 출판을 위해 『인터나치오날레 리터라투어』에 다리를 놓아달라고 부탁한다.

6월 중순, 취리히

『마스 운트 베르트』 7/8월호에 벤야민의 논문 「서사극이란 무엇인가? II」가 익명으로 실린다. 이 잡지에는 (시도하는 데 그친) 벤야민과의 대담에서 브레히트에 대한 거부 입장을 밝힌 페르디난트 리온의 논문, 「제3제국의 공포와 비참」 중 산상수훈 장면도 함께 실린다.

6월 22일, 리딩괴

브레히트는 벤야민의 부탁대로 자신의 시 주해서 출판을 위해 나설 수 있기야 하겠지만, 자신이 잡지 관계자들에게 어떤 것도 관철시킬 수 없는 만큼 잘 될 것 같지 않다고 전한다. "브레히트는 당신이 브레히트 자신의 지원을 기대하고 있다는 말을 듣자 힘없이 미소지었습니다." 브레히트를 대신해 편지를 쓴 슈테핀은 또 벤야민이 『스벤보르 시집』을 가지고 있는지, 그 책을 어떻게 생각하는지에 대해 물어본다.

8월, 리딩괴

슈테핀은 벤야민에게 『마스 운트 베르트』에 실린 「서사극이란 무엇인가? II」가 "솔직히 말하면" 마음에 들지 않았다고 고백하면서, 자신의 친구들도 마음에 들어하지 않았다고 덧붙인다. 친구들이란 브레히트와 바이겔 정도를 가리킨다.

8월 16일, 스위스 퀴스나흐트

베르나르트 폰 브렌타노는 브레히트에게 파리에서 벤야민과 만났다는 소석을 전하며, 벤야민의 상황이 참담하지만 자신도 그를 도울 수 없다고 이야기한다. "어려운 처지에도 불구하고 그는 늘 활발하고 풍부한 사상을 지닌 사람이었습니다. 『마스 운트 베르트』에서 그러한 두뇌의 소유자에게 일을 주지 않는다니, 얼마나 어리석은 사람들인지요."

9월 4일, 파리

프랑스가 독일에 선전포고를 하기 전날, 벤야민은 수많은 망명객과 함께 체포되어, 파리 스타드 콜롱브 경기장에 억류되었다가 느베르 수용소로 이송된다.

1940

봄, 파리

벤야민은 테제들로 구성한 「역사의 개념에 대하여」와 관련하여 브레히트의 텍스트들을 거듭 인용한다. 그는 논문 한 부를 브레히트에게 보내고 싶어한다.

5월 5일, 파리

벤야민은 슈테판 라크너에게 자신은 브레히트만 생각하면 불안이 엄습해온다고 이야기한다.

6월 초, 프랑스 파리

독일군이 파리를 점령한 6월 14일 직전에 벤야민은 자신의 누이 도라와 함께 도시를 떠난다.

6월, 핀란드 헬싱키

브레히트는 리프에게 벤야민의 안부를 묻는다. "지난여름 이후 우리의 친구 발터 벤야민에 대해 아무 소식도 듣지 못했습니다."

9월 22일, 스위스 바젤

리프는 벤야민에게 핀란드에 있는 브레히트가 벤야민의 안부를 물어왔다는 내용을 담은 엽서를 보낸다. 하지만 이 엽서는 벤야민에게 도착하지 못한다.

9월 26일, 스페인 포르부

벤야민은 스페인 국경지역의 한 호텔에서 치사량의 모르핀을 삼킨다.

1941

8월, 미국 캘리포니아 주 샌타모니카

귄터 안더스는 미국에 도착한 브레히트에게 벤야민의 사망 소식을 알린다. 브레히트는 「역사의 개념에 대하여」를 읽고, 벤야민이 『율리우스 카이사르의 사업』을 읽고 난 다음 이 글을 집필할 수 있었을 것이라고 생각하는 한편, 다음과 같이 논평한다. 이 테제들은 "(형이상학과 유대적인 사유에도 불구하고) 분명하고 간결하다. 그와 같은 글을 최소한 오해라도 하지 않을 사람이 몇 안 된다는 사실을 생각하면 놀라울 따름이다." 얼마간의 시간이 흐른 뒤, 브레히트는 벤야민을 추모하는 시 「사망자 명단」, 「어디 있는가 벤야민, 그 비평가는?」, 「히틀러로부터 도주하던 중 목숨을 끊은 발터 벤야민에게」, 「망명객 W. B.의 자살에 대하여」를 쓴다.

가을, 미국 로스앤젤레스

브레히트는 아도르노와 만나 벤야민이야말로 "자신의 가장 훌륭한 비평가"였다고 말한다.

1942

로스앤젤레스

브레히트와 조마 모르겐슈테른은 "발터 벤야민에 대해 자주" 이야기한다. 모르겐슈테른은 "나에 대한 비난이라면 모를까" 벤야민에 대해서는 브레히트가 "어떠한 비난도 하지 않았다"고 전한다.

2월 11일, 로스앤젤레스

막스 호르크하이머는 레오 뢰벤탈에게 '사회조사연구소'에서 준비하는 발터 벤야민 추모집에, 브레히트에게 몇 쪽짜리 글을 청탁해 싣자고 제안한다. "브레히트가 벤야민의 친한 친구였다는 사실은 알고 계시죠."

1946

10월 15일, 미국 뉴욕

한나 아렌트는 브레히트에게 뉴욕의 쇼켄 출판사에서 "벤야민의 유고집을 출판하려고" 한다고 전하며, 브레히트에게 출판을 위한 조언을 구한다. 아울러 벤야민에 대한 글과 (얼마 전에 하인리히 블뤼허에게 약속한) 「브레히트와의 대화」에 대한 해설을 청탁한다.

1948

4월, 취리히

브레히트는 신학자 카를 티메에게, 벤야민이 생애 마지막 순간에 억류되어 있던 프랑스의 수용소에서 「노자가 망명길에 『도덕경』을 쓰게 된 경위에 대한 전설」을 여러 차례 낭송했다고 전한다. "벤야민은 자신을 지나가게 해줄 국경 파수꾼을 끝내 만나지 못했던 것입니다."

1955

여름, 베를린

브레히트, 베르너 크라프트, 페터 후헬은 게오르크 하임과 벤야민의 유고에 대해 이야기한다. "브레히트는 두 사람 모두에게 깊은 관심을 보였다. 그는 그들의 글이 동독에서든 서독에서든 출판되기를 원했다."

부록 3
브레히트의 시
「노자가 망명길에 『도덕경』을 쓰게 된 경위에 대한 전설」•

1

나이 칠순이 되어 노쇠해졌을 때,
선생은 쉬고 싶은 마음이 간절했다.
나라에서는 선이 다시 쇠약해지고
악이 다시 득세하게 되었기 때문이다.
그래서 그는 신발끈을 매었다.

2

그는 필요한 것들을 챙겼다.
별것은 없었지만 몇 가지를 이것저것.
저녁이면 피우던 담뱃대와
항상 읽던 얇은 책 따위,

눈대중으로 흰 떡도 조금 챙겼다.

3
산골짜기를 기꺼운 눈으로 되돌아보던 그는
산길로 접어들자 이내 잊었다.
황소는 싱싱한 풀을 반기며
노인을 태운 채 천천히 씹으며 갔다.
그것도 노인에게는 충분히 빠른 걸음이었으니.

4
나흘째 되던 날 돌길에서
세리 한 명이 길을 막았다.
"세금 매길 만한 귀중품은 없소?"—"없어요."
황소를 몰고 가던 동자가 말했다. "이분은 가르치는 분이셨어요."
이렇게 자초지종까지 밝혀졌다.

5
남자는 들뜬 기분에 또 물었다.
"이분이 터득하신 바는 무엇이냐?"
동자가 말했다. "흘러가는 부드러운 물이
시간이 흐르면 단단한 돌을 이긴다는 것이요.
단단한 것이 굴복한다는 것을 이해하시겠어요?"

벤야민과 브레히트

6

저물기 전에 서둘러야 했던
동자는 황소를 몰았다.
그들 셋이 흑송을 돌아 막 사라졌을 때 갑자기 남자의 머릿속에
무엇인가 떠올랐다.
그래서 그가 외쳤다. "어이 여보시오! 좀 멈추시오!"

7

"그 물이 어찌 됐다는 겁니까, 노인?"
노인이 멈췄다. "흥미가 있소?"
남자가 말했다. "저야 그저 세리일 뿐입니다.
하오나 누가 누구를 이기는지 하는 이야기는 제게도 흥밋거리지요.
그걸 아시면 말씀해주십시오!

8

그것을 제게 써주십시오! 이 동자에게 받아쓰게 해주십시오!
그런 것을 혼자 아시면서 가버리시면 안 되지요.
저기 우리 집에 종이와 먹도 있습니다.
밤참도 마련해드리지요. 저곳이 제가 사는 집입니다.
자, 그러면 약속하시는 거죠?"

9

어깨 너머로 노인이 남자를
내려다보았다. 기운 저고리. 신발은 없었다.

이마에는 주름 한 줄.
아아, 노인과 마주친 이 사람은 승자勝者가 아니다.
노인은 중얼거렸다. "당신도?"

10
공손한 청을 물리치기엔
노인이 너무 늙은 듯했다.
그래서 큰 소리로 이렇게 말했다. "무엇을 묻는 자는
대답을 얻어 마땅하지." 동자도 말했다. "날도
벌써 찹니다요."
"좋다. 잠시 머무르도록 하자."

11
현인은 황소에서 내렸다.
두 사람은 짝이 되어 이레 동안 글을 썼다.
세리는 음식을 가져왔다. (그는 그 기간 내내
나직이 말했다. 밀수꾼들에게 욕을 할 때도.)
이윽고 일이 끝났다.

12
어느 날 아침 세리에게 동자는
여든한 가지의 격언을 건네주었다.
야산의 노자에 고마움을 전하면서
그들은 예의 그 소나무를 돌아 돌길로 들어섰다.

벤야민과 브레히트

말해보라—누가 이들보다 더 친절할 수 있겠는가?

13
그러나 우리가 찬양하는 사람은
책 속에서 그 이름이 찬란히 빛나는 현인만이 아니다!
먼저 현인에게 지혜를 캐묻는 과정이 있어야 하는 것이다.
그러니 그 세리에게도 감사하자.
그가 현인에게 지혜를 달라고 청했던 것이니.

<h1>참고문헌</h1>

1. 발터 벤야민의 저술

Benjamin, Walter (1930. 6. 7.), "Aus dem Brecht-Kommentar," *Literaturblatt der Frankfurter Zeitung*, 제63권 제27호 (Frankfurt am Main: Frankfurter Societäts-Druckerei), 5쪽.

_____ (1932. 2. 5.), "Ein Familiendrama auf dem epischen Theater. Zur Uraufführung *Die Mutter* von Brecht," *Die Literarische Welt*, 제8권 제6호 (Berlin: Die Literarische Welt Verlagsgesellschaft), 7쪽.

_____ (1932. 7.), "Theater und Rundfunk. Zur gegenseitigen Kontrolle ihrer Erziehungsarbeit," *Blätter des Hessischen Landestheaters Darmstadt*, 제5권 제16호: Theater und Rundfunk (Leipzig: Max Beck), 184-190쪽.

_____ (1938. 6. 30.), "Brechts Einakter," *Die neue Weltbühne*, 제34권 제26호 (Prag, Zürich, und Paris), 825-828쪽.

_____ (1939. 4. 23.), "Kommentar zu: Legende von der Entstehung des Buches Taoteking auf dem Weg des Laotse in die Emigration," *Schweizer Zeitung am Sonntag*, 제26호 (Basel), 3쪽.

_____ (1939. 7/8.), "Was ist das epische Theater?," *Maß und Wert*, 제2권 제6호 (Zürich), 831-837쪽.

_____ (1949), "Über einige Motive bei Baudelaire," *Sinn und Form*, 제1권 제4호 (Potsdam: Akademie der Künste), 5-47쪽.

_____ (1955), *Schriften*, 1-2, Hg. von Theodor W. Adorno und Gretel Adorno unter

Mitwirkung von Friedrich Podszus (Frankfürt am Main: Suhrkamp).

_____ (1966a), *Briefe 1-2*, Hg. und mit Anmerkungen versehen von Gershom Scholem und Theodor W. Adorno (Frankfurt am Main: Suhrkamp).

_____ (1966b), *Versuche über Brecht*, Hg. und mit einem Nachwort versehen von Rolf Tiedemann (Frankfurt am Main: Suhrkamp).

_____ (1970), *Lesezeichen. Schriften zur deutschsprachigen Literatur*, Hg. von Gerhard Seidel (Leipzig: Reclam).

_____ (1971), *Das Paris des Second Empire bei Baudelaire*, Hg. von Rosemarie Heise (Berlin und Weimar: Aufbau).

_____ (1972-1999), *Gesammelte Schriften*, 초판 1-7, 증보판 1-3, Unter Mitwirkung von Theodor W. Adorno und Gershom Scholem, Hg. von Rolf Tiedemann und Hermann Schweppenhäuser (Frankfurt am Main: Suhrkamp).

_____ (1978), *Versuche über Brecht*, Hg. und mit einem Nachwort versehen von Rolf Tiedemann, (Frankfurt am Main: Suhrkamp, 개정증보판).

_____ (1981), *Benjamin über Kafka. Texte, Briefzeugnisse, Aufzeichnungen*, Hg. von Hermann Schweppenhäuser (Frankfurt am Main: Suhrkamp).

_____ (1986), *Moscow Diary*, ed. by Gary Smith and trans. by Richard Sieburth (Cambridge, Massachusetts, and London: Harvard University Press).

_____ (1987), *Briefe an Siegfried Kracauer. Mit vier Briefen von Siegfried Kracauer an Walter Benjamin*, Hg. von Theodor W. Adorno Archiv (Marbach am Neckar: Deutsche Schillergesellschaft).

_____ (1995-2000), *Gesammelte Briefe*, I-VI, Hg. von Theodor W. Adorno Archiv, Christoph Gödde, und Henri Lonirz (Frankfurt am Main: Suhrkamp).

2. 베르톨트 브레히트의 저술

Brecht, Bertolt (1930a), *Versuche*, 제1-3집, 제1권 (Berlin: Gustav Kiepenheuer).

_____ (1930b), *Versuche*, 제4-7집, 제2권 (Berlin: Gustav Kiepenheuer).

_____ (1932. 7.), "Der Rundfunk als Kommunikationsapparat. Aus einem Referat," *Blätter des Hessischen Landestheaters Darmstadt*, 제5권 제16호: Theater und

Rundfunk (Leipzig: Max Beck)181–184쪽.

_____ (1967), *Gesammelte Werke*, 1–20, Hg. von Suhrkamp Verlag in Zusammenarbeit
mit Elisabeth Hauptmann (Frankfurt am Main: Suhrkamp).

_____ (1988–2000), *Werke. Große kommentierte Berliner und Frankfurter Ausgabe*,
1–30, Hg. von Werner Hecht, Jan Knopf, Werner Mittenzwei, und Klaus–Detlef
Müller (Berlin und Weimar: Aufbau, Frankfurt am Main: Suhrkamp).

3. 문서고 및 공문서

Bibliorhèque Nationale, Paris.

Deutsches Literaturarchiv, Marbach am Neckar.

Institut für Zeitgeschichte, München.

Jewish National and University Library, Jerusalem.

Russisches Staatliches Archiv für Lireratur und Kunst, Moskau.

Slupianek, Benno 외 (1963. 6.), "Gespräch mit Asja Lacis und Bernhard Reich über Brecht
im Bertolt–Brecht–Archiv," BBA Tonbandarchiv Nr. 582/583.

Stadtbibliothek München, Handschriften–Sammlung.

Stiftung Archiv der Akademie der Künste, Berlin, Bertolt–BrechtArchiv.

Stiftung Archiv der Akademie der Künste, Berlin, Bestand Walter Benjamin (Mikrofiches
von Originalen im Theodor W. Adorno Archiv, Frankfurt am Main).

Stiftung Archiv der Akademie der Künste, Berlin, Helene–Weigel–Archiv.

Theodor W. Adorno Archiv, Frankfurt am Main, Walter Benjamin Archiv. Seit April 2004:
Stiftung Archiv der Akademie der Künste, Berlin, Walter Benjamin Archiv.

Walter Benjamin 1892–1940 (1990). Eine Ausstellung des Theodor W. Adorno Archivs
Frankfurt am Main in Verbindung mit dem Deutschen Lireraturarchiv Marbach am
Neckar. Bearbeitet von Rolf Tiedemann, Christoph Gödde und Henri Lonitz (Marbach
am Neckar: Deutsche Schillergesellschaft) (= Marbacher Magazin 제55권).

4. 단행본

Adorno, Theodor W. 외 (1968), *Über Walter Benjamin* (Frankfurt am Main: Suhrkamp).

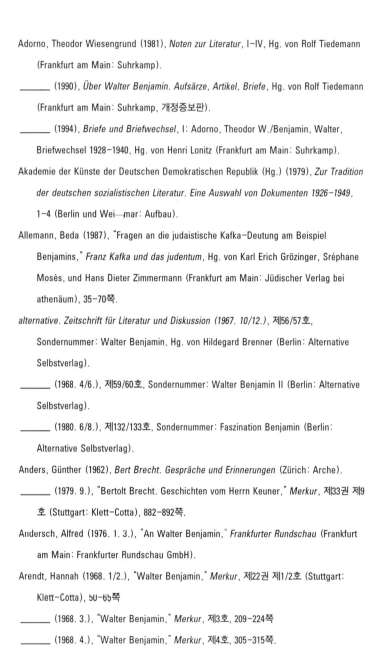

Adorno, Theodor Wiesengrund (1981), *Noten zur Literatur*, I–IV, Hg. von Rolf Tiedemann (Frankfurt am Main: Suhrkamp).

_____ (1990), *Über Walter Benjamin. Aufsärze, Artikel, Briefe*, Hg. von Rolf Tiedemann (Frankfurt am Main: Suhrkamp, 개정증보판).

_____ (1994), *Briefe und Briefwechsel*, I: Adorno, Theodor W./Benjamin, Walter, Briefwechsel 1928–1940, Hg. von Henri Lonitz (Frankfurt am Main: Suhrkamp).

Akademie der Künste der Deutschen Demokratischen Republik (Hg.) (1979), *Zur Tradition der deutschen sozialistischen Literatur. Eine Auswahl von Dokumenten 1926–1949*, 1–4 (Berlin und Wei—mar: Aufbau).

Allemann, Beda (1987), "Fragen an die judaistische Kafka-Deutung am Beispiel Benjamins," *Franz Kafka und das judentum*, Hg. von Karl Erich Grözinger, Sréphane Mosès, und Hans Dieter Zimmermann (Frankfurt am Main: Jüdischer Verlag bei athenäum), 35–70쪽.

alternative. Zeitschrift für Literatur und Diskussion (1967. 10/12.), 제56/57호, Sondernummer: Walter Benjamin, Hg. von Hildegard Brenner (Berlin: Alternative Selbstverlag).

_____ (1968. 4/6.), 제59/60호, Sondernummer: Walter Benjamin II (Berlin: Alternative Selbstverlag).

_____ (1980. 6/8.), 제132/133호, Sondernummer: Faszination Benjamin (Berlin: Alternative Selbstverlag).

Anders, Günther (1962), *Bert Brecht. Gespräche und Erinnerungen* (Zürich: Arche).

_____ (1979. 9.), "Bertolt Brecht. Geschichten vom Herrn Keuner," *Merkur*, 제33권 제9호 (Stuttgart: Klett-Cotta), 882–892쪽.

Andersch, Alfred (1976. 1. 3.), "An Walter Benjamin," *Frankfurter Rundschau* (Frankfurt am Main: Frankfurter Rundschau GmbH).

Arendt, Hannah (1968. 1/2.), "Walter Benjamin," *Merkur*, 제22권 제1/2호 (Stuttgart: Klett-Cotta), 50–65쪽

_____ (1968. 3.), "Walter Benjamin," *Merkur*, 제3호, 209–224쪽

_____ (1968. 4.), "Walter Benjamin," *Merkur*, 제4호, 305–315쪽.

벤야민과 브레히트

_____ (1971), *Walter Benjamin, Bertolt Brecht. Zwei Essays* (München: Piper).

_____ /Blücher, Heinrich (1996) *Briefe. 1936-1968*, Hg. und mit einer Einführung von Lotte Köhler (München und Zürich: Piper).

Asman, Carrie (1993), "Die Rückbindung des Zeichens an den Körper, Benjamins Begriff der Geste in der Vermittlung von Brecht und Kafka," *Der andere Brecht II/The Other Brecht II. Das Brechr-Jahrbuch 18/The Brecht Yearbook 18*, Hg. von Marc Silberman 외 (Madison in Wisconsin: The International Brecht Society), 104-119쪽.

Auerochs, Bernd (1986), "Walter Benjamins Notizen über die Parabel," *Die Parabel. Parabolische Formen in der deutschen Dichtung des 20. Jahrhunderts*, Hg. von Theo Elm und Hans H. Hiebel (Frankfurt am Main: Suhrkamp), 160-173쪽.

Baierl, Helmut/Dietzel, Ulrich (1975), "Gespräch mit Alfred Kurella," *Sinn und Form*, 제27권 제2호 (Berlin: Akademie der Künste), 221-243쪽.

Beicken, Peter (1983), "Kafkas *Prozeß* und seine Richter. Zur Debatte Brecht-Benjamin und Benjamin-Scholem," *Probleme der Moderne. Studien zur deutschen Literatur von Nietzsche bis Brecht*, Festschrift für Walter Sokel, Hg. von Benjamin Bennett, Anton Kaes, und William J. Lillyman (Tübingen: Max Niemeyer), 343-368쪽.

Berger, Willy R. (1977), "Svendborger Notizen. Baudelaire im Urteil Bert Brechts," *arcadia*, 제12권 제1호 (Berlin: De Gruyter), 47-64쪽.

Bering, Dietz (1978), *Die Intellektuellen. Geschichte eines Schimpfwortes* (Stuttgart: Klett-Cotta).

Biha, Otto (1932. 2. 12.), "Der gefälschte 》Brecht《. Feststellungen zu dem Vortrag von Ludwig Kuntz und Dr. W. Milch, Breslauer Sender, über Brechts 》Lehrstücke《," *Arbeitersender*, 제5권 제7호 (Berlin), 4쪽.

Blätter des Hessischen Landestheaters Darmstadt (1932), 제5권 제16호: Theater und Rundfunk (Leipzig: Max Beck).

Bloch, Ernst (1956), "Revueform in der Philosophie. Zu Walter Benjamins 》Einbahnstraße《," *Sinn und Form*, 제8권 제4호 (Berlin: Akademie der Künste), 510-513쪽.

_____ (1985), *Briefe 1903-1975*, 1-2, Hg. von Karola Bloch 외 (Frankfurt am Main:

Suhrkamp).

_____ /Oxenius, Hans Götz (1982), "Gespräch über die Zwanziger Jahre (1962)",
Bloch-Almanach, 2 (Baden-Baden: Ernst—Bloch-Archiv), 11–16쪽.

Bloch, Karola (1981), *Aus meinem Leben* (Pfullingen: Neske).

Bollack, Jean (1998. 4. 15.), "Celan liest Benjamin"(1968), *Marbacher Arbeitskreis
für Geschichte der Germanistik. Mitteilungen* Hg. von der Arbeitsstelle für die
Erforschung der Geschichte der Germanistik. 제13/14호 (Marbach am Neckar:
Deutsches Literaturarchiv), 1–11쪽.

Braese, Stephan (1998), "Auf der Spitze des Mastbaums. Walter Benjamin als Kritiker im
Exil," *Exilforschung. Ein internationales Jahrbuch*, 제16호: Exil und Avantgarden, Hg.
von Claus-Dieter Krohn 외 (München: edition text + kritik), 56–86쪽.

Brenner, Hildegard (1963), *Die Kunstpolitik des Nationalsozialismus* (Reinbek bei
Hamburg: Rowohlt).

Brentano, Bernard von (1952), *Du Land der Liebe. Bericht von Abschied und Heimkehr
eines Deutschen* (Tübingen und Stuttgart: Wunderlich).

Brodersen, Momme (1984), *Walter Benjamin. Bibliografia critica generale (1913–1983)*
(Palermo: Centro internazionale studi di estetica).

_____ (1990), *Spinne im eigenen Netz. Walter Benjamin. Le—ben und Werk* (Bühl-
Moos: Elster).

_____ (1995), *Walter Benjamin. Eine kommentierte Bibliographie* (Morsum auf Sylt:
Cicero Presse).

Brüggemann, Heinz (1972. 6/8.), "Theodor W. Adornos Kritik an der literarischen Theorie
und Praxis Bertolt Brechts. Negative Dialektik des 〉auto—nomen〈 Werks oder
kulturrevolutionäre Fundierung der Kunst auf Politik?," *alternative* 제15권 제84/85호
(Berlin: Alternative Selbstverlag), 137–149쪽.

_____ (1973), *Literarische Technik und soziale Revolution. Versuche über das Verhältnis
von Kunstproduktion, Marxismus und literarischer Tradition in den theoretischen
Schriften Bertolt Brechts* (Reinbek bei Hamburg: Rowohlt).

_____ (1973), "Bert Brecht und Karl Kersch. Fragen nach Lebendigem und Totem im

벤야민과 브레히트

Marxismus," *Jahrbuch Arbeiterbewegung*, 제1호: Über Karl Korsch, Hg. von Claudio Pezzoli (Frankfurt am Main: Fischer), 177–188쪽.

_____ (1974), "Aspekte einer marxistischen Produktionsasthetik. Versuch über theoretische Beiträge des LEF, Benjamins und Brechts," *Erweiterung der materialistischen Literaturtheorie durch Bestimmung ihrer Grenzen*, Hg. von Heinz Schlaffer (Stuttgart: Metzler), 109–144쪽.

_____ (1989), *Das andere Fenster: Einblicke in Häuser und Menschen. Zur Literaturgeschichte einer urbanen Wahrnehmungs—form* (Frankfurt am Main: Fischer).

_____ (1999), "Walter Benjamin und Sigfried Giedion oder Die Wege der Modernität," *global benjamin. Internationaler Walter-Benjamin-Kongreß 1992*, 2, Hg. von Klaus Garber und Ludger Rehm (München: Fink), 717–744쪽.

_____ (2002), *Architekturen des Augenblicks. Raum-Bilder und Bild-Räume einer urbanen Moderne in Literatur, Kunst und Architektur des 20. Jahrhunderts* (Hannover: Offizin).

Buck-Morss, Susan (1993), *Dialektik des Sehens. Walter Benjamin und das Passagen-Werk*, Übersetzt von Joachim Schulte (Frankfurt am Main: Suhrkamp).

Bürger, Peter (1978), "Kunstsoziologische Aspekte der Brecht-Benjamin—Adorno-Debatte der 3oer Jahre," *Seminar: Literatur- und Kunstsoziologie*, Hg. von Peter Bürger (Frankfurt am Main: Suhrkamp), 11–20쪽.

_____ (1974/1982), *Theorie der Avantgarde*, Mit einem Nachwort zur 2. Auflage (Frankfurt am Main: Suhrkamp).

Bulthaup, Peter (Hg.) (1975), *Materialien zu Benjamins Thesen ⟩Über den Begriff der Geschichte⟨. Beiträge und Interpretationen* (Frankfurt am Main: Suhrkamp).

Bunge, Hans (1963), "⟩Das Manifest⟨ von Bertolt Brecht. Notizen zur Entstehungsgeschichte," *Sinn und Form* 제15권 제2/3호 (Berlin: Akademie der Künste), 184–203쪽.

Bunge, Hans (Hg.) (1985), *Brechts Lai-tu*, Erinnerungen und Notate von Ruth Berlau (Darmstadt und Neuwied: Luchterhand).

Cases, Cesare (1969), ">Der Pflaumenbaum⟨, Brecht, Benjamin und die Natur"(1965), *Stichworte zur deutschen Literatur. Kritische Notizen* (Wien, Frankfurt, und Zürich: Europa), 211-240쪽; 429-431쪽.

Chesterton, Gilbert Keith (1936), *Dickens*, Berechtigte Übersetzung aus dem Englischen von Herberth E. Herlitschka (Wien: Phaidon).

Claas, Herbert (1977), *Die politische Ästhetik Bertolt Brechts vom Baal zum Caesar* (Frankfurt am Main: Suhrkamp).

Combes, André (1996), "Un physionomiste de l'épique. Benjamin lecteur de Brecht," *Germanica*, 제18호: Esthétique théâtrale et représentations du sujet (Lille: Université Charles-de-Gaulle), 57-95쪽.

Czajka, Anna (1993), "Rettung Brechts durch Bloch? ," *Der andere Brecht II/The Other Brecht II. Das Brecht-Jahrbuch 18/The Brecht Year—book 18*, Hg. von Marc Silberman 외 (Madison in Wisconsin: The International Brecht Society), 120-137쪽.

Danneberg, Lutz/Kamlah, Andreas/Schäfer, Lothar (Hg.) (1994), *Hans Reichenbach und die Berliner Gruppe* (Braunschweig/Wiesbaden: Vieweg).

_____ /Müller, Hans-Harald (1987), "Wissenschaftliche Philosophie und literarischer Realismus. Der Einfluß des Logischen Empirismus auf Brechts Realismuskonzeption in der Kontroverse mit Georg Lukács," *Exil*, Sonderband 1: Realismuskonzeptionen der Exilliteratur zwischen 1935 und 1940/41 (Frankfurt am Main: Maintal), 50-63쪽.

Das Wort. Literarische Monatsschrift (1969), 제1호 (Moskau).

Das Wort. Literarische Monatsschrift (1937), 제2호 (Moskau).

Das Wort. Literarische Monatsschrift (1938), 제3호 (Moskau).

Das Wort. Literarische Monatsschrift (1939), 제4호 (Moskau).

Dichten und Trachten. Jahresschau des Suhrkamp Verlages Berlin und Frankfurt am Main (1955. 가을), 제VI권 (Frankfurt am Main: Suhrkamp).

Diebold, Bernhard (1925), "Dreierlei Dynamik," *Die Premiere*, 10월호 제2부 (Berlin), 4-5쪽.

_____ (1927. 4. 30.), "Baal dichtet. Zu Bert Brechts *Hauspostille*," *Frankfurter Zeitung*, 제71권 제316호 (Frankfurt am Main: Frankfurter Societäts-Druckerei).

_____ (1931. 2. 11.), "Militärsttick von Brecht," *Frankfurter Zeitung*, 제75권 제108호

(Frankfurt am Main: Frankfurter Societäts-Druckerei).

Döblin, Alfred (1931), *Wissen und Verändern! Offene Briefe an einen jungen Menschen* (Berlin: S. Fischer).

Doherty, Brigid (2000. 4.), "Test and Gestus in Brecht and Benjamin," *MLN. German Issue*, 제115권 제3호 (Baltimore in Maryland: The Johns Hopkins University Press), 442–481쪽.

Eisler, Hanns (1975), *Gespräche mit Hans Bunge. Fragen Sie mehr über Brecht*, Übertragen und erläutert von Hans Bunge (Leipzig: Deutscher Verlag für Musik).

_____ (1982), "La recherche du temps perdu berlinoise," *Gesammelte Werke*, Hg. von Stephanie Eisler und Manfred Grabs. III-2 (Leipzig: Deutscher Verlag für Musik).

Eisler-Fischer, Lou (1983), "Eisler in der Emigration," *Wer war Hanns Eisler. Auffassungen aus sechs Jahrzehnten*, Hg. von Manfred Grabs (Berlin: das europäische buch), 447–451쪽.

Emmerich, Wolfgang (1977), ")Massenfaschismus(und die Rolle des Ästhetischen. Faschismustheorie bei Ernst Bloch, Walter Benjamin, Bertolt Brecht," *Antifaschistische Literatur. Programme, Autoren, Werke*, 제1권, Hg. von Lutz Winckler (Kronberg im Taunus: Scriptor) 223–290쪽.

Enzensberger, Hans Magnus (1970), "Baukasten zu einer Theorie der Medien," *Kursbuch*, 제20권 (Frankurt am Main: Suhrkamp) 159–186쪽.

Espagne, Michel/Werner, Michael (1984), "Vom Passagen-Projekt zum)Baudelaire(. Neue Handschriften zum Spätwerk Walter Benjamins," *Deutsche Vierteljahrsschrift für Literaturwissenschaft und Geistesgeschichte*, 제58권 제4호 (Stuttgart: Metzler), 593–657쪽.

Europe. Revue mensuelle (1937), 제15권 (Paris: Editions L'Harmattan).

Europe. Revue mensuelle (1938), 제16권 (Paris: Editions L'Harmattan).

Exner, Julian (1970. 4. 30.), "War Brecht ein Stalin-Barde? *Times Literary Supplement* greift die Kontroverse wieder auf," *Frankfurter Rundschau* (Frankfurt am Main: Frankfurter Rundschau GmbH).

Faber, Richard (1979), *Der Collage-Essay. Eine wissenschaftliche Darstel—lungsform.*

Hommage à Walter Benjamin (Hildesheim: Gerstenberg).

_____ (1990), "Proletarische Kunst? Zur Diskussion des Verhälmisses von Intellektuellen und Proletariern," *kultuRRevolution*, 제22호 (Hattingen: klartext), 32–36쪽.

_____ (1991), "Cäsarismus – Bonapartismus – Faschismus. Zur Rekonstruktion des Brechtschen 〉Cäsare〈-Romans," *kultuRRevolution*, 제24호 (Hattingen: klartext), 17–22쪽.

_____ (1992), "Walter Benjamin und die Tradition jiidisch-deut—scher Merkprosa," *Aberein Sturm weht vom Paradiese her. Texte zu Walter Benjamin*, Hg. von Michael Opitz und Erdmut Wizisla (Leipzig: Reclam), 123–145쪽.

_____ (2002), 〉*Sagen lassen sich die Menschen nichts, aber erzählen lassen sie sich alles.*〈 *Über Grimm–Hebelsche Erzählung, Moral und Utopie in Benjaminscher Perspekrive* (Würzburg: Königshausen&Neumann).

Fähnders, Walter (1998), *Avantgarde und Moderne 1890–1933. Lehrbuch Germanistik* (Stuttgart und Weimar: Metzler).

Fetscher, Iring (1998), "Wem schulden wir Gerechtigkeit? Marginalie zu Brecht und Benjamin," *Frankfürter Adorno–Blatter*, V, Im Auftrag des Theodor W. Adorno Archivs hg. von Rolf Tiedemann. (München: edition text + kritik), 185–187쪽.

Fietkau, Wolfgang (1978), *Schwanengesang auf 1848. Ein Rendezvous am Louvre: Baudelaire, Marx, Proudhon und Victor Hugo* (Reinbek bei Hamburg: Rowohlt).

Fischer, Ruth (1948), *Stalin and German Communism. A Study in the Origins of the State Party*, with a preface by Sidney B. Fay (Cambridge: Harvard University Press).

Freese, Wolfgang (1979), "Benjamin und Brecht. Aspekte ihres Verhältnisses," *Colloquia Germanica* 제12권 제3호 (Bern: Francke), 220–245쪽.

Freund, Gisèle (1985), *Photographien*, Mit autobiographischen Texten und einem Vorwort von Christian Caujolle (München: Schirmer und Mosel).

Fümkäs, Josef (1988), *Surrealismus als Erkenntnis. Walter Benjamin–Weimarer Einbahnstraße und Pariser Passagen* (Stuttgart: Metzler).

Fuld, Werner (1979), *Walter Benjamin. Zwischen den Stühlen. Eine Biographie* (München und Wien: Hanser).

Gallas, Helga (1971), *Marxistische Literaturtheorie. Kontroversen im Bund proletarisch-revolutionärer Schriftsteller* (Neuwied und Berlin: Luchterhand).

Garber, Klaus (1987), *Rezeption und Rettung. Drei Studien zu Walter Benjamin* (Tübingen: Niemeyer).

_____ (1992), *Zum Bilde Walter Benjamins. Studien-Porträts-Kritiken* (München: Fink).

Gerwen, Wil van (1997), "Angela Nova. Biografische achtergronden bij 》Agesilaus Santander《," *Benjamin-Journaal 5* (Groningen: Hi—storische Uitgeverij), 92-112쪽.

_____ (1999), "Walter Benjamin auf Ibiza. Biographische Hinter—gründe zu 》Agesilaus Santander《," *global benjamin. Internationaler Walter-Benjamin-Kongreß 1992*, 2, Hg. von Klaus Garber und Ludger Rehm (München: Fink), 969-981쪽.

Giedion, Sigfried (1982), *Die Herrschaft der Mechanisierung. Ein Beitrag zur anonymen Geschichte*, Mit einem Nachwort von Stanislaus von Moos (Frankfurt am Main: EVA).

Giles, Steve (1997), *Bertolt Brecht and Critical Theory. Marxism, Modernity and the Threepenny Lawsuit* (Bern: Lang).

Greid, Hermann (1974), *Der Mensch Brecht wie ich ihn erlebt habe* (Stockholm: Stockholms Universitet, Deutsches Institut).

Groth, Peter/Voigts, Manfred (1976), "Die Entwicklung der Brechtschen Radiotheorie 1927-1932. Dargestellt unter Benutzung zweier unbekannter Aufsätze Brechts," *Brecht-Jahrbuch 1976*, Hg. von John Fuegi, Reinhold Grimm, und Jost Hermand (Frankfurt am Main: Suhrkamp), 9-42쪽.

Gropius, Walter (1955), *Architektur. Wege zu einer optischen Kultur* (Frankfurt am Main und Hamburg: Fischer).

Habermas, Jürgen (1972), "Bewußtmachende oder rettende Kritik – die Aktualität Walter Benjamins," *Zur Aktualität Walter Benjamins. Aus Anlaß des 80. Geburtstags von Walter Benjamin* Hg. von Siegfried Unseld (Frankfurt am Main: Suhrkamp), 173-223쪽.

_____ (1987), "Heinrich Heine und die Rolle des Intellektuellen in Deutschland," *Eine Art Schadensabwicklung. Kleine Politische Schriften*, VI (Frankfurt am Main:

Suhrkamp), 27- 54쪽.

Haland, Paul (1935. 4.), "Zu Brechts *Dreigroschenroman*," *Unsere Zeit* 제8권 제2/3호
(Paris: Unsere Zeit), 66-67쪽.

Hartung, Günter (1974), "Zur Benjamin-Edition [Teil I]," *Weimarer Beiträge*, 제20권 제12
호 (Berlin und Weimar: Aufbau), 151-167쪽.

_____ (1977), "*Fürcht und Elend des Dritten Reiches* als Satire," *Erworbene Tradition.
Studien zu Werken der sozialistischen deutschen Literatur*, Hg. von Hartung, Günter
외 (Berlin und Weimar: Aufbau), 57-118쪽.

_____ (1984), *Literatur und Ästhetik des deutschen Faschismus. Drei Studien* (Berlin:
Akademie).

_____ (1986), "Leninismus und Lehrstück. Brechts *Maßnahme* im politischen und
ästhetischen Kontext," *Brecht 85. Zur Ästhetik Brechts. Fortsetzung eines Gesprächs
über Brecht und Marxismus. Dokumentation*, Hg. von Brecht-Zentrum der DDR
(Berlin: Henschel), 126-143쪽; 400-406쪽.

_____ (1989), "Debatten über faschistische Ideologie," *Wissen—schaftliche Zeitschrift
der Martin-Luther-Universität Halle*, 제38권 제2호 (Halle: Universität-Halle-
Wittenberg), 117-131쪽.

_____ (1989. 10.), Literaturwissenschaft und Friedensforschung. Eine Duplik," *Zeitschrift
für Germanistik*, 제10권 제5호 (Leipzig: Peter Lang), 597-598쪽.

_____ (1990), "Zur Benjamin-Edition - Teil II," *Weimarer Beiträge* 제36권 제6호 (Berlin
und Weimar: Aufbau), 969-999쪽.

_____ (1992), "Das Ethos philosophischer Forschung," *Aber ein Sturm weht vom
Paradiese her. Texte zu Walter Benjamin*, Hg. von Michael Opitz und Erdmut Wizisla
(Leipzig: Redam), 14-51쪽.

Haselberg, Peter von (1977), "Wiesengrund-Adorno," *Text + Kritik*, Sonderband: Theodor
W. Adorno, Hg. von Heinz Ludwig Arnold (München: edition text + kritik), 7-2.1쪽.

Hecht, Werner (1997), *Brecht Chronik. 1898-1956* (Frankfurt am Main: Suhrkamp).

Hein, Christoph (1987), "Maelzel's Chess Player Goes To Hollywood. Das Verschwinden
des künstlerischen Produzenten im Zeitalter der technischen Reproduzierbarkeit,"

Öffentlich arbeiten (Berlin und Weimar: Aufbau), 165-194쪽.

Heißenbüttel, Helmut (1967. 3.), "Vom Zeugnis des Fortlebens in Briefen," *Merkur*, 제21권 제3호 (Stuttgart: Klett-Cotta), 232-244쪽.

_____ (1968. 1/2.), "Zu Walter Benjamins Spätwerk," *Merkur*, 제22권 제1/2호 (Stuttgart: Klett-Cotta), 179-185쪽.

Hering, Christoph (1979), *Der Intellektuelle als Revolutionär. Walter Benjamins Analyse intellektueller Praxis* (München: Fink).

Hermsdorf, Klaus (l978), "Anfänge der Kafka-Rezeption in der sozialistischen deutschen Literatur," *Weimarer Beiträge*, 제24권 제9호 (Berlin und Weimar: Aufbau), 45-69쪽.

Hessler, Ulrike (1984), *Bernard von Brentano – Ein deutscher Schriftsteller ohne Deutschland. Tendenzen des Romans zwischen Weimarer Republik und Exil* (Frankfurt am Main 외: Peter Lang).

Honold, Alexander (2000), *Der Leser Walter Benjamin. Bruchstücke einer deutschen Literaturgeschichte* (Berlin: Vorwerk 8).

Horkheimer, Max (1995), *Gesammelte Schriften*, 16: Briefwechsel 1937-1940, Hg. von Alfred Schmidt und Gunzelin Schmid Noerr (Frank—fürt am Main: Fischer).

_____ (1996), *Gesammelte Schriften*, 17: Briefwechsel 1941-1948, Hg. von Alfred Schmidt und Gunzelin Schmid Noerr (Frankfürt am Main: Fischer).

Ivemel, Philippe (1988), "Passages de frontières. Circulations de l'image épique et dialectique chez Brecht et Benjamin," *Hors Cadre 6: Contrebande* (Saint-Denis: Presses Universitaires de Vincennes), 133-163쪽.

Jacobs, Nick (1973. 8.), "Rez. zu Benjamin, Walter: Understanding Brecht," *Artery* (London: the Communist Party of Great Britain), 33-35쪽.

Jäger, Lorenz (1990. 7.), "Die Haltung des Zeigens. Benjamin, Brecht und das epische Theater," *notate*, 제13권 제3호 (Berlin), 18-19쪽.

_____ (1992), "〉Primat des Gestus〈. Überlegungen zu Benjamins 〉Kafka〈-Essay," *Was nie geschrieben wurde, lesen〈. Frankfurter Benjamin-Vorträge*, Hg. von Lorenz Jäger und Thomas Regehly (Bielefeld: Aisthesis), 96-111쪽.

_____ (1993), "Mord im Fahrstuhlschacht. Benjamin, Brecht und der Kriminalroman,"

Der andere Brecht II/The Other Brecht II. Das Brecht-jahrbuch 18/The Brecht
Yearbook 18, Hg. von Marc Silberman 외 (Madison in Wisconsin: The International
Brecht Society), 24-40쪽.

_____ (1998), *Messianische Kritik. Studien zu Leben und Werk von Florens Christian*
Rang, (Köln, Weimar, und Wien: Böhlau).

_____ (2003), *Adorno. Eine politische Biographie*, (München: DVA).

Jameson, Fredric (1998), *Brecht and Method* (London and New York: Verso).

Janz, Rolf-Peter (1982), "Das Ende Weimars—aus der Perspektive Walter Benjamins,"
Weimars Ende. Prognosen und Diagnosen in der deutschen Literatur und politischen
Publizistik 1930-1933, Hg. von Thomas Koebner (Frankfurt am Main: Suhrkamp), 260-
270쪽.

Jennings, Michael W. (1987), *Dialectical Images. Walter Benjamin's Theory of Literary*
Criticism (Ithaca and London: Cornell University Press).

Jerzewski, Roland (1991), *Zwischen anarchistischer Fronde und revolutionärer Disziplin.*
Zum Engagement-Begriff bei Walter Benjamin und Paul Nizan (Stuttgart: M&P).

Jeske, Wolfgang (1984), *Bertolt Brechts Poetik des Romans* (Frankfurt am Main:
Suhrkamp).

Kaes, Anton (Hg.) (1983), *Weimarer Republik. Manifeste und Dokumente zur deutschen*
Literatur 1918-1933 (Stuttgart: Metzler).

Kaiser, Volker (2001), *Risus Mortis: Strange Angels. Zur Lektüre 》Vom armen B. B.《. Eine*
Studie zu Brecht und Benjamin (St. Ingbert: Röhrig).

Kambas, Chryssoula (1983a), *Walter Benjamin im Exit. Zum Verhältnis von Literaturpolitik*
und Ästhetik (Tübingen: Niemeye).

_____ (1983b), "Wider den 》Geist der Zeit《. Die antifaschistische Politik Fritz Liebs
und Walter Benjamins," *Der Fürst dieser Welt. Carl Schmitt und die Folgen*, Hg. von
Jacob Taubes (Paderborn 외: Schöningh), 263-291쪽.

_____ (1987), "》Und aus welchem Fenster wir immer blicken, es geht ins Trübe,《
Briefwechsel aus der Emigration. Walter Benjamin-Fritz Lieb-Dora Benjamin (1936-
1944)," *Cahiers d'Études germaniques. Exils et migrations d'Allemands 1789-1945*,

제13호 (Aix-en-Provence: Département d'Études Germaniques d'Aix-Marseille Université), 245–282쪽.

_____ (1988), *Die Werkstattt als Utopie. Lu Märtens literarische Arbeit und Formästhetik seit 1900* (Tübingen: Niemeyer).

_____ (1990), "Bulletin de Vemuches. Neue Quellen zur Internierung Walter Benjamins," *Exit. Maintal*, 제10권 제2호, 5–30쪽.

_____ (1992), "Walter Benjamin liest Georges Sorel: 〉Réflexions sur la violence〈," *Aber ein Sturm weht vom Paradiese her. Texte zu Walter Benjamin*, Hg. von Michael Opitz und Erdmut Wizisla (Leipzig: Reclam), 250–269쪽.

_____ (1993), "Walter Benjamin—Adressat literarischer Frauen," *Weimarer Beiträge*, 제39권 제2호 (Wien: Passagen), 242–257쪽.

Kantorowicz, Alfred (1934. 12.), "Brechts *Dreigroschenromane*," *Unsere Zeit*, 제7권 제12호 (Paris: Unsere Zeit), 61–62쪽.

Kaulen, Heinrich (1982), "Leben im Labyrinth. Walter Benjamins letzte Lebensjahre," *Neue Rundschau*, 제93권 제1호 (Frankfurt am Main), 34–59쪽.

_____ (1987), *Rettung und Destruktion. Untersuchungen zur Hermeneutik Walter Benjamins* (Tübingen: Niemeyer).

_____ (1990), "〉Die Aufgabe des Kritikers〈. Walter Benjamins Reflexionen zur Theorie der Literaturkritik 1929–1931," *Literaturkritik—Anspruch und Wirklichkeit. DFG-—Symposion 1989*, Hg. von Wilfried Barner (Stuttgart: Metzler), 318–336쪽.

_____ (1995), "Walter Benjamin und Asja Lacis. Eine biographische Konstellation und ihre Folgen," *Deutsche Vierteljahrsschrift für Literaturwissenschaft und Geistesgeschichte*, 제69권 제1호 (Stuttgart: Metzler), 92–122쪽.

Kebir; Sabine (1997), *Ich fragte nicht nach meinem Anteil. Elisabeth Hauptmanns Arbeit mit Bertolt Brecht* (Berlin: Aufbau).

Kiaulehn, Walter (1967), *Mein Freund der Verleger. Ernst Rowohlt und seine Zeit* (Reinbek bei Hamburg: Rowohlt).

Klein, Alfred (1990), *Georg Lukács in Berlin. Literaturtheorie und Literaturpolitik der Jahre 1930/32* (Berlin und Weimar: Aufbau).

Klein, Wolfgang (Hg.) (1982), *Paris 1935. Erster Internationaler Schriftstellerkongreß zur Verteidigung der Kultur. Reden und Dokumente. Mit Materialien der Londoner Schriftstellerkonferenz 1936* (Berlin: Akademie).

Klemm, Eberhardt (1987), "〉Ich pfeife auf diesen Frühling〈. Hanns Eislers Übersiedlung nach Berlin," *Berliner Begegnungen. Ausländische Künstler in Berlin 1918 bis 1933. Aufsätze – Bilder – Dokumente*, Hg. von Klaus Kändler 외 (Berlin: Dietz), 382-393쪽.

Knopf, Jan (1980), *Brecht-Handbuch. Theater. Eine Ästhetik der Widersprüche* (Stuttgart: Metzler).

_____ (1984), *Brecht-Handbuch. Lyrik, Prosa, Schriften. Eine Ästhetik der Widersprüche* (Stuttgart: Metzler).

_____ (Hg.) (2001-2003), *Brecht Handbuch in fünf Bänden* (Stuttgart und Weimar: Metzler).

Kohler, Wolfgang (1921), *Intelligénzprüfungen an Menschenaffen*, Zweite, durchgesehene Auflage (Berlin: Julius Springer).

Köhn, Eckhardt (1988), "Konstruktion des Lebens. Zum Urbanismus der Berliner Avantgarde," *Avant Garde*, 1 (Amsterdam: Metropolis), 33-72쪽.

Kommerell, Max (1952), " Jean Paul in Weimar," *Dichterische Welterfahrung. Essays* (Frankfurt am Main: Klostermann), 53-82쪽.

Korsch, Karl (1923/1930), *Marxismus und Philosophie*, Durch eine Darstellung der gegenwärtigen Problemlage und mehrere Anhänge (Leipzig: Hirschfeld).

Koselleck, Reinhart (1973), *Kritik und Krise. Eine Studie zur Pathogenese der bürgerlichen Welt* (Frankfurt am Main: Suhrkamp).

Krabiel, Klaus-Dieter (1993), *Brechts Lehrstücke. Entstehung und Entwicklung eines Spieltyps* (Stuttgart und Weimar: Metzler).

_____ (1993), "Brechts Vortrag 〉Der Rundfunk als Kommunikationsapparat〈 – Kontext, Anlaß, Wirkung," *Wirkendes Wort*, 제43권 제2호 (Bonn: Schwann-Pagel), 234-248쪽.

Kracauer, Sіegfried (1990), *Schriften*, 5/2: Aufsätze 1927-1931, Hg. von Inka Mülder-Bach (Frankfurt am Main: Suhrkamp).

Kraft, Werner (1965. 10. 16.), "Gedanken über Brecht," *Neue Zürcher Zeitung* (Zürich:

Neue Zürcher Zeitung), 21면.

Kramer, Sven (2003), *Walter Benjamin zur Einführung* (Hamburg: Junius).

Kraus, Karl (1952), *Die Dritte Walpurgisnacht*, Mit einem Nachwort, Hg. von Heinrich
Fischer (München: Kösel).

Krechel, Ursula (1972), *Information und Wertung. Untersuchungen zum theater- und
filmkritischen Werk von Herbert Ihering. Dissertation* (Köln: Universität Köln).

Krolop, Kurt (1987), *Sprachsatire als Zeitsatire bei Karl Kraus. Neun Studien* (Berlin:
Akademie).

Kurella, Alfred (1979a), "Die Reserven der proletarisch-revolutionären Literatur in den
kapitalistischen Ländern," *Zur Tradition der deutschen sozialistischen Literatur.
Eine Auswahl von Dokumenten*, 1, Hg. von Akademie der Künste der Deutschen
Demokratischen Republik (Berlin und Weimar: Aufbau), 340-356쪽.

_____ (1979b), "Die Organisierung der revolutionären Literatur," *Zur Tradition der
deutschen sozialistischen Literatur. Eine Auswahl von Dokumenten*, 1, Hg. von
Akademie der Künste der Deutschen Demokratischen Republik (Berlin und Weimar:
Aufbau), 357-377쪽.

_____ (1938), "Deutsche Romantik. Zum gleichnamigen Senderheft der 》Cahiers du
Sud《," *Internationale Literatur*, 제8권 제6호 (Moskau: Verlag für schöne Literatur),
113-128쪽.

Lazis [Lacis], Anna [Asja] (1967. 10/12.), "Brief an Hildegard Brenner vom 14. November
1967," *alternative*, 제10권 56/57호 (Berlin: Alternative Selbstverlag), 211-214쪽.

Lacis, Asja (1971), *Revolutionär im Beruf. Berichte über proletarisches Theater, über
Meyerhold, Brecht, Benjamin und Piscator*, Hg. von Hildegard Brenner (München:
Rogner&Bernhard).

Lazis [Lacis], Anna [Asja] (1984), *Krasnaja gvozdika. Vospominania* (Riga: Liesma).

Lackner, Stephan (1979), "》Von einer langen, schwierigen Irrfahrt.《 Aus unveröffentlichten
Briefen Walter Benjamins," *Neue deutsche Hefte*, 제26권 제1호 (Berlin: Neue
Deutsche Hefte), 48-68쪽.

Lang, Joachim/Hillesheim, Jürgen (Hg.) (1997), *》Denken heißt verändern...《, Erinnerungen* an Brecht (Augsburg: Maro Verlag).

Lange, Wolfgang (2000), "Intellektueller Terrorismus: der Benjamin-Brecht—Pakt," *Kunst - Macht - Gewalt. Der ästhetische Ort der Aggressivirät*, Hg. von Rolf Grimminger (München: Fink), 157-177쪽.

Lania, Leo (1934. 12. 2.), "Brechts Dreigroschen-Roman," *Pariser Tageblatt*, 제2권, 통권 제355호 (Paris), 3쪽.

Lenin, N (1922), "Unter dem Banner des Marxismus," *Die Kommunistische Internationale* 제3권, 통권 제22호 (Petrograd: Verlag der Kommunistischen Internationale), 8-13쪽.

Lenin, N. (1925. 3.), "Unter dem Banner des Marxismus," *Unter dem Banner des Marxismus*, 제1권 제1호 (Berlin und Wien: für Literatur und Politik), 9-20쪽.

Lehmann, Hans-Thies (1985), "》Sie werden lachen: es muß systematisch vorgegangen werden《. Brecht und Bloch - ein Hinweis," *Text + Kritik. Sonderband Ernst Bloch*, Hg. von Heinz Ludwig Arnold (München: edition text + kritik), 135-139쪽.

Lethen, Helmut (1967. 10/12.), "Zur materialistischen Kunsttheorie Benjamins," *alternative*, 제10권 통권 제56/57호 (Berlin: Alternative Selbstverlag), 225-234쪽.

_____ (1970), *Neue Sachlichkeit 1924-1932. Studien zur Literatur des 》Weißen Sozialismus《* (Stuttgart: Metzler).

_____ (1994), *Verhaltenslehren der Kälte. Lebensversuche zwischen den Kriegen* (Frankfurt am Main: Suhrkamp).

_____ (1992), "Brechts Hand-Orakel," *Der andere Brecht I/The Other Brecht I. Das Brecht-Jahrbuch 17/The Brecht Yearbook 17*, Hg. von Marc Silberman 외 (Madison in Wisconsin: The International Brecht Society), 76-99쪽.

_____ /Wizisla, Erdmut (1997), "》Das Schwierigste beim Gehen ist das Stillestehn《. Benjamin schenkt Brecht Grecián. Ein Hinweis," *drive b: brecht 100. Arbeitsbuch. Theater der Zeit/The Brecht Yearbook 23 (1998)/Das Brecht Jahrbuch 23 (1998)*, Hg. von Marc Silberman (Berlin: University of Wisconsin Press), 142-146쪽.

Lieb, Fritz (1936. 6.), "Die biblische Botschaft und Karl Marx," *Orient und Occident*, 재창간 제2호 (Bern und Leipzig), 1-28쪽.

Lindner, Burkhardt (1972), "Brecht/Benjamin/Adorno. Über Veränderungen der

Kunstproduktion im wissenschaftlich-technischen Zeitalter," *Text + Kritik*,
Sonderband: Bertolt Brecht I, Hg. von Heinz Ludwig Arnold (München: Richard
Boorberg), 14–36쪽.

_____ (Hg.) (1978/1985), *Walter Benjamin im Kontext,* (Königstein im Taunus:
Athenäum).

_____ (1978/1985), "Technische Reproduzierbarkeit und Kulturindustrie. Benjamins
〉Positives Barbarentum〈 im Kontext," *Walter Benjamin im Kontext*, Hg. Burkhardt
Lindner (Königstein im Taunus: Athenäum), 180–223쪽.

_____ (1993), "Das Messer und die Schrifr. Für eine Revision der 〉Lehrsrückperiode〈,"
*Der andere Brecht II/The Other Brecht II. Das Brecht-Jahrbuch 18/The Brecht
Yearbook 18*, Hg. von Marc Silberman 외 (Madison in Wisconsin: The International
Brecht Society), 42–57쪽.

Lion, Ferdinand (1939. 5/6.), "Über vergangenes und zukünftiges Theater," *Maß und
Wert*, 제2권 제5호 (Zürich), 677–689쪽.

Lion, Ferdinand (1939. 7/8.), "Grenzen des Brecht-Theaters," *Maß und Wert*, 제2권 제6
호 (Zürich), 837–841쪽.

Loeper, Heidrun (Hg.) (2000), "Briefwechsel Bertolt Brecht, Margarete Steffin, (Isot
Kilian, Käthe Rülicke) und Arnold Zweig 1934–1956," *Helene Weigel 100. Das Brecht-
Jahrbuch 25/The Brecht Yearbook 25*, Hg. von Judith Wilke (Madison in Wisconsin:
The International Brecht Society), 349–422쪽.

Löwenthal, Leo (1980–1987), *Schriften*, Hg. von Helmut Dubiel, 1–5 (Frankfurt am Main:
Suhrkamp).

Luhr, Geret (Hg.) (2000), 〉was noch begraben lag〈. Zu Walter Benjamins Exil. Briefe und
Dokumente (Berlin: Bostelmann&Siebenhaar).

Lukács, Georg (1923/1970), *Geschichte und Klassenbewußhsein. Studien über
marxistische Dialektik* (Neuwied und Berlin: Luchterhand).

_____ (1980), *Gelebtes Denken. Eine Autobiographie im Dialog* (Frankfurt am Main:
Suhrkamp).

Lyon, James K. (1984), *Bertolt Brecht in Amerika* (Frankfurt am Main: Suhrkamp).

Mahlke, Stefan (Hg.) (2000), *»Wir sind zu berühmt, urn überall hinzugehen‹*, Helene Weigel. *Briefwechsel 1935–1971* (Berlin: Theater der Zeit/Literaturforum im Brecht-Haus Berlin).

Mann, Klaus (1988), *Briefe*, Hg. von Friedrich Albrecht (Berlin und Weimar: Aufbau).

――――― (1989a), *Tagebücher 1931 bis 1933*, Hg. von Joachim Heimannsberg, Peter Laemmle, und Wilfried F. Schoeller (München: edition spangenberg).

――――― (1989b), *Tagebücher 1934 bis 1935*, Hg. von Joachim Heimannsberg, Peter Laemmle, und Wilfried F. Schoeller (München: edition spangenberg).

Mann, Thomas (1930), *Deutsche Ansprache. Ein Appell an die Vernunft. Rede, gehalten am 17. Oktober 1930 im Beethovensaal zu Berlin* (Berlin: S. Fischer).

Mannheim, Karl (1929/1965), *Ideologie und Utopie* (Frankfurt am Main: Schulte-Bulmke).

Masini, Ferruccio (1977), *Brecht e Benjamin. Scienza della letteratura e ermeneutica materialista* (Bari: De Donato).

Mayer, Hans (1985), "Walter Benjamin und Franz Kafka. Bericht über eine Konstellation" (1979), *Aufklärung heute. Reden und Vorträge 1978–1984* (Frankfurt am Main: Suhrkamp), 45–70쪽.

――――― (1992), *Der Zeitgenosse Walter Benjamin* (Frankfurt am Main: Suhrkamp).

Mayer, Peter (1972), "Die Wahrheit ist konkret. Notizen zu Benjamin und Brecht," *Text + Kritik*, Sonderband: Bertolt Brecht I, Hg. von Heinz Ludwig Arnold (München: Richard Boorberg), 5–13쪽.

Meja, Volker/Stehr, Nico (Hg.) (1982), *Del: Streit um die Wissenssoziologie*, 1–2 (Frankfurt am Main: Suhrkamp).

Mensching, Steffen (1995), "Brecht und Benjamin 1938 in Dänemark," *Die Pfeffersäcke die Verleger. Sisyphos V. Ein Almanach über Bücher und Lebenskunst* (Leipzig: Faber&Faber), 58–62쪽.

Meyer, Jochen (1991), "›Bürgerdämmerung‹. Kurt Tucholsky und die Intellektuellen," *hanseatenweg 10*, 1/91 (Berlin: Akademie der Künste), 47 50쪽.

Missac, Pierre (1991), *Walter Benjamins Passage* (Frankfurt am Main: Suhrkamp).

Mitchell, Stanley (1973), "Introduction," *Benjamin, Walter: Understanding Brecht* (London:

New Left Books), VII–XIX쪽.

_____ (1993), "Big Ideas. Rezension zu Susan Buck-Morss: *The Dialectics of Seeing*(1990)," *Oxford Art Journal*, 제16권 제1호 (Cambridge 외), 139–144쪽.

Mittenzwei, Werner (1963), "Brecht und Kafka," *Sinn und Form* 제15권 제4호 (Berlin: Akademie der Künste), 618–625쪽.

_____ (1975a), "Brecht – Die ästhetischen Folgen des Funktionswechsels," *Funktion der Literatur. Aspekte – Probleme – Aufgaben*, Hg. von Dieter Schlenstedt 외 (Berlin: Akademie), 348–355쪽; 420–421쪽.

_____ (1975b), "Brecht und die Schicksale der Materialasthetik. Illuion oder versäumte Entwicklung einer Kunstrichtung?," *Dialog 75. Positionen und Tendenzen*, Hg. von Benno Slupianek (Berlin: Henschel), 9–44쪽; 234–235쪽.

_____ (1981), *Exil in der Schweiz. Kunst und Literatur im antifaschistischen Exil 1933– 1945*, 2 (Leipzig: Reclam).

_____ (1986/1987), *Das Leben des Bertolt Brecht oder Der Umgang mit den Welträtseln*, 1–2 (Berlin und Weimar: Aufbau/Frankfurt am Main: Suhrkamp).

Morgenstern, Soma (2001), *Kritiken, Berichte, Tagebücher*, Hg. und mit einem Nachwort von Ingolf Schulte (Lüneburg: zu Klampen).

Mosès, Stéphane (1986), "Brecht und Benjamin als Kafka-Interpreten," *Juden in der deutschen Literatur. Ein deutsch-israelisches Symposion*, Hg. von Stéphane Mosès und Albrecht Schöne (Frankfurt am Main: Suhrkamp), 237–256쪽.

_____ (1987), Zur Frage des Gesetzes. Gershom Scholems Kafka-Bild," *Franz Kafka und das Judentum*, Hg. von Karl Erich Grözinger, Stéphane Mosès, und Hans Dieter Zimmermann (Frankfurt am Main: Jüdischer Verlag bei athenäum), 13–34쪽.

Müller, Gerhard (1989), "»Warum schreiben Sie eigentlich nicht?« Bernard von Brentano in seiner Korrespondenz mit Bertolt Brecht (1933–1940)," *Exil*, 제9권 제2호 (Maintal), 42–53쪽;

Müller, Gerhard (1990), "»Warum schreiben Sie eigentlich nicht?« Bernard von Brentano in seiner Korrespondenz mit Bertolt Brecht (1933–1940)," *Exil*, 제10권 제1호 (Maintal), 53–64쪽.

Müller, Heiner (1981), "Keuner ± Fatzer," *Brecht-Jahrbuch 1980*, Hg. von Reinhold Grimm und Jost Hermand (Frankfurt am Main: Suhrkamp), 14-21쪽.

———— (1991), "Deutschland ortlos. Anmerkung zu kleist. Rede anläßlich der Entgegennahme des Kleist-Preises," 〉*Jenseits der Nation*〈. *Heiner Müller im Interview mit Frank M. Raddatz* (Berlin: Rotbuch), 61-67쪽.

Müller, Inez (1993), *Walter Benjamin und Bertolt Brecht. Ansätze zu einer dialektischen Ästhetik in den dreißiger Jahren* (St. Ingbert: Röhrig).

Müller, Klaus-Detlef (1980), *Brecht-Kommentar zur erzählenden Prosa* (München: Winkler).

Müller-Schöll, Nikolaus (1995), "Theatrokratia. Zum gesetzlosen Gesetz der Über-Setzung in Walter Benjamins Brecht-Lektüre," *Theater der Region – Theater Europas. Kongress der Gesellschaft für Theaterwissenschaft*, Hg. von Andreas Kotte (Basel: Editions Theaterkultur Verlag), 275-301쪽.

———— (1995/1996), "Demolatrie. Zur rhetorischen Dekonstrukton von Ästhetik und Geschichte zwischen Benjamin und Nietzsche," *Germanica. Jahrbuch für deutschlandkundliche Studien*, 제2/3권: Moderne und Postmoderne (Sofia: Institut für deutsche Geistes- und Sozialwissenschaften. Germanicum), 99-115쪽.

———— (1997), "Der Eingriff ins Politische. Bert Brecht, Carl Schmitt und die Diktatur auf der Bühne," *drive b: brecht 100. Arbeitsbuch. Theater der Zeit/The Brecht Yearbook 23 (1998)/Das Brecht Jahrbuch 23 (1998)*, Hg. von Marc Silberman (Berlin), 113-117쪽.

———— (1999), "Theater im Text der Theorie. Zur rhetorischen Subversion der 〉Lehre〈 in Brechts theoretischen Schriften," *Brecht 100 〈=〉 2000. The Brecht Yearbook 24/Das Brecht-Jahrbuch 24*, Hg. von Maarten van Dijk (Waterloo in Canada: International Brecht Society), 264-275쪽.

———— (1999), "DIE MASSNAHME auf dem Boden einer unreinen Vernunft. Heiner Müllers 〉Versuchsreihe〈 nach Brecht," *Massnehmen. Bertolt Brechts / Hanns Eislers Lehrsrück DIE MASSNAHME. Kontroverse, Perspektive, Praxis*, Hg. Inge Gellert, Gerd Koch, Florian Vaßen, (Berlin: Theater der Zeit und Literaturforum im Brecht-Haus Berlin), 251-267쪽.

　벤야민과 브레히트

_____ (2002), *Das Theater des 〉konstruktiven Defaitismus〈. Lektüren zur Theorie eines Theaters der A-Identität bei Walter Benjamin, Bertolt Brecht und Heiner Müller* (Frankfurt am Main und Basel: Stroemfeld).

Jöde , Fritz/Boettcher, Hans (Hg.) (1978), *Musik und Gesellschaft. Arbeitsblätter für soziale Musikpflege und Musikpolitik*, 제1권 (Mainz 외, 1930/1931), Reprinted Hg. von Dorothea Kolland (Berlin: das europäische buch).

Näqele, Rainer (1991), "From Aesthetics to Poetics. Benjamin, Brecht, and the Poetics of the Caesura," *Theater, Theory, Speculation. Walter Benjamin and the Scenes of Modernity* (Baltimore and London: Johns Hopkins University Press), 135–166쪽.

_____ (1992), "Trauerspiel und Puppenspiel"(1979), *Leib- und Bildraum. Lektüren nach Benjamin*, Hg. von Sigrid Weigel (Köln, Weimar, und Berlin: Böhlau), 9–34쪽.

_____ (1998), *Lesarten der Moderne. Essays* (Eggingen: Isele).

Oehler, Dolf (1975): "Ein hermetischer Sozialist. Zur Baudelaire-Kontroverse zwischen Walter Benjamin und Bert Brecht," 제6권 총권 제26호 *Diskussion Deutsch* (Frankfurt am Main 외), 569–584쪽.

Oehm, Heide (1991), "Künstlerische Avantgarde und ästhetischer Totalitäts—begriff bei Einstein, Brecht und Benjamin," *Spiegelungen. Festschrift für Hans Schumacher zum 60. Geburtstag*, Hg. von Reiner Matzker, Petra Küchler-Sakellariou, und Marius Babias (Frankfurt am Main 외: Peter Lang), 153–173쪽.

Oehme, Walter (1963. 6.), "Brecht in der Emigration," *neue deutsche literatur*, 제11권 16호 (Berlin), 180–185쪽.

Opitz, Michael (1983), *Korrespondenzen im Werk Walter Benjamins. Untersuchungen zu Benjamins Begriff der Allegorie und Kritik. Dissertation* (Berlin: Humboldt-Universität).

_____ (1999), "Zwischen Nähe und Distanz. Zur Benjamin-Rezeption in der DDR," *global benjamin. Internationaler Walter-Benjamin-Kongreß 1992*, 3, Hg. von Klaus Garber und Ludger Rehm (München: Fink), 1277–1320쪽.

_____ /Wizisla, Erdmut (Hg.) (1992a), *Aber ein Sturm weht vom Paradiese her. Texte zu Walter Benjamin* (Leipzig: Reclam).

———— / ————— (1992b), "Jetzt sind eher die infernalischen Aspekte bei Benjamin wichtig. Gespräch mit Heiner Muller," *Aber ein Sturm weht vom Paradiese her. Texte zu Walter Benjamin*, Hg. von Michael Opitz und Erdmut Wizisla (Leipzig: Reclam), 348-362쪽.

———— / ————— (Hg.) (2000), *Benjamins Begriffe*, 1-2 (Frankfurt am Main: Suhrkamp).

Peters, Paul (2001), "Brecht und die Stimme der Nachrichten," *Weimarer Beiträge*, 제47권 제3호 (Wien), 352-373쪽.

Petersen, Klaus (1981), *Die 〉Gruppe 1925〈. Geschichte und Soziologie einer Schriftstellervereinigung* (Heidelberg: Carl Winter).

Pfotenhauer, Helmut (1975), *Ästhetische Erfahrung und gesellschaftliches System. Untersuchungen zu Methodenproblemen einer materialistischen Literaturanalyse am Spätwerk Walter Benjamins* (Stuttgart: Metzler).

Phelan, Anthony (2000), "Figures of memory in the 〉Chroniken〈," *Brecht's poetry of political exile*, Edit. by Ronald Speirs (Cambridge: Cambridge University Press), 172-189쪽.

Phelan, Anthony (2000. 7.), "July Days in Skovsbostrand: Brecht, Benjamin and Antiquity," *German Life and Letters*, 제53권 제3호 (Oxford: Blackwell), 373-386쪽.

Pike, David (1981), *Deutsche Schriftsteller im sowjetischen Exil 1933-1945. Aus dem Amerikanischen von Lore Brüggemann* (Frankfurt am Main: Suhrkamp).

———— (1986), *Lukács und Brecht*, Aus dem Englischen übersetzt von Lore Brüggemann (Tübingem: Niemeyer).

Pinkert, Ernst-Ullrich (1983), "Unter Brechts dänischem Strohdach. Walter Benjamin auf Fünen," *Antifaschismus in deutscher und skandinavischer Literatur, Akten eines Literatur-symposiums der DDR und Dänemarks* Hg. von L. Nielsen und J. Peter (Aarhus), 51-64쪽.

Piscator, Erwin (1968), *Schriften 1. Das Politische Theater*, Faksimiledruck der Erstausgabe 1929; *Schriften 2. Aufsätze, Reden, Gespräche*, Hg. von Ludwig Hoffmann (Berlin: Henschel).

Primavesi, Patrick (1998), *Kommentar, Übersetzung, Theater in Walter Benjamins frühen*

Schriften (Basel und Frankfurt am Main: Stroemfeld).

_____ (1999. 겨울), "The Performance of Translation. Benjamin and Brecht on the Loss of Small Details," *The Drama Review*, 제43권 제4호 (New York), 53–59쪽.

Puttnies, Hans/Smith, Gary (Hg.) (1991), *Benjaminiana. Eine biographische Recherche* (Gießen: Anabas).

Ramthun, Herta (1969–1973), *Bertolt–Brecht–Archiv. Bestandsverzeichnis des literarischen Nachlasses*, 1–4, Hg. von d. Deutschen Akademie der Künste zu Berlin (Berlin und Weimar: Aufbau).

Reich, Bernhard (1970), *Im Wettlauf mit der Zeit. Erinnerungen aus fünf Jahrzehnten deutscher Theatergeschichte* (Berlin: Henschel).

Reijen, Willem van/Doorn, Herman van (2001), *Aufenthalte und Passagen. Leben und Werk Walter Benjamins. Eine Chronik* (Frankfurt am Main: Suhrkamp).

Reschke, Renate (1992), "Barbaren, Kult und Katastrophen. Nietzsche bei Benjamin. Unzusammenhangendes im Zusammenhang gelesen," *Aber ein Sturm weht vom Paradiese her. Texte zu Walter Benjamin*, Hg. von Michael Opitz und Erdmut Wizisla (Leipzig: Reclam), 303–319쪽.

Ritterhoff, Teresa (1999), "Ver/Ratiosigkeit. Benjamin, Brecht, and Die Mutter," *Brecht 100 ⟨=⟩ 2000. The Brecht Yearbook 24/Das Brecht–Jahrbuch 24*, Hg. von Maarten van Dijk (Waterloo in Canada: International Brecht Society), 246–262쪽.

Rohrwasser, Michael (1991), *Der Stalinismus und die Renegaten. Die Literatur der Exkommunisten* (Stuttgart: Metzler).

_____ /Wizisla, Erdmut (1995), "Zwei unbekannte Briefe Brechts aus der Emigration," *Sinn und Form*, 제47권 제5호 (Berlin: Akademie der Künste), 672–677쪽.

Rumpf, Michael (1976), "Radikale Theologie. Benjamins Beziehung zu Carl Schmitt," *Walter Benjamin—Zeitgenosse der Moderne*, Verfasst von Peter Gebhardt 외 (Kronberg im Taunus: Scriptor), 37–50쪽.

Sahl, Hans (1985), *Memoiren eines Moralisten* (Darmstadt und Neuwied: Luchterhand).

_____ (1991), *Das Exil im Exil. Memoiren eines Moralisten II* (Frankfurt am Main: Luchterhand).

Sautter, Ulrich (1995), "›Ich selber nehme kaum noch an einer Diskussion teil, die ich nicht sogleich in eine Diskussion über Logik verwandeln mochte.‹ Der Logische Empirismus Bertolt Brechts," *Deutsche Zeitschrift für Philosophie*, 제43권 제4호 (Berlin), 687-709쪽.

Schedler, Melchior (1974), "Dringende Aufforderung, das frühe kommunistische Kindertheater wiederzuentdecken," *Kürbiskern*, 제1호 (München), 118-127쪽.

Schiavoni, Giulio (1999. 3.), "Un identico sguardo spassionato. Benjamin commentatore di Brecht," *studi germanici*, nuova serie (Rom: Anno XXXVII), 441-456쪽.

_____ (2001), *Walter Benjamin. Il figlio della felicità. Un percorso biografico e concettuale* (Torino: Einaudi).

Schiller, Dieter/Pech, Karlheinz/Herrmann, Regine/Hahn, Manfred(1981), *Exil in Frankreich. Kunst und Literatur im antifaschistischen Exil 1933-1945*, 7 (Leipzig: Reclam).

Schiller-Lerg, Sabine (1984), *Walter Benjamin und der Rundfunk. Programmarbeit zwischen Theorie und Praxis* (München 외: Saur).

_____ (1999), "Ernst Schoen (1894-1960). Ein Freund überlebt. Erste biographische Einblicke in seinen Nachlaß," *global benjamin. Internationaler Walter-Benjamin-Kongreß 1992*, 2, Hg. von Klaus Garber und Ludger Rehm (München: Fink), 982-1013쪽.

Schlaffer, Heinz (1973), "Denkbilder. Eine kleine Prosaform zwischen Dichtung und Gesellschaftstheorie," *Poesie und Politik. Zur Situation der Literatur in Deutschland* Hg. von Wolfgang Kuttenkeuler (Stuttgart 외: Kohlhammer), 137-154쪽.

Stefan, Wilhelm [d.i. Willy Siegfried Schlamm] (1934. 11. 8.), "Brechts Lehrbuch der Gegenwart," *Europäische Hefte*, 제1권 총권 제20호 (Prag), 526-529쪽.

Schlawe, Fritz (1962), *Literarische Zeitschriften*, Teil II: 1910-1933 (Stuttgart: Metzler).

Schlenstedt, Silvia (1983), "Auf der Suche nach Spuren: Brecht und die MASCH," *Brecht 83. Brecht und Marxismus. Dokumentation*, Hg. von Brecht-Zentrum der DDR (Berlin: Henschel), 18-28쪽; 365-366쪽.

Schmitt, Hans-Jürgen (Hg.) (1973), *Die Expressionismusdebatte. Materialien zu einer marxistischen Realismuskonzeption* (Frankfurt am Main: Suhrkamp).

Schoen, Ernst/Hirschfeld, Kurt (1932. 7.), "Rundfunk und Theater. Aus einem Gespräch," *Blätter des Hessischen Landestheaters Darmstadt*, 제5권 총권 제16호: Theater und Rundfunk (Leipzig: Max Beck), 190–192쪽.

Schöttker, Detlev (1989), *Bertolt Brechts Ästhetik des Naiven* (Stuttgart: Metzler).

_____ (1997), "Edition und Werkkonstruktion. Zu den Ausgaben der Schriften Walter Benjamins," *Zeitschrift für deutsche Philologie*, 제116권 제2호 (Berlin: Erich Schmidt), 294–315쪽.

_____ (1999), *Konstruktiver Fragmentarismus. Form und Rezeption der Schriften Walter Benjarnins* (Frankfurt am Main: Suhrkamp).

_____ (1999), "Reduktion und Montage. Benjamin, Brecht und die konstruktivistische Avantgarde," *global benjamin. Internationaler Walter-Benjamin-Kon—greß 1992*, 2, Hg. von Klaus Garber und Ludger Rehm (München: Fink), 745–773쪽.

_____ (1999), *Von der Stimme zum Internet. Texte aus der Geschichte der Medienanalyse* Göttingen: Vandenhoeck&Ruprecht).

Scholem, Gershom (1975), *Walter Benjamin. Die Geschichte einer Freund—schaft* (Frankfurt am Main: Suhrkamp).

_____ (1983), *Walter Benjamin und sein Engel. Vierzehn Aufsätze und kleine Beiträge*, Hg. von Rolf Tiedemann (Frankfurt am Main: Suhrkamp).

_____ (1994), *Briefe I. 1914–1947*, Hg. von Itta Shedletzky (München: Beck).

_____ (1995), *Briefe II. 1948–1970*, Hg. von Thomas Sparr (München: Beck).

_____ (1999), *Briefe III. 1971–1982*, Hg. von Itta Shedletzky (München: Beck).

_____ /Benjamin, Walter (1980), *Briefwechsel 1933–1940*, Hg. von Gershom Scholem (Frankfurt am Main: Suhrkamp).

Schoor, Kerstin (1992), *Verlagsarbeit im Exil. Untersuchungen zur Geschichte der deutschen Abteilung des Amsterdamer Allert de Lange Verlages 1933–1940* (Amsterdam und Atlanta: Rodopi).

Schoor, Uwe (1992), *Das geheime Journal der Nation. Die Zeitschrift 》Sinn und Form《*, Chefredakteur von Peter Huchel, 1949–1962 (Berlin: Akademie der Künste).

Schröder, Winfried (1975), "Walter Benjamin—zum Funktionswandel der Literatur in der

Epoche des Imperialismus," *Funktion der Literatur. Aspekte – Probleme – Aufgaben*,
Hg. von Schlenstedt, Dieter 외 (Berlin: Akademie), 176-186쪽; 398-404쪽.

Schumacher, Ernst (1981), "Brecht als Objekt und Subjekt der Kritik"(1971/1972), *Brecht.
Theater und Gesellschaft im 20. Jahrhundert. Achtzehn Aufsätze* (Berlin: Henschel,
개정 제3판), 292-321쪽.

Schumacher, Ernst und Renate (1978), *Leben Brechts in Wort und Bild* (Berlin:
Henschel).

Schwarz, Peter Paul (1978), *Lyrik und Zeitgeschichte. Brecht: Gedichte über das Exil und
späte Lyrik* (Heidelberg: Lothar Stiehm).

Seidel, Gerhard (1957. 1.), "Im Freihafen der Philosophie. Zu den Schriften Walter
Benjamins," *Neue Deutsche Literatur*, 제5권 제1호 (Berlin: Aufbau), 59-71쪽.

_____ (1966), *Nachlaß Gerhard Seidel, BBA.*

_____ (1970), "Im Passat der Kritik," *Benjamin, Walter: Lesezeichen. Schriften zur
deutschsprachigen Literatur*, Hg. von Gerhard Seidel (Leipzig: Reclam), 417-430쪽.

_____ (1977), *Bertolt Brecht – Arbeitsweise und Edition. Das literarische Werk als
Prozeß* (Berlin: Akademie).

Simpson, Patricia Anne (1996), "In citing violence. Gestus in Benjamin, Brecht and
Kafka," *Jewish Writers, German Literature. The uneasy examples of Nelly Sachs
and Walter Benjamin*, Hg. von Timothy Bahti and Marilyn Sibley Fries (Ann Arbor in
Michigan: University of Michigan Press), 175-203쪽.

Stark, Michael (Hg.) (1984), *Deutsche Intellektuelle 1910-1933. Aufrufe, Pamphlete,
Betrachtungen* (Heidelberg: Lambert Schneider).

Steffensen, Steffen/Nørregaard, Hans Christian (1993), "Walter Benjamin (1892-1940).
Philosoph," *Exil in Dänemark. Deutschsprachige Wissenschaftler, Künstler und
Schriftsteller im dänlschen Exil nach 1933*, Verfasst von Willy Dähnhardr und Birgit S.
Nielsen (Heide: Westholsteinische Verlagsanstalt Boyens&Co.), 462-471쪽.

Steffin, Margarete (1991), *Konfutse versteht nichts von Frauen. Nachgelassene
Texte*, Hg. von Inge Gellert. Mit einem Nachwort von Simone Barck und einem
dokumentarischen Anhang (Berlin: Rowohlt).

_____ (1999), #Briefe an berühmte Männer. Walter Benjamin, Bertolt Brecht, Arnold Zweig#, Hg. mit einem Vorwort und mit Anmerkungen versehen von Stefan Hauck (Hamburg: Europäische Verlagsanstalt).

Steiner, Uwe (1989), _Die Geburt der Kritik aus dem Geiste der Kunst. Untersuchungen zum Begriff der Kritik in den frühen Schriften Walter Benjamins_ (Würzburg: Königshausen&Neumann).

_____ (Hg.) (1992), _Walter Benjamin, 1892-1940. Zum 100. Geburtstag_ (Bern 외: Lang).

Steinweg, Reiner (1972), _Das Lehrstück. Brechts Theorie einer politisch-äs—thetischen Erziehung_ (Stuttgart: Metzler).

Sternberg, Fritz (1963), _Der Dichter und die Ratio. Erinnerungen an Bertolt Brecht_ (Göttingen: Sachse&Pohl).

Thiele, Dieter (1981), _Bertolt Brecht. Selbsrverständnis, Tui-Kririk und politische Ästhetik_ (Frankfurt am Main und Bern: Peter Lang).

Thieme, Karl (1932. 2.), "Des Teufels Gebetbuch? Eine Auseinandersetzung mit dem Werke Bertolt Brechts," _Hochland_, 제29권 제5호 (München und Kempten: Kösel), 397-413쪽.

Tiedemann, Rolf (1965/1973), _Studien zur Philosophie Walter Benjamins_ (Frankfurt am Main: Suhrkamp).

_____ (1975), "Historischer Materialismus oder politischer Messianismus? Politische Gehalte in der Geschichtsphilosophie Walter Benjamins," _Materialien zu Benjamins Thesen 〉Über den Begriff der Geschichte〈. Beiträge und Interpretationen_, Hg. von Peter Bulthaup (Frankfurt am Main: Suhrkamp), 77-121쪽.

_____ (1983), _Dialektik im Stillstand. Versuche zum Spätwerk Walter Benjamins_ (Frankfurt am Main: Suhrkamp).

_____ (1983), "Erinnerung an Scholem," _Walter Benjamin und sein Engel. Vierzehn Aufsätze und kleine Beiträge_, Verfasst von Gershom Scholem, Hg. von Rolf Tiedemann (Frankfurt am Main: Suhrkamp), 211-221쪽.

Tretjakow, Sergej M. (1972), _Lyrik. Dramatik. Prosa_, Hg. von Fritz Mierau (Leipzig: Reclam).

_____ (1985), *Gesichter der Avantgarde. Porträts – Essays – —Briefe*, Hg. von Fritz
Mierau (Berlin und Weimar: Aufbau).

Unger, Peter (1978), *Walter Benjamin als Rezensent. Die Reflexion eines Intellektuellen
auf die zeitgeschichtliche Situation* (Frankfurt am Main 외: Peter Lang).

Unseld, Siegfried (Hg.) (1972), *Zur Aktualität Walter Benjamins. Aus Anlaß des 80.
Geburtstags von Walter Benjamin* (Frankfurt am Main: Suhrkamp).

Unter dem Banner des Marxismus (1925), 제1권 (Berlin und Wien: für Literatur und
Politik).

Unter dem Banner des Marxismus (1928), 제2권 (Berlin und Wien: für Literatur und
Politik).

Unter dem Banner des Marxismus (1931), 제5권 (Berlin und Wien: für Literatur und
Politik).

Vialon, Martin (1993), "Zur Geschichte einer Freundschaft. Warum Walter Benjamins
Moskau-Pläne scheiterten. Ein Epilog zum 100. Geburtstag von Asja Lacis und Walter
Benjamin," *Zeitschrift für Germanistik*, Neue Folge, 제3권 제2호 (Berlin: Peter Lang),
391-402쪽.

Völker, Klaus (1971), *Brecht-Chronik. Daten zu Leben und Werk* (München: Hanser).

_____ (1976), *Bertolt Brecht. Eine Biographie* (München/Wien: Hanser).

Voigts, Manfred (1977), *Brechts Theaterkonzeptionen. Entstehung und Entfaltung bis 1931*
(München: Fink).

_____ (Hg.) (1980), *100 Texte zu Brecht. Materialien aus der Weimarer Republik*
(München: Fink).

_____ (Hg.) (1989. 4.), "Oskar Goldberg. Ein Dossier," *Akzente*, 제36권 제2호
(München: Carl Hanser), 158-191쪽.

_____ (1992), *Oskar Goldberg. Der mythische Experimentalwissenschaftler. Ein
verdrängtes Kapitel jüdischer Geschichte* (Berlin: Agora).

_____ (1996), "Arendt, Benjamin, Brecht oder: Die Wahrheit des Auges und die
Wahrheit des Ohres in finsteren Zeiten," *Inter homines esse—Unter Menschen weilen*
(Iserlohn: Ev. Akademie).

Walter, Hans-Albert (1972a), *Bedrohung und Verfolgung bis 1933. Deutsche Exilliteratur 1933-1950*, 1 (Darmstadt und Neuwied: Luchterhand).

_____ (1972b), *Asylpraxis und Lebensbedingungen in Europa. Deutsche Exilliteratur 1933-1950*, 2 (Darmstadt und Neuwied: Luchterhand).

_____ (1978), *Deutsche Exilliteratur 1933-1950*, 4: Exilpresse (Stuttgart: Metzler).

Weigel, Sigrid (1997), *Entstellte Ähnlichkeit. Walter Benjamins theoretische Schreibweise* (Frankfurt am Main: Fischer).

Weill, Kurt/Lenya, Lotte (1998), *Sprich leise, wenn du Liebe sagst. Der Briefwechsel* Hg. und übersetzt von Lys Symonette und Kim H. Kowalke (Köln: Kiepenheuer&Witsch).

Wiesengrund-Adorno, Theodor (1929. 3.), "Zur Dreigroschenoper," *Die Musik* 제21권 제6호 (Stuttgart 외), 424-428쪽.

_____ (1930. 4.), "Mahagonny," *Der Scheinwerfer* 제3권 제14호 (Essen: Klartext), 12-15쪽.

Wiesenthal, Liselotte (1973), *Zur Wissenschaftstheorie Walter Benjamins* (Frankfurt am Main: Athenaum).

Wiggershaus, Rolf (1988), *Die Frankfurter Schule. Geschichte, Theoretische Entwicklung, Politische Bedeutung* (München: dtv).

Wilde, Harry (1969), *Leo Trotzki. In Selbstzeugnisse und Bilddokumenten* (Reinbek bei Hamburg: Rowohlt).

Wilke, Judith (1998), *Brechts ›Fatzer‹ – Fragment. Lektüren zum Verhältnis von Dokument und Kommentar* (Bielefeld: Aisthesis Verlag).

Witt, Hubert (Hg.) (1964), *Erinnerungen an Brecht* (Leipzig: Reclam).

Witte, Bernd (1976a), "Krise und Kritik. Zur Zusammenarbeit Benjamins mit Brecht in den Jahren 1929 bis 1933," Gebhardt, Peter 외, *Walter Benjamin—Zeitgenosse der Moderne* (Kronberg im Taunus: Scriptor), 9-36쪽.

_____ (1976b), *Walter Benjamin—Der Intellektuelle als Kritiker. Untersuchungen zu seinem Frühwerk* (Stuttgart: Metzler).

_____ (1985), *Walter Benjamin. Mit Selbstzeugnissen und Bilddokumenten* (Reinbek bei Hamburg: Rowohlt).

Wizisla, Erdmut (1990), "Ernst Bloch und Bertolt Brecht. Neue Dokumente ihrer

Beziehung," *Bloch-Almanach*, 제10권 (Baden-Baden: Ernst Bloch Archiv), 87-105쪽.

_____ (1992), "*Krise und Kritik* (1930/31). Walter Benjamin und das

Zeitschriftenprojekt," *Aber ein Sturm weht vom Paradiese her. Texte zu Walter

Benjamin*, Hg. von Michael Opitz und Erdmut Wizisla (Leipzig: Reclam), 270-302쪽.

_____ (1996), "Über Brecht. Gespräch mit Heiner Müller," *Sinn und Form*, 제48권 제2호

(Berlin: Akademie der Künste), 223-237쪽.

_____ (Hg.) (1998), 〉und mein Werk ist der Abgesang des Jahrtausends〈. 1898-Bertolt

Brecht-1998: 22 Versuche, eine Arbeit zu beschreiben (Berlin: Akademie der

Künste).

_____ (2002), "Verzicht auf Traumproduktion? Politischer Messianismus bei Benjamin

und Brecht," *Sinn und Form*, 제54권 제4호 (Berlin: Akademie der Künste).

Wizisla, Erdmut/Opitz, Michael (Hg.) (1992), *Glückloser Engel. Dichtungen zu Walter

Benjamin* (Frankfurt am Main und Leipzig: Insel).

Wöhrle, Dieter (1988), *Bertolt Brechts medienästhetische Versuche* (Köln: Prometh).

Wohlfarth, Irving (1985), "Der *Destruktive Charakter*. Benjamin zwischen den Fronten,"

Walter Benjamin im Kontext, Hg. von Burkhardt Lindner (Königstein im Taunus:

Athenäum, 증보판), 65-99쪽.

Wygotski, L. S. (1929. 6.), "Die genetischen Wurzeln des Denkens und der Sprache,"

Unter dem Banner des Marxismus 제3권 제3호 (Berlin und Wien), 450-470쪽.

_____ (1929. 8.), "Die genetischen Wurzeln des Denkens und der Sprache," *Unter dem

Banner des Marxismus* 제3권 제4호 (Berlin und Wien), 607-623쪽.

Wyss, Monika (Hg.) (1977), *Brecht in der Kritik. Rezensionen aller Brecht-Uraufführungen

sowie ausgewählter deutsch- und fremdsprachiger Premieren* (München: Kindler).

Young-Bruehl, Elisabeth (1986), *Hannah Arendt. Leben, Werk und Zeit* (Frankfurt am

Main: S. Fischer).

Yun, Mi-Ae (2000), *Walter Benjamin als Zeitgenosse Bertolt Brechts. Eine paradoxe

Beziehung zwischen Nähe und Ferne* (Göttingen: Vandenhoeck&Ruprecht).

벤야민과 브레히트의 비범한 만남
―과거에서 점화한 희망의 불꽃

집필 동기

에르트무트 비치슬라는 동독이 서독과의 흡수통일을 앞두고 있던 해인 1989년에 '벤야민과 브레히트의 관계'라는 주제에 대해 박사학위 논문을 쓰기 시작했다. 저자가 벤야민과 브레히트에 관심을 갖게 된 동기는 무엇일까? 동독 출신인 저자에게 망명지 미국에서 돌아오면서 서독이 아닌 동독을 거주지로 택한 브레히트에 대한 관심은 자연스러웠을 것이다. 사회주의 고전 작가 반열에 올라 있는 브레히트는 동독의 교육 현장에서 자주 듣던 이름이기 때문이다. 그런데 저자는 자신이 브레히트에 대해 지속적으로 관심을 갖게 된 계기가 「해결책」이라는 시였다고 밝히고 있다. 이 사실은 저자가 바라본 브레히트의 모습에 대해 시사하는 바가 크다. 동독에서 상당한 논쟁을 거친 후인 1969년에 공식 출간될 수 있었던 이 시에서 브레히트는 사회주의 국가권력에 의해 공식적으로 정당화된 시인에게 기대되는 것과는 다른 목소리를 내고 있기 때문이다. 이 시에는 "정부가 국민을 해체해 / 다른 국민을 뽑는 것이 / 더 간단하지 않을까?"라는 유명한 구절이 나온다. 이 시의 역설적 제안과는 반대로 1989년 동독에서는 국민이 완전히 다른 정부를 택하는 일이 벌어졌다. 동독에서 브레히트에 비하면 비교적 낯선 이름이던 벤야민은 관심 있는 지식인들과 학자들 사이에서 무엇보다 「역사의 개념에 대하여」의 영역본인 「역사철학테제」의 저자로 알려져 있었다. 비치슬라의 회고에 따르면, 통일 전 동독의 학자들에게 벤야민의 「역사철학테제」는 역사적 연구 대상이라는 의미를 넘어서 위안과는 차원이 다른 메시아적 약속처럼 들렸다고 한다.

집필 과정

2004년 주어캄프 출판사에서 출간된 『벤야민과 브레히트—예술과 정치의 실험실』(원제는 '벤야민과 브레히트—한 우정의 역사^{Benjamin und Brecht. Die Geschichte einer Freundschaft}')은 1989년과 1993년 사이에 쓴 저자의 박사학위 논문을 토대로 한 책이다. 저자는 "벤야민과 브레히트처럼 복합적인 관계는 우선 모든 흔적을 확보할 때 비로소 그 의미가 밝혀질 수 있다"(406-407쪽)라고 말한다. 여기서 밀한 흔적을 확보하기 위해 저자는 베를린의 베르톨트 브레히트 문서고, 발터 벤야민 문서고, 헬레네 바이겔 문서고, 파리 국립도서관, 모스크바의 문서고 등에서 아직 출판되지 않은 기록과 자료를 살실이 뒤지는 수고를 비다하지 않았다. 저자에 의하면 이러한 작업은 단순히 문헌학적인 동기가 아니라 사소한 것처럼 보이지만 의미심장한 역사적 사실들의 인간적·정치적 의미를 회복시켜주려는 의도에서 비롯된 것이다. 이 책에서 주석이 다른 책들에 비해 방대한 비중을 차지하는 이유는 그 때문이다. 그 안에서 독자는 종종 벤야민과 브레히트뿐 아니라 동시대 지식인들의 생각, 경험, 계획, 기질 등에 대해 다채롭고 흥미로운 정보를 만나게 된다.

두 사람의 우정에 대한 지인들의 반응

벤야민의 지인 중 브레히트와의 관계를 우호적으로 본 사람은 한나 아렌트 이외에는 거의 없었다. 브레히트가 벤야민에게 미친 영향을 가장 부정적으로 본 사람은 벤야민과 가장 친한 친구였던 유대학자 게르숌 숄렘이다. (번번이 실패했지만 벤야민은 기회가 있을 때마다 친구 숄렘에게 브레히트가 자신에게 얼마나 중요한 작가인지를 납득시키고자 했다.) 브레히트 연극의 아방가르드적 특성을 누구 못지 않게 잘 이해했던 아도르노도 브레히트의 그늘에서 벤야민 사상의 정수가 가려진다고 염려했다. 아도르노는 브레히트의 집단 개념, 정치적으로 개입하는 예술, 기술적 실천이라는 구상에 대해 유보적 입장을 취했고, 브레히트의 유물론이 벤야민의 비평에 악영향을 끼쳤다고 단도직입적으로 말하기도 했다. 벤야민 주변의 숱한 오해와 간섭을 보면, 어떻게 벤야민이 브레히트와의 관계가 생산적이라는 확신을 끝까지 지켜나갈 수 있었는지 놀라울 정도다. 반면 브레히트 주변에는 벤야민의 지인들처럼 두 사람의 관계에 왈가왈부하는 사람들은 없었다. 벤야민이 브레히트 문학을 가장 강력하게 옹호하는 비평가임을 아는 브레히트의 지인들은 브레히트에게 벤야민과의 관계에 반감을 가질 이유가 전혀 없었을 것이다. 실제로 마르가레테 슈테핀, 헬레네 바이겔은 두 사람의 관계를 공고히 하는 데 중요한 역할을 담당했다.

우정의 의미

이 책의 저자가 두 사람의 만남에 '성좌'라는 용어를 적용한다는 것에서 짐작할 수 있듯이, 두 사람의 만남은 전기적 사실 이상을 의미하는 바, "우연이 아닌 특수한 상황들의 조우로 이루어졌다. 또한 이 만남에는 유일무이함과 법칙이 결합되어 있어, 여기에서 비롯된 특별한 경험과 태도가 개인의 의도를 넘어서 있다는 예감을 수반한다."(55-56쪽) 사실관계만 놓고 보아도 두 사람의 만남은 우연이 아니었다. 벤야민이 먼저 브레히트에게 관심을 보였고 접촉을 시도했기 때문이다. 1924년 아샤 라치스의 주선으로 이루어진 첫번째 만남이 브레히트의 시큰둥한 반응으로 끝난 후에도 두 사람은 정치적·문화적으로 활발한 도시 베를린의 지식인 사회에서 마주치곤 했다. '그룹 1925'이나 '철학지 그룹' 등 베를린의 여러 토론 모임에서 서로를 더 알게 된 두 사람은 1929년 5월에 이르면 급속도로 가까워진다. 에른스트 블로흐는 "천재적이면서 품위 있는 벤야민과 천재적이면서 제멋대로인 브레히트의 조합"(220쪽)이 기묘하다고 빈정댔시만, 두 사람은 주변의 우려와 달리 긴밀한 우정의 역사를 만들어나갔다.

그들의 만남이 유일무이함을 넘어 법칙과 관련된다고 한 까닭은 만남에서 비롯된 특별한 경험과 태도 안에서 그들이 산 혹독한 시대의 인장을 읽어낼 수 있기 때문이다. 물론 "개인의 의도를 넘어선다"고 한 저자의 표현은 두 사람이 산 시대와의 연관만을 의미하지 않는다. 저자에게 두 사람의 비범한 만남은 역사적 관심의 대상에 그치는 것이 아니라 "과거로부터 들려오는 은밀한 약속", "과거에서 점화한 희망의 불꽃"(「역사의 개념에 대하여」 중 여섯번째 테제)으로 다가왔다.

반부르주아라는 연결고리

'의미 있는 성좌'라는 제목의 제1장에서 저자는 예술적·정치적인 문제의식의 공명이 두 사람의 교제를 지속할 수 있게 한 전제조건이라는 시각에서 출발한다. 공산당에 대한 입장 표명도 두 사람을 결속시켜준 중요한 연결고리라고 할 수 있다. 벤야민과 브레히트는 공산당을 무비판적으로 받아들인 것이 아니라 "공산당이 가장 급진적인 반부르주아 정당이자 대중과 가장 가까운 정당인 한에서"(50쪽) 지지했다. 학문과 예술을 지배하는 고루한 부르주아적 관점에 대한 반발심에 있어서도 두 사람의 정신적 성향은 일치했다. "'자만에 빠진 부르주아적 학문'과 일절 상관하지 않겠다고 밝힌 벤야민처럼, 부르주아적 연극의 오만함을 바라보는 브레히트의 태도 역시 마찬가지였다."(50쪽) 벤야민은 브레히트의 작품을 두고 자신이 "비평가로서 아무런 (공식적인) 이의 없이 지지하는' 최초의 저술"(116쪽)

이라고까지 말했다. 이와 같은 전폭적인 지지는 브레히트의 연극이론에 대한 동의의 측면만으로 설명되지 않는다. 이 지점에서 저자가 찾은 실마리 중 습관과 주거 방식의 관계에 대한 두 사람의 상세한 대화 기록은 벤야민과 브레히트를 강력하게 묶어준 또다른 끈을 보여준다. 주거 방식에 대한 열띤 토론은 두 사람이 추상적 인간이 아니라 실제적 인간, 관념의 측면이 아니라 "인간의 사회적이고 현실적인 습관과 행동 양식에 대한 관심"(130쪽)을 공유했기 때문에 가능했다. 사람의 특징과 태도를 그 사람이 갖고 있는 확신이나 신념이 아니라 심리적 기원 내지 사회적 여건에 따라 연구할 수 있다는 생각은 브레히트의 게스투스 이론의 기반이기도 하다.

브레히트 작품에 대한 벤야민의 공명

두 사람의 의기투합은 예술, 문학, 문화, 정치를 둘러싼 논쟁이 붐을 이루면서 가히 말이 사실을 압도한 수사학의 시대를 배경으로 한다. 벤야민은 1920년대 중반 이후 수사에 그치지 않고 사회적 영향력을 발휘할 수 있는 글쓰기 문제로 고심하고 있었다. 동시에 1931년에 쓴 서평 「좌파 멜랑콜리」에서 에리히 케스트너의 정치시를 비판하면서 밝혔듯이, 정치적 영향력을 소재니 주제에서 찾는 문학은 비판적으로 보았다. 동시대 연극에서 눈에 띈 정치극 역시 벤야민이 생각하는 예술의 정치화 요구에는 부합하지 않았다. 벤야민은 예술의 정치화란 신념이나 확신의 전파를 위해 예술을 도구화하는 것이 아니라 고도의 예술적 형상화와 정치적 의도를 결합하는 새로운 방식이어

벤야민과 브레히트

야 한다고 생각했다. 더이상 자연주의적 방식으로 재현할 수 없는 시대에 필요한 것은 예술적 형상화라는 것이다. 브레히트가 추구한 연극의 문학화, 장식의 포기, 제스처의 인용 가능성 등 서사극의 요소들은 현실의 인위적 형상화를 위해 필요한 요소로, 벤야민에게 하나의 본보기가 되어주었다. 벤야민은 브레히트의 연극에서 정치적 수사가 아니라 "우리의 삶을 규정하는 힘을 지닌 사실"(『일방통행로』)을 형상화하는 데 중점을 둔 문학을 발견했던 것이다.

비평지 창간의 과정과 의의

이 책의 저자는 벤야민과 브레히트가 함께 도모했던 비평지 『크리제 운트 크리티크』 기획 과정을 추적하는 데 제3장 전체를 할애하고 있다. 이는 공식적인 기록들보다 실현되지 못한 잡지 기획이 바이마르 공화국 시대의 진보적 지식인들의 미학적·정치적 기획에 대해 더 많은 것을 알려줄 것이라고 믿었기 때문이다. 벤야민과 브레히트의 유고에서 저자는 창간 목적, 사업의 중점과 원칙, 주제 제안 등에 대한 방대한 편집회의 기록들을 찾아낸다. 당시 잡지 기획에 참여한 진보적 지식인들이 첨예한 계급 대결의 상황에서 사회적 개입 요구를 수용하면서도 당의 훈육을 받고자 하지는 않았다는 점이 이러한 기록들에서 분명하게 드러난다. 그보다 더 중요한 것은, 각기 이질적인 분야에서 작업한 예술가, 학자, 작가, 비평가 등이 일제히 나치 활동이 지닌 위험성을 선구적으로 간파해 개입하는 사유라는 목적 아래 자발적 협업의 필요성에 동의했다는 사실이다. 벤야민과 브레히트 등 잡지 창간을 준비한 주요 편집위원들은 장르와 분야를 초월해서 생각을 모았고, 예술과 학문의 내재적 관점에 머물지 않았으며, 치열한 사유가 불러올 결과에 대한 관심을 공유했다. 무엇보다 그들은 어떠한 영향력을 추구하든 철저함에 대한 요구가 희생되어서는 안 된다고 생각했다.

『크리제 운트 크리티크』가 창간에 성공했다면, 사회변혁을 추구하는 지식인들에게 지식 생산의 협업 모델이 되어주었을 것이고, 학문과 예술에서 개입하는 사유의 방식에 대한 다양한 제안을 펼칠 수 있는 무대가 되어주었을 것이다. 이 점에서 잡지 기획의 좌절은 강한 아쉬움을 남긴다. 역사상 그러한 모델의 성공을 기대할 만한 여건이 그때만큼 갖추어진 때도 없었다는 저자의 논평에도 실패한 기획에 대한 아쉬움이 강하게 배어 있다. 잡지 기획의 실패에는 지식인들의 강한 자의식, 로볼트 출판사의 경영 악화, 당시 정치적 상황도 중요하게 작용했지만, 지식인의 역할, 공산당에 대한 태도, 예술과 정치의 관계, 현실 개입의 방식 등 여러 쟁점에 있어서 진보적 지식인들 사이의 이견을 조정할 수 없었던 것이 결정적 이유로 작용했다.

접점과 간극—유물론과 신학

벤야민과 브레히트는 속칭 마르크스레닌주의 진영에서 황폐화된 변증법을 인식의 방법론으로 복권시키고자 했다. 두 사람이 이해한 변증법은 모든 문제에 한 가지 대답을 제공하는 학설이 아니라 구체적 대상에 침투해 새로운 지식의 산출에 기여할 수 있도록 계속 발전되

벤야민과 브레히트

어야 할 사유 방법론이었다. 이러한 변증법 개념에 입각하여 브레히트는 마르크스주의 이론서가 연극 활동을 대체할 수 없다고 주장했다. 연극은 정치경제학의 대상인 거대한 집단의 운동법칙보다 개개인 간의 태도에서 드러나는 모순을 인식하는 것을 목표로 하기 때문이다. 또한 편집회의 기록에서 볼 수 있는 브레히트의 접근법은 상당히 실용주의적이었다. 어떠한 방법론이든 교조적으로 다루는 것을 철저히 배격한 벤야민 역시 사유의 유용성에 대한 질문을 던졌다. 변증법에 대한 이러한 공통된 문제의식 뒤에는 두 사람 간의 사상적 차이도 존재한다. "사회에서 실현할 수 있는 사유가 아닌 다른 사유는 모두 파괴해야"(206쪽) 한다는 브레히트의 발언에 대한 벤야민의 반박을 보면, 그가 브레히트의 실용주의적 사유에 전적으로 동의한 것은 아님을 알 수 있다. 벤야민은 문학작품이 삶에서 차지하는 위치와 그것이 전승되는 사회적 맥락을 고찰하고자 하는 비평가에게 유물변증법이 중요한 방법론임을 인정하는 한편, 신학에도 동등한 방법론적 권위를 부여하고자 했다. 원전비평, 형식비평에서 신학역시 유용한 역사비평적 방법론을 제공할 수 있기 때문이다. 저자는두 사람의 사상적 스펙트럼이 갈라서는 자리에 위치한 벤야민의 신학을 자세하게 다루지 않는다. 벤야민의 신학적 사유에 대해 브레히트가 신비주의라는 잣대를 들이댔던 만큼 두 사람의 지적 교류에서유대 신학은 가급적 피해야 할 주제였기 때문이다.

벤야민의 브레히트론―서사극 분석

벤야민은 브레히트와의 관계에서 자신의 유대 신학적 사유를 괄호로 묶는 한편으로 브레히트의 문학이 던지는 도전을 진지한 반성의 대상으로 삼았다. 제4장 「벤야민의 브레히트론」은 이러한 반성적 사유의 결과를, 즉 브레히트에 대한 벤야민의 글들을 중점적으로 다룬다. 브레히트의 연극에 대한 최초의 체계적인 이론서에 해당하는 벤야민의 논문 「서사극이란 무엇인가? I」은 발표할 기회를 얻지 못했다. 〈남자는 남자다〉의 1931년 베를린 공연을 보고 쓴 이 논문에서 벤야민은 "무대와 관객, 텍스트와 공연, 감독과 배우의 기능적 상관관계"(266쪽)를 일시에 뒤흔들고자 한 서사극의 의도를 정확히 간파한다. 벤야민의 분석이 브레히트 수용사에서 지니는 의의는 당시 전통적 연극미학을 고수한 전문 비평가들이 서사극을 어떻게 평가했는지를 보면 분명해진다. 이들은 서사적 요소를 희곡적 요소와 결합시키고자 한 브레히트의 서사극에 대해 목표지향적인 표현 형식으로 인해 고유의 생동감이 억눌려 있다고 비판했다. 1939년에 벤야민과 브레히트 논쟁을 벌인 바 있는 『마스 운트 베르트』의 편집인 리온 포이히트방거도 그중 한 사람이다. 이러한 몰이해에 직면해서 벤야민은 관객과의 관계에서 관철되는 정치적 의지, 비非비극적 주인공, 감정이입의 거부, 입장의 통제를 통한 학습 등을 브레히트 연극의 장점으로 내세웠다.

여기서 벤야민의 브레히트론이 작가 자신의 의도와 전적으로 일치했는가라는 질문을 던져볼 수 있다. 게스두스 이론을 예로 들어보자. 벤야민은 「서사극이란 무엇인가? I」에서 개별적 장면이나 제스처의 완결성을 주목하면서 전체 흐름이라는 연속성보다는 불연속성을 강조한다. "서사극이 의도하는 변증법은 무대 장면의 시간적 연속에 의존하는 것이 아니라 모든 시간적 연속의 기초를 이루는 제스처의 요소들 안에서 일어난다." 벤야민의 해석은, 제스처와 장면은 "'작품 속의 작품'으로서 고유한 구조를 지니면서 자율적이다"라고 한 브레 히트의 발언과 일치하는 것처럼 보인다. 그러나 브레히트에게는 개 별적 장면들이나 제스처들이 지닌 의미를 파악하는 것 못지않게 그 것들을 총체적인 맥락에서 파악하는 것이 중요했다. 개별적 장면이 나 제스처는 그것들을 통일적으로 묶는 플롯과의 연관 속에서 비로 소 "토론, 비판, 변화의 대상"이 될 수 있기 때문이다. 브레히트는 벤 야민의 논문에 대해 별다른 이의를 제기한 적도, 구체적인 반응을 보 인 적도 없다. 하지만 분명한 것은 그에게 자신의 연극을 공식적으로 지지한 비평가 벤야민이 확고하게 자기편으로 삼아야 할 소중한 지 원군이었으리라는 것이다. 또 브레히트는 작품을 집필하는 과정에 서 벤야민에게 자주 조언을 구했다. 자신에 대한 벤야민의 글에 그다 지 공감하지 않았다면 생각할 수 없는 일이다.

벤야민의 브레히트론
—서정성이 품은 정치적 폭발력, 단단한 것을 굴복시키는 방법

벤야민은 서사극에 대한 연구를 지속하면서 시집에도 브레히트의 희곡이나 소설 못지않은 큰 관심을 보였다. (1927년에 벤야민은 크 라카우어에게 브레히트의 시집 『가정 기도서』를 브레히트의 최고 작품이라면서 소개한 적도 있다.) 벤야민의 브레히트론을 다룬 제4장에서 비치슬라가 가장 많은 지면을 할애한 벤야민의 저술은 『브레히트 시 주해』다. 비치슬라는 이 글을 두고 형식, 소재, 모티프, 전통의 역사를 교차 분석함으로써 브레히트 해석의 새로운 수준을 연 저술이라고 평가한다. 이 시 주해에서 투쟁문학이자 노동계급에 대한 연대를 호소한 『가요·시·합창』은 다루어지지 않았다. 벤야민의 목적은 "순수하게 서정적인 부분에서 정치적인 내용을 찾아내는 것"(301쪽)이기 때문이다. 『브레히트 시 주해』는 다음과 같은 말로 시작한다. "공산주의에 편협함이라는 낙인이 찍혀 있다고 보는 사람들이 브레히트 시집을 정독하게 되면 놀라움을 금할 수 없을 것이다."(206-207쪽)

『브레히트 시 주해』 중에서 생전에 유일하게 발표된 글은 『스벤보르 시집』에 수록된 시 「노자가 망명길에 『도덕경』을 쓰게 된 경위에 대한 전설」에 대한 주해다. 1939년 4월 23일 『슈바이처 차이퉁 암 존탁』에 실린 이 글에서 벤야민은 '친절함'이라는 메시지를 강조한다. 친절함은 브레히트의 표상세계에서 (작품마다 매번 그 뉘앙스가 약간씩 다르기는 하지만) 중요한 자리를 차지하는 주제다. 희곡 「조치」에서 친절함은 시대의 비인간성에 직면했을 때 베풀기에는 시의 적절하지 않은 태도이자, 혁명의 필연성을 합리적으로 인식한 이성에 반하는 태도로 다루어진다. 친절하고자 하는 순간의 유혹은 신성한 인간성을 세우는 기초가 되지 못하기 때문이다. 또 「후손들에게」라는 시에는 "친절함을 베풀 수 있는 기반을 만들고자 하는 우리 자신은 친절할 수 없다"는 한탄이 담겨 있다. 이 두 편의 작품에서와 달리, 「노자가 망명길에 『도덕경』을 쓰게 된 경위에 대한 전설」은 친절함이 반反나치즘을 위해 동원할 수 있는 의외의 메시지가 될 수 있음을 보여준다. 이 시에서 노자는 망명길을 재촉해야 할 처지에 있으면서도 국경의 가난한 세리에게 시간을 들여 "단단한 것이 굴복한다"라는 가르침을 베푼다. 벤야민은 노자의 태도에서 묘사된 친절함을 '인간성의 최소 프로그램'이라고 부른다. "단단한 것을 제압하려는 자는 친절함을 베풀 기회를 놓쳐서는 안 된다." 이러한 의미에서 '인간성의 최소 프로그램'에 속하는 친절함은 다음과 같은 특성을 지닌다. 친절함을 베푸는 인간은 친절함이 생산적으로 작용할 수 있다는 확신을 가져야 하고, 최대한의 친절함을 마치 최소한인 듯 베풀어야 한다. 마지막으로 친절함은 친절함을 베푼 사람과 친절한 대접을 받은 사람 사이의 거리를 유지하고, 둘 사이에 어떠한 친밀한 관계도 끌어내지 않으며, 오늘 베푼 친절함을 바로 잊어버리는 명랑함을 간직해야 한다.

　벤야민은 이 시를 쓴 작가 자신도 시에 나오는 노자와 마찬가지로 친절함을 실천했다고 쓴다. "단단한 것이 굴복한다"는 문장을 담은 이 시는 메시아적 약속 못지않은 희망의 메시지로서 사람들에게 전달되었던 것이다. 이 시가 전파한 희망의 메시지는 브레히트에게 회의적인 벤야민의 지인들에게까지 감동을 줄 정도로 대단한 힘을 발휘했다. 느베르 수용소에 수감된 1939년에 벤야민은 브레히트의 이 시를 자신의 주해와 함께 수용소 사람들에게 전해주었다. 한나 아렌트는 다음과 같이 회고한다. "그 시는 수용소에서 들불처럼 퍼져나갔고 기쁜 소식처럼 입에서 입으로 전해졌다. 절망으로 채워진 그 지푸라기 매트리스 위에서보다 그러한 소식이 더 절박한 곳이 어디 있었겠는가?"(311쪽)

브레히트의 벤야민론—벤야민에 대한 브레히트의 탁월한 이해

벤야민의 브레히트론은 벤야민이 브레히트에 대해 쓴 열한 편의 글을 토대로 연구할 수 있는 반면, 브레히트의 벤야민론은 편지, 대화록, 일기 등 비공식적 기록을 통해서만 엿볼 수 있다. 브레히트는 벤야민의 문체와 이론적 깊이, 문학사에 대한 탄탄한 지식을 높이 평가했다. 특히 그는 지식인의 위치를 둘러싼 논쟁을 다룬 「오늘날 프랑스 작가들의 사회적 위치에 대하여」, 언어연구 분야와 경향을 비판적으로 개관한 「언어사회학의 문제들」, 역사적 유물론에 대한 이론적 성찰로 시작하는 「수집가이자 역사가 에두아르트 푹스」에 칭찬과 지지를 아끼지 않았다. 푹스 논문을 읽고 나서 보인 반응 중 대상을 다루는 연구자의 태도에 대한 브레히트의 다음과 같은 해석은 그의 벤야민 분석이 상당한 수준을 지니고 있음을 입증해준다. "대상에 대한 관심의 절제가 군더더기 없는 논문이라는 결과를 낳은 것 같습니다. 아무런 장식도 없지만, 모든 부분에서 기품이 있습니다…… 당신의 글에서는 언제나 당신이 대상 안에 머물고 있거나 대상이 당신 안에 들어 있습니다."(348쪽)

접점과 간극—역사 인식에서의 차이

벤야민은 생전에 「역사의 개념에 대하여」 증정본을 브레히트에게 보내려고 했지만 결국 전달하지 못했다. 나중에 귄터 안더스를 통해 받은 이 원고에 대해 브레히트는 직접 긍정적인 반응을 보였다. "분명하고 간결하다"는 그의 평가는 글의 문체가 아니라 내용에 대한 것이다. 이와 같은 긍정적 평가는 사회주의자들의 진보 개념에 대한 비판, 파시즘의 승리에 대한 두려움을 벤야민과 공유했음을 보여준다. 브레히트는 자신의 문학적 실천에 있어 어디로 가는가가 아니라 어떻게 가는가에 더 관심을 보인 작가였다. 따라서 그의 연극은 사회주의 미래의 청사진을 보여주기보다 이러한 미래로 가기 위해 필요한 보행법을 가르치는 데 역점을 두고 있다. 그렇지만 브레히트는 자신 안에 냉정한 실천가와 역사적 비전을 향한 정열가를 합치시키고자 했다. 브레히트에게서 볼 수 있는 정열가의 모습을 벤야민 안에서 찾기는 어렵다. 브레히트의 역사 인식이 "사회적 상황을 과정으로 이해하고 그 모순성 안에서 추적하는" 유물변증법의 시각에 따른 것이라면, 벤야민의 역사철학에서는 유물변증법과 일정한 긴장관계에 있는 독특한 변증법 개념이 제시된다. '정지상태의 변증법'이라고 표현되는 벤야민의 변증법 개념은 연속성보다는 불연속성, 흐름보다는 중단의 계기를 강조한다. 변증법적 인식에서 본질적인 중단의 논리는 미래를 구원과 파국의 상반된 가능성 모두에 열려 있는 것으로 보기 때문에 역사의 모순적 발전 가능성에 대한 믿음과 합치되기 어렵다. 따라서 벤야민의 역사 인식에는 브레히트보다 더 강하게 "사물의 진행에 대한 억제할 수 없는 불안"이 드리워 있다고 볼 수 있다. 물론 역사 인식과 관련된 두 사람의 대화록에서 이러한 차이점은 화두가 되지 않는다.

연결고리—예술의 정치화를 위한 종합실험실

히틀러에 쫓겨 독일을 떠나야 했던 다른 지식인들과 마찬가지로 벤야민과 브레히트도 역사의 벼랑 끝까지 밀리는 경험을 했다. 그러한 상황에서 반反파시즘의 힘을 모색하던 두 사람이 놓지 않았던 생각은 어떤 식의 영향력을 추구하든 철저함에 대한 요구를 희생해서는 안 된다는 것이었다. 브레히트는 예술적인 힘의 부족에서 비롯된 무력함은 정치적인 무력감으로 이어진다고 생각했고, 예술의 탁월함 외에 다른 어떤 권위를 내세울 수 있겠는가 하고 반문한다. 지식인의 프롤레타리화에 반대하는 것도 이러한 생각에 기인한 것이라고 볼 수 있다. 벤야민은 브레히트를 "사막에서 석유 시추를 시작하는 엔지니어처럼 출발점을 정확히 가늠한 다음에야 활동을 개시하는"(253쪽) 작가로 파악했다. 또한 그는 브레히트의 창작 활동에 대해 '종합실험실'이라는 표현을 사용한다. 예술의 정치화가 일어나는 장소는 고도의 예술적·기술적 수준을 전제로 예술적 요소들의 기능 전환을 추구하는 종합실험실이다. 여기서는 "'총체적' 시스템을 향한 과중한 시각"(379쪽) 때문에 진짜 해야 할 일을 그르치지 않아야 한다는 경고가 주어진다. 예술의 정치적 실천을 모색하는 종합실험실은 닫힌 공간이 아니다. 현실의 재료가 수시로 외부에서 유입되기 때문이다.

벤야민과 브레히트

나가며―성좌의 의의

저자는 이 책에서 벤야민과 브레히트 두 사람의 개인적·역사적 경험과 예술적·정치적 의도가 어떻게 교차하는지, 그들의 텍스트가 어떻게 상호 영향을 주고받았는지를 그려 보였다. 이렇게 해서 형성된 관계망에서 벤야민과 브레히트는 차이보다는 유사성을 더 많이 보여준다. 한나 아렌트의 표현대로 "가장 위대한 독일 작가와 가장 훌륭한 비평가"(79쪽)의 특별한 관계는, 벤야민이 브레히트 쪽으로, 브레히트가 벤야민 쪽으로 다가가는 노력을 하지 않았다면 성립하지도, 그렇게 오래 유지되지도 못했을 것이다. 지인들의 비판에 대해 벤야민은 브레히트가 자신에게 주는 자극은 지침이 아니라 아포리아로 작용한다고 반박했다. 그는 현실에서 부딪치는 아포리아는 수미일관하게 사색하는 지식인의 체계적 사유를 통해 해결되는 것이 아니며, 신학이냐 유물론이냐 하는 문제는 "그때그때 진리가 가장 응축되어 나타나는 대상"(208쪽)에 따라 결정된다고 생각했다. 브레히트 역시 하나의 통일적인 비전에 충실하기보다는 삶을 규정하는 사실의 힘을 포착하고자 노력한 작가였다. 그가 인용의 이론과 실천에서 벤야민과 의견 일치를 보았다는 사실도 이를 잘 보여준다. 인용은 "확고한 의견이라는 끈"(358쪽)에 묶여서 힘을 발휘하지 못하던 사실들에 발언권을 되찾아주는 방법론이기 때문이다.

이 책의 저자 비치슬라도 벤야민과 브레히트의 관계에 대한 기존의 확고한 의견 혹은 막연한 추측에 가려졌던 역사적 사실들을 캐내어 그로부터 두 사람의 관계에 내포된 인간적·정치적 의미가 드러나기를 바라마지않았다. 그렇기 때문에 저자는 주관적 해석이나 이론적 추상화를 피하고 될 수 있는 한 문헌학자의 겸손한 태도를 취한다. 그러나 역사적 사실들이 스스로 발언하도록 한다고 해서 저자의 현재적 관점이 아무런 작용을 하지 않는 것은 아니다. "과거 세대의 사람들과 우리 사이의 은밀한 약속"을 찾아내고자 한 저자의 소망이 맺은 열매가 이를 증명하고 있다.

사실 '벤야민과 브레히트의 관계'는 이 책을 번역하기 이전부터 내게는 친숙한 주제였다. 오래전 독일에서 쓴 박사학위 논문 주제이기 때문이다. 내가 벤야민 연구의 방향을 정하지 못해서 헤매고 있던 1990년 전후에는 이미 「기술복제시대의 예술작품」에 대한 논의가 드물어진 대신에 초기의 언어이론, 번역이론, 인식론, 해석학, 미학 등 여러 차원에서 벤야민을 재조명하는 연구가 활발히 진행되고 있었다. 이런저런 주제를 고민하다가 어떻게 벤야민과 브레히트의 관계에 착안하게 되었는지는 기억나지 않는다. 저자 비치슬라도 이 책의 각주에서 밝히고 있듯이, 1990년대 초까지도 관련 연구는 별로 없었다. 지금 생각해보니 주제를 정하고 나서 그리 길지 않은 기간에 완성한 논문이 무사히 심사를 통과한 이유는 내용이 좋아서라기보다는 주제가 참신해서가 아니었나 싶다. 흥미로운 사실은 저자가 학위 논문을 쓰던 시기가 나와 상당히 유사하다는 점이다. 동독 출신인 저자와 내가 비슷한 주제를 택했다는 점이 우연 같지는 않다.

1980년대부터 1990년대에 이르기까지 서독의 학계에서는 후기구조주의의 해체론이 활발히 논의되면서 주체, 혁명, 역사 등에 대한 '시대 남론'이 한불간 유행처럼 여겨졌던 만면, 그 시절 동독 지식인들의 사정은 아주 달랐다. 사회주의 국가권력의 감시와 억압에 불만

벤야민과 브레히트

을 지녔던 동독의 지식인들에게 체제변혁, 정치적 실천 등은 절박한 요청으로 다가왔기 때문이다. 이 책을 번역하면서 뒤늦게 든 생각이지만, 한국에서 민주주의를 쟁취하기 위해 치러야 했던 크고 작은 희생들을 지켜보던 내게도 저자와 유사한 사회문화적 심리가 당시 서독의 연구자들이 미처 다루지 못한 주제를 선택하는 데 일정한 영향을 미치지 않았을까 싶다.

잘 알려져 있듯이, 벤야민의 사상은 정치와 신학의 미묘한 얽힘을 특징으로 한다. 그러나 이러한 구도에서 벤야민이 염두에 둔 정치와 신학은 통상적으로 인식되는 것과는 다르다. '벤야민의 신학'이 기존의 신학과 어떻게 다른지에 대해서는 여기서 논의하기 어렵지만, '벤야민의 정치'에 대해서는 한 가지만 언급하고 싶다. 흔히 사람들은 벤야민의 정치적 사유가 「기술복제시대의 예술작품」에서 가장 잘 드러난다고 생각한다. 이 논문에서 제시한 '예술의 정치화' 테제도 이러한 생각을 뒷받침하는 것으로 보인다. 그러나 이 테제는 예술의 정치화에 대한 답변을 주기보다는 그 답변을 지속적으로 찾으라는 요청으로 읽어야 한다. '벤야민의 정치'를 둘러싼 오해는 이 테제에서 하나의 답변을 찾았다고 잘못 생각하기 때문에 빚어진다. 벤야민에게 예술의 정치화는 집단적 실천을 위한 예술의 도구화를 의미하는 것이 아니다. 이러한 오해를 떨치기 위해서는 정치에 대한 벤야민의 관심이 문화정치의 맥락을 넘어 보다 근본적인 철학적 성찰에 기반을 둔 것임을 인식할 필요가 있다.

"고도로 정치적인 글쓰기"에 대한 관심은 형이상학적이고 신학적 사유가 지배적이던 초기 저술부터 벤야민이 항상 간직해오던 것이다. 따라서 브레히트와의 관계 속에서 드러난 '벤야민의 정치'는 초기의 사유 모티프와 구별되는 별도의 장에 자리잡은 것이 아니라 그러한 모티프에 내재해 있던 정치성의 세속화된 형태라고 할 수 있다. 벤야민은 언제나 자신의 사상에 대해서 세속화라는 과제를 던졌다. 브레히트는 벤야민이 이 과제를 수행하는 데 핵심적 역할을 했다고 볼 수 있다. 두 사람의 관계 속에서 벤야민 역시 브레히트의 예술적 실천에 적지 않은 영향을 끼쳤다. 이 책은 예술과 정치의 관계에 대한 두 사람의 생각을 역사적 사실 자료에 입각해서 철저히 규명함으로써, '정치적 브레히트'와 '정치적 벤야민'을 둘러싼 토론의 수준을 한 단계 높이는 계기가 될 것이다.

한 권의 책이 나오기까지의 편집 과정에서 얼마나 철저한 장인 정신이 필요한가를 이번에 처음으로 실감했다. 번역 원고를 넘기기 전에 서너 번 검토했기 때문에 편집 과정이 그리 오래 걸리지 않으리라고 생각했는데 그게 아니었다. 이번 번역 원고를 다듬는 과정에서 단순히 윤문 작업에 그치지 않고 세부적인 내용에 이르기까지 꼼꼼히 검토해준 인문팀 편집부의 허정은 씨에게 진심으로 고마움을 전하고 싶다. 비치슬라의 책이 이번 기회에 국내에 소개될 수 있었던 것은 책의 가치를 가장 먼저 알고 내게 소개해준 고원효 부장님 덕분이다. 이 책은 영미 학계에서 몇 년 전에 번역되어 학술도서 분야 베스트셀러가 되었다고 한다. 옮긴이로서 한 가지 자랑하고 싶은 점은 과감히 내용이 삭제된 영어 번역본과 달리 원서의 내용을 하나도 빠짐없이 그대로 다 옮겼다는 사실이다. 각주 때문에 늘어난 방대한 분량의 원고를 다 신기로 한 출판사의 결정도 놀라웠고, 인문도서 출간에 쏟는 문학동네 출판사의 정성도 엿볼 수 있어서 흐뭇했다. 이 책이 나오기까지 애써주신 모든 분에게 이 자리를 빌려 진심으로 감사의 마음을 전한다.

2015년 6월

윤미애

찾아보기

벤야민과 브레히트

벤야민과 브레히트

벤야민과 브레히트

서지명

벤야민과 브레히트 – 예술과 정치의 실험실

1판 1쇄 발행 2015년 7월 15일
1판 2쇄 발행 2016년 10월 21일

지은이 에르트무트 비치슬라 ｜ **옮긴이** 윤미애
펴낸이 염현숙
기획 고원효 ｜ **책임편집** 허정은 ｜ **편집** 최민유 송지선 김영옥 고원효
디자인 장원석 ｜ **저작권** 한문숙 김지영
마케팅 정민호 이연실 정현민 김도윤 양서연 ｜ **홍보** 김희숙 김상만 이천희
제작 강신은 김동욱 임현식 ｜ **제작처** 영신사

펴낸곳 (주)문학동네
출판등록 1993년 10월 22일 제406-2003-000045호
주소 10881 경기도 파주시 회동길 210
전자우편 editor@munhak.com ｜ **대표전화** 031)955-8888 ｜ **팩스** 031)955-8855
문의전화 031)955-1933(마케팅) 031)955-7973(편집)
문학동네 카페 http://cafe.naver.com/mhdn

ISBN 978-89-546-3692-6 93850

＊이 도서의 국립중앙도서관 출판예정도서목록(CIP)은 서지정보유통지원시스템 홈페이지
 (http://seoji.nl.go.kr)와 국가자료종합목록시스템(http://www.nl.go.kr/kolisnet)에서
 이용하실 수 있습니다.(CIP 제어번호: CIP2015017526)

www.munhak.com